U0367348

丁晓萍 主编

石子的回响

『文治杯』大学生写作大赛作品选

上海交通大学出版社
SHANGHAI JIAO TONG UNIVERSITY PRESS

内容提要

本书为"文治杯"大学生写作大赛作品选，分"个人与时代""我的家族故事""图像中的父亲母亲"三大板块呈现了不同时代的人生故事。作品主人公涉及诗人、学者、农民、企业家、绝症患者、煤工、基层打工者等各个领域人物，时间上涵盖古代、现代、当代，通过个体的人生脉络反映不同的时代和群体，共同构成了群像的壮丽人生图景。大人物与小人物，古人与今人，在这本书里相遇，共同谱写出生命的赞歌。一个人之于时代洪流或许只是一粒石子，终将被裹挟沉入水底，但在它落入大江大河的那刻，却一样能激荡出水花，发出回响。而最坚实的河床正是小石子铺就的，不是吗？

图书在版编目（CIP）数据

石子的回响："文治杯"大学生写作大赛作品选/
丁晓萍主编. —— 上海：上海交通大学出版社，2025.4.
ISBN 978-7-313-32173-2

Ⅰ. Ⅰ217.1

中国国家版本馆 CIP 数据核字第 20253TQ331 号

石子的回响："文治杯"大学生写作大赛作品选
SHIZI DE HUIXIANG："WENZHIBEI" DAXUESHENG XIEZUO DASAI ZUOPINXUAN

主　编：丁晓萍			
出版发行：上海交通大学出版社	地　址：上海市番禺路951号
邮政编码：200030	电　话：021-64071208
印　制：上海颛辉印刷厂有限公司	经　销：全国新华书店
开　本：710mm×1000mm　1/16	印　张：27
字　数：426千字	
版　次：2025年4月第1版	印　次：2025年4月第1次印刷
书　号：ISBN 978-7-313-32173-2	
定　价：78.00元	

序：青春的生命写作

刘佳林

（上海交通大学传记中心主任、中文系教授）

　　"文治杯"大学生写作大赛已经在上海交通大学举办多年。2021 年起，大赛开始面向全国大学生，并连续数届以传记（生命写作）为征文的规定体裁，主办单位也由上海交通大学国家大学生文化素质教育基地扩展到上海交通大学传记中心（2021 年起）、中国艺术研究院《传记文学》杂志社（2022 年起）。这项赛事正在吸引越来越多的参赛作者，逐步为大学生、传记爱好者、传记学界和社会公众所关注。

　　专业、严格、规范的评审制度，获奖作者受邀分享写作经验的互动方式，是"文治杯"得到积极响应的原因。而有公开发表的机会，对作者来说，是更进一步的认可与激励。事实上，从 2023 年起，"文治杯"的多篇获奖作品已经在《传记文学》刊发，分别以"家族生命史的青年视角"专题（2023 年 7 期）和"我们的父亲母亲"专题（2024 年 11 期）成为该刊的封面故事。

　　现在，更多的征文佳作将结集出版，令人鼓舞，让人期待。

　　本作品集共三个部分，分别收录第二十届（2021 年）、二十一届（2022 年）和二十二届（2023 年）"文治杯"的参赛作品各 12 篇共 36 篇，其中绝大部分是获奖作品。

　　2021 年的征文主题是"时代与个人"，旨在引导当代大学生关注时代、感悟生命。从集中的 12 篇作品看，同学们对时代与个人的关系有着自己的观察与理解，他们关注当代中国的个体命运，关注改革开放、社会转型时期的劳动者，关注弱势群体，也把自身的发展与追求跟时代、社会、国家紧密联系，甚至在历史的深度中追问个体与时代的关系，表现了当代青年的社会责任、家国意识、人文情怀和思想能力。

2022年的"文治杯"以"我的家族故事"为主题，这对青年作者来说，是一次挑战。因为"家族记忆不仅是族谱里串联的姓氏符号，更是一段又一段充满生命细节、蕴含悲欢离合的人生历程"，家族故事是先辈们的历史，也是后代人的精神泉源，是自我体认的镜与灯。既要准确地再现时代变迁中的家族历史，又要妥善地处理各种复杂的代际关系，这对同学们来说考验很多。本集中这类主题的作品多从祖父、祖母、外祖父、外祖母的故事说起，在世代相承的脉络中展开，既放眼大历史，也聚焦家族史，既写峥嵘岁月也写平凡日常，既礼赞亲情也不回避矛盾，深情的叙述中寄寓写作者的反思，颇耐咀嚼与回味。

二十一世纪是图像的时代，传记与图像结缘，既拓宽生命写作的边界，也丰富生命写作的手段，选择"图像记忆中的父亲母亲"作为征文主题，是对数字时代的一次回应。2023年的征文见证了同学们的参赛热情，参赛作品是上一年的两倍。大学生们在用图像叙事或围绕图像挖掘故事方面展示了年轻的优势，他们或者用肩章的变化来叙述父亲的人生，或者用多张照片捕捉父母的生活瞬间，或者借遗留的影像追忆逝去的亲人，或者把故事定格在一幅构图中，表现了构思的精巧。在用图像关联父亲母亲的生命故事时，他们也在重新认识自己的父母，原来父母也曾少年，原来父母也有青春，他们写父母的苦难，更写父母的坚韧，写父母的普通，更写亲情的珍贵。父母的生命史于他们是一次精神哺育，帮助他们精神成人。

传记以人为中心，要准确、生动地刻画传主，就必须亲近写作对象，深入他们的内心；传记要求真实，要求回到事件的现场，要求求证每一个疑点，因此传记写作往往是不断逼近真相的反复求索。在这些方面，同学们的表现值得称道，令人惊异。他们在采集传材时尽心尽力，他们在观察人性时非常敏锐，他们的思考不乏洞见，甚至有着超乎寻常的冷静，他们的笔端又饱含情感，偶尔还流露出悲天悯人的意识。他们在阅读、采访、交流、对话的过程中重建了他们与父母、家族、社会、时代的关系，而他们表现各异的成长期特征，也自然因更多的可能与期待而得到宽容。

传记尤其关注生活中的细节，这也是本集征文多所用心的地方。试以邓寒玥同学的《临仙》为例。《临仙》中的母亲始终波澜不惊地过着自己的日子，孩子认为她的人生是悲剧，母亲一口否认，因为"我生了你"。邓寒玥想起被母亲珍藏多年、折了又折的一张试卷，折痕中央是自己在考试作文中写的一段："我与我的母亲脐带相连，她给予了我血肉，赐我在子宫中安眠。"这句话是对母亲的最大回报，母亲存在的意义就在于确认和保持与女儿的这种亲情联系，这种意义被图像定格：

> 下山时我和她走了另一条路，没去与其他人汇合，在山脚的石梯旁，簇拥着盛开了紫白色的花。于是在那时照成了这张相片，她站在四方的空间内，头顶垂落着开得繁密的花，背后倚靠着坚实的山体，天空连同夏日的风延伸得无限远，看不到尽头……然而一切仅止于此了，我的相片中，没有照出她的前路。

青春的生命写作为隐忍与坚持的母亲留下了美丽的印痕。

"文治杯"得名于交通大学老校长唐文治先生。唐文治先生以"正人心，救民命"为己任，注重德行教育、学以致用，进而提出"一等人才"的理念："欲成第一等学问、事业、人才，必先砥砺第一等品行。"生命写作通过选择传主、理解传主、书写传主建立与传主的对话关系，是写作者砥砺品行的重要文化实践。以传记为文类要求的"文治杯"征文大赛努力践行唐文治老校长的"一等人才"理念，为青春的生命写作鼓与呼。

2024 年 12 月 3 日于乐山大楼

目 录

个人与时代 /001

我的家族故事 /125

图像中的父亲母亲 /277

在时代浪潮中，个人是沙砾，微弱渺小；但每一个弱小的个体，都承载着时代的重量。个人被时代裹挟前行，常常又能以"微光"照亮时代的暗角。正是作为个人命运底色的时代与作为时代精神棱镜的个人的相互对抗与和解，共同书写了历史的真实。这些或许不够完美的文字，都带有年轻记录者特有的温度，他们将在历史深度中对时代与个人关系的观察与思考融进这些生命史诗中，让每一个生命个体，都成为丈量时代的尺度。

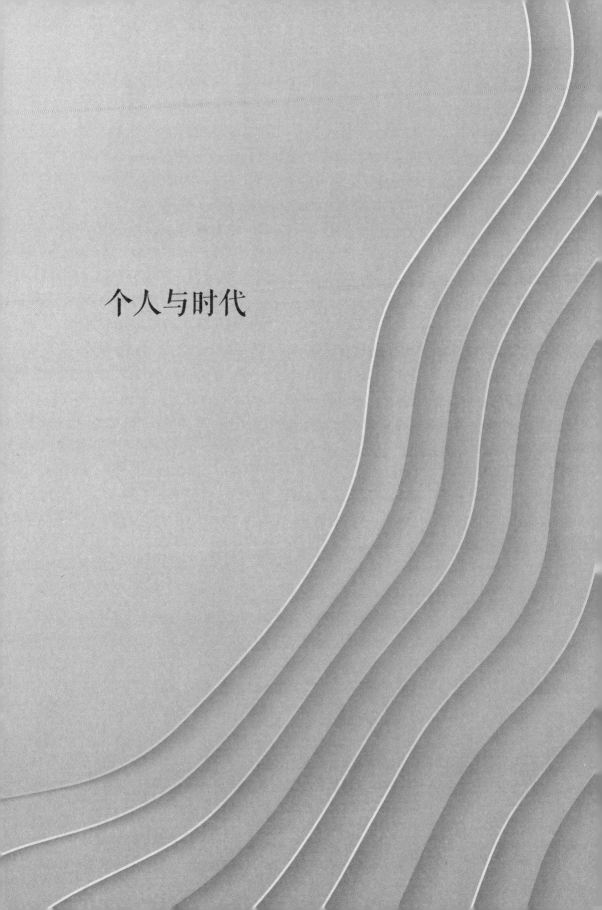

个人与时代

与煤相伴 | 我的父亲母亲

华东师范大学　王娇娇

矿 工 的 一 天

清晨 4 点半，父亲的闹钟响了，铃声设置的是震动，害怕吵醒家人。冰箱里冷藏着昨天晚上炒好的菜，通常是前一天晚饭剩下的，或者新炒的鸡蛋，冬天比夏天方便，气温低，食物放得住。矿上有微波炉，工人在矿上用水用电都是免费。每个矿工自己准备电煮锅——泡面杯大小，刚好够一个人吃顿挂面，宿舍里工友们拼凑了常用的盐醋调料，只需要把自带的菜加热，这就是矿工的午饭。虽然矿上有职工食堂，但大多数像父亲这样年龄的工人习惯从家里带饭，便宜。自从调到这个矿区，十年来父亲都保持这样的作息和吃饭习惯。

5 点，班车准时开到小区门口的公交站，包括父亲在内，已经有四五个人等在那里。这个小区的开发商是父亲所在煤矿集团下属的一家房地产公司，小区的住户大多是煤矿职工，地皮是单位的，职工购房可以享受内部优惠价，比外面便宜不少。对父亲来说，最方便的是出门就能坐班车。搬到这里之前，父亲每天要走二十分钟到车站，北方的冬天，凌晨四五点的温度在零下十几度，地上的水结成硬实的冰，人穿得再厚也要挨冻。

班车上的座位已被占去三分之一，有些人需要比父亲起得更早才能坐上车。他们都在同一个单位工作，互相认识，清晨的班车很安静，几乎没人说话，大家都困得睁不开眼。父亲塞上耳机，听着免费的有声书，坐上班车还能再眯一个多小时——煤矿在离这里 70 公里的新乡获嘉县，相隔了一个市，单程需要大约 2 个小时才能开到。这样一来，每天上下班的通勤时间相当于 4 个小时，即使这样，班车的座位常常是满的。2021 年 8 月，河南持续暴雨天气导致多个地区爆发洪涝灾害，从新乡到焦作的路有几段被洪水冲毁，严重积水，班车停运。父亲和同事只能住在矿上的职工宿舍，一间宿舍住七八个人，上下铺，条件很简陋。午休的时候，工人们躺在宽不到一米的硬板床上，和家人打视频电话。

路况顺利，班车开到赵固二矿时还不到 7 点，远远地望见竖在楼顶的蓝色企业名牌。自动门缓缓向右拉开，班车驶过升旗台、广场草坪和墙上开着蜂窝似的窗户的办公大楼，穿水泥灰工作服的矿工走在路上。绕过大楼往里走是工人宿舍和工作区域：白色的圆柱形储煤仓外壁用蓝色油漆刷着几个醒目的大字，运输皮带是煤矿的"血管"，把原煤从极深的地底运到地面，同时联通矿井井口、洗煤厂和储煤仓。工人们关掉手机，打着哈欠下车。目光所及处，一条条大楼梯似的皮带或直或斜地搭在各个设备之间，里面流动着黑得发亮的煤块，外形酷似超大型的过山车。不远处的烟囱喷出一团团白色烟雾，清晨的煤矿仿佛伸了个懒腰，迎接着新的一天。

父亲来到工作间，换好衣服，匆忙吃过早饭，然后是每日照例的班长点名和安全知识教育，提醒工人工作中的安全事项，解散后，工人回到各

运输原煤的皮带

赵固二矿储煤仓

自的岗位和上一班的人交接。煤矿实行"三班倒"工作制，每班次工作 8 小时：8 点、4 点、0 点，三个时间换班。

煤矿的工作分地面和地下两部分，下井是矿上最辛苦、也最危险的工作，稍有不慎就会发生瓦斯爆炸和透水事故。工人从机电科领到矿灯和自救器，来到副井口，乘坐类似电梯的"罐笼"下到矿井中，这种"罐笼"能够同时搭载三四十人。下行的周围一直有照明灯，来到地下 1 000 多米深的工作层，继续往前走到采掘工作区，这时没有了灯光，照明全靠矿灯，在井下，矿灯就是矿工的眼睛。这里不允许携带手机之类的电子设备，因为静电可能引起瓦斯爆炸，工人只能使用矿区内专用的防爆通信设备，8 小时后才能重新回到地面。下井工人都是男人，每天有人专门做好饭送到井下，工人们在临时搭建的简易平台上吃饭。父亲年轻时，工人经常坐在皮带机上和煤一起来到地面，运气不好有可能跌落，掉进无边的坚硬的黑暗中，如今这种运载方式早已经被淘汰。

现在井下基本实现了综合机械化掘进，取代以往的人工炮采煤，采掘的原煤通过皮带运输机运出工作层，送达地面的主井煤仓。这一过程需要很多辅助单位：运输队、掘进队、皮带队、通风队……原煤从地下运上来，进入洗煤厂进行分类和清洁，按重量分成大块、中块、小块，按种类分成精煤、中煤、洗选煤等。洗煤是用水冲去煤上附着的脏东西，用过的水变

赵固二矿洗煤厂一角

成"煤泥"，因此人们对煤矿的印象总是"脏兮兮""黑乎乎"的，但洗过的煤亮晶晶的，闪耀着均匀的光泽，"煤浑身都是宝，哪个部分都能卖钱"。分拣出的煤暂时存在仓库，下一步是等火车和汽车来，工人把煤装车运走。

　　为了方便煤矿运输，建矿之初矿务局就沿着各个煤矿修建了铁路，货运火车把沿途各个煤矿生产的煤装运，送到不同的工厂销售。煤矿全年无休，24小时生产，一刻也不能停。"停了就要出安全事故，得一直有人在那，矿上有自己的发电机，从来不停电。"生产出的煤如果当天没有销售完，就储藏在矿上的仓库，这些仓库好像圆柱形的烟囱，按照煤的类别由皮带分送到储煤仓，下一次有火车来时再打开仓门装车。

　　父亲是一名铲车司机，主要负责把煤装进卡车。他戴上安全帽，坐进铲车高高的驾驶室，用巨大的能够装得下十来个人的车斗把煤铲上去，然后装进卡车车厢，如果是火车，只需要人在电脑上操作，把煤从漏斗状的仓库里放出来，直接倒进车厢。开了三十多年铲车，父亲能够让煤变成一个漂亮的圆锥形小堆，也能在装车的时候不掉落一块煤。火车不来的时候，父亲就变成检修工，钻到车底上机油、补轮胎、修理发动机。

　　父亲所在的赵固二矿是新矿，下面设有十多个厂，每个厂有三四百人，整个煤矿的职工将近4 000人，这在焦作算得上规模比较大的矿。"其实和山西、内蒙古比起来不算大，人家一个厂能有一万人呢。"新矿煤炭资源富

父亲驾驶的装煤铲车

足，每天能够生产约一万吨煤，煤的价格由市场决定，波动很大，"便宜的时候每吨三四百，现在每吨能卖一千多"。2021 年 10 月，赵固二矿产煤的月利润约有 1.8 亿元。但父亲每个月的工资不到六千元，而且上半年的工资经常拖到下半年才拿到手。

煤炭是不可再生能源。当初父亲工作过的九里山矿，还有同时期建设的古汉山矿、演马矿、中马村矿等矿区，地下的煤储量越来越少，一些不再产煤的矿已经封井解散，职工被调去了更远的新矿。如果按照各矿的煤炭产量分配工资，新矿的工资理应比老矿高出一大截，事实上却不是这样，新矿的工资只略微比老矿高"千把块钱"，"他们把新矿赚的钱都用来填补那些不盈利的矿了"。因为矿务局当初开矿数量太多，除了自己建设的矿井，还从其他人手中购买了矿井，现在只能用产煤量高的矿井赚的钱去弥补那些还在运作的老矿。

下午 4 点，接班的工人来了，矿工们脱掉工作服，分批进入澡堂洗澡，男矿工是浴池，热气腾腾，充斥着热闹的喧哗声和水声。旁边的女浴室只有淋浴，女工们聊着天结伴进去，顺便把内衣裤用洗发水洗了。全部收拾完毕，换回上班前从家穿来的衣服，班车已经在停车场等着，父亲一天的工作结束，2 小时后到家，天已经漆黑了。

以 煤 为 媒

父亲 1973 年出生在新疆，爷爷是煤矿建井队的工人，拖家带口四处奔波，在新疆生下了排行老三的父亲。父亲鼻梁高，眼窝深，常常被人调侃是"新疆人"。作为煤矿子弟，大哥参加工作时赶上了青年上山下乡运动，去到河南最东边的永城市，离家 500 公里，后来留在那里的煤矿工作。二哥通过煤矿内部招工，也到了永城煤矿。作为家里最小的儿子，父亲无须多想就把自己的职业确定在煤矿。

　　1986年，父亲初中毕业，有的同学继续读高中，有的不再念书，帮家里做买卖。父亲进入焦作煤炭职业技术学校，"这相当于是高中，毕业后直接分配到矿上工作"。在煤校里，除了语文、数学、英语这些文化课，父亲还学习了土木工程，为三年后在煤矿的工作做准备。当时一起学习的同学，后来分配到河南不同的矿区，父亲有一本毕业册子，每一页都贴着一位同学的相片，用钢笔写满了密密麻麻的寄语。

　　爷爷在父亲6岁时去世，从小跟着奶奶长大的父亲，不想和哥哥一样离家太远，他选择了离家20公里的九里山矿，骑车40分钟就能到。虽然矿上给工人分配了宿舍，父亲仍然坚持每天骑车上下班，只有中午在矿上吃饭。九里山矿是20世纪70年代最早建立的一批老矿之一，1983年正式投产，像这样的矿区，在焦作还有十几个，所有煤矿由矿务局统一管理：工资发放、养老金、工作调动、计划生育、医疗保险等都归矿务局管。1989年父亲参加工作，每个月的工资是八九十块钱，"比现在值钱多了，相当于现在的两千"。当时还没有银行卡，工人要排队到财务处领取现金和工资条。

父亲就读的学校今址

父亲的第一份工作在福利科，这是煤矿上的后勤岗位，"就是一块砖，哪里需要往哪里搬，墙坏了得去修，需要抬东西喊你去，哪里都找你帮忙"。这份工作给父亲留下了不小的心理阴影：当年的矿区安全设施还不完备，井下经常出事故——瓦斯爆炸、透水，造成人员伤亡。后来，父亲向单位的老师傅学习开铲车，通过考试拿到了内部驾驶证，成为一名铲车司机。

就在父亲从福利科转去开铲车的时候，经矿上的红娘介绍认识了母亲。当年，矿上的男女一般都是经人介绍结婚，很少有人在矿外找对象，"都在一个矿上工作，平时上班也出不去，见面方便"。父亲听红娘说，对方"盘靓，长得白，大眼睛"，就答应趁歇班的时候见一面看看。正值12月，父亲穿着一身蓝色的厚风衣，黑西裤，擦得发亮的皮鞋，来到配电房的办公室。父亲给人的第一印象是闷闷的，幸亏外形高大，五官分明，鼻梁高挺，大眼双眼皮，看起来很精神。在母亲之前，父亲也相过其他姑娘，人家相中他，他却没看上人家，"牙不齐，笑起来难看"，父亲解释说。配电房里除了上班的梁姐，还有一个穿着大毛领深蓝色呢子大衣、梳一根独辫的姑娘，父亲知道这就是相亲对象了。等到对方凑上前来，父亲看见梁姐说的不差，确实是脸白，眼睛大。两人说了一会话，后来，母亲要回宿舍的时候，一向木讷的父亲却突然"开了窍"，说："梁姐，你别送了，我送她回宿舍吧。"说着和母亲一起走出配电房，父亲在路上问了母亲的宿舍楼门牌号，约母亲下周末去市区逛公园，看电影。

母亲出生在新乡市延津县的司寨乡，外祖父是九里山矿的老工人，外祖母是农场的女工，母亲还有一个小6岁的妹妹。小时候生活条件很艰难，母亲最期待的，一是过年，二是花生成熟的时节，每年九月花生成熟，母亲跟外祖父到地里收花生，从土里刨出来的花生壳是白的，带着新鲜的泥土气息，抖一抖上面的湿土，放在院子里晒干，用手轻轻一搓，花生壳裂开，露出粉嫩的花生仁。母亲说，花生成熟的时候，同学们都带着花生当零食吃，学校里总是飘着满地的褐色花生皮。初中毕业后，母亲没有再上高中，去了卫生学校，打算以后在镇上开一家小诊所。从卫校毕业后，母亲又和人学了美发，预备开一家自己的理发店，就是没想过去煤矿。"当时煤矿的工资不怎么高，我想自己开个店，后来1992年老爸退休，空出来一个名额，不去就作废了，我才接班到煤矿工作。"顶岗制，是流行于20世纪七八十年代的国企工人子女的优惠政策，父母退休后，家庭中可以有一个子女来"接班"，顶替父母分配到原单位工作，这项制度直到90年代才被取消。

矿上的职工每个月只有四五天假期，农村来的工人离家远，把假期都攒在一起才能回趟家。父亲和母亲恋爱后，周末会约好一起休班，坐公交车到市区看电影，当时年轻人最常去的约会地点是市区的人民公园。父亲买了一台傻瓜相机，他们留下了许多照片：脱下灰蓝色的工作服，男人喜欢穿夹克衫、牛仔裤，戴茶色蛤蟆镜。女人穿的是颜色鲜艳的连衣裙、牛皮鞋。1997年5月，母亲和父亲相识一年半，见过双方家长，决定结婚。那时流行的"三大件"已经从自行车、电视机和手表变成了冰箱、彩电和洗衣机，父亲当时积蓄不多，"三金"（金项链，金耳环，金戒指）只能给母亲买一样，在百货商场，母亲挑了一对金耳环。结婚需要接新娘的"花车"，父亲找朋友帮忙借到了，"一辆红色桑塔纳，一辆本田，还有三辆面包车，本田是电厂的车间主任开的"。

在微微发蓝的老照片上，母亲穿一身洁白的婚纱，白手套，蓬松的头纱，额头的头发烫成羊毛卷，胸前别了一朵鲜艳的红花。站在母亲对面的父亲穿着一身深蓝色西装，头发梳得明晃晃的，用发胶固定造型，母亲低头给父亲戴上胸花。婚礼来的人不多，刚刚坐满五六桌酒席，都是矿上的工友和以前的同学，每个人的礼金在几十元上下，当时大家的工资每个月还只有200多块钱。结婚后，父亲和母亲搬出职工宿舍，住在九里山工人村。结婚第二年，母亲顺利在职工医院生下一个六斤六两的女孩。

1992年母亲参加工作，"那时候还是论资排辈，按级别发工资，我刚上班给我定的4级，人家和我干同样的活的老工人定的8级，工资比我多一倍"，直到1999年，这种论资排辈的工资计算方式才被同工同酬取代。因为常年在洗煤厂工作，母亲患有严重的腰椎间盘突出。煤矿上福利科、配电房、工会和食堂这类岗位工作相对轻松，像母亲这样被分配到洗煤厂，属于特殊工种。"年轻的时候身体好，干活不知道累，一干就是八个小时，不能停，有煤来了就要起来干活"，煤矸石的含碳量低，属于洗煤过程中的剩余废弃物，母亲的工作是在洗煤时把煤矸石挑选出来，煤矸石硬度大，通过皮带运输到车间时一不小心就会把人刮伤砸伤。母亲的身体积劳成疾，在很多年内，父亲一直带着母亲在各地求医问药，温补滋养的中药，见效快的西药，还有拔罐、针灸、牵引等各种方法都试过，每一种都只能暂时缓解疼痛，无法根治。那些年电视里常播放着"舒筋健腰丸"等广告，母亲几乎试了个遍，但收效甚微。父亲和母亲商量后，决定向矿上申请调动工作。

2008 年，河南煤化集团在新乡市辉县地区新开了一个矿区——张屯煤矿，新矿建设需要调动职工，父亲抓住机会，向矿务局申请调动工作。2009 年，父亲和母亲先后调到张屯煤矿，母亲有医院开具的"身体劳损、不能从事重型体力劳动"的证明，被安排在工会工作。这是他们最好的时光，张屯煤矿此时的效益很好，母亲被调到煤矿图书馆，在那里当图书管理员，再也不用上夜班了。父亲用多年工作的积蓄在市区买了一套 100 平方米的房子，从工人村搬到了市区。每逢星期天，学校放假，母亲就把我带到图书馆，夏天有空调，冬天暖气开得足足的，但很少有人来看书，图书室旁边是乒乓球台和棋牌桌，没人的时候我和母亲就在这里打乒乓球，父亲经常趁午休时间来找母亲，两人在办公室吃饭。

转变发生在 2016 年。这年 8 月，河南省政府发布了《河南省煤炭行业化解过剩产能实现脱困发展总体方案》，计划在 2016 年退出矿井 89 对，产能合计 2 215 万吨，涉及人员 6.22 万人。张屯煤矿就在这"89 对矿井"之列，父亲和母亲是 6.22 万人中的一分子。

我国煤炭行业自 21 世纪以来长期超量生产，随意开采新矿，导致煤炭供给能力持续过剩，行业发展缓慢，竞争严重，影响到我国产业结构。在供给侧结构性改革的背景下，国家针对"煤炭行业化解过剩产能"出台一系列措施，要求严格控制煤炭行业新增产能。包括停止审批新建煤矿项目、按要求淘汰一定比例的在建煤矿项目，同时关闭亏损和资源枯竭的煤矿等。原来全年无休的煤矿，根据规定要"严格按照 276 个工作日制度重新确定的产能组织生产"。这一计划将在 3 至 5 年内较大幅度压缩我国煤炭产能。

父亲调动的新工作，他和母亲短暂的美好生活，就这样在去产能的结构性改革中结束了。煤矿的营业执照被收缴、注销，矿区停电，设备停止运行，照明灯灭了，随后拆除生产设备和通信线路，最后是封闭矿井井筒。父亲和母亲被调去不同的单位：母亲去了方庄煤矿，在食堂帮忙打饭，工资不高，每个月只有 2 000 左右。两年后，母亲办理了内部退休。父亲去到赵固二矿，即使来回要花 4 个小时，父亲也像当年刚参加工作时那样，坚

持每天回家，因为一家人只有晚上才能聚在一起吃饭。父亲不再指望调到
离家更近的煤矿，因为附近的煤矿地下已经快被挖空了。

煤 矿 小 史

焦作曾享有"煤炭之城"的称号，父亲所在的赵固二矿，地底探明的
煤炭储量足够挖上 50 多年。但在焦作，这样规模的煤矿已经不多了。此地
有 100 多年的煤炭开采历史，最早可以追溯至晚清，据《焦作煤矿工人运
动史》记载，甲午战争后的 1898 年，英商福公司和清朝官员签订《河南开
矿制铁以及转运各色矿产章程》的合同，取得了在河南"转办怀庆左右，
黄河以北诸山各矿"60 年的特权，那时还没有"焦作市"的概念。1903
年，英商修建了运煤铁路——道清铁路，并创办了路矿学堂。直到今天，
在主城区内仍有以"道清"命名的学校和公路。

从 1898 年到新中国成立之初，焦作煤矿工人曾进行过多次经济斗争和
工人运动。1925 年上海发生"五卅"惨案，在全国掀起工人罢工运动的高
潮。焦作矿区的工人集体罢工，既是为声援上海人民的反帝斗争，同时要

1905 年福公司建水塔基石和 1908 年建厂房

焦作煤矿罢工领导人合影

求提高工人待遇。斗争持续了 8 个月，最终英商福公司不得不同意工会提出的复工条件。抗日战争爆发后，一部分工人随厂迁至四川、重庆等地继续生产，留下的大部分工人参加抗战，组成了煤矿工人为主体的道清抗日游击队。

挺过艰难的殖民和战争岁月，1949 年新中国成立后，焦作煤矿成为国营工业，成立焦作矿务局集中管理辖地矿井。1953 年，以发展重工业、建立我国社会主义工业化基础为目标的"一五"计划正式开始，焦作矿区的中马村矿被选为苏联帮助中国建设的 156 个重点项目之一。在国家工业发展的热潮下，煤矿制订计划生产指标，进行统购统销，迎来了黄金发展期，焦作因此成为全国知名的优质无烟煤生产基地，被称为"煤城"。1949 年至 1959 年间，《人民日报》多次发文表彰焦作煤矿"生产达标""提前完成生产任务"。

煤炭产业发展与国家经济政策变革息息相关。1978 年，我国实行改革开放政策，煤炭行业逐步改变由国家计划生产、定价和销售的局面，迈入市场化改革进程。其中，1978 年到 1992 年是我国煤炭行业体制转轨发展阶段，这一时期，我国煤炭资源总体呈现"供不应求"的状况，煤矿以增产为主要生产目标。国有重点煤炭企业仍然实行计划经济。1985 年国家开始对统配煤矿实行投入产出总承包，企业自主经营权逐步扩大，煤炭行业开始探索多种经营的发展思路。1993 年至 2001 年是我国煤炭行业发展的"过渡阶段"：国家通过试点放开煤炭价格，改革订货制度，并在 1996 年通过了《煤炭法》，建立以此为基础的煤炭行业政策体系，将全国统配煤矿的管理权下放至各个属地，1996 年我国产煤量增加至 13.74 亿吨。

伴随着改革开放后市场经济的刺激，国有企业普遍面临经济效益下跌、亏损额上升甚至停产的经营状况，归根结底是由于企业机制不够灵活、产品结构不合理和管理方式等深层次问题。这一时期的焦作煤矿也存在矿井老旧、井内排水量大、职工冗员过多等问题。资料显示，1995 年焦作全市共有资源型企业 1 233 家，从业人员 8.8 万人（其中在岗职工近 6 万人，还有 2 万多离退休人员），年产矿 2 109.85 万吨，资源型企业增加值占全市工业的 90% 以上。焦作矿务局采取减人增效、发展第三产业和市场化改革等措施，许多煤矿工人在矿井封闭后自谋生路，进入其他工业企业或投身当地旅游业。

国家能源局报告显示：2002 年至 2011 年是我国煤炭工业全面发展阶段。国务院颁发《关于促进煤炭工业健康发展的若干意见》，新型煤炭工业体系的发展理念逐步形成，大型煤炭企业集团快速发展，煤炭生产力水平快速提升，全行业扭亏为盈。《人民日报》在 1997 年的一篇报道中提到"焦作煤矿于 1997 年扭亏为盈，改变了此前连续 23 年亏损的状况"。2000 年，焦作矿务局改制，完成市场化转型，成立焦煤集团。2008 年，包括焦煤集团在内的全省多家重点煤炭企业重组，成立河南煤化集团。据《河南省统计公报》显示，2000 年至 2009 年河南省原煤产量总体呈增长趋势。

经过 21 世纪初市场化改革的焦作煤矿重新焕发生机，获得了短暂的发展期。随着我国经济发展进入新常态，许多资源型城市面临资源枯竭、经济结构单一的问题，被推上"城市转型"的发展道路，进行工业结构调整和城市经济转型。2008 年，焦作市被国家发展改革委正式列为资源型城市转型试点。从河南省的原煤产量及焦作市原煤产量可见：2009 年至 2010 年是煤炭开采的最后一个高峰，此后原煤产量呈下滑趋势。在全国范围，2013 年我国原煤产量达到 39.7 亿吨的历史高点，但煤炭需求却逐年下降，供给能力过剩，煤炭工业再次进入调整转型阶段。

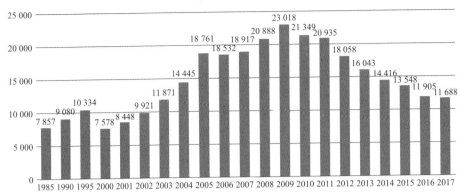

1985—2017 年河南省原煤产量统计（据河南省统计局年鉴整理）

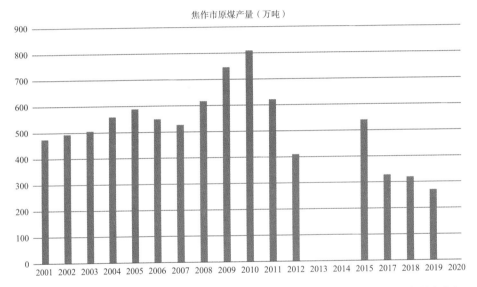

2001—2019 年焦作市原煤产量（据河南省统计公报、焦作市统计公报整理，其中空缺年份为当年数据未公开）

　　从统计数据来看，父亲和母亲参加工作时，煤矿已走出发展的黄金期。在这样的背景下，仍然有不少煤矿子弟进入矿上工作，成为一名矿工是当时同龄人的一种自然选择。对于他们而言，煤矿工作的最大意义在于稳定，能够支撑起最基础的家庭生活。这座城市因煤而生，因煤而兴，数十万焦作人加入煤炭开采事业中，煤矿的发展深刻影响了此地的经济和地理环境，也渗入人们的日常生活。在发展最高峰时期，绝大多数焦作人都与煤矿有联系。

父亲了解这些年煤的产量和价格走势，熟悉煤矿的事务和工作流程，然而在煤矿之外，煤炭行业与经济结构和环境的宏观联系则不在他的考虑范围之内。他把自己半生与煤矿的相依相伴归因于"运气"和"命数"。

近年来，煤炭行业出现在公共议题中，多是环境因素引起。2015 年，一部纪录片将我国环境污染问题再次推上风口浪尖，PM2.5 这个词越来越频繁地出现在新闻报道和人们的日常生活中，"PM"是英语"particulate matter"的缩写，翻译成"细颗粒物"。这种直径小于等于 2.5 微米的颗粒物，能较长时间悬浮于空气中，是用来监测空气污染程度的重要指标——在空气中含量浓度越高，代表空气污染越严重。在 PM2.5 浓度超标的日子，焦作市的初高中停止了晨间和课间跑步活动。过年的鞭炮也逐渐被电子鞭炮替代，制造和贩卖烟花爆竹的商家还在观望，等待熬过这个寒冬，然而，不久后"禁鞭令"出台了。

煤炭是工业革命以来全世界最重要的能源之一，它发热效率高，成本低，易于运输和存储。焦作煤矿主要产出的是无烟煤，燃烧效率高，污染小，烟尘少，即使这样，它仍然比不上新能源的清洁。原煤从生产到燃烧使用的过程都伴随着环境污染：向地下开采煤炭会破坏土地资源，可能造成水土流失，煤炭发掘后形成的地下空陷，容易造成坍塌事故。采掘出的原煤经过洗煤厂，产生大量污水，这些污水的排放也是个难题。最直接的影响还是空气污染，煤炭燃烧将产生粉尘和硫化物两种污染物，被人体吸入后危害呼吸道，一些小煤窑的采煤工人没有做好防护措施，煤尘在肺里长年累月沉积导致"尘肺病"，严重时无法呼吸。而硫化物进入空气会引起酸雨等环境问题。除工业企业外，我国农村的散煤燃烧是造成空气污染的重要原因，由于燃烧不彻底，排放的污染物数量巨大，而且没有任何环境保护和污染物处理措施，危害性不可小觑。

人们对燃煤造成的污染并非束手无策，通过电除尘和脱硫技术的正规处理，能够有效减少污染物排放量。困难在于，这两种处理技术需要的设备造价不菲，增加了企业的成本负担——小型企业既需要价格低廉的煤炭能源，又无力承担后续污染处理的代价。目前为止，以煤、石油为代表的化石燃料依然是最经济的能源选择，也是我国大部分工业企业使用的发电和工业原料。如果改用污染性较小的燃气、风能、水能等新能源，也会增加发电成本，使企业陷入两难境地。

在父亲看来，燃煤产生的环境污染不是我们这里煤炭行业衰落的主要原因。即使在环境保护措施最严的 2015 年至 2017 年间，父亲依然相信煤炭市场会转好，"化工厂、钢厂、电厂这些大工厂照样得烧煤，成本低，不愁卖不出去"。从 2016 年起，焦作矿务局就不能按时下发工资，经常一拖就是大半年。父亲觉得，这是因为矿务局随意开矿导致"收不住口"。"矿务局开矿太多，从别人手里买来的矿不产煤，赔在手里，摊子太大，没法收场了，这么多工人总不能全都辞退，只能这样耗着。"据父亲说，赵固二矿月盈利额将近 2 亿，"我们矿 3 000 人，要是不用平均给别的矿，算算到手能有多少，但这不可能，都得让人有饭吃，有的矿一年才产 10 万吨煤，工资还比我们高"。煤矿实行"基本工资 + 绩效工资"的薪酬分配制度，依据岗位划分工资，矿工中工资最高的是井下的采煤工人，每月收入超过 10 000 元。父亲的工资在 5 000 元到 6 000 元之间，等到他退休时，按照工龄能领到和现在的工资差不多数额的养老金，但那是十年之后的事情了。

生活还在继续，尽管迟迟不发的工资让人感到窝囊，但很少有工人主动离开煤矿。父亲今年 50 岁，开了半辈子铲车，但他没有正式的大型汽车驾驶证，他的证件只能在矿区内通行。父亲一生打交道最多的是煤，他知道煤如何从地下开采、运输、洗涤、分拣，变成煤泥、矸石、焦炭，他懂得如何修铲车、修皮带。但除此之外，他的世界几乎没有其他事了。在煤矿工作的几十年间，有同事转行离开煤矿，另谋出路，父亲从来没有想过换工作，就这样一直干下去，干到退休，一辈子和煤打交道。岁月和煤都在他脸上留下了无法磨灭的痕迹：细小的煤灰嵌入他两鬓的皮肤，在那里形成一片灰色的区域，怎么也洗不干净，这是煤矿给工人打下的烙印。

城市建设的步伐日新月异，外界对焦作的印象从"煤城"转为旅游之城、山水之城。然而父亲、母亲，以及很多像他们一样的人，身上似乎有一股惯性，他们只愿生活如皮带上的煤块一样向前，不管速度有多慢。只要确保煤在皮带上，它一定能够抵达运输的目的地。

我那没本事的父亲

赣南师范大学　朱惠兰

　　写到父亲，我泪眼婆娑。

　　我想起父亲拭泪的双手，那双老茧纵横的手，抚过眼眶，泪还是从斑驳的眼角流过，流向他深深浅浅的皱纹里。他的眼睛蒙上了一层厚厚的翳，像一块发黄的毛玻璃，上面布满了纹路分明的血丝。

　　我最怕父亲流泪，都说男儿有泪不轻弹！我知道父亲一定是到了伤心处。

　　我的父亲是农民，像中国许许多多的农民一样：他沉默寡言，不善交际，但他吃苦耐劳、老实本分。他性格一点都不强势，甚至还带着几分懦弱。邻里乡亲都称父亲老实，叫他石呆子，因为父亲的大名里有一个石字。其实，在当地的村子里"老实"并不是褒奖的词，而是代表软弱、好说话、好欺负，是没本事的代名词。我母亲常常因为父亲这样的性格懊恼，说自己嫁错人，说他没本事。可她也只是喃喃自语，因为她觉得父亲的地位就决定了她的话语权，她深感自己也是没地位的。甚至连同我和弟弟都受过很多的委屈，觉得旁人瞧不起我们这样老实巴交的一家人。我曾经怨过父亲不精明，为什么不像别人的父亲一样聪明能干。我曾经也恨过父亲不强悍，什么事都是自己家吃亏。现在想想真是惭愧无比，内疚得很。

　　我的父亲，虽然没本事，却是我最敬爱的父亲。我那老实的父亲教给了我天底下最可贵的两个字——善良！

　　我要感谢我的父亲，他不仅给了我生命，还给了我看待世界的温度。

　　父亲生于 20 世纪 60 年代初，相对来说，算是含着半把金钥匙出生的。

虽然祖上无荫庇可享，但那时祖父已是一名事业单位的有编制干部，吃穿不愁。可好景不长，祖母肺结核难愈，家族日渐式微。在父亲 11 岁那年，祖母与世长辞，留下 7 岁的叔叔、3 岁的姑姑。祖母去世，父亲受了不小的打击，他看着母亲咽气时痛苦的面庞，看到那闭不上的双眼，泪水决堤，他在族人的提议下要搬着母亲的头入殓，他害怕，毕竟他还只是一个孩子，还没有经历过生离死别，但他强忍着恐惧，在一片哀伤的唢呐声中，安放好母亲。因为这是他的母亲，从此阴阳两隔。可在乡人的嘴里，父亲却成了那个连自己死了的母亲都害怕的人。

父亲自从失去母亲后，郁郁寡欢，他胆小内向，脆弱敏感，学习成绩并不好，那时祖父在外地工作，难得回家一趟，见他学业差，免不了一顿劈头盖脸批评。父亲只是低着头，垂着眉，站那不动，祖父的火暴脾气又蹿上头来……

父亲最终没能完成他的学业，在他初一时，就主动退学了，任凭祖父好言相劝，他去意已决。他辍学在家，学过很多谋生的技能，像打渔、车衣、采矿、挖煤……祖父觉得自己教育失败，所以在父亲的谋生手册里他总是精心策划。祖父是一位电工，早年也研究过机械，是修柴油机的一把好手。祖父带着父亲在厂里住，手把手教他修理机器的技术，可父亲完全不感兴趣，他喜欢那一片片"黄金浪海"，它们像一块块织锦铺展在梯田、原野，微风不燥，悄悄地酝酿出新稻的香甜。他呼吸着旷野的空气，像孩童一般，对甜有着最原始的嗜好。在这片山区里，有赤金般的沉沉稻粒，有火舌似的红高粱吐出穗子，有棒槌一样的胖玉米尽带黄金甲，他热爱这一切。农忙时，他常常跑到周边的农家帮农民收稻子、收高粱、收玉米，挣几个小钱。他特别喜欢收高粱秸秆，无师自通地把高粱秆编成了一把把扫把，结实又耐用，深受乡人喜欢。可是不中听的话也入了耳，说他没本事，靠着老子的关系混饭吃，说他是马尾串不起的豆腐，烂泥扶不上墙，好好的修理不学，非要跑去干农活，活该土耙子！说他扫把扎再好，也不管用，一把扫把能值几个钱。他在一片冷嘲热讽中回到了家，从此帮曾祖母种田，有空就扎扫把。

20 岁时，他当了一名鱼贩子，他挖了两口池塘养鱼，还要去遥远的村子贩鱼，父亲贩鱼是出了名的老实，没脾气，放塘主一网打尽的鱼，父亲从不挑三拣四，一口价成交。有些贪心的塘主总要在别的鱼贩前磨半天的嘴皮子才多得几块钱的利，他们最喜欢父亲去收鱼，他们讲多少，父亲给多少，不用他们多费口舌。祖父说他迂，嘴笨，不是做生意的料。也的确如此，父亲没有做生意的本事，他只知道养他的鱼，每天，天不亮他就扛两个大竹篓出门打鱼草了。他使的镰刀永远那么光亮，那么锋利。在赣南肥沃的原野上，在长长的田埂上，在湿漉漉的小河边，他的镰刀饱食过最葱茏的鱼草。他打的鱼草都是成色极佳的油灯草，鲜嫩多汁的叶，阔大粗壮。他每天散完草后总要呆站在鱼塘旁看鱼儿吃草，经过的邻里，总也要轻蔑地笑一阵，说："石呆子，你还要看着鱼吃完草呀，草散在塘里了，谁也偷不走！"父亲只是蹲在竹筒扎的站排上，看着池塘眯眯笑，任凭风吹过李子树，落下成熟的李子或叶子。因为他已把鱼儿看成了他的心肝，他就喜欢看鱼儿吃草的欢乐样。

父亲在 21 岁时成婚了，在当时，他也算是早婚一族，他稚气未脱，喜欢看小说杂志，直到我出生，这个习惯还未变，有一天，母亲发飙了，她叫父亲温牛奶，父亲看小说入迷，错把凉水当牛奶，母亲撕了他的小说，扔进尿桶里。他还喜欢听广播剧，家里的收音机常常罢工，他就跑街上去听文化站的广播剧。四方的街，豆腐块大小，回字形猪肉柜，由水泥堆成齐脚高，杵着四个大柱子，上面是一扇露天骑楼。没有鱼柜，鱼贩子在骑楼旁，整齐地码好一排排鱼筐，鱼筐全用细竹篾编织，里面刷了一层厚厚的桐油和沥青，乌黑黑的，鱼儿银梭一般，不时跳出水面，溅起碎玉琼花。文化站像一座灯塔矗立在街头一隅，它照亮了粗鄙的小村庄，给村民带来了几分活力、几分期许。文化站定期播放广播剧，像《水浒传》《杨家将》，短兵相接的咔嚓声，战鼓擂动声、千军万马厮杀的声响，都那么动人心弦，有时也播感情剧，像《白蛇传》《牡丹亭》，那咿咿呀呀的唱词，那些哀婉的叹息，那些铿锵的誓言，同样让他牵肠挂肚。他常常听到日落西山才回，有时他在街上卖鱼，听广播剧入迷，刀锋就无情地刮进了他的手掌。他也爱看电影，有时还未到散圩，他委托旁边的鱼贩照看摊子，自己跑去看那场心心念念的电影，等他回来，圩散了，大家都走了，难免少上几条大肥鱼，父亲却并不计较，他想是那些想买鱼打打牙祭的外乡打工人拿去了吧，这些人一年挣不了几个钱，不常买鱼。父亲倒常常把鱼肠、鱼尾送给他们，他们碍于面子，就说工地多养了几只猫，父亲不揭穿，每次都默默地拾掇好，有时还送一个鱼头。倒是母亲火冒三丈，数落父亲没本事，所托非人，连几条鱼都看管不了。母亲是有怨气的，用她的话说，当年嫁给父亲就是看父亲老实，她的父母也这样劝她，老实人会顾家。可她没想到老实人这样没本事。

父亲曾在煤矿工作，积累了一定的工作经验，于是与发小合伙当了包工头，开始挣了些钱，父亲很高兴，给我们姐弟俩买运动套装，厚厚的夹克衫，象鼻运动鞋，母亲在乡邻面前也时常夸父亲能干，说他现在有本事。但最后父亲破产了，他的发小到处举债，竟然卷钱远走他乡，杳无音讯。父亲没有追究，他拿了两包硬币回家，都是一分两分的，总计不过百元，他放在写字桌的抽屉里，未曾上锁，我小时喜欢翻看他的抽屉，好像我认识他，就是靠这一抽屉的零碎"名片"，他的收据，他的印泥，不同材质、不同款式的印章，他保存的粮票、硬币，他的记账本……那个时期是他人生的低谷期，他又扎起了扫把，整日坐在楼上的一间房里，除了吃饭下来，其余时间都在扎扫把。我常常被差使去叫父亲下楼吃饭，我站在门口，小小的心灵总有莫名的酸楚。父亲剖好竹篾，分拣好高粱秸秆，错落有致地扎成扫把，他两手像两只扑棱着翅膀的飞鸽，上下翻飞，一会儿，就扎好了一把。阳光透过木窗棂，打在他蜡黄的脸上，落寞的长睫毛上，落满了灰尘。一道道光柱滚动着，穿过他瘦弱的身体，冲向屋瓦。父亲坐在一把竹椅上，周围满满当当的都是高粱秆，如海水般汹涌而来，想到曾意气风发的父亲淹没在无声的痛苦中，我的心也掉落到谷底。

那一年，他整整扎了两大卡车的扫把。一个煤炭厂老板欠父亲八千块，他实在拿不出，就拿煤来抵酬，父亲应好，母亲说他死脑筋、榆木疙瘩。他还不忘送一些煤到他的发小家，那一家也够可怜，老太太七十几了，还要上山砍柴烧。

30岁时，他自立门户，与祖父的大家庭分开。父亲单靠扎扫把已经不能支撑家庭支出了，于是他去采石场打石头，这是一项很危险的工作。小时候，我最怕山上传来的巨响，采石人引爆了火药，石头轰然从山顶滚来，谁被砸中谁就没命。恐怖的还有放炮，他们中就有一人见火药没响，以为是哑炮，凑上前检查，谁知火药爆了，他被炸得尸骨无存。父亲哭了，之后每次去打石，都要叮嘱母亲待我们好。我亲眼看过他抡起铁锤砸石头的情形，豆大的汗珠汇成小河打湿他的衣裳。我站在不远处喊他回家吃饭，他敲着巨石，铿铿的声响淹没了我嘶哑的声音……祖父极力劝他不要打石，回煤矿工作，但他不是包工头了，而是下井的一线员工，挖煤、推小车运煤成了他的日常。我们还是很担心他，毕竟在我的家乡，总能听到煤炭工被倒塌的煤垅压死的事。家人提心吊胆地过日子，父亲为了一家的日子，拿命工作。

他还学过开手扶拖拉机，靠犁田挣钱，父亲与他的堂兄买了辆二手铁牛，每到七八月份的双抢季节，他们就忙得不可开交。那是一年中最热的时节，天蒙蒙亮，父亲就要出门，一直到晚上八点，月亮都亮堂堂时才回家，吃凉水泡菜饭，每天如此。大家都要趁着七月的尾巴把秧插完，所以赶得紧，雇主们排着队催着父亲犁田，好像再迟点，秧就插不了啦！父亲正午十二点都还在犁田，太阳毒辣辣地晒着一切，一丝风也不会有，团团的白云挂在湛蓝的天幕，像无数的蘑菇云，重重地漆刷了一片天空。水田里鸟雀没了踪影，只有知了藏在绿荫里歇斯底里地鸣叫，热得不行。田里的水被晒得热乎，割过的稻基拼命地吸吮着烫的水，冒着泡，不时咕叽一声。母亲送饭到田里，她抱怨父亲，工钱没加，锈坏脑袋，大中午还犁田，中暑了怎么办呀！

果不其然，那天中午，一丝风也没有，太阳像火球一般炙烤着水田，堂伯扶着父亲回了家说中暑了，叫我打来了一碗盐水，他往父亲嘴里送，父亲嘴唇发白，咽不下，水从嘴角流出，我赶紧找来了母亲，母亲吓得六神无主，放声大哭。幸好一位赤脚医生路过，忙叫我们把父亲搬到竹床，他使劲掐父亲的人中，父亲才苏醒过来，又叫母亲煎鱼腥草水，给父亲喝下，父亲才捡回一条命，每每谈及此事，母亲都心有余悸，说父亲就是死老实！

后来，父亲学会了打渔的生计，去远的地方，不管天寒地冻，他都要半夜起来，骑他的自行车前往。他有一套防水服，可是时间久了会漏水。他为了干活麻利，寒冬腊月也不穿防水服，穿条单裤跳入水里，因此，他得了很严重的风湿痛。他打渔基本挣不到什么钱，90年代初，一网下去，挣15元，大约一条肥鱼的价，还常常拿不到现钱，雇主要不欠着，要不随便拿条鱼抵酬。父亲从不讨价还价，一味顺从。母亲苦不堪言，一边买棉线一边抱怨父亲还挣不来补网的钱呢……父亲从不还嘴。有时，族里人借网打渔，父亲分文不收，他乐于助人。

父亲不仅打渔，还养猪，他买苞米、饲料喂猪，每天喂猪，他都要看着猪吃完猪食，以免大猪抢食，欺凌小猪，整整养满两年，他才把猪送往屠宰场，大伙笑他是不是希望猪多长几张票子，他苦笑，说赚的钱还不够本呢！他还养过一只老狗，邻乡去广东打工，他挤上车，无奈狗却跟不上去，恰巧父亲提着一斤肉从车旁路过，那只狗跟着他回了家，再也没走。父亲对它特别好，我们吃什么，就给它吃什么。这只狗明显老了，高大的身躯，毛色溜黄，牙齿黑短，常常懒洋洋地躺着晒太阳。后来，他的主人回来，它却没回去，仍留在我家，直到老死。

因为他善良，老实，35 岁时，他被推举为村里的护林主任，看着那本红艳艳的聘书，他异常激动。他一周三次去村里的山头巡查，还自掏腰包买来杉树苗，植在山头。他严禁母亲砍松枝，有次母亲折了几根松枝压柴，他竟将这松枝抽出，上交大队，还主动交了 5 元罚金。因此，母亲骂他大番薯，没本事，只晓得窝里横，与他怄气。父亲常常要算三粮五款，他文化不高，生怕出错，算盘打了一遍又一遍，时常深夜了还在工作。不善交际的他劝村民交粮可是一件大事，一天一户人家要跑好几趟，他不习惯油嘴滑舌，都是边帮乡人干活边谈工作，可有些乡人不但不领情，还看父亲老实，好说话，故意拖延不交，父亲只有一趟趟地跑往他们家。年关将至时，父亲跑得更勤，热情的乡人都会打上一碗新酿的米酒让父亲尝尝，父亲肝不好，滴酒不沾，但为了他的工作，为了乡民的这份心，他来酒不拒，他经常喝得酩酊大醉回家，有一次还连人带车摔进水沟，腿上缝了三针。最惨的是酒喝了，三粮五款却没收齐。乡人在背后鄙视父亲这个芝麻小官，他们给父亲出各种难题，但父亲有一副菩萨心肠。他们又嫉妒父亲这个村干部，认为再小也是官，他们不知道村里有时好几个月的工资都发不下来，我家的生活甚是艰难。后来，父亲辞职了，因为心寒，更重要的是不能养家糊口。

40 岁，父亲不耻下问，拜小他 10 岁的师父学艺，成了一名屠户。他从一名文文弱弱的村官变成了粗犷豪放的杀猪佬。家人都很诧异，也接受不了，他举着重重的刀砍猪骨，淘洗猪下水，一双手浸泡在血水里，一身都是猪粪味，想到这些我不禁流下了眼泪。我知道，父亲是为了我们的学费，为了我们一家子人过上富足的生活，才去学屠的。父亲学屠很辛苦，他每天 3 点准时起床，收拾什物，去师父家杀猪剃毛，撕膏分肉。天不亮就要运半扇猪肉到菜场摆摊，一年 365 天，天天如此，如果年关将近，连白天都忙得打仗一样，几乎没有休息时间。因为熬夜，父亲得了严重的脂肪肝。现在父亲已是 60 岁的人了，但他还在屠宰场工作，不分日夜。我常跟他说，别干了，我们姐弟俩都大学毕业了，有工作了，家里用不着父亲死命挣钱，父亲表面说好，可却放不下他的工作。母亲说父亲还想趁着干得动，多攒钱，为弟弟的礼金钱做准备。弟弟结婚那天，我叫爸放下杀猪刀，毕竟人老了，他说好，可在家还没待足一个月，他又操起了他的杀猪刀，他立下宏志，要为弟弟挣够首付买房的钱。

父亲靠着贩猪肉的生意，在老家建了一栋三层半的小洋房，里里外外的装修都是他出的钱，未要我们半分钱，还帮弟弟买房，交了几十万元的首付款，后来，弟弟买车，他也帮衬了不少。谁能说父亲没本事呢！他省吃俭用，舍不得给自己添一两件新衣，现在仍穿着三十年前的一套老军装，我买了一件呢大衣给他，他总不愿穿，我问他原因，他说农村人，穿件大衣，干活不方便。我买给他的红蜻蜓皮鞋，他穿成了草鞋，后跟磨得高低不平，他有时趿拉着皮鞋，急匆匆赶早市去了。父亲生活很简朴，从不讲究花架子。

他常常趁着往县城饭馆送猪肉的档，给我送来老家的青菜、鸡蛋、大米，当然还有不收钱的新鲜猪肉。父亲从不进门，我叫父亲进屋，父亲总是说不了，便匆匆离开。我知道，父亲是怕他满身的油污弄脏了屋，我的傻父亲！写到这，我的泪又如泉涌。

父亲六十大寿，叮嘱母亲，他过世后，一定要按当地的习俗准备好盆，盆里放满水，把他的杀猪刀架在盆上，以示他金盆洗手之意，他说他一生没本事，沦落到杀猪为生，这是他作为一名屠户的业障，这是他辛酸无奈后的深深忏悔。我听后，心里泛起一阵又一阵悲伤，眼泪夺眶而出。我的父亲为了这个家不至于穷困潦倒，他拿起了重重的杀猪刀，成了人们眼中粗野的杀猪佬。

我的父亲，没有像别人的父亲一样有本事，但是他靠着自己的双手支撑起我们这个家，他勤勤恳恳，本本分分，他老实、善良、总是替别人着想。他一辈没有大富大贵，但我想对我的父亲说："您在我的心里，最有本事，最能干，最善良！"

愿父亲健康长寿！作为您的女儿，我骄傲，我自豪！

一个绝症患者的自述

重庆传媒职业学院　向子怡

我永远爱初升的太阳，爱盛放的花朵，爱一切鲜活的生命。

——光头塔主人

先做一个自我介绍。我是光头塔主人，一个四年系统性红斑狼疮患者。我现在已经完全接受和习惯，作为一个狼疮患者，怎样生活、怎样努力地生活。我曾经花十多年的时间，学会了平静地向别人诉说我的经历，我也开始慢慢地听别人说他们的苦与乐。

这十年，很长，长到我以为生命到了尽头，长到我以为我的人生就此结束。每一个辗转难眠的夜晚，我都在思考。有时候思考，怎样离开才算是最轻松的，有时候也想，如果我没有生病，现在会在哪里，做什么。可是，天亮之后，我要做的第一件事就是喝水、吃药。

我一直认为，我是上天选择的英雄，一定有需要我去完成的事情，所以才会给我的成长设立这么多的关卡，我可能是孙悟空，也可能是奥特曼，反正要经历磨难，要流一些泪水。

九岁时的那一次流鼻血，我以为只会是我漫长人生中的一个微不足道的小插曲。可是这却成为我漫长人生中坎坷苦难的开始。第一次住院，抽血、抽骨髓，长针刺穿我的肉，戳进我的椎骨，针尖摩擦骨头的声音在夜晚格外清晰。当时觉得，好痛啊，这一定是世界上最让人难过的事情了。现在看来，当时还是太年轻了。后来医生诊断，血小板减少。从此之后，我不再和朋友一起打篮球，我不再上台演出我热爱的国标舞，我的书包里装了很多止血绷带、红皮花生还有红枣水。

然后，我就开始了我漫长的建立自己强大内心的坎坷道路。我去过广州，看过中医，从最开始的闻一闻中药就吐，到现在毫无感觉的"一口吞"；我去过济南，还是在冬天去的，济南的冬天是真的有太阳，看起来充满希望与生机，可是风太大了，太冷了，再炙热的阳光都温暖不了血小板计数上面的"0"；我还去过北京，面对着天安门广场许愿，在故宫祈祷。最后学习到了什么叫作"医托儿"，然后在零下十几度的天气去爬长城，我父亲话少，那天却格外有表达欲，他讲："当你还没有开始攀爬的时候，你会觉得很简单，爬到一半，你开始觉得辛苦，加上寒冷的天气，你认为这是苦难。等到登顶之后，你才会明白，这些都是人生的经历。"我不过才12岁，我似懂非懂，只觉得好冷，也好累。

就这样反反复复地住院出院，流血止血，医生总算是没辙了，决定给我进行自体干细胞移植手术。我及腰的长发被剃光，住进了无菌室，度过了我的15岁生日。从9岁到15岁，我的妈妈签过24次病危通知书，我输过68次血，做过12次骨髓穿刺，住过快100次院。我终于成了一个特殊的、被讨论的别人家的孩子。

我很坚强，除了第一次做骨穿之外，我再也没有当着别人面哭过。我一直坚信，恐惧就是一个懦夫，当你触及它的底线，接受事情最坏的结果，然后准备开始大干一场的时候，它就不知道跑到哪里去了。在每一次，我站在演讲台上，向别人讲述我的故事，他们先是讶异，然后是怜悯，最后会有敬佩。因为，能够鼓起勇气站上讲台的我，是冲破了一道道艰难险阻的难关死里逃生出来的，我比任何人都珍惜当下的一切。我很幸运，我还可以继续生活，读书。我相信，我的力量，我的努力，都没有放在错误的地方。

然而，现实的残忍就在于，你经历无数的痛苦煎熬之后终于接受的不幸，却预示了往后更大的不幸。我本来以为，一年多的平稳意味着我不会再过上课突然晕厥、走着路突然吐血的、胆战心惊的生活了；不用再继续用激素、穿大码衣服掩盖自己的肥胖了；更不用活在别人怜悯的、痛惜的眼神中了。可是，在我越来越控制不住自己的情绪，上楼下楼都成问题，手指弯曲动不了的时候，我知道，我不得不再次踏入这个深渊，去重新走进这无尽的黑暗。

系统性红斑狼疮，别称"不死的癌症"。确诊之后，我的精神错乱，每天说胡话，不吃饭不睡觉，陷入无休止的自我否定中，我厌倦活着，厌倦以前乐观积极的自己，我好几次拔针，好几次崩溃。对于疼痛，我更加习惯了，腰穿那天，我肥胖的身体努力蜷缩侧躺着，抱紧双腿，像婴儿在母体中等待降生，我多么希望，那一刻真的是我的重生。我也不再害怕面对医生，肾穿手术是教授亲自主刀，她的学生占满了整个手术间，很多人说话，安慰我，鼓励我，我的情绪仿佛终于找到宣泄口，眼泪再也止不住，崩溃痛哭。

狼疮脑病使我产生了严重的焦虑症，我忍受不了每一个睡不着觉的夜晚、没有力气的身体、脆弱的免疫系统，我不想每天靠着幻想明天度日，我不想和命运抗衡了。我的心理医生说：你很年轻，你有崩溃难过的权利的，绝症意味着，你将永远背负这一份枷锁和标签，你要表达出你的不满，对命运的不满，对那些要求你不准哭的人的不满，情绪只有抒发出来了才能够好起来。于是，我开始变化，我尝试让我的家人们理解，我并不完美，也并不完全乐观，我有时候也会很难过、会哭，这些都是正常的情绪，我应该有这样的情绪。

像每一次跌到谷底就会触底反弹一样，我虽然经受着精神和身体的双重折磨，但却在慢慢好转。我开始好好吃饭，配合治疗，不再胡言乱语，不再拒绝别人的关心和安慰，慢慢地开心起来。

后来，19岁那个冬天，我第三次复发。我没有像前几次一样怨声载道，而是完全接受和习惯。我关注了微博超话"系统性红斑狼疮"，结识了一群正在经历苦难却依然热爱生活的"狼宝贝"，我将我的故事分享给他们，我们互相鼓励。我告诉他们"我们就像是沙漠中盛开的花朵，我们挣扎着生长，我们是奇迹"。后来坚持参加高考，尽自己的最大努力为我的青春画上了句号。

而现在，我已经大二了。我仍然是人群中最耀眼的那一个，我很努力，努力学习，努力生活，努力地做自己喜欢的事情。我的身体逐渐好转，每当有人问起，我还会开玩笑地说"再等等吧，说不定我哪天就是参与试药，然后就彻底好了呢！"我现在很好，在互联网上鼓励更多的患者坚强起来，在生活中用自己的行动鼓励更多的人，坚强起来。我在黑暗中挣扎了很久，我格外珍惜每一个清晨，我有我的来处，就自有我的归宿。

我常常说，我比大部分人要强大得多，因为我拥有大部分人没有的苦痛。我知道下定决心坚持很难，我也知道往上攀登的路会更难。但是越经历就越明白，活着有多美丽。同时我也很感谢，感谢命运，有悲亦有喜；感谢生活，有苦亦有甜。一切都是瞬息，一切都将会过去，而那过去了的，就会成为亲切的怀恋。

这是一个绝症患者的自述，希望以我的绝望中亦有花香的坎坷的经历，告诉大家，万千坎坷，只要活着；苦辣酸甜，如实人间。希望总不会灭的，爱也是。

凤 姑

中南民族大学 刘 洁

凤姑乳名王凤，是我堂姑，大我三岁，却和我同年入学。我俩每天一起背着小书包形影不离，放学回家，又一起满山漫野地"打猪草"[1]，大篮子被野草压得又瓷又实，运气好的时候，野草可一直塞到篮子的提手处。两个纤弱的小女娃没办法搬动，就只好吭哧着拼尽全力，将篮子慢慢推至一处斜坡，勉强可将其扛向肩头，弯着腰慢慢驼回家。

一个又一个下午的时光，就在那田间地头的旮旯里流逝。万物生发的春天，是我们最喜欢的时段，找到的野菜都是嫩乎乎、绿油油、纤幼轻柔，小手也常被这多汁的野菜浸染成草绿色。它们在记忆里，散发着青涩的草香味。回家后，要蹲在地上，有时搬一个小板凳，弓起腰身，把野草剁得细碎，赶紧倒进猪槽里。那沉重的剁草声，传过幽长的时光甬道，清晰而富有节奏感，此刻仿佛近在耳侧，在码字的这刻，我的心被那声音震得突突跳起来。在当时，我多么厌倦那项单调而又每天不得不重复的活计，它俨然是我的专项家务活之一，也是当时的乡村女娃们顺理成章的家务活。在这日复一日不得不完成的活计中，那些桑叶、薯叶、油菜叶、薄荷叶、狗尾草等一切野外猪的可食之物，都纷纷在我的脑海里站立起来，它们曾占据了我童年的很大一部分时光。我已经想不起它们的名字，但是，只要

---

1. 当地方言，为养猪而在野外找寻各种猪可食用的野草，将其全部剁碎后，掺入洗锅之类的潲水、加入麦麸等，即成为养猪饲料。

我现在站在那茫茫野外，仍可一眼便准确识别哪些草是可以采去给猪吃，甚至哪些可以让它们吃得欢快，我都一清二楚。

而这项识草的技能，正是凤姑教会我的。我起初到野外，总是紧紧跟在她身后，她往篮子里塞什么，我便也跟着又扯又摘往篮子里放，如此一段时间后，我便不用再紧随她身后，我们各自分头，以最快的速度填满自己的篮子。每每黄昏时分，两个人满手都是野草汁液，弯着腰在清凉的小河边洗净双手后，属于我们的童年时光才正式开启。

两人放心地将篮子搁置在大石板上，找一处宽阔平滑的大石头，开始玩抓石子游戏。我们细心地在那清浅的小河里寻找来七颗稍稍圆滑的小石子，还会精心地一颗颗地在大石头上将它们的棱角磨得平滑。从最初的三二一、一二三开始，一直升级。我记得，凤姑总是玩得又快又好，每次都不停升级，而我每次都很难赢她。

那便是我和凤姑在童年里乐此不疲的小游戏。那时候，村里几乎每个小女娃的书包里，都装有一副被磨得光溜溜的石子，热烈的程度不亚于如今的手游。记得很多次，上课的哨声响后，好几个小女生还躲在教室后面的角落里玩得不亦乐乎，连哨声也置之不顾，直到老师走到身后还毫无察觉。老师决定整治一番，便找来学校在劳动课时用的簸箕，展开全校大搜查，让每个同学把书包放到课桌上，老师一个个地翻开，结果每个女孩的书包里，都无一例外地搜出七颗光溜溜的石子。不过老师至今不知道，当时身为学习委员的我，有一次趁着去他办公室里拿全班作业本之机，忍不住在那个装满各式各样小石子的簸箕里，挑出了我很满意的七颗来，放进裤兜里，当然了，这事凤姑知道。因为自从学校里禁止玩抓石子游戏之后，我俩每天放学，在填满一大篮子猪草后，最大的乐事，便是凑到一块儿玩这副石子。

那七颗小石子带给我们童年的快乐，大概只有山间的河水与青石会知道。只是很可惜，上完一年级，凤姑再没去过学校。因为她成绩很不好，按学校规定要留级，凤姑家里有四个孩子，她的哥哥仅上到小学毕业，而她才刚上完一年级就留级，自此便辍学回家了。

尽管上学我们不在一块儿，可每天一放学回家，我俩就凑到一起。春夏里，在田间地头寻猪草，秋冬则到深山老林里去砍柴。

凤姑力气很大，我比她小，体力不如她，所以每一次她的篮子都比我的重，砍柴时，柴禾也总比我的多。可我每次也很要强，拼了命也要和她一样，尤其是去砍柴的时候。每次，她总要帮我捆柴，这些就地取材的藤蔓，有时候并不那么顺手，我一个人根本没有力气捆得很紧。有时，我们跑去很远的山林，她看到在后面的我走得歪歪斜斜、一步一晃，便会放下自己的柴禾，走一小段回来接我一程，接着再走一段，再回来接应我。

每次我走到大概家里能听得到我的呼喊的地方时，都会找一处小高坡，尽最大嗓门呼喊妈妈来接我。早早在家门前张望着的妈妈，一听到我的声音，就赶紧应了声，一路小跑着来接我。那时，在暮色深浓的乡间的小路，纵使打多少个趔趄、跌多少个跟头，我都还能哼出小曲儿，肩膀被柴禾压得很红、很痛，只要妈妈一来，接过我肩头的柴禾，整个人瞬间就轻松了，觉出特别的幸福感。

不过，从来没有人去接过凤姑，有时我空着手看着走在前面的她稍显吃力的背影，小小的心里，便感觉难过起来，刚才被妈妈接应的幸福感，也不敢冒冒失失地表现出来，担心凤姑因此更加难过。

凤姑十三岁就进城打工了，她在一家小餐馆里做服务员。她虽年龄不大，却因为从小干活，看起来很结实，餐馆的薪水很低，但当时能找到这份工作已属不易，所以她一干就是好几年。

初一那年暑假，我突发奇想，要利用假期去找凤姑，和她一起打工。母亲耐不住我的软磨硬泡，终于应允，并托付在城里工作的舅舅照顾我。我一脸不屑地说："凤姑能出去，我也能做到，何况这不是和凤姑在一起吗？"母亲看我一脸坚定，算是放下心来。

我找到凤姑的时候，她正蹲在那个小餐馆的门外，也就是在车水马龙的马路边的一个水龙头下面，在用手一个个擦洗着油腻腻的盘子，我大惊："凤姑你不是服务员吗？只要在屋里面端端盘子，上上菜就好了嘛，怎么还要洗盘子？"这和我想象中的服务员大相径庭。在明亮的大厅里，穿着整洁的套装，对客人礼貌说话，不卑不亢地站立……我是带着这样的想象，来找凤姑的，却看到了在人来车往的街边，卑微地蹲着洗刷盘子的凤姑。

她直起身来，用抹布迅速将满手的洗洁精泡沫擦干，奔过来欣喜地抓住我的胳膊，说："你怎么来啦！"我看到她的双手，手指因为在水里长时间浸泡，产生很多发白的褶皱，她和我说话的时候，还操着我们那个地区城市人的口音，这个腔调和我们在村里的时候所用的语调是截然不同的，这让我听起来特别扭，凤姑看出我满脸不自然，遂悄声告诉我，若不用这种腔调，人家知道你不是城里人，会瞧不起的。我看了看凤姑那自以为模仿得很像的神情，想说什么，终于还是什么也没说。

我怕老板不收，就说自己已经辍学了，老板看我写在纸上那几个潇洒飘逸的字，便决定留下我，并让我负责写菜单，即客人点菜时，我就站在一旁迅速写下菜名，交给厨房。这个差事，比洗盘子好了很多，我想就算再苦再累，也要熬过这个暑假，至于分配给我什么活，累不累的，都无所谓，何况在那个餐馆，也只能说哪种差事累的程度轻一点。凤姑趁进来放盘子的空当，走到我身边，一脸羡慕地说："你刚来，就能做这个差事，可你看看我，要是识字该多好！就不用一直做这种最累的活了。"我心中一阵酸楚，说不出一句安慰的话来，看到老板过来，就赶紧各自走开。

那是一个清真菜馆，每天下午四点钟开门，晚上基本都在凌晨三点以后关门，因为兼有烤肉，特别是在夏季的夜晚，城里很多人都喜欢吃烤串、喝啤酒，谈天说地，没完没了地不愿散去。我本是个性极活泼的人，但我那时多么厌烦那些人深夜里还眉飞色舞地聊天啊，他们不停下来，我们便不能下班。老板还规定不能坐着，食客们在一旁坐着、吃着，我们得在另一边站着，竖起耳朵来，随时听候差遣。"啊，那该死的长夜！"时至今日，时光似乎都没能消解当时的那份困倦。

第一天站在餐馆里点菜的时候，从下午四点至夜里三点，足足站立了十一个小时，我双腿像固化了似的，直想哭鼻子。凤姑很担心我，时不时从洗碗池边站直了腰身，偷偷跑到我身边说："你坚持啊！"我便冲她笑："你放心吧！"其实我心里早哭泣很多遍了。我也知道，凤姑多么孤单啊，因为她不识什么字，所以她干了几年最苦最累的活，还是被人瞧不起，餐馆里另外几个小姑娘，年纪都不大，却很会见风使舵，总是想方设法地欺负凤姑，不给她好脸色看，还老是趁着老板不在的时候，支使她去做本应属于她们的活计。对于我的到来，凤姑别提多高兴，虽然我人小，可她觉得我识字，不比那几个小姑娘差，这让她感受到了某种底气。

第一天晚上好不容易熬到夜里三点多，店里吃夜宵的人群终于慢慢散尽了，我们几个收拾好残羹剩汤，又把餐馆里里外外打扫得干干净净，这才敢不断打着连天呵欠。我问凤姑："我们睡哪里啊？"凤姑说："就睡这里啊！"我顿时愣住了，所谓的床便是在餐馆打烊后，将几张大桌子拼在一起，再铺上一床棉絮。凤姑就是睡了几年这样的床啊！当天，大家都太累太困，都不过是半大的孩子，几个人很快都在那桌上沉沉睡去。

第二天早上，才八点多，听到有人砰砰敲门，大家从沉睡中惊醒，却都不愿动弹。原来老板每天早上都要先把菜买回来，得有人把菜都拿进店内，才可以继续睡觉。旁边一个叫小惠的女孩，比我们都大一点，看样子有十七八岁模样，她指着凤姑："去，开门去！"一旁的我看她那副颐指气使的样子，气不打一处来，冲她说，"你让人开门，能不能好好说话！"小惠见我一来便受到老板重视，也不敢对我发火，就用讽刺的口吻说凤姑，"你不是开了几年的门了嘛！怎么今天不想动了，看你侄女来了是吧？"我心里难过得一句话也说不出口。凤姑怕我和小惠起争执，悄悄拽住我的手，说："没事的，我去开就是了，你别和她吵啊！"

度日如年地熬过了一个星期，感觉像是过了一个世纪，幸亏凤姑在一旁不断鼓励我，又想想她已经过了几年这样的日子，我一个暑假总要熬过去吧！那天我早早起床，到街边公共电话亭里给妈妈打电话。电话一接通，听筒里传来妈妈熟悉的声音，我便忍不住泪如泉涌，哽咽着一句话也说不出来，妈妈听到我的哭声，也哭了，那是我第一次离开她的身边，开始人生第一次真正意义上的社会实践。妈妈心疼地说："太累了就回来吧，妈只想你经历些事，并不指望你挣那么点钱。"那一刻，我真想马上乘车逃回家去，可是倔强的个性不容我这样做，我忍住抽噎，对妈妈说："这里还好了，我只是想你了……"

挂了电话，红肿着双眼回到餐馆，凤姑也醒来了，呆呆地看着我，她低低地说："其实我真希望你能在这里多待些日子，这样我也有个伴，可是看你这样累，我心里也不好受。"我冲凤姑一摆手："你就放心吧，我能坚持的！"是啊，凤姑也和我一样渴望有人疼，有人关心，我能做的，也只是和她做个伴。

妈妈终于还是放心不下，听我哭得那么伤心，心急如焚，挂了电话后，就拜托舅舅无论如何也要把我送回去。高大的舅舅出现在饭馆里时，我远远地躲开了，却被他抓到柜台前。老板这才知道我还在读书，当初他是说过不收假期工的，不过看我挺伶俐，更何况看到有这么一个气度不凡的舅舅，就很痛快地装作一副顺水人情的样子："现在也是可以走，不过为了不坏了规矩，要领工资的话，至少也要做满一个月才行的。"我坚定地对舅舅说，一定要做满一个月，舅舅拗不过我，只好答应。站在一旁既紧张又难过的凤姑，看我留了下来，瞬时开心起来，我看到她的神情，内心更坚定了。

临走的那天早上，我轻轻地起床，没有叫醒凤姑。她背着身子，也许她早就醒了吧，只是和我一样，都无法在此时说出一句告别的话语。那几个大桌子拼成的床还是那样坚硬，一个月来每天都硌得我的全身生疼。店里因为常年烤肉的原因，满屋子充斥着说不出的膻味。可是这样的房间里，凤姑已经生活了三个年头了。三年里，我不记得凤姑曾回家过年，也不知道她是如何一个人待在这无人问津的小店里，度过了对于一个女性而言一生之中最宝贵的少女时光。

那就这样轻轻地走吧。我背起包，轻轻地关上门。这道门，像是就此关上了我和凤姑之间的全部记忆。

舅舅带着我去玩了一整天，我在如画的风景里，却总是神情不定，凤姑那张忧伤的、劳累的、隐忍的脸一直在我眼前晃动着。然而孩子的记忆，那么深刻，却又那么容易遗忘。在匆忙的时光长河里，总是来不及回顾，就会有时光的大手推着我们各自向前。当我重回温暖的家中，回到我可爱的校园，我和凤姑的生活便成了两条并行的轨道，再无交集了。我的疲惫的、劳碌的凤姑，她的生活还在继续着，却一天天离我更遥远。我们都在自己的人生轨道上奔忙。我知道她在，却又似乎忘却了她在。

凤姑极少回家，只听说后来去了北京。而我一直上学。我们就这样各自长大，远离。大二时的春节，凤姑回家过年。我特别激动，她竟没有因为奔波而消瘦，反而又白又胖，许是在外面闯荡日久，她看起来已有几分精明干练的味道，而我仍书生意气十足。我俩一起窝在冬天的被窝里，听着凤姑讲她在外闯荡的经历。她卖过馒头，卖过衣服，一直打着各种小零工、散工，东飘西荡。特别是关于卖馒头的情境，我自个儿脑补了许多个画面，当时学校外面，每天都有卖馒头的三轮车经过，拖着长长的音"馒头，馒头，好吃的馒头……"，凤姑也一定这样在大街小巷里踩着三轮车，穿过生活的风风雨雨。

她长长地叹气："我真羡慕你，我真的好后悔，当初没有坚持多上几年学，你看我这些年，连工厂也进不了，因为不识字，连履历表也不会填……"我也叹气，说："你都这么大了，也该攒点钱给自己了吧！你们家那是填不满的无底洞啊！"她幽幽地说："我就算累死，也想让弟弟妹妹上学，我就吃亏在不识字上，我不想他们和我一样啊。"

那夜风好大，我们在小屋里聊天到很晚，床上的电热毯热乎乎的，凤姑感叹一声："好暖和啊！"我就突然想起，她曾经在那个小饭馆里，在那些用桌子拼起的"床"上睡了几年。这些年，我们并不了解她还经历了什么。

再后来，我工作后又考研，凤姑突然打我电话，接到她的电话，我不敢相信，急切地追问她的情况，她说想开餐馆，已筹集了大部分资金，还差一点，希望我能借给她，我当时在学校，手上也没预留什么备用金，即刻给她转去了微信上的三千元。心里很替凤姑高兴，也佩服她的魄力，想到她自己创业了，我十分高兴。只是此后，便再无凤姑消息，有时打电话回家，却零零散散地听说凤姑因为不识字，签合同被骗，又有传言说她被卷入传销陷阱，我大吃一惊，更加担心。

后来凤姑又打电话给我，显示的是公用电话，我问她为何手机停机，她也不说，只是说她餐馆生意不错，希望我能过去帮她打理之类的，我联想起传销之类的传言便起了疑心。想到此，不由得生气起来，便匆匆挂了电话。可是电话一挂就后悔了，她能够想到我，就是觉得我可以帮助她啊。我赶紧再打过去，已找不到她了。

然而就在去年，我再次接到凤姑电话，除开前两次她的局促的、不安的，在电话里借钱的声音，这是第三次，我听到她在电话里的声音，爽朗的、开心的笑声。久违了，我的凤姑。

下着暴雨，她从另一个城市打滴滴来看我，她显然是被司机给忽悠了，一个小时的车程，竟然收了四百多的路费，我埋怨她怎么不问问我，她憨憨地笑："没事儿，下着雨，人家开车也不容易……"是的，在人世的辛酸里浸泡着成长的凤姑，最能体会普通人的不容易吧。

我给她煲了鸡汤，炒了几个小菜，她吃得很香。边吃也顾不上和我聊天，边要处理工地上的事情，指挥几个部下在清算工人的工资，俨然一副女老板的模样。我就在一旁默默看着她。从电话里早已知道她现在承包了好几个工程项目，经常全国各地跑，早已身经百战，应对自如。听到她在电话里处理一起工地事故，我的心"咯噔"一下，她竟镇定自若，"做工程的，大事小事早就习惯了"，她轻松地安慰我。

晚上，我给她找了睡衣，却奇怪她冲完凉，竟又要穿起内衣。她说在工地上，大多数都是大老爷们，大家都是哪里困了哪里找个角落眯上一会，这些年她每晚都和衣而眠，早就习惯了，脱了内衣反而睡不着。后来，她说了什么呢，我竟然记不清了，我的脑袋里反反复复地回放着她在我的催促下脱了内衣又穿上的情景。在岁月的风霜里，那个一起玩着小石子的凤姑，已蜕变成一个如汉子般刚强的女包工头了。

对了，她去年临走的时候说，她要给家族带来荣耀。这是仅上过一年学的凤姑说出的，让我感到振聋发聩的励志话语。

此间的少年

香港都会大学　张　元

一

离家十多年后，我终于订下了回乡的火车票。

那一晚，我在火车上彻夜未眠。毕业后，我留在了上大学的那座城市，距离我的家乡一千多公里。如果不是爷爷的病危通知，我想我是不会回来的。对于我远在一千多公里的家乡，我的感情就像水中的荇草一样，是漂浮不定的。唯有那藏在水中的根，是维系我与家乡的血脉。

在踏上家乡土地的那一刻，心里却不由得踏实了下来。还是那样潮湿的天气，熟悉的乡音。背着草篓的阿婆蹲坐在街角，细致地拾掇着摊在地上的新鲜蔬菜。开着摩的的大叔对我说，十块钱，去哪里都可以。我摇着头，拉着行李箱，走向了下乡的汽车站。

家乡的事绕不开婚丧嫁娶，传宗接代。为了免除这些烦恼，我决定去找在岱山村小任教的发小，倾诉烦闷的心绪。结果，发小没找到，却勾起了陈旧的少年往事。

村小的老槐树下躺着一把太师椅，太师椅上面有一银发长髯的老爷爷正在闭目养神，他的身体随着身下的那把太师椅上下摇晃着，手中的蒲扇在胸前一张一翕，缓缓地没了动静。

我蹲坐在那把太师椅的跟前，试图唤醒老爷爷，向他询问岱山村小的现状。可后来想了想，还是作罢。老爷爷一袭白衣，长髯飘飘，倒有些仙风道骨，消瘦的脸庞布满了枯树皮般的褶皱，老花镜挂在胸前，神态安详，倒有几分似曾相识。

我后来才了解到，这位老爷爷是我的语文老师陈达。他老态龙钟的模样，确实让我不敢相认。对陈老师的种种，我只能用感谢两个字来表达。除此之外，我再也找不出其他的词汇来了。请原谅我的词不达意。

那是多少年前的事情了，我没敢仔细去数。苦难对一个大山里的孩子来说，是再平常不过的事情了。

二

我就是出生在这样一个封闭环境中的孩子。我叫张皆遂，现在也是小有成就，算是吃穿不愁了，平凡人追求的东西也不过如此了。但是，故事还是要从我的名字开始。张皆遂是我的名字，是我那个大字不识一个的父亲，托村上最有教养的老师给我起的名字。那位老师就是陈达。父亲学着陈老师的样子说，万事亨通，万事皆遂，万事吉祥。为了讨个吉祥的象征，我就叫作张皆遂了。

听父亲说，陈老师是很有学问的人，在大城市的师范学校上过大学，还差一点出国留学了。后来因为家里的母亲身体不好，他就回来一边教书一边尽孝服侍了，以后就一直留在了家乡。

有一天，也是我上小学的时候。父亲对我和姐姐说，他和母亲要外出打工，补贴家用。那是一个打工热的时代，村里的青壮年劳力纷纷丢下了锄头，卷上铺盖，捆上蛇皮袋，手中揣着廉价的硬座车票，走向了火车站。

我和姐姐拉着母亲的衣角，哭闹着不让她离开，可母亲还是流着眼泪走了。后来啊，我总是会想起那些刚开始独立的日子，那天和母亲分手的细节。

"妈妈，你和爸爸要去哪里呀？"我哭着对已经走远的母亲哀号。

"广州，快回去吧。"母亲向我们招招手，并没有回头。

"广州在哪里呀？"姐姐补充道，揩了一把挂在脸上的眼泪。

"就是山的那边，很远的，快回去吧。阿颖，照顾好弟弟。我和爸爸很快就会回来的。"母亲的声音越来越淡了，好像被空旷的四野吸收了。

"妈妈，你们明天就回来呀，我和姐姐在这里等着你们。别忘了答应给我买的冲锋枪，还有姐姐的娃娃。"我不知道母亲有没有听见，只是再也没有听到回答。两侧的山像屏障一样，从此阻隔了我对母亲的依赖。

"姐姐，你知道广州在哪吗？"姐姐拉着我的手，双脚沾满了泥土，我在后面拉了拉她的手臂，问道。

"不知道，可能在山的那边吧。"姐姐没有回头。

"等我长大了，也要去广州。"我咬了咬牙，握紧了拳头。

那时的我不知道什么时候才能长大，也不知道广州在哪里。只知道父母在那里打工，是一个很想去的地方。在那之前，我一直以为自己会比班里的同学要好，因为他们的父母都去广州了，我还有妈妈。直到后来，我也成了他们中的一分子，并没有比谁更高级。

最初的几天还一直不习惯没有父母陪伴在身边，父母走了之后，我和姐姐一直和爷爷奶奶生活在一起。那段时间很难熬过去，每每看到家里父母的衣物就会睹物思人，暗自哭泣。记忆中的无数个夜晚，奶奶曾推着手推车，哄骗我们要去广州找妈妈。其实那辆车根本没有离开院子，转了几个来回之后，我和姐姐也就睡着了。我知道的第一个城市的名字就是广州。

从此，陪伴我最多的人，除了奶奶爷爷，就是陈老师了。对于我来说，亦师亦友的陈老师是脑海中最深刻的形象了。

三

小孩子都是很调皮的，就像老虎的幼崽一样，需要在打闹和游戏中成长，学习生活的技能和生存的诀窍。岱山村小坐落在半山腰里，山下就是潺潺的山涧水，自然也是各种生物活动游戏的所在。在我们学习完《增广贤文》的"一寸光阴一寸金，寸金难买寸光阴"之后，追着光阴的尾巴，一窝蜂地涌到了山涧的溪流中。

那时的生物课也是在这样的环境中上的，现在想来，的确是不一般的享受了。亲近自然的同时，还能激起学习生物的兴趣。陈老师对我们说，万物都是有生息的，要学会感受，平等对待每一个生命，懂得尊重。这些话是在我做了一些错事后，才能够真正明白的道理。

在我看来，除了语文之外，陈老师好像是一部百科全书，什么都懂，什么也难不倒他。

"这种药草是不能用的，它有毒，明白吗？"我点了点头，当作明白的神情。"那这种呢？陈老师。"我拎起了手中一株不知名的药草，在陈老师的面前晃了晃。"嗯，这种是可以用的。要分清楚是非，做人也是一样，懂得哪些事可以做，哪些事不可以做。"我点头应是，并不是很懂。

在山涧溪流中，我最喜欢做的就是捉出水中的鱼，然后用细线缠在它们的身上，下面坠上一块圆润的鹅卵石，看它们艰苦游行的样子，高兴得哈哈大笑。捉到的青蛙还是用同样的方式，在它们腿上坠上石子，沉落在河床上。山中的草蛇也同样遭到了我的虐待，在它们的嘴上缠上细线，看着他们痛苦爬行的样子，我便开心得手舞足蹈起来。

直到有一天，我午休醒来的时候，发觉腰间被缠上了一条麻绳，负着一块盆口大小的石头。我背着这块石头急得捶胸顿足，找陈老师帮忙。可是陈老师并没有立刻给我解开这束缚。

"这石头沉吗？"陈老师坐在门前的台阶上，看着满头大汗的我，问道。

"嗯，陈老师。"我用手背擦拭着头顶上渗出的汗水，重重地点了点头。

"你觉得那条鱼会感觉重吗？"陈老师这样反问我。

"嗯，陈老师，会。"我答道。

"那只青蛙呢？"陈老师继续发问。

"也会。"我蹲坐在地上，石头的重量有些让我难以忍受。

"那条蛇会感觉到重吗？"陈老师继续问道。

"我知道错了，陈老师。"我终于还是求饶了，只好认错。

"你负着石头去溪边解救它们，如果它们死了，你就永远背负着这块石头。"陈老师起身离开了，我驱着步子，背负着石头去解救被我折磨的生物。

背上的石头羁绊着，每一步都很吃力，也栽倒过几次。我回想着陈老师对我说过的话，想象着那些被我折磨的生物艰苦求生的模样，也就感同身受了。

那条鱼已经翻起了白肚皮，没有了水流通过鳃部，它早已一命呜呼了。鱼眼泛白如蒸熟了一般，我还是把它从清澈的河床上解救了出来，拆除了它身上的绳索，把它埋在了河边的沟洼里。那只青蛙倒是很幸运地存活了下来，被我解救后，双腿蹬着河床上凸起的卵石游走了，看样子很疲惫。不过，那条蛇倒是没有青蛙那样幸运，在一块岩石上，我看到那条蛇的头部已经血肉模糊，血水洇红了一大片岩石。

我蹲坐在地上号啕大哭，陈老师闻讯赶来，但并没有责怪我。

"每一个生命都是值得尊重的，这世上的生灵都有自己生存的方式，我们没有权力主宰它生存的轨迹。要学会善良，适当的时候学会换位思考。"我跟在陈老师的后面，像是懂了，又像是一笔糊涂账，云里雾里的。但我终究还是会学会的。

四

陈老师宽阔的后背像一座伟岸的山峦耸立在我的面前，于我而言，是高不可攀的。现在想来，陈老师年轻时的模样，清瘦高挑，戴着一副茶色的眼镜，梳着油光发亮的背头，消瘦的面庞颧骨突出，但神情坚毅。他喜欢在写板书的时候，把左手背在身后，握着卷成直筒状的课本，细长藕白的手指很像女人的手，和父亲粗糙坚硬、布满茧子的双手截然不同。那时对陈老师的崇拜就像现在的追星族追星一般，如果还有什么不同的话，陈老师除了不俗的外表，还有像大海一样深邃无底的智慧。

在岱山村小的班级中曾发生过这样的故事，想来可笑，但也是无奈。

班上的同学有四十几人，男女生的人数均等，但那时却不是以性别来划分势力范围的。小孩子的情绪是捉摸不定的，今天和谁玩得好，说不好，明天就会变了脸。通常广州和北京是势不两立的，中间还加上了上海，不过上海是中立的，不会帮助哪一方。是的，你可能想象不到，广州派就是父母在广州打工的同学，自然，北京派就是父母在北京打工的孩子，上海派也一样。当然了，我和姐姐是广州派，也是实力最强的一派。因为，去广州打工的青年人数是最多的。

"广州有高楼大厦，还有广阔的大马路，你们北京有吗？"

"北京有天安门和毛主席像，还有长城，你们广州没有吧？"

"广州离岱山村小很远，到处都是汽车，我爸爸还答应我让我暑假去广州，带我去游乐园和米老鼠拍照呢。"

"北京是首都，我爸爸在天安门拍过照片，还爬过长城，我都看过照片的，不信去我家里看看！"

同学张宏伟和素梅曾经因为谁也没有辩倒对方，而在回家的路上约过架，原因是张素梅说谎了。她爸爸从来没有答应过她，说要带她去游乐场和米老鼠拍照，也从来没有回来过。已经有三年了，张素梅没有见到过爸爸。她很委屈，但是也不想让人知道她的窘迫，我和姐姐是知道她的情况的，可能是因为同病相怜吧，我父母也有三年没有回来了。

有一天，陈老师当着大家的面说有一封张素梅的信，并郑重地把信封交在了张素梅的手里，然后背着手走上了讲台，在抽屉里摸索着什么。"同学们，张素梅同学的爸爸给她从广州寄来了一只米老鼠。"陈老师从抽屉里拿出了那只玩偶，径直走到了素梅的座位上，送给了她。素梅哭得很伤心，紧紧地抱着米老鼠。

在我和姐姐已经习惯了没有父母陪伴的日子时，却得到了他们回来的消息。

那晚，姐姐和我躺在妈妈的两侧，便有了下面的对话。

"来，让你们看一看爸妈挣的钱。"妈妈解开了外套，掀起了里面的毛衣，取下了绑在腰间的一个四四方方的布袋，仔细地用手掌抻了抻，像一个虔诚的香客敬拜神明一样，小心翼翼地打开了布袋，取出了里面用红线捆好的一叠红色钞票，得意地在手上颠了颠。

"妈，好多钱呀，这有多少呀？"我和姐姐抢着要数一数，被妈妈拦住了。

"来，一块数吧。"妈妈取下了红绳，钞票的下端夹在她的左手小指和无名指间，上端用拇指摁着，夹在食指和拇指中间，然后伸出舌头舔了一下右手大拇指，开始哗啦啦地数起来。

许久，妈妈才大声开了腔，像是怕被人窃听一样。"一万一，一万二，好了，一万二。"妈妈重新整理了钞票，码放整齐，装回了布袋里。

"一万二是多少钱呀？能买小汽车吗？能买多少冲锋枪呀？"我挠着头，仔细思考着一万二的购买能力，还是想不出个所以然来。

"妈妈，我和姐姐不让你回来了，你还去挣钱吧。"妈妈摸着我的头，会心地笑了笑。"傻孩子。"妈妈搂着我俩长长地舒了口气。

后来，爸妈用这笔钱在家里重新盖了一间新房子。农家人就是这样，在外面挣了钱回来后，第一件事就是重新盖房子，而且新房子还会一家比一家高，互相攀比。仿佛那空洞的楼房是身份和地位的象征，实则楼房的内部都还是未曾粉刷的、裸露着的砖瓦。

五

陈老师的家在一群群庞然大物中却是个异类，虽然我的成绩并不是很好，但好在文章写得还算过得去，所以也去过陈老师的家里交流心得。私下里的陈老师还是会像课堂上一样洁净儒雅，只要有外人在，必然穿着讲究，但也并不做作。

按着印象，陈老师的家应该是这样的：庭前栽满了翠竹，院子里开满了各色的鲜花，庭院的右侧结满了不同的瓜果，总能看到穿着长衫的陈老师穿行在花果之间，惊起了一群色彩斑斓的蝴蝶四散开来。有一条溪水环过庭院前的翠竹，向山脚奔流，那上面便架有一座水车，像纺纱车一样悠悠地响动着。我挺喜欢去陈老师的家里，总感觉，陈老师身上有一种力量吸引着我，究其原因，我却道不明白。

庭院中的那一塘荷花开得正艳，于是便想象着"棹将移而藻挂，船欲动而萍开"的妖童媛女穿行其中，记忆尤深。

在家里过了一个短暂的春节后，父母又背起行囊，去了广州。

我再也没有哭喊着不让他们离开，事实上我和姐姐已经习惯了没有他们陪伴的日子。倒不是因为让他们多挣钱的想法，只是我发现那种请求是徒劳的，他们还是会走的，无论我怎样挽留。后来长大以后，我变得特别要强，自己能处理好的事，就尽量不会去麻烦别人。外面的烦心事和不顺利也从来没有和他们说过，只报喜不报忧。倒是妈妈看到平静的我和姐姐，哭得很伤心。我不知道为什么，只是感觉心里很堵，像是被抛弃了。

开学的头一天，我得了一场大病。如果不是陈老师，恐怕早被神明耽搁了小命。

讲起神明，不得不提奶奶的信仰。在我家那座没有蔬菜的菜园里，早已被各路的神仙大王侵占。菜园里没有了蔬菜，只有奶奶供奉的神明。奶奶时常给我说，应该拜拜孔圣人的，是孔圣人让你读了书，有了知识。邻居家的儿媳妇几年没有生育，就要劝说人家求求送子观音，烧烧香，拜拜佛。祈祷着神明的庇佑，寄望着健康长寿。

许是那天着了凉，受了风寒，半夜发起了高烧。也为难了年迈的奶奶，三更天起来在神明的坛炉内求得孙儿的救命"解药"。没承想，整日供奉的神明并没有随了奶奶的心愿，倒差一点使我没了性命。

我喝了那碗号称"解药"的混合着香灰的凉茶后，腹泻不止，胃内如翻江倒海，险些把心肝肠全吐了出来。着了急的爷爷才想起了陈老师来，抱着我直奔陈老师的家里。陈老师熬了两剂中药，一股脑地给我灌了下去，直吐到后山的公鸡打鸣，拂晓又喝下了一剂汤药，才消停了下来。

后来，听爷爷说，奶奶很是伤心，神灵没有庇佑家人。我并没有怪罪于她。即使这样，奶奶还是信奉着神灵，只是不再用香灰来治病。我知道，在知识匮乏的山区，祷告神灵只是寻找心理慰藉的方式，就像原始人对雷电风雨的崇拜一样，他们解释不来的事情就要寻找另一种途径，或崇拜，或自我安慰。

向陈老师学习草药就是在那次事件之后开始的。不止我一个，姐姐和张素梅也都学习过。所以现在我还能认识一些中草药，对此不得不感谢陈老师。

六

陈老师说，学习好语文便要深入体会文字带给你的画面。也就是说，读了一篇文章后，尤其是写景的文章，便要把人物的情感和景物联系在一起。这样，便有了荷塘赏月的一幕。

那晚，月光皎洁，陈老师便把我们领到了他家的荷塘边。一开始，我们并不知陈老师的葫芦里到底卖的什么药。我们围坐在荷塘边叽叽喳喳地吵闹着，陈老师从里屋走了出来，背着手开始诵读起来：

月光如流水一般，静静地泻在这一片叶子和花上，薄薄的青雾浮在荷塘里。叶子和花仿佛在牛乳中洗过一样，又像笼着轻纱的梦。

我看到月光洒在静静的荷叶上，银白色的水面倒映着一轮圆月，有轻薄的水雾弥漫在荷间，像是天宫上缭绕的仙气。圆形的荷叶衬托着粉红色的荷花，倒显得有几分诡异和静谧。我没有看到轻纱和牛乳般的颜色，但也是深有体会了。

我们都安静了下来，陈老师继续读道：

月光是隔了树照过来的，高处丛生的灌木，落下参差的斑驳的黑影，峭楞楞如鬼一般。弯弯杨柳的稀疏倩影，却又像是画在荷叶上。塘中的月色并不均匀，但光与影有着和谐的旋律，如梵婀玲上奏着的名曲。

　　我抬头看了看天空上的云，在圆月的下方，倒是稀稀疏疏地漂浮着一层，好像在缓缓地游移，远离了那片光亮。那鬼魅一般的黑影是月光下映射在地上的翠竹，光和影的交错徒添了几分触雪的寒意。塘里的荷花和舞裙像是一幅画一般，只是这颜色稍显黯淡。

　　我想象着在课本上读到的舞女的裙，羞涩地打着花骨朵，婀娜开着的白花，碧天里的星星，刚出浴的美人。倒是觉得这般景致只得我一个人可以欣赏，想着这天地间只剩下我一人，陈老师消失了，同学们也不见了。什么都可以想，什么都可以不想。

　　直到陈老师拍了拍我的肩膀，我这才从幻想中被拉了出来。陈老师说，你理解得很好，我这才感觉到真正学会了语文。

　　也是从那时，我爱上了这种用文字表达内心想法的方式。我并不是一个善于言谈的人，可能是由于缺少交流，我一直觉得自己真正开始独立的时间，就是父母第一次去广州的那天。我喊叫着却只能听到大山的应答，所以性格变得孤僻，不愿意吐露心事。奶奶的陪伴和照顾代替不了父母的位置，而在没有父母陪伴的日子里，我能学到的知识都是陈老师传授的。我对善良、疾病、死亡的理解，对文学写作的坚持都离不开陈老师的教诲。

　　"皆遂，你在这里呀。"我听到有人在背后呼唤我。洪亮的嗓音惊醒了太师椅上的老爷爷。

　　"嗯嗯，我正要向这位老爷爷打听你来着。"我指着身边的老人，对发小说。

　　"你不认识他了吗？是陈老师呀。"发小惊讶地看着我，像是陌生人。

　　"陈……陈老师！"我这才惶惶然醒来。

　　"陈老师，你还记得我吗？"我俯下身来，对老人耳语道。

　　我不知道陈老师有没有听到我的话，只见他连连摇头。"我老啦，不中用啦，孩子们还很小呢。"说罢，缓缓躺进了太师椅里。

　　半年后，我再次回到了岱山，参加了陈老师的葬礼。

　　有一天，一个扎着马尾的小女孩跑来向我告状。"张老师，郭达维捉到了一只青蛙，在它的嘴里塞满了石子。"在我出门教育郭达维之前，仔细数了一下花名册，有二十一个广州和十三个北京，还是广州最多。

六行注脚

赣南师范大学　陈宽鹏

> 即便已然知道这段旅程和它的归宿，我仍迎接它，迎接它的一分一秒。
>
> ——《你一生的故事》

第 一 行

松，乱乱的，忙活了很久才有空来写点东西。

已经到了顶岗的学校好几天了，这里的铃声和我以前所读的高中一样，但我却没有一点熟悉的感觉。或许因为这次我是以教师的身份再次走进校园的。

或许陌生的感觉还在于，这里的孩子跟我以前读书时候的同学完全不同。师资匮乏到需要在读大学生来顶岗的学校生源会有多差，我是早已做好准备的。但是在上了几天课以后，我才发现情况与想象中大不相同。

他们擅长沉默。

没有不屑的眼神，没有吵闹声，没有"刺头"，也没有人举手回答问题。不过这也是在我意料之中的，只是我没想到点同学起来回答问题时，大部分同学的选择是像木桩那样杵在那边，低头是他们的标配动作。

"可以抬起头来吗？"有一次我小心地试探。

那位同学很给我面子，他真的抬起头了，但随即望向窗外。窗外，零星一两棵树，零星一两座房子，而后是山，全是山。

我一个侧身以便与他眼睛对视，可是他的眼睛空洞迷离，没有任何东西存在，仿佛只有肉身还在教室里跟我"对峙"，他不回答，也不说会不会。

更多的同学站起来时是满脸的晦涩，揉捏两下衣角，松开，再攥起，嘴唇微微张开，终究什么也没说，然后吞进去两口空气算作送出了答礼。

引导是我无效的武器，自问自答是我的常态。问一个问题，于长久的静默中，我一个一个地说提示语，待90%的答案都出来了，他们再依靠组词造句法从牙缝中挤出两三个字，对我的回答进行"点评"补充。

偶有一两个同学回答了问题，便又出现了另一个难题，声音太小了，小到站在他们身边的我都要再把耳朵侧过去才能听到一些声响。"可以再说一遍吗？老师刚刚没有听清。"松，这句话都快要成为我的口头禅了。

教室里面有56个人。55个人坐着，一个我站着，教室的风扇呼啦呼啦转着，调弄着我的教案本。教室里这么多人，可那一刻我无比落寞，我和我的教案本一样苍白。

一节课下来，精疲力竭。

批改作业时，更是火大。

七八个人没交作业，二十几个人只做了选择题，基本上每位同学都有空题。来办公室"喝茶"的学生们也只是换了个地方站立、低头、沉默。我折服于"非暴力不合作"的强大威力，只有批作业的笔被我捏得嘎吱作响。那种上课时的寂寞与空白洇染到了办公室，最终接织出两个字——无力。

来的时候，学长学姐跟我说："去顶岗的时候，不要觉得自己能改变这些孩子的命运，我们就只教一个学期，人家读了七八年书了，你想在这几个月里做出什么改变？"

隔壁班的班主任闲聊时说："我在这教了十几年了，听我句劝，别老想着什么'新式教育''以生为本''发挥学生主体地位'，那是大城市里的学生和老师能一起做到的，在这里继续知识灌输就行了，这样还能考得更高。"

学校领导开会的时候说："我这边关起门来说自家话，来这里的大部分学生以后就是去大专职校的，我们的首要任务是让他们安全地度过三年，顺利拿到高中毕业证……"

在学生离开我的办公室后，这些话一直在我脑子里盘旋，我突然觉得他们好可怜。

你会不会觉得我很奇怪？明明是他们自己不争气。

我办公室的窗子与画框无异，一半层峦叠翠藏鸟鸣清脆，另一半施天与云，蓝白之下农田块块。这样的美景若让城里人见到，他们会感叹退休后一定要来这里养老的。我也正是在这样的景色中发现，这群孩子与社会之间横亘着写了"可以观看，禁止通行"八个大字的告示牌。

他们是县城乡村的原住民，他们不用做学哪种乐器的选择题，他们只有"遥望南方的童年[1]"；他们是信息时代的移民，他们手上有着几百到几千的手机，看着短视频刷着小说，但是鲜有内容生产能力的他们只是围观者而不是参与者，手机成了看见外面的屏幕和阻隔他们走向外界的屏障，他们永远在点赞并"为大佬献上我的膝盖"而发不出自己的声响。

他们是"倒吊"人，浑浑噩噩地接受完九年义务教育，然后来到这里熬到成年，拿一张高中文凭走向大专职校，走向某处的工厂工地。微博上与学生有关的"高考加油""法考报名""考公题型"的词条对他们来说是那么陌生，"×××学校校庆"的热搜里不会出现他们所就读的某大专职校的名字，他们悬挂在了边缘的树上，不作声响。偶尔，某地某职校强制学生到血汗工厂实习的新闻爆了出来，他们三言两语溅起一些名叫反抗的浪花，然后尘埃落下、一切照旧。

他们不想读书，也不明白为什么要读书。为考大学而读书？他们身边有谁信啊？这伟大的志向没说完，旁人的眼泪都要笑出来。而更让我难过的是他们连逃走的勇气都没有，当我一个人在讲台上独白的时候，多希望有一个同学突然站起来走出教室，说："我不在这浪费时间了。"

他们只静默地坐在那边看着我。

没有捣蛋鬼，没有"叛逆者"，也并不配合，只是不断透明。

他们虽就在我眼前，但身后的浪潮似乎更为"喧哗"，灾难片的取景地里，他们可不是后浪而是逃难者，洪潮已经要将这些孩子卷走了。

所以，在他们"溺死"之前，我是不是应该先在他们身上涂一点颜料，

1.《遥望南方的童年》，导演易寒，2007 年上映，讲述了乡村小学教师易明堂在为留守儿童开办幼儿园的过程中因为现实问题而引发的一系列故事。

方便救援？

我不知道，不过校门口有农家卖自个儿做的红薯干，已经成了我的办公室小零食了，国庆回去的时候我会给你带一点的。

第 二 行

一

我太爱鼓励式教育法了。

松，我发现了一个特别点，当我提出他们感兴趣的话题时，他们也会雀跃，只是从他们回答问题的状态来看，依旧闪躲的眼神、如兔子嚼食草茎一般的声音都告诉我——他们其实不太自信。

所以我竭尽全力去找、去创造表扬他们的机会。比如一位同学只回答了一句话，不管这句话跟我的问题有没有关系，我都会大声地说："不错，这位同学勇敢地为我们开了个头。"然后顺着去自己进行分析。比如一位同学的声音实在太小了，我会说："你的声音很好听，可以再说一次吗？这一次要说得再大声一点，老师想听得更清楚一点。"只要她的声音大了一点点，那么我接下的话就是"谢谢，这位同学很配合老师，她的声音的确大了。她是这样说的……"加大后的声音或许还不够，不过没关系，我会复述一遍学生的回答，以便让大家都能听见。

看到这里，松，你可能会笑，并反问我，"这是教高中生吗？"

我会回答："没错，是高中生，但他们还就吃这一套。"

其中有一个同学领悟能力比别人高，偶尔能回答出正确答案，每一次他回答了，我就一边转身走回讲台一边说："同学们，掌声。"然后全班就开始鼓掌。

有一次他回答错误了，但我依旧让同学鼓掌，我告诉他们："掌声不是因为你回答出了正确答案，而是你大胆地说出了你心里的答案，这证明你正跟着老师思考。有了你的答案，老师就知道刚刚我有没有教会你们，以及你们不会在什么地方。我只是想听到你们的想法，所以不管对错，告诉我就好。"到了下一节课，这位同学竟然主动举手回答问题了。

这一切其他的学生也看在眼里、听在心里，不是一颗种子即将破土，而是浮悬在我们上空的冰层渐融。

一个老生常谈的东西，其实他们很缺乏独立思考的能力。张爱玲在《封锁》中写道："很少有思想的时间罢？思想毕竟是痛苦的。"的确，很多学生是害怕思考的，但他们越是害怕，我越是要去引导他们思考，哪怕这个过程是师生相互折磨。我依旧设置许多"提问、师生探究、回答"的环节，而不是直接将答案告诉他们，将上课的内容灌输给他们。

很累，特别累，从某种角度来说，知识灌输、教师独白式教学还更轻松点，但那样别说他们了，我会先窒息的。

二

我弄了一个罐子，只要上课回答了问题，平常做了好人好事，为班集体加了分，作业完成较好等等，都可以往这个罐子里放一张名字条。每两个星期我们会抽一次奖，奖励一些小奖品，然后清空罐子的纸条。名字条越多抽到的概率就越大。

上课回答不出来问题，作业会空白，仔细想了想，可能还是他们的语文基础不扎实、知识储备量不足，所以会没有底气。

在作业上，我首先立好规矩：一是不可以不写，不可以临时赶作业，越不做作业就越没有进步，以后就越害怕写作业；二是选择题要有圈有画，留有做题痕迹，主观题分点作答；三是每个同学我给三次机会，三次机会用完后，作业本就不能空题目。

在批作业的过程当中，我会在工作簿上把作业认真做的同学的名字都记下来，评价标准很低——作业写满了而且不是抄的。在第二天的课上我会进行点名表扬，并给一些小糖果。有一次表扬完，我还朝他们挥了挥自己的工作簿，"你们的作业完成情况老师都有了解哦"。当学生了解到你会很认真地对待他们的作业的时候，他们也会有一些压力的，"老师知道那些写得好的人，那我没写好他肯定也知道"。

不过还有一点让我头疼，这里没有多媒体！这真的是个大麻烦，来这里之前我满心欢喜地在网上买了 u 盘，下载了很多课件模板，在第一天上课前还熬夜做了课件。结果，一到教室我首先与四块板拼在一起的讲台面面相觑，那黑板则光滑平整得让人流泪，天花板上对称挂着几个电风扇，好似在说："我们这些电风扇骑士已经排列整齐，中间留了块地，等着投影仪公主的驾到呢。"不死心地"扫描"完整个教室，我终于承认了现代科技革命的风还未吹到这片净土。

没事，以前的老师没有多媒体、没有现代科技教具不照样讲课吗？想一想当时他们怎么给我上课的，学一学。

好嘛，这一记忆搜索，我直接回到了幼儿园时代。

第 三 行

一

食堂饭菜已进入了另一种境界，处于这个境界的物品便不是那么好形容。说不上难吃，也说不上好吃，只能说烹饪者的目标还是明确的——果腹，让大家都能吃饱。目标之所以是目标，自然是在努力达到的路上嘛。

而在这样精准的目标指导之下，其他指标的完成水平也可谓参差不齐，比如卫生水平，餐盘里出现头发那是"便饭"，碗筷上都是油渍权当"家常"，出现苍蝇则是"满汉全席"。

在吃与不吃的选择还没做好的尴尬情景中，我们老师收到了打击外卖和严禁浪费粮食的任务，跟学生打起了"游击"。在一节涉及"勤俭节约，珍惜粮食"的语文课上，学生一直跟我叫苦实在是吃不下，我只好跟他们说："吃不下咱们就不打那么多，打多少就吃多少，然后准备一些牛奶面包之类有营养的东西放在教室、宿舍里。但不要点外卖，外卖很多不安全不卫生的，出了问题难以追责。"

不过我也总在做一个不切实际的幻想，把那些做菜不好吃的人统统抓到我的课堂上，我要好好地告诉他们，"把饭菜做得难以下咽"会成为节约粮食路上的绊脚石！反正蛮多人在上边摔得咚咚响了。

松，我突然想到一件事情，我的语文课是一盘他们愿意吃的饭吗？

若课堂如饭菜，再有营养，让人难以下咽的话，大家也是不愿意去吃的，连吃都不吃，那些营养自然也不会被吸收。有一节课我尝试了在某些环节用了一些表情包去增加课堂的有趣性，效果还不错，如何增加语文课程的趣味性，我得好好琢磨琢磨。当然，是用年轻人的方式打动年轻人，而不是一味迎合年轻人，毕竟快餐烧烤好吃，吃多了也是要拉肚子的。

二

我们开了一次读书分享会，我给他们分享的书是《小王子》，我讲了最爱的片段。

"于是，小王子躺在草地上哭了。

狐狸就是在那时候出现的。

'陪我一起玩吧，我，现在非常伤心。'

'我不能陪你一起玩，因为我没有被驯养。'狐狸说。

'驯养是什么意思？'

'这是人类已经忘却了的事情呀。驯养，就是建立羁绊的意思。'狐狸说。"

有一个同学举着手，没等我点她的名就开口了："那老师你是不是就在驯养我们。"

"笨，驯养是用在动物身上的。"

"你才笨，人类，你忘记了驯养的真正意义。"一位同学故作智慧老者发出低沉的声音。随后，"笑"在教室中欢腾。

驯养，就是建立羁绊的意思。

三

将人与人团结起来的最好方式是给他们一个共同的"敌人"。

已经三次了，早上第一节语文课在教室里面看不到一个学生，整个高一教学楼都没有一个学生。

上课时间过半，学生陆陆续续回来了，"是纪律不好，又被拉去开批斗大会了？"我双手环抱胸前，打趣他们。

"没有，是劝我们去学艺体。"外面天热了，他们有气无力地把自己搁到位置上，个个耷拉着脑袋。

这所学校的高考上线率太低，校领导就想让家里有条件的学生都去学艺体，认为那个文化分低。

"站得累不累？"

"累。"

"那把坐着上课当一种享受吧，我们开始上课。"我转身在黑板上书写课名。

但不得不说有人对"一半"这个时间概念理解得十分到位，掌握得恰到好处，那天晚自习到一半的时候，他们又来了。

一位负责艺体工作的老师敲门，询问我是否能占用一下剩余的时间。我看看手上的试题，再看看同学的表情，他们正用眼神告诉我"老师，好烦"。

我拿上齿咬咬下唇，再拿下齿扯扯上唇，然后露出职业微笑："当然可以，但是我还有题目没讲完，我给你二十分钟吧。"

随后我与他在讲台上交位，他走上讲台，我走出教室站在后门处，天是紫黑色的，县城就这点好，可见星星零散。

天穹的那一点点光亮落到我的眼睛，教室里的声音也一点点传进我的耳朵。

"不要总排斥艺体，我们不是传销，你们看看你们那成绩，就凭这个你们不可能上大学的。"

"这个艺体的机会你们要抓牢，有的人能不能上大学，就看有没有学艺体了。"

"别看现在感觉高中学习还行，那是刚刚开始学得都比较简单，到后面你们都跟不上的。但是学艺体了就不一样了，艺体对文化要求不高的。"

"不要舍不得投资自己，没有'有钱没钱'这回事，现在花的这点钱，以后工作了一年就赚得回来，你们回去跟父母保证会好好读书，他们砸锅卖铁也会出这笔钱的。"

"你们想靠文化考上大学？难过登天。"

那声音时而高亢，如雨后惊雷传来一道"人间真理"，劈开一条康庄大道；时而低沉，用绵绵乡音分析利弊得失，以过来人的"经验教训"循循善诱。宣告着，战况的激烈，宣告着，孩子们的惨败。

"老师你好，时间到了。"十几分钟后我推开门，笑着对他说。

"啊，这么快吗？"他站在台上，挠挠自己的头发，一眼大一眼小满是诧异。

"是啊，你看那个墙上的表，"我知道他进来的时候没有看时间，我朝底下的孩子们挤挤眼，"来，同学们你们的礼貌呢？这位老师给你们讲了那么久，不该鼓鼓掌感谢他吗？"

在我们的掌声中，这位老师凯旋了。

等他走后，等同学们安静了下来，我把左手扣在耳郭旁，听风在唏嘘，"听到了吗？就耳朵旁边总有那样这样的声音告诉我们，你们考不上大学的。你们听够了吗？反正我是听够了。"

"不知道你们想不想考大学，老师当时想考大学的原因很简单，因为家里很穷，爷爷奶奶都是农民，爸爸妈妈小时候都是帮忙放牛的，没读过几年书，后来去了城里打工，他们被叫作'外来务工人员'，我被叫作'外来务工人员子女'。高中的时候就在想，如果没考上大学以后去哪里打工呢？爸爸妈妈又没能力给我找一份工作。说来惭愧，老师读书没有为了中华崛起这样伟大的志向，老师只是怕辛苦。我不想要跟姨妈一样开早餐摊，他们三四点就要起床。不想要跟姑爹一样在工厂里面组装东西组装到晚上12点。想着如果我考了个大学能够有选择的权利，能有时间做自己想做的事情。"

"但是他们说错了，不是你们考不上大学，而是你们还没做好考大学的准备，你们也不知道为什么要考大学。你们还没真正下决心要考大学呢，这个时候说什么你们就是考不上，我是不信的。"

松，这是鸡汤吗？我不知道。

"总有很多人考不上大学的，怎么，考不上就不活了？没这个道理，只是对我们在座的各位而言可能会生活得更辛苦一点，如果有哪一位同学选择了放弃考大学，可能需要提前做好这个准备。你未来有想做的事情吗？"请起来的同学摇摇头，我让他坐下。

后来点起来的几个同学也都说不出未来想干什么。

"我知道的，我们写过很多有关梦想的作文，多是为了一时的应付，其实我们根本没有想好要成为什么样的人。你们觉得来学校是一种束缚，可如果真的解除了这种禁锢，你去哪里呢？考得上大学如何，考不上大学又如何，我难过的是你们已经弃跑了，并且你们的弃跑是待在原地，而不是我要去追寻我想要的东西了，不是我要去成为我想成为的人了，因为你也没想好要去到哪里。"

"不要怪来宣传的老师，虽然老师不同意这样贩卖焦虑的方法，但是从另一个角度讲，他们看到了原地徘徊的你们，所以给你们介绍了更多的道路，让你们走，虽然我也不知道学艺体的路好不好走，毕竟那是我的知识盲区。"

"成绩不好那没有关系，重要的是你有没有去努力开创自己的未来，重要的是你是否已经在前进了，我向你们做一个保证，如果你找到了你自己的方向而且你决定去了，我支持你，你不听我的课也可以，当然我会努力把我的课变得有趣，去吸引你来听。不过，既然现在我们都还没想好要成为谁，成为什么样的自己，就请先拿起你手上的笔，打开你的作业本。"

我不知道这番话有多少人听懂了，有多少人愿意听，但是那个时候，教室里响起了齐刷刷的翻动作业本的声音。

第 四 行

一

松，小时候一直渴望能成为一名大人，因为大人能做的事情太多了，大人，很有力量的。在自己成长为大人的路上，我逐渐发现我们不能做到的事情更多。但当我走进教室，所有的孩子都在跟着我一起学习的时候，我真的发现了自己身上的力量。

在上《心有一团火，温暖众人心》这篇人物通讯时，我提到了"上海浦赛红阿姨灭蚊成专家"的例子来说明每个岗位都有自己的独特价值，浦赛红和张秉贵他们都是将小事做到了极致，所以没有在平凡的岗位上平庸。同时，我还和同学一起探究了一个话题，我们今年统一采用了新教材，但是新教材在选材上却没有一味求新，《心有一团火，温暖众人心》这篇通讯其实是20世纪70年代的，这也提醒我们要关注那些在影视领域、在生活中逐渐边缘化，甚至"消失"的工人和农民。外化到现实中，我们要尊重学校的保安，尊重食堂里的阿姨。

我在保证课时量的前提下，每两周会安排一次活动课，第一次是阅读分享会，这一次是新闻政策探讨会。"双新""双减"是绕不开的话题。孩子们讨论得比较激烈，我们都很支持"双减"，有一个孩子的观点很好，她说在"双减"的同时也需要"开道"，资源的总量与分配方式没有改变的话会出现新的矛盾。考不上大学的人的出路在哪里？只有回答了这个问题，才能真正减少家长和学生的焦虑。目前，大力发展职业教育就是疏瘀开道，提高工人的待遇和社会地位，让学生不再觉得考不上大学人生就没有希望了，而是"我可以选择去考大学，但如果我喜欢，也可以去职业学校学习一门技术，成为一名蓝领"。这样，我们就可以使1998年新华字典里的那句例句再次成为现实——"张华考上了北京大学；李萍进了中等技术学校；我在百货公司当售货员：我们都有光明的前途。"

当然，在这一切实现之前，我们也达成了共识，现在要好好读书，争取那一天的早日到来。

二

一件奇怪的事情，这都没过多久呢，他们的作业本都破破烂烂的。有的封面掉了，有的是内页脱落了，有的书角都卷成了盘羊角。我不得不拿出胶带和订书机做一回"裁缝"。有散页的就拿订书机订好，纸张上出现"东非大裂谷"的就使用胶带，卷的书角压一压就由它去吧，反正缝缝补补又一学期。可惜没有烛台，不然真的有灯下给游子补衣服的感觉了。

不过我内心还是有小算盘的，我期待他们早点看到作业本的变化，让他们知道我的好，让他们更喜欢我的语文。

你看，我一点也不高尚。

三

他们换班主任了，晚自习时我问他们为什么，他们说原班主任考到编制走了，紧接着很警惕地问我："老师你会在这里待多久呀，能不能把我们带到毕业？"

我就笑，"不知道，可能我也考研去了"。

其中一个女生立马把笔一放，往椅子上瘫过去，满脸的难过，全班都是"啊""不要啊"的声音。

我立马笑不出来了，转过身去在黑板上写选择题的答案，"想那么远干什么，指不定还要分班呢，大家把课时作业拿出来，讲题目、讲题目"。我原以为我那么凶，压得那么狠，他们不会那么喜欢我的。

没有，从来没跟他们说过我是顶岗老师，还是个大学生，一个学期以后就会走。我每次都说我毕业自某某大学，因为我怕学生会不把我当回事，到时候不好管。可他们一直是那样的乖。

虽然早已知道这一定是段短暂的旅程，但我没想到分别会来得那么快。

一次教研会上，我突然得知国庆后可能就要大分班，具体安排待定，但一种时间上的紧迫感已压在了我的身上。我跟孩子们说期末考得好，就奖励他们东西的。我还说第一次月考要跟其他班好好比一下成绩，要是成绩好奖励书，成绩不好就等着我"撕"了你们，他们都倒吸一口凉气，然后"哈哈哈"大家笑作一团。然而现在要没有了。

"我不能理解，为什么你知道结局的不幸却还选择开始。"

电影《降临》开头，一个弹幕真诚地发问。电影里的女主人公通过学习外星人的语言预知了未来，在明知自己的女儿20年后会得癌症死去的情况下，她依然选择结婚生下了这个孩子。

"即便已然知道这段旅程和它的归宿，我仍迎接它，迎接它的一分一秒。"在进度条快结束时，屏幕里跳出这样一句话。

就像学长学姐说的那样，明知道只在这里一个学期，你还会抱有让事情有一点点不一样的想法吗？

但我现在没空想这个问题，我只觉得时不我待。我开始给他们整理资料，理出一份作文素材后，又觉得总不大行。有没有什么东西能给他们一点时效较长的帮助？做一份攻略吧，高中的学习攻略，高中三年可以用的。于是我开始询问高中时代学习好的同学，身边的大学同学，总算赶出了一篇攻略，转手发给网上的店家印刷。我不知道自己能帮助他们多少，我只知道这些同学中一定会有人选择放弃。但我还是奢望自己做出的这一点点努力，让他们在未来的庸常世故中能记得，"哦，曾经有个老师，没放弃我"。

学校的通知一改再改，原本决定国庆假期回来的第二天分班，结果突然提前至假期回来的晚自习。那时我刚刚坐上火车站回学校的出租车，等我到教室的时候，所看到的已是陌生的面孔，学生们吵吵嚷嚷，我一张张脸看过去，有见到新同学的好奇，有来到新环境的谨慎，有对我的打量。

我终于找到了两三张熟悉的脸，他们也笑了起来，朝我挥手。于一地杂乱的纸屑、零食包装袋中，我们竟有了一种"乱世重逢"的感觉。

我将打印好的攻略交给了还在这个班的一位学生，交代他发给原来班上的同学便赶紧离开了。

原以为还有机会庄重地说一声再见，但最后的告别草草，与我第一届孩子们的故事，就至此完结。

第 五 行

松，期中考试的成绩出来了，看他们的成绩比我高中时代看自己的成绩还紧张。

我自己接手的新班级 20 班，也还是一个平行班，第一次月考这个班语文年级倒数。这一次考试，语文平均分年级第七，算是有进步吧。

但我个人野心挺大，看到这个成绩依旧半喜半自责，因为我看到了平行班里有一个 10 班，这次语文平均分全年级第二，超过全部重点班和一个奥赛班。明明都是平行班，我怎么就不能带我的班超越奥赛班？

在分析成绩的时候想看一位以前班上的、到现在也常来问我问题的学生成绩，发现她就在 10 班。点进 10 班的成绩单，上面的名字熟悉得我几乎要脱口而出，好多都是我以前 26 班的孩子。

我一下子想起了那次晚自习跟他们的对话。

"啥，你们是分过班，有层次的？不是现在不让分班吗？"

他们："对啊。学校偷偷分了。"

"那你们是啥层次的？重点班？"

他们："不是哦，我们是平行班啦。"

"啊这，唉，不管啦，"我故作不耐烦地挥挥手，说："奥赛班又怎么样？谁规定的平行班的成绩就要比奥赛班差啊？"

"我告诉你们，我来到这所学校的时候，我的目标就是期末语文平均分年级第一哦。"

大家都在笑，这个梦想也确实没有实现，因为我们在国庆后就分班了。

写在工作本第一页的那个目标——高一（26）班期末考试语文第一名，现在翻到了有点小脸红。虽然不是第一，虽然这个成绩可能与我无关，但是他们真的做到了超越奥赛班。

标签上的胶水在慢慢地干涸，失去黏性。

松，原来与 26 班的孩子们的故事，至此才算完。

第 六 行

老师，我是高一（26）班的朱雅沁，祝您国庆节快乐！

加了您的微信，您还没有同意。

虽然我们认识不久，但是我特别特别喜欢您的教学，听到要分班我真的很舍不得您，昨天班主任说，世上没有不散的筵席，虽然听到这话还是很伤心，但是您一定有自己的追求和事业要去发展，不管是考编考研还是考公，我都相信以您的自律一定能做到，就像您相信我们都能考进大学一样。

我们寝室前天晚上还在说，特别喜欢您，很舍不得您。本来之前没有想考的大学，但是现在想考您的母校——赣师大。

昨天跟我母亲说，她说我哪里考得上，但是我觉得人总是要有梦想的，不管能不能达到，我都会为之去努力一把，让我的高中三年无悔。谢谢您对我们的栽培，我真的特别特别感谢您以及不舍得您，希望以后还能再做您的学生，就像您说的，您之前虽然不是语文课代表，但是却能够被语文老师特别喜欢。而我也是一样，我也想成为以前那个您。

希望以后有幸还能成为您的学生！

最后祝您事业有成！事事顺心！身体健康！万事如意！国庆节快乐！

——您班里的一个学生

亲爱的朱雅沁同学：

国庆节快乐！

除去中国电信每日的"亲切"问候还有一些杂七杂八的广告，我已很久没有收到过一封短信了。就像电话手机普及后，很多人不再写信；QQ与微信的普及，让我们不再打电话和发短信。

在我踏上讲台的那一刻，我时时刻刻告知自己必须铭记三个准则：① 记住语言的力量；② 记住每一个学生都是成长中的人，教学相长；③ 在注重学习成绩的同时，不能忘记做人生活的道理比成绩更重要。

老师虽言传身教，但大多数情况下依旧是"言传"，阅读古今中外的名作后，我们不难发现，恶言恶语有时候可以使一个人消沉，甚至使人疯、使人亡，比如《祝福》中的祥林嫂。而善言良语虽不一定就能拯救一个人，但可以让一个在黑暗中不断爬行摸索的人了悟到——哦，原来光是这个样子。不知道你们是否相信，"我觉得你们都能考上大学"这句话来自我内心的真实想法，是我不需要将其送入大脑揉捏一番就想说出来的话。或许，一些"有见识"的人会骂我，"你给学生们画有关未来的大饼，让他们看不可事实上我们无时无刻不在焦虑，身边的所有人都在说我们考不上大学，身边的所有人都在说我们学习成绩差，但是没有一个人跟我们说"我们可以与命运斗争，我们可以打破这些刻板印象"。我偏不认，虽然我们是平行班，但我就是要大家不断努力学习，跟重点班与奥赛班争个高下。

这无关内卷，而是我们要狠狠地给那些瞧不起我们的人一记"耳光"，中国的神话故事中自古有的是愚公移山、精卫填海；中国人骨子里有的是"明知前路难行，我一往无前"的精神；中国人的血液中流淌的是"知其不可而为之"的勇气。与天斗、与人斗，其乐无穷。

当然，奇迹的发生是需要努力与付出的。我们依靠勤劳堆出高高的谷堆，然后才能心安地躺在谷堆上看繁星满天。或许有人说你们懒惰、不求上进，做不到想做的事情的。不管以前的你们是不是如他们所说的这样子，我只相信我眼前的你们，我眼前的你们是成长中的人，我眼前的你们正在不断褪去曾经的旧壳，造一阵展翅的风。所以有什么可能不可能的呢，最重要的是，我们正在改变，我们正在前行的路上啊！

你在短信中不断地感谢我的付出，可是我现在就想告诉你们，我从你们那收获的比我付出的多得多。我没有告诉过你们，多年前的我也曾在黑夜中咬牙流泪，恨自己没有能力对这个世界做出一丝一毫的改变，对自己存在的价值存疑。甚至在三个月前，刚好是7月1日的那一天，我还在询问自己，两个月后我要怎么做，我想让你们知道我们要永远站在所有良善的劳动人民这一边；我想让你们知道比成绩高低更重要的是你们有没有努力去开创自己的未来；我想让你们知道，当你们跟我说你们的梦想是回家种田的时候，我不会笑骂你们没出息，而是会摸摸下巴故作沉思，然后说："嗯，很酷。"

我要怎么做？我可以怎么做？我能做到么？

而你今天的来信，让存疑的我有了一丝丝相信，或许我做到了我想做的事情吧。是你们给了我做出一点改变的可能，谢谢你们，让我们能够彼此成就。很有幸能成为你们的老师，一日为师，终身为友，我喜欢你们每一个人。

最后，祝学业有成、梦想成真。

——你的语文老师

黑暗中的暖光

上海交通大学　王璐儿

何谓光明？

这个问题我想了很久，直到遇到了她。

她是一位普通的视障人士。

七月，我参加暑期社会实践活动，实践活动内容是"上海市视障人士就业现状调查"。为了近距离接触视障人士，了解其就业情况，我在云助残小程序上预约了一次助盲出行。

那天早上，我在地铁站的闸机前第一次见到她。她对着送她到地铁站的儿子挥挥手，然后转过头对我微笑，她那一袭淡黄的长裙好像一束阳光，照进人流如织的地铁站。我有些紧张，小心翼翼地走上前，她轻轻地挽着我的手臂，一边轻声安慰我不要紧张，一边从容地迈步跟随着我的脚步，熟稔得好像是在和一个老朋友结伴出行。

早高峰的 4 号线拥挤异常，我很担心她被撞倒，所以一直在一旁默默注视着她，可她却平静地站在车厢里，在拥挤到难以呼吸的空间里静静地立着。她的脸上没有什么表情，地铁里的暖光映在她的脸上，显得娴静而柔软；她无法聚焦的瞳孔安静地坐在眼眶里，不急不闹，享受着无所事事的安闲。

在整个过程中，我们交谈不多，闲聊着上海的天气和我的大学生活。她告诉我她坐地铁是要去上班，我有些好奇她如何回家，她安静地回答道，下班时间由于不是高峰期，她会自己摸索着乘坐并换乘地铁线，就是时间花费得久一些。

我很难想象一个全盲的视障人士是如何穿过地铁站的闸机和阶梯，绕过好几道弯回到十公里以外的家的。可她说起来，却一脸云淡风轻。

临别时，她微微握着我的手，再三表示感谢。那一刻，我感受到她手掌心传来的湿热。

为了深度体验盲人所处的状态，推进实践项目的研究，几天后，我来到了"黑暗中对话"盲人体验馆。这个体验馆打造了全黑的环境，可以真实地模拟盲人的世界。

进入房间后，在大门关上的一瞬间，我几乎丧失了全部的理智。在一片漆黑的环境里，我一只手拿着盲杖慌乱地试探着，另一只手不停地摸索着周遭的一切，恐惧充斥了我的整个大脑。

打破这片黑暗的是一个温柔的女声，她轻声指引我们前进，把我们领入各样的风景之中。她说，她叫暖暖，是这里的引导员，随后她让我们逐个做自我介绍。神奇的是，我只报了一次我的名字，她便可以不加确认地熟练叫出。在我们前进的过程中，她常常温柔地询问我们的感受，让我们不安的心逐渐放松下来，全身心地沉浸在黑暗里。

不知怎的，我对她总有一种似曾相识的感觉。

在这个失去了颜色也失去了形状的世界里，每一种声音都变得立体，每一丝气味都变得有形，每一种味道都变得悠长。关上眼睛走入这个世界，心灵的大门便会悄然开启。

有一个瞬间我在黑暗中躺下，听那些曾经被我贴上了各种标签的声音，我突然对这个世界产生了一种陌生感。当这些标签被人为抹去之后，我竟然完全不知道它们真正的归处，就好像和这个世界隔着一道永远也戳不破的隔膜，我透过这层膜窥探真实，而真实又突然钻入了我的胸腔和耳蜗；我柔声对它说，你出来吧，它却又静静地蛰伏了。

在即将结束的时候，暖暖递给我们每人一个棒棒糖，让我们品尝是什么口味。有人说是可乐味的，我便觉得是可乐味；有人说是橙子味，我又倒戈到了橙子一方。我在大脑中拼命回忆可乐和橙子的味道，又觉得和嘴里含着的这个不大相同，可它到底是什么味道的？我把糖纸悄悄揣进口袋里。

最后，暖暖让所有的体验者在沙发上坐下，然后缓缓地开口，讲述着她作为一个视障者的经历。她的声音好像一池泉水，在深夜划过岸边的青草。

她说，她并非未曾感受过光明，她的童年五彩斑斓，和我们感受过同样美好的世界；只是疾病渐渐夺走了她世界里所有的光和亮，让她堕入黑暗。

她说，她也曾迷茫过，曾有五年自暴自弃，是家人给予的温暖与包容，让她与黑暗和解。她渐渐发现黑暗其实也是一道美景，让她更能体会到世界的温度。那些看不到的美好，让她沉浸与留恋。

她说，因为看不见，所以可以避开他人的白眼，可以忽略世间的丑恶，可以只专注于自己的本心，与灵魂做最亲密的伴侣。

听完这一席话，包括我在内的所有人都深深地震惊，大家都以为这位工作人员只是一个经过训练的业务娴熟的员工，没有人料到这一路上她一直与我们感受着相同的世界。

当被问及为什么选择这份工作的时候，她顿了顿，微微哽咽地说道，在体验馆的时候，她才能褪去"盲人"的标签，和人们平等地对话。其实视障人士并非社会的拖累，他们能做的很多，也可以不依靠别人而活；他们和明眼人一样，都在与时代共同前进着。她希望通过这份工作，将这些肺腑之言传达给视力正常的人们，让他们听到视障人士的心声。

我对她说，自己前几天参加助盲出行，与一位视障人士有过交流。她问，那个人叫什么名字，我报出名字后，她笑着说道："那个人就是我呀，你竟没有听出我的声音。"我一瞬间愣住了，脑海里的种种立刻有了逻辑——她为何对我的名字这样熟悉，原来在我一开口，她就听出了我；当眼睛失去了功能时，听觉就会拥有更强的记忆功能。

听完这一席话，我们便走出了暗室，当世界亮起来的时候，我仿佛完成了一场洗礼，那些灯光都是礼成的祝贺。我从口袋里拿出棒棒糖的糖纸，发现它既不是可乐味，也不是橙子味，而是，柠檬味。

当我尝试不用眼睛时，我其他感觉器官所感知到的世界变得鲜明却又模糊了。那些浓郁的声音、味道氤氲在耳、鼻中，但由于我日常的忽略，无法辨认它们真实的名字。

恢复了正常视力后，我回过头，看着送行的暖暖。她穿着助盲出行那天的淡黄色长裙，半倚在门边，微笑着向我们一行人道别。她的背后是伸手不见五指的黑暗，她的面前是明亮的灯光，微风吹过她的长发和裙角，轻轻拂动着，好像下一秒就要在黑暗中翩翩起舞。

黑暗衬托得她坚毅而刚强，灯光又映照得她温暖而平静……

在黑暗中对话黑暗，是平等地体验视障人士的生活。不是同情，也不是歧视，而是感受他们触摸到的世界，理解他们的幸福。那些生动的声音，浓郁的味道，处处透露着黑暗世界的美丽。

在黑暗中对话视障人士，是聆听他们内心坚强的声音。在这个全民奋进的时代，他们也在用自己的方式紧随时代的脚步，努力地活出自己最精彩的模样。

在黑暗中对话自己，是直视过分依赖视觉而麻木的身体。我分辨不清自然世界的声音，尝不出棒棒糖的味道，也摸不出体验馆里的玩具。当我们每天听得最多的是电子设备中经过处理的声音，吃得最多的是多油多盐的食品，摸得最多的是光滑的屏幕时，我们的感官渐渐开始懒政，最后集体罢工。

我们是时候将身体适时地还给黑暗了。

在这个时代，有人生于黑暗，却在内心中升腾出明亮的激情；也有人滥用光明，借以麻痹自己的身心。

何谓光明？
信仰为光，坚毅为明，坚信具备，方得光明。
感谢那抹黑暗中的暖光，让我看清了它真实的模样。

小店——一位残疾人的平凡人生

北京大学　李琼璐

坐落在小镇一隅，门面一间，人们坐车疾驰而过时，它是那么不显眼。像所有的路边小店一样，它没有大超市的琳琅满目、客人摩肩接踵，而是顾客往来不多不少。但有些特别的是，店面前常有人坐或站着谈笑，门口生长着两棵桂花树，秋天来时会有淡淡桂花香，一派生气。

普通如它，但它是有历史的。至少在他眼里，这个小店是一切，承载了诸多变迁，演绎着许多故事，它，是活的。是啊，多少事物在旁人眼里不过是冰冷的存在，是过客。包括他，他偶尔也是个旁观者。

一

2002 年冬天，小镇上一个新家属区里，一个店面搬进来一户人家，几天忙里忙外后，一家小店红红火火地开业了，挂牌为爱心平价商店。水泥地面刷成了深红色，货物摆放得整整齐齐。那天他们摆了好几桌酒，一为图个吉利，二为招揽客源。每一个新开张的店面大概都会担心客源，也当然希望生意兴隆，于是最初那几年他和妻子扫地时从不把垃圾扫到走廊上，从来都是从店门口往屋内扫，妻子说这样可以守住顾客。孩子扫地时他们也如是要求。

别看它小，它可是一个"五脏俱全"的商店。每回有人带着问问看的心态来买东西，都会买到他们想要的。顾客估计都有些惊讶：嘿，这个小别看它小，它也是优胜劣汰存活下来的小店。过去 12 年，方圆 30 米内先后开过 4 家商店，滑稽的是，有两家仅一墙之隔、一间店面之隔，也许他们是羡慕他家生意还不错吧，他们都是看上去有很多选择的人，却挑了他唯一的选择。如今这 4 家店早已没有了踪影，但它依然兴盛着。

别看它小，它提供的服务却是许多商店都比不上的。超过 10 斤的货物，包括大袋米——重的达 50 斤——酒水等都送货上门。小店里只有他的妻子具备完全的劳动能力，最开始一双儿女还小，大的 10 岁，小的 6 岁。为了保证生意，瘦高的妻子像个男人一样，扛过 50 斤的大米上 6 楼，提过几十斤的货物送到几里路之外。刚开始那会儿，未过古稀之年的父亲还可以帮一点忙，后来老人年纪大了干不动了，她就一人扛起所有的重活，重活把她纤弱的身体练得粗壮了，一双本来纤细白嫩的双手已辨不出最初的模样。庆幸的是，生意渐渐好起来了，儿女慢慢长大了，买了手推车，儿女可以去送货了；后来再好点的时候，换了三轮单车，她和儿子都会踩，30 斤的米，女儿也能抱起来走很远了，她身上的担子似乎又轻一点点了；现在三轮电动车替代了老旧的单车，她常常很开心地载着货物来来去去。每回，家人坐上去时，她都会开心地说："这小车开起来兜风太爽了！"

在外人眼里，这对夫妻是不一般的。因为她各方面条件都很好，人能干，瘦高个儿，好好打扮下还很漂亮，而他个子不高，腿有残疾，行走需要借助一根拐杖。最初煤矿小区的家属都暗地里觉得这个女人傻，怎么嫁个这样的人。她是江西人，小他 8 岁，在二人结婚前两个家庭没一点瓜葛，能走到一起是机缘巧合。可哪管这些天壤之别，两人是心往一处使的那种。小吵小闹当然有，但是床头吵床尾合。她很少离开他，出门不到一天就会挂念起他，担心他一人在家忙不过来。她也很了解他的脾气，他喜欢什么不喜欢什么，她都一清二楚。有一天她还乐呵呵地说："这辈子也就我最疼惜他了，你们恐怕怎么都比不上我啊。""你们"指的是她的一双儿女。换在下一辈，差 8 岁该有代沟了，她却不以为意。他们是互补性很强的那种。他明事理，有智慧，上过高中；她就别提了，没上过几年学，大大咧咧，有时还使点小性子。她常常埋怨跟着这个男人这么多年，一条项链都没有。最初经济条件不好的时候，他笑话她，说："来吧来吧，我从墙上取一根拴牛的绳给你拴上！"她就一边没好气地骂他一边笑。去年，她 40 岁生日，他瞒着她，让女儿和嫂子去替他买了戒指和项链，给她戴上时还骗她是假的，把她逗得云里雾里的。大家都知道，她嘴上不说谢谢，心里其实乐开了花。两人也是很实诚的那种，因此生意做得也很实诚，大家都信得过。

良好的信任让这家小店变得不只是商店那么简单。店里常备许多木凳，供家属区的人歇脚或者聊天。大家傍晚饭后常常来到店门口和他俩聊天谈笑，自从微信普及，他们也常常拿微信上转发的一些内容作为饭后谈资。12 年过去，原本崭新的方凳四脚已松动，油漆早已斑驳得只剩下星星点点，但谈乐的习惯不仅不变，倒是愈演愈盛。他是个能干的人，家族上下有事就会找他，或离婚纠纷或小辈犯事或同辈困难需要经济支援等，都会给他打电话。大概在长辈们看来，他是最明事理的、最稳定的，也是最可靠的。不只亲人如此，家属院的邻居也如此。前几天他才帮忙做成一桩房屋买卖。谁家孩子作业不会写了，也屁颠屁颠地拿着题来问他。谁家需要写个文书了，也来找他帮忙。谁家电视机有问题了，也找他来修。谁家要办喜事了，大伙都来他这里凑份子钱。

被需要是一种幸福，他乐此不疲。曾经被剥夺的许多选择好像都回来了，他像个调解员，像个老师，像个管理者……

二

小店是他一手创建起来的，它的诞生得追溯到 1990 年，那时候他还是独自一个人，二十出头，和现在的女儿一般年纪。店子是从村里买卖做砸的人手里买过来的，他又租了坡上一间不过 50 平方米的泥砖房作铺面，打扫打扫连店名都没取便开张了。父亲最初是不同意他做这个行当的，他又何尝不想去做点别的。可是现实情况不允许，面对命运留给他的唯一选择，他当时果断就选择了。他后来回忆说，刚开始的时候十分艰难，进货时，独自一人拄着拐杖走在市场穿梭的人群里，忍不住想哭。晚上关好店门后独自守店，他甚至想过自杀。

小村子的购买力平平，他进的货不多，一张笨重的旧书桌用来收钱，一个玻璃柜，里面放上日用品，后面摆上两个四五层的木架子，上面摆了鞭炮等一些大件物品。一个货架子将店面和床隔开，平日作息就在这货架后面。另一货架后面堆存货。两个货架之间留出来空隙供人出入。别看货不多，但他经营得也算有声有色，慢慢便有盈余了。

后来父亲给他介绍了一个女孩儿，两人结婚了，生活从此多了伴。1993 年生下了女儿，胖乎乎的，像个男孩儿，一个兄弟跟他妻子打赌说是个男孩子，还为此输了钱；女儿 4 岁的时候，家里又添了个儿子，也胖乎乎的。可是两个孩子出生后不久都生大病，他只能干着急。妻子抱着孩子不知道跑了医院多少趟。村子离镇上很远，六七里路吧，没有车，只能靠步行，还要翻一两座山。后来她感叹，带大这两个孩子真是吃了不少苦。

2000 年的时候电话开始普及了，他的店拉上了村子里的第一根电话线，当时许多户是装不起电话的。许多人都会来店里往村外打电话，也有许多出门在外的人打电话到店里说要叫家里人过来接电话。刚开始是叫孩子去人家家里喊，后来他干脆想了个办法，在店的屋檐下安了个大喇叭，买回来话筒，每逢有人打电话来找家里人，他就打开大喇叭朝村子里喊。不管是在菜地里的、农田里的、山里的还是在家的，都能听到。这电话不光成了村里与外面世界的沟通桥梁，有时候也能救急。一天，一个孩子放学回家时在镇上摔断了手，一个电话打到他店里，他立马通知孩子家人赶到镇上医院，这种雪中送炭的情况不是个例。

他手很巧，除了把账算得清清楚楚，还会修电视机、电路。经常有几里外的人家甚至几座山外的人家把出问题的电视机扛来给他修。谁家电路有问题了，也会请他过去修。

孩子长大，他的生活压力也大了。后来夫妻俩增加了桌椅出租这档生意，购置了几十套摆酒席的用具，有圆桌面、桌架子、长板凳、大荷叶锅、烧火用的大圆筒、端菜用的盘子，凡是木质的统统刷上红漆，租了很大一个仓库，没人租的时候就放在那里。谁家要办红白喜事了就会来租，服务是包送包接的。妻子会去租个拖拉机，叫上家人一起去把东西从仓库里搬上拖拉机。用完了再从那边运回来。那时候他的父母、不到 10 岁的女儿和一些心地好的朋友邻居都会过来帮忙搬。家里还添置了一台碾米磨粉的机子，他经常忙活在机子前替人磨粉，收几块钱手续费。

赚钱不易，但在为孩子付出上他从不吝啬。5 岁女儿上学第一天放学回家，拿着课本上的图片问他："爸爸，公园是什么呀？"他直接说："爸爸星期六带你去公园。"他的干脆让女儿惊着了，因为她只是好奇，从没想过要去。星期六他果然牵着孩子去了，转了好几趟车去到市里，带女儿第一次去体验外面那个繁华的世界。女儿小学毕业需要学英语了，他带着她去市里的书城，毫不犹豫地买了最好的步步高复读机。他知道女儿和家属区的孩子一样想去市里上初中，在家里经济条件不好的情况下也答应送她去上。对孩子，他一直都在努力给他们最好的。

每个人一生都在讲述一个故事。只是这个属于他的故事开始是苦的。小儿麻痹症、三番两次摔断腿，剥夺了他用脚丈量这个世界的权利。但他没有放弃。一颗玲珑的心，一个聪明的头脑，也让他在这个可以通过个人奋斗实现小康生活和人生价值的时代发出光来。所谓的上帝为你关闭了一扇门，一定会为你打开另一扇窗大抵就是如此吧。

他是我的父亲。是那个我从小到大在作文里出现过不知道多少次的父亲。

她是我的母亲，是那个爱在心口难开的刀子嘴豆腐心的母亲。

过年七天乐，可在我家里它成了过年七天累。我们围着这小店，灰头土脸，全身乏力。但正是这小小的商店见证着父亲的风雨兼程，支持着我和弟弟二十几年来的每一步啊，它何尝不是父母的第三个孩子！忙着忙着，突然父亲成了它，它成了父亲，它是活的！

为时代"立心"的歌者——陈晓辉传

山东大学 李章乐

> 我们准备着深深地领受
> 那些意想不到的奇迹
> 在漫长岁月里忽然有
> 彗星的出现，狂风乍起
>
> ——冯至《十四行集》（节选）

大别山麓 青涩童年 [1]

1960 年 10 月 21 日，安徽省六安市的一户人家内，一个男婴呱呱坠地。然而，这对夫妇已经是三个孩子的父母，早在几年前尝到了为人父母的滋味，他们对这个孩子的到来没有太多喜悦。在 20 世纪那个食不果腹、衣不保暖的 60 年代，新生命的降生意味着这个家庭多一张嘴吃饭，平添了许多负担。孩子的大伯膝下无子，眼见自己的亲弟弟家中子女较多，便把这个排行老四的孩子过继了来，取名为陈晓辉。

大伯因为工作调动，全家从漫水河的新铺沟迁到了大化坪。坐落在大别山腹地的大化坪，是绵绵群山深处的一个小镇。这里群峰环绕，山里生长着许多珍稀的中草药，辉阳河绕镇而过，蜿蜒汇入佛子岭水库。陈大伯

---

1. 本传对陈晓辉先生早年经历史实的叙写多依据其亲友回忆录《辉之不去 恒留人间》，特此说明。

在大化坪供销合作社药材门市部工作。供销合作社是农村合作化的三种形式（农业生产互助合作、供销合作、信用合作）之一，通过收购、推销等业务，供销社广泛开展地区之间、产销之间的物资交流，在计划经济时代起到了稳定市场物价、安定人民生活和促进工农业生产的积极作用。大伯颇懂药理，辨识药材，且为人直爽，乐于助人，最大喜好是喝酒。大妈是一个极为和善的家庭妇女，身上有着中国传统妇女的美德。每到吃饭时，大妈会在饭桌上为陈大伯准备一些简单下酒菜：小河鱼、炒黄豆、辣椒酱等，大伯常常一边喝酒，一边给孩子晓辉讲侠士武功，或是教其辨认中草药材，日子过得虽然清苦，但是夫妻二人安贫乐道，对孩子也十分疼爱。父母是孩子的第一任老师，年少的晓辉在大伯和大妈的关怀下得到了许多温暖和慰藉，而大伯和大妈的质朴品德影响着陈晓辉的成长。

陈晓辉与养父母　　　　　　　　　　　　　　陈晓辉与亲生父母

　　少年晓辉聪慧机灵、勇敢无私，自然成为大化坪老街的孩子王，处处有着带头大哥的风范，周边的孩子们都愿意跟着他一起玩耍，而大伯、大妈喜爱孩子，每天对众多孩子的光临总是笑呵呵的，晓辉的家便成了众多孩子最好的去处。孩子们聚在一起制作纸牌、弹弓、火炮枪，还有顽皮的孩子用纸卷起烟草来模仿大人，饿了就结伴上山采摘洋桃、毛栗子、桑叶果儿充饥。霍山素有"金山药岭名茶地，竹海桑田水电乡"之誉，大化坪山中草药品种丰富，卖中药草是山里百姓的一项重要收入来源。受大伯影响，少年晓辉采药最在行，他教身边的小伙伴们认识了很多中草药，大家把采摘到的菖蒲、断血流、玉竹、天冬、半夏、麦冬、天南星、黄菊花等进行分类、挑拣、晒干，最后再送到供销社大伯处的药材收购站卖，孩子们通过劳动获得了报酬，心里十分快乐。

一方水土养一方人，群山峻岭环绕的小镇上，穿镇而过的河流宛如一条碧绿的锦带，一个接着一个的水潭，大小不一，形态各异，如同锦带上镶嵌的绿宝石。河岸两旁杨柳依依，野花盛开，河滩上绿草如茵，自然成了孩子们嬉闹的天堂。盛夏时节，孩子们几乎整天泡在水里，无师自通，掌握了游泳的各种技能，潜泳、蛙泳、仰泳无所不能，玩腻了就捉鱼摸虾。少年晓辉足智多谋，用竹条编制了一个脸盆大小的竹箕，面上蒙层白布，中间剪一个鸡蛋大小的洞，里面放上一些用猪油渣和麦糠炒好的饵料，去除里面的水泡，放入水中静静等待鱼儿游入。二十分钟左右后，将竹箕取上岸，少则八九条、多则二十余条小河鱼尽入囊中。陈晓辉毫不吝啬地将这些方法教给其他的小伙伴，大家纷纷制作竹箕，满载而归，尽情享受着大化坪的青山绿水带给他们的欢畅自由和无拘无束。这些无忧无虑的童年时光，是少年晓辉心中最清澈纯真的记忆。

然而，20世纪六七十年代的生活十分艰苦，大化坪的交通极为不便，大伯一人的微薄工资要养活全家，少年晓辉过早地品尝到生活的艰辛和不易，稚嫩的肩膀要替大伯分担家中事务。对于孩子们而言，最累的事莫过于上山砍柴，家里要煮饭、烧水、做菜等，一切燃料全靠烧柴，而砍柴的任务基本落到这些孩子们的肩上。每当初秋的天空刚刚泛起鱼肚白时，一群十二三岁的孩子扛着扁担、拿着柴刀便出门了，晓辉俨然是这群孩子的头儿。他们步行十多里山路，砍柴、捆柴、挑柴，每一个步骤都十分辛苦，特别是挑柴回家最艰难，七八十斤重的柴火压在孩子们还没发育好的身体上，真是举步维艰，苦不堪言。然而，作为孩子们的精神领袖，少年晓辉善于苦中作乐，带领大家在砍柴之余一同玩耍。大家挑上砍好的柴，行至八斗滩停下。深秋的八斗滩周边是一大片刚收割的稻田，田里遍地都是大小不一的泥团，被孩子们称为"炮弹"，田埂上还有许多土坯，被孩子们视为"战壕"和"掩体"。孩子们分成敌我双方摆开战场，晓辉自然成为一方司令，大家模仿着电影中的战斗场面，摆开阵势、两军对垒，乐此不疲。终于有一次，敌方的一名"士兵"偷袭了正在指挥作战的司令晓辉，一枚炮弹击中头部，晓辉应声倒地。正准备上前抓"俘虏"时，大家发现他的头上有一个血眼，四周隆起鸡蛋大小的包，这才知道原来击中的炮弹是石块！小伙伴们都吓呆了，大家协商后，两个人架起晓辉，其余人轮流挑柴，当太阳落山时，大家把柴和人送到大伯家时，正想着如何与大妈解释时，陈晓辉睁开了眼，他清醒过后，笑着说："人有人扶，柴有人挑，本司令当俘虏的感觉真不错！谢谢你们的优待！"受伤的陈晓辉如此勇敢坚强，宽容大度，令众多小伙伴十分敬佩。

青涩岁月，似水流年。少年晓辉机智勇敢、乐于助人，仿佛有着与实际年龄不相符的成熟稳重，他早已懂得团结合作、友善包容，这些年少时即已形成的品格，为今后的发展奠定了坚实的基础。

少年壮志　勤奋求学

1977 年初春，陈晓辉初中毕业后以优异的成绩顺利进入大化坪中学读高中。在大化坪高中，陈晓辉结识了朱敦如、蔡如意、叶良全、曾广平、万翠霞、余习安、胡守柱等一众好友。大家坐在教室里听老师们传道授业解惑，刻苦学习。由于陈晓辉名列前茅，同学们常常向他请教学习问题，他从不吝惜自己的意见，辅导同学们的作业。

课余时间，大家齐聚操场，篮下抢球、隔网挥拍，锻炼身体。身为文体委员的陈晓辉，在篮球场上虽然身高不占优势，但身手矫健的他往往是主要得分队员；乒乓球台上，除了体育老师外，他也是位居前列。大化坪高中的操场上仅有一台乒乓球桌，有一次陈晓辉和陈光林、朱敦如正在打球时，高年级的一帮同学突然冲上前来，霸占着乒乓球桌，准备赶走他们。这时，陈晓辉据理力争："学校的乒乓球桌是公用的，我们每个同学都有使用的权利！"为了避免冲突，陈晓辉建议制定一个规则：每个人打三球，输了自动下场，赢球则可以继续打。大家听后纷纷赞同，此后这项规则一直在大化坪高中延续着。

酷暑时节，青少年们都喜欢跳下河里洗澡（洗澡系霍山口语，即游泳）。陈晓辉和叶良全、刘文友等人比赛游泳，无论是潜水还是蛙泳、仰泳、

求学时代的陈晓辉

自由泳，每一样他都轻松自如。有一天傍晚，朱敦如、叶良全、徐雪松和陈晓辉等人像往常一样下河洗澡，水性好的都乐于在深水潭中畅游，朱敦如不谙水性，只能在浅水区玩耍，突然一股激流将他卷入深水潭，朱敦如全身已沉入水中，只能靠双手扑腾，连呼救的机会也没有。正在此时，陈晓辉及时发现险情并迅速将朱敦如拉出水面，带到潭边，避免了一场溺水事故的发生。处在物资匮乏的年代，晚自习期间教室经常停电，大家只能自备煤油灯看书学习。每当这时，陈晓辉见自己前排的朱敦如座位上总是暗着一片，便明白了这个年纪比他稍小一些的同学不会做煤油灯，于是陈晓辉回家后自己动手做了一个煤油灯并装满煤油送给了朱敦如。从此，这盏煤油灯陪伴了朱敦如走过两年高中岁月，两人也结下深厚的友谊。

秋冬之际，天色暗沉得早了。大礼拜前一天，恰巧轮到家住舞旗河公社姚家畈村的陈礼智打扫卫生。当陈礼智打扫完教室后，望着眼前淅淅沥沥的小雨和山雾弥蒙间深灰色的群峰暗影，心中正发愁如何赶完这30多公里的山路。正在这时，陈晓辉回教室取课本碰见了陈礼智，一见满脸愁容的陈礼智，他心下明白几分，走上前去搂过陈礼智："今天到我家住，让大妈给你准备下星期的菜！回头我带你打鸟去！"陈晓辉的家离大化坪高中不远，屋后有一大片毛竹林，林子里有很多麻雀。陈晓辉学着大伯，自己仿制了一把非常精致的猎枪，修长的枪管、结实的枪托，和步枪一样的大栓，还有一瓶细小钢珠做的枪弹和一板火炮子。他教陈礼智如何装药填弹、瞄准击发，把陈礼智看得一愣一愣的，既羡慕又钦佩眼前这个神采奕奕的同学。陈晓辉带着陈礼智，在竹林中手把手教他射击，"砰！"枪声一响，应声落下几只麻雀、斑鸠，陈礼智兴奋地蹦了起来。夜幕降临，劳累了一天的大伯回到家中，见到家中来了客人十分开心，在那个不知肉味的年代里，大家一起分享鸟肉，这让陈晓辉想到之前县剧团来大化坪表演的样板戏《智取威虎山》中的"百鸡宴"，他笑着说虽然没有野鸡，这"百鸟宴"也足够美味。

高中岁月于陈晓辉而言既充实又短暂。通过阅读国内外

竹林剪影

"我们正青春"——高中同学合影

名著，陈晓辉对大山外的世界多了一些认识，经常和同学们探讨学习、畅谈未来。他曾对同学郭戟说最欣赏的是保尔·柯察金，"一个人的生命应当这样度过：当他回首往事时不会因虚度年华而悔恨，也不会因碌碌无为而羞愧"。后来，陈晓辉也用自己的实际行动印证了这句话。1979 年 8 月，高考成绩公布，整个大化坪中学只有朱敦如和陈晓辉两人高考分数达到预考分数线。

令人遗憾的是，陈晓辉未能圆大学梦，高中毕业后顶替陈大伯在大化坪供销合作社的职位，从此参加工作，步入了社会这所大学。

陈晓辉高中毕业合影

情定终身　风雨同舟

1980 年，陈晓辉在霍山县大化坪供销合作社工作，任仓库保管员。刚刚参加工作不久，陈晓辉便熟悉了供销社及仓库的各项事务。1981 年的夏天，一个身穿粉色的确良衬衫、深蓝色涤纶裤的女孩来大化坪综合商店送报表，同时到潘家湾周转站进货。这个女孩跟着拉板车的师傅一起从大化坪步行到潘家湾，把采购明细单交给了周转站的彭师傅。彭师傅把任务安排给陈晓辉："小陈，你带她去仓库看货、点货。"女孩应声道谢，跟着陈晓辉一起去了纺织品仓库。采购明细单里列有针纺、食品等 50 多个单品，陈晓辉看着采货单上清秀的字迹，在心里暗暗称赞，果然字如其人。

陈晓辉看着面前这个女孩，笑着介绍自己："你叫我陈晓辉吧，我刚上班不久，别叫我陈师傅啦。"女孩看着走在前面的陈晓辉，身穿湖蓝色的确良衬衫，配着浅灰色涤纶直筒裤，脚穿一双轻便的白色回力运动鞋，白净的脸上一笑便露出两个小酒窝，心中不禁荡起一层涟漪。女孩大方地介绍自己："我叫张守银，今天是替我父亲来送报表并进货的，麻烦你给我介绍一下这些货吧。"于是，陈晓辉详细地向张守银介绍了哪些是今年刚到的新品，哪些是特价商品。时间不经意间悄然流逝，张守银开了比原计划单更多的商品，随后跟着陈晓辉一起来到开票处。眼见着陈晓辉非常熟练地翻台账、打算盘，那四位数以上的乘法，眼前人的手法又快又准，让张守银敬佩之余，心生爱慕。

到了吃午饭的时间，周转站的施站长对陈晓辉说道："晓辉，你负责招待一下小张。"这时候，陈晓辉早已拿好饭盒前去打饭，让张守银先坐在桌边等他，只见陈晓辉一边拿着饭盒向前走，一边哼着小调"天上掉下个林妹妹……"陈晓辉不知道为什么这首歌今天哼着如此悦耳，也不知道为什么心情就像现在的天气一样阳光明媚，打饭路上的脚步轻飘飘仿佛踏在云朵上一般，他更不知道坐在桌边等待的张守银心里像闯进一只小鹿般怦怦直跳。饭桌上，还有其他几名工作人员，年纪较大一些的余华琴本就认识张守银的父母，她主动问道："小张，可有男朋友啦？"这句话把本就拘谨的张守银问得面红耳赤，忙着急回道："工作未定，还不着急。""那不行，我来同老张讲，我们站的晓辉就不错！"余华琴热心地张罗着，转过身去对陈晓辉说："晓辉，你不是正好要回大化坪嘛，吃完饭用自行车送一下守银，省得小丫头走这么远的山路。"于是，心中互生好感的两个青年在余华琴的安排下顺理成章地踏上了回大化坪的路。

夕阳西下，天边的火烧云铺金叠彩，浓烈绚烂，在开阔的天幕间如烈焰般肆意地挥洒泼墨。陈晓辉慢悠悠地骑着"永久"牌自行车，生怕崎岖山路颠簸了身后人。张守银坐在车后，小心翼翼地抓着陈晓辉的的确良衬衫。陈晓辉率先打破两人间的沉默，聊起了在供销社工作的趣事，两人互相了解了对方的许多情况，这段三十多里的路程，把两个青年的心拉得更近了。第二天，陈晓辉就收到张守银的一封信，信里表达了对陈晓辉送行与照顾的感谢之情，陈晓辉代运货员转达了一封回信。就这样，你来我往的，两人通了半年的信。在 20 世纪 80 年代，书信传达了两个青年之间美好而厚重的情谊，每当收到张守银的来信时，陈晓辉总是迫不及待而又小心翼翼地拆开信封，展开信纸时淡淡的墨香扑面而来，两人的感情也在通信中不断升温。

1981 年底，陈晓辉在同学余习安的陪伴下，第一次来到张守银家里做客，并受到张守银几个弟弟妹妹的热烈欢迎。面前这个大哥哥既会带孩子们一起玩耍，又能辅导大家功课，张守银的二弟故意找来一道自认为很难的解析几何数学题让陈晓辉做，没想到完全难不倒他。张守银的父亲对他的几个子女们说："你们叫他陈大哥，学习上有什么不懂的就尽管问他！"

1983 年，张守银被招工到霍山县塑料厂。这样一来，两人只能分隔异地，陈晓辉开玩笑地说："千万不要到了城里就变心咯！"虽然两人空间距离被拉大，但是时空丝毫阻挡不了一对恋人相爱。陈晓辉隔三岔五地进城给张守银送水果或蔬菜，时间一长，厂里的人都知道了两人的关系，每当陈晓辉踏着自行车刚到厂门口，就听见有人喊："张守银，你家小陈来啦！"陈晓辉笑着和大家打招呼，幸福和温暖之意包围在身边。1985 年的寒冬，大雪漫天袭来，陈晓辉刚躺下准备歇息时，突然听到门外有人喊他去接电话，原来是张守银患了重感冒。听到爱人有气无力地呻吟，陈晓辉焦急又心疼，不顾漫天大雪中同事的阻拦，骑着自行车就往霍山县城赶。山区交通不便，过了中午 12 点就没有从大化坪到霍山的客车，陈晓辉卖力地蹬着自行车，凛冽的寒风如刀般割在脸上，然而为爱奔赴的路途永远炽热无阻。经过 4 个多小时的奔波，午夜 12 点，陈晓辉终于气喘吁吁地赶到了塑料厂，可是厂门紧闭，无人应答，陈晓辉实在管不了太多，翻了铁门直奔恋人的住处。卧榻上的张守银以为自己高烧出现幻觉,完全没奢望电话那头的陈晓辉能来陪伴,见到雨雪打湿鞋袜的陈晓辉焦急的模样,张守银觉得此生有眼前人相伴足矣。在陈晓辉的悉心照料下,张守银的身体不久便恢复了。

生活在偏僻的大山里,张守银父母思想比较保守。张守银的外祖父是新中国成立前霍山县大名鼎鼎的乡绅,其母亲出自书香门第,接受过 6 年传统私塾教育,是同龄人中一位有知识、有文化的女性,然而她对孩子的婚嫁之事坚持"父母之命、媒妁之言",并不赞同自己的长女与陈晓辉自由恋爱。陈晓辉面对长辈的多次刁难和指责,从未抱怨过一句,反而时常安慰张守银要多体谅父母的心情。并且,陈晓辉常常一个人跑到张家替长辈干活、上山砍柴、拉椽子、扛桁梁,乐此不疲,他用自己的执着、坚守、孝心和善良逐渐赢得了张守银母亲的接受、认同和发自内心的疼爱。虽然陈晓辉过继给了陈大伯,但是他与六安的亲生父母也有往来,在他的动员之下,亲生父母从六安徒步到了大化坪张守银家中,这种诚意打动了张守银的父母,于是两人在双方父母的同意之下,名正言顺地恋爱,并终于在1986 年元旦步入了婚姻的殿堂。

1987 年,两人的爱情与婚姻的结晶——爱女陈雅珺出生。"珺",美玉也。陈晓辉视女儿为掌上明珠,希望自己的女儿能够秉承君子纯洁高尚的

陈晓辉、张守银恋爱时期合影

陈晓辉与张守银的结婚照

品德操行。在父亲的悉心培养下，陈雅珺受到良好的教育，成绩优异、上进心强，后来考入安徽大学，并于南京大学读研，最后顺利进入安徽大学任教。

婚后几十年，陈晓辉夫妇相敬如宾，相濡以沫，令周围亲朋好友钦羡不已。

筚路蓝缕　以启"新元"

20 世纪八九十年代，我国由传统的计划经济体制向有计划的商品经济体制过渡，逐渐引入在资源配置中起调节作用的市场机制。1992 年，邓小平南方谈话冲破了姓"社"姓"资"的束缚，打破了社会主义与市场经济的对立，同年 10 月召开的中共十四大，确定中国经济体制改革的目标是建立社会主义市场经济体制，这标志着中国最终放弃了以单一所有制为基础的计划经济体制。

1993 年，供销社精简人员，进行商改，大部分门店被承包经营，承包者自负盈亏。因工作认真且态度积极，陈晓辉 8 月被调至霍山县黑石渡供销社任副主任，而黑石渡供销社恰是最难改的。3 个月后，张守银也被调到黑石渡供销社。1994 年，随着经济体制改革的持续深入，供销合作社作为新中国成立以来国民经济重要组成部分，逐渐解体，陈晓辉夫妻二人在这一年双双下岗。为了生计，陈晓辉贷款买了一辆中巴车，开始跑"霍山至六安"的客运，第二年又开始跑"霍山至合肥"的线路。下岗后的生活艰难，但是陈晓辉没有被困难打倒，在逆境中他不甘沉沦，努力寻求解决办法。在合肥载客时他观察发现，市里有一家"福友"面包软糯香甜，面包店的生意十分红火。此时的霍山县城人还没怎么吃过面包，陈晓辉抱着试一试的态度，带了一箱福友面包回霍山让妻子售卖，没想到面包在短短的几小时内一售即空，于是陈晓辉每天跑客运时多了项带新鲜面包的任务。妻子张守银见陈晓辉跑长途客运太过辛苦，担心他的身体，加之零售店的生意越来越红火，一人忙不过来，便劝他别再跑客运，两人一同做零售生意。思路决定出路，陈晓辉觉得妻子言之有理，于是他审时度势，决定放弃客运并主动引进合肥市的购物方式，创新霍山县的商超模式。就这样，1999 年陈晓辉夫妻二人在霍山县开了第一家设有电脑收款的自选超市——"新元"。

一元复始,万象更新。新元超市里的货品种类齐全,员工服务态度积极热情,山城里的人们第一次体验到自选购物的乐趣,新颖的购物模式逐渐产生规模效益,门店的生意越来越红火,于是2002年"新元二店"开业。2004年,夫妻二人收购霍山县供销社超市改为"新元三店",并开了一家面积650平方米的"新元四店"。同年5月,新元大酒店和新元宾馆相继开业,新元的经营理念走向多元化,夫妻二人成立了新元商贸有限公司,短短几年内解决了霍山县百余位下岗工人的再就业问题。陈晓辉凭借个人才华与努力不仅摆脱了自身的困境,同时带动了霍山县的就业,提高了县城人民的消费质量,"新元"引领了霍山县的购物潮流,每一名员工都以自己是新元人为傲。霍山县电视台来做专访,一位名叫储照琴的导购员对着镜头激动地说出了大家共同的心声:"在我们最困难、最迷茫的时候,是新元给了我们再就业的机会,给了我们下岗工人一个温暖的家!我要对陈总说一声谢谢!"这一年,陈晓辉被评为六安市"下岗再就业明星",受邀参加了皖西学院的毕业典礼,并为皖西学院毕业生们介绍自己下岗再就业的心路历程。

2005年,为了改善农村消费环境、保障农民消费权益、缩小城乡消费差距,中华人民共和国商务部开始实施"万村千乡"的农村现代流通网络建设工程。新元商贸有限公司被商务部认定为"万村千乡市场工程"试点企业,"新元"加盟店逐渐遍布霍山县各个村镇。在金鸡山加盟店验收产品时,陈晓辉遇见了当村干部的同学朱敦江,听老同学谈到村里需要帮扶贫困户,他立刻以新元超市的名义捐献了大米和食用油等生活用品。为了让各个加盟店能够享受到便捷的服务,陈晓辉成立了新元配送中心,加盟店开业后的货品都由新元进行配送,优质的商品和低廉的价格真正惠利了霍山县的父老乡亲。从此,"新元"的发展迈出更大步伐。

新元集团由小到大,由弱到强,走着一条持续、快速的发展道路。对于这种较为顺利的发展,陈晓辉从不认为是自己的运气所致。他常说,"转瞬之间见生死",市场的竞争是激烈而无情的,谁能走在市场的前头,谁才能笑到最后。陈晓辉时刻考虑着自己企业的危机,假如说创新意识、冒险精神和脚踏实地的工作作风是他走向成功的基本素质,那么居安思危就是他成功的根本保证。面对新零售,陈晓辉自觉知识有限,无法满足公司发展要求,于是他时常组织各部门去北京、上海、南京、武汉等地参加商超

新元超市配送中心员工合影

新元百货员工合影

销售专业学习，回来后召开全体员工会议，让大家把学到的新知识分享给员工们，学习成为新元人的常态。新元超市一店店长黄宝茹回忆她第一次出远门的经历，就是十七年前陈总亲自开车，带大家去杭州西湖参会学习。黄宝茹清晰地记得那年早春，万物还在休眠期间，而西湖两岸的柳树早早

陈晓辉参加全国个体劳动者第三次代表大会

萌芽，筹备着新一年的绿意盎然。一行人坐在翠光亭，融融暖阳沐浴之下听着眼前这个意气风发之人讲述着鸿鹄志向："我们现在要积极学习，做大做强，将来争做霍山零售的龙头，解决更多下岗职工的就业问题。将来在座的各位都是我们新元的店长！"大家听着陈晓辉慷慨激昂的演说，燃起了熊熊斗志。黄宝茹等一行人沉浸在如画般的西湖美景中，脑海勾画出陈晓辉描绘的宏伟蓝图……

如今，陈晓辉兑现了曾经在西湖畔对大家的承诺，在企业不断发展的过程中，他仍然潜心探索新的商业模式。谈到外出学习充电时，陈晓辉坦言有许多东西听不懂，但是他深信，能听懂多少就等于掌握了多少，回来以后就能用多少，有了更多的知识才可以适应这个变化的时代，也适应企业的自身发展。

绿色蔬果　生态农业

2010年，在朋友的鼓励和国家政策对农业的大力支持下，陈晓辉承包了霍山县与儿街镇大沙埂村的200亩土地建设生态农业园。陈晓辉具有极强的创新意识，他希望建设一个以观光农业为核心、农业与旅游业齐头并进的生态农业园，这样既能够吸引大批较远城市的外地游客来此体验农家生活，又能够将生态农业园中所产农作物直接对接新元集团，与新元超市的蔬果零售形成一条完整的产业链。生态农业园建成以后，陈晓辉先后投入1 000多

万元，建立了一个 70 余亩、拥有智能温室大棚的农业生产基地。

陈晓辉高瞻远瞩，提出了自由采摘、观光垂钓等各类特色项目，本应取得预期成效，但是，由于缺乏科学的规划和管理，且没有对风险做出全面的分析、评估，正式运营的生态农业园并没有按照陈晓辉事先设想那样稳步发展。

2015 年寒冬，接连几场大雪把价值几百万元的智能大棚压垮了，陈晓辉望着漫天飞舞的雪花，心情十分沉重，在朋友圈写下了"美景中有着辛酸，瑞雪里藏着无奈！"的感慨。保险公司只按照普通大棚的价格进行理赔，导致农业园损失惨重。面对重重压力和困难，陈晓辉展现出一位民营企业家敢为人先、勇立潮头的担当精神，他没有向政府诉苦，而是灾后自行重建，又投入了 380 多万元，再次改变土地的种植品种，引进了阳光玫瑰、黑巴拉多、美人指、夏黑等品种的葡萄，共栽培了 50 多亩。2018 年，他又带着管理团队到处考察，想改变生态农业园的现状，然而大家对他的投入都很担心，不支持他继续投资。

陈晓辉深知大家对自己的关心与顾虑，只是自己苦心经营的农业园就像是继"新元"之后的第二个孩子，孕育和培养均耗费了大量心血，这项产业却未能按照自己设想的成长方式茁壮发展，陈晓辉不忍就此收手，还想再搏一搏，通过进一步改造弥补前期入不敷出的损失。

被损毁的智能大棚

陈晓辉在生态农业园视察

陈晓辉接受安徽省广播电视台《第一时间》栏目采访

"天行健，君子以自强不息；地势坤，君子以厚德载物。"尽管遇到了重重阻力，但是陈晓辉仍然保持积极向上的人生态度。每到农业园里的瓜果成熟之际，陈晓辉总是慷慨大方地将蔬果打包好送给亲朋好友品尝。过年时，农业园的鱼塘放水起鱼，渔网里盛满鲤鱼、鲢鱼、甲鱼等，陈晓辉也会毫不吝啬地赠送给亲朋好友。他十分珍惜同学情谊，无论是哪位同学家中有红白喜事，他总是在百忙之后抽出时间，统筹安排。他将同学情谊视为珍宝，在生活中待人厚道、品德高尚，是同学朋友们口中的"男神"，心中的榜样。

转变思路　打造徽衡

21世纪以来，随着电子商务的飞速发展，C2C逐步成为我国网络购物市场的主流商业模式。2013年，中国电商发展史上最为重要的两家企业淘宝、京东相继成立，网络购物市场日益火爆，占社会商品零售总额的比例大幅度提高，网购逐渐改变了人们的生产生活方式。电商对实体经济造成了巨大的冲击，也对新元集团的发展提出了严峻的挑战。陈晓辉开始思考零售企业如何转型，并前往北京、上海、武汉等各个城市考察学习。

陈晓辉在学习过程中进一步了解到中国现阶段的消费模式与人口特征。人是消费的主体，消费模式与人口结构变动密切相关，而现阶段我国经济社会发展与人口年均增长率下滑，结构失衡呈现出二律背反的特征，人口年龄的变动给消费带来了挑战和机遇。通过查阅资料和实地调研，陈晓辉认为我国老年人口呈快速增长趋势，提供了庞大的潜在老年消费市场，国内外也有典型企业投资兼并重组进军养老产业的成功案例，加之政府相关政策的支持，养老产业必将在未来中国迎来黄金发展期。此外，联系到个人的童年经历，陈晓辉幼年时代被抱给陈大伯一家抚养，远离了六安的亲生父母和兄弟姐妹，尽管陈晓辉恪守孝道，将陈大伯、陈大妈视为亲生父母并为其养老送终，但是无法在亲生父母前尽孝，他总是心怀愧疚。"老吾老以及人之老"，陈晓辉认为，父母年纪大了以后可能面临养老的难题，而这也是社会中很多老人正在面临或将要面临的问题。"老人老了，生活也要丰富多彩，要生活地有质量。"在他看来，如果养老问题得以顺利解决，也能让子女更安心地工作、创业，更有利于整个社会的和谐发展，"关爱一位老人，就是关爱一个大家庭"。于是，在霍山县委、县政府的支持下，陈晓辉投资5 000万，用3年时间建成了占地17 000多平方米的霍山徽衡老年公寓，并于2014年元月进入试运营期。

"笑看夕阳无限好，我把古稀当花季。颐养天年在徽衡，道法自然天地人。"霍山县徽衡老年公寓坐落在南岳山麓、幽芳河畔，环境优美且风景宜人，集养老、观光、休闲、度假于一体，被安徽省民政厅、省委宣传部评定为安徽省县级城市中规模最大、档次最高的综合性老年公寓。在试营业期间，徽衡老年公寓就迎来了60多位入住老人，这些人中既有生活能够自理的老人，也有一些半失能、全失能的老人。陈晓辉每次吃饭前都去公寓食堂里瞧瞧伙食，平日里时常看望老人，询问老人们的生活近况。护工们为了逗老人们开心，经常唱地方庐剧或是黄梅戏选段，他也跟着一起哼小调，逗得老人们哈哈大笑。陈晓辉感受到作为"朝阳产业"的养老机构还有许多地方有待进一步完善，于是他亲力亲为，采购适合老年人使用的健身器材、医护专用床、助浴助餐的各类用品，进一步完善公寓的养老服务体系。公寓的环境美化，也全是他亲自挑选的花草树木，围绕着福星楼、寿星楼的花草、树木、鱼池、长亭、小桥流水浑然一体，为老人们提供了一个舒适优雅的休憩环境。入住公寓的耄耋老人刘伯让说："公寓办的有特色，解决了我们的后顾之忧，住的舒适、舒心。"85岁的刘伯让是第一批入住徽衡老年公寓的老人，入住期间感受最深的是工作人员的热情、细心。"24小时有热水，衣服有人洗，饭菜多样化，符合自己的口味，晚上想吃面

霍山徽衡老年公寓福星楼远景图

老人在健身

老人们在打麻将

或稀饭，只要跟工作人员说一声就行。"来到徽衡老年公寓参观考察的人，无一不赞叹陈晓辉的魄力、能力及眼光。

然而，陈晓辉在进军养老产业后逐渐发现自己低估这一"朝阳产业"的投资难度。养老市场虽然大，但是投入成本高、回收期长、利润微薄，不易经营，属于半公益半商业的产业。徽衡老年公寓作为霍山县首家"公助民办"的养老机构，一次性固定资产投资较大，一期项目竣工后，二期和三期的项目资金迟迟不能到位，银行发放贷款与国家政策衔接不到位，项目工程款亟须发放，"抵押贷款，融资成本高"。而实体经济近年来融资难、融资贵的问题无法得到根本解决，陈晓辉常常因融资之事夜不能寐，情急之下他只好将目光投向民间借贷。在借贷过程中，陈晓辉给出了比银行更高的利息，于是不乏有些亲友奔着高额利息纷纷将钱投入了徽衡，靠着亲朋好友的借贷，徽衡老年公寓各项工程最终如期竣工。

陈晓辉站在时代的风口浪尖，自有一番雄心壮志。他与妻子白手起家，用自己的努力和实力在霍山县打拼出了不斐业绩，算得上是"小城名流"。天命之年跨行业进军养老，他期望把徽衡老年公寓做成霍山县乃至安徽省的养老品牌，但是初涉养老领域的他经验不足，风险预估不够充分，跨产业太多且资金周转与商贸往来造成精力损耗，问题也逐一浮出水面。

试运营期的徽衡老年公寓在安全管理方面存在隐患，员工的安全意识也有待提高。2015 年 5 月 1 日上午 9 时左右，副院长韩久才的孙子来公寓找爷爷，可是韩久才在前一天晚上向陈晓辉请假两天去了六安。门卫没有发现异常也不知道相关情况，直接让这个孩子进了公寓。10 点 50 分左右，伴随着"砰"的一声闷响，孩子在徽衡老年公寓福星楼的顶楼结束了他的一生。封锁老年公寓后，警方根据监控、现场，仔细勘察，定性该事件为"自杀"。陈晓辉事后得知，韩久才的孙子是抱养他大哥家儿子的孩子，正在诸佛庵中学读高二，因学业和情感上的挫折，不堪重压选择了轻生。陈晓辉夫妻二人替这个孩子惋惜，出于道义，准备一同前往韩家探望。谁知道韩久才及其大哥一家，对刑警队判定该事件的"自杀"定性很不满意，一心想吃"人血馒头"，索取高额赔偿，便直接撺掇起一帮地痞流氓赖在了徽衡老年公寓。陈晓辉在商海里摸爬滚打数十载，工作过程中也曾遇到过形形色色的人和种种困难挑战，他始终秉持厚德载物、以德兴商的处事原则，化解了一道道难题。但是，他从来没有遇到过这种情况，5月5日下午陈晓辉正在开会，会议室里突然闯进了一大批手持棍棒的人，陈晓辉在一片混乱中被推出了会议室，转身被韩家人打倒在地，脚踝直接被歹徒打断，顿时鲜血四溅，白骨显现，腿与脚只剩一根筋连着……陈晓辉不仅遭受了皮肉之苦，他的心灵更是遭到了沉重的打击与伤害。

陈晓辉手术期间，为建立静脉通路，医生为他进行了全身麻醉。经过一天一夜，陈晓辉在麻醉药劲儿过去后终于缓缓睁开眼睛，疼痛感渐渐地从脚部席卷全身。张守银的二弟来探望陈晓辉时，两人在病房里聊了很久。望着躺在病床上的姐夫，二弟哽咽得说不出话来，脑海中浮现出和姐夫相处的一幕幕：自从第一次在大化坪的家中见到这个阳光热情的"晓辉大哥"，一道解析几何数学题便奠定了晓辉大哥在二弟年幼心中的神圣地位。多年来，姐姐和姐夫勤恳工作、努力拼搏，即使面对下岗的变故也从未对生活有过抱怨，迎着改革开放的大潮转变思路、创新观念、投身商海，白手起家建立起了如今的新元集团和徽衡老年公寓，造福了霍山这座小城千万个家庭。曾经调皮捣蛋、不谙世事的少年如今身为人父，兄弟几人中只有自己与姐夫家离得最近，所以二弟也和姐夫走得最近，每当生活中或是工作上遇到困难时，晓辉大哥总是毫无保留地伸出援助之手，姐夫在自己心中就像一座大山一样坚实可靠，二弟总觉得什么困难在姐夫这儿都能迎刃而解，从来没有想到晓辉大哥会有这么多的疲累，更没有想到一位民营企业家会在众目睽睽之下被狠心的歹徒殴打致残！晓辉大哥同样是肉体凡身，他也会累、也会痛呐……

手术后陈晓辉的行动能力受到限制，每走一步都像是千万根针扎一样，但是他十分坚强，乐观积极，甚至反过来安慰自己的妻子。医生嘱咐陈晓辉要多休息、少饮酒、少走路，可是陈晓辉是个闲不下来的人，经过几个周期的术后康复护理后，又投身到工作中去。老人的赡养并非易事，越到夕阳之际越能看出人性的光辉或丑陋处。

陈晓辉在投资建设徽衡老年公寓时，一些人在他融资过程中提出了强烈的反对。他们认为养老并非盈利项目，经商之本在于利，何必要耗费如此多的精力投资建设呢？陈晓辉面对这些质疑不是一味斥拒，他也曾认真考虑过自己投资徽衡的初心，都说"商人重利轻别离"，可是他并非利益至上的商人，而是一个为时代"立心"、愿意以一己之力回馈社会的民营企业家，他的心中一直有个打造知名品牌、做大养老产业的"徽衡梦"！面对重重阻力，陈晓辉坚信，徽衡在国家的支持下，一定会有一个光明的未来。

在陈晓辉夫妇的努力之下，霍山县徽衡老年公寓被六安市民政局评为"4A 级社会组织""六安市示范智慧养老机构"和"六安市智慧社区居家养老服务示范项目"，陈晓辉本人也多次获得"六安市创业之星""六安市劳动模范""安徽省先进工商户"等荣誉称号。

创业未半　中道崩殂

2019 年 1 月 11 日，这天晚上，陈晓辉准备同亲戚朋友一起聚餐。饭前几人正在"掼蛋"，轮到陈晓辉出牌时，他说了声"我不要"，随后身体向旁边一歪。桌上几人纷纷觉得不对劲，立马喊张守银过来，张守银顿时慌了神，颤抖着双手拨通 120 急救中心的电话。

正值下班晚高峰，救护车在漫长的 5 分钟等待后终于到达，随即医生展开了一系列急救措施，救护车呼啸着赶到霍山县医院，陈晓辉被迅速抬进急救室。张守银的小弟准备联系合肥的医院，而医生说："情况很严重，无法转院！"家人们只能在急救室外焦急地等待，时间一分一秒地流逝，每一秒钟对手术室外心系陈晓辉的亲人们而言都是煎熬。

大约过了 2 个小时，手术室的灯灭了，医生们撤走了，而留给手术室外一众亲友们的，是一片白布和无声的叹息。在一个阴雨蒙蒙、寒风刺骨的夜晚，陈晓辉没有任何征兆地心肌梗死，去往了那个没有烦恼和压力的自由国度……

陈晓辉的猝然离世，惊动了霍山县党委、政府等机构单位。来自北京、南京、重庆、合肥等地的 500 多位亲朋好友，以及霍山县的同学、新元和徽衡的同事守在陈晓辉灵前，陪伴着他度过三天两夜。第三天清晨灵车送葬时，上百辆送行的汽车随行，一路相送。当灵车经过新元的每个分公司、分店的时候，全体员工自发地默默站在路边，肃穆致哀，连八九十岁的老人们都站在徽衡老年公寓的门口泪目相送……

陈晓辉的离世给亲友们留下无尽的悲伤与哀痛，妻子张守银在沉痛中自责与反思，认为陈晓辉猝然离世的原因有三：一是私企经营的环境困难，造成陈晓辉压力过大；二是陈晓辉跨产业经营过多，精力有限；三是陈晓辉不够爱惜身体，腿受伤之后又经历了几次大手术，但是他始终没有按照医嘱完全放下工作休养，家事、公司事操心太多，身体严重透支。为了传承陈晓辉生前的奋斗精神，继续弘扬爱心、奉献社会，张守银情系桑梓，在陈晓辉少年求学的大化坪中学成立了"陈晓辉奖学金"基金会，坚持徽衡老年公寓关爱夕阳的同时还照顾到故乡大化坪这些初升的太阳，以此纪念逝去的爱人。

"陈晓辉奖学金"颁奖大会在大化坪镇中心学校举行

陈晓辉先生温文如玉、博爱众生，胸怀如海、壮志如天，其一生善良而淳朴，真诚而阳光，品似梅花香彻骨，心如秋水淡为神。新元和徽衡为霍山县的商超零售和养老产业树立了标杆，陈晓辉先生作为民营企业家的代表、共产党员的模范，其大爱精神永远刻在霍山县百姓心中。陈晓辉先生的创业精神和光辉业绩，将永载史册。

陈晓辉在北京

后 记

这是我第一次写传记，传主陈晓辉先生是我敬爱的大姑父。

2019 年寒冬，当我从天津回到六安火车站时，接过我行李箱的父亲连一个笑容也没挤出来，正当我纳闷时，父亲终于说出了一个瞒我七日却让我至今心痛的噩耗。轰然崩塌之感伴随着蜂鸣声在脑门上嗡嗡作响，很长一段时间，我都觉得这是一个用谎言编织的梦，一个我们所有人都不愿意相信的梦。

我不是一个善于表达内心想法的人，却对这位与我同一天生日的长辈有着莫名的尊崇和亲近。面对他时，我可以毫无保留地倾吐内心想法，而大姑父从不因我是个小孩而轻视之，与他交谈总是如沐春风的温暖。除了父亲，我视大姑父为最亲切的父辈。在大姑父的下葬仪式上，泪眼模糊的我看着那些熊熊燃烧的纸钱随风升飞，不禁思考一个人活着的价值和生命的意义。

这篇纪念性小传的书写亦是我与天国的大姑父对话的双向互动，因为有纪念性质，认识上存在着不可避免的片面性。作为晚辈，我难以达到长辈们认识的全面性，写作的过程很痛苦，这种痛苦并不是写作本身带来的，而是当我站在传主的立场去分析历史主体所处的境遇，同其对话并寻找其各种言行的原因时，总是免不了回到当下去接受他离开的事实。传记并不是纯粹的历史，传主的个性也并非完美，我清醒地发现自己在书写及修改过程中很难从亲人身份中抽离出来对大姑父的一些做法进行批判，他跨产业经营耗费精力太多，更有着诸多不被人理解之处，可是我总愿意将其视为"燕雀安知鸿鹄之志"的表现。翻看着大姑父生前的朋友圈、各种照片、亲朋好友的悼念文章，回忆着家人们对大姑父各种事迹的讲述，以及回到历史现场去查阅供销合作社史、零售行业发展史、养老产业发展史等等，断断续续的创作让我感受到文学带给人的力量：写到大姑父和大姑下海创业、新元超市稳步扩展时，我激动地把键盘敲得砰砰作响；写到大姑父手术过程时，我停笔多次，心痛得无法继续；最后一部分的书写最为艰难，我没有见到大姑父最后一面，但是从家人们口中得知大姑父身后事的处理场景，付诸笔端总是多次泪目无法继续。我无意为传主大唱赞歌或是歌功颂德，也不想把这篇小传变成一种变相的企业广告。通过描摹传主一鳞半爪的人生经历，我对大姑父的思维方式和处事风格进行了肤浅的探索，行文至此，我感受最深的是大姑父一生始终保持着顽强拼搏、永不言弃的奋斗精神，这种精神无时无刻不在激励着我。

大姑父逝世后，我深深地感受到大姑的悲痛和来自工作的巨大压力，也感受到了世态炎凉、人情冷暖。我想把这篇小传献给仍在为新元商贸和徽衡养老事业奋力拼搏的大姑，您的坚持与努力，是女性最美的模样！

西南联大时期的钱端升

清华大学　刘以诺

从北平到昆明，钱端升[1]绕过了半个地球。

1938 年 7 月，钱端升从法国启程回国。此前一年，他奉命辗转美、英、法，从事外交求援工作。然而，在国外闲散无功的工作并不如他所愿。同行的胡适曾在日记中写道，"端升总恨无可立功，此念使他十分难过"。[2]

回程途中，他接受了蒋梦麟的邀请，决定来到西南联大任教。

钱端升的联大岁月

晚年的钱端升曾写有一篇《我的自述》，在这篇不长的"代自传"中，他只为八年联大生活留下了两句话：

自此以后到抗战胜利结束第二年返回北平，我一直在西南联大任教。抗战期间，我除努力教书，宣传抗战，抨击弊政外，曾于 1943 年撰著了《战后世界之改造》一书。[3]

---

1. 钱端升（1900—1990），字寿朋，法学家、政治学家、社会活动家。1919 年毕业于清华学校，1924 年获美国哈佛大学哲学博士学位，回国后历任清华大学、中央大学、北京大学等校教授。1938 年至 1946 年，钱端升任教于国立西南联合大学法商学院政治学系。
2. 胡适：《胡适日记全编》，第 7 卷，台北：联经出版事业公司，2004 年，第 469 页。
3. 钱端升：《我的自述》，赵宝煦等编：《钱端升先生纪念文集》，北京：中国政法大学出版社，2000 年，第 392 页。

这段自述相当准确地概括了钱端升在联大期间的主要工作：教书、宣传、参政和论著。

对于本职工作——教书，钱端升最为上心。八年中，钱端升承担了《国际政治》《宪法》《中国政府》《极权政府》《近代政治制度》等多门必修、选修课程的教学任务[1]，开课不仅重视学理，也有很强的现实意识。据学生回忆，他讲课十分有条理，语言扼要中肯，如能专心听去，课后再阅读指定参考书，不难对西方政治制度有较深刻的了解与正确的评价。[2] 考试时，"要同学把参考书全抱到教室，随意翻阅。但如果平常不熟读，笔下不快，你也休想及格。"[3] 课堂之外，钱端升对学生也非常关心，很多学生都在工作上和经济上得到过钱老师的慷慨帮助。

宣传论政方面，钱端升在后方各大报刊发表了大量针砭时弊的政论文章。参政方面，钱端升抗战期间一直担任重庆国民参政会参政员。学术研究方面，钱端升在联大重建了自己的行政研究室，增订了《民国政制史》，受战时研究条件限制，他的论著不多，重要的有《战后世界之改造》等。

总体观察钱端升的联大八年，可以发现，这一时期钱端升的一大突出特点就是政学兼涉[4]：一方面，他始终以教学研究为中心任务，也常教导学生专心学术，不要分心；另一方面，他本人又付出了大量精力参政论政，在学生民主运动中也有积极的表现。以下本文就将从"政治参与"和"学生运动"这两个视角，对西南联大时期的钱端升做一观察。

从"学优则仕"到"教书为生"：作为学人的政治参与

教书还是从政？这是当时许多知识分子面临的选择。

抗战全面爆发前后，由于国家的政治需要，也出于学者的自身志愿，

---

1. 西南联大北京校友会：《国立西南联合大学校史——1937 至 1946 年的北大、清华、南开》，北京：北京大学出版社，1996 年，第 180 页。

2.《国立西南联合大学校史》，第 292 页。

3. 李钟湘：《西南联大始末记》，钟叔河、朱纯编：《过去的学校》，长沙：湖南教育出版社，1982 年，第 274 页。

4. 刘猛：《周旋于学术和政治间的钱端升先生》，《重庆大学法律评论》，2018 年第一辑，第 53 页。

一批大学教授选择步入政坛，全职或兼职地担任公职[1]。"学而优则仕"是传统中国文人的普遍追求。钱端升那一代民国学人，虽多有西学背景，亦深受此种观念影响。

来到西南联大之前，钱端升也确实尝试过由学入仕，以为政治实践贡献智慧，实现理想中的民主与宪政。譬如他曾经离开清华，前往南京中央大学，以便更加接近政治中心[2]；他也曾欣然接受政府征召，随胡适出洋求援。但是最终，他选择了"以教书为业，也以教书为生"[3]，而以参政议政的方式关心时局，推动政治进步。其中的缘由，后人不得详知。不过据钱端升的儿子们回忆，"在他心目中大学教授是至高无上的，他对作为一个名教授非常引以为豪"。[4] 大概钱端升最爱的，还是大学的讲台。

不论出于什么原因做出的选择，西南联大时期的钱端升作为学人的政治参与是极其出色的。在参政方面，钱端升作为重庆国民参政会的参政员，克服交通困难，连年赴重庆出席参政会会议。尽管作为政治学家，他清楚地知道自己这样一个校园里走出来的教授在国民参政会中的地位和分量，但他还是敬业地履行着自己的职责。会上，钱端升所提议案涉及宪法修正、贸易及外汇管理办法、国际外交、战后问题、新闻与书籍检查、改善士兵生活等诸多方面，显示了他的广泛关切。[5]

1945 年昆明，西南联大政治学系教授张奚若（左）与钱端升在一起

1941 年 1 月，国民党悍然制造"皖南事变"。在当年召开的国民参

---

1. 其中著名的有北京大学的周炳琳、陶希圣、胡适、傅斯年，清华大学的蒋廷黻、顾毓琇，武汉大学的张彭春、周鲠生等人。引刘超：《民国知识界的转向：从国难会议到庐山谈话会——兼论平津学人群的议政、参政和从政》，《兰州学刊》，2018 年第 1 期，第 63 页。
2. 李村：《钱端升的转变》，《书城》2014 年第 10 期，第 56—62 页。
3. 钱端升：《我的自述》，《钱端升先生纪念文集》，第 391 页。
4. 钱大都、钱仲兴、钱召南：《回忆我们的父亲》，《钱端升先生纪念文集》，第 52 页。
5. 鹿庆霖：《钱端升政治思想研究（1924—1949）》，硕士学位论文，云南大学公共管理学院，2015 年。

政会上，钱端升拍案而起，针对皖南事变起立质询，直指国民党破坏团结，大失人心。据说当时蒋介石在国民参政会最害怕四个人起立质询，其中就有钱端升。[1]

在论政方面，联大时期的钱端升以笔为矛，发表了大量时评、政论文章，有力地在言论界支援了抗战。钱端升向来以犀利的笔锋在报界著称[2]，来到西南联大后，他就开始酝酿创办一份刊物，作为后方自由的言论平台。1939 年元旦，他亲任主编的《今日评论》正式创刊。尽管得到了来自重庆的津贴支持，钱端升本人也是国民党员，但《今日评论》并未因此变成国民党的喉舌。凭借着钱端升过人的胆量，《今日评论》成为当时昆明文人的一个相对自由的舆论平台。[3]

钱端升是一位非常关注现实问题的学者，对抗战中最紧迫的实际问题，他关注得最多。但同时，他也是一位颇具理想主义色彩的学者。这两种看似矛盾的倾向，就在钱端升的时评政论中融为一体。

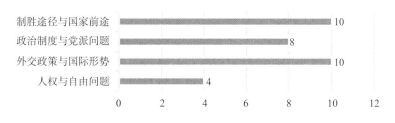

钱端升西南联大时期发表的时评论文题材分布统计[4]

以比较敏感的政党问题为例。作为一个政治学家，钱端升认为"民主政治与一党制度不相容，立宪政治与一党制度当然也不相容"，在未来行宪后，理想的制度应是"多党制"，而"国民党自然只是各党之一"[5]；但是出于抗战中的需要，钱端升又认为应由国民党领导。尽管他主张一党制，但他

1. 另外三位是张奚若、周炳琳和罗隆基。这四位教授政治立场不尽相同，但都痛恨腐败、专制，力争民主，且熟悉西方民主程序。见赵宝旭：《拳拳爱国心，殷殷爱国情》，《钱端升先生纪念文集》，第 18 页。
2. 早在 1934 年，钱端升就曾离开清华，去天津全职担任《益世报》的主笔，八个月间写作 170 余篇社论，分析形势、宣传抗日，直至一篇讽刺中央消极抗日的《论华北大势——兼送黄委员长南行》触怒蒋介石，被下令停邮。参见钱端升：《我的自述》，《钱端升先生纪念文集》，第 392 页。
3.《今日评论》于 1941 年停刊，原因不详，一般认为是迫于国民党当局的压力。
4. 数据来自《钱端升时评论文统计表》，鹿庆霖：《钱端升政治思想研究（1924—1949）》，第 76—77 页。
5. 钱端升：《论党》，《今日评论》，第 3 卷第 23 期，1940 年 6 月 9 日。

不同意用压制的方式消灭其他各党。"确立一党制最敏捷的途径，莫过先予各党以合法限度内的自由。"[1] 此时的钱端升，虽是站在国民党的立场上，但目光并不偏狭，对于共产党的党风、党力，钱端升颇为欣赏，认为是国民党所不及。[2] 钱端升曾写下他对未来的新中国的理想："我们早日产生一个贤能当道的强有力政府，由他来为人民谋普遍的福利，为国家尽雄伟的力量；近则抵制个别的侵略，远则保障世界的和平。"[3] 钱端升的政治观点曾根据时势多次转向，但这个理想始终如一。了解了这一点，我们就不难理解，为什么日后钱端升会在北平解放时毅然选择留下，为新中国的建设奉献了后半生。

结束联大生涯几个月后，钱端升曾专门撰文反思教师与社会进步的关系。他认为，在社会中，教师有知识，识大势，又没有既得利益牵绊，最有资格提倡进步。传统士大夫一向难以超越本阶层利益，企图依附于统治阶级，而教师要成为独立的进步力量，就要"毅然脱离了士大夫的传统，把他们自己看做了一切社会利益的酿造者，而不是统治群的支持者，点缀者，最后乃是参与者"[4]。钱端升以独立学人的身份参与政治，无愧于一个教师的社会责任和历史使命。

"学"字当先与仗义执言：钱端升与学生运动

青年学生是应该待在"象牙之塔"，还是走上"十字街头"？在多灾多难的中国近代，这是一个颇具争议的问题。

对此，钱端升的态度很明确。钱端升一贯主张大学教育"为传授、探讨高深的学术与学理""大学的基本目的是求知，而不是言用"[5]。他认为大学教育应与专门教育分开，大学的培养方针"当以造就若干士人为急务，量力所及，以广士林"[6]。"当时有人戏称大学的政治系为'升官系'，经济系

---

1. 钱端升：《论党务》，《今日评论》，第 5 卷第 14 期，1941 年 4 月 13 日。

2. 钱端升：《一党与多党》，《今日评论》，第 4 卷第 16 期，1940 年 10 月 20 日。

3. 钱端升：《新中国与一党制》，《中央周刊》，第 4 卷第 4 期，1941 年 9 月 4 日。

4. 钱端升：《教师与进步》，《观察》，第 2 卷第 1 期，1946 年 9 月 1 日。

5. 钱端升：《大学往何处去》，《今日评论》，第 3 卷第 24 期，1940 年 6 月 16 日。

6. 钱端升：《清华改办大学之商榷》，《清华周刊》，第 333 期，1925 年 1 月 2 日。

为'发财系'。可是在西南联大，钱端升一直在系的名称上坚持用'政治学系'，强调一个'学'字。"[1] 他曾明确指出不以培养政府官员为办学目标。对于为学和做官的关系，钱端升曾经以蒋廷黻为例告诫学生："要紧的是，不要三心二意，一边教书，一边又想做官。你看蒋廷黻多可惜，他如果不去行政院，留在清华教书，他在外交史方面会有大成就。"[2] 事实上，联大政治学系毕业生，从事文教、学术的很多，从政做高官的极少。[3]

联大的八年历史中，学生民主运动是不可忽视的一部分。对于学生运动，联大师生中有极力鼓动支持的，也有主张学生应潜心求学的。钱端升对此的态度不走极端：一方面，他教导学生以学业为本位；另一方面，对学生的正义诉求，他也决不漠视，而是仗义执言、坚定支持。其实说起来，钱端升算得上学生运动的"过来人"了。"五四运动"那年，钱端升正在清华高等科读四年级，当时他与同学一道进城宣传被捕，在北大被关了五天才获释。[4] 因此，他很能理解学生的心情。钱端升的态度鲜明地体现在"一二·一"运动前后他的表现中。

日本投降后，外部矛盾消失，内战的阴云笼罩在昆明上空。1945 年 10 月 1 日，正当国共双方在重庆僵持不下时，钱端升等十位联大教授致信蒋介石、毛泽东，提出纠正一人独揽之风、用人唯贤、军人不主政、惩处伪官四点请求。[5] 不料短短两天后，联大的"老朋友"龙云就遭遇政变下台。形势更加严峻。

11 月 25 日，西南联大和云南大学、中法大学、英语专科学校等校学生自治会在联大图书馆前的草坪上举行反内战时事晚会，参加者有大中学生和社会青年 6 000 余人，钱端升、费孝通、伍启元、潘大逵四位教授受邀演讲。

钱端升第一个登台，讲《对目前中国政治的认识》[6]。他慷慨陈词，激动地指出"内战必然毁灭中国！""我们需要联合政府！"国民党军警架起重机

1.《国立西南联合大学校史》，第 288 页。

2. 何炳棣：《读史阅世六十年》，桂林：广西师范大学出版社，2005 年，第 173 页。

3.《国立西南联合大学校史》，第 288 页。

4. 柏生：《几个"五四"时代的人物访问记》，《人民日报》，1949 年 5 月 4 日，第 6 版。

5.《西南联大张奚若等十教授为国共商谈致蒋、毛电文（1945 年 10 月 1 日）》，见北京大学等编：《国立西南联合大学史料（第一卷）》，昆明：云南教育出版社，1998 年，第 204—206 页。

6.《国立西南联合大学校史》，第 373 页。

枪，子弹掠过头顶，钱端升不为所动。在场的学生回忆说："这一幕，理应是联大校史上最令人神往的一夜，它让我懂得了什么是人的尊严，什么是知识分子的尊严。"[1] 事后，钱端升收到了一颗子弹。

以时事晚会为导火索，进步学生与云南当局的矛盾愈演愈烈。翌日，昆明各大中学校代表决议全市总罢课，钱端升出席联大教授会，坚决支持学生的行动。[2]12月1日，在国民党当局授意下，暴徒进攻联大，制造了震惊全国的"一二·一"惨案，闻一多先生称此为"中华民国建国以来最黑暗的一天"[3]。惨案发生当天，有一位钱端升熟识的学生，头部被反动分子打伤后跑到钱家来，钱师母陈公蕙立刻为他包扎止血。[4]

惨案发生次日，联大教授会决定，由钱端升等五人组成法律委员会，研讨法律程序，准备提出诉讼。钱端升等几位教授顶住压力，为烈士出殡等事宜而奔走。次年3月17日，"一二·一"四烈士的送殡、公葬仪式隆重举行，钱端升也在旁陪祭。[5]

从一件小事中可以见得钱端升对学生行动的支持。那时正是"一二·一"惨案发生后不久，学校宣布复课，而同学尚未决定复课。这天钱先生走上讲台，扫了一眼教室，说"人不够，今天不上"，然后就扬长而去，令那些"想上课"的学生啼笑皆非。[6]

联大教授们的作风，同学们都看在眼里。在学生自编的《联大八年》一书的"教授介绍"一章[7]，法商学院的学生们记述了爱活动的"绣花枕头"章剑、软弱而"爱管闲事"的赵凤喈、不问世事"钻牛角尖"的邵循恪等，对钱端升则称"他特有的刚直和正义，值得我们年青人学习"。可见人心自有公论，钱端升以他的铮铮铁骨，赢得了青年的尊敬。

---

1. 李博：《中国宪法学的奠基人：钱端升》，《人民法院报》，2017年3月31日。
2. 11月29日上午，教授会通过《国立西南联合大学全体教授为11月25日地方军政当局侵害集会自由事件抗议书》，给学生以有力的支持。
3. 闻一多：《"一二·一"运动始末记》，西南联大《除夕副刊》主编：《联大八年》，北京：新星出版社，2019年，第54页。
4. 钱大都：《父亲钱端升的为学与做人》，2008年11月19日，http://www.cssm.org.cn/view.php?id=22341。
5.《国立西南联合大学校史》，第376页。
6.《联大八年》，第222页。
7.《联大八年》，第222—249页。

钱端升先生雅鉴：

晚生是清华大学法学院的一名学生，比先生晚102年来到清华，可以算是您的后辈。此番不揣冒昧致信叨扰，是因为我刚完成一篇《西南联大时期的钱端升》，颇多感想，希望与传主一叙。以您对学生的关怀，大概也会乐意一阅。

初次认识先生是在去年夏天，在您亲手创办的中国政法大学的校园里。那里有一座以您的名字命名的大楼，也像您的名字一样平稳方正；还有一尊端公的半身塑像，在路边和蔼地注视着来往的师生。我那时知道了您与"五四宪法"的渊源，也大概了解到，您是那一代命运曲折的知识分子中的一个。

进入清华后，我在课堂上知晓了您在政法学界历史地位之高，也略知了您的生平事迹。当读到您在联大操场上顶着国民党军警的机关枪演讲时，我深受震撼，觉得这才叫真正的知识分子。

此次既然写西南联大，我就首先想到了您，想看看您在神话一般的联大发生了什么故事，联大八年在您漫长的一生中又有着怎样的地位。

拙文所涉，主要围绕先生在联大时期的两对关系，即政治与学术的关系，以及您与学生民主运动的关系。从您的政治参与中，我看到了您对国家前途的深切关怀；从您对待学生运动的态度中，我看到了您对自由和正义的坚定维护。您的行动，无疑是对"刚毅坚卓"的联大精神的生动诠释，联大因有了您这样的努力，才能成为大后方的民主堡垒。

以上是我粗粗了解先生生平后想出的两个观察的视角。在为写作翻阅故纸堆的过程中，我愈发感觉到，我想要呈现的比我能写出来的多得多，您的生命历程，也远比这几个标题所能承载的丰富得多。

您的文风雄健，读来颇觉有力，从中能感受到您深沉的忧思。譬如您对大学教育颇具洞见，指导了清华与联大的建设，即使对今天也有启发意义。又如您对战后国际秩序、战后国际法的设想，凡此种种，都不能一一细说。还有您在昆明的生活，您和其他先生们的友谊。您在龙头村那座林徽因先生设计、全家一同建起的小屋，即使在最困难的日子里依然时常宾客盈门，金岳霖先生到老都记着您家的白斩鸡……

了解您越多，越为您的际遇而惋惜。作为后辈，我站在"上帝视角"，看着您从意气风发、有些自负的少年，成长为大器早成的学者，看您经历了后半生的曲折寂寞，再到晚年的老树新生。在复盘您的人生时，我常想，"如果不是这样"，您也许就不会留下半生的"空白"。

比如1934年，您完全可以留在大学教书，不去报界蹚政治的浑水；1938年，您完全可以谋个外交职务，在海外安然度过战争；1948年，您完全可以留在哈佛教书，或是南渡台湾，做万人景仰的名流教授；1957年，您完全可以在运动中浑水摸鱼，不那么耿直。试想，如果您的学术生涯没有被迫中断，以您的才力，一定还能写出不少好书，带出不少高徒。

但是，假使您真的那么做了，您也就不再是钱端升了。您在北京政法学院任上，直陈高校领导方式的弊端，正如您当年在国民参政会上犀利地质询，因为热爱，才要批评。读到您在改革开放后，老骥伏枥，继续为民主法治出力，我就想到您1949年在天安门城楼上的热血沸腾：经历了大半生的风雨，不改的是一颗爱国心。如果再给您一次机会，您大概还会选择动员上自己的学生，一起回来建设新中国。

后来的研究者常说您在政治上过于"天真"。而我以为政治家不可天真，政治学家则是"天真"一些更好。毕竟您的学问指向的是理想的政治与法律，若是连政法学人都将俗务碍了天真，国家也没有什么希望了。

现在我们回望西南联大的历史与联大时期的先生，一为接续大学的精神，二为承继先生的士风。今天的青年会记得您当年的告诫："努力认识我们的国家，努力做一个好国民。"您记挂的民主法治建设，也一定后继有人。

今年是庚子年，也是您两甲子的诞辰。时值清明，修书先生，聊表景慕追怀，兼呈习作。后人记前贤，难免错讹疏漏处，还望先生海涵。

此致

敬礼！

刘以诺

醉吟洛下，士居香山

齐齐哈尔大学　周亦可

他已经老了。

香山居士，醉吟先生，或是称他白太傅、白尚书——怎么叫都好，他已经年过古稀，齿列疏疏，就算并未耳目昏聩，也有些旧病沉沉。

白居易有时会想，他这一辈子，经历的离别未免有些太多了。

少年被迫分离的青梅，中年痛失的爱女与胞弟。

还有他的朋友们。白乐天自道"平生定交取人窄，屈指相知唯五人"，可到了最后，却是"四人先去我在后，一枝蒲柳衰残身"。

长庆元年，他与元稹一起下葬了李构直。大和五年，半生知己元稹因暴疾先一步离世。大和七年，送走了崔玄亮。会昌二年，就只剩了他独自站在刘禹锡的坟前。

他想，几年前，梦得还在与他寻花借马，弄水偷船呢。

秋风满衫泪，泉下故人多。

但他能做的，也仅仅只有长叹一声："人生莫羡苦长命呐……"

白居易的前半辈子是很顺的。

十六岁时就贸贸然求见才名鼎盛的顾况，高傲的大诗人初见就笑侃他："你这娃娃叫白居易？可长安近来米贵，安居不容易呢。"

少年恭恭敬敬地呈上自己的诗作，顾况翻几页就抬起头，仔仔细细地重新打量了他。

"白居易，白居易。"顾况拊掌大笑，"好，老夫说错了。你能写出这样的诗，想居何处都容易！"

于是白居易名满长安。

贞元年间的长安新鲜而灿烂。群英荟萃，天地清旷，青年们的意气能冲破云雾，连道旁花团都开得热烈。

科举当然是残酷而严格的，但白居易登科如拾芥。

贞元十六年一举中进士，是十七人中最少年，登慈恩塔，看长安花。

两年后在吏部拔萃科与元稹同科登第，一同官拜校书郎，写的百道判词被考生竞相传抄模仿。

元和元年，他与元稹写《策林》，应考"才识兼茂明于体用科"，再度一同登科。

随后几年，任进士考官、集贤校理，授翰林学士，任左拾遗。摆在那时的白居易面前的，是一片光明的前程，那是他用自己的天纵才华铺平的康庄大道。

直到母亲去世，他丁忧回到下邽，才亲身接触到了华美外衣包裹下，已经逐渐腐朽的下层。直视了这样深重的苦难，他怎么能不被触动，怎么能不替人们发出呐喊呢？所以他一吟百篇，直讽中枢，直到达官显贵闻白诗而色变。

白居易一辈子也忘不了元和十年。

被外放的元稹、刘禹锡和柳宗元同时归京，但抵达长安仅仅一个月，三人就再度遭到贬谪。元稹谪任通州司马，而刘柳被迁去的连州和柳州，更是远在天涯。

而他自己，也在这一年左除了江州司马。

那年武元衡作为当朝宰相，竟被杀害在天子脚下，白居易随即上表要求严缉凶手，很快就被人以"越职言事"这样微末的理由弹劾。墙倒人推，一时又千百声音，说他的母亲因看花落井而丧，他却诗写赏花新井，当属不孝，也不顾那些诗是他丧母前许多年便写就的。当然，谁也不至于这么天真，遣他出京自然不是因为什么"越职言事"，也不是什么莫须有的不孝，纯粹只是因为他的诗直白辛辣，狠狠揭开了权贵们的皮，暴露出虫蛆腐烂的内在。满街的幼童都会背《秦中吟》，青楼娼妓以诵白诗自提身价，长安的少年至老妪无人不知白学士。他的影响深远而重大，达官贵人焉能不怕，又怎么会放弃狠狠打压他的机会呢？

但他是白居易，心寒却从未心死。他还是说"文章合为时而著，歌诗合为事而作"。即使他通透自然，开始选择独善其身，兼济天下也一直牢牢刻在他骨血里，在一切可能的时候冒出来。不管是校书郎，还是江州司马、杭州刺史，或是中书舍人、刑部尚书，白居易都是白居易。好友元稹锐利激进，主张"达则济亿兆，穷则济毫厘"，而白居易自有一股韧性，温和又坚定地去实现他的济世理想。

但享誉天下的白居易确确实实觉得自己老了。

白尚书爱牡丹，这在洛阳不是什么秘密。但很少有人知道，他近来总是想看看紫薇花。也不知是想看紫薇花，还是寿数将尽的老人思念被称作紫薇郎的年岁。

病得昏昏沉沉的白居易躺在榻上小憩，恍然间就做起梦来。

他看见了同样须发苍苍的刘禹锡，敲着他的窗高声唤着城北有新开的牡丹花——梦得总是很有活力的。

但刘禹锡四年前就离世了。白居易摇头微笑，扶着小桌站起来，想要在梦里见一见自己的故友。那是他晚年"三日三会面"的邻居，是曾对酒互约"一愿世清平，二愿身强健。三愿临老头，数与君相见"的至交。而等他走到跟前，刘禹锡却又忽然换了一副年轻得多的模样，拍桌豪饮几大白，击节高吟："巴山楚水凄凉地，二十三年弃置身——"

原来是那年在扬州的相逢。

那一年白居易刚离开苏州，在扬子津遇见了从连州归来的刘禹锡。最宜施展抱负的年岁里外放苦地二十三年，还在任上经历了知己柳宗元的病亡，即使乐观如梦得，也显得有些苦意消沉。

"沉舟侧畔、千帆过，病树前头……万木春……"

醉着酒又哭又笑的刘禹锡颤抖着手向他举起了酒杯。

白居易眼前一晃，好友眨眼就换作一个青年，正规规矩矩地站在他的面前，双手朝他递上诗集："晚生怀州李商隐，字义山……"

原来走马灯是这样的，白居易想。

他一直觉得自己活得太久了。亲朋好友陆续辞世，他送走了所有人，孤身寂寂地在洛阳活着最后的岁月，等待着黄泉恒久的重逢。

他看着李商隐，想起来当年也这样看着自己的华阳山人。

那时打动顾况的是哪首诗呢？

啊，应当是《赋得古原草送别》。

离离原上草，一岁一枯荣。野火烧不尽，春风吹又生。

春风吹又生啊。

才华横溢的后辈确如雨后春草，但白居易的大唐，那个孕育了无数英才，现在却根基腐朽、摇摇欲坠的大唐——也真的可以野火烧不尽吗？

他看见洛阳牡丹，看见苏杭山水，看见浔阳江头，又看见长安。

看见同样天涯沦落的教坊琵琶女，看见珍之重之的爱女金銮子，看见在邻家树下笑容温婉娇俏的青梅。

他看见韩愈和张籍论辩诗文同游曲江，还略带责怪地寄来诗句，说他"有底忙时不肯来"，而他窝在自己的园子里看雨，戏回一句"闲绕花行便当游"。

他看见意气风发的崔玄亮和李杓直，正拍手称赞他与微之的新乐府与元和体，朗声诵着《长恨歌》和《秦中吟》。

他看见还很健康的弟弟白行简，正挥舞着墨迹方干的书稿一迭声喊"兄长"，要他看看这部刚写完的《李娃传》。

白行简表字知退。居易行简，乐天知退，白乐天注视着自己最亲近最得意的弟弟，那个被他唤作"阿怜"的青年。宝历二年白行简病逝，他替胞弟编成文集，抚养儿女，还买下了知退一直喜欢的宅子。他左迁江州时，白行简千里迢迢前来，改任时又陪他溯江而上，而当年白居易写下"念此早归来，莫作经年别"的时候，如何能想到知退竟会早去二十年呢。在梦中看着尚且活蹦乱跳的白行简邀功一般地把书稿塞到他眼前，白居易忍不住摸了摸弟弟的头，叹息一句："阿怜啊……"

他看见尚年少的元稹，两人同游鞍马，逞才斗技，书尽悲欢。

他给微之写过"不知忆我因何事，昨夜三回梦见君"，"每到驿亭先下马，循墙绕柱觅君诗"；而微之回赠他"我今因病魂颠倒，唯梦闲人不梦君"，"知得共君相见否，近来魂梦转悠悠"。他们是千里神交，若合符契的知己，死生契阔者三十载，歌诗唱和者九百章。

而元微之亦中年暴病而亡。白居易只能沉默地写下墓志铭，将元家给的六七十万润笔费尽数捐给香山寺。此后，就是一首接一首的悼词与怀念，年复一年。

君埋泉下泥销骨，我寄人间雪满头。

梦中再见好友意气风发的模样，白居易缓缓出一口气，仿佛叹尽了几十年的尘埃。他最后也仅仅只是微笑着，道一句："微之，好久不见。"

他这一辈子，经历了先后离去的亲友，目睹了日益腐朽的国家。

韩愈沉浑雄健，刘禹锡豁达爽朗，柳宗元峭骨冷傲，元稹锋利激烈。白居易所见所交，每个人都试图力挽狂澜，每个人却又反被政治的巨浪推入深渊。

他的大唐啊。白居易一向是最敬重杜甫的，可看见杜子美反复痛哀的黑暗，竟依然牢牢笼罩着失去诗圣的大唐，即使是晚年闭户洛阳，白乐天也不能完完全全地乐天了。

梦到底是会做完的。大唐有它的命数，但古今长歌第一的大诗人已经走完他的路了。梦的最后，白居易看见少年的自己欢笑着走来，笑吟吟地问他。

"你可还记得年少之时，曾写出的春风吹又生吗？"

会昌六年八月，白居易逝于洛阳，终年七十五岁。唐宣宗大哀，为其亲书悼亡。

> 缀玉联珠六十年，谁教冥路作诗仙。
>
> 浮云不系名居易，造化无为字乐天。
>
> 童子解吟长恨曲，胡儿能唱琵琶篇。
>
> 文章已满行人耳，一度思卿一怆然。

春与秋集

上海大学　琚　辉

唯从未走到来以走向消逝者永不变老
（代自序）

　　倘若我有一日能在文学上取得任何一点成就，或此刻过得幸福，我必会和叶老师的目光相遇——她站在那儿目送我离开，又在那儿等待我回来，像故乡一样轻轻托举我飞往自己的山脉。我们永远不会告别。

　　回看这些年来的书信，甚是感动。自从初中毕业，外公去世后，我便很少回到庐山，那是生养我却又难以归返的地方，有些路只能在梦里不断地走一遍又一遍，却在醒来时难以记起它的样子。但我知道叶老师会等我，每一个寒暑假，她都拿着一些小礼物：一双鞋子、一本书、一把伞，还有一片她新发现的秘密花园，长发飘飘地走向我，拥抱我。我们之间形成了某种默契，天气热到蝉鸣或冷到飘雪时就该见面了，而思念升起时就该写信了。

　　交往几近十年，庐山中学的学生从我们那一届百来余人到现在每届数十个学生，我生活的场域从山下迁到山下，再到上海，叶老师的女儿小叮当也从一个在教室后面跑来跑去的小孩变成有些叛逆的年轻人，想到诸种悲欢离合已经填满了过去的时间，并仍将向前走着，一种属于爱欲的永恒感便包围我。

太多珍贵的事物在这些书信中飘荡，连同不安与迷茫，尚不成熟的文字（没有叶老师的鼓励我将难以面对它们），一颗酸枣掉落泥土的声音，早春山上梅花的气味，它们都顺风穿过大地，于某个寂静的夜晚如星星一般闪烁在电脑屏幕上，发出幽幽光亮。属于过去、现在和未来的，一并寄向远方。

"唯从未走到来以走向消逝者永不变老——"

这次整理的书信自我大一学年结束从信息管理专业转入汉语言文学专业开始。回望时，发现这个转折对我而言是极重要的。文学成为我的主业，人的存在问题变成了每天必要的思考，而不再只是一种允许不自觉的行动，写给叶老师的信突然变得很长，有说不尽的话自由流淌。当初不知道如何处理的生命问题，在一封封长信中获得安宁，找到属于它们自己的答案。

我惊讶于叶老师对我的鼓励。她用心地看我的每篇作品，肯定它们，告诉我能够到达而还未到达的地方。她跟我说那些被外界命名为无意义的黑暗没有关系，我自会用自己的方式凿洞觅得阳光。她发现我每一个生命力旺盛的时刻，指出它们并感到喜悦，而这正是我不自知的光芒。信任与爱让我泪流满面。在这片大地上，是它们让渺小的人类发出巨鲸般的鸣叫，久久回荡，生生不息。

我选择了能够代表我这一年多来生命状态和创作状态的九封信件，以及几篇叶老师回信以后我的再次书写，从中可见她的鼓励于我而言是多么幸运的一件事。我和叶老师的通信通常很随意，格式一类并不讲究。为了便于阅读，我整理时将时间放在首行，在一些没有署名的信件中加上了简单的称呼，将部分个人姓名替换为字母，其余皆未作修改。

致我亲爱的叶老师。

琚辉

二〇二一年十一月六日记

目 录

分享文章兼谈转入文学系以后的诸多困惑

2020/3/11 21:17

给叶老师：

　　原本寒假是要和你见面的，疫情所迫难以成行。想写信也想了很久，却不知道什么时候能够给你。《西西弗神话》我看了一半，多少有点一知半解，印象更深的是序里的一句，大意是说西西弗永远都推不上石头，本是一个荒谬的悲剧，其伟大之处在于即便如此他还是始终推着。

　　很久以来在思考的问题是，活着有什么意义？现在也仍在思考，朋友也常问我，活着有什么意义？老实说，我不知道，它或许没有意义，或许将一直没有什么意义，然而死亡也没有什么意义。可能活着的意义正在于它永远到不了一个死去以外的终点，意义永远不终止，也给不出来结论吧。就像那块推不上去的石头，是怎么也推不上去的。倘若它真的被推上去了，西西弗也就不存在了。

　　但是还是经常陷入各种价值观矛盾当中。有时候很想找到一个答案。很想知道一直二十岁的年轻人应该是什么朝气蓬勃的样子？想知道人生的方向是什么？越是看了很多的书，就越是迷惑，越是不清醒。有时候觉得好像和同龄人比起来自己有些苍老，再去看看那些书，好像苍老感和苦闷感正是二十岁年轻人的特征。可是又很不甘心找到任何一种答案，不想让自己相信任何答案。就是这种游离漂浮的感觉有时让人觉得很孤单。好比在一个环境里，一边想着要适应环境，一边却想和环境保持距离，一旦靠近就要远离。就缺乏了知足感，不安充斥了大脑。

　　读了文学系以后，也有一段时间对文学系感到迷茫。迷茫在发现大家都能够写出很好的文字，如平凡的你我他一样平凡的大众，也可以自如地控制文字。所以文学系为何而存在着？或者说读了很多书又怎么样？甚至相反地，看的书多了渐渐觉得自己无法控制文字了，它在手中变得很无力。后来想到一件事就是，大概文学本来就是一种行为吧，并不有某一批人是所谓的"天才"，也没有谁是带头走在时代前列的，人类都如此的平凡而且无知。文学系的学生，只是去传递，先辈的文字，先辈写下文字的那个时代，总有一些面目存在。而文学是自由的，文学系的学生学不来文学，能学习的是学术研究吧。

还有生活，也经常有不解。上次我们相逢，你谈到了关于年轻人对物质追求的欲望。我当时并不觉得自己是属于"有物质欲望追求"的一类人。这两天在看《高老头》，看《罪与罚》，里面的话经常能够刺痛我。原来我也是像欧也纳，像拉斯克尔尼科夫一样的自视清高，在社会的泥潭中渐渐越陷越深的"穷大学生"。这也是近来的一些困惑。

去年夏天转专业，有一位老师面试的时候问我，你是否会尝试写一些作品？我说："曾经写，现在常常觉得自己的能力还有很大欠缺，在不断地看书，观察生命，希望自己能够沉静下来。"我现在也是这样想。可是害怕沉静下来的自己无法再重新拿起笔了，或许往后对生活的好奇和热情日益下降也未可知？我还记得你曾经和我说过，伟大的东西往往都是悲剧的。初中的时候。这样的一句话我思考到现在，却还是无法相信它，也想试着创造一种伟大的"喜剧"，我不是说与悲剧同源的那种喜剧。

总之，就是有很多话想与你分享，觉得你会认真听我讲着这些话。

最后，祝好！

琚辉

2020.7.14

上海人群观察及谈海明威《老人与海》

2020/7/14 23:22

叶老师：

　　我已经到了上海，和朋友住在一起，在一家公司实习。工作的内容是找一些有趣、艺术、潮流的内容，把它们做成推文。这家公司是做小众设计品牌的。我觉得还蛮有意思的，公司也没有什么等级制度，大家在一起讨论怎么发现新奇有趣的东西，当然也谈流量、也谈钱，它传递的消费理念是：低物质欲望、自然及积极生活。

　　这个工作还蛮神奇的，给我带来了很多不一样的体验。我在学校学到的是书本上的东西、书本上的艺术。但我并不知道当下上海比较小资的年轻人是怎样生活的，他们对什么样的艺术和什么样的潮流感兴趣，他们怎么样把一种观念变成一种创造。于是我看到了人们如何把"流动"的思想或者种种概念变成实际。这让我觉得或许美好的事物并不是那么的高深，形式的美好是人类创造的意义。

　　回到上海后，其实很冲击到我。这半年我认真地观察人们的生活，感受人和人之间的相同和不同、人们的孤独等。我发现九江的人群和上海的人群是不一样的，从孩子到老人的神态都有极大的差距。九江的白天有布满尘埃的人群，他们光明正大地行走在太阳下，而上海这类人白天藏在城市的角落，他们会在午夜纷纷涌出，布满街道，再消失在黎明。干净的现代人走在白昼的上海街道，这是这个城市的样貌。但我好像对肮脏有种亲切感。我说不出来。我很喜欢兰波这位诗人，我喜欢他从此弃笔奔赴沙漠，晒死在强烈的阳光下。他早先时候执着于通灵这件事，开启人类的所有感官让它们相通，用颜色渲染字母。真的很美很浪漫。

我有很多惶惑，每个傍晚我都觉得非常疲惫，浪费时间成了我唯一的梦想。我想大概二十岁的人都这么惶惑吧。我有时候会变得很理性，想要清晰地分析每一件事情的走向，弄清自己的情绪，剖析快乐，但我无法停止剖析。它就像一个巨大的钟摆，一旦停止，它的时间就戛然而止，它无法停下来。

这个学期我的外国文学课期末论文写的是海明威的《老人与海》，我重看了这本书，已经看过五遍了。但这次我被迫了解了海明威的生平（我了解作者的生平总是被迫或者意外的，我想如果我出名了不要有人窥探我的生平，看我美丽的文字就好，不要窥探我无趣的人生让我难堪，所以我也不喜欢看其他作者的生平）。我对海明威有一种极其深切的理解和尊敬，就像桑地亚哥和大马林鱼，它们俩的情谊太深切了，我对海明威就是这样的情感。海明威也是"迷惘的一代"中的一员，他幻想的荣誉之战在他真正参与战争的时候破得粉碎，而且甚至变得卑微不堪——那些为荣誉而战的士兵成了战后城镇里残废的、底层的累赘，只有少数的获胜者坐享其成，但在战争里又无人幸免。总之他的信念破碎了。总之那些年里许多人的信念都破碎了。我们自以为美好而荣誉的一切是悲剧、脆弱、肮脏的，人和人之间不仅孤独而且虚伪。他们深信世界是悲剧的。但那又如何？桑地亚哥不会被大海击败，击败他的不是悲剧本身，而是悲剧造成他没有抗争的力量了，他自己杀死了自己，但也只有他自己能杀死自己。大概我所理解的海明威也成了我的一部分。

我太喜欢写信了，而信件上的语言只能是对特定的对象才能言说的，只有对象是你，我才能写出如此的字句。

琚辉

2020.10.13

遇见 captain（船长）

2020/10/13 23:07

叶老师：

今晚太开心了，所以很想给你发邮件。我认识了一个很浪漫的老师，很像《死亡诗社》的 captain（船长），他会凝视着我们的眼睛，和那些眼睛里透着表达欲望的人讲话。今晚他带着我们到了学校的树林里凝听声音。夜晚的树林太美了，有无数种昆虫发出各种各样的声音，我还听见了一个果子从树上坠落到地上，以及另一个果子坠落的时候摩擦树叶的声音。这一切都在看不见的黑暗中进行，发生的一切通过声音传到大脑。后来我打开手电筒想看看果子的样子，它是黄色的，有些已经裂开快要腐烂。我猜它应该挺好吃的，所以捡了一个剥皮吃了，真的很好吃（是能吃的，叫南酸枣）。于是捡了一路果子，边走边吃。

当这一切发生的时候，我想到了你上次带我穿过那条小径，到树林的隐蔽之处俯视九江，风从旁边刮过。我想那一定是一个凝听的好地方。于是今晚我暗暗宣布了你和我的 captain 老师是我见过最浪漫的两个人。

读《山中与裴秀才迪书》的时候，就想给你发短信。

"当待春中，草木蔓发，春山可望，轻鲦出水，白鸥矫翼，露湿青皋，麦陇朝雊，斯之不远，倘能从我游乎？"

山中人以春相邀，总是浪漫得很。

我的《流浪人群》，上次你说可以再写以后，正在慢慢地写。给其他的老师看，他们说很好，让我继续往下写。但是我最近太焦虑了，非常希望自己能够出名，获得认可……今天 captain 对我说"你没有关注人物本身"的时候，才突然惊觉，我并不了解我所写的人物。不仅如此，我不了解一个人，包括我自己。因此今夜一直在思考，我笔下的人物是谁？他们的生命是什么样子？

不过尽管如此，还是想给你看看我又写下的两篇文章，以及一篇短短的古文（虽然不太地道，有点白话文言文的感觉）。这篇古文起于我在书上看到《醉乡记》这个名字，觉得很美，但找来看古人写的《醉乡记》，说教意味颇重，觉得叫《醒乡记》更合适，所以就自己写了一篇《醉乡记》。对了！还和朋友玩了一个有趣的游戏，是拼贴诗，从一些不用的书上由对方任选一面，然后开始剪下一些字词拼贴成小句子，也觉得蛮可爱的。

琚辉

谈"逢十淘汰"的竞争规则令人绝望

2020/10/18 17:37

叶老师：

　　昨天和 T^1 一起在苏州玩，当晚收到你的回信以后很开心。我们步行了五千米，我一个人兴奋地讲了两千米的话，还向他分享了你的信件。后来给妈妈打电话的时候，她说她看到了我写给你的信，还说徐老师在下面回复说我不爱数学。哈哈哈，徐老师[2] 真的很可爱。

　　这个周末去看了《掬水月在手》，关于叶嘉莹的纪录片，又跟另一位导师通话谈到我的顾虑。她对我说："你先想想吧，如果你真的很爱文学，不得不学，你有愿意为它付出一生的热情，那你就去考研，就去学。"于是我坐在回程的列车上，一直在思考。

　　无论是我，抑或是我认识的朋友们，我们都有想做的事情，而巨大的惶惑与不安接踵而至。这份不安来得简单，渴望让自己以及父母过上更好的生活。我去年看贾樟柯在他的书里提到，他看到他曾经的朋友为了自己的家人，放弃了理想的生活，安安稳稳在一个小县城工作时，他想到追逐梦想是很难的，但是放弃梦想其实是更难的一件事。他说他明白这件事的一瞬间给了他巨大的震惊，改变了他很多。而我看到他这段话的时候也很震惊。何况"凡一种文化值衰落之时，为此文学所化之人，必感苦痛"，便对自己所热爱的事情有无限的退缩。

　　这个社会上总有一些人会向我们诉说：你只能在平庸的环境里做一个

---

1. 亦为初中同学。叶老师是我和他共同的语文老师。
2. 初中数学老师。

平庸的人。这个时代学科与利益的关联太大了，竞争的氛围太激烈了。它的规则是逢十淘汰，而它却让每一个人都处于第九或者第十一的位置上，被淘汰的十从此消失在社会之中，他们被边缘化、平庸化了。

我知道我的妈妈支持我向我热爱的方向迈进，但我如何忍心？我每次看到她为我四处奔走时，便感到一股巨大的压力。我知道她会把我发给她的文章都认认真真地保存，但我现在写的很多东西都不敢让她看到。我很害怕她发现我有我的惶惑、犹豫不决甚至表现出一种消极的时候会感到伤心。有时我想和她交谈，但是话到嘴边却不知从何说起。我理解她的一切努力，也理解从小她就支持我学习，她会耐心地听我讲故事，讲我幼稚的文章、幼稚的想法、开心的事情。但是后来她也很艰难（其实可能是我长大了，因此能够更多地看到她的艰难），于是我丧失了和她诉说的耐心，她也丧失了听我诉说的耐心。我担心她会觉得我的想法脱离现实。（但现实到底是一种什么样的东西？现实本身就包括了无奈之人讲无奈之话。）

但是我想我随心而来自有出路。我并不是不知道自己想做什么，只是通往目标的路隐藏在看不见的黑夜之中。收到你的来信给了我很大的信心。

其他的一些想法等会儿再跟你说吧。

琚辉

2020.11.29

用灵魂识别术认出她

2020/11/29 22:31

叶老师：

　　这周在期末考试，我们学校是每十周一个学期，考试考得很勤，从今天开始算是进入一个新的学期（叫冬季学期）。之前看到你的来信今日才回复，因为这周的前些天一直在另一个状态里，不能够很好地体察生活。但是今天非常开心，有很多事情想要分享。

　　今天和一个朋友从早上十点聊天聊到晚上七点，一起晒了一天的太阳。她叫小冰（她说她很喜欢这个名字，认为这个名字是自己还未抵达的一种状态，需剥去她原本的姓氏方才显现），是个诗人，也是我的同学。我来文学院将近一年半，却从未在学校里与任何同龄人真正地交谈。杜甫言说自己："脱略小时辈，结交皆老苍。饮酣视八极，俗物都茫茫。"我颇有同感。这不是自视甚高，而是一种尴尬的处境。谈及许多问题时，从思维的深度来看，我极难与同龄人达成联络。在文学院这些天，我能体验到的交流之感皆来源于我的老师。我一边在学习，一边在真正地谈论重要的事情。这种状态维持得久了会感到非常寂寞（确实是寂寞，不是孤独），于是有时候会试图与身边的人认真言说更深的东西，但越是言说，越是寂寞。我是在某一节课上突然关注到小冰的。她身上有种非常质朴的气息，非常浪漫，眼中有光。后来认识了，因为考试周将近没有太多时间深入交流，直到今天见面，从早聊到晚，聊到所有的事情都忘记做，天色突然变黑。

　　这场对话以很自然的方式开始，肆意游走，太顺畅了，就像我和你聊天的时候一样。你曾经和我说，人与人之间很像树木，根脉在泥土中蔓延，相互交织，我和她的根脉原本就向着同样的地方生长，只差一个相认，便能够连接。真是太神奇了！灵魂在形体上会散发幽微的光芒，而我很庆幸自己竟然有捕捉这道光芒的能力。我们谈论了很多，谈论文学、哲学，谈论人与人之间神圣的关系，谈论旺盛的生命力，谈论健康与成长，谈论爱欲。固然生命中有诸多破碎，但对世界的爱欲伴随着对死亡的窥探而以蜷缩的姿态等待着全力的爆发。

和她提到了你很多次，每每提到都幸福。

我看完了《杰克的花园》，获得了一种意外的平静感。不知道如何去形容这种平静，它其中有浓厚的质地，像一片泥土。这些天看了 captain（船长）写的《销魂者考》，看完后极感动，那是置之死地而后生的巨大怜悯，对生命的幽暗之地深度的凝视，令我坐立难安，激动地四处乱走（居然真的会有看书看到坐不住的时刻），深夜想起泪流满面。"人终究是情感地活着"，这是 captain（船长）写下的话，他早些年也是一个满口疯狂和死亡的人，在后现代主义虚无与绝望之后，最终走向了和李泽厚同样的"情本体"之路。

和你写信的时候想分享的东西关乎生命的搏动，因此无论是悲伤还是喜悦都很想给你写信。太喜欢这种感觉了。

上海下了四天的雨后，彻底地降温了，太阳变得更重要了。听爸爸说庐山结冰了，叶老师要注意身体。祝好！

琚辉

2021.7.17

叶老师的信我深深放在心里

2021/7/17 14:09

亲爱的叶老师：

我订了 7 月 19 日的车票返程，已经在心里想好了一到家就要去找你。你的信比我要早一点到达，还要你再等等我回去。真好啊，有人在等我回去，因此而期待假期，因此假期有了特别的意义，它代表了在远方匆匆忙忙生活的人将要归返于一个名叫夏天的季节。

昨天和小冰一起看了两部电影，一部是《三块广告牌》，一部是《被嫌弃的松子的一生》。《三块广告牌》是我看戴锦华的网课时她讲到的电影（戴锦华太好了，她的课我都听。她讲女性主义，她讲一种现象不止于一种现象，她谈论资本主义的时候是如此立足当下，毫不飘忽），讲的是一位母亲用近似偏执的方式为自己因性暴力致死的女儿追责。拍得很好，以至于让我对好莱坞电影有了重新的认识（打破了我对它的偏见）。《被嫌弃的松子的一生》也太好了，它整部电影的色调和配乐都是绝望的童话。事实上，童话大概唯有在理解其绝望的厚度之后，它的美好才能够得以确认，那是圣－埃克絮佩里在荒芜的沙漠中冉冉升起的生之爱欲一般的充盈。

每次给你写信都写得很长，并非我要特意写这么长，而是我一想到在跟你说话，就会源源不断地涌出渴望，向你分享我这些天的种种触动。也许这些内容我也向别人说过，但只有面对你的时候，它才能以这样的方式被讲述，我也在讲述的同时重新让那些触动再次获得活力，这甚至是我在写之前自己也预想不到的。

我们现在在夏季学期（学校将一学年分成四个学期），要写论文，我在研究鲁迅，小冰写自然主义[1]，我们都在研究适合自己的东西。这些天我很喜欢鲁迅，他的否定性思维使他复杂得无法用任何一个简单的结论判断，任何判断落到鲁迅身上都会被否定，而且否定本身同时亦被否定着，从而拥有了强大的肯定性力量。鲁迅能够承载诸多的文化因素并不只因为他是文化容器（在这个方面，我觉得很多文化名人之所以如此有延续性，在于他们本身的性质使得他们能成为庞大的容器，装进诸多变化），而且他已经在容器里面盛满了流变本身，任意摘取其中一项都可以延续成无限。因此他很适合现阶段的我去研究。顺着鲁迅，能理解现当代中国的许多问题。

每次听你谈到叮当的叛逆，我便会想到曾经和我妈妈发生的矛盾，想到曾经伤害她的行为。但我始终爱她，非常爱她。似乎由于这样浓度的爱，我无法为了曾经的伤害而向她道歉，这就像我必须经过的过程，我需要挣脱，而后才能成为我现在的样子。她不只是外在于我的妈妈，也是我的一部分。叛逆大概也是在向自己宣战。

叶老师凌晨的信，我深深放在心里。

琚辉

---

1. 误写，应为"生态批评"。

2021.11.1

通往文学的路上全部是爱

2021/11/1 23:59

亲爱的叶老师：

这些天很想念你，想给你写信已经很多天。

在准备研究生考试，决定要往北大的现代文学专业冲一把。摇摇晃晃半年，和小冰一同做了这个决定，她当时对我说："既然都要努力，考北大是最不亏的。"确实是这样。向着"中文系学子的理想"走去，有种"属于年轻人的斗志"被唤醒的感觉，这才突然发现做梦是种能力，而且是太珍贵的能力。以明年十二月为期限，每天都在阅读。这种阅读展开了我，文字不再是为我所用地被摄取，而是我当历史地走向它，走向一个时代，走向他者。

也在重新整理自己看过的书，把它们放到适合的位置上，再阅读一次。很神奇，阅读的书多半来源于爱。比如说你在课堂上提到的书，你曾多么震撼于它们，我就多么震撼于你讲述时灵魂散发的雀跃光亮，把它们放进心里，在某一天和它们相遇的瞬间想起你，爱意升腾。比如说我的高中语文老师，他也真正热爱阅读。十年前他考研落榜，十年后他还是考上了华师大的中文系。我们总是在表面和他作对，背后偷偷把他提到的书借来相互传阅。每天如此。如今当我站在和他一样的地方，再次阅读他阅读过的书，他那时候不被我们理解的孤寂和失落总是以他站在讲台上对我们说"君子如风，小人如草"的样子反复出现。好像对我来说，没有更高的东西、更远的地方，通往文学的路上全部是爱，只能是这样。

这些天读完《百年孤独》和《不能承受的生命之轻》，长久地沉浸其中无法自拔。马尔克斯是海明威之后又一个长久震颤我的作家。阅读到快结束的时候，我在日记本上写：一部伟大的文学作品是看完它以后只有长久的失语，只有沉默。 写下：形容词的复活。 如同几年前在一个暴雨大作的下午坐在床上第三次看完《老人与海》时一样——人类必将面对永恒的孤独。它们可以极浩瀚，将在我整个人生中无数次闪亮。得知诺贝尔文学奖的评比标准有"理想主义"这一条的时候，我震惊，《百年孤独》正向我诠释"理想主义"。在人类那么无常的一生又一生中，有些东西将以奖项的方式被高高托举在目光中央，被孤独焦灼渺小庸常的人取下。它们将向人类的灵魂中灌注光亮，成为永恒的精神支柱。一代一代，人类赤身站在原野或城市最幽隐的角落，举目仰望星空，冉冉升腾渴望。

《不能承受的生命之轻》也太好了。我总是想起特蕾莎，想起结尾特蕾莎梦到托马斯变成一只野兔，醒来发现他真的老了。这时候她突然从纠缠不休的一生中醒来，她发现"为了证实他是否爱她，以至于把托马斯拖到这个地步：头发花白，精疲力竭，指头僵直，再也握不住外科医生的解剖刀了"。这是将死者的忏悔。斯通纳也在生命的最后原谅伊迪丝不够爱他，他躺在生命尽头，那里唯有对爱的他者无尽悲叹，余下的时光再不足以计较些什么。当特蕾莎埋葬了属于前一个梦的卡列宁，她埋葬了放在卡列宁身上轻与重的记忆。生之时回望的彼世牧歌，在死之时成为另一个梦境。在这个梦里，特蕾莎穿上她最美的衣服，和托马斯喝酒、跳舞。躯体，并排在老旧卡车前座，雨刷一遍一遍摇晃浓雾。我想，昆德拉是先想到了死亡，才在死亡前夕放置了安宁。

附一篇最近写的小文给叶老师。越写越喜欢这个小镇。

琚辉

在朋友圈的瞬间替代了老相簿的沉淀、短视频的声浪冲淡了老故事的絮语的时代，这些青年写作者，在时代褶皱里寻找根系，从泛黄的家谱中，在父辈祖辈的叙述中，去打捞家族往事，采撷那些即将被季风吹散的故事。在这个过程中，他们与故事中相熟或不相熟的亲人对话，听见了自己血脉深处的潮汐。形成的文字，则"为大历史提供了鲜活的个人化的历史细节"，让读者能触摸到历史的温度，产生共情。

我的家族故事

玫瑰往事

中山大学　张　静

　　大雪一连下了好几天才停，厚厚的白雪盖住了农村灰黄色的土路，这样的冬日里，各家各户都躲在生了炉子的土屋里，大人做些闲事营生，小孩自己玩，少有人出门。而村西头的马家则天不亮就早早起了灯，今天是他们家大儿子出殡的日子。前一天晚上门口就挂好了白布条，大门敞开着，来帮忙出殡的亲戚和邻居人来人往，忙碌而又安静。小女孩是家里的幺女，这样肃穆又忙乱的氛围里没有她可落脚的地方，被她娘吩咐拿着个小破扫帚，去扫扫门口的积雪。

　　白茫茫的大地上，裹着黑布宽袄子的小女孩一点一点扫着土路上的雪，手指和鼻子冻得通红，她把手放在嘴边哈了口热气，然后揣进口袋里。大哥年长她6岁，他13岁订婚，之后结婚，16岁生了孩子，18岁得病死了，按现在的说法，是死于急性脑膜炎。可当时的她不知道什么是急性脑膜炎，她只知道自己2岁的侄女再也没有爸爸，自己再也见不到大哥了。冬天眼泪掉在脸上，一会儿就从热乎乎变得冷僵僵，风一吹生疼。她用力地拿袖子抹了抹鼻涕眼泪，继续扫路，厚重的白雪一点一点被拨开，露出冻得硬硬的黄褐色土路。她的大哥过一会就要埋在这样的黄土里，青白色的石碑矗立在严冬荒芜广阔的天地之中，坚硬生凉。

　　这是1958年的山东潍县宋庄，小女孩叫马秀芬，那一年12岁。

　　大哥死了，家里每个人的心上都结了一层冰霜，冰下又有未愈合的烧伤。那段时间秀芬家里的人都不太爱说话，秀芬爹抽旱烟的次数更多了，秀芬娘会在烧火做饭的时候不出声地抹泪，秀芬都看在眼里。小姑娘的脑袋也常蔫蔫地低着，在发呆的时候思念着她的大哥。马家就这样度过了一个沉默的冬天。那时家里已经入了公社，按劳动挣工分，大哥一死，家里就少了一个劳动力。开春之后，秀芬爹得每天更早去大队干活，更晚回家吃饭。秀芬娘也依然是每天做饭，下地干活，再回来做饭。土地有它的时令，按时播种才能按时收获，农民没有太多时间挥霍于伤感，所有沉默的心事都在弯腰流汗的时候向黄土地诉说。

冬末春初的时候，太阳的暖意一天多似一天。宋庄村外的那条大湾解了冻，河水缓慢流动着光泽。地气之暖从地心一点点蒸腾上来，倏忽间松动了河边的黄土。大湾的对面是属于宋庄的广阔的黄土地，上面有一个两个三个四个的宋庄农民在犁地耕作，就像千百年来他们的祖先的身影一样。肥沃的黄土地哺育出来的宋庄子民，勤劳而又朴实，承受着这片土地的永久馈赠和偶然贫瘠。1959年，这是秀芬上学的第4年，也是宋庄子民都在挨饿的一年，后来秀芬回忆起自己的读书时光，先记起来的总是一种真真切切的饥饿感。秀芬放学回家总会沿着大湾走一段路，那时候她干瘪蜡黄，一天瘦似一天，不大的眼睛在脸上越来越凸显，饿得发亮。走在路上秀芬会低着头仔细搜查，地上能发现的每棵野菜、每株草，她都带回家吃，这样才勉强不会饿死。

日子充斥着灰蒙蒙的饥饿感，而令秀芬更沮丧的还有另一件事。在数学课上，秀芬算着自己上一年学的代价——要结结实实的1块钱。家里的日子越来越难过，念书显得越来越奢侈。其实秀芬很喜欢上学，喜欢编一个小辫子坐在教室读书的日子，喜欢把头埋进书里使劲闻，书味儿比娘身上的皂香还好闻呢。可那段日子她在读书的时候，眼前常常会出现爹那黝黑瘦脸上挂着的汗珠，耳边会响起娘半夜里的叹息。两个大姐已经嫁人，大哥死了，幼弟还小，家里正是需要劳动力的时候。在沉重的日子面前，坐在教室独享这份轻盈让秀芬感到不安和罪恶。所以秀芬心里早就知道该怎么做了。

学期结束之后，秀芬就自己主动下学，开始到公社大队干活挣工分，这一年秀芬13岁。秀芬是个聪明灵秀的姑娘，干起农活来也十分爽利。推水车、拔杂草、割麦子，秀芬瘦弱的四肢渐渐丰厚起来，一双小手也更加粗糙耐磨。宋庄四季分明，春天桃李争妍，夏天有绿树蝉鸣，秋天看大雁南飞去，冬日观雪光映着梅花窗。一年四季的信风吹拂着宋庄大地，吹绿柳梢又扬起飞雪，秀芬就在这样的风吹日晒的年岁里长成了一个 18 岁的姑娘。这时候的秀芬像竹子抽条一般忽地长高了许多，脸上也有了肉，乌黑的长发编成麻花辫垂在肩前，眼睛虽不大，但胜在又圆又亮，笑起来的时候左脸上有浅浅的酒窝。再艰苦的人生，因为是 18 岁，所以总会有一些亮色。这一年冬天，地里没有什么农活要忙，村里的大队组织年轻人来排戏、演戏，秀芬也在其中。邻近的村庄们各自排好戏后，会一起在公社进行汇演和评奖。那年宋庄排的戏叫《一篮葡萄》，秀芬演的是戏里的大女儿。后来《一篮葡萄》在公社礼堂汇演时获了大奖，秀芬那天唱得声情并茂，演得格外好。演出那晚，台下的掌声像鼓点一样落在秀芬的心上，快乐在雀跃舞蹈。许多年后，秀芬儿孙绕膝时，还能给大家来几句《一篮葡萄》。

1967 年，秀芬 21 岁。那年公社里成立了一个"毛泽东思想宣传队"，也是唱戏排戏，到各个村庄或工厂进行演出。那时候秀芬已经是大家公认的唱戏唱得很好的姑娘，排戏这事自然少不了她的参与。秀芬也十分热心，她白天会赶紧把地里的活干完，晚上回家洗洗手上脚上的泥，饭也来不及吃几口，就赶紧换身衣服去排练。那一年的正月十五元宵节，秀芬和戏团来到宋庄旁边的一个工厂演《老两口学毛选》，工人和附近村庄的大人小孩都拿着马扎，坐在戏台下面等着看大戏。那天秀芬穿着一件新做的水蓝布大褂子，两条乌黑油亮的麻花辫在后脑勺盘着。秀芬演的是老太太，可年轻的脸蛋在灯光下却掩不住地神采飞扬。许多年后，秀芬的一个孙女考上了大学。孙女从书本上学到的 1967 年有着混乱和错误，但孙女不知道的是在宋庄农民秀芬看来，那一年发生的事情让她的生活不仅仅只有面朝黄土背朝天，天地之外，生命中还奇异地盛开了一些玫瑰色的时刻。

那天晚上来看戏的还有附近驻扎部队的士兵，部队里有一个年轻人叫陆豪宽，24 岁年纪轻轻就已经是连长。陆豪宽在台下看戏，一眼就喜欢上了演女主角的秀芬。小陆喜欢秀芬喜欢得紧，一连几天都忘不了她，央求部队的一位老兵把自己介绍给秀芬认识。十几天后，戏团再次演出，老兵带着陆豪宽来到后台，找到秀芬。闲聊几句后，老兵半打趣半认真地说："小马，要不要给你介绍个对象啊？"秀芬一下子红了脸，平时干脆爽利的她变得支支吾吾，眼神躲躲闪闪，不敢看老兵背后那双炽热的眼睛。过了几天，就有媒人来到了秀芬娘面前说和。那天秀芬正在院里喂鸡，见媒人进来家里，她心里想起了那个人，有点慌乱，又有点说不清的欢欣。可遗憾的是，秀芬的娘不同意这段婚事。她跟秀芬讲的原话是："他家太远了，也穷。最重要的是不去嫁给当兵的人。"秀芬娘比秀芬大 25 岁，大概是见过太多军人早早死去。那个年代婚嫁还是遵循父母之命、媒妁之言，秀芬听着母亲说话，也不反驳，只是低着头暗暗掉眼泪，但秀芬也不知道自己在哭什么。当时的秀芬哪懂什么叫爱情，她爱那个姓陆的连长吗？秀芬也不知道。只是在那天夜里，她躺在床上，很久很久都睡不着觉。脑子里闪着好多片段，有戏台上的灯光，灯光下的人脸和掌声，有那句"小马，要不要给你介绍个对象啊"，有那双盯着她盯到她脸颊发烫的眼睛。后来秀芬回忆时觉得那双眼睛其实很好看，但那也是她这辈子最后一次见到了。

这是秀芬最后的少女时代。几十年后，秀芬已经年老，在冬日午后依偎在阳台的躺椅上眯着眼睛回想这段日子，还是觉得这是她生命中最轻盈的一段时光——心下空空无挂碍，日子过得平静又骄傲。中年时代的秀芬经历过种种苦难，却始终没有失掉生活的力量，或许也与年少时滋养出来的乐观心性有关。21 岁的秀芬在去排戏的路上曾经看到过许多次好看的落日，晚霞先是泛着玫瑰色的光彩，而后色彩一点点凝重变暗，最后终于变成沉沉暮霭，落入西山。

22 岁那年，秀芬在媒人的介绍下，嫁给了隔壁西章村一个同龄的叫张永安的男子。婚后第二年，永安经人介绍去了潍坊市一个工厂里做工人，周一到周五在潍坊做工，周末骑着自行车回家。不久秀芬和永安有了他们的长子久岭，2 年后他们又有了长女爱华。秀芬婚后不久，秀芬爹就得病去世了，秀芬娘有气管炎，也干不了重活。所以即便结了婚，秀芬还是在娘家住着，一边抚养幼子幼女，一边帮着家里干活挣工分。再过几年，秀芬的弟弟克志娶了自己的媳妇，弟妹进门，秀芬似乎也不用继续待在娘家了。

那是一个秋天的黄昏，周末休假的永安从邻居家借了一辆三轮车，来接秀芬和孩子们回西章村。这时候秀芬和永安已经有了 4 个孩子，两男两女，三女儿爱姑 4 岁，小儿子久明也 2 岁了。秀芬临走时，秀芬娘给了秀芬 200 块钱，还有一套木头桌椅，这也是劳动多年的秀芬第一次拿到的报酬。回家的路上，永安和大儿子在前面蹬车，秀芬和三个孩子坐在后边的车斗子里，久明有点发烧，在秀芬怀里不停咳嗽着，秀芬尽量用身体挡住冷风，轻轻拍打着久明哄他入睡。一家六口在落日的余晖下缓缓前进着，这一年秀芬31岁。

离开生活了30年的宋庄，来到西章村，秀芬的生活发生了许多变化，最明显的就是她从一个还算小康的家庭出来，又过上了紧巴巴的日子。比起当时的秀芬家，永安家的家底要差了不少，张家一共三个儿子，永安是大哥，二弟永国和三弟永邦当时都还没有成家，秀芬回来之后，10口人就一起挤在张家的5间屋里。在搞集体化时期的农村，一个家里没有男人作为主要劳动力，而是靠一个女人干活挣工分，总会被人背后嚼舌根，说是占了集体的便宜。秀芬是个要强的人，干活的时候总是能多干就绝不少出力，一方面是为了多挣点工分养家，另一方面也是心上堵着一口气，不想比别人矮着一头。夏末收棒子正是农忙时候，一个大队一起到地里劳动的时候，秀芬总比别人休息的时间要短。她心想，自己虽然没有男人帮着一起干活，但是女人干的活，她一定要比所有人干得都好。多年的家务和农事给秀芬的手掌镀上了一层厚厚的茧，她的手指骨节突出，粗大耐磨，所以掰棒子的速度也很快，手掌握住，手腕用力一扭便下来一个。傍晚酒红色的夕阳余晖洒在连片的玉米地上，洒在秀芬身上。秀芬在玉米地里缓慢前进着，额前干枯的蓬松碎发也同玉米须一般，随风飘曳，如一朵寂寞的火焰。诚实而竭力的劳动虽然让秀芬总是腰酸背痛，但也因如此，她才能挺直腰杆面对难过的生活。

日子如流水一样重复而平静地流淌。1979年，秀芬搬回张家的第二个年头，永国终于娶上了媳妇。永邦则跟着人一起去了东北，刚开始是制作麻绳赚钱，后来生意越做越大，干脆就在东北落了脚，娶了当地一个又白又胖的姑娘，只有逢年节回西章来看看爹娘。这时候秀芬的四个孩子都渐渐大了，大儿子久岭已经11岁，小儿子久明也已经快5岁了，而且永国结了婚，不久应当也会有自己的孩子，一家子人继续挤在一起住显得越发不便。秀芬和永安便和爹娘商量好了要分家，爹娘也同意了。

晚上秀芬、永安和孩子们一起躺在炕上睡觉，孩子们都睡熟了，有的胳膊搭在秀芬身上，有的把腿搁在永安身上。秀芬和永安把孩子们一一摆正，盖好被子。两个人却睡不着觉，睁着眼开始发愁，该去哪里找房子住呢？幸好天无绝人之路，这时候东邻住着的一个光棍老汉死了，他的三间破屋空了出来，村里的热心人先找到了永安，说450元就可以买下来。永安和秀芬当时在地里打农药，听到这个消息顾不上干活，拉着热心的大叔连连称谢。可没高兴多久，两人又开始哭丧着脸了：这 450 块钱从哪里筹呢？这些年永安的工资都是拿回家交给爹娘，用来贴补一大家子的开支，他们现在并没有什么积蓄。没办法，最后秀芬只能回娘家借钱。

第二天一大早，秀芬就装了一包袱的新鲜萝卜，领着爱姑和久明往娘家走。秀芬每次回娘家都是走这条小土路，可这次她却走得格外慢，这是秀芬第一次回娘家开口要钱，她不知道怎么开这个口，乡更近，情更怯。秀芬的弟弟已经结婚，尚未生子，秀芬的家里只有秀芬娘、弟弟、弟妹三个人，家里并不清贫，甚至算是宋庄排得上号的体面人家。可当时已经出嫁多年的秀芬回到家却像个外人，这种尴尬的处境在借钱的时候尤其明显。秀芬跟娘说了想借 500 块钱买屋子的事，秀芬娘却只是摇着头说没钱。秀芬一下子就红了眼睛，她知道家里有钱。秀芬离开家那一年帮着家里卖了一棵树，那次赚的 500 块钱还是秀芬亲手存进银行的，她甚至知道那张单子在家里的哪个柜子里锁着。秀芬娘不借，大概是一来想把钱留给儿子，二来也怕自己把钱给了秀芬，儿媳妇会说闲话。而幸好弟弟克志是个明事理的人，和姐姐的感情也深，回家听说了这事，二话不说就把银行存钱的单子从柜子里拿出来，交给秀芬。秀芬握着弟弟的手轻轻拍打几下，情绪平复了一些，眼眶里的泪却反倒蓄得更多。秀芬把孩子放在娘家，自己马上来到了银行，当时取钱还用不到身份证，她拿着单子很快就把五百块钱取了出来。存了几年的时间，利息涨了不到十块。秀芬把利息全都送还给弟弟，对弟弟和娘道了声谢，说以后有了钱会慢慢还。已经快到晚饭时间，秀芬也不留下来吃饭，拿着钱，领着两个孩子就回家了。在过去的几年里，即便日子过得很苦，秀芬也没有落过几次泪，而光这一天她就哭了三回。傍晚回家的路上开始起风，冷风推着秀芬母子三人的后背走。秀芬虽然穿得很厚重，可却觉得身体变得轻快。也许哭泣是有用的，那些积压在体内的委屈和困苦，仿佛是通过泪水一起流了出来，随着泪的蒸发而消逝在风中。

到这儿，小夫妻终于买到了他们心心念念的三间屋子，有了属于自己的小家，这一年秀芬 33 岁。但与其说秀芬和永安买了三间老屋，倒不如说他们是买了三间废墟更切实一点，这三间屋实在已经破旧不堪，所剩无几。都说家徒四壁为穷困，可秀芬的新家连完整的四墙也没有，只剩下低矮的残垣。屋子的破木门已经掉落，倚在矮墙根，在风中吱呀作响。屋子的地势也低，比天井还要低着三个台阶的高度，冬天不烧炉子，人进去又冷又湿。虽然如此，秀芬和永安却不觉得气馁，而是很有奔头地开始拾掇起自己的小家，快到年下了，他们得赶在过年前完工，年后就搬进去。永安把自己地里的黄土一车一车运到天井里来，加上水，和成泥，掺上石子，做成一个个土方块，摆在天井里，在零下的冬夜里过上一宿，就冻成了可以垒墙的土砖。修好墙之后，永安又用黄泥砌了一个大大的土炕，秀芬连着烧了三天的柴火，才把炕给烧硬祛湿。老屋里本来也没剩多少家具，秀芬把从娘家带来的家具搬过来，克志用车拉来了一个旧床，布置起来家里也勉强像个样子。房子虽然不大，可秀芬和永安却挺开心，到底有了属于自己的家，这是第一得意之事。天井里还有一棵石榴树，是独居老汉留下的，秀芬给它修剪了枝叶，把树干裹上厚棉布。等着明年重新发芽、结果。秀芬觉得，人过日子和树木的枯荣也挺像的，冬天冷到了极点，过后就到了树木抽芽的春天了。

搬进新家之后，永安平常还是在潍坊工厂里上班，周末的时候回家。秀芬也依旧自己在家种地、带孩子，操持着家里的大事小事。冬天的时候永安曾托人买了一头老母猪，搬家时也一并带了过来，围了一圈栅栏，养在院子里。开春后二月二十八晚，天气正是倒春寒，即便入了春，夜里的寒风更甚于初冬。这一晚的半夜，怀孕的老母猪突然嘶叫着要生小猪，母猪的叫声没有吵醒睡在炕上的四个孩子，只惊醒了秀芬。秀芬腾地一下坐起来，心想坏了坏了。待她匆忙穿上棉裤，披上棉袄，打着煤油灯来到猪圈看时，已经有两只猪崽落地了。秀芬赶紧把煤油灯挂在猪圈的栏杆上，把小猪崽抱起来往屋里运，放在给土炕烧火的小房间里，留它们在外面可能会被冻死。猪圈里老母猪哼哧哼哧地下崽，猪圈外秀芬着急忙慌地往屋里搬。老母猪一共下了 11 只猪崽，秀芬就马不停蹄跑了 11 个来回，后来秀芬自己苦笑着说这段故事时，也诧异自己怎么会有那么大的力气，但当下的秀芬想的只是要快点把猪搬到屋里，冻死一只她都舍不得。搬完最后一只的时候，不知道是因为想看猪崽，还是单纯因为冷，老母猪竟然也跟着进来了屋里，秀芬吓了一跳，连忙往外赶，可老母猪依然往里走，无奈之下秀芬也让它一起在屋子里过了一夜。天气依旧寒冷，老母猪并 11 只猪崽和秀芬一家挤在屋子里，整整住了半个多月，等天气回暖才重新搬回猪圈。老母猪通人性，平时就安静待在柴火房的角落，吃饭、喂奶。要拉尿的时候它就自己走回猪圈，拉完再回到屋里，从来不用人赶着。

养猪三个月，卖掉猪崽之后，家里有了点余钱。周末永安回家时，骑着车去了一趟肉联厂，买回来一大块猪排骨。秀芬用柴火锅炖烂，把肉从骨头上扒下来分给孩子们，秀芬和永安负责吃骨头上剩的肉，啃完的骨头之后剁成碎渣，掺在猪食里面给老母猪吃，这是一家人的盛宴。秀芬的日子无非是这样，下地干活，洗衣做饭，抚育孩童。重复的日常在日常地重复着，而一顿猪肉宴，或者其他什么宴，就像是日常生活中的一段奇幻美妙的变奏，是清贫日子的短暂间离，是生活赋予生活的意义。

1982 年，村里开始实行"包产到户，包干到户"的政策，每户按人口分地，自负盈亏。秀芬家分到了十多亩地。秀芬晚上躺在床上高兴得睡不着觉，觉得这真是天大的好事儿。这些地自己说了算了？地里长的东西都是自己的了？这样的喜事让秀芬觉得恍惚。她在心里不断盘算着要种些什么：每年的口粮要种好；除此之外可以种点棉花或者花生，能卖得上好价钱；地头还可以种点菜，要做饭就直接来地里摘……单干的第一年，秀芬种了西瓜和山楂，那一年西瓜价贱，折了大本，幸好山楂还赚了钱，总体没有亏得太厉害。秀芬不气馁，攒着劲第二年准备要种 6 亩棉花。那一年风调雨顺，棉花大丰收。秀芬和爱华赶着牛车到集市上卖棉花，卖了两回就赚了近 1 000 块钱。虽然那一年挣的钱都用来还债，也没攒下多少，但秀芬心里却依然充满了干劲。秀芬这个人不怕苦不怕累，她怕的是自己的苦难如同石子投入水中般了无痕迹地消逝，她总觉得生活不该是这样。所以分田到户之后，秀芬心里却越干越踏实，她觉着汗水重新信任了土地。

分田到户后，秀芬家里的光景确是一年好似一年，用了 3 年还清了之前欠下的 2 400 元债，并开始有了一点余钱。1990 年，大儿子久岭厌倦了西章一成不变的生活，来到潍坊市里打工，永安托人给他在工厂里找了个临时工的活。两年后小儿子久明满了 16 岁，也跑来潍坊的工厂里，兄弟两人一起签了临时合同，按照当时的政策，合同到期之后便可以转为正式工，从此留在城里工作。像秀芬一家这样的人，是不懂所谓时代风气、顺势而为等大道理的。沉默而虔诚的劳动是他们对生活投下的许愿瓶，瓶子随着生活的波浪起伏飘荡，也许幸运靠岸，也许殁于风浪。久岭和久明的合同到期之后，工厂的生意却每况愈下，不仅转正的事情没了着落，连工资都拖欠着发不下来。撑了几个月之后，兄弟两个也觉得没盼头，便打包好行李重新回了西章。后来，兄弟两人参与修建的柏油路在他们离开一个多月后正式通车，只可惜久岭和久明没能亲自踩踩那崭新的公路。之后的几年，久岭和久明也都各自娶了媳妇，生了孩子。老婆孩子热炕头的日子抚去年轻人心头的躁动，小家庭的穿衣吃饭、喜怒哀乐，都是比缥缈的梦想更加切近的问题。

秀芬的四个子女中，唯有三女儿与读书有缘，也靠着读书走出了黄土地。三女儿爱姑是子女之中最像秀芬的人。不仅长相像——六边脸，三角眼，瘦挑身材，笑起来有一样的酒窝；性格也像——沉稳安静，不爱张扬，可是骨子里有一股骄傲的、硬气的劲儿。1993 年爱姑第一次高考，成绩考得不错，但却因为报考失误落了榜。当时有一些民办的复读学校，可最便宜的也要交 800 块钱才行。那几年为了久岭和久明的婚事，家里要准备房子、彩礼等，又欠下了一堆债务，连久岭久明分家，也都是每个人带着债出去的。这些事秀芬并不在爱姑面前多说，可聪明如爱姑，怎么会不清楚——她是这个家里唯一一个吃闲饭的人。生活的重担不仅压在秀芬的肩上，还压着爱姑的手，她没有力气再捧起一本书了。爱姑找到秀芬说，不再复读了。秀芬听着，心里闷闷酸酸地难受，也没说话，只是走到天井的台阶上坐下，点了一根烟。黑蓝的夜色笼盖四野，一缕又一缕的白烟从秀芬的手指间袅袅升起，像一道缝隙，一条流向天上的河。然而随着火星在风中渐渐燃灭，那白色的涓涓细流终于也幽灵般消逝在夜色里。

从高考完到第二年的春末，爱姑就一直在离家不远的一个纺织厂里上班。潍坊的纺织业很繁盛，像西章、宋庄这样的村庄周围，最先发展起来的就是纺织工厂。纺织工厂的工人以女工为主，大多都是周围村子里的妇女们，有像爱姑这样的年轻人，也有和秀芬一样年纪的中年人。在这里，爱姑们的谋生手段除了种地，就是去纺织厂里做工，爱姑的小学同学、中学同学们都陆陆续续地进了某个抽纱厂或织布厂上班，现在也终于轮到她了。除了节假日之外，纺织厂的机器都是 24 小时运作，工厂女工们的生活则被以 8 小时为单位，划分为三班倒的节奏。人对于时间产生的感受并不永恒，而是如水似泥，生活可以把它放进不同的容器里，或者是捏成另一副模样。上学时爱姑的时间被分为周中和周末，而现在她的生活仿佛更加紧缩到一天之内：白班或者夜班，工作或者睡觉。虽然爱姑和工厂里的工友关系都很好，可是她始终感到孤独，她会在机器轰隆着织布时，不由自主地背出一句诗、一道公式，但也没有人会注意到，她的声音转瞬淹没在嘈杂的车间里。

时唯四月，天气暖和起来，爱姑常常骑着一辆自行车上下班。这天傍晚，爱姑照常骑着车回家时，隐约听见路边有人叫她的名字，停下车回头看，原来是爱姑的一个同班同学。停下车聊了几句，才知道这位同学也没考上，正在复读准备重考，听到爱姑去了纺纱厂，同学十分吃惊，但当时也没说什么。过了几天，这位同学突然来厂里，把正在干活的爱姑叫出来说："还记得之前咱们的杨老师吗？她现在办了一个复读补习班，我和她说了你的事，她还记得你呢，让我千万劝你回来重考。现在去补习班里只用200块钱就行，钱的事你先不用急，老师说了先去准备考试要紧。"爱姑听了，先是不可思议，怔了好一会才回过神，紧紧握着同学的手不停道谢。那天傍晚下班回家的路上，爱姑一边骑车一边落泪，迎面的晚风把泪水吹散，心里却有东西渐渐清晰和坚定。爱姑回家之后，径直走到墙角的两摞麻袋，里面装着她的书本，原本已经打算这几天就卖掉。秀芬回家疑惑地问："爱姑，你怎么又在翻书呢？"爱姑一行泪落下来："娘，我要继续去考试。"爱姑把事情始末告诉秀芬，对于爱姑不能重考的事情，秀芬心里一想起来就愧疚和难过。听到这个消息后，秀芬又惊又喜，随后也掉下泪，一个劲地说好。秀芬和爱姑都是聪明又勤奋的人，她们向命运渴求的不过是一个机会而已，秀芬没有这样的机会，所以她格外希望自己的女儿能够有一些新的可能。就这样，爱姑在距离高考不到三个月的时候，重新翻开了课本，这一次，她读得更加拼命，更加忘乎所以。盛夏的季节里，爱姑只有一件蓝白色T恤，并没有其他替换衣服。有味道了便晚上回宿舍洗洗，晾干后继续穿。同学们异样的目光看过来，爱姑也并不理会，眼前唯书而已。几个月的努力加上之前打下的底子，爱姑最后成功考上了济宁医学院精神科，学成毕业后，留在青岛成了一名精神科的医生。

1994年爱姑考上大学时，爱华、久岭和久明早已经成家，永安还在潍坊，爱姑一走，家里平常就只剩秀芬一个人生活。后来永安所在的工厂效益也不好，工资常常拖欠着发不下来，1996年永安也便从厂里退休回家来。那时候永安的爹已经去世，只剩下永安娘一个人，所以不久后，秀芬便把她接过来一起住。每年农历三月十五是西章村村民去山上赶庙会的大日子，庙会一般持续三天，以第二天为最盛。山上和山脚下的路边都是摆摊的人，卖香火，卖吃食，玩杂耍等，应有尽有，人头攒动。大人们最大的任务就是去山上烧纸烧香，向神仙们求各自的心愿；小孩子的愿望更浅近，就是嚷着大人们在集市上给自己买些好吃的。永安娘对烧香请愿这件事情格外虔诚和重视，几十年来，没有一次落下。这一年庙会前的一个月，婆婆找到秀芬，想要秀芬帮她做一件新裤子，好穿着去赶庙会。秀芬答应下来，趁着不忙的时候就去买棉花和布料，大气不好的时候，就在家缝裤子，终于在庙会的前一个星期赶工完成。裤子交到婆婆的手上，试了一下，尺寸略大了一点。秀芬想婆婆大概是最近瘦了一些，她拿回去改改，正好还来得及穿。可是还没等裤子改好，婆婆却出事了。那是一个下雨的晚上，婆婆起夜上厕所，走出屋门没几步，脚下滑了一跤，重重摔在了地上。过了好一会儿，睡梦中的秀芬才听见婆婆在地上发出的虚弱的喊声，出门看到躺在地上的婆婆，整个人一下子没了半个魂，连忙将永安叫起来，一起把人架到炕上去。永安娘在炕上躺到快要天亮，还没等来去医院的车，便咽气了。

永安娘就这样走了，走在永安退休后的第三个月、庙会开始的前三天。几天之后，永安娘出殡安葬，她被葬在西章村西头的黄土地中最肥沃的一块，永安娘在那里劳作了一辈子，最后自己也融入这片土地，完成了同生命的道别。秀芬在坟前跪着烧纸钱和纸元宝，这些是永安娘自己原先准备用来赶庙会的东西。就在秀芬跪拜完，跟着人群从田野走向路边时，她被风吹起来的香灰迷了眼。揉了揉眼睛，抬头的那一瞬间，秀芬看到旷远的平原，看到广阔无云的蓝天，看到不远处一个个小小的土坟，和远处轰隆热闹的正在春耕的人群，她忽然感到一种强烈的归属感。或许香火的灰烬，也是冥冥中先人精神的显灵，是婆婆最后挽留后辈们的手。气候初暖，秀芬走在初春的田野上，放眼望去，冬天的冻土渐渐松软，覆盖在土地上的枯草被农人点上一火，便漫山遍野地燃烧起来，烧尽后留下厚厚的烟灰，沉重的融入土地，轻快的就飘散在风里。在这片一如既往的田野上，陈旧的枯草燃烧殆尽，新的种子预备着生长，如此而已，生生不息。秀芬觉得，自己曾是种子，也将会是枯草，而现在她是播种的人。

2019 年，秀芬心脏出了问题，被爱姑接到青岛，动了手术。青岛气候好，看病也方便。后来爱姑家买了第二套房子，干脆就让秀芬和永安在青岛住了下来，安度晚年。73 岁的秀芬离开了生活了大半辈子的西章和宋庄，离开了那片黄土地，来到城里生活。2022年冬，上大学的孙女放假后来看望秀芬。秀芬青岛的家里有一个大阳台，冬日里阳光也很足。秀芬养了一阳台的花，杜鹃、三角梅、玫瑰、茉莉……都是喜庆的颜色，中午暖暖的日头照进来，恍惚间似春日般灿烂。午饭后，秀芬坐在阳台晒太阳，抽根烟。孙女坐在她旁边，给她揉揉背："奶奶，讲讲你的故事吧。你说，我写。"秀芬一开始害羞："我一个小老太太哪有什么好写的？"可耐不住孙女央求，就这样秀芬讲着她的故事，孙女和花儿们听着。孙女问奶奶觉得自己一辈子怎么样。秀芬说："我这一辈子啊，是两头甜，中间苦。但是我觉得我的一辈子还是很顺利的，没什么过不去的坎，都能过去。"孙女说，给你的回忆录起个名字吧。秀芬抬着头想了一会，摸着手边的花："叫什么……我也不会起啊，叫玫瑰？"孙女笑道，起得真好。

秀芬还在给花浇水，孙女在旁边打字。秀芬爱美，喜欢染发，尽管快80了，头发还是乌黑的，只是背比前几年驼了一些。寒风凛冽的季节，老人是不大敢出门的，秀芬也一个多星期没下楼了，闲暇时间她就在阳台上操弄操弄花儿们，守着一阳台的千姿百媚的春天。孙女抬头，看见秀芬在花丛中的背影，背影里有爱，有痛苦，有怜悯，有记忆，而这一切终究是生活，阳光普照她的每一寸肌理。

金沙岗上的落花生——奶奶的八十年人生片段

南京大学　孙　芊

前　记

奶奶今年 82 岁，做得一手好菜，很爱说话。

自我记事起，奶奶就像是一只蜜蜂，忙里又忙外，总没有闲下来的时候，也没有静下来的时候。作为一名农村长大、城市谋生的 40 后女性，奶奶无师自通了一种语言的艺术，听她讲话时仿佛有魔力——哪怕只是随便唠唠嗑，奶奶也能由点而面娓娓展开，把一件小事说成一串事件中必不可少的一环，说得有理有据而饱含感情。奶奶是一位非常善于且乐于讲故事的人。

随着年岁的增长，现在的奶奶最爱反复说的，不再是邻里村头的家长里短，而是自己这一生——是的，奶奶希望能把自己这一生讲述出来。这股诉说的欲望鼓动着奶奶，将自己的人生通过手写和口录的方式，一一记录了下来。奶奶受教育有限，字也并不能认全。第一次看到奶奶用拼音符号和文字相互混杂的书写时，我被深深地打动了。下面的引文都是根据奶奶的讲述原汁原味地记录下来的一些片段，也许不能完全真实准确地呈现出她这位出生在 20 世纪 40 年代的老奶奶形象，但奶奶能干、聪慧、坚强的性格——她在那个跌宕起伏的年代里用力将根扎在大地上，拼尽全力地过着力求上进的平凡一生——却每每从她的话语中不由自主地迸发出来。

奶奶的开场白

"我是 1941 年生人，属小龙（蛇）的，2020 年孩子们给我过了八十大寿（这儿都兴过虚岁），还录了像，我没事的时候经常播出来看看，想想自己八十几年，十年十年地过得太快了，一晃眼都有重孙子了。怎么说呢，还是很自豪的，也很感慨。我自己胡诌了几句：一生奔波叹坎坷，苦辣酸甜德为本，丹心无愧任评说，青春如梦不觉老，人生能有几春秋，笑迎夕阳向天歌。"

奶奶的开场白总结得很有奶奶的特点。实际上我也不知道，她一个初中毕业生，怎么会有这些半文不白的略带夸张的句式。不过，这些话语从奶奶嘴里认真地总结出来，听起来一点没有违和感。也许对她们那个年纪的人所受到的"时代"熏陶，我们是怎么想象也不算过分的吧。

最美的金沙岗

"我是在战火纷飞的年代出生并度过童年。家乡 1948 年就解放了，我到 14 岁上了小学，22 岁结婚。回想起来，我这一生，最牢靠最有意思的日子，就是这刚解放时候的十几年。我娘家在河西的施庄乡。现在我们家的房子都不在了，都到了金沙湖的水下面了。"

金沙湖是奶奶的老家阜宁最新开发的一个 4A 级景区，是近些年家乡发展旅游业的标志性成果之一，最有趣的一项运动是滑沙，当然还有一碧如洗的湖光水色。

"自从我的妈妈走了以后，我回老家就少了。现在老在梦里到这个地方。'金沙湖'，这是现在的叫法，过去没湖，过去叫沙岗（金沙岗）。它是生我养我的好地方，是我们祖祖辈辈生活的家乡。

"我生在沙岗上，小时候就是在沙岗上玩大的。那个时候，还不知道要挖河挑沙建房子。当时的房子用木头做梁，大多数是泥墙草顶，有瓦的屋顶都不多。用水泥和沙子砌的砖房，那个时候看不见。那个时候，沙岗人主要的事情就是种花生，我的童年就是一眼看不到头的花生田。"

我问过其他长辈，奶奶所说的"挖河挑沙"是改革开放后的事，房地产大潮涌起，沙岗人挖沙子，然后用机帆船运到苏南，靠卖掉沙子挣钱来维持生计。我的一位表叔有一条机帆船，全家常年生活在船上，直到再也无沙可卖（后来不允许私人卖沙了）。

"在花生田干活很苦。虽然花生很小不起眼，但种花生的活儿不容易，一年忙到头。开春的二三月份就要准备下种了，大家都忙起来了。下种前是要先到田里放花生墩子，墩子要放得平平的，放好后还得施肥。等到三四月份下种时，田里到处都是农忙的人。下种要两个人合作，前一个人用锄头点坑，后面一个人丢种子进去。那个时候全是人工手种，点坑丢种子都是要弯腰的，所以这个活儿跟插秧比，一点不轻松，因为弯腰次数更多。

"风调雨顺的年景，花生很快冒绿芽了。刚开始一点点，后来一片片，都是绿油油的小颗子，慢慢地长成大的一片片。到秋天花生快收获的时候，那是真好啊，绿油油的地里都是圆圆的花生叶子，花生一颗一颗的，下面结着丰硕的果实，刚开始的时候花生很嫩，皮也软软的薄薄的，吃到嘴里甜丝丝水津津的，可有意思了。偷吃花生的时候，要不就是生吃，要不就是抓一把花生藤，垒起个小窝，把摘下来的花生放在里面烤……那是真香啊，忙碌一年的大人们也都不会管，生怕破坏了孩子们先尝一口的快乐。而当整个花生收完了，地上一个小墩子一个小墩子的，平常一望无际的大平原上，好像起了细细的波浪。沙岗全部是种花生，所以场面非常大，显得特别壮美。后来我到过沙东的婆家，也去过其他的地方，再没有过娘家花生田留给我的震撼记忆。

"冬天选种子，才是一年最最重要也最最开心的活儿。家家基本上都是等到快过年了，甚至是在守岁的时候，才开始剥花生挑花生种子。一来花生放了些时候，品质不好的会瘪壳子，方便淘汰；二来年根底下大家都有点空闲时间。做种子的花生一定要用手来剥。不是一个两个人，而是一大群人。大家坐在一起，围着一个大匾子。小心翼翼地剥开花生，手上一定要很轻很轻，剥掉外面的硬壳，不能碰掉里面的花生衣，碰掉的容易放不住，到明年种下去时就会发不出来。花生种子就是一年的希望。能留下来做种子的花生是最好的品样，每个人都格外珍惜。这时候的花生和秋天新收的花生不一样了。时近新年，正是农闲时节，家家张罗着买办年货，每个人的脸上心里都喜洋洋的。剥好的种子会放到家里专门贮存东西的窖子里，一直存放到春天下种的时候。就这样，一年一年的。但现在，原来住的房子、社场、村子都没了，金沙岗到了金沙湖的湖底下了，想看，只有我自己一遍遍地想，好像把记在脑海里的录像一遍遍地放。越放越觉得美，觉得好。可惜现在一天天地，记忆不行了，放得越来越短了。有些地方也有些模糊了……"

奶奶对于金沙岗的回忆，实在是荡气回肠，<u>丝丝入扣</u>。每一个细节，她都可以复播无数次，并可以从任何一个点上暂停，然后插播各种细节或离题十万里的旧人旧事。不过，不管录像播到哪章哪节，到了收尾的时候，奶奶总是从不例外地用"金沙岗是最美的地方"来总结。即便我从来没有去过她夸的地方，但在心里也始终觉得，那该是个无限美好的所在。许地山的《落花生》赞美了花生务实有用、不慕虚名的品格。奶奶说了这么多的花生和花生地，却一点没有抽象的提炼。我想，也许因为那就是他们真实的生活，就是最真实的他们吧。

最好的陪嫁

奶奶在前年和爷爷参加全市金婚老人大赛接受电视台采访时说过一段话："今生我从父母那儿得到的最大的财富，就是他们供养了我读书，这也是他们给我的最好的陪嫁。"

关于奶奶读书的故事，很多具体细节很难考证了，我们姑且相信她的记忆吧！

"我妈妈一共生养了11个孩子，但活下来的只有5个。我是第11个孩子，在家中最小，爸妈都叫我'小老罕'（土话，宝贝的意思），对我特别疼爱。在活下来的5个孩子中，哥哥从小就上学读书，我一直就盼望：能像哥哥那样去读书。

"我刚出生时家里还是很穷苦的。因为没有自己的田种，租种地主的田，家里生活来源主要靠爸爸的一点小手艺支撑。爸爸非常能干，什么都会，还会做一点小生意。他有个小织布机，会纺纱织布，纺好的纱和布就拿到外面去卖换点钱。他也会舂米、养猪等。我爸妈很勤劳。勤劳的人什么时候都有饭吃，只要不懒惰就能想出吃的办法。我爸妈就是这样。他们想方设法将孩子们拉扯大。"

在奶奶的描述中，父母总是最可靠的依托。虽然时岁艰难，父母还是将最好的留给孩子，为孩了撑起自由长大的小天地。阿德勒说，有的人用童年治愈了一生。奶奶之所以对童年记忆如此清晰，大概也是因为这段时光给她往后的人生提供了坚强的精神依靠吧。

"有一年学校老师来家动员女孩子也上学读书。家中姐姐们都年纪大了，不肯再去学校。那时候我也已经14岁了，基本上就算成人了。家中日子虽然稍好一点，但并没有太多富余的读书钱。我就一天天地哭天抹泪地跟爸妈闹。爸爸很疼我这个'小老罕'，被我哭得没办法了，就答应了。读书的钱从哪儿来呢？记得是爸爸从房梁上抽了一根梁去卖了，凑齐了学费。其他的钱，都是爸爸卖自己种的蔬菜，韭菜啊、白菜啊、辣椒啊，挑出去卖钱，把钱积攒下来聚起来。还记得有一次，爸爸特地用卖菜凑起来的钱买布料，给我在开学时做了一件排骨领子的衣服，那在那个时候是很时髦的，是真漂亮啊，让我得意了一个学期都不止。

"因为我14岁才上学，一上就直接从小学二年级上起。能上学，我特别知足，在学校很努力很用功。成绩从二年级进校后慢慢赶上来，后来做了小班长，五六年级成绩名列前茅了。上初中更不用说，做了团支书，班主席！因为我得到学习的机会很不容易，所以格外珍惜。我一直以优秀的学业成绩读到22岁初中毕业结婚。在当时是非常不容易的，很稀罕的，尤其是女孩子。现在想想，不能谈，一谈就想哭！我的这一生，有多少不易，就有多少感恩。感恩父母，他们给了我太多太宝贵的东西，在那个时候，其实是有些超前的。

"有机会读书不容易，能够坚持读下去更不容易。我上学时年龄已经不小了，我们那个时代的女同志，到了该结婚的时候肯定要先结婚，可不兴什么'剩女'，年龄大了谈婚论嫁就会被降格成处理品。那可不是好玩的。所以，同学中好多女同学都是到了结婚年龄就不读书了，做家庭妇女了。我和她们不一样，我是因为不能读书了，才结婚的。这个说来就话长了。

"当时学校里女生少，也没有不许谈恋爱的说法。所以，我在小学里，就总有老师和同学给我介绍对象，介绍过好几个当兵的，都没有成功。为什么呢？因为我自己心雄，还想读书，不想很快结婚。但年纪不等人，当时结婚普遍比较早，我读小学已是14岁，读完初中差不多20岁了，如果还要读个高中，结婚就太晚了。但我读书的机会来之不易，自己不想因为结婚放弃读书，所以也就一直没谈成。等到亲戚介绍你爷爷时，我同样明确提出来，要先读完书，然后再结婚。没想到，他一口答应，回话说："你读一天书，我们就一天不结婚。'他不仅同意我读书，等我读书，而且跟他谈上恋爱后，他把部队里的补助，每个学期寄给我 20 块钱供我缴学费，用实际行动支持我念书。就这一点，他让我无怨无悔地跟着他过了一辈子。"

爷爷和奶奶的爱情故事，有很多细节不同的版本，不过，关于爷爷支持奶奶读书这件事情，在各个版本里，都是一模一样的。作为奶奶的孙辈，我常常问自己，我为什么要读书？奶奶为什么要读书？奶奶说，人要上进，读了书才能比别人干得更好。可是，为什么要跟别人比呢？奶奶说，比过了别人才能争取到机会呀，不然连饭都吃不上啊！在奶奶的字典里，读书其实是为了生存，更好地活下来。

"你爷爷他理解我想念书想上进的心，是因为他有同样的遭遇，他也有想读书而读不成的经历。同时从这件事也可以看出，他是一个能真正为我着想，肯为我作出牺牲的人。要知道，他跟我谈恋爱时，已经 27 岁，在当时绝对算得上是大龄青年，他内心里肯定也想早一些结婚。但这些都没有影响他尊重我的选择，甚至支持和鼓励我的选择。今天回过头来看，读过书、爱读书，就是我们一生相互理解相互尊重的基础，也是这些，支撑着我们走过了后来那些无比艰苦的岁月。实际上，他是一直坚守了他的承诺的，那就是，我读一天书，就等我一天，直到不读书后再结婚。这也是我收到的全部的彩礼！"

最 难 的 相 守

奶奶 22 虚岁（1962 年）初中毕业后与爷爷结婚，那时爷爷已虚岁快 30 岁了。转年他们第一个孩子我大伯出生。那时我爷爷还在东北长春服役，所以，他们的长子取名"永春"。此后到我父亲出生前，他们俩一个在东北部队，一个在苏北农村，养育了三个孩子，千里相守了十年时光。在今天的我看来，可谓"不可思议的十年"。首先，他们并非自由恋爱，而是全凭媒妁之言。二是爷爷家当时是真的很穷，公公婆婆和小姑子，一大家子人，更何况最有关系的男主角还不在一起生活！三是当时的交通实在是太不容易了，从农村到长春，几乎要坐遍所有的交通工具，汽车拖拉机自行车火车轮船，不停换地走上五天以上行程！十年，见面不超过五次，在今天怎么可能？奶奶和她在农村生养抚育的三个孩子都是怎么过来的呢？

"我们那个时候，两地分居的人并不少。但像我们这样，分居十年，相距这么远的，也不算多。我婚后在公婆家整整住了十年。那十年，到今天，还是不敢想，一想就想掉眼泪，止不住。可能也是因为人老了吧，眼泪也控制不住了。

"你问最难的是什么？最难的就是，这十年，公婆年纪大身体不好，小孩子很小，就慢慢地熬，再苦也不能在别人面前叫苦，眼泪都是往自己肚子里咽。遇到再大的困难，只能自己扛。那个人够不着喊不应，绝望的时候就问自己要结这婚做什么呀。等到有三个孩子的时候，经常是顾头不顾尾，大的拉着小的，小的照顾更小的。生老大的时候还好，孩子舅舅送过东西来；到生老二的时候，你爷爷没办法回来，家里也没吃的了，我请人挑了一百斤萝卜熬过了月子。有的时候孩子哭，我也跟着他们一起哭。当时就在想，这日子啥时候是个头啊！

"但是呢，我们日子不好过，但肯定还不是最不好过的，应该说是比上不足比下有余。为什么呢？因为你爷爷在部队上是有工资的，他每个月都寄钱回来。虽然不多，但在农村，那还是算得上过得好的了。只不过年轻时也不会过日子，贪图好名声，经常是一有钱寄回来就被大队里的人借走了。不过也不怪人家，当年日子真的不好过，家家都穷。你有几块钱大家都知道，碰到难事的时候，不找你找谁呢？当然老家的人绝大多数都是本分的老实人，借了钱救了人家的急，人家就念你的好。你家有做不动的农活、抢收不了的稻麦棉花啥的，人家都会尽可能地帮帮你。甚至你挑水挑得太重，也会有人看你拉扯孩子不容易，帮你搭把手。

"上次参加金婚大赛的时候，电视台的那个女主持人问我，分居十年靠什么信念坚守住的。问这个话是你们现在的人的想法。我们那个时候，人都比较单纯，结了婚就是一辈子，很少会去想其他的可能性。当然，也不是完全没有离婚的，或者出情况的。有些军嫂也好，军人也好，时间长了变卦的，产生矛盾的，也是有的。我的同学中也有离婚的。但总的来说，社会上思想比较单纯，大家对名誉看得比较重。另外来说呢，我和你爷爷都读了点书，两个人结婚后一直通信。有的时候一个人遇到难关的时候，不管是写下来告诉他，还是读一读他的来信，都觉得这个家还是两个人在撑着，两个人都想把这个日子过好，人不在一起，心是在一起的。"

听大伯和姑妈们聊天时说起，爷爷奶奶的这些两地书，早些年都压在家里最老的一个箱子里。据说在他们不大不小顶淘气的时候还曾偷偷看过。后来搬了几次家以后就再也没有见到了。连爷爷奶奶古老的结婚证书，据说也给扯烂了。姑妈说她当年偷看时记得信中最肉麻的情话，就是："志富同志，紧握你的手！"

"在电视台金婚节目里，老伴对我说，你辛苦了！我说，辛苦都过去了，我们苦的时代都过去了。再苦，我们为的是国家和人民，也是为我们自己的小家。我们贡献了自己的青春力量。我对他说，就像歌里唱的那样，你在前方站岗放哨，我在农村耕耘农田，孝顺父母，带着孩子，丰收果实里有你的功劳，也有我的功劳；军功章上有你的一半，也有我的一半。老伴，我们苦的日子都过去了，现在甜蜜的日子正在到来。你看，我们的孩子，虽然没有大富大贵，但都是社会的有用之才。这就知足了！他们能为社会做贡献了，就像砌房子一样，一砖一瓦，我们添上的都是好砖好瓦。这就是我们的骄傲和光彩。想想过去，比比现在，再望望未来。我们是一天比一天好的呀。"

其实我知道，奶奶一生所经历的艰难，远非这些。她只是挑选了她现在能接受的过去，那些掩映在时光的尘埃中的、至今可能在她内心仍难以面对的痛苦，我们谁也不敢提及，不敢揭开。我想也许随着时光的流逝，奶奶在某一天会彻底忘记它们（那将是一件幸事），或者会慢慢地告诉我们。就像她有一天说：

"金沙岗的泥是真干净，我后来从来没见到过：一下过雨，我们都能马上穿着花鞋子下地，河里的水也非常甜。以后碰到的都是油泥地，太滑，到河边提水时总怕掉到河里去。这辈子再也没看见和金沙岗一样干净的沙地了。"

尾声：我眼中的奶奶

上面都是我听到的奶奶。而最近二十年的奶奶，在我眼里，一直就是我从小记忆中的模样了。几乎所有的街坊邻居都承认孙奶奶的厉害——奶奶的厉害并不是力气大或者是脾气坏，而是在于她的活力，哪哪都能看见她的身影，哪哪都能听到她的主意。爸爸经常批评奶奶多管闲事又啰里八嗦，用孟子的话说就是"患在好为人师"，但这实在是奶奶的最大特点，不会轻易改变的。

我童年的太多欢乐都是在奶奶的小院子里得到的。晚上听爷爷讲笑话（爷爷走得远，见过的人和事都很多，肚子里有说不完的新鲜趣闻），奶奶就在一旁扇着蒲扇，余风恰好拂在我的身上，使我不至于太热，也不至于因贪凉而感冒；偶有头疼脑热，吃不得荤腥，奶奶便会做糖蒸蛋给我解馋——一个新鲜鸡蛋打在碗里，搁一大勺白砂糖，加一小块冰糖，然后用筷子顺时针飞速搅拌一百圈，上锅蒸到软软弹弹，这样的糖蒸蛋色如暖阳，绵滑细嫩，越吃越甜（长大后再没有吃过这样好的蒸蛋了，我猜是现在都推崇养生，一碗蛋加那样多的糖，想来是和清淡饮食法相悖的）。

奶奶在北京生活过，因此会说普通话，虽是带着点老家口音，但奶奶还是十分引以为豪。每当她要向别人介绍自己或是自己的孩子们时，她就会端起一口不太纯正的普通话，一字一句而滔滔不绝地开始一番"溢美之词"。是的，奶奶从来不吝啬自己的赞美，特别是在提到自己的子女和孙辈时，恨不能夸出一朵金花来。奶奶也一定要对面同她说话的人流露出"哇，孙奶奶家的小孩，有出息！真是了不起！"这样的表情之时，才会稍显满意。奶奶的自信覆盖到了每个家庭成员身上，奶奶要我们相信自己现在的模样就是最好的，因为我们是她老人家的孩子，是无论如何都不会比别人差的。

如果从冷静的第三方视角看过去，奶奶的一生其实是很辛苦的。她三十岁之前在农村劳作，三十岁之后到城市谋生。她做过面朝黄土背朝天的农民，在工厂里当过女工，因病早退之后又开始在街头摆小摊卖棉衣棉裤，业余时间还给人家打小工，直到后来到居委会做些街道事务的协调工作，真正发挥了她潜在的管理天赋，还当了个管事儿的副主任。但奶奶和爷爷都是非常老实守本分的农村人，总的来说，他们的人生遭遇过很多的不如意，甚至是巨大的打击。比如他们的长女在6岁的时候因为意外去世。对奶奶这样传统而坚强的中国妇女来说，孩子们就是她的底线，只要是为了孩子，"受再多的苦也无所谓的"。女儿的夭折成了奶奶一生中难以抹去的阴霾，她一度徘徊在精神崩溃的边缘。但为了家庭和其他的孩子，奶奶又不得不强忍巨大的悲痛，重新投入生活中来。奶奶像一棵顽强的植物，被生活无数次压倒，却从没有放弃生长。

奶奶和我说的最多的一句话，是要争自己的气，"不争馒头争口气"。
也许是那个兵荒马乱的年代留给奶奶的精神底色，奶奶的一生不靠命运垂
怜，她相信凭着自己的一双手就可以把日子过得越来越好。这种信念支撑
着她坚持读书学习，支撑着她从农村走到城市，支撑着她闯过岁月里的一
道道难关。现在，奶奶老了，腿脚的病痛限制了她的行动，生活也随之渐
渐平静下来。可是奶奶真不喜欢这样的平静！她还是闲不住。和一般的老
头老太太不一样，奶奶的乐趣不在于种花养鱼跳广场舞，而是说话。奶奶
话很多，对了解的事情她要发表自己的看法，对不了解的事情她也积极地
讨论：她急于告诉别人自己积累一生的经验，虽然很多时候并不能得到正
向的回应，但奶奶还是乐此不疲。刘震云在《一句顶一万句》里说，真正
的孤独是一句话在找另一句话。奶奶说了这么多的话，有多少是找到了另
一句的呢？写到这里，我不由得心生羞愧，我陪奶奶说话的时光也是这样
的短暂呀！

　　在第一次听完奶奶这一生的故事的时候，我的内心很感动。在整段的
叙述中，奶奶念叨最多的就是"感谢"，感谢父母，感谢国家，感谢时代。
奶奶的八十余年，就像是她童年记忆里长在金沙岗上的落花生，在春天里
张开毛茸茸的羽叶，开出朴素的淡黄色小花；到了秋天，落花生便慢慢地
匍匐下去，将累累的果实托付在了生养自己的大地上。

三代女性的离散与游牧

中央民族大学　黎越可

在大学的地理课上，我第一次对家乡有了学理上的模糊定义：它是属于成都的一座卫星城，负载了很多省会城市无法承担下的人口和土地。而这些负载，本质上或许是一种剩余，在省会城市的光芒散尽过后，我们这些身处边缘的孩子慢慢地吃它的碎屑。当然，卫星城中的人们本身也存在巨大差异，中间大致分为两种角色：一种是认同这座小城属于省会城市的一部分，如年轻时尚的女孩们，她们为了摆脱乡下人的"污名"，会在周末乘坐刚刚开通的唯一一趟地铁（在地铁尚未开通时，则需要用两小时转乘公交），花费一个小时前往成都的腹地。在春熙路步行街、太古里，她们可以暂时忘记自己的地域和身份尚处在一个难以被表述的领域。当有人问起家乡，我们会隐隐带着不安地回答：在成都。而我们对成都却一无所知，只能通过前往被外地游客视作最富有标志性的地方，一次次延缓对自身身份的拷问。

家乡的水塔

另一类人属于我的前辈，他们拥有历史的记忆，因此对这座小城市存在着更厚重的认知。我的奶奶，曾在这里亲眼看见和她一起在火药厂上班的人因一次偶然事故被炸飞双手，也用她的手脚丈量过她年轻时代的每次流亡：在小城到成都尚未通车的时候，她必须早起去背粪水，然后用小车一步步慢慢拉到成都。这一趟趟地理意义上的来回，让她明白，她脑海中对距离的感知和现实意义上的距离几乎是等同的，她真正地明白遥远这个词对她意味着什么，也就心甘情愿安居下来。如今地铁的开通，不仅影响了我们对时空的感知，更在一定程度上重塑了我们对身份的认同。

而我又属于哪类？或许哪类都不是，我既否定对"中心—边缘"的强权定义，又在它们之间无法找回真正的归属感，我是一个叛逃者。而在叛逃的途中，在写作上我不得不经历了自己所虚构事物的垮台，有很长一段时间动不了笔；生活上我也夜夜被在故乡中鲜活的痛苦反噬。我开始明白，有的事物尚且停留在别处，这样强行的决裂和撕扯难以唤回真正属于我的词汇。

我或许是这个年代最后一批在厂工家属区生活的孩子，生命中的 20 年都在这里度过。当我长到 20 岁时，我发现小城里的家属区几乎仅剩下一些大学教师享有的优惠职工房，大部分也都是崭新的电梯楼。而残留下的老旧工人家属区，竟成了这个城市在建筑意义上最顽固的存在。最近我所在的家属区也开始了对政府下达的拆迁方案的讨论，当身边的邻居首次听到"拆迁"这个词，几乎无一例外地反对——这也隐约使我明白我们小区为何最顽固：每逢遇到此种危机时，我们的邻居们因为共同的利益（同在一个工厂，不仅下班时是邻居，上班时也是相互配合），在关键时刻总能迅速地联结。当然其中也不乏因房屋太过老旧期待拆迁补偿的支持者，他们往往处于这个小区经济的最底层，我也曾在政府公告栏上见过他们给政府写信，企求尽快拆迁，获得稍好一点的生存环境。那次搬迁让小区里所有的居民瞬间成了下岗工人，我的母亲也是其中之一，而我们所获得的赔偿却很少。我清晰记得在那过后，发小的爸爸和厂里的一批男人一起奔赴越南打工，期望重建一个家庭对生活的信心。而我们这群小孩成了可悲的滞留者，蜷缩在这座本身就已不起眼的小城最边缘的一角，我妈妈也成了严格意义上的家庭主妇。我期盼一次奋勇的机会来摆脱早已厌倦的楼上楼下（包括我自己）的哭声和打骂声。

而我的家庭，尽管在内部可能称得上这栋楼最吵吵嚷嚷的一户，每当面临对外时，却总会选择妥协。我隐隐地明白，这部分是因为我们的经济水平稍好一些，我母亲不必将所有事情闹到不可收场才挽回损失。但这仍旧掩盖不了我对这份"怯懦"的失望：我的家庭本身，就已经挑战了我原有的认知框架。何况我当时哪里懂得我爸妈的历史，他们在这个家庭内部，已经贡献了太多理论无法包容的、他们自身独特的付出。我好像无法再过多地要求他们，我甚至为我自己怀有的浪漫时常愧疚——因为我几乎什么家务活都不干，还如此热爱幻想。

不可避免地，这份认知的错位已经伴随我到现在，我已经了解自己的家庭在文化上无休止的粗鲁的争吵，几乎每天都被"你什么活也不干！"的责骂束缚着，这句话似乎已经成为我身为叛逃者的耻辱的烙印。同时，我们家的经济在整个家属区却能算得上中上水平。这错位中生发的空隙，促成了我叛逃的可能。如果我至今仍如同大学同学一样，被农务活和沉重的经济负担纠缠，我可能无法在闲暇的时候有机会读到那么多我这个阶层本不会接触到的书籍。

同时，我和我的家人也都为着这场漫长且希望渺茫的阶层跃升付出了沉重的代价。首先是我的父亲，他的烟瘾几乎与我们家沉重的生命史平行，每当家庭遭逢到困窘，他的烟瘾也发作得厉害。我和奶奶对他戒烟的劝导，已经重复了几千次。而现在慢慢体会到，如同我生命中的错位，我父亲的生命中也存在着无法被安抚被解释的部分：如他因被同事恶意告状而下岗的那几年，我刚好上小学，哪怕是当时非常懵懂的我也能体会到家里弥散开的那种失落，而我和我母亲，只能在一旁陪伴，无法真正体会到原本身为顶梁柱的他突然倒塌的创痛。于是他断裂的历史在烟雾中得到短暂的弥补，被斩断的雄心在网络游戏中获得虚幻的救赎。如今他依旧沉迷这两样能短暂放置他的事情，我明白只要一天我们家族的鼓励和劝慰没法真正地给他带来安抚，他的烟瘾就会不断地发作。

另一轮沉痛的代价则似乎必然地落到了我身上，不仅是因为我的叛逃，也是因为我作为后辈承担了过多的期望。在我小区旁有一座高耸的水塔，是 20 世纪工厂还未搬迁时遗留的产物，这座水塔似乎已成为我命中，尤其是和我教育史相关联的隐喻。当我不断向上爬，企图在水塔的最顶端放眼世界的时候，却忽略了在攀爬过程中必须要献祭的部分，以及在"放眼望世界"之后必然伴随的跌落。

工人家庭中的母亲角色，也往往不像世人想象的柔和，是在小孩面临冷酷的父权之下唯一的调节剂。她们往往也是粗粝的，在大多数时候都会使孩子感到自己"是这个家庭的麻烦，是这个家庭不该出现的一个错误"。只有在当生存的压力稍微缓和，在她们能够喘息的空余，才会给孩子带来一点真心的呵护。常年这样对家庭角色认知的摇摆和错乱，使我难以明辨他人对我的爱恨，我花费很长时间才慢慢脱离比较边缘的人格。但有些继承下来的根深蒂固的性情，仍然在我遭遇到同我上一辈类似的生存压力时显现出来。

总之，经由追溯我的教育史，我明白我的家庭要求我奋进，淘汰掉大多数人。这条路之艰难，许多与我境况类似的同辈都可以想象，而我的父母在存留这种跃升的幻想同时，仍旧被烦琐的工作、家务困扰。尤其是母亲，因为常年陪读，她的人际关系网也慢慢变得很单调，在整个家庭内耗到一定程度爆发过后，她十分缺乏来自外部的支持——这一切都使她变得焦虑、古怪。每当家庭内部的炸药包被她引燃的时候，我在痛苦之余都会想：要么带她去看心理医生吧？但去看心理医生的费用是昂贵的，工人家庭也根本没有对心理咨询的概念。将家庭内部问题全权托付给心理医生，也总使我感到残忍。

不仅是我的家庭，从前社群里邻居的互相帮扶，在我们后辈身上却演变成一种竞争关系，"别人家的小孩"成为纯粹陌生的他者。这使得我和同辈在遭遇来自上一辈的压力时，原有的唯一的社群支持，这一我儿时长久浸泡的安宁水域也在逐步瓦解。

高考过后，我故意填了一所远离家乡的学校，有意使自己成为流动者。要告别过往的历史和这座小城耻辱的印记，先必须实现地理意义上的自我放逐。大学没有课的晚上，室友会给家里人打电话，互相交流彼此最近的生活，家里人会询问是否需要生活费和其他补给，而我几乎一个月都不会给家里通一次电话，即使家里打过来也是敷衍地回答几句就了事。我有意建造围墙，故意和故乡的人事疏离，家里人很少了解我在异地遭遇过的困难。这或许也是我选择剥离，而非跟我的同学们一样加强和故乡的情感联结所必须付出的代价。

奶奶递交给我的解药

这次长达一年的困境，使得我不得不回溯自己和家族的往日历史。我发现，我家族中的女性，都曾经历过一次或数次的告别和离去。其中经历得最多的无疑是我的奶奶。居住在西南的时候，夏天汗水淋漓的午睡梦中，偶尔能梦见她在跟我一样大的岁数从家乡去成都搬运粪水的场景；她和她的一位工友，一个推着一辆本来用作铲沙的小车，一个身上背着麻袋，一点点把粪土往城里运。1950 年代的郊外还没有如今那么多条新修的公路，路上的泥泞颠簸，景色的萧瑟都可想而知。他们也不能停歇太久，因为经常得赶到天黑之前回到家乡。有一次奶奶遇见路上开车的军官搭载了她们

奶奶和爷爷

一程，提前送她们回到了家乡，如今她每每想起这件事，脸上仍旧会有感激的神情。

奶奶在那个年代，肯定也早已见识过成都商贸的繁荣。且她的"流亡"生活短暂又频繁，有时是两天，有时甚至半天就要走一个来回。每当返回她的穷乡僻壤，她不自怜也不哀怨，只为完成了今天"丈量土地"的任务感到欣慰。这种伴随着体力劳动的"流亡"少了很多我母亲和我体会到的，被闷在家庭里的劳动带来的苦楚。

奶奶生命中重要的事

奶奶是家里的二女儿，当她上完小学时，就不得不面对同那一辈女性相似的命运：挣钱供哥哥上学。再加上刚解放过后，几乎人人家中都很清贫，家里又有四个姐妹，生活的重担无疑落在了她头上。她先是去给别的家庭洗衣服，洗完堆积成山的衣服后，挨个把衣服的姓名标记好，每天下午晒干后给别人送回去。在我还在上初中的年纪，我奶奶已经开始承受养

活家庭的重担，常常洗到最后手已经没有感觉了，到了冬天手更是被冻得通红。所以现在她看见我母亲冬天还因为洗衣服手上长冻疮，心里十分不忍，觉得这个年代不应该像她儿时那样艰苦。

奶奶到了成年的岁数，看见厂里招工，就开始去国营化工厂里干活。厂里生产的东西，是那个年代用来人工降雨的"土火炮"。如此需要专业技术和化学知识的任务，却交给奶奶和与她相同的几乎只读过扫盲班的同事生产。奶奶说，她其实也被厂里送去进修过半年，"但那些化学公式，我这个文化水平怎么能看得懂！"学习半年过后，奶奶自己默默回到厂里了，觉得那样学也是浪费时间。

自解放过后，奶奶家因为地主的身份一直穷困潦倒。刚刚解放时，军队来家里搜查财物，非得要搜查出金银财宝才离开。可奶奶说："我们家那个时候，早就没有那些东西了。"如此反复的搜查和清洗，很难不让人感到屈辱。于是她母亲在夜里悄悄投进了院坝里的井里，幸运的是被家里人察觉，军队里有好心人帮忙捞了上来，这次恐怖的搜查才作罢。

奶奶起初被介绍给爷爷认识的时候，爷爷对这个文化程度只有小学的妇女心里是有不满的。爷爷天生聪明，读了两年高中就考到了海军军官学校，后来学校停办了，给毕业生开了两种方案：包分配就业，如有愿意深造的就自行考学。爷爷是有些野心的人，苦学了几个月之后考到了川大历史系。

奶奶谈及她跟爷爷的婚姻，她自认为自己没有多少选择权，也吃了不少苦：爷爷虽然聪明博学，但也有古板的一面，一是表现在他很难体会到奶奶的情感需求，用奶奶的话来说，就是她很少感受到"爱"。二是爷爷深受原生家庭中"长兄为大"的传统思想濡染。在奶奶生下姑妈和父亲的时候，家里已经困苦到了极点，奶奶常常忍饥挨饿，去树林里给两个儿女捡涩苹果吃，而爷爷每个月领到的大学薪水几乎全部用来接济他的亲弟弟和妹妹，竟不知自己的小家已经窘迫到这种地步。奶奶一边抚养两个孩子，一边身处在这个没有源头活水涌进来的家庭中，其中的无奈旁人很难体会。

在奶奶的口中，她的婚姻生活聚少离多，自20世纪60—80年代，爷爷奶奶一直是分隔两地的状态。在我经历跟爱人相隔两地过后，很能感受奶奶当时的落寞。爷爷支援三线建设的时候，每次只能过年回一次家，每次写信为了保密也只能写"给00X信箱"。但在那个时候，奶奶已经开始独自抚养三个孩子，爷爷丰厚的工资大多也用来帮助他的姊妹，寄回给奶奶的很少。奶奶写信时她会写的字其实很少，爷爷出于要部分保密的缘故，也很少跟她主动联络。据奶奶讲，她其实去爷爷工作的地方探亲过，但因为爷爷对她的关心反应都很木讷甚至冷淡，导致那次探亲的路上她一边忍饥挨饿，一边饱受被冷落之苦。她的青壮年时期，几乎一直处在没有爱的真空中，情感上没有归属之地。她本身蕴含的爱的能量其实很大：她为子女的温饱日日夜夜操劳，对待厂里的同事朋友也很热心肠，但唯独在伴侣之爱上，她的这份爱没能找到施展和寄放的空间。

奶奶的自信和自觉

奶奶虽只在小时候读过扫盲班，但在暮年退休过后，只要有识字认字的机会，她从来不会轻易放过。爷爷去世过后，姑妈为了让她转移注意力少些悲痛，给她订了报纸和《健康文摘》。

那时她也没有了照顾爷爷起居的重担（爷爷到了老年有了糖尿病并发症，行动逐渐困难），每天只用给自己买菜做饭，省下很多交友和看书的时间。渐渐她学会用爷爷的旧放大镜看报，每当看到有共鸣的地方（独居老人应该如何自处，怎样延年益寿……）会用剪刀细心裁剪下来粘贴在自己的笔记本上。

奶奶常讲，当爷爷还健在的时候，一次户籍调查员上门探访，要求填写她和爷爷的学历。爷爷写的"大学"，轮到她，她难为情地告诉户籍员："我没有文化。"这话让爷爷很懊恼，跟奶奶说："你自学了这么多年，再怎么样也比一个初中生更强了。"奶奶受到了很大的鼓舞，急忙跑出去跟调查员解释，才把学历改成了初中。

奶奶的哥哥也是个很聪明的人，他比奶奶多接受了三年教育，初中毕业后，家里因为太穷决定让哥哥也辍学出来挣钱。后来初中老师来到奶奶家，跟她父母说："你家老大成绩很不错，脑瓜也很聪明，不能只上到初中。"父母也很难过，讲他们如何没能攒够钱继续培养他，老师最后决定，拿自己的钱资助他哥哥上学。

那时候正好刚恢复高考，奶奶的哥哥是一个心高气傲的人，第一志愿就想上清华。高考完把志愿报上去过后，等了很久录取通知书也没等到。

哥哥实在心急，拜托资助他的初中老师去教育局查一下卷子有什么问题，这一查才知道，政审意见清清楚楚写着"不予以通过"。这是奶奶家因为身份遭遇的第二次重大的落败。奶奶现在想起来也很后悔："要是他愿意填一个普通大学的志愿，或许也没那么严格。"

从那以后，哥哥开始酗酒，意志也逐渐萎靡。50 岁的时候，他被查出了肝病，没过多久就去世了。而奶奶在见证了她的男性同辈在知识竞争的失败中骤然垮塌，见证了博学的爷爷离世过后，终于有时间和空隙慢慢捡起属于她自己的语词。也许她的长寿，就是命运对她和像她这样的女性的馈赠。奶奶开始有意识地给当时尚在成都读书的我写信，可能有倾诉对象的文体更有利于她表达情感。

在她当时写的信里，都是一些她在报纸杂志里看到的话。有的是对我身体健康的忠告，有的是念及我学业繁重，希望我在课余能够放松身心。她也悄悄在写自己的日记，这是属于她的秘辛，我只是在一次帮她整理书柜的时候偶然看见。

日记，往往是情感和地理上的流亡者能够找到的最后归属地。在去成都上高中时，我就已经感到我不属于那所冷酷的学校。而最让我感到痛苦的，还有同学之间因为竞争导致的人际关系的冷漠。而我知道我最终难以远离这种情感的匮乏，白天在学校里的离经叛道只是反抗这种匮乏的表征，而在多重压抑之下，深夜里含泪写下的日记才是我唯一珍视的、那个时期真正保卫了自己的灵魂大厦。

离去的社群：三代人之间的交接

在我感到生活在真空，在对和他者相处时迷茫痛苦时，我开始重新体会和奶奶之间隐秘的代际传承，这种体验，好像我和她在隔空共舞。我想到她年轻时期搬运粪水，在污秽和重负中不紧不慢地来回行走，想到她面对长达十年的情感空隙，在三线建设的洪流中面对爷爷隐匿的身份和地址……这些都让我不得不重新审视"流亡"这个词——它真的能定义上几辈女性的身份吗？它又真的能描绘我如今所处的困境吗？

旁人也很难看出奶奶身上历史的重负。她只是一点点在学习，不管是写日记还是书信，不紧不慢地播撒、捡拾……她的缓慢姿态，在无意之中点醒了我：与其把我和奶奶的共同离去说成是"流亡"，不如将它看成"游牧"。与其说我们在捡拾自己的痛苦碎片，不如看成我们在相互捡拾着彼此——在看似幽闭的、个人化的痛苦中，有没有来自父辈递交过来的密匙？

于是，我开始慢慢体会这种身心的"游牧"状态。游牧与流亡的不同之处，就在于这个"捡拾彼此"的动作：流亡是全部的舍弃，是身心全部在真空之中，将自己"束之高阁"；而游牧则包含了当下的身处之地，也包含了历史。它看似抽离，实则没有完全弃绝掉历史，而是在共同获得解放的道路上形成了历史的闭环。随着生存背景的切换，当下的微弱实践，在无意间就像牛羊反复咀嚼牧草一样回望了过去。

同时，游牧意味着在广阔土地之上与人的联结。游牧者手中的牛羊，如同奶奶身上背运的粪水和空缺的情感，我们在观照自身的重负之下又走出自己，同那些"更广阔的自我"相互辨认。当在和他人交往感受到刺痛时，我也常常感念奶奶对我逃离故乡的接纳：我的逃离，是因为残留在故乡的自我尚未长大成人，她敏感且带刺，所以要用盾牌遮挡住自己的伤口和致命弱点。而这一切，都被奶奶所接受，她捡拾起残缺的我的同时，也附带了对我的拷问：那些让你敏感，戳中你伤口的个体，你要去容纳还是避开他们？

我理应遵从她游牧的昭示而选择前者。如果我避开，自我的洞穴也会相应地萎缩，这对无论何种形式的实践来说都是致命的缺陷，也阻碍了我们将自我作为媒介，成为"游牧中的游牧者"：现代意义上游牧民族的引渡人——"萨满"。

如果我们将奶奶，母亲，我这三代的经验勾连起来，可以看到在不同年代对"劳动"的定义下形塑出的不同生命。奶奶包含了最原始，最广阔含义上的劳动，妈妈则体验了时代浪潮从公共到家庭生活的过渡，而我做的则是相较起她们而言最"精英"也最狭义的劳动——智识劳动。这三者的链条，理应形成一个闭环，形成共同的"离去的社群"。作为最后一环的我，应当用这种看起来"无用之用"的工作，以不同的形式，但却是同奶奶在相同意义上嫁接起相异的年代和群体之间的联结。而这一联结的主体也蕴含了原始和现代的双重特征，它像是萨满一样，将自我作为救治的工具，身形在自然界和社会中来回切换。把贴近地面之物作为药引，让伤痛的灵魂重新回到躯体。

大学期间跟同学去看《江湖儿女》，电影里女主角出狱过后没有一人来迎接她：父亲病逝，男友也早就南下。面对一种茫然近乎真空的处境，大多数人早已"社会性死亡"，抑或面对新生活感到无从施展，但女主角的每一个动作都是关乎生存的最贴地的反抗：用矿泉水瓶勾连起与陌生男子的联结，又在最微妙的时刻恰到好处地隐遁；用捡来的鲜花换取路边婚礼的入场券，也用她自身，抑或是女性的共同遭遇骗取了陌生男子的赔偿。这是只有在边缘、在夹缝中生存的我们才能理解的女性的独有实践。

我们理应成为这样的实践者，而成为女性，也意味着将要比这样的实践走得更远。

当时只道是寻常——以三位"知青"祖辈为中心的家族史

北京大学　裴昭远

前　记

在姥姥家中长大的我，发现从小经历饥荒年代留下的本能和经验，让姥爷在面对生活中的一些非常事件时，往往能做出比我们更迅速准确的判断。我产生了一个想法。我要记录下家族的历史，记录下我们祖辈经历过的事情，让这些经验留下来，教育我们，也让我们知道自己究竟出身于一个什么样的家庭，了解我们自己。了解身边祖辈们亲身经历过的历史，是我们的责任之一。

在一次次的家庭聚会中，我采访了很多长辈，留下了录音笔差点存不下的录音。长辈们聚在一起，互相填补记忆中的遗忘的部分，纠正记忆中的错误，还原出了一个大概的家族历史。我又根据录音一点点整理，将家族的历史记录下来。

限于篇幅，我只选取了1950年至1956年出生的三位"知识青年"：我姥姥的弟弟、妹妹和妹夫的故事。

1950年出生的姨姥爷本应1966年初中毕业，是"老三届"的一员，却因为成分问题成不了"红卫兵"；1953年出生的姨姥姥是"老三届"后的第一届，考初中的考试被一张大字报拦腰折断；1956年出生的舅姥爷没能接受完整的小学教育，在学生时代的拉练和毕业后的插队中伤了胃，从事过工人、农民、商人、教师、司机等无数种职业……

他们有梦想，却在宏观的时代压力和微观的家庭压力下被步步紧逼；他们有激情，都开着汽车跑遍了七八十年代的北京城……

在 20 世纪 50 年代至 90 年代的时光中拼搏的他们，绘制了一个北京普通家庭的生活点滴，能让我们从一个侧面，对那段历史有更深刻、更准确的记忆。

一、祖辈的父亲与母亲

我家的先祖，我姥姥的爷爷的爷爷从安徽贩丝绸进京，后在北京立足。我的这位先人经营有方，在北京置办了四合院房产七八处，郊区还有田地。如此大的产业，自然是有家谱传家，只可惜"文革"时被姨姥姥焚毁。好在姨姥姥和舅姥爷在小时候当故事看过家谱，回忆出了家里进京的过程。

正所谓富不过三代，随着一代代的分家和经营不善，家业逐渐败光。传至我姥姥的爷爷的时候，已经只剩几处房产，他以做小工为生并早早过世。他的妻子依靠剩余几处房产的房租过活。周转不济时，便卖掉一处房产渡过难关。时过境迁，便只留下了一处位于德胜门的房产，与三个儿子共居其中。

她的二儿子，便是我姥姥的父亲，我的太姥爷。太姥爷的父亲家业已经败落，他自然更享受不到阔少爷的待遇，自幼便在古玩店学徒。然而1916 年出生的太姥爷，少年时期处在一个军阀混战的年代，有钱有闲摆弄古玩的老爷们不多，古玩行的小伙计们也就难以继续在这行讨饭吃，只好自谋生路。

北洋政府筹办的北京有轨电车公司就成了太姥爷的去处。在那里，他成为一名售票员。1937 年前后经人介绍，娶了一位小他一岁的姑娘为妻，那便是我的太姥姥。

我的太姥姥一辈子操劳。在娘家做姑娘时，母亲身体多病，便一直操持着家务。一日梳头时，母亲向太姥姥说道："别梳头了，收拾一下窗台，等会儿人多了你忙不过来。"太姥姥不解其意，等回过神来才发现，母亲已经撒手人寰，刚刚那话的意思是，自己马上就要走了，因此才会有不少人上门。

太姥爷和太姥姥，拍摄于桃园东里

嫁给太姥爷时，夫妇二人与太姥爷的母亲一起居住。后来太姥爷的母亲周转不灵的次数终于快要追上房产的数量，便直接将儿子儿媳赶出了家门，自己继续吃房租过日子。太姥爷和太姥姥几经辗转后搬到了位于桃园东里的电车公司宿舍。他们在那里一直住到自己生命的终点，我的母亲也是在那里长大。

最初只是售票员的太姥爷，在1949年后成为坐办公室的调度，还担任工会和互助会的干事。太姥爷时常兜里揣着现钱，如果有人有难，不等打报告申请，自己便直接掏钱相助。凭借着自己的勤勉和好人缘，他于1962年被评为北京市先进职工代表，还因此获得去北戴河疗养的机会。

我的太姥姥则一直时运不济，甚至连一份正经的工作都没有。上天似乎并不眷顾这样一个操劳的人，太姥姥打了几份零工，都阴差阳错过了

2021年的桃园东里

转正的机会。她干得最久的一份工作是在果品公司负责挑水果，从 34 岁做到 42 岁，却得到了一个 40 岁以下职工转正的消息，超龄的她不但没能转正，连工作都丢了，只好回家成了街道居委会的主任，调解邻里鸡毛蒜皮的小事。家里络绎不绝地来人，某家的婆婆和媳妇吵架，往往是婆婆先来诉一通苦，指责媳妇诸多不是，第二天媳妇又来说自己的难处。连给无业青年介绍工作，也是她的职责所在。

太姥姥把好的工作都介绍给了别人，没有人会倾向于要一个四五十岁的半老太太，自己只能去永定河做苦力。这份力工的工作即将转正之时，太姥姥却又伤了自己的脚，再次错过了转正的机会。等自己伤好，再干了一段时间，又快能转正之时，尾椎骨再次受伤，又错过了转正。直到街道为方便居民购物设置了一个小卖部，太姥姥才开始代管小卖部，不用拖着自己年过半百的身体去做力工。

在为生计奔波，为家务操劳之余，太姥姥还一直在生育。1939 年，18岁的太姥姥便生下了自己的第一个孩子，我的姥姥。太姥姥一共生下了 8个孩子，有一半意外夭折。我的姨姥姥和舅姥爷，连同姥姥和大舅姥爷，便是我太姥姥八个孩子中活到成年的四个。

太姥姥和太姥爷的四个孩子：大舅姥爷（左一），姥姥（左二），姨姥姥（右二），舅姥爷（右一）

二、祖辈们自述的童年

姨姥姥和舅姥爷只差 3 岁，舅姥爷和自己的大姐（我的姥姥）之间差了 17 岁，而姥姥和太姥姥之间也只差 18 岁而已。年龄的差距，使得我的姨姥姥和舅姥爷更像一个一家四口的核心家庭，而姥姥和大舅姥爷则有一层若有若无的疏离。

1956 年刚刚出生时，舅姥爷就患上了病，家里人一度以为他死了，将他放到了地上。当时只有三岁的姨姥姥蹲在一旁观察着这个弟弟，看见他微微动了一下，赶紧提醒自己的父母，这才将舅姥爷重新捡起，抚养成人。

童年时期的舅姥爷

1958 年，困难时期开始。太姥爷和太姥姥没有足够的时间和精力抚养两个孩子。大舅姥爷此时正在读中学，放学时间较早，便操持着家务。

那时候正处国家经济困难之际，粮食供应比较紧张，计划经济之下，家里也要自己计划，每天做饭都要称量着做，不然很难捱到月底。

奔波操劳的太姥爷要吃一张大饼，同样辛苦的太姥姥要吃一张小饼，嗷嗷待哺的姨姥姥和舅姥爷还要吃一份，自己做饭的大舅姥爷便只能吃一小口。即使这样，粮食还是不够。姨姥姥还记得，自己在某月的 23 日晚上问太姥姥吃什么，太姥姥回答说吃粥。一大锅清水，放很少的米，便是粥了。虽然每个月总会饿上一天，但是相较于其他要扛上几天饥饿的人家，这个桃园东里的小家还过得去。

舅姥爷的学习成绩一般，非常想和同学交好，但是不知道为什么，常常被同学们欺负，难以交到朋友。每次在外打架，不管是打人还是被打，在父母的眼里就是"惹事"，回家又会挨一顿打。直到二十多岁，参加工作之后，舅姥爷给家里做了一个沙发，太

太姥姥和她的三个孩子

姥爷看到后说："你还有点用。"这句话舅姥爷记了一辈子，因为这是舅姥爷第一次得到父亲的肯定。此后，家里的家具很多都是舅姥爷亲手做的。

三年困难时期过去后，国家经济好转，家里也宽裕起来，平时可以吃上大白菜和自己晒的菠菜干，逢年过节还能吃上韭菜炒猪肉。相比之下，姨姥姥未来的丈夫，姨姥爷家里因为人口较多有兄弟姐妹五人，日子就要困难得多。

1950 年出生于河北的姨姥爷比姨姥姥大三岁，不满周岁时就被母亲抱到北京。其时姨姥爷的父亲在北京做学徒织布，出师后自购了一台脚踏织布机，和妻子一起织布贩布为生。

1956 年公私合营、成立合作社时，各家的生产资料必须合伙，姨姥爷家的织布机也被迫上交。合作社只维持了很短的时间，个体户们很快就被分配到了各个单位上班，姨姥爷的父亲被分到了棉织厂。同年成立人民公社时，街道以姨姥爷等兄弟姐妹年龄太小为理由，要求姨姥爷的父亲让出一间平房，名义上是做托儿所，实际上又安排了一户人家。

三、祖辈们的"中学"

1966 年，姨姥姥本应小学毕业，参加升学考试，但没想到老师突然头一天就把卷子发下来了。姨姥姥疑惑道："怎么回事？"老师回答说："今年不考了，回家当习题做。"原来是"文化大革命"爆发了。一夜之间，世界仿佛变了。

姨姥姥看到习题后，觉得最难的应用题都很简单，认为自己肯定能上一个好学校。前一年大院街坊家的闺女考上了女十五中，姨姥姥很想上这样男女分校的学校，一直以此为目标，只可惜考试没了。舅姥爷此时则刚刚小学四年级毕业，两人停课半年，一直在家里待着。

在家的姐弟二人里，年岁稍大的姨姥姥成了太姥姥口里的"当家人"。太姥爷此时是革命委员会副主任，正主任却被抄家带走了。这吓坏了太姥姥，怕抄到自己家时抄出什么东西来，给全家惹祸事，嘱咐姨姥姥将可能连累家里的东西都偷偷烧掉。先祖留下的家谱在此时付之一炬，让我没有看到它的机会。

半年后，姨姥姥被分到了九十中，和姨姥爷成了同学，却还因为差着三届的缘故并不认识。姨姥爷的父亲在工厂工作，却不希望姨姥爷也成为工人，叮嘱他好好学习："你要是到了工厂，关在车间里头，一天八个小时蹲监狱似的。"

在父亲的考虑中，姨姥爷的目标应该是"铁饭碗"的铁路局和邮局，因为这些工作不在室内，可以坐火车或者骑车到处转。父亲的希冀成了姨姥爷的目标。姨姥姥错过了考初中的机会，姨姥爷则错过了初中毕业考技校的机会，铁路局和邮局自然也成了泡影，组织关系只能留在九十中里。这段时期，课业自然就放下了。在学校本身也学不到太多东西，更何况在学校里的时间也不多，经常需要去学工学农，进入工厂劳动，往往一年只能上一个月课。有时冬天凌晨四点要启程出发去学农，也有时是半夜出发。机灵的借口自己有病或者来例假可以跟老师坐车走，老实些的只能徒步几十公里走到大兴。

舅姥爷还经历过好几次拉练负责伙食工作，统筹规划全班 30 多人的伙食，包括做饭用的煤炭等。每个人每月 8 元的伙食费，如何使用全部由舅姥爷负责，另一个男生只负责做饭。炊事班和其他人都要拉练，但是只有炊事班需要背着锅碗瓢盆。到目的地后别人可以休息，炊事班却要生火做饭，因而辛苦很多。舅姥爷在拉练中的经历让他在后来的插队中得以进入食堂工作。

四、未曾"上山下乡"

随着"文化大革命"高潮的结束，"上山下乡"成了中学生们的新热潮。然而，有两个人做出不同的选择，一个是出身农村（北京郊区）的太姥姥，一个是小时候离开农村但常去河北老家的姨姥爷。

太姥姥对自己的孩子看得很紧。大舅姥爷准备去参军的时候，先考虑的是洋气的空军。经过体检等一系列步骤，连军装都领到手了，太姥姥却怕他从天上掉下来，坚决不放大舅姥爷走。后来大舅姥爷又有了当陆军的机会，偷偷去检查身体，合格后拿着军装回家，太姥姥说陆军可以，这才把儿子放走。

而对于姨姥姥，太姥姥则是咬紧牙关，绝不松口。她说农民面朝黄土背朝天，很辛苦，那个累姨姥姥受不了。来家里动员的人吓唬她，说不走就没工作，只能在家待着。太姥姥则对姨姥姥说："我豁出去养你十年，找人家嫁了，我也不让你去！"

姨姥姥则很向往所谓的军事化管理和集体生活。姥姥反对道："那么老远，怎么回家啊？"姨姥姥却说不考虑那个，认为在那里发工资，吃得又很好。军代表来家里介绍过情况，还发了她一身军装，更让她向往，为此常常和太姥姥怄气。

大舅姥爷参军后寄回的照片

学校常常召集同学们开会，宣传上山下乡的好处。姨姥姥从一年级就是旗手，一直当到六年级中队主席，中学当班长，此时经常需要动员同学们上山下乡，自己也想去却又不敢违背太姥姥的意思偷偷溜走，常常为此苦恼。

自己不去，如何拉得下脸动员同学们呢？此时，她的姐夫（我的姥爷）——当时全北京都不多见的大学生——出了个主意。姨姥姥从小就非常容易紧张，即使打酱油，临到她那里都会让她心跳加速。学校会演大合唱时，她往往紧张得一句都唱不出来。姥爷据此让姨姥姥去看病，还嘱咐她当天早上起来不要吃饭。量心率时姨姥姥因为饥饿和紧张心率极高，稳定在120，最终得到了个"心动过速，怀疑甲亢"的诊断。靠着这个单子，姨姥姥有了不走的借口。

绝大多数人都走了之后，姨姥姥在家正常生活了一年半，几乎每天都在玩，这段时间只偶尔去学校一趟开会，开会接着动员，目的地是云南。姨姥姥还是想去，太姥姥说："太远了，坐火车得三天！"后来又说去通县插队，姨姥姥又想去，说这个离着近。太姥姥说："你要是男孩子，我就不拦着。"

太姥姥不是说笑。作为男孩子的舅姥爷就去插队了。从初中毕业后，舅姥爷觉得终于不用考试了，自己解脱了，心里充满着无论想做什么都能做到的自信，插队到了通县种地。一个月后，因为拉练时的炊事班经历，舅姥爷被调到了食堂工作。

与被母亲禁止上山下乡的姨姥姥不同，姨姥爷是自己坚决不肯去上山下乡。从 1966 年开始到 1970 年的五年时间，姨姥爷都在家里待业，有时在学校的安排下，一起参加游行、学习班等各种活动。姨姥爷每年都会回河北老家农村，见过农村的真实景象，他对农村的印象是：一片漆黑，点小煤油灯，起早贪黑；冬天挖大渠掏大粪，夏天割麦子汗流浃背，喝凉水吃窝窝头；农村的水需要从水井里打上米，得混着秸秆和灰尘喝。姨姥爷的父亲也说："离了北京，你就别想找北京！"在北京习惯了一百多个公园和自来水的姨姥爷比起其他同学都更清楚农村的真实情况，因此坚定了不去上山下乡的想法。

在对抗上山下乡的压力之外，姨姥爷在这段时间又开始面对一个熟悉的老对手——饥饿。在家吃闲饭的姨姥爷此时已经不是当初的小孩子，他找到了解决全家粮食问题的方法。——"捡白薯"。

当时农村大都是生产队，秋冬季生产队刨完白薯后，姨姥爷就会冲进地里重新刨一遍地，将较深处的、刨漏的白薯捡回家。一到秋冬季白薯放秧的时候，每天凌晨 5 点，姨姥爷就会裹着破棉袄，怀揣着两张家里烙的小烙饼和啤酒瓶子装的凉水，挂着大麻袋，骑几十公里的自行车到乡下，晚上八九点钟回家时能扛回满满一大麻袋一百一二十斤的白薯。若是能在生产队刨完白薯，允许外人来捡的"头茬"进入白薯地，姨姥爷就能捡到足够的白薯。可若是没能赶上，土地在生产队刨过又经过几拨人的"捡"，实在是不剩什么了，便只能"间接偷"一部分来填肚子。生产队收上来的白薯用麻袋堆在一旁，总会有一个蜷在军大衣里的老头看着。姨姥爷便拉住当地的孩子，从一包七分钱香烟里抽出一根，或者拿一小块水果糖，用这些东西贿赂他们，让这些孩子利用他们本地人可以拿白薯的优势给他偷几块白薯，随后再去别的地方如法炮制。

若是能在生产队刨完白薯，允许外人来捡的"头茬"进入白薯地，姨姥爷就能捡到足够的白薯。姨姥爷每天从家里出发，对各个生产队哪天几点"放茬"、哪里用的是机器收不干净，仿佛脑子里有一张完整的地图一样门清。他每年从十月开始，连续一个多月的时间，凭借这一手"捡白薯"的技能，解决了全家的粮食问题。

到 1971 年，姨姥爷全校上下两千多学生只剩下 58 个因各种原因不去上山下乡的学生，其中就包括姨姥爷和低姨姥爷三届的姨姥姥。

五、祖辈们的工作和爱情

在担惊受怕些许时日后，没有上山下乡的姨姥姥和姨姥爷依旧得到了组织分配的工作。

姨姥姥和姨姥爷由于组织关系同在九十中，作为全校上下两千多人中最后的 58 人被一起分配到了汽车配件工厂。也就是在那时，没有特殊原因，但坚持没有上山下乡的姨姥姥和姨姥爷相识了。

在家里受父母疼爱，在学校招老师喜欢的姨姥姥，在工作时也获得了领导的照顾。其他人都分了机加工、组装等脏活累活，姨姥爷后来被分到了仓库做管理员，姨姥姥则和另一个女孩被分到了楼上的组装调节器的单间，穿着白大褂，有师傅领着，工作不累，环境也好。

一年之后，工厂配了辆货车，领导让她去开车。工厂提供了学费和机会，姨姥姥在驾校花半年时间学会了开车。全工厂只有姨姥姥一个司机，令她颇有"优越感"。

姨姥爷当仓库管理员的时候，姨姥姥的货车就停在姨姥爷工作的仓库里。姨姥爷并不甘于做一个仓库管理员，凭借自己的堂堂相貌和出色的口才，得到了厂长和书记的赏识，从仓库管理员变成了外协销售。当时的农村大队时常派人来城里"趟路子"，找活挣外快，工厂就会把不愿意干的糙活累活都转交给农村大队。姨姥爷作为外协销售，联系的便是这些"业务"，可以到各地"享受"农村大队的招待和馈赠。农村大队为了挣外快，通过各种途径搞来车床，无论什么活都愿意没日没夜地干，还要给司机和业务员各种好处。姨姥爷一直记着父亲的教导，对于工厂工作非常抵触，因此对在 70 年代就能全国各地到处跑业务顺便旅游，非常满意。

跑了一阵子外协后，姨姥爷又开始向往当司机，觉得掌握开车这门技

姨姥姥和姨姥爷，拍摄于桃园东里

术就有了一技傍身，为此又去找厂长软磨硬泡拿到了学车的许可。当时厂中姨姥姥是唯一的司机，姨姥爷常常跟着姨姥姥一起跑业务，学开车。随着姨姥姥买的两张电影票，两人相恋，1977 年结婚。由于姨姥爷的车技是姨姥姥教的，两人的"师徒"关系在厂里成为笑谈。

面对生活上的困难，姨姥爷总有自己的办法。1977 年结婚之前，姨姥爷想给姨姥姥弄到新婚房，想起了自己小时候被街道分走一间平房的往事，决定以此为借口搞到一间新房。然而时过境迁，当时要走那一间平房的领导早就去世了，其他领导不愿意承担自己分外的责任。姨姥爷却准确地判断出这件事不归房产所管，抓住了街道办事处。他很清楚，没有人敢明说不给他解决问题，因为自己结婚要房住的理由是正当的。占住这一点，姨姥爷每天都会跑到街道领导的办公室，要求解决问题，无论怎么推脱都不听，最后终于磨出来了他和姨姥姥的新婚房。

学生时代被考试折磨，插队被农务折腾的舅姥爷最渴望的工作是能够不考试，不下地劳动，还有寒暑假待遇。等到插队结束时，他被分配成为小学体育老师，这完美符合舅姥爷的要求，为此他常常得意道："我是二十四级国家干部！"

1976 年，舅姥爷所在小学的教导主任应去"五七干校"劳动，但其不愿去，因此舅姥爷被推出代替其进入位于天宫院的"五七干校"。"五七干校"的学员都是各个学校的老师，其中有一位精通古诗和音乐的学员勾起了舅姥爷的兴趣。在半年的劳动过程中，舅姥爷学会了大量古诗古文。母亲从小一直生活在太姥姥家里，舅舅带着背古诗的事情一直印在她的脑海中。

1979 年，舅姥爷认为自己没有学历，同时非常希望学一门手艺，也考虑到老师工资太低，因此经大舅姥爷介绍，进入东郊铸造厂成为铸造工人，工资超过了 40 元。

铸造工人只是舅姥爷的一个过渡，他希望借此证明自己有能力养活一个家，并从小学老师的工作中摆脱出来，获得工人身份。1980 年，大舅姥爷又帮舅姥爷找到了通用机械公司新成立的空调销售工作。机械公司后合并为机械研究所，舅姥爷就在机械研究所工作，负责调试，后来又担任通讯员，同时和上游的甲方和下游的乙方接触。

1982 年前后，被派到广东工地的舅姥爷非常上心，一直努力钻研技术。当地的总工程师犯了一个错误，舅姥爷当众指出了这个错误，得罪了总工程师，但自己浑然不知，反而得意扬扬。后来舅姥爷的领导询问舅姥爷怎么得罪那位总工程师了，告诉他被人在背后说了不少坏话，舅姥爷都不明白自己到底因为什么。直到多年后，舅姥爷才回过味来。

身材高大、相貌堂堂的舅姥爷一直没有稳定的对象。直到 1981 年，才在太姥姥的介绍下和舅姥姥相识。

1980 年，舅姥姥还在学车，学车的地点则和太姥姥的小卖部很近，因此经常光顾。太姥姥则用起了当街道主任、调节婆媳关系时锻炼出来的语言能力，旁敲侧击打听出了舅姥姥没有对象。她这时给舅姥姥介绍了自己的儿子，但是隐瞒了这层关系，只说是自己的街坊，家里条件很好，在通用公司上班，还有 1 米 78 的大高个儿。舅姥姥还是有些犹豫，但是太姥姥坚持不懈地推销这个"街坊"。长时间的努力终于打动了舅姥姥，答应出来和舅姥爷见面。

太姥姥将舅姥姥带到了蒲黄榆的一座桥边，和舅姥爷隔桥相望。舅姥爷一眼就认定了舅姥姥是"自己家里人"。两人很快相恋。后因琐事二人吵架，舅姥爷急中不小心说漏了那个介绍对象的"老太太"是自己母亲的事，

舅姥姥这才知道太姥姥和舅姥爷的关系。舅姥姥每次和舅姥爷吵架、不理舅姥爷的时候，舅姥爷就会跑到舅姥姥单位门口守着。舅姥姥下班时看到舅姥爷堆着一脸笑的样子，便也会笑起来，这一篇就算揭过了。

1984 年，舅姥爷和舅姥姥结婚后，夫妻两口子一起住在桃园东里，伺候太姥姥。太姥姥却永远没有闲下来的命，一直是家里的"总指挥"。

舅姥姥

六、祖辈们的父母及子女

太姥姥对舅姥爷的苛刻要求，有些类似皇帝对太子的磨砺。她非常宠爱女儿，却一直认为女儿迟早是要嫁人的，内心深处将小儿子看作自己年

老时的依靠。

然而太姥姥没有享受哪怕一天。

1986 年 9 月 1 日，一直在太姥姥家居住生活的母亲考上了北京大学，这是这个工人大院多少年没有的事情。全家人簇拥着她进了北大，在宿舍安顿下来，太姥姥也去了。但当周末母亲回家时，她的大舅妈却告诉了她一个晴天霹雳的消息——太姥姥走了。

原来太姥爷突然因为脑梗住院，已经操劳了半个世纪的太姥姥奔前忙后，最后一根稻草终于落下。医院里的太姥爷被照顾的无微不至，医院外的太姥姥却被压垮了。舅姥爷将太姥姥背到医院，但是为时已晚，这具受过太多伤，太多苦的身体已经走不下去了。

临终时，太姥姥将一切都托付给了舅姥爷，包括自己多年来攒下的几十块钱，偷偷藏在正房对面小煤屋的墙洞里。老太太省吃俭用，但是一定要有点钱压在手里，无论是丈夫、儿女还是孙女，绝对不能在面上少了一点光彩，绝不向人开口借钱。这点压箱底的积蓄交给儿子时，想必她已经知道自己时日无多。

不知道她有没有想起当初自己的母亲让自己收拾窗台的往事。

1986 年 9 月 6 日，太姥姥病逝，享年 69 岁。

舅姥爷向往开车，渴望有速度有激情的工作。舅姥姥在认识舅姥爷时就正在学开车，与交通队的警察交好，在舅姥姥的帮助下舅姥爷拿到了学车的资格，一边工作一边学车。1986 年，舅姥爷辞去通用机械公司的工作。数月后，又经大舅姥爷介绍进入了天伦服务公司。

1981 年时，姨姥姥工作的零件加工厂合并。90 年代后，姨姥姥不再开车，改去车间干装配工，每天只干晚班，从晚上九、十点钟干到十二点回家，工作效率比同事们都高，依旧受到领导喜爱，一直到 2000 年，姨姥姥退休。

太姥姥去世后，"总指挥"没了，舅姥爷和舅姥姥背负起了家里的一切，包括脑梗的老父亲和刚刚出生九个月的女儿。太姥爷出院后丧失了部分记忆，为了不让他的身体进一步恶化，舅姥爷联合家里人向他隐瞒了太姥姥已经去世的消息。直到太姥爷去世，舅姥爷等人也没有向他挑明太姥姥去世这件事。

但太姥爷始终在寻找老伴。舅姥爷等人骗他说太姥姥住院了，太姥爷就坚持要去医院看望太姥姥，让夹在中间的舅姥爷非常为难，只好一次次编新的谎话。随着时间的流逝，太姥爷可能渐渐糊涂了，更可能是猜到了答案，终于不再追问。

舅姥爷工作的天伦公司是改革开放时期，北京市政协与北京贝迪克集团共同组建成立的。政企分离后，新来的经理打算甩开舅姥爷这些公司的老人们，自己单干。为了保住自己的工作，舅姥爷等人一起到政协交涉，终于惊动了上层领导，此事被迫中止，舅姥爷也得以一直在天伦公司工作到 2004 年，随后开始经营自己的饭店。

姥姥爷和姨姥姥的女儿，我的四表姨，于 1978 年出生，舅姥爷和舅姥姥的女儿，我的小表姨则于 1985 年出生。

我姨姥姥、舅姥爷的子女这一辈，共有姐妹五人，每一位都在各自的领域内干得不错。姨姥姥和姨姥爷的女儿，我的四表姨与四表姨父结婚，生下了我的表妹。小表姨现在在街道工作，就像我太姥姥曾经一样。而与太姥姥不同的是，小表姨的工作是正式的。我的母亲，也是这一辈最年长的大姐，则在大学中结识了我的父亲。

舅姥爷举着小姨

尾　声

1999 年 10 月 4 日，我出生于美国。2000 年 1 月，父母带我回国，我第一次见到了上文中的每一个人，除了太姥姥。

太姥爷一直和舅姥爷生活在一起。由于脑梗，他的语言和行动能力受限，但依旧最宠爱家族中最小的女孩，从姨姥姥开始，到我的母亲，我的四姨，最后是我的小姨。每次被我舅姥爷带到任何一个兄弟姐妹家做客时，临走他总会伸手紧紧抓住自己的大衣，仿佛在说别想把我丢在这里。

在我回国后，我见到了太姥爷，我们一起度过了一个春节和一个元宵节。

2000 年 2 月 23 日，见到了重孙子还偷偷在重孙子手里塞了 50 元钱的太姥爷去世，走的非常安详，享年 84 岁。

我的姥姥和姥爷有两位女儿。他们把大女儿（我的母亲）送到了我的

我和我的姥姥与姥爷，拍摄于回龙观

太姥姥家，二女儿（我的二姨）则在姥姥和姥爷家长大。我的母亲一直在她的姥姥家长大，我则在我的姥姥家长大。那时姥姥和姥爷刚好退休，他们把我养到 4 岁才送回家里。随着年岁渐长，姥姥和姥爷搬到了姨的小区。此后的每个周末，我都会去在姥姥和姥爷家里住两个晚上。

我也因此经常见到我的姨和姨父。姨的工作在我印象里一直和体育有关，2008 年的北京奥运会和 2022 年的冬奥会，她都在第一线工作。因为她，我在 8 岁时就得到了现场看奥运会的机会，在冬奥会时能够和她一起参与工作。姨父则无论是历史、科技还是游戏体育，所有小男孩喜欢的东西他好像都懂。他们没有孩子，因此在我身上倾注了很多的爱。

姥姥、姥爷、姨、姨父和我

每到周末，我常常和小区里的孩子们一起玩。随着孩子们一点点长大，出来玩的孩子越来越少，补习班里的孩子越来越多。等到我的周末逐渐被补习班吞噬时，我见到姥姥姥爷的时间也就越来越少。

2019 年我获得了一笔奖学金，用这笔钱带姥姥去了她想去的莫斯科餐厅，办了一场八十大寿。同年 9 月 12 日，姥姥病逝。她幸运地躲过了新冠，却也让我永远失去了采访她的机会。

我很想念她。

姥爷已经快九十岁了，早已没有带两三岁的我上公园玩时那样敏捷强壮。

我和姨的合影，拍摄于 2022 年北京冬奥会期间的国际转播中心

但是他静静坐在那里时，满头茂密带黑的头发会让你以为时光是不是没有在他身上留下痕迹。

我与姥爷的合照，拍摄于 2021 年

大舅姥爷曾经是家里的大哥，是家里最有路子的人，二舅姥爷和姨姥爷的工作基本都是他介绍的。然而随着岁月的流逝，他不再是那个能够呼风唤雨的老大哥，亲戚们遇到的问题逐渐超出了他的能力范围。大舅姥爷选择了离开这个大家庭。在我有记忆之后，我经常听到长辈们谈起这位大舅姥爷，却再也没有见过这位祖辈，即使是太姥爷的百年冥寿和他的大姐、我的姥姥去世时他也没有出现。

姨姥爷、姨姥姥和舅姥爷、舅姥姥的生活一直都很幸福，他们还在继续书写属于自己的人生。

沣河两岸蓼花深——我的家族轶事

江南大学 王懿睿

一

"一条大河波浪宽，风吹稻花香两岸，我家就在岸上住，听惯了艄公的号子，看惯了船上的白帆。"乔羽先生20世纪50年代曾为电影《上甘岭》创作《我的祖国》一歌，七十年来传唱历久不衰，呈现出无与伦比的生命力。尤其是一条大河波浪宽，总让人遐想：这条大河在哪？长江？黄河？淮河？还是什么河？什么江？

似乎不管哪里的人，记忆中都流淌着一条河，河岸发生的事情与家族生命息息相关，寄托着喜怒哀乐。我下意识认为这首歌就是为淮河而写，为霍邱家乡沣河而写，为河东岸张集和河西岸的坎山刘集而写。稻花是富庶的象征，可对于我的祖辈来说，沣河两岸更多是深深的蓼花。红的，蓝的。

远在3 000多年前的西周时代，古廖国因周文王之子伯廖得名，设在了豫皖交界的固始县、霍邱县境内。随着日月轮回世代变迁，民间以讹传讹，遍地蓼草的廖国变成了蓼国。廖国渐渐被人们遗忘，蓼草蓼花遍地的蓼城却在这片土地上生息繁衍的百姓口中延续。

《诗经·郑风》有诗曰："山有乔松，隰有游龙。""游龙"即蓼花。不用播种，无须施肥，田边地头房前屋后，河边水沟大道小路随处可见。尤其在水边湿地，蓼草根茎粗壮，枝叶繁茂，一簇簇一片片疯长，从夏季开花一直到初冬，红蓝白绿紫各色斑斓争艳。更盛的是红蓼，紫红花蕊粘在像谷穗花棒的茎枝上，原始、贫贱却又充斥着向生的张力。蓼草叶茎是制作酒曲的主要材料，籽可代替粮食蒸煮酿酒。全草又皆可入药，具有消炎止痛、活血化瘀功效。在那个治痢疾没有特效药的年代，拔一把蓼草用水煎服可以缓解病情，救人性命。

蓼的根，深深扎进我家族的血肉。

百年前，城东湖东岸张集王家有个上规模酒坊，生产以高粱为材料的大曲酒，也生产以大麦蓼草籽为原料的低价小曲酒。王老板名王少堂，颇有经营眼光，酒好又不卖高价，压缩成本薄利多销，一时间王家酒坊大曲酒上销到县城，下售到四乡八集，广为乡亲接受，也给家族带来丰厚的收益；城西湖西岸坎山刘集有一家药铺，坐堂把脉的是名扬蓼城的西乡老秀才刘郎中。刘郎中屡屡考功名受挫，索性悬壶，把家门望闻问切的功夫继承下来。尤其是他医者仁心，体恤贫困乡亲，有钱看病吃药，无钱同样吃药看病，很受四乡八集乡邻的尊敬。

张集是河口镇通向县城之路上的大集。六安到霍邱的官道从南向北贯穿街道，湖边码头拾级而上和官道交汇，从空中俯瞰像一个巨大的十字形。王家酒坊紧靠十字路口。北面宅院大门朝街面向西湖，院子有亩把地作为酒糟摊晒场，地面经细石、黄泥和沙混合后用石碾滚压，场地平整而坚硬。院子一角有石磨，用来粉碎做烧酒的粮食和曲坯。院子东部有一排木质结构扶梁扶柱烧房，空间宽大，瓮锅支在一边房屋中间，另一边是两行发酵窖池。窖池是用大块方砖砌成的，下部在地平之下，上口稍高于地面，里面存放正在发酵的高粱和酒曲。南部房间还有几排用于贮存成品酒的大缸，边房则作为存放粮食和酒曲的库房。

酒坊王老板为人豪爽大方，结交了不少江湖朋友。当初酒坊的操办，就是在一位亳州酿酒朋友的指点下开展的。此人云游到霍邱县张集看到当地盛产红穗高粱，河滩又遍地是蓼草，猪不吃，马不嚼，一年年烂在地里倒也可惜，遂建议王少堂开酒坊挣大钱，自己留下来当龙头大师傅。

酒的优劣一看材料，二看工艺，三看酒曲。尤其是酒曲，被称为酒之骨、酒之魂！江淮地区一般在端午节前制曲踩曲，以当地蓼草茎叶为主要材料，按比例添丁香、甘草等中药药材与酒曲菌种混合，再和大麦、小麦、豌豆搅拌均匀蒸煮发酵制作酒曲。制曲是个技术活，工艺和配料对外保密，一般由大师傅和东家掌握。酒曲制作成曲坯后放在通风贮存室堆积码放，根据温度湿度翻凉，让菌种充分发酵，长出微红透白菌丝后就算曲坯制作成功。亳州大师傅采用当时少见的四蒸三酿蒸馏取酒工艺：把打碎后的高粱和酒曲坯放在大铁瓮里蒸煮成糊状后，取料摊晾，待微温时入窖发酵，一般需 40 天左右。高粱和酒曲发酵好后放入大铁瓮加热蒸煮到 70 度以上，经过冷凝，流出来就成了毛酒。第一锅出的毛酒辛辣味重，酒师倒入后面粮食发酿池里催酵。第二、三锅蒸酒酒质好，度数高，蒸馏出的酒全部贮存在大酒缸里。第三锅的酒尾子则单独保管，准备来年作为窖池的催酵酒使用。

靠着酒坊发家，王老板把偌大的王家产业做得风生水起，在张集开有粮店、杂货店、屠宰案子等十余店铺，张集街也在当时被人称为"王家半条街"。

刘家在刘集也是个殷实人家。刘郎中有三子一女，只有女儿学习岐黄之术继承祖业，三个儿子是乡村小知识分子，也算是各有所成。老大刘良珏与人合伙开牛行，粗通文墨精明沉稳，买牛卖牛、租赁担保，算是刘集名人。老二在县城水利部门当差，从事技术工作。老三在学堂读书，后来一辈子在乡村小学教书育人。老先生看病之余兼教女儿扶脉问诊，看中医书，背汤头歌……举家和睦平静，让乡邻们既看重又羡慕。十来间房子在宽敞院子里错落有致。朝西临街是四间铺面房、三间药房和一间杂货铺，药房一角是扶脉问诊的医案，靠墙有一排排小抽屉中药柜，无论何时，空气里都满是令人安心的药香和苦涩。院内有坐北朝南的明三暗五堂屋，东边上首是厨房，厢房东临城西湖，一条小路不远可到岸边码头。所有房屋都是砖头墙基，杉木扶柱支撑屋顶，白石灰抹墙，显得平和整洁。虽说不是高堂大屋，在 20 世纪的安徽六安农村地区也属于好宅子了。

从这时起，蓼的血肉便揉入这两户乡村人家。刘郎中的长子刘良珏是我的曾祖姥爷，他与饱读诗书的曾祖姥姥成亲后生下我的太奶奶刘其珍。王老板的长子王福昌则是我的太爷爷。河东岸的张集王家长子和河西坎山刘集的刘家孙女经双方父母订下娃娃亲，成年后结为秦晋之好。风吹乱了满滩破碎又鲜艳的蓼花。百年间，两个家族历经坎坷，然而蓼草的根还是深深扎下，在这片土地埋首延续。

二

刘家的破碎，是从内开始的。

我的曾祖姥姥——郑家坤，是刘郎中的大儿媳。她是那个时代少有的知识女性，曾在娘家私塾里受蒙读书，遇事很有主见。曾祖姥姥娘家在沣河通向城西湖的码头东面郑家庄，其父为乡间士绅，常为底层百姓伸张正义，受托兼职师爷打官司，被乡邻褒称为郑铁嘴。曾祖姥姥的大哥是第一次国内战争时期县苏维埃赤卫队大队长，不幸被国民党抓捕，宁死不屈，在城关镇南马场高呼"中华苏维埃万岁！"英勇就义。曾祖姥姥的二哥郑瑞生是霍邱县早期革命先导，1930年担任县共产党中心区委书记期间，在郑家老庄召开会议时被国民党军队包围。他临危不惧组织参会人员从庄后围沟凫水突围，单枪匹马从庄前杀出，以必死决心射杀多名敌军后身中数弹壮烈牺牲。爷爷小时候，曾祖姥姥曾教他一首当时红军纪念郑瑞生功绩的诗，可惜年代久远，诗前后段记不得了，只记得中间一节：瑞生见势凶，飞步到堰东。庄前胸中弹，衣裳血染红。

受到这样家庭的感染，曾祖姥姥很是刚毅。

娘家在革命期间被抄家烧光，亲人也相继离世，生活已然苦涩难言。然而更多的苦难在等着曾祖姥姥。国民党地方官吏瞪着眼睛监控她，街坊不怀好意议论她，更要命的是刘家二妯娌仗着其娘家大哥当乡联保主任，堂兄弟是土匪小头目，处处和曾祖姥姥这个"共产婆"作对。刘家是老实人家，上上下下只能是生闷气让着二媳妇。毕竟同锅吃饭一家人哪！

然而，二妯娌却将矛盾愈演愈烈。某天逢集日子，曾祖姥姥正在自家铺面整理货物，一伙人就从街上冲了过来，领头的正是二媳妇娘家的土匪兄弟。他们推开曾祖姥爷，把曾祖姥姥按倒在铺面门槛上，劈头盖脸一顿拳打脚踢，紧跟着棍棒交加要曾祖姥姥的命！殴打声惊动了刘家婆婆。眼看自己大媳妇被这帮恶汉打得没有了声息，她奋不顾身地扑到曾祖姥姥身上……一声哀叫，二媳妇的地痞外甥一棍子把老太太右眼打流血，当即起个肿包，不久后眼睛半瞎，右眼下紫黑色大包伴随老人家终生。事后刘家状告凶手，地方乡公所不管，保甲长又和行凶者蛇鼠一窝，真是有理没法讲，有冤无处申刘家古稀老太奶奶看到儿媳妇被打瞎眼睛，孙媳妇被打成重伤，叫天不灵，叫地不应，几天后竟摸索到药房寻得砒霜，吞服走了。

好端端的刘家一死三伤。外有官匪恶霸，内有骄横之妇，刘家四世同堂的欢乐时光终结，只能分家避祸。

沣河日夜不停地向淮河流淌，稻菽一茬又一茬收割，蓼草一片接一片延续。抗日战争胜利日，刘氏家族又添丁来了小儿子，成了两子四女八口人的大家庭。刘家十年前遭风波被迫分家单过，虽然分灶吃饭，平常用度却也不分彼此，还住在一个院内。抗战期间日子虽然艰难，一家人也算和睦共渡难关。

抗日战争时期，霍邱县没被日寇占领蹂躏，战争破坏较小，农业生产资料相比周边的地县宽裕些。霍邱西乡地势低洼，河流密如蛛网，水草丰美，适合牛的繁育生长。农户见育养成本小，便大量养牛，耕牛存栏数急剧增加。除了自家使用外，剩余耕牛需要外销卖钱，换取生活用品和生产资料。抗战胜利后促使生产恢复，外埠地区对耕牛需求增加，曾祖姥爷的牛行生意得到了恢复。因为曾祖姥爷诚信经商，周边农户乐于拉牛在他的牛行里交易，外县外地牛经济也时常到刘集牛行购买耕牛。

淮河北面颍上县有个牛经济名叫李荣庭，是曾祖姥爷的大客户，经常到刘集牛行贩牛，有时钱没带够把牛赊走，下次贩牛时就会把钱还上，便形成生意老主顾。自从抗战胜利，各地农村加紧恢复农业生产，牛作为耕地畜力一时供不应求。颍上县地处黄淮平原南端，隔淮河就是霍邱县，两县城仅相隔七十多里，往来商贸十分方便。颍上县要恢复农业生产，对耕牛需求大，李荣庭便接二连三到刘集牛行买牛，几次成交下来，双方赚了不少钱。李荣庭最后一次到牛行贩牛牵走，水牛黄牛、公牛母牛、大牛小牛一共四十八头。一时间，牵牛的，赶牛的，看热闹的人吵嚷，鞭子响，牛哞叫……浩浩荡荡排了半里路，乡村很难见到这么大阵仗，乡邻们想：刘家这下要发财了！

牛贩子李荣庭拉走的四十八头牛，属于曾祖姥爷自己的牛仅是小部分，大部分牛都是牛行交易的四乡八集贫困农户所有。李荣庭牵牛走时只付了一部分钱，大部分牛为赊账。由于牛贩子李荣廷是大名鼎鼎的尤荫轩尤司令的亲外甥，与他做生意的知道他有靠山不差钱，加上以往耕牛交易中双方从没有赊账赖钱行为，曾祖姥爷相信了他，让他最后一次牵走四十八头牛。

牛行耕牛被牛贩子拉走后，曾祖姥爷和在牛行交易的农户就开始满怀希望等待李老板送钱；然后一段时间后仍不见其踪影，大伙便担心焦虑起来。这可是各家各户的活命钱啊！卖牛的农户按捺不住纷纷到牛行询问，要牛账。曾祖姥爷开始还解释一下，渐渐巨大的阴影笼上心头，"漂牛账"的担心变成了现实。按照地方行规，从谁的牛行里生意成交，牛行老板按卖牛款比例提取交易费；牛贩子在牛行里把牛牵走，未付款赊账由牛行担保，牛贩子"漂账"要由牛行还款。理是这么约定俗成，曾祖姥爷亦诚信了大半辈子。可关键是家里没有这笔巨款啊！

曾祖姥爷病倒了。

他身体消瘦，家里人口多负担重，这样大的压力把他的身体和精神击垮了。曾祖姥爷多次派人过淮河找李荣庭，开始李还有回话，推脱于兵荒马乱，农民不好种地，牛卖不动，待牛卖了就还钱。随着时间推移，去人便找不到李荣庭了。

怎么办？无奈之下，曾祖姥姥只能带着幼儿亲自过淮河到颍上县去要牛账。她不知道，此去要账出门，还有更大的灾难降临到家里，降临到她女儿头上。

三

刘集街上有名的地痞——二媳妇的小弟周鼎九长大了。他原来是当保长哥哥的跟屁虫，曾经尾随其兄欺负打骂刘家人，做过不少坏事。成年后，在家里父兄、市面官匪两道势力的熏陶下，他成了沣河西岸刘集周边混世小魔王，经常带着本家一帮纨绔子弟横行霸道，为祸四方。刘集邵岗一带老百姓让他们祸害得天怒人怨，却又无可奈何。他们看到刘家因漂牛账破产幸灾乐祸，看到曾祖姥爷生病、曾祖姥姥北上颍上县要账，更感觉机会来了。原来周鼎九一帮人早就觊觎刘家两个待嫁女儿的美貌，无奈刘氏家风淳朴，宅院在集市中心，虽不是深宅大院，但平时院门紧闭，女眷无事不出门，他们平时连面都甚少见到，更不可能得到丝毫机会。

一个月黑风高的夜晚，小街寂静无声，沣河边上芦苇丛中蹿出五个人，影子似的趁黑向刘家宅院摸去。为首的正是周鼎九，紧跟的是他表侄鲁亚洲，其他三人都是窝里坏的几个表亲和外甥。他们溜到刘家院子西南角，攀树跳到宅院里，按照以前踩点到了东厢房两个姑娘的闺房，推开门，却发现床上没睡人。

原来曾祖姥姥临走时不放心，把两个女儿安排到堂屋房间跟奶奶一起睡。周鼎九几人又摸到堂屋，用匕首撬堂屋门，哪知道刘家堂屋两扇门坚固，而且木匠打造时安装有防撬机关，门闩带暗插销。幸亏建房时先见之明，不然后果不堪设想。

这帮家伙贼心不死，继续加大力度撬门，终于惊醒堂屋里奶奶和两个孙女，院子里其他房间睡觉的人也醒了，齐声呐喊呼救。周鼎九五人慌忙打开后院门，向湖边落荒逃去。早上家里人起来，发现临街的药房与家中财物一样没少，只有堂屋卧室窗户上晒的两双鞋不翼而飞，其中一双鞋是曾祖姥姥大女儿刘其珍自己纳的绣花鞋，一双是还没成人的儿子刘其昌的布单鞋。

第二天就有好事者传刘家出事了。还有别有用心者交头接耳：刘家俩姑娘被周鼎九一伙人糟蹋，周鼎九更是恬不知耻拿着偷出的两双鞋炫耀，说他与刘家姑娘如何如何……

刘集街上的谣言很快传到刘郎中的药铺里，老先生差点背过气去。奇耻大辱，脸面何在啊！恰逢儿子生病，媳妇要牛账去了，面对恶意流言，老先生完全没有主意。

去告状找哪个衙门？城关有个国民党县政府，西边安阳山李家圩是共产党霍固县委所在地。两处政权中间地带是拉锯游击区，双方沿城西湖沣河两岸小规模作战不断，早上某个政府办公，晚上就换另一个政府主事了。刘集三十里沣河上游河口镇是巨匪岳葫芦大本营；北面四十里淮河一线是大土匪屠继周的势力范围。刘家洪武三年从滨州枣林庄移民到霍邱，祠堂设在河口镇。刘家一支在坎山刘集生生息息六百年，是繁衍至今的老实本分人家。老先生一辈子悬壶济世，岐黄救人，却没想无妄之灾降临，仿佛于天塌地陷之中。

刘集街上好事者沸沸扬扬传播谣言，二媳妇背靠娘家得意扬扬，周鼎九逍遥法外愈发猖狂无耻……

老郎中气糊涂了，加上古书看得多，想到一个"告状"办法。历史上良臣名将向皇上进谏无果，便采取"尸谏"极端方式求取唤醒君王良知，春秋时的屈原和20世纪30年代张学良、杨虎城俩将军西安"兵谏"概莫如此。老人家糊涂起来，竟然把打赢官司的宝押到孙女身上。事发后俩姑娘一筹莫展，父病母外出，只能待在家里暗自流泪。一天房门被推开，爷爷进来二话不说，趴在地上给大孙女刘其珍磕头，慌得大孙女不迭询问，爷爷您老怎么了？气糊涂了吧！

老太爷涕泪交加哽咽难言：孙女啊！我们刘家老门老户，几辈子都没被人家这么欺负侮辱过。只能靠孙女孝心帮刘家告状打赢官司了。

看到大孙女不解望着自己，老太爷一边流泪一边述说，意思是周家有官府撑腰，有人有钱有势，官司肯定打不过人家。忍气吞声，等于让刘集乡邻认可周家做的坏事，刘家也就没有脸面在刘集住了。现在只有大孙女以命来告"尸状"，以此极端的方式打赢这场官司，扳倒周家，挽回刘家颜面。

太奶奶刘其珍在曾祖姥姥的教育下，有着刚烈性情，知道她爷爷意思后，毫不迟疑对爷爷说：我听你的。

刘郎中转身去药房，太奶奶简单洗漱，穿上平时不穿的新衣对妹妹交代，以后要代她孝顺长辈，爱护弟弟。她又特别叮嘱妹妹，自己死后，官府来人不要验尸官解自己内衣……妹妹痛哭流涕一一应允。

那边药房砒霜毒水用碗端了过来，这边姐姐叮嘱妹妹交代妹妹记下了。

十八岁人生的最后时刻，太奶奶在想什么呢？

万念俱灰的她正端起碗准备仰起脸喝下去。

虚掩的房门推开了，曾祖姥姥风尘仆仆地出现在面前……她愤怒地将药碗摔在地上，对太奶奶讲：我们偏偏不去死，活着看这些坏蛋活不长！

老太爷爷家陷入僵局之中。老人家不是不心疼大孙女，只是古书看得太多，过往经历的事情也多，清官断案戏文故事林林总总入戏太深，好在千钧一发之际，药泼人在，不然刘家就会陷入万劫不复的悲惨世界。曾祖姥爷事后也对老人家讲，大女儿刘其珍已经与王家定了亲，双方测过八字换过喜帖，刘集和张集的人都知道，如果出事怎么向王家交代？亲家公王少堂被日本人害了，当年我答应了这门亲事，他的儿子王福昌长大了，我不能做对不起他的事。

曾祖姥爷一家在刘集住不下去了。一大家子八口人，外有巨额欠账，内有嗷嗷待哺幼儿，怎样活下去是全家面临的大问题。也好在天无绝人之路，河口镇协记盐粮行老板李仲杰来到家里，诚邀曾祖姥爷到他行里当掌柜，而且工钱从优，可谓雪中送炭。李老板和曾祖姥爷交往多年，深知其人品，更看好他的经商之道以及几十年结下的人脉。于是曾祖姥爷先行去河口镇协记盐粮行当掌柜，稍作安顿，不久举家搬到河口镇。

四

张集与刘集隔湖相望，一百多年前的清朝，曾曾祖爷爷从楚国寿春安丰塘畔王家响场移居霍邱县，在张集置业定居下来，延续到我已是第七代。

20 世纪 40 年代，刘集和张集之间的沣河成为城西湖的一部分，借舟楫之利，张集形成临湖商埠，有风帆货船下驶四十里到县城，继续北上三十里就是淮河，上溯二十里是河口镇。河口镇是大别山北麓山水和霍邱南部丘陵地区水系汇集的地方，古时称为"穷水"，流到河口镇涅槃为"沣河"，然后继续向北流淌二十里，到河西坎山刘集和河东张集之间的低洼地带便宽阔起来。那时候沣河宽窄相宜，两岸湿地蓼花茂盛，鸭鹅成群，冲田上稻椒飘香，炊烟袅袅……几百年来，北部泛滥的淮水浩浩荡荡南下，大别山北麓山水携当地雨水聚浸为洪，不甘示弱沿沣水争流北上。两水相撞似千军万马奔腾，往复厮杀；北部黄河和南来的剐水反复缠斗，你来我往逐年蚕食两岸麦地稻田，吞噬庄户人的家园，丘陵高坡削成了冲田，形成的泥沙淤塞了大沟小渠，沣河两岸逐步成为上宽平下窄狭的湿地。沣河成了无定河，在坎山和张集之间左右摇摆，成为汛期为河、枯水为湖的城西湖南半部。

曾祖爷爷名为王少堂。他的老父亲基本上不管家事，还养着小妾吸着鸦片；三弟吃喝嫖赌抽花钱如流水。家里里外外只能靠曾祖爷爷一人支撑。好在曾祖爷爷正当壮年，精力充沛，又有经营头脑，朋友帮助，把王家产业做得风生水起，虽说王家隐藏着危机，偌大家业在曾祖爷爷主持经营下倒也财源广进相安无事。家乡老辈人说曾祖爷爷高个子，身体结实，少年时拜过师学过流行于淮河流域的行意、十路谭腿拳术，青年后江湖武林中人传授一些散打格斗技能，平时三两个人对付不了他。

霍邱县南部是巍峨的大别山，中部是连绵起伏的丘陵，三面环水，当时称得上穷山恶水。尤其是县城西乡一带和河南省接壤，隔淮河就是阜阳，属于三不管辖的灰色地带。天灾水患，活不下去的农民渔夫一部分就被迫为匪，白天种田打鱼，夜间打家劫舍，当地的老百姓苦不堪言。曾祖爷爷乘货运木船，从霍邱往下游淮南、蚌埠大商埠卖稻谷小麦、竹麻棉花、牛羊皮张、鸭鹅猪鬃等土特产；从外埠购五金杂货、洋布丝袜、洋油百货。十余年风来雨往行走江湖，经历大大小小的匪患，一次次有危无险平安归家。

某次他与人合伙雇船从蚌埠进货返霍邱。运货木帆船溯水而上，三百多里水路需行船七八天才能到家。纤夫大多是船工雇的伙计，然而此次其中一个竟是土匪卧底，把船上货物和随船行商底细摸得一清二楚。船行至寿春正阳关附近，七十里就到霍邱县临淮岗码头。船老大和船工都疲惫不堪，对河匪的警惕有所放松，曾祖爷爷却发现了这名可疑的纤夫。原来纤夫都长年累月拉纤干活，皮肤晒成古铜色，一身腰腿腱子肉，唯独这个卧底肌肉松弛，肤色干黄。曾祖爷爷将疑问告诉同行老板，两人一起和船老大商量好对策，船老大对船工讲，东家急着要走卸货，我们今晚上不歇了，连夜走。木船借风力向西方驰去。不久天色昏沉，行到寿春霍邱相交淠河附近，隐隐看到淠河至淮河入口处几只小划子正奋力向货船划来，曾祖爷爷叫船老大升起桅灯，一手揪着土匪卧底脖颈，一手端着"单打一"土枪，对土匪高喊："你们的人被逮住了，想死你就上来！"船老大和众纤夫纷纷拿起船篙和棍棒齐声呐喊助威，土匪们愣住了。

曾祖爷爷对土匪卧底讲："我们不杀你，也不把你送官，大家都有妻儿老小，谁都不容易。你让弟兄们走，我不难为你。"卧底忙向划子船喊："老大！老板是仁义人，俺们回去吧！"众划子在河边停住。曾祖爷爷见好就收，掏出五块银圆给卧底说，你拉了几天纤，就算我王少堂给你工钱，请弟兄们喝酒了。卧底接过钱感谢发誓：从此以后行商路过，报过名号保证其安然无恙。

我还听闻过曾祖爷爷的一次传奇经历。他到西湖西乡收赊账回张集，仗着酒劲，又路近道熟，背上钱褡子就摸黑上路。行走间路边蹿出三个人来，头上扎着蒙脸布，手中大刀在月光下明晃晃瘆人。曾祖爷爷酒醒了，听土匪口音是当地人，随手将钱褡子递出讲："钱都在里面，你们拿去吧！"一个土匪将钱褡子翻了翻，跟另俩土匪说钱不多，三个人商量把曾祖爷爷绑票带走，叫家人拿钱放人。这边两个人拿绳子准备绑人，曾祖爷爷好声好语："我跟你们走不行吗？"两个土匪于是放松了戒备，没想到曾祖爷爷说话间偷偷解开长衫布扣子，慢慢地背过手去。土匪绳子刚挨到胳膊，他便一个箭步跨了出去，挥拳把拿刀土匪打倒，一溜烟跑了。两个土匪拽着曾祖爷爷的蓝灰长衫发呆……原来曾祖爷爷把钱放在练武裤腰带里，有惊无险丢了一件长衫，人财两在。事后，曾祖爷爷提起这件险事，总是朗声大笑。

这样的幸运能保持下去吗？

曾祖爷爷经营家族产业兴旺的时候，日本帝国主义侵华战争全面爆发，日军侵占了淮南煤矿，占了寿县，占了距霍邱 40 公里路的正阳关古镇。中华民族处在危难之中，蓼城处在抗战第一线，张集的繁荣结束了。

霍邱县三面环水，一面是山，军事上被称为死地。1932 年 5 月，鄂豫皖根据地 25 军长邝继勋率领军部及独立团在霍邱红军独立团配合下占领霍邱县城，成立县苏维埃红色政权。2 个月后国民党军队徐庭瑶部和地方保安旅三万余人包围霍邱县城，攻城战中，红 25 军伤亡千余人，被敌人俘虏千余人。在负重伤邝继勋军长军部警卫人员冒死保卫下从水路突围外，几乎全军覆没。1932 年 2 月，侵华日军占领江淮战略城市蚌埠，6 月占领淮南，随之占领寿县正阳关，日军继续西进占领豫东固始县西蓼城，淮河域中游战略要地悉数被日军占领，就像一道闸门关住淮河往来货运的通道。日军唯独不染指霍邱县，他们担心进得去，出不来。

霍邱县成为战争孤岛，货运受阻百业凋零，曾祖爷爷的生意大厦将倾。他是老大，长门长孙，没有人分担他肩上的担子。一大家人享受惯了，吃大烟的继续吞云吐雾，养外宅的继续醉生梦死，家族里五个孩子不能让过苦日子吧？思索后，他决定冒险到刚被日军占领的淮南去做禽类和鸡蛋生意，看看有什么家乡需要的商品带回来。曾祖奶奶劝他，外面兵荒马乱的，不让他走。他有些自信，这么多年危险不少不都过去了。不正是富贵险中求吗！

这一走，一分别，没承想却再未归家。

曾祖爷爷乘木船带家禽和鸡蛋离开张集，沿沣河经临淮到寿县正阳关稍作停留，到达淮南中心田家奄后就杳无音讯。曾祖奶奶整日哭泣，王氏族中无强势男丁主持出头或派人去淮南寻人，应了那句："十四万人齐解甲，更无一人是男儿。"

然而不久家中便来了一位不速之客。来人是城关天主教堂的佣人，带回曾祖爷爷王少堂的一封信。信是在香烟纸背面写的，大意是：此次凶多吉少，家中之事只能靠二弟，父亲妻儿老小全凭照料，切切！哥字。通过带信人全家才知道曾祖爷爷的情况：因他戴礼帽穿件灰长衫，加上身材高大显眼，从田家庵码头上岸就被伪军盯上，被汉奸以八路军身份为由抓住送到日本军驻地。不管曾祖爷爷辩白解释，就皮开肉绽打一顿，然后关押起来。

当时日军仅在淮南和寿县少量驻军，周边国民党主要是桂系部队，还有彭雪枫新四军 6 支队。这两支部队都是穿青灰色军服，曾祖爷爷恰巧穿的同一材质青灰长衫。在日军大牢里，白天拷打审问，每天夜晚都捆人出去不见踪影，难友们知道出去的人都被杀害了。曾祖爷爷看到淮南教堂出面给送信人担保，估计此人有可能活命脱险，只能千恩万谢拜托他代自己送绝命信了。

后来关于曾祖爷爷王少堂有几种传说，一是在日军狱中被狼狗咬死吃掉，二是被装在麻袋里扔到淮河淹死，三是被救出投八路了。第三种说法让人充满希望，1949 年共产党淮海战役胜利，大军南下路过霍邱县时，曾祖奶奶每天都搬个凳子坐在路旁，看队伍里有没有……

五

河西岸刘家因漂牛账破产，河东岸王家更可以用家徒四壁形容。曾祖奶奶长年以泪洗面，无心做事也不会做事，带一儿俩女变卖家产艰难生活，到所有财产卖得快没有时候，儿子王福昌从十二岁长成二十岁的小伙子。王福昌记得当其他孩子们戴着瓜皮小帽穿着布扣子对襟衣上学时，他穿着父亲从蚌埠四马路进货捎带的斜纹卡其布制服让同学们眼馋。隔坊四邻的女人们夸张地讲，王福昌是含着金钥匙到王家来的。然而这一切随着1938年的秋天到来消失得一干二净。

那些灰暗的日子，一家人围着母亲撕心裂肺痛哭的日子。他知道，父亲回不来了，他永远地失去了保护自己过好日子的父亲，他得适应以后的日子，适应经常饿肚子的生活。到家里一无所有的时候，他已经十五六岁，尝试着从农村收购鸡蛋，用筐子装上船到县城去买，过上了半饥半饱的生活。或许是曾祖爷爷的影响刻入骨血，通过一段时间生意磨炼，太爷爷王福昌竟也攒下了一点钱，想走家里的老路子到淮河下游蚌埠买进贩出。他铆足劲准备一些土特产从张集上船到淮河，正当船下行到正阳关处，突然间淮河禁航，原来是国共两党打仗正酣。等把土特产在淮河边抛售，付过货运船费，连本钱都不够。这时候，他终于意识到，个人在时局面前是多么的渺小。

然而无论时局是多么的动荡变迁，蓼花蓼草总还是一年年生长。

太爷爷的远房小叔带信，说可以给他在天长县补缺找个差事，他立马辗转赶去。天长县抗战结束后省府任命县长是霍邱县人，带着一帮老乡走马上任，太爷爷的叔叔也在其中，谋个类似于副乡长的官，给太爷爷找了个看门、接受信件干杂事名曰文书的闲差。没想到几个月的工作后，一分钱薪水都没拿到——原来全被远房小叔以帮忙存钱为由扣走了。又一天乡政府上面来人吆三喝六，恰巧乡政府没人主事，便逮到太爷爷训斥，太爷爷憋着火气没处撒，狠狠打了上级几个耳光，背起行囊离开了天长县。

太爷爷身无分文，沿路先卖被褥，再卖行李、雨伞等杂物，没钱住店吃饭。等脚踏上家乡地界，已是饥肠辘辘，用剩下一把手电筒换了一顿饭，摸黑走了七十多里旱路，光身净人到家。太爷爷本想勤苦干几年把生意做起来，扭转家庭颓势，把苦日子改善，攒到钱把父亲给自己订的娃娃亲姑娘娶回家。可叹人算不如天算，做生意失败，到外地谋职铩羽而归，不但没有掘得第一桶金，反而把自己弄得焦头烂额。怎样找个吃上饭的营生是他的当务之急。环顾他小时同学以及当时盛行结拜的老八弟，没有一个能自力其食地结婚生子自撑门户的。

在那个动乱的社会，连年外战内战，官府横征暴敛，土匪遍地，商贾不通，百业凋零，是当时中国社会的普遍状况，底层老百姓改变不了，中层商埠知识分子改变不了，甚至小地主民族资产阶级也改变不了。

生存怎么这样难啊！

刘家被漂牛账破产的事太爷爷听说了，刘家搬家到河口镇他也知道。张集街上官道往南二十里就是河口镇，有一次鼓足勇气想去探望未来的老泰山，可到了门口却因囊中羞涩没好意思入门。他听传言讲未过门的媳妇是个出疹子造成的水白麻脸，不知真假，也想偷偷探个明白……四十年代中期的张集水旱码头商贸繁荣随着战乱、灾荒、匪患而萎缩，老百姓日子艰难，整日劳作不能果腹，只能挣扎着熬日子。太爷爷困在家里无所事事，眼前没有任何出路，对自己的亲事是想都不能想。

搬到河口的刘家也在考虑。太奶奶刘其珍当时已经十九岁，王家为啥没有动静呢？太奶奶心里更是苦涩，家中唯独自己没有学上，整日宅在家照顾弟妹，学做针线活补贴家用。做饭烧菜擀面条蒸馍已经样样精通，纳鞋底做棉袄棉裤更是母亲的好帮手。未来的夫君到底是个啥样子？

还是太爷爷的大姑看到娘家侄子的窘境，到张集出钱让太爷爷置办几件衣裳、被褥和礼物礼金，太爷爷才得以去刘家提亲。

朝思暮想的两人见面，终于放下心来，一个不是水白麻子，一个不是纨绔子弟。

太奶奶怎样嫁到王家的，我现在无从知道，仅听爷爷讲过两件事。一件事是太爷爷到刘家拜见岳父岳母，很令刘家意外。中饭时曾祖姥爷因生意事外出，刘家年仅 12 岁的男丁刘其昌作陪。吃饭间，家人不时喊"其昌！其昌！"意思是注意分寸，不要光顾着吃菜而忘了礼数。惹得其昌性起，大喊："我知道了！"另一件事是太爷爷把太奶奶娶到张集入"洞房"，婚床上表面像模像样，哪知晚上睡觉时却塌了。原来床板是用麻楷杆铺的，一个人尚可，两个人的重量就把麻楷杆压断了。

太奶奶居然笑了起来！

六

刘家搬到河口镇以后，生活稍微安定下来。何老板的盐粮生意是河口镇几家合资入股商行，是当地规模较大的盐粮行。曾祖姥爷在行里当掌柜后，盐粮生意兴旺起来，其中有他的经营和人脉起作用，主要的还是当时的动乱时势环境造成的。

20 世纪 40 年代末期，淮河两岸国共两军正在酝酿着淮海大决战。淮河南以大别山北部山岳丘陵地区国共双方你来我往呈拉锯状态。霍邱县境内有共产党霍固县大队、国民党保安团、大小股土匪三方面武装。兵荒马乱，大家小户都储粮存盐以备战乱急需，一时盐粮价钱直线上升。巨匪岳葫芦在河口镇有内线据点，将其老婆安置在一处小院内。曾祖姥姥的两位哥哥三十年代被国民党杀害，曾祖姥姥在坎山刘集被乡保长和婆家弟媳称为"共产婆"。哪怕受尽欺负，她依然本能认为共产党好，国民党和土匪坏，所以心里向着共产党，影响到曾祖姥爷暗中多次帮助共产党。

河口镇处于霍邱县中部交通中心，城西湖沣河入口，地理位置重要，是三方面争夺要点。霍固县委刚成立时，武装力量还不太强，想占领河口镇，切断县城与六安交通便显得力不从心，只能筹集一部分战略物资后撤退。盐是一种重要物资，曾祖姥爷利用掌柜身份，暗中把淮盐筹备好让部队提走，而且价格优惠，协记盐粮行暗中支持解放军部队，逐步得到部队的信任。一次敌人力量强于我军，部队紧急撤退，有些重要物资不方便携带，部队领导委托曾祖姥爷老两口把东西隐藏起来。曾祖姥爷搬来木梯把物资搬到租住房子的阁楼上去，然后把梯子移走。家人担惊受怕保管半年多，他们知道岳葫芦的残忍，一旦被发现后果不堪设想。半年后霍邱县全境解放，部队的同志前来取回物资，燃放鞭炮向街坊四邻宣传感谢这两位革命基层群众。物资提走后，曾祖姥爷和姥姥才知道所保管的原来是部队的电台和通信设备。

太爷爷婚后在张集依靠卖菜的微少收入勉强过日子，根本无法生活下去。看到女婿的困难，老泰山利用人脉在河口街上给太爷爷谋了个小商铺掌柜的差事，把女儿接回娘家共同生活。曾祖姥爷老两口胸怀宽广，认人也准。通过与共产党部队以及工作人员接触，他们相信老百姓的日子终究会安定下来。

当时的河口镇是土匪岳葫芦的地盘，为了维持他的长期盘踞，采取"兔子不吃窝边草"的土匪习惯，除了强迫农户交粮、商人交钱以外，一时和群众相安无事。1947年秋天，霍固县委共产党武装奔袭河口镇，岳岐山猝不及防被打败，带着一帮匪众乘船沿沣河向县城逃去。城关有国民党县保安团，霍固县武装担心两股力量合为一体便没有追击。解放军在河口镇短期驻扎转移后，岳匪又杀回镇上，为再次立威，就随便抓了个商铺老板，说他私通八路要枪毙。街上商铺看同行遭殃，纷纷相约为此人作保，并且在担保书签字画押，太爷爷也随大流签了字。可担保书交给"岳团长"后，不仅众匪杀了商铺老板游街示众，更是把签了担保书的众人齐齐绑走，扬言要严惩包庇之人。

那时土匪杀人如麻，杀个人像捏死个蚂蚁，众商家眷属惊恐万状，急忙求见多识广的曾祖姥爷想办法。曾祖姥爷考虑岳匪抓众人是虚张声势，目的还是图财，便吩咐曾祖姥姥几个家眷带着礼物和钱财去拜见岳葫芦的妻子讲情。众人簇拥着曾祖姥姥来到街上不远处的岳家宅院，送上礼物呈上钱财，左一个团长娘子，又一个团长夫人，恭维着把岳妻说动，劝说岳葫芦把所抓众商贩放了出来。岳葫芦见杀鸡儆猴的目的已然达到，便顺水推舟下令释放众担保商人，太爷爷有惊无险出来，太奶奶受此惊吓惶恐许多日子。

七

1949 年 1 月霍邱县全境解放，2 月份撤销霍固县，恢复霍邱县行政全地域管理。爷爷于 1948 年末在河口镇出世，于王家是长门长孙，于刘家是长外孙，全家都十分欢喜。出生在新社会到来前的黎明，曾祖姥姥便给外孙取名王建中。

曾祖姥姥的平凡的身躯里有一颗革命的心。虽说是乡村家庭妇女，整日被柴米油盐酱醋茶琐事环绕，可稍微有点机会，革命基因就会萌芽开花。曾祖姥姥考虑到大女婿就在家里，何不动员他参加共产党队伍，跟着解放军打江山呢？曾祖姥爷支持曾祖姥姥的想法，却担心女儿不让新婚丈夫去，也担心女婿怕危险不愿意去。

霍邱县是新解放区，境内国民党残余力量蠢蠢欲动，大小土匪多如牛毛，当时参加工作确实是件危险的事情。潜伏着的国民党残军和特务、大土匪屠继周与凌致和、县境南部土匪岳岐山等势力数次发起暴乱杀害地方政府人员和革命群众，其中距离河口镇 18 里的长集区，被特务土匪杀害的工作人员和战士就有 23 名之多。

太爷爷能在 1949 年 3 月那个极其动乱的情况下参加革命，不是岳父岳母动员是不可能的。他虽是大个子，胆子却小，生活刚刚开始安稳，结了婚有了家，有了儿子，勉强能生活下去。在土匪攻城、四处暴乱的情况下参加不发薪资的八路军，他原本想都不会想。可刘家在败家破产的困难情况下把女儿嫁给他，并收留他全家，他打心底里把岳父岳母当作亲父母，对于父母亲的话，他有一百个理由相信，虽一开始有所犹豫，却还是义无反顾地参加了革命工作。

太爷爷参加工作当天，队长发了一支老套筒步枪和几粒子弹，带着他背上被子就出发了。第二天早上，到了共区，几人一伙分散到市集乡村工作，下午三点左右工作人员开始集中，汇报工作。时隔不久，军队发了两套粗布军装。再后，随着国民党残军和土匪被消灭，基层政权稳定，每人发了块把钱津贴买日用品。又过了一段时间，组织给有家小的工作人员发粮食补贴家里，从开始五十斤慢慢地涨到一百斤，甚至过年时发了五百斤。几百斤粮食今日看不值钱，在四十年代可是笔大收入，可以解决一家人几个月的吃饭问题。

1920年，毛主席在《湘江评论》创刊词中写道：世界什么问题最大？吃饭问题最大！吃不上饭的人们才能理解主席的英明论断啊！

太爷爷参加革命，太奶奶很是支持。唯一反对的是曾祖奶奶，她拐着小脚艰难走了二十里路到河口镇，向亲家讨要儿子，怕唯一的儿子出意外。然而随着中华人民共和国成立，霍邱县反动残余武装和土匪消灭，霍邱人民政权终于得以稳定。尤其是给太爷爷的工属粮食补贴发到两家里，解决她吃饭问题，老人家不得不佩服亲家高瞻远瞩的选择。

八

穷水年复一年地从大别山北麓向北流淌，千转百回到河口成了沣河，流着流着又成了沣湖，延续了城西湖的南半部生命。一粒稻谷撒下地，孕育成苗，扬花、灌浆、结果，一茬茬收获。我的祖辈在沣河岸边如同蓼草蓼花一般，只要有土地，不论贫瘠干旱还是低洼盐碱，年年复生，花茂叶繁，开花结果。

在家族的历史上，是两位大地之母般的女性撑起了一方天地。

曾祖姥姥生于平凡，长于卑微，却在风刀霜剑的年月里顽强生存，开出革命的血红的蓼花。她如同其他农村妇女一样，孝敬公婆、相夫教子，为每日的三餐忙碌；她又在平凡中伟大，用行动继承哥哥的遗志，以弱小身躯反抗国民党保甲制度压迫和土匪恶势力的欺负。她是一个普通群众，却冒险为共产党办事，动员两个女婿在新中国成立前的危险环境中参加革命，建国初期又送两个子女参加公安和税务工作，做出了别人做不出来的事情。

太奶奶则应了"春蚕到死丝方尽，蜡炬成灰泪始干"一诗，在那个尚不安稳的年代，尽全力为家庭的延续做贡献。她像沣河两岸无人问津的蓼草一样默默长大，没有人注意她，在意她。然而娘家需要她用生命换取尊严时，她从容应允，毫不犹豫赴汤蹈火；出嫁到婆家后，又凭借强大韧劲做好后方工作，支持丈夫加入解放军，把五个子女养育成材。她习惯了坚韧与奉献，以至于做太爷爷单位酒专处家属零时工时，居然被评为模范，被领导拉上台首次在大庭广众之下讲话。她心灵手巧，针线活更是到出神入化的程度，几乎所有的亲戚小孩的棉衣都是她做的。她给爷爷做的平面绒棉鞋，爷爷冬天舍不得穿，只舍得过春节时穿几天，然后像宝贝一样保管起来。现在鞋在人不在，留给家人无限思念。

历史一页一页翻过去，人也一茬一茬老去。王刘两个家族的先人逐步走到他们最后的家。王家在鼎盛时在张集北砖洪桥庙庄买一块茔地，已经一百多年了，地势形如满弓，北为坡地村庄，南水渠涓涓细流，西为乡村直道，东为阡陌稻田，堪舆形象为流水小财势。茔厝首先安葬的是不知名一代高祖和高祖奶奶，依次为一辈辈。唯一没有进入老坟地的是我的曾祖爷爷王少堂，他是一个传奇人物，可惜最后在日本侵略战争中留下一封绝命信，客死他乡。刘家茔地在邵岗乡和白莲乡之间沣西河畔，墓地冲田东西北三面环绕，曾祖姥爷姥姥安息在形如莲花厝地里。

爷爷和爸爸如今把老坟地修好，爷爷说：老了，最后一次为家族效力了。

沣河水不会老，土地不会老。在这片迭代的土地上，到处都有蓼草的力量。

淮河说

上海交通大学　吴　奕

一、桥

　　蚌埠市是华东铁路从新中国成立以来到 21 世纪初的重要中转站。蚌埠也是依着水的，它像是淮河私有的珍珠——在我小时候蚌埠还是产珍珠的，到我离开的时候就不再有了。蚌埠市的最北边是淮上区，小时候坐大巴车总会经过那里。是蚌埠在淮河上面还是淮河在蚌埠上面呢？——六岁的我看着大巴外的白杨从 104 国道匆匆闪过，总是萌生这样不明所以的想法。大巴车往北开，就到了五河县——那里是母亲的家。过了分洪闸就可以看见远处的浍河与淮河交错，淮河的颈部有一座不那么融洽的水泥公路桥——沟通城关镇的港口浅浅的黄沙和远方的荒芜，每次回家的第二天会经过那里——是向荒芜的那边去的。外公在我一岁那年去世，一年以后外婆也离开了，我对他们的印象除了卷着页脚的泛黄相册，就是从小回家总要去探望的墓碑，有时候是有海棠花装饰的——外公和外婆都喜欢海棠花。墓碑坐落在望淮岭，顾名思义，是能看得见淮河的地方。

　　外公和外婆在 1933 年出生，他们都有着传统又好听的名字，母亲出生的时候，外公已经 41 岁、外婆也已经 40 岁了。母亲是家里最小的第四个孩子，也是第三个女儿。她记忆中外婆就是中年妇女的样子——麻利地工作、辛劳地照顾孩子们，有时候最小的两个孩子抢食或是打架她总要嗔怪地骂。"你外公更加疼我"，母亲这么说，但是她有时候也会落泪，当她回想起小时候喜欢生病，"家里没钱买糖、更没钱买苹果给我，我最喜欢吃好吃的，吃一块苹果就退烧了。我妈就去面粉厂值夜班，看仓库可以获得一顿很好的夜宵——作为给工人的补偿的——她一口都不吃，打包带回家来喂我"。

外公是在"文化大革命"中受了苦的人，所以在母亲出生后，他在家便是寡言的——他也不常在家，在他回到水利局工作之后大大小小的工程等着他去走访——之前说过蚌埠是在淮河上的，在他去检察院工作以后，又要时常去北京，十年留下了太多的冤假错案需要平反，能从事这样的工作他很骄傲。

母亲不了解外公，或许只有"文化大革命"前出生的大姨是真正了解他的——了解他还是一个大方、外向、总有充足干劲工作的青年共产党员的时候是什么样子。"他喜欢喝酒、喜欢抽烟。"母亲说，"平时在家里他就背着手，也不睡觉或是坐下来，只看着窗户自己踱步——等着你外婆催他吃饭。但是等到我们几个比较小的孩子从学校回来，他总要在门口看着我们背着军绿色的单肩包一蹦一跳的人影渐渐靠近，再近些他就伸手把我们抱起来——他很喜欢小孩子——胡茬把我们扎得生疼，但是手心里会多一块水果糖，'别告诉你妈妈哦'，他会蹲下来和我们说。"

外婆是普通的工人，她的离世是突然的，毫无征兆，没经过外公那般痛苦的衰老过程，以至于她清醒地看着外公渐渐老去。外公的晚年在阿兹海默病中度过，他不能够记得母亲的名字，但是他知道这是他的女儿，他会笑嘻嘻地问母亲考上大学了没有——尽管母亲那时候已经工作了，他还会突然说要到国防路的工地去——那是淮河大桥的工地，外婆嗔怪他又忘了时间，他总要说干部也应该在一线的，这是国家下来的任务。

"那天放了我听过的最多的鞭炮。"大姨说，"而且还放了烟花，那个年代是不常放烟花的。小学生和初中生挥舞着纱巾或是彩带从主席台前走过，桥的两侧是一排排的人——有一中的学生、中医院的医生和报社的记者，也有普通的工人，甚至还有从红旗影剧院放下电影赶来的年轻情侣。"

人群簇拥的中央——几辆二八大杠自行车边上，同事们和外公早早等在那里，那是淮河上的第一座桥。

后来我和朋友提及我的外公，总会提到这座桥。安徽人对淮河的情感，就像是孩子对于母亲的情感，是从容和畏惧却又添了那么多依赖。大禹的妻子涂山氏就在蚌埠出生，三过家门而不入的想必也正是淮河，浩浩汤汤四千年，淮河带给沿线的人"走千走万，不如淮河两岸"的满足，却又带来多少喜怒无常、生命轮转的悲离——我们从没有征服过淮河。可真的有一天像是告慰的，淮河上真的架起一座大桥——它不是大禹建的，也不属于欧阳修或是李鸿章，他是我的外公、工程师和工人们建起来的——它是淮河上的第一座桥。

几辆红旗车缓缓穿过人群，三个外国人从车里下来——还有中国的时任水利部官员们，他们一一同现场的干部与劳动人民握手。六月的江南正是炎热的时候，阿尔巴尼亚的国家交通局局长汗流浃背却很兴奋，他是来参观淮河大桥的。

多亏了这次参观，在那个物资稀缺的年代为这样一个对大多数人而言名不见经传的普通水泥公路桥留下了建成时的照片：伏旱季节酷热的太阳倾斜着洒向桥面的南半边，一道阴影也就这样轻巧却炽热地飘荡在淮河的波纹之中——这是从未有过的，纱巾队、彩带队的孩子们有的踮脚、有的钻向人群中，好奇观察外国客人的容貌——这也是从未有过的，外公和他的同事们站在桥头，挂着大红花、毛主席和华主席像的地方。相片中桥头的横幅是"以钢治国，继续革命"，黄昏的阳光被劳动者——不论是干部、学生、医生还是工人的帽檐、纱巾、口罩和汗巾遮住，恍惚间分辨不出黝黑却充满希冀的脸，迟到的夏季风轻轻吹起绿色军装的衣角、红花下的飘带和《永不消逝的电波》的副券。

他们一定都笑着——灿烂而充满希冀地笑着——那是淮河上的第一座桥——那是 1977 年的 6 月 21 日。

外公和外婆都有着传统又好听的名字，请允许我在这里特意强调这句话，以免哪一天在我离开以后不再有人记得这些曾发生过的平凡却伟大的故事。外公名叫大志，外婆叫恒英，是安徽省灵璧县人。

二、入海去

淮河从没有发过这样的大水——是母亲高考的那一年。那年的作文题是《圆》，漫长的雨季也许记得那天，那个打着红色雨伞的女生走向考场的最后一排，雨滴打湿了墙壁和她的素白长裙——墙上的深绿更凝重一些、裙子也显得紧张起来。那个女生在洪水淹没厂房的时候收到了成绩单，她在昏黄的钨丝灯泡下哭泣着决定复读，留下父亲抽烟的沉默和母亲少有的寡言。

那是 1991 年的夏天。

好在第二年的春天水稻按时播种，小麦也没迟到地发了芽，后来海棠花开了，母亲也第一次离开家，到赭山和镜湖边去，那里有一所美丽的师范大学。

她去读计算机，尽管她不知道计算机是什么，但是它分数很高——不了解的时候分数更高就是更好的。这都是我出生前的故事——那是 1992 年人们对计算机的认识。

"别看我现在这样，当时我的离散数学考了 96 分。"母亲总是自嘲。母亲的成绩还算不错，毕业后分配做老师，总算是有了安定的生活。她也又回到淮河边来了——长江或许太宽阔、水也太浑浊了些，不过她是在蚌埠市里工作，在那里她认识了我的父亲。那时候五百公里外的上海浦东新区已经开始开发开放，蚌埠市的小小世界中五蚌公路也已经建成，回五河再不用走淮河大桥了。我的父母 24 岁结婚，29 岁时候我才出生，在那属于他们二人的时间里，他们读书、工作、做疯狂的事情——沿着淮河在清晨朦胧的薄雾里坐船一路向西，到了霍邱县下船。是大别山的窗户，他们从那里辗转到金寨县去，那是父亲的家乡。

蚌埠虽然不是大城市，但对于来自县城和农村的年轻人来说已经过分昂贵——年轻教师微薄的收入和亚洲经济危机带来的通货膨胀让我的父母处境雪上加霜，"当时我们学校的工资已经算好的，因为是财经类院校，一个月是 240 元，另有 15 元的补贴"。

父亲突然远走上海去上海交通大学读书让他们不得不面对长期的分离，在他短暂地回到安徽之后我出生，我们家的经济情况雪上加霜。紧接着外公外婆相继去世，母亲一直很是憔悴。直到我读初中才明白当时我的从汇金百货寄回的玩具与进口的奶粉对他们意味着什么，"一罐奶粉是我们半个月的工资，那时候真穷"。父亲在 2004 年到上海一所很好的高校任职，是当时相关领域最热门的年轻学者，学校公派他到澳门和加拿大访问，"去澳门三个月给了一万澳币，我每天吃麦当劳的优惠套餐，最后带回来六千澳币；去加拿大一年是三千加元，我省下一千寄回来"。与此同时，母亲带着我在不大的蚌埠生活，她早上坐超市的免费班车去老校区，因为一堂课的课时费只有 2 元钱。

淮河的尽头本来是海。

六岁时候我和母亲离开蚌埠，我们坐在下午两点的 K17 次列车二等座靠窗的位置。彼时的蚌埠市郊还是一片荒野，我们驶过淮河，看着两边的白杨树、梯田与小丘，就这样作别。远方还可以看见财经大学的教学楼——有十三层高，是我从小以为世界上最高的建筑。我问母亲"蚌埠为什么叫蚌埠"，"因为蚌埠是产珍珠的地方"。"可惜现在早没有啦"，隔壁座的中年男人插嘴，"那淮河为什么叫淮河呢"，母亲没有回答，她的 MP3 在播费翔的《故乡的云》。

我们晚上九点在上海站下车，然后乘了二号线、又乘了出租车。母亲拎着一个比她还大几倍的行李箱——那里装着我们全部的家当，我背着我的小书包——里面是我的幼儿园毕业证书，上面有全班同学的留言。母亲在二号线上昏昏欲睡，我不停地叫醒她叽叽喳喳，那是我第一次坐轻轨——窗外有好多超过十三层的楼。

坐在出租车的后排，疲惫的母亲终于睡着了，我被前排头枕上播放广告的显示屏吸引——原来上海的出租车是这样的。

那天晚上我们和父亲在家里吃了三盘水饺，母亲没有洗澡便睡了，我在新家的南窗眺望黄浦江边的田野——那时候闵行区大片还是荒芜。父亲走到我的背后轻抚我的头发，我和他说坐地铁真开心，他说他也很开心。那天以后他的三餐再不是沙县小吃最便宜的雪菜肉丝面。

那是 2009 年的 7 月 4 日。

三、回家

我并不常回蚌埠。

少年时候我时常和朋友谈及蚌埠，谈及的不是想念，大多却是蚌埠的无忧无虑和美食。我怀念小菜场五毛钱一两的锅贴和三块钱一笼的发面萝卜丝包子，以前和母亲走在放学路上她总要绕道带我去买的——是千层饼、炸鸡柳或是鹌鹑蛋。那是不用考虑开销、成绩和作业的日子，也是母亲没有皱纹、父亲没有白发的日子。

今天我时常和朋友谈及蚌埠——谈及的更多是淮河边不确切的未来。在我初三那年，第一次知道蚌埠的 GDP 不及江苏一个县级市的时候，我大哭了一场——我本以为蚌埠会同合肥一样，成为长三角又一个现代化的都市或是至少恢复 70 年代的光华的，可显然蚌埠不如我记忆中的那般无忧无虑，在谈及蚌埠未来的时候，淮河的孩子都会轻声叹气。

可是家就是家，总是不一样的地方。

甚至我时常会畅想，畅想有一天能够和喜欢的人回到淮河边去——我们在芦苇荡边漫游、在苍耳丛中穿梭，我们到麦田的中央去，那所有的麦穗都仿佛为我们歌唱——唱给我们也唱给淮河听的，我们可以念一首小诗：

我梦见你回来了／像小船摇晃来去／连风都是轻盈的。向日葵早开了／在她们应该盛开的地方／溪水慌了神／在风车下淙淙涌动。你说你喜欢麦田／我想来也是／麦穗永恒地生长／永恒地充实。你拿起一尾举在高头／迎着风说／"我喜欢"

淮河听罢会让水鸥为我祝福，麦田虔诚地拜倒——日落时我们回家。

回家，是啊，回家。

2021 年 7 月，我沿着京沪高速向西，却不是淮河。我从绍兴、扬州、南京而上，见识我，也是无数前辈们东下时错过的图景——我带着大大的行李箱，装着电脑、衣物和录取通知——一个精致的装着希冀的盒子，写着二十年前同样的"上海交通大学"。蚌埠起了森林般的高楼，财经大学的教学楼到了跟前才恍然眼前，我却也迷失在玻璃幕墙的耀眼之中。于是我从汽车上下来，而向客运站去，在那里有十五年如一日的怀旧。我坐在轻摇的中巴车倒数第二排，母亲靠在我的肩膀上小憩——轮到我拎着行李箱。牛肉泡面的气味、赶路人流汗的气味、劣质皮革座椅在阳光下的气味竟都是十几年前那样未曾有变，司机座的吊扇"哗啦哗啦"作响，他还在播他喜欢的《不怕不怕》和《隐形的翅膀》。我靠着窗坐，像从前一样把头贴在玻璃上，任由窗帘和空调拂过我的脸颊。五蚌公路的白杨罩着幕后一望无际的原野而匆匆向后作别，可今天我知道本是我在前进的。我和母亲在大巩山脚下车，而顺着松果上山去。黄昏时候我们在山顶的小松下背对背倚着彼此，小小的松果坠下，掉到母亲皮质的小包上却又弹进我军绿色的双肩包里。将下雨了，我的眼前是冒着白烟的淮河、幻紫的云彩和忙着收衣服的渔民，我知晓她的眼前是暴雨笼罩的分洪闸、蜻蜓低飞的望淮岭和环城北路尽头的淮河大桥。我不知道她是否也在笑着哭，她不知道我是否也在哭着笑的。母亲拉起我的衣袖，像是每一个母亲、又像是曾经年轻的母亲总是做的——温柔而坚定地说，"走，我们回家"。

8月底我到学校报到，父母把我送到剑川路门——我从思源南路向西走，父亲和我说过图书馆的二楼是最好的，那是他曾经学习的地方。我在图书馆看过他博士论文的致谢，"感谢我的父母和亲人，是他们无私的亲情和奉献精神温暖着我，激励着我不断前进"，于是发消息问他是否听过一句歌词，"我吹过你吹过的晚风"——思源南路不长，我低着头慢慢地走，这是我的路、是他的路，也是大家的路。

四、淮河说

正如百年前一样的，安徽的年轻人作别大别山，顺着淮河一路向东去——在丘陵、平原和繁华的都市里开启新的名为成长的冒险——这都不曾变化的——不论是金陵还是南京、徽州还是黄山。大河文明孕育的中国人对水总有特殊的情感。"曰江河，曰淮济，此四渎，水之纪"，我想或许水对人也如是。农耕、徽商、务工与高考的故事把中国的历史写入淮河的波纹间，芦苇荡下的浮光跃金和悠然的早鸭唤醒了几代人盈盈的泪。可当我们站在淮河青荇的岸，共有的泪水却折射着各不相同的家庭的希冀与辛酸。这些泪水悄无声息地汇入淮河，在隐忍中呐喊又在嘶吼后沉默。倘若你，我亲爱的朋友，想听这历史的、河水的故事，请找寻一个游子，与他听淮河说。

沙砾下的白银

上海交通大学　翟子涵

这个世界上有许多荒凉的角落，或许谁也不会在意，可是从来都有人默默耕耘，哪怕销声匿迹，终日潜行。阳光总是亲吻它忠实的大地、石块和沙砾。那些石块和沙砾之下的，是弯曲的背影，及被石块和沙砾掩埋的——白银。

一

1964 年的春天，老翟第一次踏上这片黄土地，双脚踩在锋利的石块和沙砾之上，不平坦——是他对这片土地的第一印象。作为建设银光厂的第一代人，他们将这汗水与背影铺满大地，用这青春与光阴融化锋利的石块，从远方而来，带着来自五湖四海的身与心，创建出一个新的家园。他们望着不平坦的黄土地，上面布满石块与沙砾，他们看到的不是绝望，而是深埋于地下的白银与希望。这是属于第一代人的故事，也是属于我们的故事。

这是一篇关于埋头苦干的故事。

这篇故事由我的外公为我讲述。

当时的老翟还只是十七八岁的青涩小翟。

小翟的家境清贫，姊妹兄弟众多，碰巧当时国家要号召发展经济，各大工厂开始到全国各地招收毕业生，于是高中未毕业的小翟休去学籍，报名招工，成功被选入后，小翟的母亲为儿子收拾好了人生的第一份行囊，小翟拎着简易的布袋子，从那个自己出生的地方出发，与母亲告别，径直登上了公交车，简陋的公交车在弯弯绕绕的土路上摇摇晃晃，年轻的小翟和这左右摇摆的公交车一样，迷茫，彷徨。

些许期待，是终于走出生活了十几年的小城，要到外面的世界看一看的期待；更多迷茫，是不知要到何处、做何事，如同抓起一把沙子随意撒出去的迷茫。

不知过了多久，车子停了下来。

"跟着队，往前走！"

没有停留，无须询问，只是告诉你跟着队伍，往前走。

下了汽车，上了火车。旧时代的绿皮火车带有别样的"哐当"声，"哐当哐当"，同行的友人早已疲惫，倚着车座打起瞌睡，但是小翟却睡不着，他看着窗外的天，那是灰蒙蒙的天，路边没有树，偶尔看见一两株灌木丛，车窗的玻璃上蒙着一层脏东西，细细一看，是一层薄薄的黄土，绿皮车越走越荒，逐渐连一丝绿色都没有了，只有无尽的黄色，路边所生长的也只有稀稀几棵枯草，没有像家乡临洮那样，有一条洮河，带来流水的欢快与生机。看着窗外，小翟的思绪来到了自己的童年时光。炎炎夏日，他常常与伙伴们来到洮河附近，裸身跳进清凉的河水之中，散去一身厌躁，时而抱着根圆木，悠哉悠哉，随波逐流；时而伙伴间相互比拼，逆着水流，凭着少年蛮力，奋力争出个一二。再看看窗外，小翟首先想到的是今年的夏天会和以往不一样，没有了洮水，没有了朋友，更远离了家，内心突然升起一丝难过、悲伤和想念，以及后悔为什么刚才不和母亲多说几句，好好告别。这种感觉就像绿皮车的"哐当"声一样，听起来是普普通通，但经不住认真听，认真了，满耳便是离家的悲泣声。小翟呆呆地望着窗外，这种难过从内心慢慢来到鼻腔，干涩的空气也挡不住眼角的湿润。"哐当"声一路驶向黄土地的深处，这列绿皮车成为荒漠里唯一的绿色。

终于，一阵嘈杂声吵醒了众人，火车到站了。小小的站台上挤满了人，每个人都像是被黄沙笼罩的雕塑，在长期的风吹日晒下，这里每个人的面孔都变得如这里的大地一样，布满沟壑，粗糙，干涸。小翟看着他们，心中叹口长气，原来这里就是白银啊。

"出门有辆面包车啊，上车，上车。"

下了火车，坐麻了的双腿还未来得及伸一伸，就又坐上了汽车。一发动就感觉要散架了的面包车已经驶离了火车站。小翟坐在窗边，本想好好看看这究竟是一座怎样的城市，但是外面狂风呼啸，扬起沙子，如同一块纱布把这个城市包裹起来，生怕别人看到了它的真面目。简易的面包车如同勇闯天涯的勇士，开着微弱的车灯，在漫天黄沙中行驶，它不必穿透黄沙，它仿佛已是沙尘暴中的一部分，尽管坐在车里，黄土钻过缝隙弥漫在车厢各个角落，小翟第一次体会到呼吸间都是黄土的味道。

下了车，小翟就被呼呼刮来的西北风所惊到，虽然刚刚在车内已发觉这风与以前所感受到的不同，但是真正接触它的那一刹那，小翟才感受到真正的西北风的威力——强劲的风裹着砾石，迎面吹到人的脸上，硬生生地发疼，同时还有尘土，弥漫在各个地方，避无可避，一张嘴，一口土。小翟下车站定后伸展伸展发麻的双腿，顺便环顾四周，看看这究竟是什么地方？可是一眼望去除了远处几间小平房，就是黄土，就是荒山！这是一个看一眼就很难喜欢上的地方。沙尘暴、西北风、无尽的黄土、干旱的大地，没有哪一个景象让人觉得这是一个好地方，甚至可以说这是一个难以生活的地方。

据我的外公说，和他来自同一个地方的同伴有 9 个人，他们 9 个人最初站在几乎是一无所有的黄土坡上，迎着狂风，伴着日落，彼此素不相识，但"老乡"的称号让他们惺惺相惜，也是这样 9 个人在之后的日子里一点点见证了一个厂子的诞生，陪着这座军工厂同甘共苦，同时他们是那批为后代扫除石块与沙砾的人，虽然初到白银之时，一切都是那么的艰难困苦，连基本的生活条件都难以保证，可是每个人都对未来的生活充满希望，每个人都对这个名为"白银"的城市充满期望。

他们相信黄土之下必现"真金白银"。

1964 年 3 月 8 日，是小翟来这里的第二天，小翟与同行的 8 位同伴前去工厂报到，天灰蒙蒙的，就算打着手电，前方的路也很难看清，一行人缓慢地走在去工厂的砂石地上。不久，老天突然发威刮起了大风，小翟虽然身高马大的，也被这西北风吹得站不稳脚跟，只好与同伴紧紧靠在一起，才不至于被风吹跑，大家一步步地挪，顶着狂风，足足两个小时，才来到了厂房。简单登记名字、简单分配部门、简单分配住处……那一天，小翟拿着借来的 15 块钱，到小卖部为自己购置了第一份家当：一床席子，一床被褥，一个暖壶，一个脸盆，一个搪瓷杯，一个牙刷，两块肥皂，还有一个编织袋。一切收拾妥当，小翟来到了人生中第一间宿舍——宿舍楼里的男厕所。小翟在特殊的"单间"中生活了半年时间。

虽说和别人讲起住在厕所里是件很尴尬的事情，但是生活永远不缺少趣味，比如，我的外公告诉我，从厕所的窗户往外看，你会发现夜晚的天空很美，不过确实因为环境原因，很难看到星星，连本该泛着深蓝的天空也是一种雾蒙蒙的朦胧美，又比如，和隔间的同事晚上睡不着时可以畅谈人生，也不用担心打扰到旁人，再比如，你可以听到来自五湖四海的各种各样的有趣的故事，一帮人在小小的厕所里谈天说地，人到老年回忆起来也是别样的人生体验。估计外公给我讲的故事中有不少是那个时候听来记住的吧。

1964 年的白银是兰州市的一个区，属于黄河上游甘肃省中部干旱地区。20 世纪 50 年代，中华人民共和国开展第一个五年计划，在 1953 年到 1957 年间，苏联对新中国工业领域援建了 156 项计划，凭借着矿产资源的优势，在白银境内只有十几户人家的郝家川地区就有两个项目开展，一个化工军工厂——银光厂，一个是全国最大的铜、白银等有色金属冶炼厂——白银公司，也就是从这个时候起，中华人民共和国的地图上出现了"白银区"三个字！

初到银光厂的小翟被划分到了下属的保密厂上班，这里的每一位工人都来自全国各地，一些人是来自东北老厂房的老工人，一些人是来自全国各地的大中专毕业生，一些人是军队的转业人员，一些人来自沿海发达地区。当时工厂的工作是从基建开始，而像小翟一样没有知识背景的高中毕业生则要从头开始恶补各类知识。于是小翟开始了紧张的学习，在老厂工和来自沿海地区的技术人员的帮助下，小翟逐渐了解了工艺技术。半年时间内，小翟白天学习新东西，学习机器，学习流程，学习图纸。夜晚，小翟拿起笔杆，将所见所闻所获记录下来。半年后，小翟成功通过考核，参与了工厂的第一条生产线的第一次投产。小翟记得很清楚，这一天是 1964 年 8 月 2 日，自这一天起，小翟成了这条生产线上的一名倒班工人。

他们这代人拾起石块，防风治沙。

他们是这样的第一代人：不问来路，不问浮名，将弯曲的背影散在大地上，未来，将自己的骨肉又要葬于这片土地。

　　他们这一代人不仅仅是拾起石块的一代人，更是建起高楼的一代人、建起围墙的一代人。

　　1969 年 3 月 2 日，苏联边防军侵入珍宝岛。17 口，苏联驾驶坦克入侵珍宝岛，中方再次以炮火将其击退。中国的自卫反击战最终取得了胜利，但同时也让国家领导人意识到我国军事装备的落后，于是，在国家计划的开展下，小翟所在的工厂也迎来了艰巨的任务。

　　面对突如其来的任务，厂里人手有些紧张，经过商议，决定土建部分由工厂共青团团员和共产党党员在晚上的业余时间里加班进行。于是小翟与工友们在北方天寒地冻的 12 月里，身着单衣，举着榔头，在零摄氏度以下的室外挖土方，整整 2 个月的时间里，每天从早上 7 点开始干活，中午吃顿饭休息一下，一连干到夜里 11 点钟。在此期间，厂里免费发放粮票，提供 2 两面条的供应。午饭时间一到，工友们围成一圈，"哐哐"的响声，证明这 2 两面条有多好吃。2 个月的时间里，小翟和工友们超额完成了任务。就为这免费的 2 两面条，小翟觉得非常值得。

　　将近 50 年后的今天，外公说，他认为吃过最好吃的面条就是当年挖土方时每天吃的那 2 两面条，可能记忆中最宝贵的味道是属于那个年代不加任何添加剂的粮食香。当时的记忆与味道一直留在外公的脑海里，面条成了回忆那段充满力量和奋斗精神的青年时光的标志性食物。哪怕之后的生活条件好了，外公最喜欢的食物依旧是面条。

　　国家之危机从前线的炮火最后转化为 2 两面条的甜美。他们真的很渺小，可是星星之火之所以可以燎原，中华大地上一角的他们，哪怕是做着挖土方的工作，也是胜利背后的助力。

二

　　小翟在工作中勤勤恳恳，橡胶鞋底踏过车间的每个角落，匆匆的步伐、忙碌的身影并没有辜负小翟的努力，在这座白银小城中，小翟迎来了人生的第一块"白银"，这份礼物充满爱意，陪着小翟走过人生往后多少个春秋，这份礼物是份福气，多少个冬暖夏凉都有她的陪伴。这是一份可贵的爱情，一块沉甸甸的白银。

在这片黄土地上，暗藏着许多白银，小翟与同龄的伙伴们用真心与勤劳挖掘深埋于地下的白银，待这些白银浮现，正是那一代人爱情的出现，彼此短短的相视一望，便是跨越几十年的相濡以沫。

1967 年夏天，是小翟与小刘的第一次见面，也是小刘第一次来到白银这座城市，从此，小刘将余生都留在了这片黄土地上。

小刘的老家在甘肃省天水市，年纪轻轻的她于 1965 年就开始参加工作，第一份工作是在兰州第一毛纺厂担任挡车工，自入厂起，小刘就是每年的"先进生产者"，当时的挡车工一人最多只能挡 4 台纺车，而小刘可以挡 6 台，她的事迹和照片还登上了《甘肃日报》。1968 年，小刘为了支持小翟工作，辞去了"兰毛厂"的工作，离开了在那个年代生活条件相对较好的省城，只身来到白银，和小翟一样，加入到了银光厂的建设工作中。小刘调来后，单位给小翟分了一间 18 平方米的土坯房，在这个小房子里，小翟用一个月的工资置办了一整套新家当，这是属于小翟的人生第二套家当，小翟掏出单身时节省下来的钱请人打了一套木制家具，还请匠人筑了新灶台，小刘和小翟一同去公社购置了一些生活用品，日子，就这样开始了。

虽然我从小生活的家已不是当年那间小屋子，但一些 20 世纪的老物件却又存在于家中的各个角落，比如，家中的洗脸架子就是一个很古老的刷漆木凳。外公告诉我，这个木凳是当年他与外婆结婚时专门找人做的，直至今天，这个木凳依旧很结实，乳白的油漆掉了不少，露出了它内层的木头，木头的颜色很深，好似象征着岁月的痕迹。虽然木凳看起来老旧了不少，可是在如今的房子里，哪怕增添了再多的现代家具，于外公外婆而言，只要木凳在，这个家就还是当年的模样。外公外婆的爱情，宛若那个刷漆木凳，深褐色的木材之间，喘息着的是交织的生命。

生活，锅碗瓢盆的平淡，与不时闪现着的一个又一个小惊喜。

1972 年，小翟的第一个女儿小秦降生在天水。

为什么要叫作小秦呢？

秦字，形如举杵舂禾，象征着成熟的庄稼，并且小秦降生于天水，这里古称秦州，小翟以秦字命名女儿，希望女儿可以茁壮成长，学有所成，成为一株稻谷，丰富人生。

由于小刘和小翟的工作都很忙碌，根本没有能力照顾女儿，所以小秦自出生起，就被留在了天水，由小刘的母亲看养，小刘不在女儿的身边，小秦只好从小喝奶粉长大，小秦是由外婆抱着长大的，外婆陪着小秦学会了走路，学会了说话，学会了一个人吃饭，学会了自己去上幼儿园，使她在小小年纪便可以基本照顾自己。而此时的小刘和小翟都艰难生活着，如陀螺般转着。

这样的日子称不上是苦难，但随处可见生活的酸涩。外公与外婆年轻时候的奋斗生活史像一部写实电影，反映着的是那个年代工作于银光厂的工人们的普遍生活，这样马不停蹄的"陀螺生活"对外人讲起来可能是无聊的、无趣的、尘土般的干涩的。但也正是这样的生活，让一个家、一座厂子、一座城转动了起来。

1977 年，小翟与小刘的第二个女儿降生了，小翟给他起名为小银。

为什么要叫作小银呢？

小女儿出生在白银，这个因有色金属而生的城市。银，与其他金属不同，它自身反射着一种耀眼的光泽，这种细腻的金属不同于黄金的高调夺目，也不同于黄铜般的暗沉无光，它是这般内敛稳重的同时又可以刻画出别样的轻巧欢快。

小女儿出生不久，大女儿由于要上学也被接回了白银，当时小翟当上了工长，大家都称他为翟工，要开始上长白班，早上早早地去到工地，傍晚才会到家中，于是，小女儿又被送到了天水的外婆身边，小银的外婆再次从头看着一个小女孩长大。

每一个小孩子的长大都很不容易，不过幸好有外婆在。

这段时间里，小翟在日常的工作中，跟着来自不同地方的同事进行学习和讨论，在专业知识上学习了不少内容，在思想觉悟上也得到了提升。小翟的人生中有了一个重要的选择——是否加入中国共产党。在军工厂的工作与生活，让小翟意识到了人生的选择有很多种，而敢于奉献，勇于担当，忠于信仰，是一个了不起的选择。生命中无意被白银选择，事业上无意被银光厂选择，此时的他感谢这份选择，来到白银的小翟通过自己的努力有能力去选择、去保护、去拥有、去奉献。于是，1977 年的秋天，小翟经过深思熟虑后写下了第一份入党申请书。

据外公回忆，对于那份申请书的原稿，他一字未改，下笔那一刻，写下的都是真情实感，读了再多遍，依旧是那份热血澎湃的感受！

1981 年 9 月 1 日，经党组织批准，小翟正式加入中国共产党，成为一名真正的中国共产党党员。

三

20 世纪 80 年代，国家进行改革开放，从单一的公有制经济变为以公有制经济为主，多种所有制经济共同发展，并且实施了裁军和大幅度减少军费的举措。九五时期，全市经济增长陷入低谷，如何发展成了全市人民的一大问题。

1984 的秋天，白银小城迎来了前所未有的改革经历，而小翟也伴随着国家改革开启了人生新的阶段。

在国家"改革开放"的大方向下，银光厂在机械工业部和银行的支持下，引进了第一条民品生产线：聚氨酯泡沫生产线，同时大量开展了对基层员工的教育与培训，对其知识掌握方面进行了新的开拓。

随着"改革开放"的推进，和"发展就是硬道理"思想的深入，小翟作为第二梯队的后备干部，于 1984 年被工厂推荐，考入了甘肃广播电视大学，进行"全脱产二年制党政干部基础理论必修课"的学习，当年的小翟已经 38 岁了，再次进入校园，当起学生，学习新的领域方面的知识，对他而言是一个不小的挑战。虽然生活压力和学业压力重重，但是外公成功拿到了学位证书。

1986 年 8 月，小翟被指派了一项紧急任务——和当年一起来白银的 8 个同伴到厂志办公室编撰《厂志》，一连几个月搜查资料，翻阅书籍，寻访见证人，小翟与其他 8 位同事编写出了银光厂的第一部厂志，当时这本不太厚的油印书中所记录的不仅仅是短短二十多年间一个位处祖国内陆深处的军工厂的发展史，其中所包含的也是像小翟这样，二十年前背井离乡来到这片荒漠、一点一滴地建造出一个可以为国家贡献力量的企业的人们，与他们留在这里的青春和生命。厂志编写到结尾那几天，小翟和同事们从白银火车站包了一辆面包车，重新走了一遍进厂的路，小翟望向窗外，白银市区的街道上有了一排刚植一两年的柳树，街边是新修建的绿化带，里面种着一些矮小的灌木和浅色的小花，微风吹进车厢，带着独有的暖意。

二十年，足够和狂风告别，也足够扫净尘土。

再后来，银光集团为了更好地建设分厂，聘请了德国外宾。小翟被调到对外招待所担任主要负责人。小翟第一次负责这种行政上的接待工作，在此之前全厂也未有人有过正式的相关工作经验，于是，小翟只能自己摸索，尽自己的能力做到最好，不能让外国人看低了我们。小翟开始到处查询关于该如何接待外宾的资料，有了一定相关知识后，开始计划这项任务，对吃食住行，一一进行了规划和安排。

那年，外宾成功入住银光宾馆，小翟的任务也圆满完成。

1992 年，小翟被提升至银光公司动力厂党支部副书记。在这段时间里，小翟逐渐深入了解如何安排党支部工作，召集支部委员会和支部大会，了解如何掌握党员的思想、工作和学习情况，发现问题及时解决，做好经常性的思想政治工作。对外公的工作笔记，我未曾细细阅读，但墨蓝色的钢笔字迹让我在句读之间仿佛看到当年外公深夜伏案工作的身影，窗外月明，窗前风攒，而窗下人心静，将历史与时间记录在案，将来路之艰辛化成笔墨留在书扉，将自己融进工作，伴军工厂的成长而成长，伴时代的发展而发展。

秋天是收获的季节。

外公说，他喜欢秋天的凉爽。

四

银光厂从厂门口进入后有一条笔直的马路，马路两侧长着高大的柏树。从我的母亲，也就是小银，回到白银时，那道路两旁的树就生长在两侧。

它们被第一代人播种，与第二代人一同成长。

没有了石块与沙砾的白银，更适合新一代的成长。

1983 年的冬天，小银被接回白银，希望可以在白银上小学，受到更好的教育。于是来年里，小银与姐姐小秦一起在银光小学上学。

1985 年，小学学制进行改革，为了不影响小秦的学习，小刘决定让小秦到天水去念初中，于是小秦再次离家。来到天水读住宿初中，一年才回白银一趟，过年也是大家来到天水团聚。之后小秦又回到白银参加了中考。小翟与小刘为了可以让小秦早些上班，于是让她参加了提前录取到中专的选拔，小秦自小成绩优异，提前被东北的某一所五年制大专院校所录取，收到录取通知书后，大家并未因为优异的成绩而高兴，反而陷入了犹豫不决当中，家里沉默了几天，终究是没让小秦去上那所学校，而是上了银光技校，想着学有所用，可以直接入厂。

1990 年小秦正式参加工作，分配到了银光公司动力厂工作，上长白班。再后来小秦又通过自学考上了银光公司职工大学，学习的是化工机械专业。翟家的小女儿则一直从银光小学读到银光中学，高中毕业后，考上了兰州市的一所不错的中专院校，学习分析化学专业。毕业之后本想留在外地，但是小翟和小刘坚持叫她回来，回银光厂工作，最后小银分配至银光公司科研所理化分析室上班。

小秦与小银成了建设银光厂的第二代人。

小翟一家四口，都成为银光集团建设中的一分子。

我出生于 2004 年 8 月，而外公退休于 2004 年 9 月。我一出生，外公便每一天都陪在我的身边，我不曾看见外公身着蓝色工作服的模样，但外公总是带我在下班的时候守在大马路旁，等着妈妈下班回家。在那条笔直的大马路上，厂里的人们大都骑着自行车或者电瓶车，他们一律穿着深蓝色的工作服，儿时的我很难从他们之中分辨出谁是妈妈，但现在回想起来，他们其实都是外公的模样，是年轻的外公的样子。

银光厂有个特点是会在上下班的时候响起广播声，陪伴着每一位上班或归家的人们，这熟悉的广播声也陪伴了我十八年的光景。在那片柏树树荫下，外公外婆教会了我如何喊妈妈，如何走路，他们看着我长大，陪着我成长，成为我的庇护，成为我的靠山，我因为有了他们的照顾而不需要像我的妈妈和大姨一样被送到远方，在远离父母的地方学会独立。我因为有了他们而可以随时撒娇，随时告状，随时投入一个温暖的怀抱。我，成了很幸运的，也是最幸福的第三代人！

银光厂的工人们都很在乎子女的学习，因为作为二代的他们看来，自己将一生都留在了银光厂，留在了白银，就希望子女能代他们去外面的世界瞧一瞧。我的妈妈与大姨也很在意这件事情，可能是因为她们曾经有过遗憾吧。于是我与表哥都是在市里上的小学、初中和高中。

为了我们上学，全家人都很努力。

绑在自行车座上的海绵、买的超大的双人伞让我可以不用着急赶公交车，可以坐在后座上甩着两条腿悠哉悠哉，有时会因为暴风雨而显得很狼狈，但更多的时候可以比别人多收获一份夕阳的礼物，双腿渐渐不能随意摆放，于是有了自制脚蹬子……再之后我上了市里不错的初中，外公也老了，风里来雨里去的那辆自行车闲置在了家里的角落处。我常常是坐着那唯一一趟来往于市中心与银光厂的 2 路公交车回外婆外公家。

2022 年的春天，我迎来了人生大考，高考过后就是人生的第一次重大的选择，但是作为我这一代人，与当年的妈妈和大姨面临选择时所考虑的问题截然不同，全家人都支持我去中国的一二线城市上大学，走出去，看看中国的繁荣大都市究竟是什么样子。

外公想到，当年的他听从家里人的安排，高中没毕业就休了学，跟着一群陌生的同伴，来到一个陌生的地方，被安排到厂里上班，接着每一步的发展自己好像从来没有做过太多的选择，一切都是听厂里安排，自己要做的只是努力做到最好就可以了。而如今，孙子辈的我晃眼间已经到了当年外公来到白银讨生活的年龄，与外公不同的是，我对人生有了更多的选择，未来是一道充满未知的探索题，答案究竟该如何写，看的是我自己的每一步人生是如何选择。

我是最幸福的第三代人。在这座被祖辈们建设得如此温馨的小城中无忧成长，在外公外婆的照顾下健健康康长大成人，在父母辈的努力下，受到好的教育，拥有好的条件，可以去选择，可以去尝试，可以去经历他们不曾经历的人生，可以去迈向更广阔的世界。

第三代人成为第一代人的骄傲；

第三代人成为第二代人梦想中的样子。

五

故事写到这里，外公的故事好像已经进入了结尾。因为我意识到，我与外公的生命轨迹好像越行越远了。年迈的外公精力已不再像年轻时那么充足，每天在做的事情也不过是打扫打扫卫生，看看电视，琢磨一下手机，当然，他还是那么爱看新闻。我与外公的交流也不再多，在外读书让相见都变得很难。外婆家窗前有几棵柳树，儿时外婆带着我搬着板凳，坐在树荫下躲过酷暑的炎热。那恼人的柳絮，吵人的知了，来自外婆扇子的微风，伴我入睡的第一首童谣《童年》，与外婆一起度过的时光成为一种记忆，总是在一个人的时候被唤起。而今往后的寒冬里，干枯柳枝的窗下，只剩一对佝偻的背影。

第一代的他们陆陆续续将身与心交付给这片土地，他们像当年来到这里一样，也不曾带走什么，可留下的是今天发展尚好的银光厂，是位于祖国内陆但风景宜人的白银，是怀揣着梦想与希望的我们。属于他们的时代已经过去，属于我们的时代才刚刚开始。

难道故事就结束了吗？可是，我们不就是曾经的他们吗？

我，就是当年的外公，来到一个新的城市，学习与生活，探索知识，学习技能，投入建设祖国的工作中。在未来，通过努力寻找属于自己的"白银"，在忙碌的生活节奏里，不放弃，不停下，在奋斗的人生中继续书写着我们共同的故事。

六

这篇故事由我的外公为我讲述。

此后，将由我来讲述。

我想告诉世人这是怎样的三代人。

"澎湃新闻"中是这样描述的："这个因厂矿而设立，以重金属命名的城市里，祖辈们抛弃了根，割断了亲缘，来到了这里。二代们将终身奉献于此。三代又如候鸟般飞离，等到第四代出生的时候，多半又将重归五湖四海，并把二代的身和心再次带离。"

这是这样的三代人。

他们的第一代，默默耕耘，终日潜行，拾起那锋利的石块，清除磨人的沙砾，他们防风治沙，种下绿植，铺上柏油马路，建起高楼，建起屏障，他们选择在这片土地上生儿育女，繁衍后代，建立新的根基，建立新的家园，他们抚育儿女成长，并教育他们学成归来，继续建设这个家园。他们将生命从远方带来，播种于黄土地，生命顽强生长，繁衍不息，他们将自己的生命埋藏于黄土之下，以骨肉化为养料，滋润大地，呵护万物生长，让这黄土地也拥有了属于自己的历史故事。

他们的二代自小长于这片土地，这里就是他们的家，他们中的很多人已经忘记了乡语怎么说，或许已经模糊了故乡的概念，但是一到外地，大家都会一致介绍自己为白银人——"铜城"白银。作为二代，他们自小看着自己的父母早出晚归，问起什么工作，都会说"进厂上班去"，厂子，成为大家幼时的向往之地，随着年龄增长，课本中的外面的世界或许更加诱人，他们努力学习想着出去看看，但是他们中的大多数又因为各种原因，回到厂子，往日的同学成为同事，一起建设从老一辈人手中接过的银光厂，看着它随着科技进步变得更加智能，无人操作成了工厂发展的主线。他们这代人一生都与这个厂子紧密联系，也正是他们这代人，见证了祖国发展的蓬勃时期，创新精神的发展，科技人才的引入，管理政策的改善等，"变得越来越好"，是这代人生活的主旋律，但是每个二代人心中，或许都埋藏有一个小小的遗憾，这遗憾如同一抔黄沙，风过沙散尽，指尖仍残留那绵绵细土。虽有遗憾，二代人仍为这片黄土地留下浓墨重彩的一笔，他们的故事不尽相同，却各有各的精彩。

他们的第三代人，受到了良好的教育，是最幸福的一代人。出去看看，是每个第三代人刻苦读书的目标。因为他们的父母自小教育他们一定要好好学，努力出去看看外面的世界。三代人的故事如同一股泉水，发于山涧，第一代人呵护他们成长，缓缓流淌，带着二代人的心，卷着细沙，流向各处，追着梦，追着心，看遍世间美好，寻找新的家园。

我想讲述这样一段故事。

在祖国的西北有一座名为"白银"的小城，在这座小城中有一个名为"银光厂"的军工厂，不太熟悉它的人们也把它称为八〇五厂。

最初它埋藏于锋利的石块与沙砾之下，有这样的一代人，他们默默耕耘，哪怕销声匿迹，也终日潜行；他们从远方走来，将青春与生命奉献于此。他们为后人扫除了石块和沙砾，建设了新的家园。在这些石块与沙砾之下，他们最终也收获了属于自己的"白银"。

在市中心的公园中有一座献给他们的雕塑，上面刻着"献给铜城的开拓者"，"开拓者"是对他们最高的赞美。

再后来，他们将自己的身与心留在了这片土地，这里不是他们的故土，但对他们而言，这里就是他们的家园。

银光厂——努力为国家国防建设和经济建设创造新的辉煌——是第一代的他们期待的模样。

而我的故乡——白银，从最初的黄土坡变成了如今令人向往的模样：

欢声笑语充盈于晴空

万家灯火照亮着归路

惊蛰是草长莺飞

大暑是花红柳绿

秋分是落叶飞舞

冬至是银装素裹

新春而至

万家团圆

张红燃爆

这是一座同呼吸共命运的北方小城。

往日时光，匆匆流水

脚下万水千山

却远不过对你们的思念

微风拂起，花草清香

双眸望眼欲穿

远方的家又是否无恙

在那祖国的内陆

虽灯光昏暗

但无数次照亮我的梦乡

无时无刻

不在思念

外公外婆已经年老

不能伴你们身边左右

惟愿

携着你们的眼

奔向远方

看遍世间万紫千红

看遍世间花红柳绿

看遍世间一切　一切的美好

血脉的葬礼

上海交通大学　马振中

我出生的县城坐落在西北边塞的一隅。这个被称为"塞上江南"的地方北倚贺兰山，南凭六盘山，其间有黄河水横贯而过，优渥的土壤和奔涌的黄河水养育了一辈辈农人，这里少有西北的荒凉和孤烟直的苍凉，却也保留着属于西北人的彪悍民风。

少 年 迟 暮

我和姥爷相识十七年的时候，他撒手离开了这个世界，到今天也有六年光阴未见了。随着在外求学的时间越来越长，那些相逢和告别的场面也越发不真切起来，每次离开老家前去给父亲和姥爷上坟举起手念"太斯米"[1]的时候，总觉得像以前从姥爷家离开时，叩开他的房门，尽管那时候姥爷的哮喘已经很严重了，摘下吸氧面罩仍可以送我到院子的大门口，我倒着往后跳哒，一边挥手，"外面冷！姥爷你赶快进去！我们走啦！"那时的他只能看着我稍显臃肿的后背说不出话来，想必外面确实有些冷了罢。

我的小学是县城上最好的小学，离姥爷家只有几百米的距离，却要穿过一大段坑坑洼洼的土石路，一到下雨变成了我儿时的噩梦，彼时就会无比思念姥爷的那辆鬼火摩托——是世纪初村里人赶集最酷炫的交通工

---

1. 太斯米：阿拉伯语音译，意为"颂真主之名"，上坟仪式诵经之后会抬双手于胸前悼念此篇。

具，猛地踩下打火踏板后，会迸发出拖拉机开进泥坑里上不来般的"哼哧"声——如果在的话，这个水坑、那片泥泞地，还有那半拉没干的水泥地就再也挡不住俺老孙的去路，就这么数着、跳着、走着，那扇红柱银漆、上面还站着两只不锈钢鸽子的铁门就到眼前了。

那个时候姥爷的身体还算硬朗——那辆鬼火还没有被子女没收就是最好的证据。每次下学时，姥爷已经在炉子旁忙活了，有时见到的也是下班早些的母亲。现在想来，姥姥是不怎么会做饭的，全凭姥爷锅灶上的本事把六个儿女养得结结实实。后来才知道，姥爷撒盐时的手抖不是为了把它撒得更均匀，切不动肉不是菜刀太久没磨过，一步一顿的蹒跚也不是为了彰显生活的悠闲。儿时的我会把姥爷的一举一动当作阅读理解去剖析解读，却未曾想过是举步维艰的迫不得已，又怎么想得到腌菜缸里压了雪里蕻一个冬天的大石头压了姥爷多少个跟跄，炉子和炕底下烧着的炭火看着炭房里挥舞着锤子的老头出了多少洋相。

有时候二舅和三舅下班后到姥爷家来，在炭房里抡起大锤小锤"呼哈"地干一下午，可姥爷烧炭之前，非得自己拿着钉锤"咣咣"地把箕子里的煤炭凿成更小的块，然后绷出一脸"儿子到底是不如老子"的严肃劲儿，晃悠地从贴着火炉烤火的儿子们跟前走过，大概是把舅舅们冻红的脸当作是害臊的表现。而舅舅们也像是习惯了给姥爷当儿子，绷着脸在一边烤火，儿子老子心里都憋着的那股得意劲儿让炉子里的火烧得也格外的旺。

我的整个小学时期都在姥爷家度过，姥爷家院子从地理位置上看，算得上是绝佳的学区房，十分钟的步程内可以到全县最好的小学、初中、高中。按照大城市的标准算，那个从南到北不过几公里的小县城里，所有的楼盘和出租的瓦砾房都可以打出学区房的金字招牌。

姥爷家的院子在巷子尽头的拐角处，门庭倒也算宽阔，容得下每天骑着二八大杠叫卖着"油圈子[1]"和"糖挂子[2]"的回族老人，容得下回族大节日时过乜贴[3]的阿訇，容得下一大家子人在院子里玩闹，只是那些人不常回来罢了。

院子布局如姥爷一般方正，姥爷住在正对大门的主房，而姥姥守在门

---

1. 油圈子：西北地区一种用油酥蒸制的面点。
2. 糖挂子：一种硬质的麦芽糖。
3. 过乜贴：回族的纪念活动。

口的客房，我记忆里姥爷习惯自己在屋里抄着《古兰经》，而姥姥喜欢守着信号不太好的大屁股电视看小品，多数时间也都落个清净。

主房两侧的偏房是姥爷留给大舅和二舅的婚房，常年透不进光亮，随着两人各自成家立业搬了出去，那两间承载着新婚燕尔的婚房连同过往的记忆都被姥爷上了锁。二舅家离院子不远，时常也会来看看，姥爷索性把他的婚房当作了冷窖，在老两口冰箱都不舍得插电的年份，二舅屋里的结婚照前常摆放着新鲜的瓜果蔬菜，后来多少觉得有些不吉利，索性把照片撤了扔在床上，在钉子上挂满了晒干的辣椒。

大舅结婚后去了市里定居，姥爷还在世时，他只有开斋节、古尔邦节这种大日子才会一路风尘赶来，姥爷大概是为了给自己留点念想，那间屋里的摆设陈列都与结婚时没什么差别，那两张贴在镜子上的大红喜字隔了十几年都还鲜艳如初，实木桌子上铺了层细绒面的墨绿毯子，用一块透明的玻璃压着，二者之间夹着的照片多少年也未曾沾染过一点灰尘。这种摆置在宁夏的农村并不少见，贫穷和浪漫交汇才造就出这种省钱的大智慧。二舅两口子对这种差别对待倒也没什么埋怨，只要拆迁时钱不少给他们，那间阴暗的屋子作何用途对他们来说没什么差别。

血脉的列车

姥爷有六个孩子，脾气秉性和经历迥异。

大女儿经历过三年困难时期，那时候姥爷的工资勉强撑得起日常的温饱，作为长女，在姥爷外出工作的时候，大姨便担起了家长的角色，7岁时踩着木凳揉面操持家务，一根擀面杖除了要面对案板上不听话的面粉，还要时常招呼在不听话逃学的三舅的屁股上。读完师范后她嫁给了隔壁地级市的干部，去了离县城百十公里的吴忠市。记事起，大姨每次返乡都是件热闹事，随行的米面油菜堆满了姥姥的屋子，从炕上下来的人甚至下不去脚，记忆里的大姨总是握着姥姥的手坐在炕沿，碎碎念着些回娘家的家长里短，姥爷偶尔也会在旁听上一会，说些不痛不痒的劝慰，遂起身踱回自己的屋子。再到后来，姥爷连起身送女儿都成了件费力事儿，索性就待在自己的屋里，听着门外的汽车声渐行渐远，想透过窗多看一会，又舍不得扯下窗上刚贴的防风塑料，只得望着塑料中映出的老头怔怔出神。

　　大姨育有一儿一女，是与我同辈的长兄、大姐。2010 年，家里的长辈们给大姐张罗了盛大的婚礼，姥爷也翻出那件笔挺的中山装，坐在离舞台最近的桌前，转过身便看得见台上被女儿女婿敬茶的大姨，大姨满眼都是身着白色婚纱的女儿，姥爷也一改往日的严肃，满脸轻松。宾客未散尽时，自知不再是主角的姥爷便坐上儿子的车悄然离开了。

　　大舅是家里第一个儿子，自然也是受到了姥姥和姥爷的偏爱。大舅继承了姥爷偏执的性格，上完高中后瞒着家里跑去青海当了兵，也正是这份偏执让年少不经事的大舅处处受挫。即使这样，大舅也不愿在姥爷面前服软，离家八年后，先绷不住的姥爷想方设法，让大舅转业回到了宁夏。

　　这些年来，两人都不愿意在嘴上顺从对方，大舅的眉宇间继承了姥爷的那股英气，跟姥爷吵起架来像是一个人跨越了三十多年的光阴，老子骂着年轻的自己不懂变通，不晓得跟领导说句好话，让自己过得舒服些；儿子拍着火炉，手舞足蹈地跟年迈的自己争辩自己的原则和底线。年轻的姥爷摔门而去追求自己的理想，年迈的大舅喘着粗气瘫坐在沙发上，不欢而散。这种场面并不常见，大舅的工作让他只得在古尔邦节和开斋节这种回族大日子里短暂归家一两天，可倘若把时间的跨度拉长，便是那几年二人相处的常态了。

　　后来大舅的理想和刚正刺得他遍体鳞伤，狼狈的他跪在姥爷的坟前和里面的人达成了和解。姥爷可能从来没有怪过自己的大儿子，只是怪同样偏执的自己没有能力去帮到眼前的年轻人罢了。

　　那几年失意的大舅失去了姥爷的管制，酗酒变得变本加厉，一如年轻时一样，只敢把自己的愤怒和怨气撒在最亲近的人身上，本该成为这个家族新的顶梁柱的他，却连自己的家事都应付得糊涂，那个在亲戚朋友们面前意气风发的年轻大舅曾满足了我对年轻姥爷的所有想象，但越往后，那个承载着大家期待的人也越行越远了。

　　相较之下，二舅就没那么幸运了，个子遗传了我的奶奶，初中时候的我就已不用再仰视他，他从小到大也一直老实地待在姥爷身边，师范毕业后接过了姥爷的衣钵，在县城里当了一个小学老师。在院子里的很多个冬天，总能听到他在炭房里和钉锤相伴。

　　在宁夏的农村，赌博的时行荼毒了一茬茬赋闲在家的年轻人，二舅也没能例外，从一开始的一毛两毛到最后覆水难收，印证了母亲说过的那句

"好光阴攒起来很难，败掉就一会儿的工夫"。为此他也没少挨姥爷的骂，可二舅却没有跟姥爷拍桌叫板的胆量，每次还不上债时候只得灰溜溜地跑到姥爷跟前卖惨，后来自己开了彩票店，张罗着自己旧时的牌友和赌友照顾自己的生意，可最后还是败光了自己仅有的积蓄。

现在每次回家还会在姥爷的坟前碰见二舅，受宗教的影响，二舅经常会去清真寺做礼拜，兴许是觉得姥爷是个虔诚的穆斯林，做儿子的总归是希望用姥爷的方式让他在"后世"里过得有福气。后来在我当兵时，听说他出去打牌喝多了酒，骑着摩托出了车祸，便再没他的消息了。

归来的哈吉

记事以来，姥爷就是一个虔诚的穆斯林了，至于他的风流作派和潇洒往事，也大都留在玻璃板下的照片里了。只是很多时候，我无法将照片里背着手意气风发的青壮干部和我记忆里风烛残年的耄耋老汉联系在一起。兴许是疾病的困扰，让他没法像年轻时一样在麻将桌前通宵达旦；兴许是为了给自己寻一个心理寄托，想为儿女们留下些后世的福报，姥爷的晚年每日坚持五次"礼拜"，每年斋月的"封斋"，几乎一次都没有落下过。退下来后，姥爷桌案上便堆满了一沓沓阿拉伯语的学习笔记，在小有所成后，姥爷踏上了穆斯林最神圣的旅途——朝觐。

所谓朝觐，对于中国本土的穆斯林来说，便是乘上去沙特阿拉伯麦加的飞机远泊重洋，在"克尔白[1]"面前虔诚地朝拜。于彼时的我而言，就是那扇铁门被一把锈锁牢牢锁住，失去了短暂停泊的港口。

2009 年的初冬，姥爷带着大包小包的药和姥姥一起去了麦加，再见到的时候已经是第二年的初春了。

曾听长辈讲过姥爷退休的时候院子里门庭若市的热闹场景，那些个画面在他从麦加回来后又从照片和故事里跑了出来，放学后的我离院子还有很远，好像都可以听到院里的喜庆，可真到了巷口，那些脑中的喧嚣又归于平静。

姥爷年轻的时候，祖国大江南北的风光被他尽收眼底。他说从宁夏到

---

1. 克尔白：位于沙特阿拉伯麦加大清真寺正中央的"天房"。

海南坐几天几夜的绿皮火车都不会累，可那天十几个小时的飞机却让他吃尽了苦头，我只能从那天他尤为蹒跚的拖步中看到他的疲倦，却不得知晓其中缘由，兴许是上了年纪，身体不再允许他像几十年前一样折腾了；兴许是第一次坐飞机的恐慌，长途的颠簸让老人在心里念了一路的"太斯米"，答案不得而知。

长辈们说姥爷是见过大世面的人，可姥爷对外面世界的认知和他压在玻璃板下照片的水印一样，都留在了 20 世纪的八九十年代，晚辈们乘上了时代高速发展的列车，姥爷却在那一年下了车。

过了几天后，这件事的热度慢慢下去，姥爷又变回了那个整日独自浇花写字的普通人。等姥爷身体恢复些了以后，一切也都归于平静。

病 痛 之 殇

小学结束后，我考上了省重点初中，在交通尚不发达的时候，两百多公里的高速公路便是横亘在我和姥爷家的一座大山。那以后我也成了姥爷家的稀罕客，院子里的柳絮和落叶再与我无关，常出现在记忆里的身影也被西北的风沙卷上了厚厚的尘土，只余下模糊的轮廓和回不去的家。

又过了一年，舅舅们带着姥爷来到了银川治病，同样长大了的舅舅们自然可以一眼看穿姥爷的伪装，带着些绑架的性质把姥爷关进了银川心血管病医院的特需病房。姥爷的病房很大，显得有些萧条，与院子里的烟火气截然相反。医院幽长的过道里满是酒精挥发的难闻气味，让活人压抑不已。每个人都默契地轻声低语，或是沉默地忙着自己的事，那时的我自然没见过这幅场面，好像过道的终点是埋葬着死亡的荒冢，我要去见的也不再是一个活生生的老头，我提着果篮的手故作镇定，脚下却加快了些步子，像是巷子里的那条狗追到了我的心里。直到听见尽头的病房里传出熟悉的声音，我才短暂地缓过神来。我想像在院子里一样大声叫喊，宣告自己的到来，可彼时的欢脱活泼在此刻却变成了不和谐的聒噪。

进屋后，姥爷还在昏昏沉睡，姥姥怔怔地坐在一旁行军床上看着电视，而病房的主人是那些发出规律声响的仪器，连电视里的冯巩都不敢发出一点声响，窗帘也被拉得严严实实。昏暗的灯光里大人们低声交流半响，遂带着我离开了，直到出了医院的大门，我才敢喘上几口大气，外面的太阳还高悬在天上，望着时却心生久违的亲切感。

又过了段时间，姥爷从那个病房里逃了出来，儿女们终是放不下老人再孤零零地回到院子里，便把姥爷安顿到了我在银川的家中——现在想起来算得上是集中隔离之后的健康观察时期——从医院出来以后，姥爷精神状态显然好了很多，鬼火老头开始每天热衷于出门散步，刚开始的时候尚走不远，出社区时一道刷门禁的铁门便可以轻松拦住他的去路，姥爷便绕着无人值守的岗亭生着闷气。后来在社区里闲逛满足不了他，于是某天在我去上学前，姥爷把我拉到一旁，做贼似的塞给我十块钱换取了仅有的两张门禁卡之一。即使是与我密谋一些见不得儿女的事，姥爷依旧端着一副严肃的表情。

那天姥爷回来得很晚，逮到他时正在楼下狼狈地喘着粗气，手里还拎了一摞书摊上淘回来的旧书，等到他站起来准备上楼时，我才发现他的屁股底下还垫着一摞。面对一家人的质问，姥爷不得已交代道，他记得汽车南站那边以前有很多卖书的地摊，因为不认得现在的路，便一个人一个人地问，遇上了好心人帮着他上了公交车，结果到了车站却发现，记忆里的地摊变成了一排排饭馆。姥爷说他年轻的时候来银川，等车的间隙就喜欢蹲在书摊前翻上一会，翻不完的就把书名记住，等着下次来继续看，再过来的时候就换了一批书，只得换本重新看，有的时候连卖书的摊贩都换了人，再次舔着脸蹲在人家摊位跟前，还得掏根烟打点，这次倒好，连摊带人都不见了嘛！

现在想来，姥爷年轻的时候，能坐车出趟远门的，大都是和姥爷一般的青年才俊，想着出来闯荡一番看看这个世界，而如今常出没在这里的，是进城务工的中年汉子，对他们来说，一碗热腾腾的牛肉面要比几本旧书有吸引力得多。姥爷气不过，又继续问路前行，总算是找着了二手书店，一直到天黑，才狼狈地找到了回来的路。

那次出逃以后，姥爷收敛了很多，成日抱着买回来的旧书啃，被母亲和舅舅们联合起来训斥后，才肯走到楼下装模作样地溜达上几圈，有时候下了一半楼梯，便装出一副喘不上气的样子嚷嚷着要回去吸氧，一回到卧室，就把门反锁着继续读书了。

姥爷把自己活成了一本书，但用一本书来带过他的人生尚远远不够。我试着去代入理解他的想法和喜乐，但囿于不经事的人生，始终无法读懂。

姥爷出院后开朗了一段时间，可没多久便不顾子女的反对，带着姥姥回院子住了，把那些书扔在了银川。出院以后的姥爷心里总憋着一股劲儿，这股劲儿支撑着他穿越大半个城市去买几本闲书，向儿女们证明他依然可以把自己照顾得很好，待到那股劲儿过去以后，自知演得太多会露怯，便果断选择了回家。在父子和父女关系上，姥爷一辈子都没拧过弯来，他没法把自己放在那个需要让儿女照顾的位置上，即使操劳奔波了大半辈子也不愿把照顾儿女的担子卸下来，等真扛不动的时候也还要吊着一口气，守着最后的底线，那就是不让自己拖了儿女们的后腿，在生命最后的那几年里，姥爷的背常会佝偻，步伐也总是蹒跚，可在埋进黄土前，头却一直是抬着的。

大 厦 将 倾

2015 年的夏天，县里棚户区改造的计划轰轰烈烈地开始了。那时的我考上了全省重点高中，连着几个月住在学校也成了常态，乃至于当我得知姥爷搬进新楼的时候，已经是第二年的春天了。血脉的纽带成了我和县城之间扯不断的风筝线，少有的几次返乡旅途也只是匆匆停留。

政府拆迁的时候按照占地面积赔款，从名义上讲，大舅和二舅的婚房自过门起便归了人家，拆迁款按理也得分人家一份，可从情理上讲，这种事情确实拿不到台面上掰扯，儿子们知道老子会把赔偿款分给自己，老子也知道儿子们知道自己会把钱分给他们，可如何分配却成了当务之急。

对于远在他乡的大舅来说，无论分钱多少，对自己的生活都只是锦上添花，无非是和交好的狐朋狗友多喝几次酒的区别。可对于生活窘迫的二舅来说，这笔预谋已久的横财可就是雪中送炭了，这么多年在老子面前鞍前马后地尽孝可不就是为了这笔拆迁费么，要是真到了给老子养老送终的那一天，前面还有三个姐姐和一个大哥顶着，哪里指望得上自己这么个穷酸老师，总不能哥哥姐姐们当了甩手掌柜，自己力也出了骂也挨了，到最后只捞到个"孝顺"的好名声，孝顺才能换几张牌？赌桌上不会因为你是十里八乡的大孝子，在和牌的时候就少收几张，家里的婆姨儿女也不会因为此，就在家里对自己高看几眼。说到底，握在手里的人民币才是最真实的。也正因此，二舅在分拆迁款这件事儿上格外上心。

但那些年里，姥爷的威严除了大舅以外，还容不得别人挑衅，哪怕是这个拴在身边几十年的二儿子也不例外。连高声说话都会被劈头盖脸一顿白话[1]，更别说觍着张脸跑到老子面前分拆迁款了。那段时间里最忙的大概就是二舅了，一方面要在姥爷搬家这件事儿上上足了心，撑出一副"还是二儿子最孝顺办事儿最牢靠"的面子给姥爷和兄弟姐妹们看，另一方面又得盯着姥爷的风吹草动，生怕一个不注意，姥爷就把钱偷偷塞给了其他兄弟姐妹。

姥爷在新房里的第一个春天如约而至，拆迁款分配的闹剧也被定格在了寒冬。大舅分到了钱，而二舅拿到了新房未来的所有权。从那时候来看，姥爷没有给自己留下任何的退路，本该是"周天子召诸侯王入京，分封黄金邑户"的大喜结局，却发展成了"诸侯王逼师进京，挟天子抢夺皇宫"的荒诞落幕。

而这份立在姥爷离世之后的口头"遗嘱"，显然解决不了二舅在赌桌上的燃眉之急。二舅是个急功近利的人，算不清楚这笔账，哪里知道自己得到的远比大舅分去的要多得多，反而因此事对姥爷心生怨恨和不满。在我少有的到访姥爷家经历中，二舅出现的频率远超出现在院子的日子。从唯唯诺诺变得开始恶言相向，在把自己的彩票店也输掉后，终于一发不可收拾。姥爷面对张口就问自己要十万块钱的二儿子，拼了劲儿地扇过去，待下跪啜泣和拍桌怒骂这两段连续的表演结束后，自知讨钱无望的二舅无奈摔门而去，留下姥爷一个人喘着粗气。

那天的姥爷仅是扶着书桌站立就已经耗尽了整个人的精气神，彻夜无话，彻夜无眠，之后那些被姥爷多年来压抑住的，儿女们之间的积怨也逐渐被拉到了台面上。

2016年的开斋节[2]，每个人都恨不得早早逃离节日团聚的喜庆，不过晌午，大舅便匆匆回去了；其他的舅舅在露了个脸后，也被各自的婆姨找了蹩脚的借口拽回家；大姨以身体状态不佳为由缺席。原本热闹的节日，中饭尚未开始，便只剩寥寥几人了。

以前每次离开时，老人都会把子女们送到巷子口，因此，搬了新家后，

---

1. 白话：宁夏地区方言，指批评的话。
2. 开斋节：回族传统节日之一。

子女们都没有到老人身边主动拜别的习惯。那天下午我也着急赶回银川继续上学，高三的学习压力容不得我像小时候一样无忧无虑地快活，我不想让姥爷看到我快被书包压弯的后背，便学着儿时的样子倒着蹦跳着离开，我把手甩到空中，冲着窗户里面的姥爷一路招手，我以为和以前一样告别，就还会再见面，那天过罢，姥爷就再没有见过我了。

离　开

姥爷是个不避讳死亡的人，在他人生的每个阶段都有明确清晰的目标，等到实现了那些目标后，他便可以坦然地面对死亡。朝觐对于姥爷来说是人生的最后一件功课，在之后那些等待死亡的岁月里，信教便是他唯一的精神寄托。在穆斯林的教义中，一个虔诚的信徒不仅可以让自己在后世进入天堂，也可以为至亲的人在现世求得些福分。对姥爷来说，大半辈子为子女操劳并没能让六个儿女都捞到安稳的光阴，既然人力不可为，那就把这份期冀寄托在了真主[1]身上。

作为一个等死的人，总得把血脉传承下去的希望留给在现世守活的人。活着的人面对死亡，望着冰冷僵硬的身体时，会不自主地想起彼此间的"最后一次"，最后一次见面，最后一次说话；而将死之人面对"生"时，望着朝气蓬勃的亲人，大抵最怀念的是彼此之间的"第一次"，第一次相遇，第一次说话。第一次到最后一次，便是血脉在人生命中延续的痕迹，这些记忆大多会因为生的延续而慢慢淡化，死去的人抱着回忆睡进了坟冢，活着的人带着回忆继续前行。

我是在学校收到姥爷的死讯，下课时哥哥在班里找到了我，没有过多的寒暄，喘着气留下一句"爷爷完[2]了"，便让我跟了上去。我全然忘记了从银川到县城，再到姥爷家，那么长的路我是怎么过去的。当我见到母亲时，她方才乘着哥哥去学校找我的工夫哭红了眼睛。回去的高速上，没有人敢打破死寂般的沉默，直到车停在了姥爷家门口我才回过神来，原来拦在我和姥爷家的这座山如此不堪。

---

1. 真主：《古兰经》中至高的存在。
2. 完：同"亡"，宁夏方言，指人死亡。

再见时，他正躺在客厅中央一个垒起来的桌台上，半米多高，让来吊唁的人稍俯下身就可看到脸上的每一处皱痕，身上盖着绣有天房"克尔白"的毯子，毯子边上的流苏垂下来盖住了姥爷大半个身子，只留下脑袋和脖子。桌台前后的香炉里有人不停地更续着檀香，烟圈缓缓爬升到姥爷脚边才开始散去形状，弥漫充盈在埋体[1]周围。

周围的人都默契地沉默不语，陆陆续续到的大人们都聚集在姥爷的房间里议事。我怔怔地望着那个躺着的人，轻轻拨了下那双长到打结的白眉，我从没那么近看过姥爷的脸，也没有那么近看过一个死人，这两种身份重叠在一起反而让我没有那么畏惧和忌讳。我和姥爷关系素来融洽亲近，他活着的时候，无论我如何折腾，他都不会朝我发一句火，难不成这会儿因为我拨了下他的眉毛，他就会坐起来骂我两句不成？可我没敢再有更冒犯的举动，没人愿意在这种场合成为人们关注的焦点，在他的脚边续上三根刚点着的檀香后，我也不忍再打扰姥爷了。

另一边的主卧里，六个儿女少有地聚在了一起，大人们遇到困难时，显然会比孩子们更加冷静。在短暂的情绪宣泄之后，便不会困于其中，而是去考虑当下要紧的事宜——先把老爹留下来的遗产找到。姥爷走得太过匆忙，后来的说法是，姥爷在从县城送到银川医院的那段路上，一切都很正常，随行的几个儿女也没敢去往最坏的结果想。到了现在，只能望着几张银行卡面面相觑，此时也等不及去走复杂的手续，便让二舅拿着银行卡去最近的提款机撞撞运气。临走时，大舅还主张让我和二姨家的儿子一同跟着去，生怕自己亲兄弟私吞了钱财。

等到去取钱的间隙，大人们终于想起来要给自己老父亲入葬的事。而在这个话题下，无论是主动担起家长身份的大舅，还是一直鞍前马后的几个姨姨，都不愿意主动发声，至少在拿到老爹的遗产以前是这样。

兄弟姐妹默契地对丧葬费用闭口不提，最终还是大舅打破了僵局，在铺垫了自己近来经济上不宽裕之后，慷慨地提出掏 1 万块钱，大概是习惯了酒局上的官僚作派，以为自己出头打样以后，兄弟姐妹们会跟着把价钱叫上去。可房间里的人却各有各的小心思，喊多了怕自己成了冤大头，叫少了又容易被自己的亲人在背后嚼舌根。再退一步讲，万一老爹有先见之

我的家族故事

---

1. 埋体：穆斯林叫法，指尸体。

明，工资卡里留下了钱，哪里还轮得到自己在这里装大头。

终于，在确定了姥爷工资卡里只剩下十几块钱的时候，大家开始紧张起来。此时还有几个小时就要天亮，而老爹的埋体没道理一直放在屋子里。

大姨受不了屋里压抑的气氛，出来给老爹脚边续上了几根檀香，掀开毯子的一角，摩挲了一会儿老爹僵硬的手背，便毅然回屋，张罗兄弟姐妹们把卧室整个翻一遍。开始前大姨还特意把门反锁起来，没一会儿又把门敞开，大概是觉得这种事瞒瞒活人还行，在死人面前总归是糊弄不过去的。

后来众人在姥爷的衣柜底下找到了一个上着锁的公文包，撬开后看到姥爷这些年攒下来的十五万现金，所有人不由得长舒一口气，全然忘记了刚才的丑陋与不堪，甚至开始打趣嗔怨老爹放着好好的银行不存，非得把钱全取出来藏起来，不晓得在防些谁。

最后将翻到的钱分成了三份，众人决定先拿出五万，给老爹办一个风风光光的葬礼；再备下五万，预防着哪天老母亲也突然不告而别；剩下的五万，分给了老儿子，也就是我的三舅。三舅在拆迁那件事上找不到分一杯羹的由头，而在这种横财上的大度，在哥哥姐姐们看来就已经极为慷慨了。

穆斯林的葬礼

穆斯林文化在西北这片风沙地上传承了近千年，而华夏文明的包容性也给了它极大的自由和发展空间，姥爷也好，整个家族也好，都只是这种文化环境下极不起眼的一粒风沙。人们承借着信仰的寄托，为自己前身后生的至亲修得些现世的福分，也正是这份信仰，让活人对死人的思念有了具象的凭依，故此，回族的丧葬文化从不是一抔黄土盖在身上那么简单。

在那个小县城里，无论贫穷富有、身份尊微，死后都可以在大公墓里寻得一隅安身，而姥爷的哥哥很早就给他们三兄弟占得了宝地。邻近北边一堵断墙的矮土包，那就是姥爷最后的家了，我常自以为是地嗔骂大爷不懂"君子不立危墙之下"的道理，让人上坟的时候，都得担心墙会不会哪一天塌下来。

公墓放眼望去都是各式各样的墓碑，穷苦的小孩死去很多年后也和富贵人家做了邻居，只有一块砖头写着生卒年日的无名土堆横列在白玉石砌成的方正坟头两边。而那些专门挖坑的"土猴子[1]"自然顾不上这些,一千两百块的报酬一视同仁,不会因为亡者的身份尊微而想着把坑室刨得阔气或是局促。

尘土飞扬中,我看得到家里所有人的脸,却看不清每个人细微的表情,在太阳下所有人都被照得一览无余。大舅跪在地上,任由卷起的风沙刮过自己,印象里大舅是个很刚正的人,连举"太斯米"的时候,手都要绷得挺直,他说人要有精气神。那些年里,大舅和姥爷在院子里吵架,手拍在烧烫的炉子上都不愿服软,而此时的他哭得像做错了事的孩子。二人总算是和解了,这句"对不起"大舅知道,姥爷知道;而那句"没关系"只有姥爷知道,大舅不知道。

身旁的二舅也怔怔地望着卷起的尘土,不知悲喜。他突然猛地扎进坑里,一边叫停填坑的阿訇,一边奋力地在填了一半的土坑里翻腾着什么。

尘土并没有因为铁锹的停滞而懈怠,想把这个不知天高地厚的小矮子也埋进黄土里。猛地,他又翻腾了出来,手里攥着刚刚被风沙卷进去的一片糖纸,而我也终于看清他的脸,二舅哗然落泪,重重地跪在地上,直到风静尘定,才艰难起身。

终

将生的痕迹记在器物上,人们望着光芒黯敝的文物,会极容易地怀想起故事旧年。将生的痕迹融在血液里,人们却极少意识到,自己正是接替了无数的祖先,承接着子孙满堂的吉言,让这血脉难以考证地流淌了不只五千年。

再上一次见到二舅,是在吴忠的大舅家里,其他的兄弟姐妹在屋里对二舅进行着严厉的审判,起因是他哄骗着姥姥把房子卖掉,给自己还了赌债。

这些年里,大家都只顾着过好自己的营生。姥爷在的时候,大家尚有归途;房子在的时候,大家也总归有个落脚的地方,有个能聚在一起的借口;现在便什么都没有了。

---

1. 土猴子:宁夏同心县叫法,指在公墓专门负责挖坑的人。

而关于姥爷的一切，在我的笔下，也只能是匆匆带过的一笔。这片土地永远属于年轻的人，但只要活人还记得，死去的人就从未远去。

我走过的路见过的风景，姥爷未尝没有见过，如今我也是意气风发的少年郎，肩上扛着的草长莺飞还有一些美好的事情我都会一一说给他听，行万里，终有归途。

樽酒依稀人不复，百折不回经商路

温州理工学院　徐畅艺

又是一年清明，星散于各地的族人皆千里迢迢回到桑梓之处，为先人祭扫坟茔。儿时曾听外曾祖父讲过，历代先人中，有过一乡地主，也有过一方父母官。或风光一时，或平庸终生，可他们的生平无一例外随历史风化，成漫天黄沙，唯余墓碑上一个潦草的姓名，我不禁感慨良多。

而当年与我漫谈古今的外曾祖父也终究成了漫山墓碑中的一个。日夜风吹雨打，冬夏日炙雪摧，马唐与莐草爬上石阶，一点点吞没墓碑，苍劲鲜红的题字也覆着一层惨白。松竹梅的浮雕被岁月侵蚀，凑近才依稀能看出工匠当年精心錾刻的痕迹。四边栏杆上的石狮威严不再，五官模糊，残缺不全，口中衔的绣球亦难寻其踪，只让人觉得苍凉。

我如此清晰感受到时间的力量。恍然间十四载已过。大理石做的墓碑已然不再洁白，留下片片斑驳的红、黄、灰，似乎是外曾祖父犹有不甘，兀自泣血。恨难敌时间，更恨平生事迹如流沙逝于掌心，不为后人知。

外曾祖父辞世之时，我堪堪五岁。彼时无知，未珍惜与老人相处的点滴时光，每每思及儿时惹外曾祖父生气的荒唐事，甚为愧疚，却再也没有重来的机会。樽酒依稀人不复，方感子欲养而亲不待之滋味。

都说人有三次死亡：第一次是肉体死亡时，第二次是下葬时，第三次是被所有人遗忘时。雁过留声，人过留名。石巷青苔依稀，尚记下四时痕迹。没有任何事物证明一个人活过，岁月在彻底否定一个人的价值，何其残忍。

夫曰："年寿有时而尽，荣乐止乎其身，二者必至之常期，未若文章之无穷。"提笔如实为外曾祖父记下他的一生，是我唯一弥补的方式。

现在，这个世界上又多一个知道我外曾祖父名字的人。

致正在阅读此书的你，谢谢你愿意听我讲述他一生的故事，看一段普通人的历史。

一、乱世纷争初降世

"打倒列强，打倒列强，

除军阀，除军阀。

努力国民革命，努力国民革命，

齐奋斗，齐奋斗……"

1926 年，《国民革命歌》深入人心，"打倒军阀"的口号响彻大江南北，一场以推翻帝国主义列强在华势力和北洋军阀为目标的国民大革命浪潮浩浩荡荡席卷中国。

而在此革命形势风起云涌之时，浙江黄岩灵济上林村一户萧姓人家却已无暇关心天下分合，齐齐抛下了繁忙的农事，所有的神思只集中在屋内那张简陋的床上。陈朽木床因摇晃发出令人牙酸的"吱呀"声与鸣音水壶发出的尖利哨声平添几分焦躁的气息，年迈产婆沉稳发号施令的话语一句句传出却安抚不了等候的众人，家人们焦急不安的踱步声暴露了他们难以抑制的忧心。良久，终于等得婴儿嘹亮的啼哭声。

这户人家的长子终于来到了人世。他是每秒诞生的千百婴儿中的一个，芸芸众生间，这个孩子是如此的微不足道，像落入沙漠的一粒沙，像流入海洋的一泓水，平凡无奇。但对于这户人家而言，这就是他们所有的希望和愿景。

然而最初的喜悦过后，席卷而来的便是无尽的忧愁。时逢乱世，硝烟遍地，这户人家又非小康之家，这个孩子能否活下去，仍是一个未知数。

刚出生的婴儿全身通红，皱巴巴的，安静躺在父母怀中，显得很脆弱。所幸，这个孩子命硬，数次从死神的掌下逃生。

他曾经高烧三天不退：一开始是啼哭不止、撕心裂肺，后来是水米不进，渐渐地连啼哭的力气都没有了。第三天，他昏迷不醒，离死亡似乎只有一步之遥。全家人都绝望了，直至邻居拿出一本书。

这是从阁楼箱子底翻出的一本积着厚灰的书，书页早已泛黄发脆。许是曾经受过潮的缘故，墨迹基本都已晕染开，可以看清的不过那几页，也被虫蛀得残缺不全。而能看清的几行中，恰巧记载着治疗小儿发热的偏方。全家人犹豫良久，一边是不知药效的偏方，一边是气若游丝的孩子。母亲一咬牙，决定死马当活马医，总好过看着孩子病重却无能为力。家人根据偏方上的要求，跑遍镇上所有的医馆，凑齐了几十味药，熬成汤药，灌到孩子嘴里。说来神奇，喝完药后不过一会儿，孩子便从昏迷中醒来，当天晚上烧便退了。这犄角旮旯翻出的偏方，成功救了这个孩子的命。

后来，惊厥、摔伤、蛇咬，也都没有带走这个孩子的生命。虽然常常食不果腹，却也顽强长大。他的父母也只是朴实的农民，为了生活，农闲时还会去地主陈家当短工以补贴家用。他们没什么大智慧，也没什么大野心，能平安度过一生就心满意足了。随着孩子日渐长大，取名一事愈发迫切，二人能看懂的字屈指可数，凑了几个月也没凑出一个像样的名字。于是他们带上一块猪肉，去请了村中教书先生，教书先生思忖良久，为他起名为招达，希望他可以为家中带来福祉，日后也能事事通达。

年少时，招达还愿意待在父母边上，乖乖留在田里看家长劳作，或是给父母递镰刀、水壶，或是偷吃一个尚未成熟的桃子，或是好半天挖出一个坑坑洼洼的土豆，跑去向每一个人炫耀。困了就躲在桑树荫下，听着虫豸的催眠曲，一觉醒来往往日落西山，树叶飘飘荡荡盖了他一身。

稍稍年长后，招达就耐不住性子，总是趁父母不注意偷偷溜走，和小伙伴一起四处探险，并且屡教不改。几乎每一个谷仓、山洞、地道都留下了他的足迹。

1933 年，招达七岁。时至六月，酷暑炎炎。他耐不住热，便又一次偷偷溜去村头的小河中游泳。小河是所有孩子的禁地，据说十年前，有四五个淘气的孩子在此溺毙，所有家长都耳提面命让自己的孩子躲着河走。招达偏不听这些，自恃会游泳，便独自跳入河中游泳避暑。都说善游者溺，这一日招达在水中畅游，突然腿脚抽筋，四肢剧痛没有力气，加之被暗流裹挟难以控制方向，直直沉向水底。招达用尽力气大喊大叫，拍击水面，试图发出动静吸引行人。所幸三叔路过，见到小孩在水中挣扎，便不假思索跳下水救他，这才侥幸捡回一条命。

招达央求三叔不要将此事告诉他父母，三叔断然拒绝，将事情全部告诉了他的父母。父母黑着脸听完后，自责、后悔、愧疚、惧怕涌上心头，这一切都化作一个巴掌重重落在招达的脸上。劈头盖脸一通责骂后，父母泣不成声紧紧拥着他哭泣，像是抱着失而复得的珍宝。

此后，父母怕孩子又生事端，就去央求地主陈先生收下他干活。招达知道自己的悠闲日子要没了，在家里又哭又闹，却拗不过父母心意已决。招达小小年纪，肩不能挑，手不能提，完全干不了犁田刈麦的重活。陈先生就让他陪自己四岁的女儿玩耍，这下招达可是如鱼得水，今天带孩子放风筝，明天带孩子扑蝴蝶，还不用担心父母的责骂，使尽浑身解数哄小妹妹开心。陈先生是一个宽和的人，招达偶尔偷个懒，他也只是一笑而过，从不加以苛责，在陈先生家的一年，招达人生中第一次体验到顿顿都能吃饱饭的幸福。

二、稚童谋生始经商

1935 年，招达九岁，无忧无虑的童年在这一年结束。随着四个弟弟妹妹陆续出生，几亩地已经养不活一家人。看着面黄肌瘦的幼子、屋后青黄不接的田地与缸中里所剩无几的粮食，父母在万般无奈下，把招达托付给太舅公，让他跟着太舅公一起出门做生意。

太舅公是一个货郎，常年往来于洪家和宁海，贩卖一些小玩意。男人沉迷的香烟烧酒，女人喜爱的金银首饰，孩子眼馋的糖果玩具，都在舅公的一道道转手中变成了实打实的银圆，成了养活家人的希望。招达也学着舅公，挑着担子，敲起响板，沿途吆喝叫卖，推销商品。

招达不高，也许是童年时营养不良，他比同龄的孩子还要矮上些许。大人的担子于他而言太大也太重了。他肩上挑着一根宽大的扁担，只有将手尽力伸直，才能扶住前后两个勉强离地的箩筐。肩负着如此重量，他走起路来摇摇晃晃，仿佛下一秒就会力竭摔倒。常有路人不知用的是担忧还是庆幸的目光看着他，转头与身边的人唏嘘几句江河日下。招达无暇为这些感慨驻足，旁观者高高在上的施舍怜悯不能让他今晚吃上肉。他看看天色，默默计算今天的收入，决定再去城隍庙前摆会儿摊。他虽年少，却清楚地知道要干什么才能活下去，才能让家人过上幸福日子。纵然这一路走得摇摇晃晃，他却从未停下前行的脚步。

春去秋来，招达成了一个合格的货郎。台州洪家至宁海约九十公里，多是崎岖不平的小路和山道，行走艰难。招达穿着草鞋，用他稚嫩的脚板将这条道路一遍遍地丈量。

战争使得这条路危机四伏。1935 年至 1945 年间，先是国共关系微妙，再是中日矛盾激烈。宁海作为兵家必争之地，战乱频繁。国民党在这段路上一共设立了十一道封锁线，平民每过关卡都要给守卫一些贿赂，不然就会被百般刁难。

时近年关，招达花了大代价在宁海买了一批香烟和洋酒，只要将这批货物运回洪家售出，一家六口人就可以过个好年。招达一路历经艰险，他很疲惫：眼底的黑眼圈极深，青黑的胡茬一片片地遮住他算得上俊秀的脸，身上的汗衫像是在泥水中浆洗过，布满黑黄的污渍，早已看不出原本的颜色，脚上的布鞋破了个大洞，轻易便可看见他黝黑的脚趾。可是他脸上洋溢的笑容却是怎么都遮不住，他的家就要到了，只要再走半天，翻过那座石桥，在大榕树那转弯，走到石子路的尽头，在小河边，就是他的家！

终于到了最后一道封锁线，招达排在队尾，时不时张望一眼前面长长的队伍，他有些迫不及待了。守关的士兵拦住了他，对方仔细翻看担子里的好东西，又看了看招达，短褐穿结一副贫民的打扮，又是这般瘦瘦小小的半大孩子，顿时心生歹念。招达还不知士兵的心思，熟练地把贿赂的银钱藏在袖子里，拉拉守卫，把钱递到他的手心中。招达见守卫笑，便以为事情妥了，挑起担子欲走，他已迫不及待想要回家，想要看看家人可安好，弟妹可有长高，想要好好吃顿母亲做的饭，想要安心在床上睡一觉。他终究还是个孩子，他想扑到父母怀里痛痛快快哭一顿，诉说这一年的委屈，日日风餐露宿，夜夜只敢浅眠，怕被贼人偷了货物去，更怕客死他乡，连尸骨都寻不回来。

萧招达抬脚欲走，却发现守卫挡住了他的路。正疑惑，就被带到了营房，守卫和坐在椅子上的长官耳语几句，两人交换了个心照不宣的眼神。长官把腿翘到桌上，语气轻慢，张口对招达说要出钱买了全部的烟酒，招达一瞬间大喜过望。谁知，对方开的价连成本价的一半都不到。招达后知后觉，对方这是要占自己的便宜。他还指望着这批货物过年，便断然拒绝，守卫见招达不识好歹，便语带威胁逼他把烟酒留下。也许是少不更事，招达还未被社会打磨成圆滑的样子，三两句间，长官恼羞成怒，拿枪托狠狠朝他砸去。只一下，鲜血顺着眼角汩汩流下，和他的泪水混在一起，将整张脸染成红色。成为货郎后，招达很少哭泣，肩上沉重的担子没有将他压垮，脚底的成片水泡没有拦下他去往远方。可是在这一刻，他无比清晰感受来生活的恶意，他想质问，他想申诉，却不知何人可与言说。都说红色是正义的象征，可如今，天地苍茫，公道何在？

这是招达第一个没有和家人在一起度过的年，他自觉无颜回家。寒冬腊月，他坐在桥洞下，看着担子里沾了灰的棉手套、折了的竹蜻蜓，号啕大哭。可哭完，第二天他还得打起精神来走街串巷，继续做生意，生活便是如此残酷。

洪家到宁海间的道路危机四伏，不仅有重重关卡，更有逃兵流寇在此劫财取命，稍有不慎便会横尸荒野。群山绵延，像一只只贪婪的巨兽，等着行人进入它们的口腹。那些阳光照不到的阴影，吞噬了多少生魂，引得多少未亡人日夜垂泪。

然而，这却是招达不得不选择的活命的路。

货郎担一挑就是十年，随着年岁的增长，担中的货物也越来越多。宁海地处险要，自然少不了战争。战场上留下的子弹壳很是受孩子欢迎，往往供不应求。稀有的勋章和银圆铜板更是会引得一群人竞价。而回收的废铜破铁又可以回炉重新锻造武器，在当时很容易就能卖个好价钱。

靠着这些买卖，萧招达攒下了不菲的家底，全家人不再缩衣节食，几个弟妹也都健康长大。他们的笑颜，是招达这十年在外奔波的动力。

1945 年，招达娶了妻子。值得一提的是，他的妻子正是当年陈先生的千金，他小时候陪着玩的女孩，名唤陈桂香。许是从小青梅竹马的情义，两人暗生情愫。陈先生素来宠溺女儿，早就说过不要媒妁之言，全看女儿的喜恶。得知女儿爱上萧招达后，非但没有责难，还夸女儿眼光独到，断言此子日后必成大器。

日子如流水般过去，婚后的生活是惬意的。解放战争的那几年，国内局势焦灼，社会动荡不安，秩序混乱，全家人都不放心招达继续在外闯荡，便让他回家务农，招达执着于要给年迈的父母与新婚妻子舒适的生活，往往"阳奉阴违"，货郎的吆喝声仍在洪家与宁海间回荡。

两年后，萧招达和他的妻子有了一个儿子。妻子生产时，招达与二十一年前他的父亲一样，焦急踱步，历史在此刻重合。按族谱这个孩子当从良字辈，陈先生为他取名为萧良法，意为希望国家重振法度，社会清明。

作为长子长孙，招达当仁不让地肩负起了萧氏族长的重任。他的财产多来自从商，然而村中仍有不少人囿于重农抑商的偏见，瞧不起他。上林村多林姓人家，世代居住于此，农村传统的宗族文化在他们身上体现得淋漓尽致。萧招达一家因避难从浙江温州迁至此地不过三十年。一个外姓人不务正业却赚了大钱，怎能不令人眼红。

在极强的宗族意识和仇外情绪的共同作用下，很多村民明里暗里给招达一家下绊子。招达的幼弟在学堂被霸凌，妻族被牵连，货物被偷盗，各种不堪入耳的风言风语更是搅扰人心。萧招达无奈，他常年在外奔波，生怕妻子家人在村中被人欺凌，自己却鞭长莫及，为求一个安宁生活，他决定将全族从上林村迁到洪家街洪，开垦荒地，重新为自己找了一个休憩的港湾。

三、个体商户历坎坷

1949 年，中华人民共和国成立。战争结束，四处太平，招达自然也无处捡子弹壳、勋章和废铁，他一下子没有了货源，这一条赚钱的路已然断了。

招达没怎么读过书，满腹唯有走街串巷听来的说书话本，除了种田和做生意，他并无一技之长。由奢入俭难，显然种田难以让全家人维持之前的生活水平。此时，新中国肇建，国家经济萧条，萧招达决定仍旧以从商为业，寻找新的商机。

俗话道"民以食为天"，招达细细想了想他听过的那些话本，自古两军对垒，都讲究"兵马未动，粮草先行"。《三国演义》里，诸葛亮为运粮发明了木牛流马，官渡之战曹操以奇袭乌巢粮仓少胜多力；《杨家将》中因有杨延朗暗助粮草，八娘子方能有大战番兵的畅快淋漓。这些话本在招达脑海中回旋，他仔细盘算着卖粮食的可行性与前景。萧招达随即拍板，决定转行卖大米。

但在中国，生意从来没那么好做，人情往来中都有大学问，绝不是招达有一腔热血就能做成的。光靠做货郎攒下的经验还是过于浅陋，不足以支持他在商场里纵横。搬迁到街洪本就花了招达大半的积蓄，此时的他没钱又没名，当地的商人根本看不上这个后生小子。

萧招达是一个永不言弃的人。

没钱？那就赚！没名气？那就拼！

四处碰壁后，他把自己关在房中，思考自己现在的处境。一个个想法满怀期待冲出脑海，转了儿转后却又被一一否决。最终，他打算曲线救国，通过卖粪便积累原始资本，全家人也不觉得这生意不体面，反而坐下来一起帮招达谋划。

什么都不做便什么都没有，做了至少有一线希望。

此后三年，招达就从卖粪开始，积累经验、拓宽人脉。他又攒下了一大笔钱，也在洪家一带闯出了名号，因为萧招达的头比一般人大，加之为人多谋，人送称号"萧大头"。

有了一定的积蓄，招达卖起了他心心念念的大米。椒、黄、路三地，粮食价格不尽相同，招达通过低价收高价卖赚取差价。生意刚起步时，他每天早起，推着手推车，挨家挨户收购大米。后来国务院全体会议第 17 次会议通过《市镇粮食定量供应凭证印制暂行办法》，他也紧跟"时代潮流"一并收起了粮票。

几年后，招达愈发不满足于这般零散地买卖，这些年他站得愈发高了，隐隐窥见一丝光，从更广阔的世界里透出来，他知道，一定还有更好的风景在前方。

于是他凭借出色的口才和经商经验，晓之以理、动之以利，成功说服几个粮站厂长跟他合作。有了低价购入的稳定货源，招达将生意做出了花；今天打折，买五斤送半斤；明天和油、调料捆绑销售；后天又买十斤米得一张电影券。仅三四年，萧招达的生意便如日中天，椒、黄、路三地的人都认准了招达的米。他甚至还买了一辆解放牌卡车来运大米。一时之间风头无二，人送称号"米大王"。终于不用被别人叫大头，招达很是开心。

没想到，之后的情况急转直下。古语云"水满则溢，月盈则亏"，人都有得陇望蜀之心。1962 年萧招达为图省事，一次性将洪家粮站的粮食全部搬空。但当时洪家多是石板路，年久失修，不堪重负，竟然被运米卡车压裂。此事被一些别有用心的人利用，他们早就眼红招达的生意，看见出事就一起跑到公安局举报，招达最终以损坏公物罪和投机倒把罪，被捕入狱。

将商品转卖赚取差价，在如今看来不过寻常，但当时三大改造完成不久，克服私商的投机性正是社会主义重点改造内容。中央指示"资本主义工商业在全国范围内还占着很大的比重，他们习惯于投机倒把"。投机倒把被看作是资本主义的复辟。尤其是在中共八届十中全会之后，指导思想上"左"的错误日益严重，商人愈加受到"阶级斗争"观念和政治运动的打压。

大势所趋，萧招达在此时出事，实在是撞到了枪口上。"投机倒把"这一罪名究竟指哪些行为、该怎么处罚，并没有明确写入法律中，但已被默认是重罪，被扣上企图复辟资本主义的帽子。

警察上门来抓招达时，村中有亲眷匆匆跑来报信，众人纷纷劝招达赶快逃跑，去外地避避风头。然而招达却是沉默。他环视白发苍苍的父母、愁眉不展的妻子、惶恐害怕的孩子、终是长叹一口气。跑，又能跑得到哪里去？全家人都在此，就算他一人跑掉了，覆巢之下焉有完卵，还不如用自己一条命，换全家老少的平安。

招达枯坐在院子里的马扎上，听着警察的叫喊声由远及近，他从没有那么渴望时间能过得慢一点，再慢一点。他流连地看着院子里生机勃勃的一草一木，看着失声痛哭的至亲至爱，终究是流下眼泪。他用力睁开被泪水模糊的双眼，努力看清四周，仿佛要将一切刻在脑海中。

警察还是到了。

来的是三位公安特派员，见招达就坐在庭院中没有任何反抗，颇为惊讶，却还是上前用麻绳捆了他的手，一拉一扯之间，招达手上就多了两道红痕。看着泪眼婆娑的家人，招达还是挤出一丝笑，想让他们宽心，使自己看上去没那么狼狈。

可谁都没想到，警察要带走的不仅是他，还要带走他的女婿王宽润。招达忍不住了，他之所以不跑，就是为了以他一个人换全家人的平安。可是还要带走他的女婿，这让他如何甘心。

他想拉住警察分辨，双手却被捆得死死的，反而被警察误会成他要暴动，被按倒地上。什么尊严，什么面子，招达全都不要了。他泪流满面，哭喊道，全部事情都是他一个人干的，与旁人无关，请警察放过他的家人，把他一个人抓去枪毙就好了，别动他的家人。

可一切都是徒劳。

警察掏出了枪。

"妨碍公务者，就地枪决。"

所有人都沉默了，没有人再敢说话，只是无声地流泪，眼睁睁看着王宽润的手上多了一圈麻绳，眼睁睁看着翁婿俩被粗暴地带走。院子里挤满了看热闹的人，一人一句闲言碎语，俱化为利刃刺入他们心间。

没多久，公安局放出话来，要将此事当作革命斗争案例处理，枪毙萧招达和王宽润，以儆效尤。全家惶恐，他的妻子桂香虽然悲痛，却也只能强打精神主持大局，给每个人分配上任务，试图营救招达。或是去公安局打听消息，或是去找当地官员陈情，或是找招达生意场的朋友求援。桂香每日鸡鸣即起，戴月而归，几日便憔悴得脱了相。

可人心是世界上最难琢磨的东西。原本亲亲热热和招达称兄道弟的人没了踪影，见到桂香来或是关门谢客，或是称病不出，甚至觊觎她的美貌。桂香深知，自己不能倒下，如今她就是全家的精神支柱。

历年积攒的钱财如流水般送出，上下打点。此案甚至惊动了省里的官员，一场场审讯，一次次博弈。前后开了四个月的会，终于正式开庭审判案件。

最终，招达保住了一条命。他和王宽润被判监禁两年，罚款二十八万元人民币，没收卡车，另需出资四万元重修洪家道路。加上之前打点所花的钱，招达再次一贫如洗，多年的劳动成果俱付诸东流。

此事对全家的影响是巨大的。招达的二儿子原本致力从军报效祖国，受此事牵连，政审不合格。无奈，只得到砖瓦厂中做工十一个月，终于觅得机会参军。三女儿的婚事告吹，对方父亲见萧家已然落魄，当即悔婚，以死相逼让儿子娶另一富商的女儿。

屋漏偏逢连夜雨，此时，洪家地区疫病横行，招达的大女儿和二女儿因营救父亲时四处奔波，也不幸染上了疫病，两人受尽疾病的折磨痛苦离世。全家人皆愁眉不展。招达在狱中得知消息后，更是心痛欲绝，大病一场，形销骨立。

招达做了十三年的个体工商户，见证了自新中国成立到大跃进中国对民营经济态度的变化。从加强调控，善加利用，到后来"左倾思想"泛滥，将民营经济斩草除根，让大量以经商为生的百姓失去了赖以生存的活计。

彼时，百姓仍被鼓励多生多育，尤其是在农村，"人多力量大"是深入人心的至理名言，一个家庭常有五六个孩子。而当时全国粮食单产量低，单单靠种田，很难养活一大家人。因此，许多像萧招达一样"投机倒把"的人出现，为谋生做着困兽之斗。他们一辈子为三餐四季操劳，从来没有那么大野心。政治立场和阶级斗争对他们来说实在太过遥远了。

四、生产队长谋共富

1964 年，萧招达出狱，却已物是人非。家里为救他，卖了从前的四间小楼，如今全家人只挤在一间低矮的平房里，甚至连做饭都要去问隔壁三叔借厨房。大女儿、二女儿因病离世，二儿子去部队当兵，三儿子在外读书。热热闹闹的一家子也变得沉默，没有人敢提及往事，只怕一张口，流下的就是止不住的泪。

萧招达被残酷的现实折磨，但从未被压倒。犹如区区微草，生于毫末，却野火烧不尽，春风吹又生。

在狱中的两年，他从未消沉，痛定思痛，无时无刻不在关注国家局势，每天坚持读报看书，出狱后，他竟也识文断字，有了一定的文化基础。萧招达的身上浓缩着那个时代中国人的影子。即使在最苦难的日子里，也会用他们的勤劳与智慧，拼搏出一条生的道路。出狱后，招达以他的顽强与坚韧，立志带领着一干儿女，从头再战。

在此时民营经济仍被看作是资本主义的复辟，受到横扫，几乎绝迹。为促进经济发展，当时的政策是划分生产小队进行集体劳动。萧招达在村中人缘极佳，又曾是村中"首富"，就被选举为街红八队的生产队长，带领全小队人进行生产劳动。

刚开始做生产队长时，他只是学着别人的样，带领队员每天日出而作，日落而息，日子过得很是平淡。招达的经商头脑仍旧在运转，却毫无用武之地。

他曾写了一份报告，里面列举了数十条当下生产队中存在的问题，并附上详细的解决方案上交到县里。可这份文件却石沉大海，招达还在几千人的集体批斗会上被训话。

"我只是觉得这样子能赚更多的钱，让大家过上更好的日子。"

没有官员愿意听招达的建议，没有官员敢于创新。创新意味着改革，改革就需要承担风险。既然目前的生活安稳且太平，未至绝境，何必冒着风险去改革？所有人都是这般心理。

招达绝望了，他知道自己无力与整个时代抗衡，只得将他的巧思尽数收起，一日复一日在田埂上挥汗如雨。

日子就这样得过且过。

1967 年 6 月下旬至 11 月上旬，洪家连续干旱百日以上，水库、河道干涸。长潭水库积水耗竭，库底种菜。全地区受旱农田 137.3 万亩，虫灾 122 万亩，其中无收田有 62.6 万亩。招达带领的生产队也没能逃过，当年的收成甚至不足往年十一，村中饿殍遍地。

在国家经济不景气、粮食严重不足的时代，招达与他的带领生产队也只能苟延残喘。为了不让家人饿死，大家将所有力气都耗在了田间。可就是这样也不能阻止死神的降临。饥饿的人们很是迷茫，食物在哪里？希望在哪里？未来在哪里？

直到生产队改组为生产小组，允许每个生产队自己单干，生活才重新有了希望。为扭转全村人穷困的局面，萧招达沉寂了数十年的商业头脑又开始活跃。他不仅要自己富，还要带着全队人一起富。邻近几个生产队都根据附近城市的先例，依样画葫芦种起橘子。可橘子种植难度大，收获周期长，防虫、排涝、保湿等技术实在不适合在文化水平普遍不高的村民中大量推广。

招达冥思苦想，决定建立蘑菇和黄豆芽的生产作坊。养蘑菇和发豆芽，最简单易行，生产成本低，一两个星期即可收获，且别具一格，很快在市场上大卖，尤其是端午节，黄豆芽往往供不应求，引得顾客哄抢。一时间，队员的生活都滋润了不少。尝到了甜头，队员的生产积极性显著提高，上至古稀老人，下至始龀幼童，都加入了生产的行列，场面着实壮观。

萧招达做生产队长这些年，经历了"文革"时期个体工商户绝迹、公有制经济繁荣发展的局面。"文革"期间，中国经济虽小有发展，但极其缓慢甚至一度停滞。中国经济一度在崩溃边缘飘摇。

五、改革开放新征程

时光荏苒，转眼便是 20 世纪 80 年代。1978 年底召开的十一届三中全会，改革开放的蓝图绘就，民营经济发展的序幕已然揭开。1979 年后，国家开始允许一些人员从事个体经营。之后三年，萧招达仍在街洪八队担任生产队长，每日兢兢业业劳作，下工后却会花费数小时去收集整理消息。国家相关政策的变化，让他的绝望的内心逐渐起了波澜，他正在观望。一朝被蛇咬十年怕井绳，十多年前的事还是不可避免给他留下了阴影，他不得不再小心，再慎重。

1983 年，萧招达已年逾六十，但他并没有安心在家含饴弄孙，安享天伦之乐。在观望了数年后，他下定决心最后下海闯荡一回。这几年，他常在嘴边念叨着有志不在年高。招达将目标放在了浙江省的省会——杭州。他调侃道：准备"衣食父母。我已经卖过粮食了，这次不如再去卖卖衣服吧。"

招达是一个行事非常果断的人，下定决心便会立马付诸行动。农闲的季节很快到了，他收拾好行囊，带着三女儿和小女儿去杭州闯荡。彼时，台州还没有铁路，去杭州只能坐整整两天的客运汽车。招达常年劳作，又在狱中受过两年折磨，腰与腿有很严重的疾病，等到达杭州，他的腰已经毫无知觉，两个女儿搀着他，几乎是一路将他拖下车。六十多岁的老人已经称得上一句年迈，身体的病痛却没有打倒他，出师不利只激起了他无尽的斗志。

三人初到杭州，人生地不熟，几经辗转打听，来到了当时人流量首屈一指的红太阳市场，开始摆地摊卖衣服。萧招达每天背着大包，往来于出租屋与市场。改革开放后，"投机倒把"的罪名已经很少有人提起，招达凭借多年经商的经验，很快就在市场站稳了脚跟。

生意很快越做越大，他已不满足于摆地摊的小打小闹，城管时不时出来巡逻抓人更让腿脚不便的他万分困扰。虽然杭州的生意已经稳定，但曾经的教训让招达深谙居安思危之道，这样只靠进货转卖绝非长久之计。随着大量人口下海经商，有限的市场以极快的速度被抢占，而源头提供衣服的人无疑扼住了市场的咽喉，他决定将命脉掌握在自己手里。

招达一直有赌博的毛病，为此没少被桂香训斥，甚至一度闹到要离婚，他才略微收敛一些。但他的赌徒性格注定使他富有冒险精神。萧招达卖掉了老家的房和地，还"大胆"找银行贷款，在 1992 年 10 月，终于攒了足够的钱开一家制衣厂，正式在服装行业立足。他身上有着现代浙江商人共有的精神：勇立潮头，敢为人先，干在实处，走在前列。

但无论如何，在当时人眼中，萧招达的行为是疯狂的，是不可理喻的。

他们议论道："这个老头怕是疯了吧，卖田卖地连祖宅都不要了，去开个什么厂。那么大年纪歇着不好吗，倒腾个什么劲儿呢？"他的三儿子一度反对父亲的决定，但招达依旧固执己见，道："不听我的，就别做我儿子。你们看看邓小平是怎么说的，'改革开放胆子要大一些，敢于试验。看准了的，就大胆地试，大胆地闯'，这点勇气都没有，做什么生意，干脆滚回家种地好了！"

不得不佩服萧招达的远见卓识。几年后，越来越多人明白了赚差价的方法，也有更多顾客明白货比三家。于是靠转手贩卖的商人日子愈发难过，只能赚取微薄的利润。而萧招达孤注一掷开的制衣厂，成为诸多商人的合作对象，一时之间，风头无两。

改革开放是决定当代中国命运的关键抉择，是发展中国特色社会主义、实现中华民族伟大复兴的必经之路。为落实改革开放而推出的一系列政策卓有成效，不仅使国家经济平稳高速发展，也使人民生活水平显著提高。所取得的举世瞩目的成果更证明了只有社会主义才能救中国，只有改革开放才能救中国。

六、言传身教遗家风

杭州的生意如旭日东升，萧招达却在此时病了。一场病，消磨了老人所有斗志。他在病愈后，便决心叶落归根，留子女在杭州继续打拼。忙碌了一生的招达积累了不少财富，可老人依旧坚持着勤俭朴素的作风，亲自下田耕作。子女们劝他安享晚年，却换来一顿训斥："不要以为赚了几个钱就可以忘本，就可以骄奢淫逸，挥霍无度。一粥一饭，当思来之不易；半丝半缕，恒念物力维艰。"如今，老人辞世已逾一秋，他没有受过什么正规教育，却将儿女接连培育成才。他的长子固守家业，是一方称道的乡贤；他的二儿子从军，率军驻守边境，保家卫国；他的三儿子从商，将他的服装生意发扬光大。他的教诲影响了家中一代又一代人，正直、勤劳、善良的家风也将一直绵泽后人。

2008 年 8 月 8 日，北京奥运会开幕，萧招达守着电视百感交集看完了全程。他感慨着国家强盛，兴奋地告诉家人："你们看着，改革开放多好啊！以前想都不敢想的事情，现在一桩桩、一件件都实现了！看到这开幕式，我也算心愿已了，死而无憾，死而无憾啊！"可是谁也没有想到，竟然被他一语成谶。2008 年 8 月 11 日，仅仅在奥运会开幕三天后，他溘然长逝。事发突然，就在前一天晚上，他还念着，今年种的芋头能收多少斤。可是，他再也不会知道，那一年的芋头是如何穰穰满家。

2008 年，是多灾多难的一年。年初，中国经历了大雪灾，五月又逢汶川大地震，我们民族万众一心，一起凝心聚力，共渡难关。

2008 年，又时值改革开放 30 周年。改革春风使中华大地再次焕发了活力，中华民族踏上了民族复兴的伟大征程。30 年的沧桑巨变，中华民族以崭新的姿态重新屹立于世界巅峰。

大鹏一日同风起，国家经济的发展，使得外曾祖父等无数商人有了更广阔的机会。萧招达作为一个小商人，亲身经历了中国自 20 世纪 30 年代至 21 世纪初国家经济的发展以及政府、大众对商人这一身份态度的转变。他与中国的经济一起从稚嫩走向成熟，他曾飘飘然立于云巅，被人羡慕，也曾恍如隔世坠入泥淖，遭人白眼。可谓历尽人情冷暖，世态炎凉。可无论如何，他始终不改初心。在潦倒时不曾自怨自艾，在得志时不骄奢淫逸。墓碑上镌刻的"一生简朴留典范，半世勤劳遗嘉风"正是对外曾祖父的传奇一生的最佳写照。

秉烛夜游，良有以也——曾外祖父的峥嵘岁月

云南财经大学　陈奕杉

第一次与他相遇，是通过黑白老照片中近日楼梁柱上那一副"铜柱巍峨，金汤巩固；商旅辐辏，民物雍熙"的楹联。那时，我的书桌上有一块厚重的玻璃板。玻璃板下的照片早已是边角微黄，但画面却分外清晰。张扬的行草，似是黑白默片上腾起的烈焰，诉说着那个血与火、铁与战的故事。

楹联上的落款是李子猷。那是我曾外祖父的字。他的名字叫李鸿纶——出自"世掌纶言传大笔，官分鸿序压霜台"，鸿业远图，经纶世务。

这成了困扰我多年的谜题：《世说新语》中的子猷不是"乘兴而行，兴尽而返"那样随心而行、自由放达的人吗？字大都是与名相辅相成的，可是曾外祖父的名和字显然是相互冲突的。曾外祖父究竟是如隐士一般终南皈依，还是如战士一般驰骋沙场？ 这一切，大概都关于那些旧时的悲哀、旧时的繁华、旧时的传奇，等待着我拾起这些在历史长河里的碎片，慢慢拼凑，厘清过往的家族记忆。

一、入学云南陆军讲武学堂

子猷自小所见之处，就是山河破碎，满目疮痍——"光绪间，外患纷呈，甲午、庚子诸役，国疆日削，赔款以亿万计"。他八岁时，日本积极向中国扩张，发动中日甲午战争，中国战败，签订了丧权辱国的《马关条约》。后来，列强以义和团运动为借口，派兵侵犯中国，北京沦陷，华北大

乱，东南各省督抚自行宣布中立，时局动荡。远离政治中心的西南边陲，滇人亦饱受外患侵扰：同治十三年，越南与法国签订《西贡条约》，成为自立国。光绪九年，两国又签订了《顺化条约》，自此，越南内政外交均受到法国监督。但法国并未满足于此，之后再次对越南出兵，将其君主幽禁于非洲，越南亡国，云南南部的边防陷入前所未有的危急情况。光绪十一年，英国军队攻入缅甸，缅甸亡国，云南西部边防亦陷入危急情况。面对如此巨创，滇人看到的却只有那部臣不敢拒、边吏不敢争之下愈演愈烈的西南之祸——不久后，法国攫取了滇越铁路的修建权、英法开始争夺云南矿产资源，更是立下了云南不许割让给他国的条约……

他在这样一个内忧外患的时代中一步步成长，这样一个时代亦给他带来了困惑：为履行条约，昆明开埠成为官商来往的孔道。同时，清廷派遣出洋的学生也开始学成归国，西方的思潮涌入昆明。子猷开始思考，当真如他们所言，圣上是异族，而"种族之界，其天性然哉"才是反抗清廷的理由吗？若有朝一日没了圣上，这天下该当如何？自己，又是否应当蹚入这洪流之中？太多的疑问，答案出口时，又觉得自己说得不对。可是，身处那样一个乱世之中，没有人来告诉子猷，究竟什么才是对的。那时，年轻的他，或许没有什么斩天断地的宏愿，但是更不愿安于现状而沉沦，唯有不断思考，不断探索。他却仍是无法冲破这时代的迷雾。

直到那一天，他看到翠湖西岸由四座走马转角楼围成的四合大院拔地而起，漆黄的建筑相较于之前承华圃的繁华，多了一分质朴，一分庄重。

为挽救腐朽垂亡的封建统治地位，清王朝开始效仿西方，建立新式陆军，兴办军事学堂。清新军编练的同时，新军军官数量极少，而且学庸品卑，培训在职军官成为当务之急。于是清政府对全国作出统一规定："各省应于省垣设立讲武堂一处，为现带兵者研究武学之所。"光绪二十五年，云南陆军武备学堂应运而生。它便是云南陆军讲武堂的前身。

"枕戈待旦，奔赴疆场，保卫家国，壮烈牺牲。要知从军事，是男儿本分。鼓起勇气向前进，壮哉中国民！壮哉中国民！"学堂内传来气势雄浑的歌声。

子猷不知为何，在学堂前顿住了脚步。那一刻，似乎有什么东西，推着子猷做出了决定：考入这所当时中国最新型的陆军军校。

学堂中，军事教官们都曾公费留学，接受了西方文化的洗礼，又受到了民主革命思想的熏陶；课教员或是进士出身，或是留学海外，皆有着自己的思想和主张。封建统治当局和进步师生对爱国主义的不同理解造就了学堂中极富特色的爱国主义教育。"伦理课"常常被用来讲述岳飞、史可法等精忠报国、抵御外敌的爱国故事，同时，也讲述明末节义之士薛尔望等的民族气节。革命大义、种族之辩、人权之说随着他们的宣传深入人心。子猷因此而受到了新思想的影响，找到了所想为之奋斗的方向。

学堂对学生要求严格，特别重视军事技能的培养和操演，马术、机械体操、剑术等学科训练强度极大，有学员调侃道："没几天你就会变成另一个人。"对于品行培养方面，学堂制定办学章程，对学员出勤、内务等方面作出明确要求，建立了一套完备的品德分评价体系，并将品德分纳入期末考核。

子猷在这样的学习环境中不断砥砺，于清宣统二年考入新军第十九镇三十七协七十四标一营任书记长。在营中，他结识了协统蔡锷。两人志趣相投，过从尤甚。在蔡锷的引导下，子猷进一步了解了同盟会的思想主张，并决心参加反清革命。

二、投身昆明重九起义

众人开始密谋革命。较于领军作战，子猷更偏爱锤炼文才。当时《云南日报》《星期报》《云南公报》等报刊中均可见到他的文章：或痛陈清廷昏庸，或拆穿列强控制云南的意图，或宣扬革命新思想。文风流畅，言辞犀利，深受进步青年喜爱。

1911 年 10 月 10 日，武昌新军工程第八营的革命党人的一声枪响，震惊全国辛亥革命的烈火，一路燃向云南，"人民如痴如醉，一般志士欲舞欲狂"。自武昌起义胜利的消息传到云南，革命志士们便开始积极筹划云南起义。10 月 27 日，云南腾冲爆发腾越起义并取得了胜利，更是坚定了革命志士们发动武装起义、埋葬清王朝在云南的封建统治的决心。

革命接连胜利的消息令时任云贵总督的李经羲感到惊惶，他下令加强督署工事构筑，调集并装备先进武器，加强兵力，严密保卫；规定部队中配发的步枪只能有一个弹夹五发子弹，并集中保管；对革命志士进行秘密搜捕并加以迫害。经他一系列举动，情况到了十分危急的时刻，起义不得不提前。革命志士们先后进行了四次秘密会议，共商起义之计，决定起义的兵力配置、攻击计划等。10 月 28 日，革命党人再度秘密聚会，确定于当年农历九月初九上午（公历 10 月 30 日）举义。

会议最后，子猷与他们立下誓言："协心同力，恢复汉室。有渝此盟，天人共殛。"铮铮之言，拳拳之心，这大概就是他们最好的年纪里，最好的模样。

举义当天上午，子猷接到了所辖部队延缓起义的要求："七十四标子弹皆空，不能举事，请缓期。"子猷一时陷入两难：李经羲调南防之巡防队两三营已经来省垣预防，先头已于重九之夜抵达了呈贡。如起义发动稍迟，敌方援兵抵达昆明，起义军的攻击就难以奏效，势必与督署形成正式对阵作战，处于不利地位。而若此时起义，起义军每支枪中只有五发子弹，仅足一分钟使用，昆明光复必将以重大牺牲作为代价。黄毓英了解现下的情况后，考虑到这极可能是因为军内外同盟会会员的准备工作已被清吏察觉，便在临时会议上提出，若再推迟起义，事机便将泄露，起义不可不行。几经商讨，革命志士们达成一致，即刻安排起义军军火搬运、补充工作，决定是夜举事。

午后八时，子猷被临时召集分配任务：他所在的七十四标一营将由唐继尧临时管带，从南门攻打督署。子猷忆及李经羲任督办时对学堂管理的尽心尽责，如今却要与他兵戎相见，一时有些感慨。但他深知，光复昆明，义不容辞。

九时，蔡锷忽然接到电话，称七十三标起义军在准备时被北洋系军人发现，双方发生冲突。起义消息因此泄露，起义被迫提前爆发。九时半许，北校场出发的起义军攻破城墙，向七十四标报信，催促其行动。听闻消息后，子猷率领部下立即投入战斗。面对起义军的进攻，督署倚仗先进的装备和防御设施负隅顽抗。起义军深知在李经羲对弹药一番搜刮管控后，弹药成了影响起义成败的关键因素之一。但军械局防御工事准备充足，且武器火力较猛，缺乏弹药的起义军无法对之造成有效的攻击，起义军陷入被动局面。部队难以前进，身旁伤员愈来愈多，子猷焦灼起来，频频寻求弹药补给，却得知军械局战况亦不理想。无奈之下，只好尽力拖延战线。

黎明时分，炮兵管带谢汝翼前往军械局支援，指挥士兵挖地道，以地雷炸开东侧围墙攻入军械局，于 31 日 10 时许占领军械局，为其他部队提供了枪弹补充。

得到补充，部队终于得以向云贵总督署发起猛攻。在朱德联系下，署内守军军心动摇，开始投降。31 日午后一时半，云贵总督署被攻破，起义胜利。

重九起义胜利后，子猷一众人紧锣密鼓地投入了制定云南军都督大纲的工作中，力图尽快恢复社会秩序，确立民主政权。

子猷后来总会想起那日——红日衔山，银河垂地。府邸之中，烛台上的烛火摇曳着，驱散漫天黑暗。临时召集的命令传入，他的目光自烛台之上移开，走向夜色拉出的黑幕之中，脚步轻缓，却有一分别样的笃定——纵匍匐在地，也要以最优雅、最高傲、最悲壮的方式给历史留下一道深深的印记。对于黑暗，不是回以怨言、眼泪，而是头也不回的决绝与嘴角无畏而美丽的微笑。戒不能见可遇，戒无有作，戒念高危。可是，"欲求非常之功，则无务为自全之计"，纵"千金之子，坐不垂堂"。而总要有人试着走过去才知何处是危墙。若畏首畏尾，瞻前顾后，不肯入高危之境，又如何求得有为呢？人人都想坐明堂，居庙堂，那他们不妨来为世人一试垂堂。"秉烛夜游，良有以也。"纵前路渺茫，后有豺狼；风雨如晦，日月无光，于他们，不过是秉烛夜游罢了。

毕竟心中有光明的人，是会向外散发光芒的。也许这照不亮一个时代，却也使之不太过昏暗，于是人们得以循着星星点点的光明，探索道路。而后，千百盏烛灯交汇时，白昼终将冲破四荒，经久不衰。

身披黑暗，依旧可以看到圆满的可能，于是秉烛而往——这便是那代人。他们活在凋零中，也活在盛放中。人之一生，不过如是。

三、参与护国首义及云南建设

"云南起义，其目标之正确，信心之坚强，士气之昂扬，作战之英勇及民心之振奋，与黄花岗之役，辛亥武昌之役，可谓先后辉映，毫无轩轾。"云南于辛亥革命胜利后成立了"大中华国云南军都督府"，不同于他省，当时军都督府各个部门的主要负责人，都是二三十岁的青壮年。他们朝气蓬勃，风华正茂，思想新潮，满怀抱负，具有开拓创新的勇气和思想。革命党人紧握领导权，未曾为一己之私利盘算，于是云南整个民主进程中并未出现太大的反复。都督府对内进行了一系列改革，派出部队前往滇南剿匪，捍卫辛亥革命成果；对外援川援黔，入藏平叛，抵抗英国侵略，又是三战三捷。

子猷在起义胜利后被蔡锷都督任命为其麾下的军需局长。此时云南正派兵支援川、黔光复，花费颇多。而军府新立，百废待兴。于是，蔡锷撤换了一批只想升官发财的县知事，任用克己奉公的青年知识分子代替他们，在军队中也任用一批青年的军官，从而在政府机关和军队中注入了新的民主血液。因此，子猷得到更多机会。除了担任军职外，他还成了首任富滇银行的总办，参与到云南近代经济建设之中，并多次代表唐继尧赴港、沪活动。

闲暇之时，子猷总会提笔记录这个时代的点点滴滴。云南人善联，"天下第一长联"大观楼长联、窦垿岳阳楼明联、武侯祠《攻心联》……无一不对仗整饬，具有鲜明的家国情怀。子猷也素爱写联。他说，写联时，只有在一个字、一个字的用心中，才能闯荡出别样的江山。一如置身于这个时代之中的人们，唯有不断思量，不断琢磨，才能在庸庸碌碌的人群中，厘清成长与前进的方向。一次，子猷与唐继尧、袁嘉谷、周钟岳、由云龙、吴琨、王九龄等好友一同登上近日楼。那时的他们，正是意气风发的青年，有人提议写联，众人纷纷响应。子猷远眺经一系列现代化改革后呈现出新气象的昆明城，略加思索，挥笔成联：

铜柱巍峨，金汤巩固；

商旅辐辏，民物雍熙。

云南地处偏远，经济闭塞，生产技术较为落后。此时各省协济又骤然中断，中央也无力拨款救济。但在子猷和同事们筹办公债、清除陋规、流通货币、加强厘税管理等努力之下，云南呈现出一派欣欣向荣的气象。财政不仅没有赤字，反而在中央财政紧张之时拿出结余支援中央。这是李经羲在职时未曾有过的盛况。

子猷写下最后一笔，人烟辏集、和乐升平的图景仿佛在楹联中徐徐展开，让他坚定了为实现民富国强、民族复兴而奋斗之理想。但他未曾想到，共和之门会再次被掩上。

民国四年，袁世凯攫取了辛亥革命果实，意图复辟帝制。蔡锷几经周折，带着对袁世凯的失望回到昆明，与子猷等人共商护国对策。几人于当年12月24日向袁世凯发布他们共同的心声——"最后之忠告"："于滇将军，巡按所陈各节，迅予照准，立将段芝贵诸人明政典型，并发命令，永除帝制……否则土崩之祸，即在目前，噬脐之悔，云何能及？"电报未得答复。子猷再一次投身宣传工作之中，呼吁共和。

当月25日云南宣布独立，成为护国运动中首义之省，发动护国战争，力图推翻袁世凯统治。子猷参与谋划后续运动并投身战役。护国运动期间，他向孙中山先生递交建议信，得到孙中山先生接见。工作之余，也积极参与宣传民主、人权观念的工作。在众人的宣传下，民主共和观念深入人心，整个昆明在云南独立后呈现出一幅悬旗结彩、欢声雷动、士气高涨、爆竹声不绝于耳的图景。民国十二年，子猷应邀撰写了《民国四年云南首义再造共和节略》一书。撰写过程中，他坚持实录精神，真实而生动地记录了云南护国运动始末。这是后话。

民国五年，子猷听闻蔡锷将军病逝。那位指引他走上革命道路、亦师亦友的故人，他们共同期许的盛世图景都还未曾来得及看便已在他乡离去。过往的潮水漫过心胸，浮在眼前，子猷悲从中来：

    天风鼓荡，海水悲号，白马素车，半夜波涛归瀛海

    惊死奸雄，再造共和，丰功伟业，千秋姓字炳中华

他思及云南走入共和之门的种种不易，曾经只想于乱世中安稳度日的自己不知何时，已被心怀家国、为民请命的自己取代。而今，故人已逝，自己更应当捍卫来之不易的革命成果，为维护民主而奉献此生。

民国六年，张勋复辟，解散国会，子猷等一众革命志士倡建靖国军，带领云南宣言护法。护法运动轰轰烈烈地展开。

护国运动、护法运动中，唐继尧任总司令，子猷辅佐唐继尧主持后勤工作，担任云南陆军军需总监、兵站总监、禁烟总办、军务部长等职务。战役结束后，总统黎元洪补授子猷为一等军需正。

子猷却在这段于他而言无上荣光的岁月中再次陷入了迷茫：他看到西南军阀和北洋军阀和战反复，看到战役背后的权力争夺，看到再次陷入分裂的国家。这绝非他想维护的民主共和。究竟是什么造成了如此的局面？究竟如何才能救国？

"利不苟就，害不苟去，唯义所在"，子猷从未看重那些虚名。国家能够河清海晏、光风霁月才是他的心之所善。他也将为此，九死不悔。

四、谆谆育子报国志

岁月如梭。已为人父的子猷逐渐注意到了一股新生的力量。1926 年 11 月 7 日，中国共产党在云南的第一个地方组织——中共云南特别支部成立。子猷总能从那里听到一些新鲜的词语，并且对他们所说的"中国是一个许

多帝国主义国家互相争夺的半殖民地"产生了共鸣。

1935 年，中央红军自昆明郊区而过。听着百姓们对这支纪律严明的部队的赞美，子猷忽然发现，他的困惑得到了解答。他想到俄国十月革命的胜利。或许，这也将成为中国的救国之路。

至于抗战时期，在子猷定要为国做出贡献的教导之下，他的长子加入了云南地下党，新中国成立后进入云南省委，曾任副省长秘书；次子参加了边纵；三子、七女参与了党的外围组织；四女婿受党的委托先后任富民县县长、呈贡县县长。因子猷声望极高，反动势力不敢对家族有所动作，所以家族住址小吉坡成了地下党的居住地与秘密会议进行地，为地下党活动提供了良好的隐蔽；它也是支援抗战的外国友人借住之地，彼时年岁尚浅的六女就深受借住于家中的飞虎队，尤其是陈纳德将军的喜爱。

再后来，新中国成立，可多年的操劳让子猷身体状况急转直下，最终逝于 1951 年。子猷成长于共和国的幼子也是一生勤恳，1971 年底商业厅招工，他从仓库挑选、管理、搬运工人做起，成为公司皆誉之"两袖清风"的党委书记。他便是我的外公，言传身教，将这段往事向我慢慢诉说。

后记——十年饮冰，难凉热血

历史，便是赋予一段时光以生命，并为其真正的生命力量做出辩解，让人置身于这个庸庸碌碌的时代中有力量去厘清前进与成长的概念。我们每一个人都在给历史留下或深或浅的印记，历史也塑造了已非昨日之我的"今时之我"。它推着我们做出选择，未曾给过我们步步为营的机会。因为刻意安排的，那仅仅是一个故事；而历史是属于时代的传奇。追溯历史，便是让我们更好地传承。

某种意义上，追溯并铭记历史的我们，所做的是拾起经年的记忆，让后人借之以取暖。对于家族史尤甚，"所贵乎史者，述往以为来者师也"，那是一代代人活过、爱过、追求过的印记。它为后人留下先辈的风雨人生、苦乐甘醇，一切的一切化作歌，跨过时光的经纬线，琅琅作响。细细品味，慢慢雕琢，于是无悔。毕竟这样的文字真实地反映着我们的存在，并让存在的我们成为最好的我们。后人徜徉其间，将会对家族性格的一脉相承有所感慨，对家族在时代中所承担的分量更为明晰。

家族的故事并不该就此结束于某一代人的离去，而应在每一代传承者的世界后落地，生长。让记忆成为后人悉心典藏的静与暖，此生的信仰，并能在需要时审视自己精神上的困顿与价值上的迷茫。

我作为这段家族记忆的传承者，也一样。这位连照片都未曾留下的老人，以他的名字同我相遇。从当初的懵懂，到在漫漫时光中，一路跌跌撞撞地成长，慢慢读懂了那些真实而热烈的瞬间，懂了那些希冀与嘱托，并日复一日地，将这些记忆朗读：

"乘兴而行，兴尽而返"和"鸿业远图，经纶世务"在曾外祖父身上并不矛盾。向往自由，于是为众人开创一个自由的时代。即使前路坎坷，但他为心之所向，怀着无惧于深渊回看的勇气，于是所向披靡。在那一代人的身上，也不矛盾——他们面对历史的洪流保有本心，不因时代的局限而自怨自艾，而是化作烛火，照亮前路，终将为一个民族构筑精神层面的灯塔，迎来曙光。这何尝不是一场尽兴的秉烛夜游呢？这在今天，更不矛盾。这将是一个时代中最为璀璨的光芒——我们为时代所发出的，属于我们自己的，最有力的声音。二者的统一，才让我们不仅仅成为更好的自己，更开创出一个多元精彩的新世界。

手执烛台，缓缓走向黑暗，不是为了被黑暗吞噬，而是为了永远年轻，永远心怀理想的自己，为了那一分圆满的可能，为了保有敢于对以力压人、野蛮独裁说"不"的，不屈的、执着的、高贵的灵魂。于是我们将有力量在不同的声音向自己涌来时，做出遵从本心的选择，并以己之光照亮自己和他人探索的道路：不论生为何人，所处何地，身负何名，所行之路，所为之事，皆心之所向。再回顾这一生中所经历过的一切，不过是，秉烛夜游罢了。

身处时代的洪流中，我们或许会在未来的某一天归于平凡，平凡到连名字都没有留下。但曾经自信、笃定的容颜是会被历史渲染得愈发生动的。这也是我的家族将自己深深嵌入祖国成长年轮中的最好体现——爱着，怨着，守着，望着，不论遭遇何等的不如意与辛酸，绝不会撒手远离，而是将那一颗对华夏眷恋的小小种子种于心田，代代相承，光耀千秋。

毕竟历史的意义，并非让我们沉湎于过去，而是让我们怀着满心的期许与勇气去开创，高歌向前。

于是，纵置身于茫茫黑夜，价值坐标却不曾迁移，信仰亦是从未离场，此生，化作烛焰，为追寻那一方绚烂天光，指引航向。

姥爷的爱与热情

北京师范大学（珠海） 萧天然

幼 时 初 缘

清冷的初阳没睡醒，惺忪的光，一缕一缕、不紧不慢地自窗帘隙中漏下。光柱间，灰尘悠哉。忽地，被沙哑马蹄表的声波荡漾、打散。他一伸手，灵巧的小手指又一次准确地按掉闹铃，这时才猛然睁开圆圆的小眼儿，耍赖般拧拧身子坐起，搓一搓肉嫩的脸蛋。

"清晨帘幕卷轻霜"，瞧那院子里蔫头耷脑的小草吧，定是被昨夜的初秋雨以霜封印了。他却仍旧利索地拽开硬涩的木抽屉，取出泛了点潮的画本——一沓不知出自何处、尺寸不同的纸，被发黄的细线系在一起，它的封皮一页是蹭花了的关羽舞着青龙偃月刀，右下角是歪歪扭扭的"张正贵"——再拿上一截短铅笔，跑过厅廊，与准备早饭的刘妈问个"早"，便雀跃进了小院子，在湿漉漉的霜草上支起木马扎儿，迫不及待地翻开昨天画了一半的岳飞驰马，开始一点一点描画耀眼的盔甲。水迹爬上马扎儿腿，太阳攀到正头顶，一画一入迷，又是大半天……

这就是我的姥爷。他出生在吉林省长春市一个较为富裕的家庭中，他的父亲（我的太姥爷）是一家生意兴隆的杂货店的掌柜，母亲也在店中帮衬。当然，还有干活的伙计。家里条件是不错的，有洒扫兼做饭的刘妈，还有个小院子，姥爷最喜欢的就是在那里画画度过一天。

男孩子喜欢舞枪弄剑的名将大侠，其他人都是看故事，姥爷却更喜欢那些飒爽的身影。他最喜欢父亲叫他去集市买东西的差事，虽然路远人多，但挤过熙熙攘攘，将买来的东西暂放在地上，就可以一睹连环画小摊上的大侠形象了！他小心翼翼地拿出偷偷夹在腋下才带出来的画本，甩甩又酸又痛的胳膊，草草照着书摊上的连环画封面临摹上一两个刺客行侠的形象，就抓紧时间往回跑，生怕一入迷就耽误了时间，被父亲批评。气喘吁吁中，哪儿还有闲心驻足于糖画、泥人的摊位前？到家后也顾不得休息，蹑手蹑脚"钻进"小院里，坐到马扎儿上，为刚才的轮廓添上灵魂。

有时候，画纸用完了，又没处再得到，姥爷只好在地上和墙上施展画功。随着武松的力拳砸向猛虎、刘备骑着的卢马越溪而过，很多好奇的小伙伴们都来"围观"。一次，邻居的小男孩拉他去看皮影戏，姥爷一句唱词也没听清，一点情节也没看懂，却被剧中形形色色人物的武打场面迷得神魂颠倒。回来后，好奇心和动手能力都超强的姥爷自制起了皮影人儿。先画再剪又贴，接着用线穿起来，系到筷子上，利用窗台的玻璃演起皮影戏来，嘴里还"咿咿呀呀"地唱着点什么，真像那么回事！来看的小伙伴们不禁频频喝彩。

欢声笑语中，突如其来的粗犷一喝破坏了氛围："别玩了！这样下去非学坏了不成！"姥爷的父亲板着脸出现了。

姥爷的父亲，也就是那位掌柜的，对姥爷一切与画画有关的活动都持坚决反对的态度，所以姥爷总是早早起来先偷偷画一会儿，待父亲去店里工作时，他才敢一画大半天。

姥爷的父亲是个地道的山东人，曾在20世纪30年代只身"闯关东"。那是一个"眼见风来沙旋移，经年不省草生时"的年代。土，被肆无忌惮的狂风卷起，夹杂雪粒砸到他脸上、身上，连沧桑的树木都在咆哮，皲裂的足底踩过岩石、蹚过河流、踏过沙地，终于成功闯到了东北。尝遍人间酸苦辣的他，最羡慕的职业就是在中药店为病人看病开方的"坐堂先生"，生活稳定安逸。他希望他的儿子可以替他完成这个心愿，所以常常带姥爷造访一位老中医。姥爷从他们的言谈中得知：他们商定好，姥爷小学毕业后，就去做这位老中医的学徒。姥爷呢？却一点不为所动，因为小小的他就已经知道自己酷爱画画，并且只爱画画。

那时候的姥爷，由于时代、年龄、知识渠道的限制，对于其他的一切，不了解也漠不关心。这是他孩提时代的专注与坚持，也许只是因为生活里只有画画，但作为触角发达的孩子，若生活中只关注于一件事，还不足以证明他的爱吗？

以 毅 求 学

中华人民共和国成立那年，姥爷10岁了，上三年级（6岁上学的姥爷在两所不同的学校上过两次一年级）。那个时候，生活稳定，"政通人和，百废具兴"。单纯武侠题材的连环画不再能引起姥爷的兴趣，他也不甘于只是照着"乱画瞎画"。四年级时，姥爷实在学画心切，就独自拜访了画家雪岚先生，雪岚先生看他"武侠画本"中的画颇有天赋，又瞧他对画画有如此难得的热情，便同意在工作之余教他画画。此时的男孩喜上眉梢，溢出了最激动、最感恩、最幸福的笑容，并暗暗思考：这个机会万万要抓住呀！从此，课间再也见不到姥爷和同学们玩耍、打球，只有他埋头写作业的背影。放学铃声一响，他背起书包就往家冲刺。完成课业后，最难的，是要绞尽脑汁想一个理由出门，或是去同学家，或是找老师补课，这样才能踏上去往雪岚老师家的路。

一次课上，雪岚老师取出调色板，却翻了一个面，轻轻拿起毛笔，浸在淡紫色的颜料中。接着，他抬起苍老的大手，缓缓地在调色板背面舞动、回旋，只见板上霎时开满了生机勃勃的牵牛花，随之还出现了遒劲有力的两个正楷大字"毅力"。他把板子递给姥爷，语重心长地说："学画要有牵牛花般顽强向上的毅力。任何挫折都不会使你倒退，才能学好。"姥爷震惊于这栩栩如生的牵牛花，更记住了雪岚老师的第一句教诲，因此决定再加把劲，更加严格地要求自己。就从最基本的考勤开始，从姥爷家到雪岚老师家有整整四公里路，还是小学生的他，竟从没有任何一次因为身体劳累或风雨雪寒而迟到缺勤。这样的坚持，困难到难以想象，可是小小年纪的姥爷仍然做到了。我想，那时候的他可能还说不清自己坚持的动力来源（也许是牵牛花吧），也并没有所谓风雨无阻的概念，更不是做给谁看的刻意坚持，只是单纯地源于心底对画画最真挚、最热情的爱，源于思想里、骨子里的默认：学画，就是最重要的大事，无论如何，不能耽误！

一年寒假，姥爷在闹市区闲逛，突然看见一处墙上挂着很多人像画，并写着"六元学费，十天学会"。这可大大吸引了姥爷。人像，是他以前从来没有接触过的领域。儿时的探索和雪岚老师目前的教学都没有任何涉及，探索新领域的好奇心促使他翻遍衣兜找钱，可惜东拼西凑只弄出三元，虽然家里拿得出另三元，可是绝不能让父亲知道呀！于是，他展开口舌战，与收学费的负责人商量的结果是：先付三元，另三元过几日再付。好吧，总能想出办法，先学着再说。开始学画那天，老师讲了些似懂非懂的道理之后，取来了一把放大尺，将小相片放大在四开的纸上，再用毛笔蘸上碳粉抹擦，于是像就"像"了。原来就是这么简单的事情！这一下子使姥爷失去了兴趣，一点也不值得钻研的"表面货"对他没有吸引力，只有值得探索的深奥的"内涵货"，他才认为值得学十天、学一辈子，所以这闹市区找来的绘画课只上了一半，另三元钱也自然是不用交了。

小学毕业了，上了初中，真如姥爷以前所听到的那样，他被父亲带去随老中医学医了。白天上学，放学就去中药店，这样一来，不得不与雪岚老师的美术课诀别了。姥爷心如刀绞，痛苦难当，却不敢反抗父亲，忍痛带着画有牵牛花的调色板离开了。学医，他当然是心不在焉，几次趁老中医出诊的工夫，偷偷临摹各种各样的中药。刚开始，父亲常为此大发雷霆，可后来竟就只剩无奈，认为此子鬼迷心窍于画画，已不可救药。

初中二年级时，姥爷的父亲病得很重，由于医疗条件不好，最终不幸驾鹤西去。姥爷的母亲在他很小时就已病逝。短短一天工夫，姥爷竟从半个"少爷"，沦为了贫苦的孤儿。父亲离世的悲痛、无亲无故的绝望与生活景况巨大变动带来的不知所措，让姥爷一下子跌入谷底，中医自然是不学了，但生活又要如何走下去？还好，他的一位发小儿王凤珍给予了他一线希望。王凤珍与姥爷住在同一条街上，从小一起玩耍。她家以贩卖茶叶为生，家境贫寒，自然无法给予姥爷住所，但是她的亲戚霍姥儿收留了这个深渊中的孤儿。姥爷怀着无限的感激，重燃起对生活的激情以及对画画的痴心。在霍姥儿家，条件大不如从前，想吃什么、想买什么再也不是一应俱全，甚至一年四季也只有几套衣服可以穿。不过姥爷可没有半点懒惰懈怠，由于画画再也不用偷偷摸摸，他反而更加勤奋了。即使没有了"野芳发而幽香"的小院子，在地上点一支蜡烛也足矣。

重新拜师也是眼下一大要务，由于姥爷学画的热情高涨，水平又突飞猛进，在初中里有许多老师热心指导他。在他记忆中印象最深的是郎德山老师，那是一位心地善良、画功深厚、爱好广泛的好老师。他很有思想，首先认为画画必须心静、专注，所以在外出办事时常把姥爷一个人反锁在屋里画画，让他学会"静以修身"。郎老师还认为画画要有创新，学生不能一味模仿老师，所以带着姥爷去各种风景独好的地方写生，培养他独立构思的能力……有时，他还会给姥爷讲讲文学作品，这让姥爷的涉猎更加广泛。初二的暑假，姥爷天天搬个马扎儿坐在霍姥儿家门前的阴凉地读小说。早晨坐在门的左边是阴凉的，随着阳光上来，一点一点挪动马扎儿，黄昏时他总是不知不觉已坐到了门的右侧。读书的一整天就这样很快过去了。

这一次的坚持比单单走四公里路难多了，姥爷面临的是心灵与身体的双重考验，但他依旧像牵牛花一样向上攀登。这次，他长大了许多，一定也明白了自己的初心就是对画的热爱、对美术的执着，无论发生什么都要守护这最纯粹的信仰，都要对自己最爱的事情倾尽全力。生活跌入低谷时，是这最初的信仰又一次撑起姥爷，又一次让他对生活充满了热忱。

"长风破浪会有时，直挂云帆济沧海。"初三时，姥爷创作的油画《妈妈上夜校去了》《迟到的人》分别被选中参加了吉林省和长春市的美展，许多插画和漫画作品也在报刊上发表了。姥爷更是凭借自己的实力考上了著名的美术学府——鲁迅美术学院附中。

业 始 于 爱

可是，命运总是多舛。才上了一年高中的姥爷患上了肺结核。这场大病，让他迫不得已选择休学。此时的姥爷忍痛独自承受着暴风雨的侵袭，就在快要倒于这片混沌之中时，王凤珍又一次出现了。她四处求医买药，还担起为这个病号补充营养的重任。众所周知，鸡蛋是病人最好的补品，对各种重病都极有好处。可那时候，王凤珍一家一个月的收入不到四十块钱，鸡蛋却几乎一块钱一个，这可怎么办？那就这么办——王凤珍省吃俭用，打起零工，讲起价钱。无数个午夜而归、无数次口干舌燥，当然还有自己顿顿吃窝头咸菜，竟真使姥爷成了那个年头难得的能够两天吃到一个鸡蛋的人！在王凤珍一年的细心照料下，姥爷康复了。体力与活力恢复的同时，还萌出了新芽——困境中的友谊蜕变为真挚的爱情，姥爷与王凤珍结为伉俪。没错，王凤珍女士就是我的姥姥！姥爷以后在工作领域之所以能够任意驰骋，就是因为有姥姥这位"贤内助"操管着家中的全部事务。

不久，吉林人民出版社开始招新。姥爷心想：学业已经中断了这么久，再捡起来还需要适应期，很是浪费时间，不如到出版社试试加入一项工作、担起一份责任，没准在工作中学习，可以碰撞出新的火花呢。于是，在1959年，20岁的姥爷走上了工作岗位。他全然不知，这是一个崭新挑战的开始。

当时，姥爷没有被分配到专攻他以前热衷的漫画、水彩或是木刻的岗位上，而是被安排在了封面设计这个空缺中，也就是负责书籍的装帧设计。这是一项他从前听都没听说过的工作。

其实，书籍的装帧设计就是书籍生产过程中的装潢设计工作。其主要任务是将材料和工艺、思想和艺术、外观和内容等组成和谐、美观的整体艺术。简单来说，即是选择书籍尺寸、设计书籍封面、决定书籍材质等。优秀的书籍装帧可以让读者眼前一亮，更有兴趣翻开并阅读完一本书，并从中获得快慰与享受。但在当时，这个工作很不受重视，人们认为其登不上大雅之堂。甚至在五四运动之前，中国人压根就不知道世界上还有这样的工作。正是鲁迅先生对书籍装帧艺术大力倡导，中国书籍的装帧形式才有了很大的革新和创造，才涌现出了许多为平装、精装书籍设计的封面、版式与绘制的插图，也是随着鲁迅先生自己投入了书籍装帧工作，才有很少的一部分人成为这项工作的"专职人员"。由于缺乏充分的了解，姥爷对它并没有"一见钟情"，但他还是听从了出版社的老同志推荐他走上这条路的建议，因为反正都是在工作中学习与尝试，这正是姥爷所擅长的新领域探索，不就和儿时做皮影一样嘛！

1963年，姥爷随着前辈到北京进修。这一回他可开了眼界：《红岩》《李自成》《黑面包干》等以前读过的名著，原来都可以有这么美丽又富有意味的封面！感叹与欣赏过后，姥爷更是明白：这书籍装帧的设计工作其实也是一门艺术，同样很需要他以前所学过的各种美术技巧，非常值得深入钻研。他还发现，这项艺术能带给读者很多美感与享受——当人们以读者的身份面对书籍时，单色的封面多么枯燥乏味，就像姥爷小时候看的四大名著，软软的封皮、霉味的薄纸，要不是内容引人入胜，恐怕早就不想看了。而姥爷这回去北京看到的封面可迥然不同，它们像画一样，如艺术品一般，让人爱不释手。要是自己也能拥有这样创造性的神力，该多好呀！姥爷对封面装帧设计产生了浓厚的兴趣，书装艺术真真正正在他心田上扎下了根，茁壮生长，他开始了自学。

刚开始，书装界新手的自学难上加难，于是姥爷便向前辈请教。美术编辑室主任吴龙才、美术编辑马腾骧都是他"俯身倾耳以请"的对象，这一自学招法让姥爷"卒获有所闻"。还有一招叫"书店扫描"，姥爷一有空就去新华书店，在浩如烟海的封面中全面"扫描"。肚里有了些"装帧墨水"后，亲自的尝试与不懈的钻研是自学中最重要的一招，姥爷在设计《洮河飞浪》的封面时，竟一鼓作气设计了48个封面色稿，直到满意为止。

1972年，姥爷进入吉林省"五七干校"学习，并决定利用空余时间提高专业技术——绘画。姥爷主要临摹各种乡村风景图，在新年时这些图画还被印发在师生的贺年卡上，这下子，他每天坚持画画的事迹被传开了。很多人了解不详细，只知道他的工作与绘画大有关联，看他这么刻苦努力，便奉姥爷以美名——"张工作"。

向农民学习，需要亲身下农村，干各种各样的农活。姥爷从来没当过农民，还真的非常不适应。他的小腿肿了起来，轻轻一按就会陷下一个小坑，很久才能恢复原样。至于伙食，是干到哪个村，就在哪个村吃饭，一个工作小组会被派到一户农家，与农民们同吃那一成不变的又咸又软的酸菜丝配上大片白花花的肥肉。姥爷很不习惯吃大肥肉，但一个大小伙子不停地干活，真是饿到极致！于是，他夹起肥肉放入口中，不加咀嚼就生生吞下，再马上塞上几大口碴子饭压一压油腻。说到碴子饭，姥爷一顿可以吃光五碗，让所有人都特别震惊。村支书负责派饭，每每派到姥爷所在的小组，都笑眯眯地叮嘱上一句："'张工作'要来了，他可能吃呢，记得多做些啊！"

与生俱来的探索欲和坚持心，使姥爷在参加工作之初便燃起的对书装艺术的热情，始终没有丝毫减退。甚至，他已经领悟到了书装艺术的本源——为读者服务——无论发生什么，都不能让封面流于形式，因为这么做不单是对读者的不负责不尊重，也暴露了艺术追求的不足，更是对书装事业的不公平。可以说，姥爷对书装艺术的初感情、初坚守就是源于对艺术的爱、为读者服务的心和对这项事业振兴的责任感。这不是初来乍到就盲目自信，这是漫漫长路开始的信念！

钻 入 深 境

1979年，姥爷接到了设计诗集《北方》封面的任务，作为一个土生土长的东北人，他对"北方"二字的感触太深了。在第一稿上，既有白皑皑的雪山，又有冰冻的河流；既有雪落屋顶的小房子，又有出没无踪的黑熊白虎。画纸上已经没有地方了，心中的银色松柏、广袤平原、欢乐人群却都还没有呈现……没关系，再来一稿，这回都画得小一点，必然能装下，毕竟前辈们总说封面要有"容量"，多画一些有特点的东西，才有"容量"啊！可是，都画上后，并不尽如人意——画面显得杂乱无章，东一榔头西一棒槌，没有特点还不美观——这是怎么回事？那就只挑一个最有特点的景物画吧。姥爷这样想着，却不知挑哪一个好，在他心里，这些代表北方的景物都是同等重要的。

既然是给《北方》这本书设计封面，就要看这本书侧重了哪些景物。前辈曾经教导姥爷：如果摸不清重点，就要向内容"求助"。于是，姥爷静静地翻开诗人卢萍同志的诗集《北方》手稿，那富有诗情画意的北国景色使姥爷的心灵大受震撼与感动。诗歌特有的风韵也让姥爷明白了，给诗集设计封面就要有诗味，要弃繁从简。几经推敲，最终将特色景物定为具有象征意义的"林海雪原"。

但是动笔开画有些小困难，因为当时东北的电压极不稳定，到大部分人下班回家的傍晚时分，姥爷那盏有利于绘画的变压白灯管台灯就怎么也打不开了，所以必须抢在大家回家前按开台灯。这项"艰巨"的任务就交给了我的母亲。每天一放学，她就急急忙忙往回赶，一定要在下午四点之前，轻轻按下那个开灯的小钮，看灯管仍旧毫无保留地呻吟、折腾、闪、灭了——第一次按总是跳不亮——又一次按下开关，呻吟、折腾、闪……亮了！这样，姥爷下班回家后，就可以马上全心投入设计工作了。

终于，只见画纸上，一排写意的银松静静立于中段，三名伐木工人身着蓝红色的外套默默走进深山，其中一人背影稍远，好像急于开始工作，另两人背影稍近，似在聊着、笑着，倾诉着生活的点滴。背景满版空白，但好像可以看到那无边无际的林海雪原。银色世界的特有意境，又被左下角一台拖拉机点缀得活泼可爱，整幅封面完美地呈现了诗集的主题。

原来，姥爷刚开始是陷入了图解式的窠臼，没有真正明白什么是"容量"。因此总是和盘托出、面面俱到，想把内心的激荡都表现出来。但这样一来，画得越多越说不明白，越说不明白越要多画，反而乱了套。

后来，姥爷渐渐明白了一种装帧艺术的特殊语言——立意。就是抓住书籍中的一个重要中心或线索，概括成一种意象、一类风格，以其为核心展开设计。而且，一定要留给读者更多思想驰骋的空间。前辈口中的"容量"，并不是说封面上要有多少东西，而是说一个封面能让读者想到什么，往往景越藏则意境越深，方能"使玩之者无穷，味之者不厌"。这才是"大容量"的真正含义。

姥爷长舒一口气。

此时，窗外"忽如一夜春风来，千树万树梨花开"，门口那一棵松树，被梨花"千朵万朵压枝低"，松枝向下腼腆地坠着，静美之感像极了刚刚出炉的封面上的银松。哦，不对！是封面上的银松像它才对！姥爷画得太逼真、太有意境了，以至于自己都分不清画面与现实了。能把银松展现得这样淋漓尽致，或许是因为家门口的这一棵松树始终陪伴着姥爷工作吧。

设计不只需要过硬的专业技术和驰骋的想象力，直接的生活感受和间接的生活积累也是非常必要的。姥爷过去认为装帧设计工作主要靠书籍内容进行构思，再加上平时多搜集一些设计资料，多看一些优秀作品就可以了。看来，这种看法并不全面。

于是，姥爷这个充满探索欲的好奇行动派为了"林海雪原"的艺术追求，四次进入长白山山区写生，寻求北国风光最深沉的奥秘。一次入山，天色已晚，片片乌云又聚于头顶，豆大的雨点倾盆而下。姥爷和一位诗歌编辑同行，山中夜雨并没有在一开始就使两人畏惧，他们笑着躲进一个空荡荡、臭烘烘的土屋，还互相嘲笑着被淋湿的窘态。可是，"雨脚如麻未断绝"，长长的雨丝直拖到地面，仿佛是一根根冰柱斜斜伫立于天穹地表之间，还传来万马奔腾一样密集的鼓点声，这可就砸得两人有些心慌了。午夜风啸，不断掠夺人体的热量，若是突然"虎哮"，冲出一只大虫，怎抵挡得住？两人快快捡来石块，随时准备当一次"武松"。还好，林场的司机比大虫先找到了他们，开车载他们下了山。

这次的经历让姥爷彻彻底底认识到人类面对发怒气候时的无奈，面对可怖自然时的渺小。怀着愈发清晰、沉重的对天地的敬畏，姥爷又一次翻出《北方》曾经的终稿，提笔将三个彩色的背影改得更渺、更小了……这次，画面更加空旷，留白更加丰富，充斥着的不只有对"林海雪原"的遐想，更有天地无垠的徜徉。

这一部优秀的艺术品，荣获第二届全国书籍装帧艺术展览会一等奖（1979年）。

长春电影制片厂拍摄的电影《祭红》可谓家喻户晓，这部电影改编自鄂华先生的小说《祭红》。姥爷与鄂华先生是至交，几乎看过他所有的文学作品。接到为老友的小说《祭红》设计封面的任务时，姥爷充满了信心。有人说："书装工作者正是因为有了对原作和作者的深刻的理解，才有了责任感和发言权。"（胡清：《访装帧艺术家章桂征》，"章桂征"为姥爷的笔名）读过这本小说后，姥爷运用以前积累的经验，将最初的封面立意定为小说主人公老窑工的悲惨遭遇——他先是在封面下角画了一个老窑工的憔悴形象，然后着紫底白字，以此阐释旧社会底层人民的卑微无奈。可设计完成后，精益求精的姥爷认为这封面太普通了，缺乏新意，只能先保留，还要再提高。

凭着对鄂华先生的了解，姥爷知道其作品总有一条线索，《祭红》肯定也不例外，只是这线索并不是"老窑工的遭遇"，否则着眼于此设计的封面定不会如此平平。姥爷想着，再次翻开了《祭红》。

当读到"祭红大瓶，被残忍砸碎"时，姥爷恍然大悟：线索不就是"祭红大瓶"吗？于是，姥爷着眼于古瓶，重新开始设计：第一稿，一尊红色古瓶端端正正地立在正中央，不过好像不太对，怎么像一个瓷器鉴赏图鉴的封面？第二稿，只有一尊白色古瓶的剪影，被黑色书脊残忍分割为两半，破碎缥缈之感好像化作翠玉流苏牵动着读者的心，为小说中人亡艺绝的悲惨结局落泪之余，也静下来默默思考起主人公和古瓶在新旧两个社会截然不同的遭遇，思绪蒸腾翻飞，回味无穷。

姥爷又一次做到了"大容量"与"深立意"。

《祭红》荣获第三届全国书籍装帧艺术展览会一等奖！渐渐多起来的奖，渐渐出的名，加上姥爷永远虚心勤恳地在艺术田地里耕耘，许多名人与姥爷相识，著名诗人臧克家、人民美术家蔡若虹、著名美学家王朝闻、著名版画家古元等都与姥爷留下了珍贵的合影。

有人说姥爷设计封面"钻牛角尖儿"，姥爷从不认为这是一种贬义，倒总是暗自得意于此，这可是别人对他钻研精神的最高肯定！他每一次都精益求精，每一次都苛求完美，更希望在一刻不停地摸索、钻研的途中有所发现，有所收获。

论 途 漫 漫

姥爷是自学装帧艺术，一开始只是从具体的封面设计中探索和收获，逐渐积累经验。经验丰富了，便形成体系，这种体系就是理论。但实际上，直到邱陵先生赠予他《书籍装帧艺术史》这本书时，姥爷才正式步入理论的大门，开始研究。殊不知，他竟从中发现了装帧设计艺术的全新天地。

"当我初涉理论之门，才惊奇地发现，有着三千多年辉煌历史的中国书籍艺术，它的理论体系竟然还处在逐步建立的状态。"（章桂征：《书籍装帧艺术理论探微》）这是姥爷最初的感叹。他也探索发现：辛亥革命之后，"洋装书"才传入我国，加上"五四"时期鲁迅先生的亲自倡导，中国的书籍装帧艺术才有了创造性的发展。

作为一心想振兴中国书籍装帧艺术的时代新青年，姥爷感受到了危机，"书装艺术中尚未形成一个广泛的理论研究群体。这种落后状态，势必会对装帧艺术的繁荣与发展产生一定的滞碍作用，使其受到局限并容易陷于盲目"（章桂征：《书籍装帧艺术理论探微》）。就像姥爷自己在设计《北方》封面时，不就是因为不了解理论，而陷入了图解式的窠臼吗？

这个问题必须解决！这时，姥爷真真切切感受到了责无旁贷的使命感，他想向那些极少数研究装帧艺术理论的前辈看齐，开展对书装艺术理论的深探。这一刻，他无形中成了书装领域的中流砥柱，因为他在传承前辈的同时，想到了为后辈提供入门的途径，减少他们因无知而误入歧途的可能。

他把《书籍装帧艺术史》这本书作为切入点，研读后发现了中国书籍装帧艺术的四大问题：一是缺少本学科专著；二是很多讲书籍装帧的文章都只限于分析实例，缺乏深度；三是没有公开出版的书装艺术刊物供研究者们进行学术争鸣；四是装帧艺术没有庞大的理论队伍。这些问题听起来很大，好像无法解决，但姥爷早已想好如何下手。先不要求别人，先从自己来做，他为自己定下了三个方向：横向研究书籍装帧的姊妹艺术领域，向国外先进装帧艺术学习借鉴，以及追根溯源研究传统中国艺术。

这个时候，正是改革开放的浪潮越涌越高之时。改革开放，不单单是政治经济界的巨变，艺术界也受到了明显的影响，姥爷当然也被卷入了这个高速度、快节奏、多色彩的时代大潮流。改革开放促使商品经济快速发展，期刊由于其封面具有重要的广告作用，开始流行于世。姥爷认为，期刊的封面广告既要准确简练地传达商品信息，又要让读者获得过目不忘的美学享受，这样才能真正起到期刊封面广告的作用，即兼具广告性和艺术性，更有效地打通文化商品的流通渠道，满足读者的审美情趣。可现实——许多设计者为了追求市场效益和自己的私利，刻意迎合一些读者的低级趣味，使很多的封面设计与期刊的主题风马牛不相及；还有一些设计者，甚至只潦草拼凑上图像，完全不在乎封面的真正意义——这让姥爷又生气又无奈，生怕装帧艺术从此变得廉滥。源于内心对读者负责的态度，还有对自身形象的高洁操守，姥爷誓不同流合污，始终坚持自己崇高的艺术追求。

为了适应新时代的读者热爱跨界、喜欢创新的需求，姥爷开展起第一个方向的研究：书籍装帧的姊妹艺术领域。这不仅包括漫画、油画、版画等，还包括音乐、京剧、舞蹈等。广泛涉猎后，姥爷爱上了京剧中的大花脸戏，总是听都听不够。工作之余，他常常哼上几句消遣，自我陶醉在戏曲艺术萦绕的氛围中。每到这时，他不仅获得了身心的放松与享受，更发现了封面设计的一个小理论——画气氛，即通过阅读书籍，感受作者的整体笔风、格调，把这些加之于封面的色彩控制上，达到读书之前的铺垫作用。

姥爷在设计《H庄园的一次午餐》封面时就用到了这种方法。这是一个惊悚的破案故事，字里行间弥漫着扑朔迷离的雾气。于是，姥爷抓住这种神秘恐怖的气氛，呈现出这样一幅封面：阴霾阵阵，尘土飞扬，暗紫色的房子半掩着狭小的窗，旁边接近灰色的树木棱角分明，远处还有很多阴森森的小房子，土地之下仿佛传来诡异的狂笑和拼命的哀号。人们看了封面，定会马上感到毛骨悚然，一些胆大的读者则会更有兴致、更加迫切翻开这本书。于是，《H庄园的一次午餐》荣获全国书籍装帧优秀作品奖。

国外书籍装帧艺术这个研究方向让姥爷感触最深："若从纯艺术的角度讲，我国的设计水平是不低的，关键的问题是，我国的印刷技术、纸张、装帧材料落后，所以搞装帧设计的人常常感到心有余而力不足。"（胡清：《访装帧艺术家章桂征》）姥爷认为我国的各种出版社，都应该对书籍装帧艺术更加重视。而书装工作者自己，应该加强竞争意识，春秋战国时期涌现出那么多思想家不就是因为百家争鸣吗？如果现在书装工作者们都多多竞争，一定也会促进书籍装帧艺术的蓬勃发展。

伴着这样的想法，姥爷先从提高自己做起，每次设计封面时都反复思考自己设计的这幅封面除了立意体现书籍的内容，有没有反映时代的心声？有没有搭起作者与读者的心灵桥梁？有没有成为传递深层信息的使者？通过自问自答，姥爷总能让作品变得更加优秀，而优秀的作品最能促进竞争。

在研究国外艺术领域的同时，姥爷在国外文学领域也有所发现。他如饥似渴地阅读了郎德山老师曾推荐给自己的好书《老人与海》，海明威的"冰山原则"使他获得了最大的启发：文学创作好比漂浮在海洋上的冰山，文字直接写出的部分仅仅是露出在水面上的八分之一，隐藏在水下的部分占冰山的八分之七，以唤起读者根据自己的生活感受和想象力去探测象外之象，言外之意……封面的设计不更是这样吗？这不就是自己以前摸索出的"立意"问题吗？看来，所谓"情在意中，意在言外，含蓄不尽，斯为妙谛"，说的就是艺术需要含蓄，需要给读者留下"象外之形""弦外之音"的思想驰骋时空，而作画者必先"立万象于胸怀"，再挑取最富表现力的意象进行充足的阐述。

自己曾经摸索的理论得到证实，姥爷迫不及待开始实践。在《李宗仁归来》封面上，没有出现一个人影，也没有欢庆的飞机彩带，只有许多明亮色彩的大条色块。这就是姥爷抓住了《李宗仁归来》一书中迎接凯旋的热烈气氛，并把意立在了归来与喜庆上的精彩实践。久盯着看一会儿，那些色块仿佛真的扭动雀跃了起来，耳边也传来阵阵的欢呼与激烈的管乐音。

最后，一切不能离开初心，姥爷开始研究中国传统艺术。一次，姥爷在从兰州出差回来的火车上遇到了一位湖南知音，这位同行对传统艺术的见解非常深刻，两人便开始热火朝天地探讨起装帧艺术理论问题，姥爷边听边讲边记，不亦乐乎。旁人都以为这俩走火入魔了，因为火车到站了，他们都不知道。

三个方向的研究如火如荼地进行着，四大顽固的问题也正在被一一凿开。

1982年，姥爷串联东北三省，召开了首次装帧艺术的跨省评比交流盛会。果真，"百家争鸣"推动了地区书刊设计水准连上新台阶。之后，他又发动成立了吉林省装帧艺术研究会，编印了省级论文集《装帧艺术纵横谈》。

不仅限于吉林省，姥爷更是积极参与并领导全国性装帧艺术活动。1988年，姥爷首先发起并提议举办全国首届装帧艺术理论研讨会；1995

年又发起曹辛之、邱陵书籍艺术学术研讨会。为了编成《中外装帧艺术论集》，姥爷发的征稿信以百来计。他还奔走四方，登门向王子野、王朝闻、曹辛之、邱陵等著名艺术家请教。经过和郭振华、余秉楠先生的携手合作，这本长达 50 多万字的大型理论专著终于完成。曹辛之评价这本书"填补了出版界一个空白"；王子野则称此举"真是做一件功德无量的大好事"。姥爷很满意很开心，但并不是因为别人口中的高评价，而是因为最开始步入理论领域发现的四大问题，妥妥地解决了一个！

到 1998 年，姥爷已开过横跨北方十几个省市的十一次装帧艺术研讨会。他还到兄弟省市讲学，辅导青年同行，看着刚进入书装界的青年幼稚的脸蛋，此时已近耳顺之年的姥爷发觉站在讲台上的自己，已成为青年人仰慕的前辈了。他笑了，带着欣慰、满足与感慨。

姥爷，是书装家，是艺术家，更是实干家。面对一个个出版领域的棘手问题，他没有一丝畏难，甚至毫无一丝拖泥带水，开始提升自己的修养，又以自己的光芒照亮别人，影响书装界，影响艺术界！因为有了评比交流盛会，书装家们有了学术争鸣的舞台；因为有了学术探讨会，庞大的理论队伍建立了起来；因为有了《中外装帧艺术论集》，中国书籍装帧领域不再缺少专著；因为有了姥爷和其他书装工作者不懈的努力，中国书籍装帧领域四大顽固问题被一一破解！一路走来，小白菜鸟蜕变为鲲鹏展翅，破茧成蝶的痛苦与艰辛不言而喻。渐渐地，危机、责任、胆识、理智、尊重，一切的一切都回归于最初、最纯粹的爱，因为爱而挑战，源于爱而坚持。

硕 果 累 累

"千淘万漉虽辛苦，吹尽黄沙始到金。"姥爷在 1979、1980、1981 年设计的三幅封面连续三年获得全国一等奖；三幅作品封面《祭红》《翼王伞》《鄂华中短篇小说选》又在全国第三届书籍装帧艺术评奖中分获一、二、三等奖；论文《试论小说封面设计的容量》《论封面设计的艺术技巧》《设计装帧艺术理论微探》更是连续三届赢得全国装帧艺术论文与研究成果大赛的一等奖。中央电视台《新闻联播》中播放了展示姥爷奋斗过程的一部长达三分钟的专题片段，一时在社会上引起了极大的轰动。这时候的姥爷已经毫无疑问地获得了艺术界的极高赞誉——"一位有自己风格的艺术家"。

时光荏苒，白驹过隙。他，年至耄耋。中国发展得很快，电脑绘图、计算机设计越来越流行，姥爷却仍然保持着对探索新领域的热情，常常向我的母亲请教如何使用电脑设计封面，即使他已经退休。但由于姥爷真的老了，手指不好用了，记性也差多了，一直没能学会如何用小小的鼠标绘制封面。不过，大师的作品一直紧随时代的脚步，一直承载着强烈的时代使命，一直闪烁着创新的魅影。像他的坚持一样，像他的热爱一样，一直没有停歇。

1997 年，姥爷荣获第五届韬奋出版奖！

邹韬奋先生是中国出版事业的旗帜，以他命名的韬奋奖更是我国出版活动的最高奖。姥爷一直勤勤恳恳在艺术、出版领域仰望星空，脚踏实地。获此奖，也是必然。他忠诚耕耘的往事，真不能说是一帆风顺——其实没有人是一帆风顺的——但从小到大，他每一次面对坑洼与陷阱，都笃定地选择坚持，哪怕会有一点点犹豫、一丝丝迟疑，最终的选择也毫无例外是坚持下去，钻研下去！

儿时懵懵懂懂，源于对绘画的热爱，他说不清为何，只是潜意识里把画画当作头等大事；长大后，面对坎坎坷坷，源于心底充盈着对读者的大爱、对自我的严爱、对振兴的厚爱、对艺术的真爱。他，每一次都咬紧牙关向前冲！

不光有心底的大爱无疆，姥爷还永远胸怀无限的激情与热忱，促使他无论什么年龄、什么身份、什么处境都饱含着探索的欲望和精益求精的钻研，去挑战未知，去着手解决。装帧艺术的理论问题，曾经一度"剪不断，理还乱"，但他就那么一点一滴、一分一毫，静下心来，去寻找线头，去扯开谜团。

姥爷不平凡，因为他凭借比山高、比海深的爱与热情为祖国装帧事业贡献了诸多优秀的作品与周密的理论；姥爷很平凡，因为爱与热情，在每个人出生时都已经存在于每一克骨髓中，流淌在每一滴鲜血里；但姥爷终究不平凡，因为人若不努力，爱与热情便永远沉睡，直至一天，再不能苏醒。可姥爷早早就与艺术邂逅，瞬间唤醒了无限的爱与热情，努力坚持的催化剂促使他迎来了多彩非凡的人生。

直到今天，姥爷还在无止境地追求，探索，贡献，热爱！"他的心，早已交给了事业，交给了北方那雄浑的林莽！"

倒　镜

复旦大学　汪子祺

　　如果说，生命当真如电影那样，用冷暖色调便可划开一个人的人生，父亲一生中最暖的那道光应该会停在祖父车祸的那晚。那声令众人于午夜惊醒的电话铃声，警察在那端冷冰冰地通知祖父的死讯，它轻而易举地划破了父亲以为走上正轨的人生。

　　那一年是 1999 年，祖父 50 岁，父亲 27 岁，他还有两个月成为我的父亲。

　　"爹不疼，娘不爱的，没有我，哪有他现在，哪有你这么好。"母亲提到往事，总是以此作结。我努力还原：被赋予期望的长子，家教严格，祖父动辄打骂绝不手软，从小楷字到体格锻炼，祖父在他身上下了极大的功夫。但他却负了期望，初中迷上少林寺，胸腔里的武侠梦令他荒废学业，勉强坚持到初中念完，找了家技校，学个将来混生计的技术。至此，父亲人生的冷调开始蔓延，他向我提起过的，有关于他的人生，就是从这里开始。

　　"你不要学我，你看我啥样，不像我，才有好日子。"

　　他的确过得不好。他一直不说，我索性当作不知道。直到我备考复旦创写时，他小心试探问我，能不能换所学校，"就非选学费这么贵的吗？"我那时才意识到，他拮据至此。他仿佛血淋淋的现实教训，提醒我，只要做到父亲的反面，我就能过上顺遂光明的人生。父亲把他身上残缺的部分，成倍地加在我身上。21 世纪初，我们所居的召陵区还没有纳入漯河市的辖区，在别人拼音都尚未认全时，我就被父亲扔进全校只有一个班三个人的昂立英语补习班。他说，他的人生就是败在英语上，我不许走他的老路。

我与父亲的距离，就是在逃离与被塑造之间，不断拉扯。

父亲很瘦，和他的性格一般，近乎古怪的瘦。记得他高三去学校给我送团员证，同学见到我父亲，连问我三声："你爸怎么这么瘦啊？"他的瘦或许造就了性格里窝囊，糊涂，耳根软，那些自我记事起就从长辈口中听到的评价。

当初父母同在双汇工厂工作，经人介绍认识，祖父看上了性格直爽明事理的母亲，对她跟亲闺女儿似的，很快撮合两人结了婚。祖父是典型的中国式家长，一家五口全指着他一个人养活，脾气火暴，处事利索，能动手绝不动嘴。父亲则和祖父完全相反，他将成长过程中无法释放的反抗悉数揉进了自己的性格，一言不发地承受祖父对他所有的殴打，再把自己变成祖父期望的对立面，以此作为对祖父的报复。

父亲以为他与祖父的拉锯战会持续一辈子。谁知祖父半夜跑客运，疲劳驾驶外加没有系安全带，迎头撞上路旁的汽车，方向盘直接卡进胸腔，当场死亡。父亲就这样没了爹。

祖父死后，母亲的福气到了头。没读过一天书的祖母自然撑不起一大家子。祖父手里的十万块钱，在当时漯河市里能买上三套房，全都被祖母给了败家的二叔，几年挥霍干净，离了婚。祖母一心认定我索了祖父的命，全当我不存在。

父亲也不是有本事的人。他害怕变动，于是做了一辈子的普通工人，几度升到制冷班长，从没干够半年，就因各种各样的问题被换下来。作为一名制冷维修工人，在我的记忆里，父亲修好过很多东西，大到空调冰箱洗衣机，小到椅子螺钉眼镜腿，经他之手，不知省了多少修理费。然而他但凡吵架，必砸东西，餐桌茶几衣柜门，手机碗盆自行车，无一幸免。在毁坏和修理之间，他最多算功过相抵。

与每一个普通工人一样，他早出晚归，三班倒连轴转，幼年的我与他在一起的时光少得可怜。我被整日寄放在外公家，等待他与母亲哪天有时间来看我一眼，有时他们来随便翻翻我的作业，象征性地问我有没有听话，有没有好好学习，饭也来不及吃，就要赶回去上班。

但和他生活在一起的岁月，我常常忘记他只是一个工人。

他们松倒班¹就会把我接回家住，长时分离的陌生感令我感到难以言喻的恐惧，他们充满疲惫的呼吸，令我无法安然入睡。我常常在半夜喊醒父亲，小声说想回去和外公外婆睡。母亲总是不耐烦，伸手按我躺下，埋怨我没事找事。

父亲却不这样。他从衣柜里找出厚棉被裹住我，再把衣服塞进那个巨大的褡裢，依我的愿，大晚上把我抱回去。我并非故意，好多次鼓足勇气答应回去睡，却夜夜害怕而失眠，我不是不想与他们亲近，却无法迈过心里那道坎。

我为自己出尔反尔感到自责，父亲却一次次包容我中途变卦，一次次在深夜被我折腾起来，一次次裹紧棉被送我回去。在母亲愠怒的眼神中，父亲的宽容显得尤为珍贵。

祖父对孩子家教严格，行为举止都要合规矩。父亲则温和许多，我幼时喜欢翘起凳子两条腿当作摇摆木马，父亲每次都扶着我的背轻轻往前推，让另外两条腿重新站在地上，警告我说："你得亏碰见我，你爷要是活着，直接一脚踢上去，他才不和你废话。"那时我不以为然，亦不懂祖父的死亡对整个家族意味着什么，没心没肺地想幸好他死了啊。

母亲不止一次指责过父亲对我的纵容，她不解，为此大发脾气。父亲对我说，他小时候挨了太多打，在心中暗想，以后做了父亲绝不让自家孩子受这份苦。

我不知如何安慰他，只觉得他心中想必攒了太多委屈无处排遣，积年累月，成了心底的水垢，任由世事灌进来倒出去，最终还是落回心底。而他埋在心底的往事，我窥探不到，只庆幸自己不用挨皮肉之苦。

他的人生一开始也并没打算围着工厂机器转一辈子。他憧憬过未来。2002年之前，他在双汇做产品销售员，常年在成都出差。他曾与我说过，他当初在成都火车站钱包险些被偷的经历。

"恁爹我年轻哩时候，可烧包哩²，那白衬衣一穿，公文包一夹，皮带一戴，那美哩³。俺就是太显摆了，把钱包塞屁股兜里，结果刚进站就让人摸了，但恁爹是谁啊？小偷刚摸俺兜里，俺就感觉出了，伸手掰住他那两根

---

1. 工厂三班倒制度，早班调中班的周末会有一天（周六晚到周日上午）的休息，俗称"松倒班"。
2. 河南方言，时髦。
3. 指心情愉悦，面容整洁。

指头不让他跑，但我就是不回头，活活让他跟我屁股后头走了二十分钟才松手。"

"那你为什么松手？"我问。

"俺怕他急了拿刀捅我腰。"父亲解释道。

我撇撇嘴，心想，你就是心里怂，小偷要是有刀还跟你走二十分钟，他闲得啊。

但这样意气风发的时刻，我只听他讲过一次。事实上，他性格内向，嘴巴不甜，孤身在外，诸多苦闷。"巴山楚水凄凉地"，在寄给母亲的信中，父亲酸溜溜地写着他的思念和梦想，他忧虑，迷茫，不安，不断问着那些谁也没有答案的人生命题，百转千回，终是以问候安好草草结束。即使放弃推销员的工作，回到本地工厂安静地做一位无名工人，他也曾在深夜一个人翻着字典为幻想中的公司起名字，写满了一张作文纸。我早起看到整整一页鬼画符般的名字，只觉得他魔怔，我不要像他才好。

可是，我却是家里最听他话的人，就像听从他说"不要像我"那样。

他对我，犹如一个隐身于野的高人，用最廉价的方式教会我学习的技能。语文作文不会写，小学六年 12 本课本几百篇课文，我完完整整抄过两遍。"你白问，抄就中了。你现在不懂哩，抄着抄着就变成你自个儿的东西了，等以后长大，它就是你精神里的一部分。"这是他唯一一次向我解释，理由玄乎。

其实很多时候，父亲明显在打发我的时间，他不是教育学出身，没读多少育儿书籍，所作所为也不过是从他浅薄的成长经验得来的。大多时候，我都觉得像是受难，一遍遍在漫长的苦修中为父亲的行为开脱。

大我一岁的表哥暂住我家三天，父亲要求我俩白天抄完一遍《弟子规》。刚过半小时，趁父亲外出买菜的空当，表哥迅速收拾了东西，拔腿就跑。我追在他身后，"你去哪呀？不是说后天再走吗？"表哥刹住脚对我说："这简直是受刑，抄那玩意干什么，考试又不考，你也是的，居然还真的抄。"我刚喘口气，心想到我大显身手的时候了："这有啥难的，弟子规看着长，其实也就一千多字，我有方法能抄得很快，我教你哈，你先……"

"神经病，跟你爸一样。"表哥打断我。他懒得与我纠缠，撇下我消失在巷口。我最委屈的地方，不是他骂我"神经病"，而是他说，我与父亲一样。

除了抄，父亲也让我背过很多东西。不知他从何处拿到一本散发着霉味儿的《世界上最伟大的推销员》，不依不饶非让我把里面十篇羊皮卷背下来，我哪里肯，他仍不作罢，趁下班时间自己背了下来，早上骑电动车送我上学时如收音机般给我背上一两篇，才满意地放我进学校。到现在我都记得羊皮卷之三《坚持不懈，直到成功》中的第一句是："在古老的东方，挑选小公牛到竞技场格斗有一定的程序。"

小学学完巴金的散文《鸟的天堂》，我坐在电动车后座对父亲说："你知道现在哪里是鸟的天堂吗？"父亲说不知，我更兴奋道："电线啊，你看上面整天站了多少鸟啊，我想写一篇新版《鸟的天堂》。"父亲在前面咯咯直笑说："你写呀。"

父亲还曾扒出我中考后百无聊赖写的武侠小说，设想的情节过于中二，我写了三章就编不下去。父亲兴师问罪："你怎么把俺写得这么坏，俺根本不喝酒啊。"我正被二次函数折磨得焦头烂额，早把这篇小说忘在脑后，骗他说："小说都是假的，后面还有反转呢，我还没写完。"我以为他会说什么不要写了，抓紧时间学习，可他翻了翻后面两章说："那你写吧，一定要把俺写成好人啊。"

我小升初那年，他又突然研究起养生和拜佛。各种难以下咽的菜肴被冠上养生的名号出现在餐桌上，黄酒的味道充斥于家里的每个角落，就连汤饭也难以幸免。他拉住不会喝酒的我，硬是每天饭后灌我一小杯黄酒，问他为何，他只说："对身体好。"我不解地饮下一杯杯黄酒，将他的古怪也一起咽进肚里。

他转而迷上拉筋，购买了齐全的拉筋凳，便规定我一日必须拉够半个小时，我依旧照做。二舅家生在北京的表妹，几年才回一次老家过年，他不问成绩不理才艺，只让人躺在拉筋凳上，瞧完一拍手，指着我们这些个头儿参差不齐的小孩，兴奋道："你们几个里，她筋最开。"

父亲的古怪深深浅浅地踩进我的人生，我一边努力不像他，一边又成了他唯一的同盟。

他太想做一个好父亲，以弥补祖父在他人生中的缺失。他的人生不断为"父亲"这个角色让步，一半是责任，一半是懦弱。

"双汇"这两个字和家里所有人紧紧联系在一起，我家住在双汇家属院的二手房，出门左拐是双汇路，出门不出500米就是双汇大厦，外公是双汇的退休工人，父亲在双汇制冷车间工作，母亲在办公室做报表，二叔是双汇的漯河经销商，舅妈在双汇连锁店做营业员，即便那些后来与双汇无关的亲戚，早期大多是靠双汇起家。

母亲1991年进厂时，双汇还是一家半死不活的国有企业，她在外公安排下进了双汇当临时工，以为抱住"铁饭碗"，理所应当地放弃了读大学。父亲则是劳动局最后一批包分配的技校生，也是家里第一个从农村进市里的。这份工作对他们来说，在相遇的开始，是令人艳羡的选择。

而我自记事听到的，不好好学习的下场，是"像我一样进双汇"。1992年双汇开始股份制改革，市场经济使这家公司起死回生。然而"学历"成为父母的硬伤，他们逐渐被学历更高的人筛到公司的最边缘。他们鲜少与我谈论工作中的细节，只是说"活累钱少"。父母无力承受中年辞职的风险，工作在双汇，成了他们的无奈之举。

事情就这么耗着，父亲四十五岁后的人生，中年的失意席卷而来，他整夜刷手机短视频，白天上班精神不济，工作不顺，和母亲争吵。高中的很多个清晨，插排和充电线胡乱地扔在床上，父亲几近迟到仍睡得四仰八叉。屋子另一侧堆满杂物，母亲在上班之外照顾我的生活已是极限，无力顾及父亲，他就那样躺着，视而不见所有混乱。他与母亲昨夜歇斯底里的争吵犹在耳畔，我已经很久没有和他说过一句话。

2006年前后，父亲也曾想和几个同事接手双汇在许昌的新门店，甚至他带着我与母亲去了一趟许昌，打算查看下那里做生意的情况。中途换了好几次大巴，浓烈的汽油味熏得我在休息区一个劲儿干呕。我们就在许昌的街头乱转，连饭也没有吃。等一个十字路口的红绿灯时，父亲松开我的手，我仰头，他伸开双臂感叹："很快，许昌就有俺的厂了。"母亲笑他说胡话，神经病。这件事像是南柯一梦般出现在父亲的人生里，他再没提过，依旧沉默着当他的三班倒工人，倒是我念念不忘，我知道，他不甘心。

2018年夏天，父亲为了生计去双汇江西分厂干过一阵，不到半年又回到漯河。他几次出走，都是这样半途而废。他总是心一横选择，没过多久就后悔退回原地，无力承受选择后的风险。他变了很多，依然古怪。学校初八就要求返校，我与父亲一整年没见，他连续上了两个连班，于初七半夜从江西赶回来，衣服没脱睡了几小时，早晨开车送我去车站。一路上，我等他开口说点什么，可他什么也不讲。进站前我问他："你两天两夜不睡就为了赶回来见我一面吗？"他点头，继续沉默。

大学四年，我与父亲鲜少联系，据说他自学考了高级技师证，补读了大专文凭，他从不和我说这些，我像是听八卦一样，从母亲嘴里搜刮到他的近况，再装作什么也不知道。

我照旧听他的话——"不要像我，才有好日子"，唯独一件事，我们站在了一边。他当初对我说，"你写吧"，我就那么写了下去。我一直站在反面看父亲的人生，唯有写作，我才能倒过来，理解他那些古怪的选择。

而我执意写作这件事，最反对的人却是父亲。他歇斯底里地拦过我，和我从除夕吵到初三，逼我去考公务员。我选择考复旦创写，在父亲看来，根本是胡来。我一直以为他不表态，是默认了我的选择，谁知他打从一开始就没想过我胡闹般的考研会成功。

母亲在电话里诘责我："你咋能这么自私？上个学把我和你爸的家底掏干净，还是读这种找不到工作的专业。"我借口疫情严重，整个暑假躲在上海没有回家，一方面是不想，一方面是不敢。我那时开始懂得父亲，为什么屡次迈出一步，又无奈地退回来。

可最后还是父亲站出来，帮我解决掉那些埋怨和责问，他说："你喜欢就读，你妈这边我来说。"他还是这么古怪，当初最反对的人是他，但帮我收拾烂摊子的人也是他。

我一直以为父亲的故事到这里就结束了，他俨然变成了一个混日子等退休工资的老头儿，不会再对命运的波澜有什么情绪。我接受他就是这样一个普通人，接受他对自我的认命。二十多年了，或许他也累了。出入高档小区当英语家教赚快钱时，我常有种慢性自杀的刺痛，但我太需要钱来支付下个月的房租。研一暑假我依然没有回家，不停投简历找实习，手里的钱离交学费还差得很远。母亲迟迟没有转账给我，我无奈打电话给她，母亲情绪有点儿崩溃："恁爸辞职了你知道吗？他明明老老实实再熬几年就退休了，他个信球[1]……"

我感到一阵强烈的耳鸣刺穿我的双耳，脑袋里瞬间噼里啪啦地炸开，我无法想象，他一个连微信有什么功能都搞不清楚的人，要怎样重新和这个不尽如人意的世界周旋。我隐约猜到他辞职的原因，但又自我否定摇头，

---

1. 河南方言，傻子。

难以相信。我转手给父亲打电话，问他是否真的辞职。

"俺五十了。"他的声音布满了衰老的痕迹。

他欲向下解释，"我懂"，我打断他，"我站在你这边。"

挂断电话的瞬间，我蹲下来抱住自己哭了出来。回忆如走马灯一样闪现过父亲这二十几年的模样，他真的老了。但那个我透过倒镜窥见的他，又好像永远年轻。他不允许我活得像他，他却始终在相反的一端，提醒我为什么走到这里。

画面最后定格在那个大步流星穿过人群的白衣青年，他拽着小偷的手，众人朝他投以奇怪的目光，他毫不在意，始终没有回头。那晚，半睡半醒间，依旧是那身白衬衫，我正欲上前，却瞧见小偷掏出刀来，我急得跳脚，大喊父亲的名字。

"回头啊，快回头。"我一边喊一边在心里祈求。可父亲还是无动于衷，只留下一个背影自顾自向前，我索性撒腿朝他的方向跑去。忽而他消失于视线，只剩下我一个人，我正疑惑，听到身后父亲的声音唤我，我本能想回头，又想起什么，头也不回向前跑去。

父母可能是我们最熟悉的陌生人，他们是我们的父母，却也曾是怀揣梦想的少年，意气风发的青年，只是岁月的尘埃遮住了他们曾经的模样。而图像，就成为我们重新认识这两个最熟悉陌生人的最好媒介，"各类图像都是父亲母亲丰满生命的见证，引领我们深入他们的甘苦人生"。这是一场"爱的考古"，青年写作者在图像记忆里，寻觅被岁月尘封的细节，感受被时光雕琢的情感，在重新认识父母的同时，也能在父母的人生故事里找到自己的影子，从而更能理解那些未曾说出口的爱。

图像中的父亲母亲

面 容

中山大学　张乾礼

父亲第一次走进我的记忆是在什么时候呢？对于这个问题，我思忖了好久，却又不知从何说起。如果说一个人的记忆是其确立自身独特性与唯一性的东西，那么这似乎也就意味着记忆本身已经具备某种不可估量的价值了。不管怎么说，我们或许都不会将一个失去记忆的人定义为一个完整存在的个体，因为他（她）曾经所经历过的一切喜怒哀乐和爱恨离别，都在那样的一个瞬间杳无踪迹而化为虚无了。从此，熟悉的面孔皆成陌生，一切又重新回归到了太初。太初——无始无终，无边无际，在此谁人有道？谁人有言？谁人有力？但无论怎样，太初，神灵终究将光赐予了凡俗。后来，凡俗代代相传，转识成智。再后来，智者出现，神灵隐退。从此，记忆的模糊不再被视作是神明的惩罚，它在电子图像的时代被加以重新定义。

一

那是 1958 年的农历二月时节，在一间简陋破风的土坯房中，我的奶奶生下了我的父亲。我的父亲，也因此成为家中的第五个男丁。在那个鼓励生育的年代里，37 岁生下小孩本不是什么奇怪的事情，况且，现实条件的窘困和观念的落后，使得人们在节育这件事情上根本没有任何的概念。或许仅仅就是那样，一个小脚女人，生下了一个男丁，谈不上欣喜，也说不上负担。一切似乎都平平淡淡，如此而已。再过几个月，大炼钢铁和人民公社化运动也就开始了。彼时，公社的起床号一吹，大家都从床上爬起来参与到集体的劳动中，除去计算工分之外，每个人之间貌似没有什么本质的不同，而家庭成分也还不是最突出的问题。每个人首先要经受的考验，是三年困难时期的饥荒。

我的父亲算是幸运，因为他活了下来。然而，有幸总是伴随着不幸，我的父亲三岁时便没了父亲。古人常常讲"子生三年，然后免于父母之怀"，意思是说父母的恩情还不清。但是三岁之前的记忆对于我父亲而言是混沌的，他自然也想不起来躺在父亲的怀里是什么样的感觉。至于所谓的恩情，当然也不需要他还了。爷爷去世以后，奶奶便成了家里的主心骨，帮衬她的是已经成年的长子，也就是我的大伯。大伯比父亲大 16 岁。直到现在父亲还说，要是没有大伯，或者大伯稍微存点私心，他和我其他的几个伯伯根本活不了。在那个年代，没了男人当家的女人是不幸的。我的奶奶——也就是那个小脚女人，在没了男人之后守着儿孙度过了整整 44 年。没错，奶奶确实是当了 44 年的寡妇，这放在今天估计是一件难以想象的事情。但无论如何，奶奶都算得上是一个坚韧和勇敢的人。在这 44 年的光阴里面，她成了十里八乡最受人敬重的人。在众人的眼中，她是拥有大智慧的人。想想也是，抚养六个子女长大成人就已然不易，更别说打理其他更为复杂的事情了。或许父亲从奶奶那里学到的，也无非是这些东西。我恍惚记得，奶奶去世那天，我是从学校被叫回到家里面的，家里来了很多人，不时就传来阵阵哭声。后来听父亲说，丧事期间我和哥哥躲在柜子里吃着亲戚朋友吊丧带过来的果品，丝毫没有任何悲伤的样子，我很难想象父亲那时看我们兄弟两个的眼神。或许在那样的一个场合，对于一个四五岁的孩子来说，死亡并不意味着一件十分沉痛的事情。而我为自己和哥哥开脱的理由，也只能如此了。

父亲曾跟我们说起过自他记事以后发生的一些事情。因为条件的限制，父亲只是在学校待了大概十几天，直到现在，除了会进行数学计算以外，他连自己的名字也不会写。虽然父亲不识字，但他却能够在很多人的名字中找到我们几个子女的名字。姓名这种符号，或许就在这样的一个瞬间具有了它更加特殊的意义。是的，父亲确实是个文盲，就连他自己也说自己是个文盲，因为是文盲，他只能干一些文盲的工作。父亲说给农业合作社放羊就是他的第一份工作。在那个火热的红色年代里，父亲说放好羊就是为革命做了贡献，就是地主阶级改造自己最好的表现。父亲还说，其实我们家算不上地主，顶多是个中农，只不过是比别人多了几亩薄地而已。

不过有趣的是，父亲说每次他把羊赶到沟渠里面以后，自己就躺在沟坪上睡觉。他对着山头许愿说让山神照看着羊别乱跑，以后逢年过节就多献两个馒头。其实挺好笑的，那时连他自己都吃不上馒头，更别说献给山神之类的了。况且，在后来的几年里面，各种运动早就把山神赶得一干二净了。我之所以能知道这些事，是因为小时候家里不太平，看风水的人说是父亲许了愿，父亲苦思冥想才想出了这么一个事情。对于风水，我始终认为是糊弄那些理性尚不成熟而有待启蒙的人，很多时候都付之一笑，姑且随风俗而已。可对于像我父亲那样的人来说，传统之中的某些东西依旧在他身上烙下了不可抹去的印痕，甚至成为他生命之中不可或缺的某种东西，那种近乎神明的事物似乎和天理良知一样具有不可更替的地位。

二

时间一点一点往后，运动也一场接着一场扑面而来。似乎每个人都有方向，又似乎每个人都没有方向。好像不需要什么方向也可以，只要相信就好了。我想我死去的爷爷是幸运的，在幸运之中还带着几分自私，因为他把一整个烂摊子都丢给了一个小脚女人。如果他还活着，或许头顶白色高帽站在打谷场中央的，就不再是那个小脚女人了——这本不应该是她所要承受的。父亲不太愿意回想这一段日子，因为彼时他和几个伯伯只能站在打谷场的一角，就那样眼巴巴地看着却不能做任何事情。至于为什么每次举行完这样的仪式以后，奶奶依然能够面不改色并且一如既往地做她日常的活计，我也不知道。或许，她那缠着粗布白带、扭曲变形、每逢寒冬便刺骨难耐的小脚，已经让她对任何痛苦都麻木了吧。

1970 年，爷爷死去的第 9 个年头，父亲 12 岁。我们家从原来的沟坪搬到了现在老家所在的位置。其实，在土改前，我家在塬上有一座老宅，但是因为分到的土地距离上工的地方远，爷爷就在靠近地的沟坪上建了两间土坯房，我的父亲也就是生在那里。而在土坯房的后面是两口窑洞，一口用来圈养牲口，一口用来装杂物。之所以能够从沟坪搬上来，事实上还得感谢和我爷爷交恶的那个人，因为他觉得我家离群索居过得实在太苦了。父亲在搬上来的那一年，从沟里挖了一棵槐树，种在了我家门前。那棵槐树在我家门前长了整整50年，挺拔巍然，亭亭如盖，直到在门前道路扩建硬化的时候才被挖掉，而现在它已经变成了我家厢房的主梁，父亲对此很满意，说起码没白种。

在父亲尚未成年的那段时间里面，历史正在发生翻天覆地的变化。但是对他而言，对于那个处在西北山沟的文盲来说，一切似乎都没有什么太大的变化。除去挨饿甚至吃树皮的记忆；除去跟在麦车后面捡抖落的麦穗的记忆；除去躺在沟坪上看羊吃草的记忆；除去有时候跑去其他村社要吃的东西的记忆；除去从高房台阶上摔下胳膊骨折以后我大伯简单揉揉就算无事的记忆；除去看着奶奶和伯伯们为一家生计忧心的记忆，好像真的没有什么其他东西可以用来描述他那贫乏而又简单的生活了。就这样日复一日、年复一年地过着那样的生活。那样的生活，只是看着太阳升起，看着太阳落下——而最大的梦想就是填饱肚子。父亲说，在毛主席去世的那一天，公社里面的喇叭中传出来的悲痛声音回荡在天空中，村子里面的一个老人抱着村口彩绘的毛主席像号啕大哭，他的儿子在一旁细声地安慰着。父亲还说，那时村子里面的人都觉得天好像就要塌下来了。至于父亲到底有没有哭，我没有问过他。再之后，人们的心情就慢慢平静了下来，时间是一切悲伤的最好解药。

时间只会向前，这是它的意志，它往前的意志就是它自身的目的，就连冷冰冰的时间都有意志，何况站立着的人呢？历史似乎终究迎来了它否极泰来的时刻，难道不是吗？父亲曾跟我说，单干成为他成年以后印象最深的一个词，当时大家都对这个词报以了极大的希望。事实最后证明，他们的感觉是对的。家庭联产承包责任制在他们的意识中就简单地化约为这个极其鲜明而又充满力量的词语。没错，一个新的世界从此展开了。父亲说那一年村里面很热闹，大家凑在一起，在大队支书的组织下，农业合作社将所有的农具、厨具、牲畜以及田地都汇总成列，进行了土改之后的第二轮资料分配。在那一刻，家的意义重新被凸显了出来，一体的愿景自此不仅具有了某种更加坚实的形式支撑，而且也拥有了更加充足的动力。然而不得不说的是，虽然单干了，集体的劳动依旧有着它应有的作用，繁重巨大的坡地改梯田和山地复林的工程，就是在父亲那一辈完成的。父亲说，那个时候大家不知道哪里来的力气，从早到晚不停地干，人山人海，整座整座的山都被大家平整了一遍，如今家乡那如同阶梯一般的肥沃田地，不知道曾经流淌了多少人的血和汗。

历史潮流浩浩荡荡，谁能置身事外？到了1982年，在奶奶的授意下，大伯和三伯单独分了出去，二伯之后入赘到了另一个村子。当时四伯和父亲都还没成家，所以和奶奶生活在一起。直到现在，家里的仓库还放着之前分下来的一个风箱，一推一拉，笨重极了。小时候母亲做饭的时候，风箱呼啦呼啦地响，父亲坐在上房里，只要听见风箱的声音停下来，他就知道饭熟了，就会熄了他的旱烟，等着我们给他端饭吃。除非我们不在家里，除非来了客人，除非母亲生病，不然他不会自己去厨房端饭的，这个习惯至今依旧如此。

三

对于父亲而言，1984年应该算得上他人生最重要的时刻了，不过现在看来，貌似时间所赋予的刻度本身所体现出来的意义，对他来说并没有那么重要。不然的话，他也不会不记得自己到底是哪一年哪一天结的婚。不管怎么说，那一年父亲结婚了，他迎娶了我的母亲，一个比他小整整8岁的小姑娘，那一年我母亲18岁。总之，一个18岁的小姑娘嫁给了一个26岁的男人，没有什么惊世骇俗，没有什么新奇出众，也没有什么婚纱照。有的，只是一个文化程度三年级的18岁小姑娘和一个26岁的文盲。是的，父亲和母亲的婚姻依旧是父母之命媒妁之言，而给父亲做媒的是比他年龄大七八岁的同村人，那个人娶了我母亲的姑姑。这样来看，只不过是基于熟人社会而建立起来的一段熟人婚姻，清楚明了，没有任何所谓的命中注定。从此，仅仅有着一面之缘的两个陌生人，就这样组成了一个家庭，开始了他们的生活。至于接下来的生活到底怎么样，我想就连他们也不知道。不过唯一能够确定的是，他变成了她的男人，而她成了他的女人，他们一生一共养育了四女二男，而我，就是他们最小的那个儿子。

单干以后，大伯、二伯、三伯各自拥有了自己的家庭。四伯一家当时还没有分出去，于是在狭窄的老院中，四伯一家住在北边，父亲和母亲住在南边，而奶奶则住在东北朝西南的正房里面。同一屋檐下，一对儿媳，奶奶毕竟还是分了厚薄。有关奶奶和母亲以及其他几个婶婶的事情，我是后来听村里面的人给我讲的。在母亲嫁过来以后，生儿育女似乎变成了她一生要完成的使命，至今我也无法想象，在那个普遍重男轻女的社会里，母亲是如何因生不出男孩而遭受本不应由她承受的诸多眼神，或许这些眼神还包括了身边那些最为亲近的人，我不知道这些人之中有没有父亲，但是我只要想到几个姐姐，就都明白了。大姐出生以后，没有得到什么特别的照顾，就依着宗族里面的辈分起了名字，不过对于初为人父人母的父亲和母亲来说，心境自然是不同的。大姐还是享受了我们几个子女中最为特殊的一份待遇，在她快一周岁的时候，母亲抱着她拍了一张照片，黑白的，照片上母亲二十出头，面容略宽，显得轻松，而大姐皱着眉头，看着有些紧张，父亲也在那一次照了他人生中的第一张单人照，照片上他穿着一件破旧的羊毛军大衣，戴着一顶军帽，脚上穿的一双鞋子沾满了泥土，跷着二郎腿。其实我知道，我们几个没有照片的原因不是父母吝啬，而是在生活和照相之间他们无可奈何地选择了前者罢了。

生活依旧继续，对于父母而言，除去辛勤的劳作以赚取更多的收益来养活家庭之外，似乎没有什么其他重要的事情了，而他们生命的意义或许也就仅此而已。这虽然算不上伟大，却也要付出全部的生命和努力。在大姐三岁的时候，二姐出生了，对于渴望男丁传宗接代的传统家庭来说，这似乎并不是一件十分令人满意的事情。于是，隔了三年之后，三姐出生了。那个时候计划生育早就已经开始执行，乡政府工作组和乡卫生院的工作人员都会下乡去村子里面排查是否存在超生的情况，最重要的是调查女人有没有做结扎手术。那个时候，如果这些工作人员在路上遇到几个女人像是见了鬼一样地逃到山林的玉米地里而且彻夜不归的话，大概都会知道那是还没有生下男孩的女人，而我的母亲，毫无疑问就在她们中间。或许后来母亲的失心病，就在那个时候落下了根，只不过是在后面的某一时刻像火山一样瞬间喷发而已。听父亲说，有一次刚好他们下地回来，路上碰到大队支书和乡政府工作组的人员，那人就指着我妈说这个女人做了结扎手术了没有，我父亲说当时他和我母亲听到这句话时只觉得心凉发慌，觉得一切都完了。不过在那样一个传统的社会中，毕竟还有一种不可名状的东西，那个大队支书摆了摆手说："哎，这家子已经做过了，做过了。"趁着工作人员不注意，大队支书给父亲和母亲递眼神让赶紧走，父亲那时也算灵活，走的时候还没忘给他们发上一支烟，尽管那时候他甚至腿都有些发抖了。

母亲依旧没有生下男孩，她好像在很多人面前抬不起头了，她的精神是紧绷着的，就像压着几百斤重的一片轻薄木板瞬间就会折断一样，似乎总有一种声音萦绕在母亲耳畔，仿佛在说留给她的机会不多了。可是，这真的是她本应承受的吗？我想，村子里面旁人的眼神，母亲是知道的；宗族里面其他人的眼神，母亲也是知道的。与母亲同年过门的四婶终于在生下三个女孩以后生下了男孩，而奶奶看儿媳妇和孙子的眼神以及看母亲的眼神，母亲更是知道的。没错，几个儿媳妇里面就她还没有生下男孩。或许此时母亲最能仰仗的人，就只剩下那个她只见过一面却并无任何迟疑就嫁了过来的男人，而我的父亲也终于在那样一个瞬间理解了我的母亲，因为这不是母亲的错。对于母亲和奶奶这一对婆媳，我知道村社里面有很多传闻。因为母亲不善言语，做事也不灵活，相比其他婶婶，奶奶对母亲谈不上喜欢，再加上没有生育男孩这一点，一切自然可想而知，可是奶奶又是一碗水要端平的人，她不可能说对母亲不好。只是婆媳之间那种微妙的关系，很难用简单的几句话就可以说得清楚。在奶奶去世以后，母亲的精神之所以出现问题，也和这些不是没有关系。

四姐出生那天，天空下起了瓢泼大雨，就像母亲声嘶力竭时的眼泪和血汗一样，随着村里面那位于我印象深刻的中医剪下脐带的一瞬间就点点滴滴地落下了。我想那一刻，母亲可能不知道自己应该是欣喜还是悲伤。因为那天下雨，所以四姐就叫雨雨，名字是奶奶起的。在母亲生下四姐以后，她终究还是被拉到了乡镇卫生所，迎接她的是难逃的命运，即便她仍曾躲在玉米地里，在忐忑、恐惧和不安中希望命运之神能够眷顾自己。或许，她那时亦曾向早就死去的父亲和母亲祈祷，但终究是无济于事的。没错，母亲被结扎了。母亲被带走的那天，家里面一切都显得死气沉沉，在工作组将我母亲带上车的一瞬间，我的父亲哇哇哇地哭了起来，或许在那么一瞬间，他真的觉得眼前的这个女人跟着他受了不少的罪。后来听人说，父亲那一次在乡镇医院里面，朝着手术室破口大骂。那些粗鄙的言语，就是从我那文盲的父亲那里脱口而出的，我想那一刻躺在手术室里面的母亲，也都听得一清二楚。大家都觉得，事情就这样了，这家不会再添什么人丁了。那是1993年的端午过后，五月的某一天。

四

　　因为家庭人员实在太多了，就不得不再次考虑分家的事。奶奶经过考虑以后，将四伯一家分了出去。父亲分到了不少的土地，虽然其中有四五亩梁上陡坡的山地，但大多数地的位置还是不错的。在四伯一家分出去以后，我家的土地账册上的数字是 18 亩，其中包括耕地和林地，后来的耕地补贴和林地补贴也是按照这 18 亩算的。听人说，奶奶之所以不跟去四伯家的理由很简单，一来是父亲身边没有男丁，二则是她还可以帮忙照看一下还未长大的几个孙女。是的，我们兄弟姊妹几个自从断奶以后，基本上和奶奶睡在一起。唯独我一个人，在四岁的时候才因为上学勉强断了奶，这些事情以现在的观念来看都是极其落后的，但是在那个年代，在那样的环境中，一个硕大的孩子跑到山上趴在母亲的怀里吃奶并不会引起什么巨大的轰动。不管怎么说，奶奶和母亲这一对婆媳，终究还是要抬头不见低头见了。其实在没有分家之前，因为家里面有伯伯当家照看，所以父亲可以去外出打工，在我哥哥还没有出生之前，父亲去过陕西当麦客，去过宁夏当泥瓦工人，去过内蒙古的深山当煤矿工人，甚至还学会了一手木工的活计。现在家里面还放着一个他用牛角做成的墨斗，一扯一拉，便有了经纬。他说，有了经纬，做人的规矩也就有了。我虽然没有办法想象父亲当苦力时的情景，但只要看着家里面那个厚重的炕柜就大致能了解了。炕柜的木板是父亲从内蒙古的深山老林里面背回来的，那个时候，班车里面这种东西还是可以放的。而在父亲出门在外的时候，母亲像是发了疯一样，每天只知道下地干活，对于几个女儿，她生气的时候会使劲地打，几个姐姐说她们小时候没有少挨过母亲的打，她们觉得母亲很严格。

　　让所有人意外的是，在结扎了两年之后，母亲竟然再次怀孕了，这似乎也是一件让人兴奋的事情。总之，1996 年的农历九月，一个初秋的傍晚，一个男婴降生在了家中。哥哥的出生，成为当时整个家族最为喜庆的事情，大家奔走相告，奶奶特意花了几个晚上给哥哥做了一个长命锁，那个玩意哥哥戴到了三岁。大姐比哥哥大了整整一轮，听大姐说，哥哥出生以后，母亲脸上洋溢着她从来未曾见过的笑容。父亲也是。可是好景不长，哥哥生下来以后没过几天就发起了高烧，在医疗条件落后的乡下，给哥哥看病的仍旧是给他接生的那个中医，在辈分上他是父亲的远房伯伯，我们叫他三爷。三爷是那时我们那边最有名的医生，一般人家的正门是不会端端正正地朝着正南开的，正南开的都是县衙门，可是他家的正门偏偏是朝着正南开的，他曾跟人说过："我救死扶伤和县太爷一样，也和咱们山里面的土地山神爷一样，我没死之前家门都朝正南开。"果不其然，在三爷死后，他的上门女婿就把大门拆了，改成了东南向，因为他说没德压不住。回过来说，在担惊受怕中，父亲把哥哥带到了三爷那里，三爷瞅了一眼就说让赶紧往县城的医院送，不然过了当天一切就都没救了。三爷说他原来的儿子当初也得的是这样的病，但是自己觉得能治好，最终因为没有用对专门的药，错过了最佳的治疗时机，孩子就那么夭折了，这也成为他一生挥之不去的悔恨和遗憾。父亲临走时，三爷将那个药的名字用毛笔写在了一个小纸条上，装在了他的口袋里面。

回到家中，一众伯婶和兄弟姊妹挤满了屋子，最终决定是大伯家的二哥二嫂和父亲一起带着我哥哥去县城的医院，因为他们识字并且对县城的情况相对来说比较熟悉。父亲一行翻山过沟抄了近路到县城的公路上截了一辆过路的车，就那样摇摇晃晃到了县城医院。父亲把哥哥放在医务室里面的桌台上，用手拨了拨哥哥的身子，他拨到哪一边哥哥就倒向哪一边，跟个死娃娃没有什么两样。父亲看着专家会诊室里面的医生叽叽喳喳地讨论，却还是摸不清楚什么情况，最后还是主治医生问父亲说有没有其他人看过孩子的病况，父亲才想起来三爷递给他的那张纸条，医生看过之后便频频点头。父亲说给哥哥用上药的时候，看着哥哥的身子有所反应，他站在一旁长出了一口气。至于我的母亲，从哥哥被送去医院的那一刻，她除了以泪洗面以外，好像什么也做不了了。上天终究是眷顾了父亲和母亲，哥哥似乎自从那次以后，就没有生过什么大的毛病了，尽管他现在还是最让他们操心的那个人。

哥哥出生的时候，计划生育政策越发严格，所以母亲再次被拉去做了结扎手术，但那次父亲和母亲的情绪并没有像之前那样激动了。后来听三伯说，当时可能是四伯给医生说了什么才让做手术的医生手下留情，所以在结扎之后的第三年，也就是1999年，母亲又生下了我。生我的那一年，母亲34岁，已经算是高龄产妇了。生下我以后，母亲戴上了避孕环。那个铁丝一样的东西，在她的身体里面放了20年，就在前几年才被取了出来。

我的出生相比哥哥来说，家人在情绪上的波动要小很多。二伯之前入赘到了另一个村子，但是他和二婶也没有生下男孩。父亲见二伯没有儿子，于是就想着把我送给二伯家，这个想法最后得到了大家的同意，奶奶当时自然也是应允的。可能在整个家族当中，最不同意的那个人就是我的母亲了，可是她又能做些什么呢？一个人微言轻的女人，又能做些什么呢？是的，我最终还是被送到了二伯家里，而且是父亲亲自把我交给二伯的。或许是天意弄人，又或许是母亲整日以泪洗面的原因，我终究还是喝不惯二伯家奶羊的奶水，上吐下泻没日没夜地哭泣。二伯家最后实在没有办法，就把我又送了回来。我知道这些事情时已经十六岁了。我只记得，在我还不明白事理的时候，二伯家的姐姐们总是笑着对我说："走，跟着我回咱们家走。"那时我心里面在想，我的家不就在这里吗？我还要回哪里去呢？如今，我对父亲的做法也能理解，不过我从来没跟父亲提起过这件事，我也好像从来没有因为这件事恨过父亲。不过，倘若真的留在二伯家的话，我的人生会是现在这样吗？前几年二伯去世了，在去世之前，他半身不遂瘫痪在床整整有五六年，每次我去看望他的时候，他总侧着身子跟我聊天，因为他的屁股已经压烂了。二伯也跟我讲了很多以前的事情。我想，那是苦命人的自我安慰，我只能听着，干不了什么。有一次我跟母亲聊天，我说那时候你要是没把我给要回来，我长大了以后真就不知道该怎么办了。母亲听到以后瞬间哽咽，抹着眼泪说道："你爸爸心肠咋就那么硬，舍得把你给别人。"那一次，我看着母亲哭，也不由自主地哭了起来。

父亲是狠心的人吗？在有一次和大姐的聊天中，我问她你觉得父亲是什么样的人，她略微思考了一下说父亲是个大善人，是个心善的大善人。一个从小被父亲派去地毯厂挣钱、现在已经为人母的大姐能够说出这话来，我想是没有错的，因为我也是这么觉得的。尽管在我小时候，我的一条腿因为细菌感染腐烂得流着脓水，父亲听人说用医用盐水消毒就可以见好，在我的肉体因为盐水侵蚀而撕心裂肺哭喊着疼痛的时候，他把缩在炕尾的我一把按在炕沿上，扯下裤子毫不犹豫地浇了上去。在哀号声中，我除了流眼泪还能干什么呢？母亲谈到这件事时总会说："你爸爸心怎么就那么毒！"再后来，在盐水并不见效而感染日渐严重的时候，父亲带我进了县城的医院。在乡下看来是顽疾的东西，医生只看了一眼，开了一瓶炉甘石洗剂，花了23块钱就治好了。科学，慢慢地开始进入到父母的观念世界。当然，还有我自己。

五

时间是无情的，我的父亲和母亲，也就是在那样一个农耕社会日复一日年复一年重复着那些枯燥劳累的工作。日出而作，日落而息，这不是田园牧歌式的轻松场景，而是烈日寒霜、风吹雨淋与劳筋动骨。岁月留给他们的，是黝黑发黄的皮肤、佝偻变形的身躯、长满厚茧的手掌和满身的病痛，自古以来的劳力者，命运从来如此。而他们教会子女的，也只是一些不怕困难的品质，貌似就连生存的技能也都没有教会。这些，是要我们自己学的。

奶奶的去世，让整个大家庭中所有的不幸都井喷式地发生了，一切好像都有迹象，却又好像无处捉摸。我的奶奶在 2004 年 8 月的某天去世了，那时候非典刚刚过去不久。奶奶去世那天，家人都正好不在身边，因为奶奶走得快，所以穿寿衣这些仪式都是去世以后进行的，我们那里叫遗丧，这已经算是不好的事情了。而且第一个发现奶奶去世的人是母亲，所以种种的境遇都让母亲受到了极大的刺激。听人说，奶奶的葬礼来了很多人，葬礼的花销由几家共同承担，至于怎么分担是等结束以后再说。总之在葬礼和几次周年礼中，各家终究还是因为计算多少的问题，闹得不欢而散。其中最主要的就是父亲和一个主事堂哥之间的矛盾。当时堂哥直接对着父亲和伯伯们说："这是你们的老子，你们想怎么弄就怎么弄，我不管了！"父亲自从那以后，再也不说自己出的力多却分得少这类话了。天下没有不散的筵席，我的奶奶，那个小脚女人走了，这个家算是真正分了，分得一干二净。父亲和伯伯毕竟是亲兄弟，他们之间关系亲近自然是能够理解的，但对于我们几个堂弟兄而言，彼此之间的关系似乎也就变得疏远了起来，这本是人之常情，倘若其中再夹杂上什么经济的往来纠葛，情形更可想而知了。

自从奶奶去世以后，母亲病得很奇怪，她的精神出了问题。她会突然哭起来，毫无征兆地就那样哭起来，有时候又会突然变得十分暴躁，破口大骂，甚至半夜起来和父亲吵架，说着一些毫无厘头但似乎有迹可循的话。总之，在我童年的记忆里面，这是最让我害怕和难过的事情。家人都不知道母亲为什么会变成这个样子，他们能够想到的，就是奶奶过世了，母亲受到了刺激，所以精神才会出现问题。我那时半夜的时候也会在睡梦中惊醒并且哭泣起来，之所以哭是因为我梦到了自己躺在一个冰棺材之中，而对面的一座巍峨的大山"轰"地一下便倒了下来并朝我压了过来，这样的梦境反复出现在我童年时期，直到现在还留存在我的记忆中。不过，九岁以后我再也没有做过这样的梦了。在我理性足够成熟以后，我才知道，当初父亲和伯伯们给奶奶准备的寿棺就在我家上房里面，用一条黑布盖着，上面放着父亲用深山里面背回来的木材所做的炕柜，我们平常就睡在旁边。对于一个小孩子来说，上面发生的一切只不过是对死亡的恐惧而已。

因为母亲精神的问题，父亲寻遍了四周有名的阴阳，可是依旧没有起到任何的作用。母亲的病之所以奇怪，就是因为在她正常的时候，她会拼了命想跑到山上的地里面干活，然后把自己累得倒下来。总之，一切都显得那样怪异。或许是养育了六个子女的原因，母亲的身体一直很差。也或许是长年累月下地劳动的缘故，她的膝盖时常会肿起来，甚至跛得走不了路，可是，这又能怎么样呢？对于穷苦的人而言，这些只不过是一些皮毛而已。那个时候，村里面人都觉得我母亲已经处在疯了的边缘了，而我的父亲也成为大家口中经常谈论的人物，"老五家的女人是不是还没好？"这句话显得刺耳，但谁能堵得住悠悠众口呢？母亲还是在那样的精神分裂中生活，父亲一心想把母亲的病看好，他不想让别人认为自己的女人是个疯子。

命运终究还是再次给了母亲重重一击。在母亲没有发病的时候，她去村人开的磨坊里面给我们家磨面粉，在她将要把机器出口的面粉装进袋子的一瞬间，磨面机发动机的皮带突然断了，巨大的惯性让一米多长的皮带径直地打到了我母亲的右眼上，刹那间我母亲因为疼痛和惊吓而哭泣了起来，眼睛里面的血和泪就那样顺着母亲苍白的脸庞流了下来。母亲出事的那天，我还在已经出嫁的大姐家，我清楚地记得电话打到大姐家的时候，电话那头几个姐姐和哥哥哭得不成样子。那天，我坐在大姐夫的摩托车的油箱盖上，在一个阴冷的雨天，回到了家中。在我回到家的时候，父亲已经带着母亲去了县城的医院，因为乡里面的医生看到我母亲血泪满面的样子，直接吓得说不出话来。

父亲总是想方设法出去借钱，这是我小时候对父亲最深的印象，也包括母亲眼睛受伤的那一次。是的，要治好母亲的眼睛在当时要花很多很多钱，至少对于那时的家庭而言是不可能拿得出来的。借钱，永远是一件让人放下尊严的可怜事情，这样的事情，父亲却做了很多次，可他已经习惯了。后来听父亲说，当时他去村里面一个开砖厂的人家借钱，因为是下雨，他的脚上沾满了泥，踩在人家的水泥地上，他自己都觉得不好意思。当然最后的结果是可想而知的，他没有借到钱。父亲终究是一家一家地走了一个遍，还是有宽裕的人家发了善心给父亲借了钱，父亲就拿着借到的钱，给母亲看好了眼睛。母亲的眼睛最后是保住了，不过视力还是受到了影响，直到现在她看东西依旧有些模糊，风一吹，就会不由自主地流眼泪。我清楚记得母亲做完手术之后回到家的情景，那天，我拿着学校发给我的小学一年级的入学照，一张二寸的照片上，用纽扣系着的上衣里面，我穿着一件白色的衬衣，彼时的我，圆脸大耳，我知道，那是母亲的奶水滋养的。我把照片拿给了母亲，让她看看我照的照片，那也是我人生中的第一张照片，只记得母亲当时说："我的娃，我看到了，心疼很，你拿过去，给你爸爸看一看，去吃香蕉去。"母亲说罢便转过了脸，因为医生叮嘱过脸要朝上眼睛才恢复得更快。我记得那天母亲的声音是哽咽的，而那天母亲躺在炕上一副羸弱的样子，也成为我人生中难以抹去的记忆，也正是因为那一次，我幼小的心灵从此拥有了一种不可撼动而持久生发力量的东西，时至今日，它仍然在起着作用。

母亲的病终究还是看好了。或许是时间的原因，又或许是其他什么原因。总之，谁也说不上来。但对我来说，我知道母亲的病到底是怎么回事。我也知道一切最终可能都要归罪于贫苦的生活对于人精神的折磨和摧残。在我上小学的记忆中，父亲和母亲同家里那边生活的其他人没有什么两样，从事的无非是农民所要从事的活动。春夏秋冬一年四季轮转，只不过是希望粮食收成好一些，儿女读书能够读得好一些而已，最大的希望，就是把子女养大成人，看着他们结婚生子，最好能够财源广进。听人说，在我们小时候，母亲总是把"什么时候才能把你们养大"这样的话挂在口边，我知道这是她给自己的任务，她自己主动地担起了这个沉重的负担。

农村的生活能是什么样呢？如果没有天灾人祸，一切都只是平平淡淡地往下生活而已。只不过对于父母来说，他们似乎永远也不会觉得生活过不下去。在我小时候读书的时候，每逢期末考试就要去乡镇里面的中心小学考试，每次总是坐在父亲的摩托车后面，而母亲总是看着摩托车消失在村头才转过身去。在考试结束以后，中午的时候父亲会给我买一个鸡腿，一根油条加上一瓶娃哈哈，至于他，吃的是从家里面带上的一张面饼。我那时候总会把一半鸡腿和一半娃哈哈留给他，告诉他，吃多了就容易拉肚子，到时候考试就考不好了。我或许是如了父母的愿，小学时都是班里面的第一名，尽管是在那个仅仅只有十几名学生的小小的群体里面，但不管怎么样，从学校挣来的奖状真的算是对父亲和母亲最好的慰藉了，在我心里确实是这样觉得的。至于后来我能考上全国前列的学府，那是他们从未想过的事情。只记得有一次父亲说，我高考那一年的元宵节，我的灯盏的灯花开得很大，他就觉得那是一个好兆头。

我记得，在我拿到录取通知书以后，父亲主动提出要祭坟，祭我爷爷和奶奶的坟。这在我们那里是一个长久以来便有的传统，在家族里面当然也不会有人反对。祭坟那天的早晨，母亲在厨房里收拾坟上要用的祭品，父亲叫了邻村的一位亲房爷爷辈的乡绅来主持仪式，我们称呼他为四爷。当四爷坐在我家上房的炕上铺开黄纸蘸着墨汁写祭文的时候，一件让我们所有人都始料未及的事情发生了：厨房里面做饭的母亲突然哭泣了起来。我和父亲赶紧跑到厨房去看到底发生了什么事情，只见母亲靠在厨房的门上，用手擦着眼泪，嘴里面反复说着"我终于把我娃养到世上了"的话。父亲听见这话之后就知道是怎么回事了。他安抚了母亲以后就跑去了上房。母亲哭了一会以后，停下来摸着我的脸说："我的娃，我没有事情，我好着呢，你不要操心了，我好着呢。"之后母亲便又正常去收拾东西去了。自那以后，除了有一次过年舅舅来我家喝醉了酒跟母亲道别、母亲在院子里哽咽，除了有一次哥哥嫌弃母亲根本不会做饭，母亲突然靠在炕沿上细声呜咽说着"我给我娃连饭都做不好"以外，母亲再也没有哭过。哥哥也是从那时候开始，回家便主动帮母亲做饭。母亲身上所发生的事情，其实从来就不存在什么灵异，只不过是一个心软体弱的女人，对生活施加于其上的所有苦难的某种承受与反应而已，经年累月积攒按压的情绪，就在那样一个瞬间迸发出来了罢了。是的，母亲一直被各种梦魇所困，其中就包括舅爷光着身子在寒冬地里乱跑的场景，而在之后母亲每年寒衣节转给舅舅四十块钱，让舅舅裁剪寒衣替她烧掉以后，这种情形再也没有出现过。对于母亲而言，或许在她那里同样有着自己一生所要完成的任务，每当一件实现的时候，她那饱受岁月摧折的心灵，才会得到某种宽慰。

现在，母亲的心境变得很好。她也没有像之前一样，为了多干一些农

2021年暑假，父母目送我去上学

活而拼尽力气，她变得轻松多了，她紧紧绷着的心灵终于平和了。不过，她还是操心我哥哥什么时候能够结婚，什么时候能够让他们抱上孙子。母亲对我也无非是操心我什么时候能够读完博士，然后顺利找到一份还不错的工作，成家立业。父亲所想的，也无非就是这样，因着耕读传家的信念。话说回来，父亲的传家宝，是从奶奶手里传下来的一张供奉祖宗的香案，虽然差一点因为蜡烛跌倒燃烧殆尽。在我父亲的眼里，外孙都是别人家的孩子，不算香火，尽管九个外甥都在父亲的怀里哭过、笑过，甚至拉撒过。有一次我们给父亲过生日，在一众外孙的簇拥下，他显得有些拘束甚至不好意思，那一刻我想他或许也没有把孙子分得那么清楚了。

自从上大学以后，每次离开家的时候父亲和母亲总会目送我离开，我也总会给他们拍上几张照片，这已经成了一种习惯。在将近七年的时间里面，岁月在他们身上留下的和带去的所有东西，一目了然。有时候在夜深人静的时候，我看着照片总会默默地流下眼泪。已经六十五岁的父亲，他一生中都做了一些什么呢？文盲的他，能做些什么呢？他终于还是努力地盖上了新房，他说这是他自己这辈子必须要完成的，这个任务终于在他六十二岁的那年实现了，他很满意，他和母亲住到新屋子里面的时候，惬意和舒服极了。尽管还有一部分建房子的钱没有还上，但那在父亲和母亲的眼里又算得了什么呢？在我堂哥结婚的那一年，在大家的提议下，家族中的一部分成员在大伯家院里拍了一张合影，父亲和母亲坐在最边上。那一刻好像一切又回到了奶奶在世时家族和睦的样子。但是我们都知道，这也只是一些瞬间罢了，再也不可能回去了。在家族合影结束以后，每一家又单独照了相，我和四姐还有哥哥当时站在父亲和母亲的身后。在那天晚上回到家中吃年饭的时候，我们又拍了一张算不上全家福的照片，照片上父亲和母亲笑着，我们几个也笑着。

六

　　夜确实已经很深了，每当想起父亲的时候，我总会想起母亲，而每当想起母亲的时候，我也总是想起父亲，不知道为什么。此刻，我在南国的冬日，只愿他们平安健康，等我回家。人总是要有愿望的，倘若有一天博士论文可以出书的话，我希望在扉页上写着："献给我的父亲母亲，为他们一生的操劳，和对我无私的爱。"

2018 年暑假在打谷场劳作的父亲

一粒江边的沙

重庆医科大学　肖宇宸

一说起年轻的时候，母亲便会翻看手机相册，找她给父亲拍的那张照片。

"佳能 A40 拍的，那时候好流行哦。"她总是一边翻找，一边回忆着十几年前的事，"不过相机是学校的，你屋老汉和我那时候买不起，没事就去拿学校的相机来，拍着玩。"

"那时候在我们这儿，成绩好的才可以上中师，其他人不可能进来……"

母亲生在 1980 年，一个江边的小镇。小时候家里顿顿吃红苕，再加一点用米煮的清汤，几个月不见一点油腥是常有的事。我小时候和外婆外公住过一段时间，这山包包上的地也确实不知道该种些什么东西：菜叶子和胡豆都要拿去卖了挣钱，能留下来吃的就只有红苕。当然，能多种些菜多卖点钱也是好的，但那时候外公偏偏又当兵去了，家里就婆婆一个成年劳动力，起早贪黑还是喂不饱母亲和小姨。所以婆婆总是在想外公什么时候能回家帮忙就好了，还老是跟母亲和小姨抱怨，抱怨外公怎么还不回家。

按母亲的说法，外公是一个典型的"投机分子"，就是退伍回家了也不怎么帮婆婆干活。和一家人一起扛起锄头上坡，经常是干到一半，撂下一句"我走了哈"，锄头一倒，迈开步子下坡，不知到哪里去了。扯杂草、割猪草、点豆子……母亲把当时能干的农活都干了。爬坡上坎，好不容易收好一筐筐猪草回家，把猪一点点喂重，却还是只能吃红苕。同大队的玩伴随时都可以从口袋里拿出两毛钱的纸钞买糖买发夹，可自己家交五块三毛钱的学费都要先欠着，这让母亲很是羡慕不愁吃穿的邻居。于是她发奋读书，在1995年以全县前茅的成绩考上了不用交学费还能毕业包分配的中师。得知母亲被录取，外公很是高兴，张罗着全家拍照片，甚至喊来住在十公里外的曾祖母。在镇上来的摄影师扛着他的大方块摄像机，喊"好啰"之后又过了几天，母亲终于见着自己生平拍的第一张照片：

一家人都在大队院子里，身后是外公一砖一瓦筑起来的矮砖房。母亲撇着嘴站在照片中间，外公咧嘴笑着把手搭在母亲的肩膀上。右边是婆婆微笑搀扶着恍惚发神的曾祖母；左边是小姨害怕地捏着母亲的衣角，半掩在母亲身后。一棵黄葛树退于后方，在水沟旁看着这一家人。

我问母亲为什么不笑，得到的解释是当时有江风吹过来。母亲要去县里上学就一定要坐船——便宜。她最烦坐船，一坐就晕；还一个人带着这么多东西，怕是在路上要被摸包客偷走。而我是不大信这个理由的：父母总是羞于向孩子袒露让自己难为情的心事。

1995年母亲第一次乘船上学时，与她同船的也确有小偷，不过没偷母亲的东西——母亲没什么值钱东西。而那个被摸了东西的富态妇人在船上骂了好几轮偷她东西的小偷，歇一会儿又骂一会儿，下船走远后都还能听见她的叫骂声。母亲那时头正晕，只记得大大咧咧骂人的声响与大河坝上来往的脚步，交织着密密麻麻的，听着头更晕，弄得她在原地蹲了好一会儿才缓过来，一个人拖着行李往十字街上跟跄着去了。路上有棒棒拉活，顺沿着梯道问了母亲一路"妹儿我来帮你嘛"。梯道本就人流拥挤，在棒棒们孜孜不倦地询问下，冒着虚汗的母亲终于吐了某个捧着笑脸迎上来、准备开口说话的棒棒一身。

每次说起此事，母亲都忍俊不禁。但那时，更让我好奇的是大河坝被淹之前的样子。那渡口，那红蓝各异的小车，那大河坝上的卵石与河沙，那梯道直上的十字街，那熙攘与叫卖……可惜自我有记忆起就只能与水泥梯坝会面。唯有夏季，三峡大坝放水后才能窥见几壁残墙。除此外，长江下被水淹没的过往繁华，仅有资料上泛黄的照片和长辈稀疏的记忆，其他的光景就只能沉在江底和过去了。家里能问的人在大坝蓄水前都只去过一两次县城，而母亲，基本仅有开学返校和放长假回家在大河坝赶船的记忆：平日里实在是没那闲钱和县城的同学一起逛十字街。可怜我那好奇的心，只能在母亲这里听到那倒霉的妇人与棒棒，和移民时船队的浩浩荡荡。

1995—1998 年在中师的日子，母亲似乎不大愿意向我提起。我能知晓的总是那句"物理化学好难学"，还有一摞琼瑶小说、一本不被允许打开的日记本和一张母亲声称已经失踪的毕业照。那个年代的少女心并不难猜，更何况这是我母亲。她应该是尽自己所能地打扮了自己，任凭无法言表的心情，逐渐模糊她望着相机的视线。

1998 年，母亲 18 岁，该上岗去挣钱补贴家用了。

母亲被分配到后乡一个离家八十公里的叫余庙的地方。我家乡以一条山划分前乡与后乡，哪怕是现在，后乡也不如前乡富裕。但没办法，只能随遇而安——反正明面上的工资是一样的每月 257 元——母亲如此安慰自己。余庙乡小的校长是一个爱玩相机的人，和学校的五个老师共用一间办公室，拍了不少照片，包括母亲染上一脸红墨水的照片：刚参加工作的人还不懂如何合理安排自己的精力，万事都尽力去干，结果在改作业时，压着钢笔睡着了。

是同事把她拍醒的：这节是她的课。母亲直起腰用力后仰以使自己清醒，但同事们像是同时领会到什么，一起默默笑了起来。她实在是想不明白同事们为什么边瞥着她边憋笑，也为走进教室后学生们的惊讶和随后爆发的笑声而纳闷。校长是什么时候拿着相机站在教室门口的？他要拍照干吗？为什么有小女孩递上来小镜子？自己的脸是什么时候被染上这么多红墨水的？啊呀，可惜晚一步，还没捂住脸，快门声就已经响了。

"海鸥 205 是我最讨厌的相机。"母亲这么对我说着。我只惋惜已无缘再见到那张有趣的照片。当年的校长自己保留着底片，可他已经去世了。

母亲描述中的余庙总是一文不值。当然，风景不错，但那不是为她准备，也不是她有心欣赏的。这小学只有十几平方米的操场同时容纳了破烂的篮球筐和泥巴砌的滑梯，教学楼是分两层的土砖楼，一楼教室二楼宿舍，二楼有三个房间住着不能回家的学生，留着一个当小仓库。母亲因为人生地不熟，住在教学楼边上透风的小砖房里。母亲对余庙的记忆以负面居多：像是冬天走田坎摔到水凼里，染上从未有过的高烧，不小心被学生偷去外公送的钢笔……这些都是小事，咬咬牙也还能继续生活。母亲印象最深刻的是 1999 年放暑假前的夜晚。她本想着第二天不用工作，便放纵自己，躺床上看了很久很久的琼瑶小说，睡着时灯也忘了关。等她再睁眼，靠墙的桌上兀然出现一根带铁钩的竹竿，从墙外探进来勾起她的包往外送。母亲颤抖着用书捂着嘴，不敢出声惊动墙外的人。在那人勾出包，并还原墙上的砖块后，母亲也只敢保持着同一个姿势，直勾勾地盯着那块松动的透着风声虫鸣的土砖。等听到鸡鸣后，她才扶着床沿桌沿，扶着粗糙的墙把自己挪出门。外边是清晨微蓝色的寂阒，只有远处农户的鸡鸣。地上是被遗弃的包，唯独少了她用一年省出的 440 块钱。母亲在麻木中坐回床沿，紧紧捏着她的包。鼻子酸的，但没有哭。

天一点一点变亮，虫子却仍不愿停止聒噪，偶尔有远处农户的犬吠。不知在农田传来多少声嬉闹后，有人敲响了母亲的门："都大天巴亮的了，还开起灯干啥子？"是校长。

后面的事母亲早已记不清。她只记得给校长开门后，她实在忍不住眼泪，任脸颊感受泪水的温热。校长说了好些安慰的话，给母亲塞了 50 块钱，还亲自借摩托车把母亲送回八十多公里外江边的家，顺便帮母亲和外公拍了张合照。等母亲暑假结束返回工作岗位时，砖房已经用水泥重新抹过。按校长的解释，"那点点儿水泥是修滑梯剩下来的，留起也是浪费"。余庙，好像也有让母亲记念的事。时时逗弄新人的校长，见她摔水凼赶忙扔下背篓来扶她的大叔，在她高烧时搂偎着她冰冷的双脚照看她睡觉的老婆婆，那个好奇的学生还回来的墨尽的钢笔、一张为用坏钢笔道歉的纸条以及两支崭新的铅笔……年轻的日子仿佛在一声声抱怨中悄然去了，等再回想时却只能模糊地幻出个永远抓不住的恬静午后。它明明就在那里安静地待着，可想着再看清楚更多镶在阳光里的细节时，才发觉眼神已不是那样光润，嘴唇也已不是那样潮湿。时间干涸了好些东西。

不论如何，母亲总是在踏实往前走，不管前方是喜是悲。她是个信奉积累而非运势的人，永远相信努力，永远想着实现吃饱穿暖不是哪一辈的事——哪怕是江边的一粒沙，也要试着去积起大河坝。我想这是那个黄金年代赋予她的品质。

总之，向前走吧。

2001 年，母亲从乡小调到了邻近的镇中，那地方的名字很好听，叫花桥。在花桥镇中，母亲遇见了父亲。现在已很难理清一团乱麻的缘由：一切都显得那么自然。两个年龄与资历都相仿的年轻人，在同一个闭塞的小镇上的同一所学校 ——一切都那么的般配。母亲到现在也还常学着《亮剑》里的台词，在父亲面前有模有样地跟我唱："想当年，你屋老汉也是后乡十里八乡有名的俊后生。"想必那时的父母也应该都是不乐意先开口的闷油罐子，还得靠校长的撮合——余庙的那位校长也调到了花桥镇中，带着他新买的尼康D1，留下好些父母那时的照片——不得不承认，父亲那时的确是俊后生。

父亲是后乡人，常带着母亲在附近游乡玩野，和母亲说自己小时常在哪里摸螃蟹，在哪里狗刨，又在哪里过家家了。父母一起说了无数关于那段时间的话，但反复提起的均是爷爷：父亲在每月第一次赶场的前一天都会回家看爷爷，母亲在交往一段时间后也跟着父亲一起去拜访爷爷。每次爷爷都会在院子里准备好一张桌子两条板凳三碗茶水，坐在父母对面问两人：现在的工资有多少？准备怎么用、存多少？存的钱有什么安排？报纸上说中央又有什么文件公示，江泽民主席又有什么发言，闲下来就该去学习了解；以前听毛主席的话，爷爷回乡为乡村的教育事业尽自己的一份力，父母亲也要在自己的岗位上发光发热……诸如此类的话，爷爷对父母重复了一遍又一遍，直到我出生。父母称之为思政教育讲座。恐怕伯父和大姑也是听着讲座成家立业的。等到为人父母后，爷爷便不会再唠叨他们。对孩子的爱会支持、促使他们自觉地去学习、去实践堆积在耳朵里的话语。

在爷爷的竹林老屋前，校长用他的尼康D1为爷爷和父母三人拍了一张合照——据说校长是爷爷的学生——仍是那张桌子，桌上是相机包、四碗茶水和一包瘪瘪的烟袋。桌左边是眯着眼望镜头的爷爷，手里拿着他自己用细竹竿做的那杆二十来公分的烟枪。父亲正襟危坐在桌右边，后面是并排坐着的母亲。母亲抿着嘴，双手压在膝盖上，老老实实地挺直了腰，眼神闪躲地面向相机。

不知那位校长在按下快门时，作何心态看待这个朝着自己人生跋涉的青年人。

花桥镇中为每位教职工都分配有住宿，但父母两人只被分配了一套房——相信也是校长的手笔——外公应该是不会允许母亲婚前同居的，只可惜山高皇帝远，母亲和父亲不说外公也无从得知。父亲那时身体还很灵活，常和学生们组队打球，一打就忘了回家吃饭。母亲总是在备好饭菜后，把头伸出窗外对着水泥操场喊父亲名字："你还想吃饭不！"接着父亲便会在众人的目光与笑意中低着头溜回家，免得惹母亲生气。我小时听花桥镇中的老教师回忆："那一声吼的，让我都觉得年轻了几岁。"母亲的呼喊声是那段岁月学校里无与伦比的光景。响起得太过于准时，甚至有人以此为去食堂吃饭的依据。闭塞小镇的谈资与快乐，不过于此。若非要说出一件更令人兴奋的事，定是 2002 年学校组织的教职工旅游。

那次旅行去了很多地方，校长也为父母留下了很多照片，丰都鬼城的照片是最为出众的。鬼城景区门口有两个作黑白无常样的踩高跷的人，扮相吓人但都是乐呵呵地面对每一个游客，"售票厅里的阿姨都比这鬼严肃"母亲说。鬼城里的景点大都没变，还是那盘表演用的铁墩，还是小小的 U 形回廊展示的十八层地狱，还是高矮参差的神神鬼鬼，但那凉亭却是我印象最深的。父母亲在这里由校长拍了一张照片，多年后我大约十四五岁时又由我在同样位置以同样姿势拍了一张——有些事物或是非事物，的确是不会改变的。

2003 年 3 月，非典。对那时的父母来说，非典太遥远，比两人工资总和过千的日子还要远。他们只知道自己得到了难得的长假，只是不能经常出门。这时不会有比借碟片更好的解闷良方。于是两人抢早在镇上的光盘店租来整套四十集的《萧十一郎》。我第一次听闻此事时还为之诧异许久：母亲居然没说服父亲借琼瑶剧的碟片；我也是在此事中第一次知晓父亲年轻时爱看武侠。"金庸古龙哪有琼瑶好看。"这么说着，其实母亲现在都还是觉得那时的武侠更好看。但租武侠回去，一是她无法向一个常看武侠小说的人解说剧情以显示她的能干，二是众人皆知的秘密——这样一来，更显出母亲为父亲做出的退让。许是比起一个人的能干，《萧十一郎》更重要一些。在备好学校建议的日常用品后，父母便躲进两人的小房。看碟片、读小说、备教案、准备成人高考，每天都如此往复——好久没那么舒服地看书了，只读了个囫囵却还是那么高兴。母亲对我说。她现在也仍喜欢囫囵地读小说，备课已经够累了，若校外还要那样细想一字一句的用处，她无法接受。

2003 年 6 月，非典的限制被解除，母亲也发现自己已有身孕。她决定和父亲领证结婚。奉子成婚是母亲未曾设想的结局。她一直在等一个契机，让两人能自然地走进婚姻殿堂——但准确来说，应该是婚姻食堂——校长为这对本来准备裸婚的新人在学校食堂安排了一场婚礼。并不正式，只是学校的教职工聚在一起庆祝一下，不必挂礼。

那是九月二十日，周六，学生们都被放回了家。母亲穿着没怎么舍得穿的碎花裙，抚摸已经明显隆起的腹部，透过玻璃看向门里的食堂。门外的云很阴沉，也许快下雨了；玻璃里的光很温暖，所有同事好像都在快活地交谈，又好像屏住呼吸一齐望着眼前的这扇木门。她无端想起了一些事物：教室门外在暗淡中观望的人儿，门内昏暗的灯和谈笑的人群，以及远处起伏的山和山前被江风搅乱的"灰色城堡"。"啷个了？"父亲身上是收拾得很得体的廉价西装。她摇摇头，示意父亲往前走。于是老旧的木门被推开，溢出大家的掌声和温暖的光。校长站在最里面，笑着望着这对新人向前走，踏入光中。

十月，母亲挺着大肚子去参加了成人高考，成绩不言而喻。父亲向学校的老师借了好些有关婴幼儿哺育的书，天天钻研。婆婆第一次离开老家，一个人来到花桥，照看母亲。外公和小姨随后也赶到花桥，准备陪家人过年。爷爷在赶花桥场时少见地拜访父亲和母亲，这次他没开思政讲座，只是在和父亲商量今年杀的年猪该怎么分配。校长新买了一台佳能 A40，自作主张借给父母玩一年，说给出生的小崽儿多拍几张照片。新的一年已经开始探头，挠得母亲心痒痒了。

母亲记得很清楚，2004 年的雪难得一见地积了起来，学校操场是很漂亮的白色。跨年时，学校组织了一场跨年团建，父亲用校长的那台佳能 A40 拍了很多照片；放寒假后在家里坐不住，想去学校办公室用电脑看看自己拍的东西。母亲也想跟去，父亲担心路滑但又拗不过，只好扶着大肚子的母亲，踏着雪，两人慢慢地用心踩去办公室。到了后，父亲用钥匙打开柜子，拿出相机，取下 CF 卡换上一张没用过的，便用读卡器在电脑上浏览着他拍的照片。母亲在一旁坐着无聊，就拿上相机在窗边乱拍，拍雪，拍被雪压住的铁树，拍积起雪的操场。可拍了一会，倒也不觉得这薄薄的一层雪有什么好看，反正不出两个月这雪就会化，倒不如看看其他的，像是办公室里的某人。他还在盯着电脑，没注意到投在他身上的视线。这是稀松平常的事，母亲却蓦然想起看过的琼瑶，想起在山坡上锄地时抚平她内心的江风，想起从小看到大的长江。她继续盯着父亲看，视线和记忆越来越远，越来越模糊。她知道自己想说些什么，但那样的话还是留到以后再说吧，现在要多想想其他更现实一点的事。

"今年好像要冷一些啊。"母亲假装玩弄相机，试着漫不经心地说出这

母亲和外公，校长于 1999 年摄

丰都鬼城，校长于 2002 年摄

重庆大礼堂，校长于 2002 年摄

重庆动物园，校长于 2002 年摄

句话，却不小心撞上父亲望过来的眼神。他只是嘴角微微上扬，又继续弄他的照片。

"是的啊，幺儿也快出生了，该多准备些棉絮让妈帮忙做点小崽儿穿的。对了，屋里头要买几件新衣服不，我们啥子时候去看看？"

"等会嘛，等雪化了来。"好像这句话没什么说服力，"我怕路滑打跟斗。"

"嗯？那个时候不就过价（方言，意为'过时，来不及'）了？"

"先生。"母亲用普通话，学着琼瑶剧的口气，喊了声父亲。

父亲笑着，转过头想去看看他的妻子到底在想些什么；只听见一声快门，随后紧跟着喜悦的轻笑：

"没啥。新年快乐。"

我想母亲一定是笑着，就像她为我唱摇篮曲时那样暖和地笑着。一粒沙找到了它的江岸，准备为之献出一切，准备积起自己的河坝，准备在此沉淀往日，迎接明天。

父亲于 2004 年，左为校长所摄，右为母亲所摄

在路上跋涉——父亲的肩章更迭

湖南师范大学　苏　晓

1990 年，过年前的冬天，一个男孩背上挑担，走路飞快，芸芸众生，人人忙碌，他走在熟悉的街巷小道上，为自己"跋涉"。

长沙这座城市夏天炎热、温暖，但冬天截然相反，湿冷、刺骨，每天清晨四点，街道上黑暗一片，批发市场迎来了预先热闹的时分，鱼在各种花花绿绿的塑料盆里游来游去，冒出咕嘟咕嘟的水泡，那时还没有实现分区销售，猪下水、瓜果一类的食物以及各色人等身上的气味都混合在一起，其中还有新鲜的樟树港辣椒，这种辣椒后劲足，入口鲜脆爽快，是常卖榜的第一名。

这间批发市场常有人进货到各个大街小巷叫卖，他们赚的是中间周转的体力钱，男孩也是其中的一员。他十九岁，年纪轻、耳朵灵，从高二起，他便没有继续读书，而是独自来到长沙做生意，在这里，他租了一间小小的房间，睁眼、闭眼都是黑夜。

冬天之后，男孩的家里人催促他回家过年，从家到长沙，坐车要一个半小时，男孩本以为，冬天之后，自己还要回到长沙继续这样做。但就在这一年的 3 月，出现了另一个人，他改变了男孩的下一个冬天。

这个男孩是我的父亲，这个改变我父亲一生的男人是当时的乡武装宣传部部长，他中等个子，操一口湘阴话，前不久，从部队转业回到家乡，他的家乡，也是我父亲长大成人的地方。

1990 年 3 月，男人奉命下乡征兵，正好碰见了正适龄的我的父亲，凑巧的是，父亲十九岁前的照片都不知道遗落到了哪里，相册里能翻出的第一张他正好十九岁，摄于 1990 年的春天。

（一）红色肩章

1990 年春天，乡武装部部长下乡宣传边防征兵，父亲自己拿主意，和三个同乡一并出发，坐上了绿皮火车。此前，他去的最远的地方离家乡只有一百多公里，更不用说云南，他只知道那是中国的另一端，光是坐火车，都需要整整一天一夜。

走前，父母一路陪着来到了火车站，长姐已经嫁人，家里只有一个未成年的弟弟，他是长子。父亲透过火车看向窗外，他的视力很好，但很快就无法望见自己父母亲的身影。火车一路往西，但父亲对沿途的风景一无所知，就像接下来迎接他的生活将会是什么模样，他也并不清楚。

老式绿皮火车是父亲当时所能见的最先进的交通工具，一路轰鸣，蒸汽在车头上方升起，身后是家乡，他离那里越来越远，但父亲也明确地知道，这对他来说，是一次机会。

父亲（右）在相册里留下的最早的照片，1990 年

父亲来到的地方是云南省文山州砚山县铳卡新兵营，在那里，他留下了十九岁的第一张照片，也是相册里最早的一张照片——他穿着一件崭新的白衬衫，身边是他的战友，也是三个同乡中的一个，姓曾。父亲没怎么拍过照，不熟悉镜头，相机在 1990 年代十分金贵，租一个小时五元起，父亲看见别人拍照，一时兴起，也加入了平摊钱的队伍，留念一张。

父亲的背后是一片树林，在泛黄的色调之下，看起来已经提前进入秋天，这个地方人迹罕至，却到处有树，树的数量是人的几倍，在边疆驻地最多的就是这些植物。

第二张照片是在新兵营的大门前，父亲穿着一件绿色军服，和一并前来的四个同乡合影一张，和他的战友不一样，父亲的军装敞开着，微微弓背，头顶上的大檐帽似乎比脑袋要空出许多，看起来很潇洒，此时，他的肩膀上有一条红色的肩章，进入新兵营受训的第一天起，他成了一名列兵。

军队的生活单调而重复，六点半起床受训、整理内务，但这比起凌晨四点的长沙城来说，已经分外舒适。这里气候四季如春，蚊虫隔在纱窗之外，温暖的日照令人早已忘记严寒，父亲感受到了前所未有的松快。上午受训的内容比较统一，父亲和战友们沿着一条仅仅只会经过几条卡车的公路进行拉练，有时两公里，有时三公里，跑得满身大汗，除了身体素质，精神面貌也是训练的一部分，他们还需要调整队列，校正军姿。到了中午，在食堂吃过之后会有一段短暂的休息时间，直到下午两点半，又开始新一轮的活动。

队内还给每一位列兵单独留下了几张相片，几张相片里，父亲身后是他们的兵营大楼。父亲手里握着一把枪，这是他第一次摸到实物，枪带覆过他的腰背，他严肃地将半个身子弓起来，躲在石狮子背后，他的眼神望向镜头的一边，只能看见头上深绿的军帽。父亲望的方向依然是那片荒原一样的树林，那边是东方，树层层叠叠落满了山头，越过山还是山，他把身上的衣服扣得严严实实，红色的肩章是唯一的视角落点。

几个月后，新兵营留下最后一张合照，几乎全是红色肩章的新兵，父亲也是其中一个，只有前排最中间的那一位和其他人的肩章都不一样，他戴着金色军衔，已升为少尉。他是父亲在新兵营时的带队教官，比父亲大几岁，姓史，大理州人，就在新兵营结束后不久，这位年轻的少尉教官在一场缉毒行动中牺牲，年仅 25 岁。

1990 年新兵营毕业

离开新兵营后，父亲被分配至田蓬边防工作站，那里是边境站，中国与越南之间横亘着一条长长的边境线。边境线是这样长，从一座座山山头分向两边，有时也依照河的流向分两边划线。父亲的生活几乎和新兵营没什么变化，直到 1991 年，他通过考试选拔进入昆明边防总队学习新闻报道。

1991 年，父亲于昆明翠湖

父亲在这里也留下了一张照片，二十岁的年轻人，无论身在哪里都迫切地想要留下自己曾来过的印记，父亲也不例外，他和战友特意来到了昆明翠湖，这里前后都是绿油油的柳树条，父亲半蹲下来，这是新兵营时教授的蹲姿，一手贴大腿，背部挺直，他的军帽也在身前，脚上是一双新买的二三十元的回力鞋，在树下，父亲满脸笑意。为他留下这张照片的是一位来自四川的战友，他的手上就有一台珍贵的照相机，他们为了留念而特意来到这里。

1992 年，武警部队院校全国统一招生考试开始，在当时，云南昆明武警部队学校是全国唯一一所武警招生院校。父亲将这张对他来说意义重大的准考证保存下来，留在了相册里，一张红底大头照，泛黄的纸上印着考试内容、时间——6月13日，语文、政治；6月14日，军事技能。

两年的义务兵即将结束，考入边防学校也意味着延续军旅生涯，从士兵升为干部，他此后的大半时光，将会和这身深绿色的军服重叠在一起。

昆明边防学校的大门是木质门框配玻璃窗，两边各一盆半人高的绿植，父亲站在地毯上，留下了在学校的第一张照片。照片上，父亲两手插兜、短袖白衬衫、红色肩章，这一次，他凝视着镜头正中，这是出了新兵营之后，他第二次主动留下影像的地方。

在这里的短短两年，意味着他重新成了一名学生，这座学校给予学生的温情并不亚于一个家，提供吃住，有零补，并再次送给他一套全新、规整的制服——父亲是在武警云南边防总队第二届阅兵大会上正式穿上这套制服的，全套的装备——枪套，精神带，腰带，马靴，他把双手背在身后，镜头前，他收敛了脸上的笑容，却独有一份意气风发。

时隔多年之后，父亲是这样回顾自己的这一段时光："考入这所学校，基本上也就知道未来自己要干什么，这里有全国各地考进来的人，毕了业，都会调回自己本来的归属部队，而我是从云南边防进来的嘛，将来也就是

1992 年，昆明边防学校入学留念

回边防，回那里守着人。"

入学的第二年中秋，父亲所在的一中队七班在昆明边防学校食堂留下了一张合影，中间一张木桌，桌上摆着各色各样的月饼和食物，所有学生们站起身来，冲着镜头高扬起双手，父亲也是其中的一员，他的手里拿着一颗圆圆的梨。

部队吃饭用的是圆桌，平时，学生们在这里围成一桌用餐，中秋节也不例外，只是这一个不寻常的夜晚，各自远离家乡的游子拥有比平时用餐更多的时间在这里聊天，这群军校的学生们聊得最多的还是未来——

"中秋节么，还是都想回家，但是回不了，大家就坐在一起聊聊天，唠唠嗑，只是不让喝酒，但个个也像喝得多了，满脸通红。"

当然想回湖南，那片湘北大地，有他的亲人。每一年的中秋，月上枝头，父亲都会这么想，但他深知，毕了业，他还是要回到云南边防，那里是他考进来的地方，也是他需要回馈的地方，这里是他的第二个家。

"还是要回边防，有很多事要做。"泛黄的相片里，父亲拿着黄黄的梨，寓意"永远不分离"，他的身上依旧是那套深绿色的军服，他笑着，望向镜头的正中央。

（二）金色肩章

1994 年 7 月 18 日，这一天，父亲摄下一张珍贵的照片，昆明边防学校一大队一中队毕业合影，他位于第三排左起第六，正式毕业，授衔少尉排长，红色的军衔更换，变成了金色的一杠一星，他拥有了自己的小小金色星徽。

毕业仪式之后，云南省电视台拦住了从侧门离开的他进行采访，面对镜头，黑色的摄像机像一双智者的眼睛，此刻，它正在记录着父亲所说的每一个字。父亲戴着军帽，面庞羞涩而坚定，他说，他即将回到自己来的地方，他已经做好了为祖国、为边防奉献自己的准备。

昆明边防学校毕业后，父亲被调入云南省文山州富宁县新华检查站，随后转入文山州派出所，在这里，他的任务比两年前要更烦琐，除了日常的边境线巡逻，他还需要负责过往车辆和边境通行证的检查，行动大到缉毒、缉私，小到边境百姓的财物失踪等。

边境线尽管绵长，但想要进入城镇，还是要经过隘口，边防检查站就是漏斗的第一道尖嘴，也是第一道拉开的守护线。在这里，"冲卡"的状况并不少见，"冲卡"就是指来往车辆直接冲撞隘口放置的障碍物进行逃窜，每到这时，父亲和他的同事必须采取措施，骑上三轮摩托车追击，追击的距离尽量保持在一公里内，才能最大程度保证人们的安全。

冲卡并不多见，多数并不造成正面冲突，而来往车辆的检查才是一项更险要的任务。父亲所在的文山州经济并不发达，地理位置却十分重要，它和越南接壤，是当时的一大血管交界口，从这里开始，所有货物的流转都开始进入自己的路线，由分叉众多的"毛细血管"进入中国腹地，必须保持时刻警惕。

穿山甲、烟土、大麻等，这些都是检查站从来往车辆中搜索出来的违禁品，父亲曾经在检查时拦下过一辆特别的车，后座的男人拿着一把匕首，要求放行，后来他们抓捕了两位乘客，在车上检查出了还未经过加工的罂粟花，父亲说，他对那辆车上的人记忆犹新，那个拿着匕首的男人矮矮胖胖，广东口音，那几乎是和平年代他们遇见的威胁性最高的事件之一。

除了日常检查，还有常见的偷窃案件，在所有偷窃中，偷牛又最为常见，在当时，边境派出所驻守的人几乎都是"两截兵"，这两截指的是武警既是军队的一部分，同样也承担公安的工作，当边境的百姓们被偷盗财物，也由他们出动，牛对于云南边境的农民来说是尤其贵重的财物，他们常常会在牛的脖子上挂上一串铃铛。

此时，父亲已经在云南边防度过了五六年的时光，他耳朵好，不仅能听，也说得一口云南话，他和同事腰间配着一把手枪，游走在漫长的边境线上找牛，边境线那样长，也许牛会自己翻过一座山，又或者去河滩吃草时，就会走到越南，他们的工作，就是要竖起耳朵寻找那串铃铛声。寻找一路上最多的还是树，层层叠叠的树，叫不上名字的，叫得上名字的，和父亲来时的风景一样，荒无人烟，有时让他错觉，这边境线其实是树的天下，也是树的国土。

在边防工作站，父亲留下的影像少了许多，但其中一张尤为特别——父亲站在检查站门口，右边是他的同乡，比他小上几岁，是刚转来的义务兵，肩膀上有红得发亮的肩章。父亲站在画面的右侧，依旧保持双手插兜的姿势，他的肩上是金色的一杠一星，神情严肃，发丝被风微微拂起。那

1995 年，父亲与同乡在新华镇边防检查站

时，能在边境遇见同乡是一件难得的事情，父亲在同乡的身上看见了故乡，特意停下脚步和他照下一张照片，也似乎在和前几年的自己合影。

1997 年，父亲回乡探亲，他带上我的母亲，母亲是第一次来到湖南，他们先去了长沙，最终回到湘阴楠木村。

父亲这一年将满 27 岁，母亲 25 岁，是云南本地人，生长在父亲工作据点的那座县城，长大后，她留在供销社上班，父亲就是在那里认识了她，这一年，他们结婚，有半月的探亲假。

边疆的颜色终年不改，城镇几年时光却可以换个天地，在长沙五一广场，父亲指着身后亮起的街灯，对母亲说，这条街的灯光真好看，我们应该留影一张，父亲想到的是十八岁时的自己，同样一片长沙城，他在这里奔波时街道还是昏黑的，当时，他身为一个初出茅庐的农家子弟，长沙对他来说是难见日光的，更是冰凉的。

时值冬日，母亲穿着一件红棉袄，脸也冻得通红，父亲则一身军冬装，目光越过相机向远方望去，身后是一盏盏花瓣盛开形状的路灯，它们高高地映照着这一片长沙城，地面上也留下了五朵花瓣的晕影，还有红色的灯笼，灯火照在父亲的面庞上，映红了他的脸颊。

按照惯例，每晚八点之后，长沙城的灯火就会一盏盏亮起，将街道照得通明，对于父亲来说，弹指七年，他不再独身走在长沙的街道。他和母亲手牵着手，这一次，父亲的心感到了安宁。

这段探亲假的最后一张相片摄于湘阴，是一张彩印照，其中有母亲、父亲，还有爷爷奶奶，父亲仍是一身军装，他的双手紧贴着裤腿，黑领带、白衬衫，在他所有的军备服中，春秋装规格最高，相片里，他的身后是家

1997 年，父亲和母亲在长沙五一广场

1997 年，父亲探亲假回到家乡

乡的水池和樟树，它们温柔地拂动着，似乎在欢迎他，欢迎这身军装。

父亲在部队里的最后时光，调回湖南，告别了边疆土地，此时，他已经授衔武警上尉，肩章上有一条红色细杠，三枚金色星徽。

父亲拍下了他三十岁的第一张照片，红黄色条纹的麦当劳前，孩童的嬉笑声如小河流过，他的怀里正捧着一个小女孩，戴着小红帽子，黄色的外套长裙，目光炯炯有神，盯着画面的最右侧，而父亲还是那身军装，背脊挺直，面朝镜头，嘴角微微弯起。

2000 年，我在新的时代出生，伴随着我的出生，父亲离开了那片黄绿色的原野，那道漫长的边境线。

（三）黑色肩章

2001 年，调回湖南后不久，父亲转业进入公安队伍，脱下相伴十余年的深绿军服，换上一身黑色警服，授衔一杠两星，对他来说，这一年是而立之年，也是一个全新的开始。

父亲先后驻留不同地区的派出所，最终调往防暴警察大队。步入千禧年后，相机视野更加清晰、色彩明亮，警服还未改换，父亲穿着一身老式

2001 年，父亲和同事在防暴大队门前合影

深灰制服，双手背在身后，身后是大队的不锈钢门牌，材质清晰得能看见他的背影。

在这里，对他影响最大的人是地区分局局长，姓徐，父亲对他尤有一种亲切感，他令他想起了田蓬边防工作站的站长，同样姓徐，同样高而瘦，年轻时的父亲是在这位站长的手下成长起来的，他比父亲大上十五岁，彝族人，也是父亲入党时的担保人，一生中最好的年华都驻守在边疆，直到四十岁才转业进入当地公安。

"在边疆，在部队，是保家卫国，为国，为民。在公安，安家立命，也是为国，为民。"市里的徐局长和边疆的徐站长有一点不同，徐站长说话有明显的西南口音，而徐局长则说一口普通话。公安事业，无论大小，事必躬亲，备战一线，他对父亲说。也是从转入公安那一刻起，父亲长途跋涉的地点从边境山野变成了市井街道，永不停歇，随时待命。

2002 年，父亲来到香港参观学习，难得的机会，他和当地警察留下了一张合影。

"香港警察嘛，他在大街上走，看见了他，就拍一拍他的肩膀，他转过来特别警惕，问我要做什么，我跟他说，我是内地警察，他就用有点不标准的普通话跟我讲，你好。"

2002 年，父亲和香港警察在尖沙咀

在尖沙咀大幅的模特广告牌下，香港警察穿着一身夏制警服，戴着软贝雷，腰间别着枪套，面对镜头露出一个略带腼腆的笑，而父亲双手放在身后，神情严肃。

除了尖沙咀，父亲还来到了金紫荆广场，他和同事两人双手放在身后，这是最经典的跨步姿势，背部挺直。在边疆执勤，也多有站立姿势，士兵将武器抱十胸前，手位于身前，而进入公安之后，更多静立等候，手位于身后。

2005 年至 2006 年，父亲的一系列特殊影像由他所参与的两场行动所留下，这些影像无法由相册所留存，却让我每逢看见都触目惊心。

2005 年，全国开展集中打击赌博违法犯罪活动专项行动，这些地下赌场除开庄家，有打手，还有放哨人等，已经形成密密麻麻的地下赌博网，除了赌博，还有可能会造成群体斗殴等连锁案件，顷刻之间就有人千金散尽、家破人亡，社会危害性极高，但抓捕他们也有难度，稍稍风吹草动，赌众就马上散开。

父亲所在的支队防暴大队响应号召，对地下赌场展开行动，父亲为了抓捕犯罪嫌疑人，在行动中受伤，脑震荡，肱骨撕脱性骨折，养伤之后回归大队。时过一年，2006 年，秘密侦查行动中，父亲再次受伤，他所在的车辆发生车祸，右手粉碎性骨折，膝盖骨破损。

这些影像的留存是为了工伤举证，是无声的伤痕记录，拍摄的大都是局部，父亲额头上八针的创口，手臂，腿上，缝合过后的针脚密密麻麻，冰凉的尺子沿着伤口边缘测量，父亲的肩章上，黑色岿然不动，缀钉的星花却染上了红色。

"伤口都是爸爸当英雄的证明，不要怕。"那一年我六岁，第一次见到父亲躺在病床上的模样，他一向身体健康，但那时却打着石膏，眼皮肿胀成紫红色，母亲在一旁叹息，至今，父亲的右手小臂里钢钉仍未取出。

2006 年后，父亲再次调往基层，辗转不同的派出所，办案时，他需要出示警官证，上面的证件照是父亲转入公安后摄下的。父亲仍记得，刚转入公安时，徐局长说，公安是"安家""立业"同样也是"为国""为民"，在基层工作中，案件尤其繁多，但并不是每一桩都惊险、重大，更多是日常中的蹉跎，出警时，父亲常常要蹲下身劝说不懂事的孩子、流泪的母亲等。

一次，已经过了下班时间，父亲带着母亲和我吃饭，看见路边一个男人情绪激动，操着菜刀和女人拉扯。父亲拦住我和母亲，让我们离得远远，自己则走上前，将警官证展开，隔开了女人和拿刀的男人，就在证件后一臂的距离，他将两个人分出相对安全的距离。父亲并不高，人群中，我看不见他的面庞，但我却知道，父亲此时是风暴中安然不动的"风暴眼"，这些人身后是一个个家，这些家是父亲要"安"的家，是除却自己家之外人民的家。

警官证是父亲形影不离的证件，它上下对折，他几乎也把它当作一个钱夹，有时装现金，有时夹发票，在一层透明膜之后，警官证之下，还有他的身份证和银行卡。它展示给人们看得更多的，还是那张证件照，父亲说，那也可能是所有人民警察留在这世间的最后一张照片，早在进入公安行业，他们就已经为自己留下了人生最后一张影像。

至今，2023 年，父亲早已由基层调往市政府，仍归属公安，就职至今。也是在这一年的 1 月 10 日，警察节，父亲在朋友圈发出一张照片，也是他朋友圈至今为止唯一开放的照片，足以说明它的意义。

那是一块公安荣誉章，由湖南省公安厅颁发，父亲双手握住手机，他拍照并没有技巧，有些失焦，甚至在勋章的倒影上，大半都映出他的双手。

这一天父亲穿的衣服尤为特别，是 2021 年正式被列装的中国人民警察警礼服。它比常服更为繁复，有领花、绶带等，还有胸口的盾章，帽檐上有银线制成的双枝橄榄叶，黑色漆印的姓名牌垂挂在警服胸口右边。

父亲从警监手里接过勋章，无疑，这一幕将在他的脑海里深深刻下。荣誉章上也有父亲的名字，深红色漆印，像极了当年的第一对肩章，父亲的名字凝缩在那里，它代表着父亲曾经跋涉过的那些长路。父亲把它们收在单独的箱柜里，连外盒都舍不得丢弃，偶尔，他会

2023 年 1 月摄，父亲唯一的朋友圈照片

把它们拿出来看，擦一擦，好像那是他走到这里的一个个路碑。

到目前为止，父亲留下的影像基本没有引注，但父亲却能记得相片上人的名字，老旧的地址，这些都是他沿途停留过的地方。无穷无尽的树，一张又一张熟悉的面容，他走过了那些树，那些人。无形中，我望见他的背上依旧背着担，这"担"是肩章，不同颜色的肩章也表示着父亲人生中走过的不同节点。

父亲走了那么多年的路，但他依旧向前行走着，芸芸众生，人人忙碌，这一次，他知道自己应该走向何处，为谁而"跋涉"。

繁 零

江苏第二师范学院　刘　畅

爸的后事全部处理完以后，妈拿了一沓他的照片问我"留哪张"，别的她要处理掉。

彼时爸妈离婚十年，爸病了九年，去世半个月；妈结婚两个月。

我的妈，她是顶心软的人，爸的葬礼还是她一手操办的，跪在冰棺前哭到手发麻。

但是她不能留爸的照片。这对她的丈夫不公平。

【1】

我留了一张竖着的 6 寸单人照，花果山拍的，因为旁边有一块立着的石头，上面是红漆写的字。像我记忆里他的每张照片一样，叉开腿，两手插兜；皱着眉，直视镜头。

他是个胖子，但没有胖得离奇，像意大利人说的"大肚汉"；阔面大脸，眼睛很大，双眼皮，长睫毛——我的眼睛和他的一模一样。这双眼睛在我脸上相宜，在他脸上显得女相，但他并不漂亮。

爸还有一对长耳，耳垂尤其大。九华山的师

父亲单人照

傅说是福相，能长命百岁。

我猜测这张照片拍摄的时候他应该还没结婚，因为他那时还不是太胖；而且表情看着很不耐烦，和他婚后一团和气的模样不像。

爸妈是介绍结婚的，妈的性格强势，两个人磨合了十来年，把爸磨合揉搓成好脾气的面团。

在那以前，爸是他父母的命根子，从小惯到大，脾气差得要命：哪怕对着老母小妹，也没有半点柔情。不过从没有人说他，因为他是那一代唯一的儿子，下头有一个亲妹妹和六个堂妹妹，所有人都捧着他、纵着他，正儿八经的惯子。

后来他已经成了一张照片摆在桌子上的时候，奶奶哭着骂他"惯子不孝，走得这么早"。

这是后话。

爸妈离婚后我跟妈，近十年见得并不多，而且多数时候他都躺在病床上，插了一身的管子，散发着洗不掉的臭味，像病患、像摆件、像肉，唯独不像人。他咽气以后，我是他唯一的女儿，我给他合眼，合不上，拿热毛巾敷了再按着；我给他修剪手脚指甲，冰冷僵软，乌黑，不像男人温暖粗糙的手。

照片里不是这样的。

照片里他两只手插在兜里，但是我知道是什么模样。他的手指很粗，而且上下同粗，像柱体。这样的手指也遗传给我，以至于我做什么样的美甲都一样难看；他的手很粗糙，他不是做粗活的人，但总是懒得保养。妈塞给他的护手霜从没擦过；他的下腕和中指根都有茧，这是积年玩电脑留下的鼠标茧；他的第一节大拇指也有茧，年代久远，厚厚的茧已经发黄。这个我不知道是怎么形成的，但是我一直记得，因为他以前总喜欢抓着我，用这个茧子故意磨我的手。而且最后我给他剪指甲的时候，因为茧子太厚，这个指头最难剪。

我知道口袋里的手蜷缩着，也许无意识地握着一包烟或是饭店送的打火机；那手滚烫，握过的东西湿漉漉的，可能还要变形；等拍完照去接相机的时候，得把手从兜里掏出来，连带着一整个口袋外翻，塞进去的餐巾纸掉到地下，然后被踩进土里，或者是被风吹到山下。

我知道这是怎样的。在我出生以前的阳光、水声、对话、温度、粗糙、晒、香烟的熏人的味道，我都知道。

我没去过花果山，但是爸，我还记得一点。

【2】

第二张照片我犹豫了很久才留下。

是爸妈的结婚照。

2016年以前我和妈还没有住进商品房，我们住那栋拆迁复建房的四楼。房子120平方米，找了装修办公室的亲戚装修，最后出来的效果也像办公室，全是刷了棕色漆的木头。

在那套房子里，我最喜欢的娱乐项目是在碟片袋里找到那张百合花碟片，上面写了"甜蜜蜜"，是爸妈的结婚录像。

邓丽君的歌很甜，花车启动的时候是《甜蜜蜜》，红色的鞭炮纸落在草地上的时候是《我只在乎你》，到了小厨娘饭店就变成《月亮代表我的心》。

在这些歌播放的间隙里，一张又一张变形失真的婚纱照PPT转场一样以菱形、方格、闪入切换。有阿宝色旗装配着数码印花旗袍，有武士装配和服，有玫红的裙子和银柳一样的发饰——银柳并不是银子一样光华的柳叶，它是染料染出来的，酷似扭扭棒。

就是这么丑陋。

我留下的照片是最好看的一张。

在湖边，爸的头发理得方正，穿着白色燕尾服，打了一个黑色领结，眼镜也是簇新的金属边，竟显得文质彬彬；妈常年盖在眼镜下的大眼明熠如星，乌

父母婚纱照

黑的盘发上没有丝毫缀饰，简洁大方的白色婚纱哪怕以今天的眼光来看，不掺主观色彩也很美丽。

婚纱拖尾遮住了爸的腿，两个人靠得那么近，相执着手，看向镜头外的目光温和，好幸福。

这张照片的放大版挂在四楼的主卧里，裱照片的框是欧式立体银框，我要站在床上还得在脚下垫上枕头才能摸到下沿，幼儿稚嫩的手按久了会有一个个难消的印子。

主卧里的婚纱照从 2003 年婚房开火挂到 2016 年，见证了 2003 年到 2013 年十年间一对介绍结婚的怨偶争吵、打砸、动手，争吵爆发前锁起来的门外还有稚童恐惧的哭泣；也见证了 2013 年到 2016 年三年间孤儿寡母的眼泪和叹息。

2016 年冬，我和妈搬进新家，旧屋出租，照片不知去向。

2023 年夏，又搬了两次家，这张照片出现在我眼前——我以为妈早就扔了。我知道妈自始至终都恨，恨爸是惯子，幼稚、无能、不争气，但她竟然嫁给他。

从小到大妈当面背后骂了爸无数次，后悔当年不坚持，在家人的劝说下稀里糊涂结了婚。

但她没扔这张照片。

妈的心太软。

我看着照片犹豫的时候，妈适时地去了趟厨房。我悄悄把这张照片放在那张单人照底下，留了下来。

对不起。

【3】

上个月我的生日摆台寄到家，妈把我的照片摆在展示柜里，旁边就是她的照片，也是结婚照。

我的 20 岁　　　　　　　母亲婚纱照

　　妈穿着金色的纱裙，头上罩着的网纱让我想到小麦，金黄的、低垂的、饱满的、带着阳光香气的。那是我的母亲，像大地，威严又温和，孕育了我又抚育我，又旱涝不断搓磨我；像阳光，温暖又刺眼，照耀了我又温暖我，又晒得我汗流浃背，在麦田里累弯了腰。

　　妈出身贫苦，自小要强；嫁给爸算高嫁，婚后更处处不肯落下风。后来离婚、爸生病，妈小小的个子撑起一个家。她从来不是苦情的角色，她是刚强、果断的狠角色，在家里在外头都是说一不二的领导者，她不需要多余的丰沛感情，也没有柔情给我。

　　妈结婚以前问我的意见，我说："按你找丈夫的标准，不要按我找父亲的标准；我都这么大了，难道还缺爹吗？而且你知道，这些年我不缺父爱，缺的是母爱。"妈笑，我也笑。

　　二十年来，比起母亲，妈更像父亲。她给了我足够的支撑和底气，让我无所畏惧，却没办法从她自己少得可怜的情绪里拨一点温柔给我，使我患得患失，无法确定她是爱我，还是对我负责。

　　我们母女之间是天然的最亲密，也是不可避免的血淋淋。我可以以我的一切起誓，我的妈，她是我心中最爱的人；我也可以肯定，我是她最爱的人。但是我们总要通过相互攻讦来伤害彼此，来争夺，来确认。

　　那天我们躺在床上，我说我有点累，妈说她也是。我们笑了一下，难得这样温情安静地相处。有些话我们没说出口，但都心知肚明。我不是好女儿，妈也不是完美的妈——但我不允许任何人说她不好，我也不能。

我和妈的争吵太多了，爸在的时候也一样。这不是因为我和爸更亲，而是因为在我心里，妈比爸重要太多。我和妈吵架，我要妈最爱我，爱不理想的我，但我不会这么要求爸，对他，我甚至提不起这样的想法。

妈对我太重要了，然而我竟然对她更尖锐，她对我也是一样的毫不留情。

我的思绪从二十年的眼泪又转回展示柜。

照片上的她还有一点娇憨，饱满的脸不需要任何仪器的提拉，眼神清亮。我不知道该怎么去形容，但这就是我认知里，妈一贯的模样。每每谈到"母亲"，我总是自豪我妈生得年轻，脑海里浮现的就是这张脸，这张照片。

20 岁的我摆在 22 岁的妈旁边，我有一点感慨，有一点唏嘘，有一点想流泪。

是我偷了妈的青春。

【4】

妈再婚的对象是认识的叔叔，为人很好，爽朗精明，勤快能干，务实又浪漫，和爸是两种人。

见过他一次后，我对他们的婚事举了绿牌，第二天就领了证。叔叔还有个念高中的儿子，他们打算先瞒下婚事，等他高考完再正式办个酒。

两个月前回家，不知怎么就聊到拍婚纱照。妈有点期待，但是表现得很冷淡。她一向是这样的人，做什么都要看起来冷静刚强，这是她四十年的生活经验，也是她十年里撑起一个家的心得。

"你觉得怎么样？"她跟我提起这件事的时候是小心翼翼的，但是装得漫不经心，一眼就能看透。

我见不得这样，她在我心里比天还高，比钢还硬，雷厉风行，果断坚毅。她不该这样小心翼翼。

也许世上真有看儿女脸色的父母，但这不应该是我的妈。

"拍吧，顺便拍个全家福。"我说。

后续是到今天也没有拍。妈说要再减减肥，其实是不想让叔叔的儿子知道。这件事没了下文，我也没再提起过。

我不知道这张没拍成的照片有没有记在妈心里，但它成了我心里的一处在意。

妈想做的事好像总是做不成。她想念书改变人生，无奈家里最多只能供她念完高中；她想嫁个有担当的男人，踏踏实实过日子，无奈嫁给一个阿斗；她想培养一个站出来漂漂亮亮落落大方的女儿，无奈我又是一个阿斗。很多人说妈性格强势，事业有成，很成功。其实我知道，这不是妈想要的，妈看起来强干，事实上是顶心软的人，她想要的就是一个美满的家庭、平淡幸福的生活。可惜天不遂人愿。

现在妈再婚了，我真心为她高兴，真的，我比谁都希望她能过上她想要的生活，希望她和对的人共度余生，希望她幸福。

可是我忽略了，半路夫妻，一切都是从零开始，而且一些陈年的错口是无法磨合的。矛盾不是没有，只是他们默契地选择不说。

妈那么讨厌爸，可是她跟我说，虽然叔叔比爸强得多，但如果能选，她宁愿和爸从一而终。

我的妈，太辛苦了，太累了。

【5】

妈没有拍成婚纱照，可是有结婚照，海马体照相馆拍的，319块。

妈穿着白色的一字肩小礼服，头发披在肩上——我突然发现终年短发的妈，原来头发已经长到可以披下来，或是扎一个马尾，从前她最瞧不上的发型——脸上的笑很柔和。我知道是有修图的成分在，像我这样不会笑的人拍出的照片都笑得那么甜，给妈修温柔点再简单不过；但是我突然情绪有些复杂。

妈是女人，不是我这样从内粗到外的人，她的内心是"小女人"。这么多年，她一直以中性风示人，现在她结婚了，不知不觉变成了长头发的女人。

我不知道怎样去形容。是我拖累了妈；妈的柔情是为了叔叔流淌；我没有享受这样的温情……愧疚、自责、嫉妒、祝福，我的情绪比做不明白的高数还要复杂三分。

妈旁边的叔叔西装革履。男人的打扮总是那么几个，"中年男人"四个字一出就跃然纸上，没什么好说的。

平心而论，作为继父，叔叔没话说。

他从前经营民宿，后厨是他全托，最多的时候能做两百人份自助餐。靠着一桌桌砂锅鱼头、芋头烧肉，生意红红火火，手艺自然不用多说；我在本地念书，每周都要回家，他提前几天就要通过妈问我想吃什么菜，他掌勺，我只管报菜名就是。

回家推开门，饭菜香比厨房里火爆的锅勺相撞声先到跟前。不用猜，叔叔在厨房里热火朝天，妈悠闲看电视。我从没告诉过任何人，这是我最开心的时刻，心里熨帖，像喝了一壶热汤。

这就是我想要的生活，可以一家人在桌上吃饭，做菜的人洋洋得意地问"我这个菜烧得怎么样？"吃菜的人捧场说一句"绝对！"

跟妈聊起拍婚纱照那天，妈突然说："等你也结婚，就能改口了。"

我知道她的意思，她想我们真正成为一家人。我没拒绝也没答应，糊弄着聊到别的，妈也没再说。

我对爸的感情，着实谈不上多么深厚。他是不成熟的人，连自己都管不好，哪有精力管孩子？我的记忆里，爸只给我做过一次饭，甚至不是特意给我做的，是他煮方便面吃，给我拨了一小碗；可我对他也并不是没感情——我有时候觉得人的脑子大过了头，所思所感那样复杂，不如猫和狗简单纯粹，徒给自己增添烦恼。

十年过去，我都已经念到了大学，他每天开车送我去幼儿园，从驾驶位下来给我拉开车门说"please"的场景还恍如昨日。我甚至清晰地记得，有一天他开门时刮倒一位骑电瓶车的女士，一边说不好意思一边扶人、扶车。我清晰地记得那位女士倒下的时候手还插在挡风被里，记得路上车太多，爸扶她的时候起不来差点一起栽下去，记得那一整天我都担惊受怕，害怕有警车把爸带走——我还太小，以为这就是"车祸"。

这样鲜活的记忆和模糊的感情，组成了我的父亲。我不确定叔叔对我的好够不够让他成为我的另一个"父亲"，我不能给妈回答。

我以为，叔叔最多成为我的半个父亲，我也最多能成为他的半个女儿。

行文四千余字，写了我的父亲母亲和继父，我忍不住又将那些照片看了一遍。看着照片背后圆珠笔书写的模糊日期，好像能通过一个个数字，穿越回拍照片的鲜活那天。可惜照片中的父亲母亲繁盛，真实的父亲已经凋零，母亲一切归零。

所幸，我虽然有点多愁善感，却是感完就抛之脑后的人——人生如朝露，何久自苦如此！

在成为母亲之前

上海交通大学　陈幼颐

一、红棉袄

1

1976 年的春天，尚且寒凉的河水蜿蜒过灵山下街的小村庄。烟囱喷出灰色，屋子里的柴火噼啪作响。她降生在温暖的怀抱里，爱意抚过她的脸颊。襁褓里的孩子是这个家族当时的幺女，更是老人们的心头肉。在五岁之前，这个小村庄就是她的全世界。

她在外公外婆的呵护下长大。外公是个和善的木匠，而外婆是干活很利索的女人。她爱抽旱烟，一小撮烟丝塞进竹制烟枪的金属枪膛里，点着草纸卷儿作火引，深深吸上一口，燃烧的烟丝就亮得火红。她喜欢给外婆擦乌黑的枪膛，看那乌黑的外壳下一点点透出金灿灿的本色。

物资匮乏的年代，她最爱吃外婆晒的豆瓣酱。每年，在空气里漫上梅雨气息的时候，外婆会把小麦和黄豆磨成粉，做成麦糕，蒸熟了放在篮子里吊上房檐，等待雨水的浸润。她在一个月之后偷偷打开盖子，麦糕已经完成了发酵，变成了酱黄。用大瓦缸盛着冷盐水泡上酱黄，在院子里晒个三五天，今年的豆瓣酱就新鲜出炉了。

在她终于不用踮脚就能打开酱黄缸子的时候，豆瓣酱的香气却要离她远去了。外公外婆在遥远的矿区里上工，这几年又给她添了一个妹妹，忙得团团转。矿上的交通很艰难，他们只能极偶尔地搭着拉矿石的车来村庄里看望一眼大女儿。五岁这年，她到了该上学的年纪。车轱辘的声音再次响起的时候，她坐进了外婆的怀里。矿车颠簸着，带她离开了灵山下街的村庄，去向陌生的矿山。

2

回到自己父母身边之后，她被送进了矿上的子弟小学。上学的第一个新年，母亲给她织了新的红毛衣，领子上做了她最喜欢的新式蕾丝边，扎上漂亮的麻花辫，去县城里拍了第一张照片。

她喜欢那条去小学的山路，弯弯曲曲，草木野长。春天采蕨菜，夏天摘树莓，秋天打栗子，冬天踩积雪。四季不断轮转，她长高了一些，手心里牵上了妹妹，变成了姐妹二人一起大笑着走过这段路途。她告诉妹妹，贴着地面长的蛇莓不能吃，栗子壳里的独子会带来好运……雪地里歪歪扭扭的雪人、深深浅浅的足印，都是幸福的证明。

这条路，她走了六年。新年将近，母亲又做了全新的红色棉袄罩衫，套在翻新的棉花内胆外面，缝上最新流行的假领子，买来时髦的圆头皮鞋，

1983 年参加小学演讲比赛

1986年穿上的新棉袄

工整地给她系上鞋带。她笑着站在操场上，留下了小学的最后一张照片——过完年，她就要去县城里读初中了。

上了初中，离家就远了。从山上到山下，通勤的班车很少，山路也崎岖，要翻过好几座山头才能到她的家。因此，每个月她只有一次回家的机会。

她在学校的生活很简单，每天的盼头就是蒸笼里冒着香气的午饭。县城里的初中也不比山上的学校条件好多少，食堂里很少供应菜品，学生们大多依靠从家里带来的粮食生活。早晨出门上课前，她把米淘好，放在铝制的饭盒里，和大家的饭盒一起放到食堂的正方形大蒸笼里。等到中午，蒸笼完成了工作，她就和伙伴们一起跑去食堂，找到刻着自己名字的小饭盒，配上家里带来的梅干菜烧肉，或是咸菜肉丝，美滋滋地享用午饭。那时，她还有每月十元的零花钱，藏在自己的米箱里，是很珍贵的积蓄。

初中即将结束的时候，她顺利考上了县城里最好的高中，没有辜负母亲对长女的期待。毕业照上，稚嫩的女孩留着偏分刘海，脸颊的婴儿肥正渐渐褪去。

3

上高中的时候，县城进山的路已经修好了，不再坑坑洼洼，路途就此缩短了一半。厂里开了班车，来往得更加频繁，让她得以每周回一趟家。

刚入学的时候，她学得有些吃力。捏着不太好看的成绩单回到家里的时候，她时常感到紧张，害怕在母亲脸上看到失望。但母亲往往用鼓励和温暖拥抱她。于是，她在母亲的一遍遍宽慰下逐渐沉稳起来。高二分科后，她进入了文科班，在语文和英语上所具有的小小天赋使她的学业压力小了不少。

渐渐地，她的高中生活更加丰富了起来。她加入了学生会，她进了文学社，她去了广播站……她有了许多好友，同桌的小敏，隔壁班的小虎，靠窗的小王，喜欢打篮球的小军。她是语文老师的得意门生，总能听到那温和的中年人不加吝啬地赞扬她的才华。她的马尾辫越来越长，眉眼间满是灵动。青春岁月里，她步履轻快，奔跑着成长。

高考，对她来说是一扇写满可能性的门。在无穷无尽的书海里，这一年的时间似乎倍速流逝，六月转眼就到了眼前。离高考还有二十几天的时候，同桌小敏突然大呼小叫地冲进班里，手里挥舞着她的照片。她从厚厚的书本里抬头，看着那张自己在广播站里的侧脸，恍惚间才想起不久之前参加的省文明中学生的评选。小敏很兴奋，说自己路过县教育局门口的时候，往宣传栏里一瞥，就看到了她的照片。于是小敏偷偷打碎了橱窗的玻璃，撕下照片转身就跑，把热乎乎的照片塞进了她的手心。这照片背后写错了名字，但她的朋友绝不会认错了人。

重要的日子在日历上一天天走近了。同学们有的未来已经尘埃落定，有的茫然，有的焦灼，更多的是无措。在某一天，小敏找到她，流下惶然的泪，是对未来的迷茫与自卑，她说自己好像已经看不见希望。她和小敏说了许多悄悄话，告诉她，可以勇敢一点，可以做梦，可以试一试自己想要的未来。

高考之前，连续下了 42 天的雨。明明是七月，却格外阴冷。考试开始的那天，雨停了，她走进考场，在纸页里沙沙写下青春的句号。结束考试，走出考场的时候，蝉鸣突然响起来了。阳光刺眼，盛夏降临。她仍然很淡定，一科一科地估完了分数，理好书包和行李，和许多人拥抱、告别，回到了山上的家里。

那个暑假如梦似幻。她估摸着自己能上一本线，填志愿时听从了恩师的建议报了上海的华东政法学院，去学法律。那个年代，在小县城里能考上大学的文科生屈指可数。放榜的那天，县城里的喇叭循环播放着几个人的名字，响亮地祝贺那些学有所成的孩子们。住在县城里的同学听到了熟悉的名字，急急忙忙地找出一串她母亲店铺的电话号码，匆匆拨过去，被店里的阿姨接起来。辗转几番，消息才传到了她的耳朵里：她考上了。

小城里，消息蔓延得很快。老师、亲戚、同学，一时间所有人都向她送来欣喜的祝贺。收到录取通知书的那天，父母的矿区里播放着全矿广播，她成了明星人物。矿长接待了她，代表全矿送给她一块日本产的手表，和一床凤凰牌羊毛毯子。

她抱着这床羊毛毯子，带着大包小包，在那个恍惚的夏日里被父亲塞进了绿皮火车的车厢里。看着母亲在站台上红了眼眶，她迟钝地感知到了那些被炎夏闷住的情绪。那些迟来的理想成真的欢喜，伴随着离乡的愁苦，都被仓促塞进了包裹里，要和她一起去大城市了。

在暑假的尾声，小敏千方百计给她传来了消息，告诉她，自己如愿以偿，考上了丽水师专。谢谢互相陪伴的同桌年岁，谢谢她在那时给自己的勇气。

现在，她们脱下了洗得发白的旧衣服，正带着母亲们织的全新的红棉袄，奔向各自的远方。

二、去远方

1

绿皮火车从天黑开到天亮，闷热的车厢里也从静悄悄的沉寂逐渐沸腾。这列火车上载着许多人，其中不乏和她一样到上海去上学的学生。他们很好辨认：拎着厚重的行囊，肩负着父母的殷殷期望，望向窗外的眼睛里闪动着少年的热忱与懵懂。

辘辘的车轮声停了。车门打开，她被高大的父亲护在怀里，紧紧抱着自己的书包，随着人流一齐涌上月台。在人头攒动间她艰难地抬起头，第一次见到了上海。上海的夏末原来是这样的触感：闷热、潮湿，阳光暴烈。她被人群的气味闷红了脸，跟着父亲一路跟跟跄跄，终于走到了公交车站。

在公交车上靠着车窗坐下，她看着窗外飞驰的街景，幻想着自己的校园。会是想象中那样的吗？成片的青草、潺潺的小河，绿树成荫、四季芬芳。还要有漂亮的教学楼、时刻散发着香气的食堂……

当夜幕再次降临时，她终于看见了这所学校。黑暗里，她看不见想象中的光鲜亮丽，只有泛黑发臭的苏州河和看起来年事已高的矮房子。灯光昏黄摇晃，疲惫慢慢地涌上来，夹杂着闷闷的失望，一丝丝地侵蚀着她。

或许是因为夜晚太黑，所以没看清吧，她自我安慰着，在招待所窄小的床铺上闭上了眼睛。凑合休息了一晚，第二天一早，她便与父亲告别，独自拎着包袱进了校园。

晨光里，校园才显现出真正的轮廓来。虽然苏州河确实亟待整治，校园里的楼房也大多都饱经风霜，但梧桐树摇曳的沙沙声，脚踩在厚厚落叶上的软绵绵的触感，和空气里弥漫的不知名花香，渐渐地点亮了她的内心。

即使时间尚早，但宿舍楼下已经聚集了不少同学。她找到自己的宿舍，推开门，早些时候到的几个女孩子已经收拾停当。见她进来，友善地寒暄了几句。她找到自己的床位，将被单仔细披好，把大大小小的瓶罐整整齐齐地安置完毕，再上上下下地认真打扫了一圈，除净了角落的蛛网，擦亮了床边的栏杆。

在宿舍的第一个晚上，九个女孩围坐在一起，打开了话匣子聊过去和未来，遗憾和理想。论及年龄时，大家惊讶地发现，由于早上学的缘故，她比同级的人小了两岁。于是她在一片温馨的笑声里获得了这个亲昵的称呼，小九。

2

自此，她的大学生活正式拉开序幕。每天，在熹微的晨光中，楼下的宿管阿姨总能看到一个矮个子女生拎着两大包包子，轻手轻脚地从食堂走回来。她习惯了早起，也乐得做些举手之劳，为室友们带早饭。早上食堂的肉包很抢手，刚出炉时热腾腾的，更是美味。一间宿舍九个人，每人吃两只，她便对着食堂窗口的大叔说"要十八个包子"。大叔好心地给她拿两个大袋子装好，再看着她扛着包子离开。

九个人的群居生活意外地很融洽。每个周末，她们最期待的就是同寝的上海同学归来。每每本地的室友们从家里回来，都会拎着美味的吃食：肉丸子、金瓜丝、糖醋排骨……室友们的家人也很是热情，准备的分量足够填满所有人的肚子。一听说她们要回来了，她便会和其余几个小姐妹一起骑上单车，乐颠颠地骑去曹家渡接室友。

上海的夏天，对她来说有些难熬。宿舍里没有风扇，更没有空调。她的床铺朝西，靠窗，夏天的烈阳直直地烘烤着她的床。有时，被晒了一整天的床直到晚上仍然滚烫，难以入眠。她有时和三五好友一起去操场上散步消磨无眠之夜，看星星偶尔闪烁，听晚风吻过耳畔，闻一闻独属于夏夜的香气。但整夜整夜地不睡觉自然不是长久之计。更多时候，她会把寝室里的凳子拿到走廊上，拼成一长条，再拜托对门的两间宿舍把门打开，沉沉地睡在穿堂风里。

洗漱也是一大难题。老旧的宿舍楼里，每层仅有一间浴室，一间里安着两个只会吐冷水的淋浴头。要想洗澡，只能自己去打热水，再去接些冷水，混合至适宜的温度往身上浇。冬天，设置在室外的洗衣池更是一种折磨，她去洗衣服时总是被冻得涕泗横流。寒冬一年年过去，她的手上也留下了冻疮红肿的斑驳痕迹。

3

大学里，免不了许多交际活动。她第一次参加圣诞活动，圣诞树闪闪发光。她穿着红白撞色的棉服，坐在树下的桌旁，镜头捕捉下她满溢的欣喜。

再后来，她偶然间参加了一场联谊舞会。她的裙摆翩跹，摇曳着落进了另一个人的心里。那是比她大两届的学长，在经济法系就读，戴着斯文的无框眼镜，有着温润的书生气。心动总是来得猝不及防，他们顺理成章地陷入热恋，在校园里互相陪伴着度过了无数日夜。

学习、友情、恋爱，本科的尾声来得悄无声息。毕业的时候，她们寝室出了包括她在内的4名院优秀毕业生。这对当时的她来说无比重要，因为这意味着她有了在上海落户的资格。戴上学士帽，穿上学士服，手里拿上雪白的纸卷，她留下了本科阶段的最后一张纪念照。

毕业前的那个假期，她和学长一起回了彼此的家乡。学长是江苏人，比她早两年毕业，以市优秀毕业生的身份成功落户上海。二人早就为未来做好了打算，恋爱数年，感情已趋于稳固，便想着在毕业时回乡见一见长辈们。在他的老家江苏，他们穿着式样相同的白衬衫，和普通的寻常伴侣一样，笑着看向镜头。在她的故乡，浙江的山里，他拿着相机，记录下穿着印花裙子的她。

回到上海之后，她的生活越发忙碌起来。在那个时候，对于一个从外地来到上海发展的年轻女孩来说，公务员的工作是再合适不过的选择。于是，她开始全力以赴地备考。机遇难得，她珍惜万分。她想着，若是有了

1996 年大学本科毕业

稳定的工作，就意味着离自己的理想更近了一步：她想在这里扎根，想要在这里开辟出一片属于自己的小天地。

三、小天地

1

学习和考试是她前半生中最熟悉的东西。在准备充分的情况下，她顺利地以笔试第一的成绩进入了面试环节，又在面试中稳定发挥，成了一名公务员。

但是，即使有了工作，住处的问题也没能解决。新晋公务员的身份不足以让她有分房的资格，毕业之后也不能够继续住在学生宿舍里了。于是在殷行路，她租到了在上海的第一套小房子。

这间房子很小，整间屋子不过十余平方米，进门便可一览无余：一张安置在墙边的床，一只床头柜，一张方桌和一个塑料衣柜。床头柜上放着老式的数字闹钟，十二寸的黑白电视机戳着天线站在方桌上，打开的时候时常会闪过雪花，信号时有时无。推开窗户，窗外抻着球门晾衣架，上面搭着几根竹竿，串着几件湿漉漉的衣服。

她在独居的日子里不常开火，大多数情况下都在食堂解决问题，但也有不少吃百家饭的时候。在她家隔壁，住着热情和善的一家四口。他们家时常会做一桌子热菜，再拿碗盛出一些拿给她，有时是红烧肉，有时是腌笃鲜，都是家常的美味。

1996年的时候，东海发生了一场地震。上海离得近，难免会受到一些波及。当时天色已晚，她下班回家之后正在家里热乎乎地泡着脚，忽然听到奇怪的声音。伸长脖子张望了两下，是窗外的晾衣竹竿和架子碰撞的声音。她还在困惑着这声音为何而起，就听得隔壁的邻居大哥大叫着"地震了"咚咚地敲响了她的房门。当她湿着脚和邻居一起跑到大街上的时候，已经有不少人聚集在楼下的空地上了。轻微的摇晃还在持续着，上海不常发生地震，因此大家都显得有些茫然无措。她也没有这样的经历，耳朵里充斥着人群的议论，脑袋还有些恍惚。

几分钟后，一切归于平静。房子没塌，地上也没有明显的裂痕，树木也好好地挺立着，大家左顾右盼了一会儿，再感受不到什么动静，便零零散散地各自回家去了。她回到家里关上房门的时候，发现门框有一些轻微的变形，但并不影响正常使用。好像这一场意外的小风波也只在这扇门上留下了一些痕迹，日子仍在安静地继续。

2

每天早晨，她7点从家里出门，乘公交车去五角场等单位的班车，晚上亦乘着班车下班。在路边，往往有恋人等着她。当时，他借住在自己的六叔叔家里，便时不时捎她一起去家里吃顿晚饭。

每周五，是他们约会的日子。当时，开在东风饭店的全上海第一家肯德基门店里一派热闹。他们也喜欢凑热闹，便约定在每个周五晚上一起去吃肯德基。结束之后，他们一起乘车回五角场，他再陪她转车一起回殷行的小家。公交车的隆隆声是他们一起听过最多的声音，敞开的车窗里吹进的晚风见证着时间流逝，情意不减。

到了年底，她拿着本子盘算自己这一年的花销，惊喜地发现靠着自己的努力，仅仅一年她就有了六千的存款！对她来说，这数字可不算小，也算得上是她的第一笔个人资产，令她好不开心。

翻了年，她的恋人说，自己能够排队分房了。二人的感情经过数年的积淀，也基本走到了结婚这一步，他们也一致认为一块儿过日子能够节约不少生活成本。经过理性和感性的双重考量，在这一年的金秋，他们到民政局去领了红本子，真正地开始组建一个家。

结婚之后的日子并没有太大的改变。他们分到了巨野路的一套42平方米的房子，一室一厅，一梯四户的户型使得邻里关系仍然紧密融洽。有一户邻居姓康，大家都亲切地喊他康师傅。康师傅烧得一手好菜，尤其是做葱烤鲫鱼的时候，香味几乎充斥了整栋楼，勾得人垂涎欲滴。

虽然生活看似日复一日，但她从来没觉得枯燥。即使早出晚归，工作日渐繁忙，她仍然在两口之家里忙忙碌碌，一点一点地填满了这个小小的天地。她买了一台小电视，添置了一张小茶几和写字台，把新买的折叠沙发床靠在墙边。她把殷行路旧所里的那个塑料衣柜带了过来，这个衣柜陪伴了她很久，里面的衣物也从零星的两三件逐渐增添到满满当当。

BB机流行的年代，联络仍然有些困难。要把电话打到中心去，再由人工转接。好一番往复之后，才能够把消息从这头传到那头。节奏很慢的日子里，等待是常事。但等到有了手机，她又觉得时间过得太快，千禧年几乎在眨眼间就要到来。

3

1999年，她和爱人有了第一套完全属于自己的房子。他们看中了浦东的一套房子，价格适中，两室一厅，大约八十平方米。他们付了三分之一的首付，背上了不轻不重的房贷。千禧年，新家装修完毕，他们又忙忙碌碌地收拾了东西，搬进了新的住所。

自从工作之后，她一直忙于适应生活，结婚、买房、装修、搬家。待到能喘口气时，那个被压抑许久的念头又跑了出来：她想，自己是不是能够再去读个在职研究生呢？学习总是没有止境的。于是，趁着业余的空闲，她去复旦读完了研究生。研究生毕业的那天，她穿上了硕士服，戴上了硕士帽，在毛主席的雕像前留下纪念。两张毕业照里的她不过相差了七八岁，成熟却是显而易见的。刚出学校的她，满脸写着青涩。如今，她的容貌并未改变，但气质渐渐沉稳，更显得端庄优雅。

圆满了读研的理想，她和爱人考虑着要开启人生的新阶段——生孩子。他们的观念都偏向于传统，成家、立业，自然而然地就是孕育后代。他们卖掉了这套没住多久的房子，在更新的小区里买了一套三室两厅的学区房。小区里有幼儿园，对口的小学和初中口碑不错，教育问题基本能够妥善解决。她又想到，自己和丈夫的工作都不算清闲，带孩子的工作可能又要麻烦自己的父母……

4

新生命再一次降临在丰沛的爱意里。2005 年的春天，她成了我的母亲。

伤疤中孕育出的生命：一位八十年代大学生的图像记忆

中国人民解放军海军军医大学　周扬洋

　　20 世纪 80 年代，明媚的阳光大大方方地落在他笔挺的白衬衫和黑西装裤上，照相馆的老式相机"咔嚓"一声定格了周清在湖南农学院珍贵的大学时光，见证他从懵懂无知的小儿到满腹诗书的知识分子的人生跨越：何其有幸，周清正好赶上"恢复高考"的滚滚浪潮，实现了从稻谷丰硕的农田向作为知识殿堂的大学的跨越。

　　1977 年的中国，缺的是能发光发热的知识分子，缺的是能把国民经济狠狠抓上去的大好青年人才。3 月至 10 月，邓小平同志一声令下，大力呼吁"尊重知识，尊重人才"，首抓科学教育，教育部门积极响应邓小平同志的号召，围绕"恢复高考"做出一系列工作；10 月 12 日，国务院批转教育部《关于 1977 年高等学校招生工作的意见》和《关于高等学校招收研究生的意见》两个文件，郑重宣布："立即恢复高考！"

　　自此之后，高考恢复的滚滚浪潮猛烈地拍打在全中国大大小小的边远农村，拍打在每一柄于烈日寒冬中奋力挥舞

大学生周清（化名）在湖南农学院期间留影

的镰刀刃上；拍打在某处不知名的、破旧的茅草屋内，被老一辈知识分子珍爱无比却总藏着掖着，最后落得灰尘满布的卷卷书籍上；这股浪潮翻涌的声音，还远远地顺着稻谷的飘香，湍湍溪水的叮咚声响，传到了湖南湘乡陈家庄。金秋十月送给陈家庄知识青年的不仅仅有用以果腹的累累稻谷，还有重新投入文化本职工作的无限生机。更重要的是，中国的每一个小孩，包括陈家庄里整日插秧种地、无处施展自己真正才华的农村孩子，都能够拥有平等的受教育机会，通过高考改写自己生命的篇章！

一、生命的萌芽

陈家庄一座茅草屋外的溪水缓缓地流，迎着秋日热烈的金光与明朗的晴空。秋风一吹，叮当作响的小溪里蟹脚正痒，挠在年方十二的农村少年周清心里，不停地诱惑着他伸手去抓上一两只——然而，他没能听从自己内心的声音，完成这一项"伟大"的任务。因为此时此刻，他的父亲周田猛然出现在他身后，像抓取一只跳脚的小螃蟹一样，抓着他进小学五年级的课堂；连带着被一起送进学堂的，还有大他几岁的大姐和两个扎着小辫的小妹。

周清一家人合影
一排左一为母亲建文（化名），中间为父亲周田（化名），右一为三妹；二排左一为二妹，中间为大姐英子（化名），右一为周清

那时，整个中国的经济都不景气，乡下周清家里尤为拮据，衣食住行全靠父亲周田不计辛劳、流血流汗多挣得的那一两角钱。在陈家庄的集体生活里，农民自愿出工，做一天是一天地挣工分。平日里，除了勤勤恳恳在陈家庄的土地上种粮食，周田为了能够为家里几口人多挣得那一两角钱，迈开一双瘦瘦长长的腿就去城里"打小工"；然而，"打小工"所得

的盈余也要上交到大集体，换算成工分，最后再平分。周田在城里"打小工"的工钱一天是一块二角，光是上交就要上交一块钱，而零零散散剩下的二角钱，刨去路费、伙食费等必要开支，约等于是所剩无几；好在周田的辛勤劳动足以填饱周清兄弟姊妹四人的辘辘饥肠。但正如周田平日念叨的，"砸锅卖铁也要让你们读到书"，周清兄弟姊妹四人懵懵懂懂跨进陈家庄新办的小学或初中，面对四处掉漆的破黑板和摇摇晃晃的木质板凳，除了上学堂以外，还要搬些又重又硬的红砖忙着"建"学堂。

由于周清 12 岁才进入学堂，没有学过拼音，说起话来是一口浓烈的湘乡口音；然而，他在课堂里也不突兀，因为大家都是这样。讲台上严肃站立着的语文老师一板一眼地带读课本，讲台下笑嘻嘻的农村孩子就晃着小小的脑袋歪七扭八地朗诵课文。有时也会有意外情况，周清班上几个刚刚被教导主任训过的"淘气包"故意惹事，在望着某个科任老师扶着厚厚的眼镜片，认认真真写板书的"傻样"时指指点点，"砰"地一声，从摇摇晃晃的木凳上弹起，极为大声地用湘乡土话嚷嚷："打倒臭老九！"再然后，好些同学一并嗤嗤发笑，谁也没心思看"四眼"老师写了些什么板书。周清当然知道他们在笑什么，不过，他并没有跟着他们一起笑。

正如那些淘气包所说的，教他们的老师可是曾经被他们狠狠批斗的"臭老九"。让周清记忆深刻的，不是对着"臭老九"汪汪乱吠的土狗，而是父亲一顿严厉的"警告"。那也是在金秋时节，八九岁的周清跟着伙伴们在弯弯曲曲的田垄上自由自在地撒欢，兴尽归来，正巧碰见村里人围攻戴着厚厚的眼镜片的老师。桌旁围了一圈看热闹的，都振臂高呼："打倒臭老九！"小孩毕竟是小孩，爱凑热闹，也模仿大人振臂高呼"打倒臭老九"。但不巧的是，周清正好碰着了扛着满是泥巴的锄头刚从田里下来的周田，阴着一张脸把周清拎回家里的茅草屋。周清记得最清楚的画面就是父亲周田那一双久经农事的粗糙大手，浑身是刺的鞭子，还有那压抑着怒火的浑厚嗓音："你妈也是知识分子。"

彼时他当然不晓得"臭老九"和"知识分子"，只是被父亲恶狠狠的语气和明晃晃的鞭子吓得直打哆嗦，顺着眼低着头，连连说："再也不敢了，再也不敢了。"所以，在周清这一辈子，不管他长到多少岁，才不敢跟着同学一起去取笑老师厚厚的眼镜片，更不用提在课堂上如此大胆地疾呼"打倒臭老九"。不知道是不是这个原因，老师都挺喜欢他，平时也多关照他的学习成绩；再加上母亲建文对他学习一而再、再而三的敦促，他又不是蠢蛋，也就顺理成章地从陈家庄小学毕业，升上陈家庄初中。

二、母亲建文的伤疤

1977年给周清一家带来的变化不仅仅有"念书潮"，还有"转工潮"。父亲周田顺着时代的变化，一下子投入"转工潮"中，从农民转为工人，在陈家庄的集体大厨房做一个小小的帮厨，整天帮着挑担子、送咸菜。父亲一进集体大厨房，家里的伙食就开始慢慢改善。最让周清开心的是饭桌上的变化，母亲建文的菜式开始变得丰富多彩，原本一家人只能勉勉强强吃"饱"，现在却能大大方方地吃"好"。香喷喷的米饭冒着腾腾的热气，热乎乎的汤水温暖周清的五脏六腑，偶尔还有美味的红烧肉。原本瘦骨嶙峋的周清，在母亲伙食的殷勤照顾下，干瘦的四肢慢慢结实了，脸蛋也红润了。在陈家庄的寒冬腊月里，周清在学堂里冲着老师的红红笑脸总是能让老师心里暖烘烘的。那是新生命的力量，直直落在老师心尖阴云密布的伤疤上。他们这些下乡的知识青年，伤痕累累却挺拔地站立在讲台上，在逼仄的陈家庄里教书育人，支撑起知识广阔的天空。陈家庄的土地或许能孕育出丰硕的稻谷，但他们要想获得那些稻谷，就只能和周围的所有人一样躬身于湿润热辣的农田，摒弃过去所拥有的、令人骄傲的一切，像一个蹒跚学步的陈家庄婴儿一样学习插秧；陈家庄的土地给他们留下疼痛的伤口，等到伤口结疤，他们已经在陈家庄的土地扎下了根，和这深深的伤疤割舍不开了。

周清的母亲建文就是这样。

在周清的记忆里，母亲有时会莫名其妙地和父亲置气，阴晴不定，有时甚至抛下他们四个兄弟姊妹不管，直嚷嚷着"回娘家"。但父亲永远是包容母亲的。当年，母亲建文凭着优异的高考成绩迈入中南大学，可谓是意气风发，风华绝代。然而，一年后，她却在知青下乡的风潮中来到了小小的陈家庄，被父亲周田一眼相中。虽然已然知道知识青年建文已经诞有一个女孩，也就是周清同母异父的大姐英子，那又如何？父亲周田偏偏爱她那一手刚劲有力的钢笔字，爱她那单纯可爱的笑颜，一次次恳求建文的家人让她嫁给自己。结局就是，周清和他的两个妹妹呱呱坠地。二人结婚后，周田用一双勤劳的双手把脏活累活都揽在自己身上，对并非亲骨肉的大姐英子更是视如己出。在旁人看来，建文的婚后生活毋庸置疑是幸福无比，因为丈夫周田肯吃苦、肯干活、疼妻子、带孩子。然而，母亲建文还是时不时地捧着脸对着镜子哭泣，冲着周田发泄自己不知从何而来的怒火。即算是在这种时候，父亲周田也只会一边收拾建文一手整出的"烂摊子"，一边用那一双粗糙的大手有力地挥舞着饭勺，哼着歌唱毛主席的小曲，着手准备一顿丰盛的晚餐，然后笑一笑，云淡风轻地来一句："我惯的。"

建文本来是要当老师的，但是她放弃了。对外人，她说，要带孩子，插田好一些。

直到 1977 年高考恢复的消息传遍整个中国，传到建文的耳里，她就仿佛被什么东西狠狠击中了一样，死死盯着膝下的四个小孩，发疯一样地逼着他们念书。

母亲的"神经质"让周清费解得很。初中时候的周清血气方刚，当然不想被钉在课桌听着台上的"臭老九"训话；由于不理解，也对于母亲建文产生了些许"恨意"。然而，这些"恨意"却在临近中考的那一个学期烟消云散了。那是一个寒风凛冽的初春，晚自习课间休息时分，当周清又一次对着课本上繁琐的数学公式百思不得其解时，索性望向漆黑一片的窗外，脑海中浮现起童年时期陈家庄晚春处处流淌的溪水和小伙伴成天的欢笑声。正当他沉浸在美好的回忆里时，一片茫茫黑夜中，一个瘦小的身影若隐若现，等到教室里明晃晃的灯光打在那个人的脸上，周清才意识到——那是母亲！

这一个身影吓得周清惊慌失措地埋下头，假模假样地去解那一个个他弄不懂的方程式。每当周清往教室外偷瞥的时候，都能发现，建文那一双温柔而坚定的眸子在默默地注视他。那和平日里他所见到的严厉的母亲不一样，建文的目光里流露出的是对于孩子浓烈的疼爱与期盼，这不禁让他内疚无比，对母亲的"恨意"瞬间消融，正如陈家庄冬日结冰的溪水会在活力四射的春日汩汩流动，酷暑烈日中农民汗流浃背插下的秧苗会在丰收的秋季予以奖励。

放课后，等周清出了教室门才发现，母亲一直拎着一碗滚烫的浓鸡汤。一见到衣着单薄的周清，建文就笑意盈盈地迎上去，把手里热乎乎的鸡汤递到他冰冷的手心里，说是父亲周田好不容易才从别人那里弄来的，专门炖给周清来补补身子，让他学习不要太累着自己。当周清隔着钢桶里升起的袅袅热气望向母亲时，两眼一湿，就咬咬牙下定决心：为了家人而高考。彼时的他还不知道"恢复高考"具有怎样的意义，他只知道，在那个足以把人的耳朵都冻掉的夜晚，15岁的他和母亲相互搀扶着，深一脚浅一脚地走在初春泥泞的地里，彼时他单纯地认为：为了父母，他必须要通过高考。而在高考之前，他必须通过中考。

中考是在1980年的夏天，边远的陈家庄慢悠悠地度过了初春的严寒、暮春的暖煦，迎来火热的夏日，周清也在中考考场上迎来15岁农村少年的高中生活。

三、陈家庄高中的伤疤

周清在陈家庄高中念书的时候，父亲周田就已经"晋升"成为集体大厨房的第一掌勺了，因此，周清一家人基本上衣食无忧。事实上，不仅仅是周清一家，陈家庄各户人家的生活都在慢慢好转，黄昏时分，家家户户烟囱里都升起缕缕炊烟，映着落日彩霞，勾勒出一幅静谧美好的农村画卷。

在周清整个学生生涯里，给他印象最深的就是陈家庄高中的老师，尤其是他的班主任兼语文老师焕黄。他听说这人原来本领很大，张嘴就是一副琅琅上口、平仄相对的上好楹联，诗词也写得极好，毛笔拿起来毫不含糊，笔尖刚落在粗糙的毛纸上就成一篇极佳的文章。这等奇人给他们上课不需要教案，随手拿起课本就能开一场讲座，让原本对语文毫无兴趣的他都不禁聚精会神听讲；板书"唰唰"地写，虽然周清没见过焕黄写毛笔字，但天天能见着他潇洒飘逸的粉笔字。

除此之外，陈家庄高中还有一个特色，那就是英语老师多，而且口语一个赛一个地流利，比母亲建文手串上的玉珠子还圆滑，和英语听力广播里的声音一模一样。教周清英语课程的一对夫妇都是和洋人打过交道的，为了能让学生听懂那些西洋文字，夫妇俩一句洋文一句中文地讲课，一遍又一遍放慢语速、耐着性子地讲，直到学生听懂为止。他们夫妇二人，其中一人在外国做过同声传译，另一人则是著作等身，家里曾有一个隐蔽的小书库，藏满了落得全是灰的洋文书籍，还有他们自己一些未完

陈家庄高中 81 级高二十七班毕业合影，三排左一为焕黄，五排右七为周清

成的翻译作品，这个让他们引以为傲的书库偏偏就成为他们被批斗的如山铁证。在熊熊的火光中，珍藏许久的书卷被扔到枯槁的秸秆堆里，"噼里啪啦"焚烧的声音混合着他们微弱的抽泣声，在陈家庄伸手不见五指的夜晚，像孤魂野鬼一样游荡。周清的物理课老师姓卢，他讲一道题目就把其中的物理原理讲得通透无比，所以周清的物理是最好的。更何况这老师不仅讲题讲得特别好，猜题还特别准，在周清第三次高考的物理考场上，一整套物理试题，抛去题目里换汤不换药所更改的物理数据，一百分的满分，给那个卢姓的物理老师猜准了八九十分，稳稳托着周清跨过了高考的大山。

这么多本领高超的知识青年都由于同一个原因带上了相似的伤疤，相遇在小小的陈家庄高中，在简陋的教室里和呛人的粉笔灰作伴，年复一年地把陈家庄高中灰头土脸的农村孩子捞到大学里去，作为新兴人才"上交"给国家。当陈家庄高中的老师望着这些孩子时，他们的目光中交织着如此复杂的情感。他们恨这片土地在自身留下的累累疤痕，却离不开这些眼里闪烁着光亮的孩子。所以，在陈家庄高中那一道狰狞的疤痕里，一个又一个鲜活的生命打破重重禁锢，破骨而生，向着自己的未来，也向着中国的未来。

四、周清的新生

"你要不混在体育生里考吧。"

望着高高瘦瘦、跑步生风的周清，班主任焕黄郑重地下了一个决定，让周清临时参加学校的体育训练计划，作为体育生通过陈家庄高中的高考预选赛，以此获得参加高考的机会。在 1982 年的陈家庄，参加高考需要预选，未通过预选赛的农村孩子连高考的机会都没有。为了让周清班上每一个同学都拥有参加高考的机会，班主任焕黄用尽了浑身解数：成绩好的，继续抓；成绩不好的，看看能不能变成体育生继续抓。多亏了父亲周田的主厨身份，18 岁的周清从来不缺吃食，个头高出同龄人一截。就这样，周清顺利地参加了第一次高考。然而，一个"临时体育生"哪里比得上那些高高壮壮、从小就开始体育训练的特长生！周清的第一次高考以"体育考试不合格"为由惜败。这也狠狠地给班主任焕黄敲响了一记警钟，高考上岸还得学生文化水平过硬。自此，焕黄教导学生愈发卖力，全身心躬耕于教育事业。经历第一次高考失败，周清也没有气馁，在父母的强烈支持下，他选择在学校里寄宿学习，复读一年，再战高考。复读的结果揭晓：还差五分！

"就这样算了吧。"周清嘟嘟囔囔，想着过去两年白费的努力，只觉得读书苦。

"就这样你以后怎么办？"父亲周田气不打一处来，举起鞭子差点就要上去抽周清一顿。

"不是还能抵你的职吗？当厨师多好啊，吃穿不缺的。"

"抵职"一词意为工位的"传承"，父母是干部，子女就接着父母继续当干部；父母是农民，子女就接着父母继续当农民；父母是厨师，子女就接着父母继续当厨师。19 岁的周清已经被高考的大山压得喘不过气，两次高考失利更是让周清挫败不已。果然，高考是为国家选拔人才，但周清自以为不是人才，参加高考做什么？

"我告诉你，我的职要抵给你大姐，你考不上大学，自己看着办！"

父亲洪钟般的声音穿透他的耳鼓膜，然后周清两眼一黑，迎来的就是一顿猛烈的鞭挞。周清怄气一样闷声不吭地挨着父亲的毒打，母亲建文回到家里一见着这样的情景，冲上去就抱着周田粗壮的臂膊让他停手，周田才狠狠把鞭子往地上一砸，走向灶台抓起柴火开始生火。柴火噼里啪啦响着，火光映在周田棱角分明的脸上，映出周田眼角缓缓淌出的泪水。从小到大，周清没见过父亲哭，就算是在家里最苦最穷的日子，在父亲天天外出"打小工""挣小钱"补贴家用的日子，周田哼都不哼一声，就挑过生活的重担，为妻子儿女撑起一片温暖的天空。

周清愣住了。脑海中浮想起小学时，一家人围坐在破旧的四角桌边，餐桌中央暗淡的煤油灯，父亲挥着筷子拍拍胸脯的一句"砸锅卖铁也要让你们上学"。而在 1983 年的餐桌上，周清家中破旧的四角桌早就换新了，一家子头顶的吊灯更是毫不吝啬自己的光亮，洒在热气蒸腾、让人食指大动的鱼肉蔬菜上。

之后，周清记不得什么时候脑子开窍了，会念书了，一天一天连吃饭睡觉的时间都紧紧地压缩起来，教室熄灯了，周清就捧着煤油灯继续学；寝室熄灯了大家睡了，周清还捧着煤油灯继续学。陈家庄的又一个夏天伴随着周清紧张的喘气声到来了，这一回，他刚刚超过本科录取线，被湖南农学院录取。

在 1977 年的中国，会读书的学生也会被淘气包戏称为"臭老九"的继承人；但在 1983 年的中国，会读书的学生就是迎来新生、祖国需要的人才！

五、伤疤中孕育出的生命

在湖南农学院的大学生活里，周清的感触就是，除了读书苦，别的都不苦，生活上国家绝不会苦了他们。食堂白花花的馒头大得让人可以分成三餐吃，每个月都发 27.5 元的伙食费，5 元零花钱，5 斤粮票，30 斤饭票，吃不完就去农学院的小餐铺兑零食。周清同班的女同学每年能剩不少补贴家用，但对于周清这样饭量如牛、还在长身体的青年男学员，不多不少正正好。

周清的许多同学都和他一样，刚从犄角旮旯里的某个"陈家庄"里出来，带着质朴的笑与纯粹的生命力，从老一辈知识分子疼痛的伤疤里孕育出来。幸运的是，后来，周清听说他的高中班主任兼语文老师焕黄由于教书育人成绩显著，被提升为湖南省湘乡二中的副校长，重拾诗歌文赋；而他高中的其他老师也相继被提升为教授。老一代的伤疤混杂着新的生命，在中国广阔的土地上生根发芽，哺育着无数"陈家庄高中"的农村孩童，谱写一部又一部生命的诗篇。

　　如今，故事里的这个人早已从湖南农学院毕业，通过国家资助在全国各地深造学习，从事白蚁防治研究二十余年，拥有了自己温暖的小家庭，成了我的父亲。在 21 世纪初每一个阳光灿烂的下午，当他从单位下班回来，都可以瞧见自己的父亲坐在小小的阳台上，抬起爬满皱纹的手，扶着厚厚的老花镜，耐心读着每日订阅的报纸，实现在过去穷苦日子里未曾有机会实现的"读书"愿望；而一旁趴在老人腿上的小女儿则捧着一本花花绿绿的儿童读物，眉眼间认真的神情和老人如出一辙；他结发妻子的成长历程和他相似，都是从一个什么也不会、愣头愣脑的农村小孩蜕变成能够为社会发展作出更大贡献的知识青年——事实上，20 世纪那会儿和他们一同成长起来的很多小孩，都是如此。他的日子就这样朝九晚五静静地流过一个又一个镀金的午后。说来平凡，一个研究白蚁的普通工薪族又有什么故事呢？但是，如果这个人从 20 世纪的 70 年代走来，磕磕绊绊走进 21 世

青年周清在云南深造学习

纪，从熟悉的农村走向广阔的城市，那这个人就是平凡但不普通的——他的身上蕴含着时代变迁中新与旧的更替，伤疤与生命的交融。

　　每一年春节，这个人都带着我回到湘乡乡下家里，俯下身子，帮着年迈的父亲和母亲择菜、烧火、做饭。后来，老家不需要柴火了，家里有了电饭煲；再后来，岁月催人老，这个人的父亲和母亲也相继去世，陈家庄的老家甚至都不需要"烧菜"。但在这个人的记忆深处，他忘不了他父亲身为主厨用柴火烧出来的一道道喷香可口的饭菜。只要是回到陈家庄的旧屋子里，这个人和他的三个姊妹就始终坚持用柴火灶烧菜，还原他们记忆深处的味道。当这个人——也就是我的父亲——一个人孤零零地坐在熊熊燃着的柴火灶的炕边上，我望见他被灿烂火光映着的、慢慢长出皱纹的脸，就忍不住想到他的童年，想到 20 世纪 70 年代末，"恢复高考"消息传遍大江南北的那个璀璨的金秋时节。

　　他对我说，直到高考结束后，我的奶奶建文才告诉他，我的爷爷当年不让父亲抵厨师的职务，不是单纯为了高考而高考，而是不想父亲的才

父亲周清和奶奶建文在乡下老家用柴火灶炒菜

华被单调的厨师生活埋没；而若是我的大姑——也就是我父亲的大姐英子——抵了父亲的职，凭着我大姑的才华与美貌，则可以轻轻松松地当服务生，成为陈家庄村里村外男人都争着抢着要娶进门的"香饽饽"；再后来，我的大姑也靠着和爷爷奶奶一样勤劳的双手，不拘泥于"小女人"的身份，一步一个脚印地打拼出了属于自己的一份事业，从服务生做到老板，有条不紊地经营一家湘乡本地茶馆。

四十余年，陈家庄的小溪枯竭消涨，谷物秋收冬藏，见证一代又一代陈家庄孩子长大成才，见证老一辈的伤疤，孕育崭新的生命。

"父亲，这张照片是你吗？"

又是一个烂漫的金秋时节，暖煦的日光穿过薄薄的纱窗，投影在阳台上一本厚厚的相簿上，在一张泛黄的老照片上晕开了一圈又一圈斑斓的光影，相簿一旁是懒懒晒着午后太阳的父亲。而同样在享受午后惬意的我则指着相簿里那一张父亲大学时期的照片，眼里满是好奇。

父亲笑着，答一个"是"字，跟我聊起他学生时代的故事。

那段记忆断断续续的，像破了的黑胶唱片，泛着旧时光微微的暖黄色，唱响了陈家庄高中的记忆，以及一整个时代的记忆。

中年周清和妻女在湖南某书屋一同读书

我的妈妈是三好学生

清华大学　霍佳雨

　　在我的印象里，"母亲"是完成时，她永远耐心、慈爱、包容、宽厚、容忍。然而母亲并不生来就是"母亲"，她也曾有稚嫩的童年、懵懂的少年、青涩的青年时期，在这一个又一个阶段中，她本可以成为任何人。是怎样的缘分，让她成了我的母亲呢？这个身份一经嵌套，便几乎遮掩了她其他全部的光芒。我常常心怀愧疚，总觉得是自己剥夺了母亲的可能性。在赋予她世俗意义上的圆满的同时，我的出现，让她渐渐远离了自己。当我看到这两张老照片时，一种沉重的心绪浮上我的心头——我再次发现自己与母亲的牵绊——一种基于基因、基于血脉、基于永远无解的相互选择，束缚了她。我凝视着照片中的母亲和现实中的母亲，鼻头的酸涩让我在恍惚中恍然，母亲也拥有曾经。

　　萍子在翻到这张照片时微微愣住了。佳佳在旁边看着，萍子脸上细微的表情变化被她捕捉。照片上的人和萍子并不相像。

　　萍子已近知天命的年纪。深棕色的卷发，在鬓角和额头已经冒出遮掩不住的灰白。佳佳总是否认这些灰白的存在，每每谈起这个话题，她就捂住双眼，说自己看不到。萍子的气质是独特的，让她虽然算不上出众的美人，但总是令人喜爱。她脸面宽大，棱角分明，眼尾却下垂着，没有那种人到中年的俗气和刻薄。但萍子总会不自觉地皱眉，仿佛陷在什么哀愁和焦躁里。现在，她的眉头就皱起来了，带着一丝困惑，一丝惊讶，一丝追

母亲的三好学生证书

忆味道的努力。佳佳看着她，也皱起了眉头。她们一起看向了照片。

　　那是一张小小的黑白色照片，照片周围还有一圈锯齿形的宽两毫米的白色边框，一看就是过去年代的样式。照片并不平整，偏向右下角的四分之一被戳了钢印，这是一张使用过的照片，钢印代表着一种证明，证明着权威性和重要性。这的确是一张重要的照片，又或许，重要的不是照片本身，而是它存在的位置——一个镌印着大大的、金色的"荣誉证"字样的红色缎面本子，打开，右侧就能看到这张照片，照片上下还有几行小字，黑色签字笔的墨迹在红色的印刷字迹中穿插，前者在后者的"例行公事"中努力彰显着独特性——这是属于萍子的，1991年，她在中师学习期间，获得了市三好学生。

　　佳佳知道萍子曾经获得过市三好学生，但绝不是这一次。萍子曾经提起过她在小学三年级的时候被评为市三好学生时的情景：领奖的那一天，萍子并没有提前接到通知，她还是像平常一样，顶着没有梳齐整的、乱蓬蓬的头发，穿着肩头上打了补丁的衣服来到学校，然后就被老师拉去乡政府拍了一张照片。

"所以这是另一次？"佳佳问萍子，那种困惑、惊讶、带着追忆味道的努力又出现在萍子皱起的眉头里。"我忘了，居然还有一次。"

不错，在相簿的下一页，是另一本三好学生证。印着大红花朵的亮绿色塑料封皮，左侧是"兰州市三好学生证书、兰州市教育局、兰州市委、一九八四年五月"，内里透明的胶套里还放着一枚银底蓝色的徽章，上面刻着火炬、花朵、鸽子和"三好"的字样；右侧又是一张照片，同样的黑白色，同样的两毫米宽的白色锯齿形边框，不同的是钢印打在了左下角的四分之一。"是这次，"萍子指着照片，"你看，三年级。"

1984年的萍子十岁，在甘肃一个边远乡村的村小上三年级。等到佳佳能记事时，那所村小早已荒废，曾经作为校舍的平房，砖墙颓圮倾倒，杂草漫过墙头，偶尔有旁边人家的牛、羊伸着脖子吃草。萍子的村庄属于兰州市，但从兰州市到那里，要翻过数不清的光秃秃、灰溜溜的山，在被那些山夹击得盘旋曲折的土路、石子路、水泥路、沥青路上，随萍子回家的佳佳在上下颠簸的大巴车里呕吐过无数次。然而就在这广袤群山之中的荒僻、贫穷、落后的村子里，一个头发乱蓬蓬的，衣服打着补丁的十岁的三年级女孩，奇迹般评上了兰州市的三好学生。

一条全新的道路摆在了年幼的萍子眼前——上一代、再上一代、再上一代，萍子的祖祖辈辈都是农民，都俯首在清冷的空气下瘠薄的天地间，在脊背的一弯一伸中，在镰刀的一上一下里，将自己与土地完全地捆绑在一起。代际的循环犹如黄土高原上风沙带来的土石，一层一层地掩埋着一代一代的人。上学前，年幼的萍子曾跟随母亲到田间，母亲身材高大，但在那几乎铺满整个山头的同样高大的青稞前，是那么的瘦弱、凄凉。萍子看着母亲挥舞着镰刀，没入深深的庄稼之中，高大的母亲每弯一次腰，那瘦弱和凄凉就向萍子的心头一击。一种先验的命运向萍子描绘着未来的图景——几亩地、几个孩子、一间小院、永远喂不完的牲口、永远做不完的家务、永远干不完的农活。当时的萍子肯定想不到永恒和宿命，但她知道她不愿再过这样的生活。逃离，即便是一个模糊的想法，却带着她的脚步飞奔，让她像一颗倔强的种子，冲破那层层的黄土，她的武器，就是读书。

或许是基因的恩赐，读书对萍子并不是一件难事。三年级的辉煌是一个信号，昭示着灿烂的前程。于是萍子从村小一路高歌猛进到初中，初中通过了当时全乡只有十个名额的、条件极为严苛的预选考试，然后考进了县城的中等师范学校。

1990年，正值改革开放后中等师范教育发展的"黄金期"。当时的萍子大概并不知道所谓的时代浪潮，只是在当时她能获得的所有信息里，几乎所有成绩优异的初中毕业生都会选择中师而非高中。免费入学、无升学压力（进入高中就只能以考大学为目标）、毕业包分配，中师预示着国家给的"铁饭碗"——对一个乡村女孩来说，这样的职业路径，是萍子和她的世界里的人们能想到的最好的安排。于是萍子就考进了中师。

在强调全科教育的中师，萍子不仅学文化课，还学钢琴、小提琴、手风琴、声乐、书法、美术。学习之余，她还在县城找了家面馆当帮工，整天吃白面加上青春期发育，让她长胖了。县城里的潮流也裹挟着她，她和学校旁边理发店的老板娘打得火热，过一阵就去那里吹一个"招手停"——一种在佳佳看来只能出现在港式复古妆造或者"杀马特"群体中的发型。萍子正是以这样的姿态出现在那本她已经忘记的市三好学生证书上的。三年级那个长脸的、单薄的、头发凌乱而稀疏的、眯着眼睛、抿着嘴的小姑娘，已然是一个成熟的十七岁的少女了。萍子被吹风吹得厚厚的刘海搭在额前，两旁的麻花辫梳得光滑平整，黝黑粗亮，压着浅色的衬衣。她的眉眼也展开了，在饱满的脸蛋上，眼睛、鼻子、嘴巴，一切都是那么旺盛，那么欣悦，那么轻盈而丰沛。

佳佳看着萍子，萍子的颧骨高耸，两侧的脸蛋虽然不至凹陷，但也显出一些力不从心了。在佳佳的印象里，二十多年来萍子并没有什么变化，她甚至觉得随着年龄的增加，萍子越来越有沉淀的美感。然而面对着这张十七岁的旺盛、欣悦、轻盈而丰沛的脸，佳佳不能再捂住自己的双眼，假装看不见了。未和她相遇的萍子，是那样的充实、闪耀、优秀，尽管她曾有百分之百的信心，和她相遇的萍子依然是美的、好的、幸福的，但是她必须承认，她更喜欢那张小小的黑白色照片里三十二年前的面庞，这动摇了她对现在的萍子是否是美的、好的，尤其是否幸福的信心。

萍子只对这张照片评价了一句"忘记了"。佳佳常听说，人们总会记住自己生命中的高光时刻，然而萍子却把这件事忘记了。这不属于萍子的高光时刻吗？为什么萍子能记住关于佳佳的那么多琐事，却忘记了自己在十七岁时，在第一次离家时，在第一次走进县城时，在第一次接触那些她之前可能连名字都不知道的钢琴、小提琴、手风琴时，在第一次有了自己的审美追求时，得到的那样大的认可与肯定。随那本证书一同被忘记的，还有什么，是灿烂的青春时光吗？它们为什么消失不见了？

萍子的平静和淡然令佳佳心痛，她看着萍子轻轻地翻过那一页，就像翻过一本无关紧要的书。这种心痛还在于她知道故事的后续，知道那辉煌的童年时代、灿烂张扬的青春时光之后的故事。

萍子上大学了。她本不会上大学，中师的女伴们一毕业就都去工作了。中师的办学方向是为小学教育服务的，那些年轻的女孩子，带着在中师培养的文化知识和音乐、美术等必备技能，根据毕业后回原地（生源地）任教的政策，有的留在县里，有的回到村里，成了县里、村里的小学老师。萍子本也是她们其中的一员，"在一个小学校里教书，很快结婚，生两三个孩子，现在说不定也能混个校长或者教导主任当当"，这是萍子和佳佳打趣时说的。但这也并非玩笑，的确，她的那些师范女伴，几乎都走的这条人生路径，在农村和城市的杂交地带，在农民与市民的模糊地界，在方言、"红二团"、廉价化妆品、批发市场的"时尚"中生活。萍子没有真正意义上成为"中师人"，没有真正意义上经历中师教育"撤并挂升"转型改制的强烈阵痛，因为那本早已被萍子忘记了的三好学生证书带她离开了这条路。1994 年，萍子师范毕业，那年，全县仅有一个中师保送高等师范大学的名额，那个名额属于萍子。

在和兰州有两次遥远的交互后，萍子真正地来到了这个地方。然而命运却开了一个玩笑，萍子被分到了物理系。物理是萍子短板中的短板，是她所恐惧和厌弃的学科。"如果是英语、中文、历史、哲学、政治，随便哪一个都好啊"，萍子有时会向佳佳感叹，那时的她是一个情感细腻、记忆力超群、喜欢思考的女孩子，"哪怕是化学、生物也可以，只要不是物理。"可偏偏就是物理，抽象、逻辑、理性的物理，沉重地压在刚刚成为大学生的萍子身上。她颤抖着给父母拨去长途电话，声泪俱下。两个不识字的老人于是背上全部的积蓄，踏入了省城，踏入了他们念不出名字的大学的校园，陪着女儿敲开一扇又一扇门，鞠下一个又一个躬，哀求和哭诉只得到了一个结果，要么退学，要么留在物理系。

父母回去了，萍子想了很久。她第一次失眠，曾经在中师各个同学各种不同乐器的嘈杂中也岿然自立的睡眠离开了她。在黑夜里，萍子一遍遍地思考着，眼泪渗进枕头里。她想到小学时头发乱蓬蓬的、穿着打补丁的衣服去拍的那张照片；想到在冬天的昏黄的煤油灯光里，在小小的炕桌上用生了冻疮、肿得像馒头一样的手指写下的一份又一份作业；想到那场全乡只有 10 个名额的预选考试中，她的 69 分的数学和 96 分的英语；想到她在中师第一次触碰钢琴时指尖的感觉；想到她被通知得到了全县唯一一个保送名额，舅舅却说女孩子读那么多书干什么，和她同年的表妹早已辍了学，不久前已经嫁了人；想到她是家里第一个小学生，第一个中学生，第一个师范生，第一个本科大学生。是的，她要读下去，物理，比起那比高大的母亲还要高大的漫山遍野的青稞算什么，比起那永远匍匐在土地上直不起的脊背算什么，比起那一上一下挥舞了十年、二十年、上百年、上千年的镰刀算什么，比起不识字的父母好不容易看了一场电影却看不懂散场时大屏幕上的两个巨大的"谢谢"而遭人耻笑算什么。

于是萍子擦干了眼泪，每天泡在自习室。省城的大学带来的挑战不止物理。萍子给佳佳说过，在第一堂英语课上，讲台上的老师讲了一个笑话，身边的同学哈哈大笑，萍子却一点也听不明白。师范四年，教学科目里并没有英语（乡村小学不教授英语，因此中师生也不学习该科目），她对那些拉丁字母的印象，还停留在那个小小的村庄的初中里，还停留在那份 96 分的初中毕业考试的英语试卷里。于是萍子试探着问了旁边的女生老师讲了什么，那个打扮入时的兰州姑娘笑意盈盈，却轻飘飘地说了一句"没什么"。萍子觉得那句轻飘飘的"没什么"仿佛一根坚硬的刺，穿过皮肉，扎进心灵深处。那是优越者轻易的优越，将日积月累的寒窗苦读捏成了一个薄薄的笑话，笑话散进风里，带着呛人的味道。这味道一直环绕着萍子，让她在每一次呼吸中，都拼命要证明自己。萍子开始熬夜抄单词、早起背单词，一遍、两遍、十遍、百遍，勤勉和超乎寻常的语言悟性，让她生生地将英语成绩提高、再提高，直到老师再次讲了一个笑话，这次她不再怯弱地望向身旁的兰州姑娘，而是自在地笑了起来。萍子成了她们班为数不多的通过英语四六级考试的人。

只有初中英语基础的萍子考到了大学英语四六级，方言分不清 jqx 和 zcs 的萍子考到了普通话二级甲等，学不懂物理的萍子专业课门门通过，1998 年，萍子又一次以综合第一的名次被保送了。去安徽光激所读研究生。

然而这一次，萍子犹豫了。尽管再没有舅舅跳出来说女孩子读那么多书干什么，萍子自己对自己说了。在兰州，一个九十年代的本科生已经足以找到一份稳定而体面的工作，组建一个稳定而体面的家庭。并且甘肃兰州，无论离那个小小的村庄有多远，萍子都是属于它的，它代表着熟悉、亲近和轻松，这里的人都和萍子一样，说着大致相近的兰州味的普通话，吃着牛肉面、手抓羊肉、凉皮子、灰豆子，吹着黄河边的晚风，站在中山铁桥上看南北两侧永远也长不出树的山。从村子走到乡镇，从乡镇走到县城，从县城走到省城，萍子觉得自己已经比很多人走得久、走得远了。再走一步，是陌生的、是未知的、是超出经验认知的。研究生意味着什么，能给她的生活带来何种变化，这对萍子和她身边的人来说是一个真诚的问题。学业能力并不全然等同于眼界见识，萍子无人可以请教，无人可以询问，父母亲朋只知道如何让庄稼长得更好，而萍子自己，也不过刚刚从土层中挣扎而出。世界对她是平的、扁的、侧面的，她无从知道全貌，也不能预知全局。安徽，那个温热的、沿着长江淮河的、冬天不供暖的、吃着臭鳜鱼的省份，合肥，那个距离兰州 1 572.86 公里的城市，太远太神秘了。

是什么让她最终放弃了呢？萍子告诉佳佳的还是那句话："如果是英语、中文、历史、哲学、政治，随便哪一个都好啊，哪怕是化学、生物也可以，只要不是物理。"似乎是并不喜欢的专业让她不想再继续了。可这是难以令佳佳信服的，或许萍子自己也不能完全说服自己，因为留在兰州，萍子还是找了物理老师的教职，并且整个职业生涯都与物理纠缠。一开始萍子去了市属初中当物理老师、班主任，还在积极地参加各类比赛，获得过优秀青年教师的称号。但在佳佳出生后不久，她就调入了阿浩所在的省属高中，成了岗位分类上是教辅人员而非教师的实验室老师，成了物理水平、教学能力、职业发展各个方面的边缘人员。而当年替代萍子去了安徽光激所的男生，现在已经成上海某某大学的教授了。

在很长一段时间里，佳佳都和阿浩站在同一战线上，指责萍子的不努力。阿浩和萍子在大学相识，阿浩综合成绩一般，但专业很强。于是萍子和阿浩组成了学习搭子，也因而组成了终身伴侣。阿浩一直奋战在高中物理教学的一线，在学校的行政职务也慢慢晋升着，这些都意味着繁忙，而佳佳的到来更是加剧了这种繁忙。于是萍子选择了家庭，退居到学校最破败、最荒凉的实验室的角落，在一潭温水中烹煮自己。在这个岗位上，萍子再也不可能晋升，再也不可能评高级职称，她的工资将永远都比阿浩低了，比曾经综合排名远不如自己、没有得到保研名额的阿浩低了。以上述种种作为沉重的代价，萍子换取了大量时间，于是她把这大量的时间全部地、全然地、毫无保留地奉献给了佳佳。萍子的智慧和心力，从此都是为了让佳佳成为更优秀的人。在佳佳的印象里，二十一年的相伴岁月，每时每刻她都可以拥有萍了，她自惭而又明确地知道，自己至少构成了萍子百分之九十九的生活。阿浩曾想让萍子捡起物理，去教一教初中的课程，可萍子拒绝，几次三番地拒绝。佳佳有时候也觉得是萍子自甘"堕落"了，可是一个因为一句轻飘飘的"没什么"而熬夜、早起，绝不肯向困难低头的倔强的女孩，又怎么可能自甘"堕落"呢？

父母常常将心愿投射在子女身上，望子成龙、望女成凤，但子女又何尝不是常常凝望着父母，也暗自希望他们能变成自己期待的样子。在不可选择的选择中，父母和子女给彼此戴上了沉重的枷锁。佳佳意识到，她和阿浩一样，想让萍子奋进，想让萍子努力，却忽视了萍子不是没有奋进、没有努力，只是这奋进、努力的方向变了，她的一切奋进、努力，都是为了这个萍子、阿浩和佳佳的家。她自愿地抹掉曾经的自我、折损自己的职业生命力，是因为她把全部心血投进这个萍子、阿浩和佳佳的家了。如果没有萍子自愿的"抹掉"和"折损"，阿浩不可能成为今天的阿浩，佳佳更不可能成为今天的佳佳。但在习以为常的惯性下，佳佳和阿浩却时常看不见、感受不到，他们一边享受着现在的萍子的付出，一边期待着曾经的萍子的复活，然而这是不可兼得的。

是不可兼得的。其实萍子依然是熠熠生辉的萍子，在兰州，在这个实验室里，在这个三个人的小家里，萍子依然是那样重要，对佳佳来说，对阿浩来说，对萍子身边的所有人来说，她和蔼、大方、包容、善良、谦逊、正直，她向这个社会播撒的爱与激情，绝不会比佳佳想象的、期待的、幻梦中的萍子少一分，不，甚至会更多。然而佳佳还是多么希望萍子能多一点曾经的她，少一点现在的她，哪怕以佳佳的不存在为代价。佳佳多么希望初中的萍子知道，高中比师范有更多的选择；多么希望师范的萍子知道，大学不只有师范类的，通过高考，她可以选她想选的专业；多么希望大学的萍子知道，不要因为眼前的安稳，放弃可能改变一生的机会；多么希望每一个瞬间的萍子知道，她是一个优秀的、很优秀的、非常优秀的女孩，值得拥有最好的，她不能只是阿浩的妻子、佳佳的母亲，而更应该是那个照片里长脸的、单薄的、头发凌乱而稀疏的、眯着眼睛、抿着嘴的十岁的小姑娘，更应该是那个照片里吹着厚厚的刘海、两旁的麻花辫黝黑粗亮、脸蛋饱满，眉眼旺盛、欣悦、轻盈而丰沛的成熟的十七岁的少女。

她应该是她忘却的那一部分，而不是她记得的那一部分。

写母亲的故事，我时常羞涩而为难。我无法直面自己的怯懦，因此只能将自己和母亲打扮成一对陌生的母女，学着像局外人一样讲述"她们"的故事。

让孩子书写父母，是一件难事。无数次，我停下打字，因为泪水模糊了双眼。这些眼泪，是为分享着 50% 的 DNA 的分离而又牵连着的两个个体而流的。我曾试图用全然客观的叙述呈现那两张老照片，和照片背后母亲的故事，然而我失败了，一次又一次，文档被打开又关掉，文字被写下又删除。最终我选择用这种方式记录下这些图像，和与图像相关的记忆。我把自己写进故事，让时空翻转扭曲，和曾经的萍子一起，共度在电脑上敲下七千余字的时光，因为我知道，母亲的过去，一点一滴导向了母亲与我的现在和未来。我试图用这些文字来忏悔，作为女儿，我却像刽子手一般斩断了她。那个照片里长脸的、单薄的、头发凌乱而稀疏的、眯着眼睛、抿着嘴的十岁的小姑娘，那个照片里吹着厚厚的刘海、两旁的麻花辫黝黑粗亮、脸蛋饱满，眉眼旺盛、欣悦、轻盈而丰沛的成熟的十七岁的少女，是我的母亲，但又不是我的母亲，她们是她的其他可能性。灿烂夺目的三好学生曾经存在，但因我的出现而消失不见，取而代之的是一位"三好母亲"。我战栗而悲伤地惊觉，萍子于我，只有"没有曾经的母亲"这样一个固定的答案。

追 逐

五邑大学　黄翰韬

引 子

父母在十一月中总算是又一次离婚了。经过了十几年后，第二本离婚证和放在抽屉底下的上一本看起来没什么不同。我期待他们离婚这天已久，又担心弟弟得不到照顾。母亲自然也有许多顾虑，放不下她在这里经营的事业。心绪打了结，一如祈祷者的念珠不断在手里心头盘算，又怨还望。这红本本远比断头刀锋利，才发觉事情远没有那么多可计较的。

他们申请离婚时仍是九月末，现在正是国庆假期。晚上坐在厅里茶几前喝酒，无味地在下酒菜里翻找。母亲才喝了两杯，掺在近况里说起要离婚的事，毫无预兆，令我在渐升的酒热中强发战栗。我们平常谈天时说及身边人的变化，她都少不了感慨几句，此时她脸上倒是没什么表情，轻飘飘如摆家家酒编故事。一会儿已经自顾自地到一旁翻找柜子，将话题扯向了近几天的演出活动。我愣了一阵，回过神来才招呼住她。

"你和他说好了？"

"是啊。周五在西郊的夜市演出，明天开车去看看场子。"

"不是这个。离婚的事。"

她拿着一沓磁盘，站定了看向我。"上星期已经去民政局申请了。离婚协议再改一下，我多问几个朋友。到时可能还要你去公证所签个字。"

"哦。"

我又抓起筷子翻翻找找。近几年来，他俩不是在办离婚就是吵着要离婚。离婚冷静期是真的有效，一个月内多少财产与情感上的博弈与妥协。虽说可能是照箭画靶，但已知道他俩递交了离婚申请，便能从短短几小时内发觉这次的不同。她不再拉着我里里外外长长短短地什么都说；他也不再满面怒容，把双手能挨上的锅碗家具扰得响闹，悚人脊发。于是我清楚知道，他们的婚姻终于走到了尽头，因为妥协到最后的事总是办得不声不响的。

尽管能理解，但这次的离婚冷静期仍让我感觉诡异。角落灵位前燃烧的香火让我想到我的母亲，让我想到死亡。死者在最后仍会得到打扮修饰，似乎这能让家属否认死亡的事实。祖父的遗像就在那灵位上，在葬礼的墙上。他着正装躺在闪亮的盒里，和生前一样不苟言笑。众人列队在他身前，如同看向一件包装整齐的纪念品。祖父看起来比生前更有活力，脸上的皱纹被填平许多。有一瞬间我觉得他没有死，又回忆起他数月前躺在病床上的样子，或许那时他就已死了。由祖父身体内部延伸到外界的无菌管，精密地将他与数台机器的命运相捆绑。每副表盘都从未停止过对象征死亡的符号的个性描绘。数据、线图、范围监测等不同的表达，对死亡各抒己见。往后这些机器将在相当漫长的时间里反复争斗，以望无止境的折磨接续在祖父本应结束的生命末端。三个月以后，机器们达成了共识，家族完成了财产的分割。机器与人们侍立两旁，等待着死亡的公示。

父亲执意要带我去见祖父最后一面。祖父感到死亡终于来到，躺在病床上尝试睁眼看清它的模样，眼皮抽搐着拨拉眼球胡乱滚动，最终瞳仁经不住如蛋黄在摇晃中几度晕散。他太过虚弱，甚至无力就死亡一事发表感想。父亲推推我的手，凑到我耳边大声说道："爷爷看了你一眼。他还认得出他的孙子。"病房里一时静得可怕，我却由窗边流进来的阳光中闻到了小时候寂静午后的青草味。风吹动病房窗外的树带来细碎的响动，树影在祖父的瞳孔里晃动，悄然间被阴云的灰色遮上。我远远打量他颤抖的眼睑，在旁人看起来已有些呆滞。父亲的话便在亲人中引发了不小的感动，伯父与几位叔叔轻拍我的肩膀，婶婶热切地拥抱我。我想我应该是受了命运的大委屈。父亲便在我的沉默中一一代为接受了众人的好意。

祖父的灵位如愿托付给了父亲，祖母也一并住到家里。客厅的角落从此立起个高大柜子，近与祖父一米九几的身材相当。祖母在祖父死后老了许多，或许是不再为他操持劳累而没了牵挂。愈发矮小的身形总跪在高大的柜前，与生前受责骂时同样姿态。在那柜架的上层有一副祖父的遗像，着正装的，像张橱窗上展示的广告纸，仅供参考。我的父亲像是他的父亲，像一张高悬堂上的广告纸。有时我会好奇其他家庭中斗性强盛的年轻人与狡猾的老头子会以什么样的方式相处。如今多数时候我们都不共处一厅，仅剩的交流出于迫不得已。我不能爱他，却又不能忽视，由血缘被强行绑定在一起使我憎恨他的存在，连带我对自己无法原谅的迁怒。

想到他怎么能不让人叹气。原本总挂在厅里的画像已在不觉间被母亲摘下，斜靠在柜子旁。那是他们的结婚照。远景是两人十指扣合倾颈接吻的轮廓，近处不知是应了什么独特的艺术追求，只是我母亲孤单一人的半身像，像一束捧花立在台前。白色婚裙，头纱撩起笼在顶端渐收的塔式发髻子上，形如祖母求经的山间庙。青眼红唇，与祖母为求送子而请来的菩萨像无二样。只是她纹的竹叶剑眉，削了些佛家气。母亲仍在储物柜里翻找。表面的整洁归功于操劳的伪装。许多家庭的柜子里藏匿着已然无用却没有理由丢弃的东西，或许还有些讨厌的虫子。被人想不起的东西有着自己的地盘，轻易不会扰乱人的视线，此时尽数暴露出来：大量的磁盘、CD、

家中墙上的婚照

录像带，不知是否还有效力的纸质文件，过去剩下的书。我能理解它们的功能与存储信息的方式，听见 CD 在影碟机里旋转，看见磁带的两轴在倒带与播放的指令下进行一场拔河游戏。但似乎总缺失了什么，如你听见年幼时常听见的曲子，从心底里总会涌起当时的心情与感受。种种媒介在传递信息的同时也在记录，而我却无法从这些不属于我的事物中读出任何的信息。

我绝望地往母亲暂时冷落一旁的盒子中翻找。取出胶卷

观察一阵将它如卷尺拉开，暗沉沉没有映出任何图像，陡然间觉得无趣。与胶卷共放在一个盒内的是些灰蒙蒙的照片，随意堆成一沓，取出盒子时已颠散了。盖在最上面的是些莫名其妙的风景照，也不是名山大川，只是些常见的城市景观。由照片堆叠的缝隙间继续向下翻找，她年轻时的照片从景物照的废墟当中显露出来。这是件有趣的事，人或许是块面包。我看向母亲如今略显疲态的面容总难把她与面前这张照片或是墙上挂着的结婚照联系起来，就像一整块毛边的方包难分头尾。如这摞照片一点点地切片，你会惊然发现她仍在那里。

母亲年轻时的证件照

图像中的父亲母亲

"这是你吗？"

"这很早的时候照的。应该是办证件的相片。"

向 南 吹

一

扎着辫子的女孩窝缩在飘荡着灰尘的角落里，周围的书本像是在重新模仿树的形态，杂乱地垒起一人多高。几摞书之间有时只留下供人侧身通行的参差窄缝。时兴的书籍或是老旧的工具书出现较多，在每个转角的书堆都可以看见相同的版本。若把它们当作参照，在书店中兜兜转转之后会不可避免地失去方向感。冬天或许是多个令人感到寒冷的事物所构成的情景。外面下着雪，旧书的纸质愈发脆薄，冷硬的灰尘更令人鼻子发痒。

毛茸茸的光线里，她翻动腿上放着的书而流泪。她如此专注以至于没有听见书店老板的声音，直到老板用扫把敲打木板搭成的隔层，扑簌簌降下的灰尘像是下雪，让她想起了自己仍处于寒冷的冬天。

"听见没有小四子！你大哥找你回去。赶紧出来。"

她有些惊慌，把手中的书塞到了书堆后面的角落。来这的人并不多，但她不想其他人把这本书买走。过了一会儿，她从某个缝隙中悄然冒了出来。男人站在雪地里，见她出来才由棉袄里探出脖子："小四子。家里要没有煤了，妈拿火钳子打我出来找你啊。"

母亲的大哥

她才想起自己出来本应该是买煤。临走时三哥仍在家里与妈妈吵架，闹得她忘了去哪。

"三哥怎么样了？"

"老样子。他再欺负你就和我说，别和妈讲。"他四下看了一圈，又说道："都这样了，去转一圈，哥给你买些吃的。"

他俩直至白天的余温渐散，冷得熬不住，才走上回家的路。街道雪泥混杂，工人扛着铲子，沿着铁路一点点铲雪。每天早上由铁路远端会送来成车的矿石，顺着这条食道直落入钢厂的肚里。烟囱吐出浓烈的黑烟与白雾会在半空编织新的云层，从远处看去，这里就像有独属于他们的第二片天空。货车在厂区的地磅上称重，继而开出视野之外。某天他们还会回来，一样的车牌，一样眼廓青灰的憔悴人，只是货物已经交付到她想象不到的地方去了。

跨过这条铁路是工厂的家属安置区。钢厂在职的工人有数万人，算上家属共有十余万人住在成片连绵的平房当中。每天早上他们由大街小巷里

母亲的三哥

涌出，在铁路口落下的栏杆前打招呼，等待满载矿石的火车通过。近晚的下班时间，路上人群热闹。手里端着饭碗串门，或是提着酒壶三五成群地灌酒。回家的路上，远远能听见家门前街口不寻常的议论声以及围绕的人群，她预感到什么，招呼她的大哥爬到邻近的矮墙上去。在人群的中心，她的三哥已被扒成了赤膊，麻绳缠腿倒吊在街口的歪脖树上，由顶门往地上滴水。她的妈妈则站在已经倒空的桶旁，拿蘸水的麻绳鞭打眼前一动不动的受罚者。

"你犟！打你就别叫！"她妈妈扯着嗓子叫嚷。挥动的麻绳染着水的凉气，像一阵寒风让三哥在树上摆荡。

"就像我们那的一种叫'吊死鬼'的虫子。"我的母亲后来是这样向我描述的。

她的母亲爱挑人多时打几位哥哥，人群也就乐意一遍又一遍地捧场。吊起来打好像是再自然不过的事，倒是某天要有谁看不下去劝阻，反而抹了他俩的面子也扫了大家的兴。她和大哥都在试错中明白这含义，两人只探头扫了一眼，在被人认出之前就躲回了家里。

"我讨厌冬天，只要是下雪，一家人都不往外走。他们在家我就往外躲。每年都被冻得手脚生疮。"母亲收拾着一地的老旧物件，穿得严实。此时正临近中秋节，广东从来不存在什么秋天，所谓秋天只是台风吹来的几周，冬天紧跟在夏天的风之后。"一家人坐着就整天吵架，吵不完就打。"

二

不知是家庭教育还是当时的风尚，母亲的几位哥哥都是尚武的。打架闹事在厂区极为常见，早上的工作耗竭了精力，却没能消耗他们的斗性。对于年轻人来说，寻衅滋事或许是某种古怪的消遣方式。打架的原因可能只是相互间对上了眼，从目光中察觉对方合适打架罢了。据说路上载客的三轮蹦蹦也适应了这种环境，凡有人跑着招呼，必定是不停车只放缓了速度等人钻上来。

如此环境下，我这几位舅舅在厂区数万年轻人中仍因武力过人而名声甚大。几位舅舅一样长于打架，多半是窝里斗时锻炼出来的。他们相互打斗的引子可能再回想不起来，但引爆的枪药多半是由家庭压力填实的。"我妈就是个土皇帝。"母亲常是这样描述外婆的。

外祖父母那时均是当地钢厂的职工。母亲对他们旧时的描述与我模糊的记忆混作一团，只记得外婆是个极泼辣市侩的上海籍女人，方脸上横褶多似虎纹，常穿着纯色的粗布短衣，宽松耷拉，远看是个橄榄形的轮廓。外公与其妻子的差距大得令旁人疑虑，他的照片足以替换童话书上的慈祥老爷爷。精瘦细长，有着两块强健的苹果肌。逢人笑起来时衰老的下巴与脸颊愈发皱缩，唯独额头颧边红润如新出锅的板栗。

凭此可以轻易想象到他们的家庭生活是由外婆主导。小到日常开支，家务操持；大到安产置业，人事安排，都由外婆一手把握。据母亲所说，外婆由于一心想要个女孩而不小心生了三个儿子，因此对外公打骂不断。最后得来的女儿终于使她如愿，母亲于是随了外婆的姓氏。外婆对我母亲偏爱许多，将鞭打或拳脚改成用指节掐的方式，以求不留痕迹。

家庭中的独尊地位能不留遗憾地发挥外婆本性里的专横。不得不承认的是，在厂区里的职位能让她从别人口中获得许多信息，加上她对世俗生活强烈的敏感，的确将家庭的经济账算得明白清楚。我母亲尚年幼时，每天餐桌上便能见到肉了。到 1980 年代初，家中更是添置了一台电视机，令整条街的邻居为之庆祝欢呼。自此以后，每天晚上都会有邻居来往于母亲家中，只为围坐在电视机前消磨时间。在外人面前，几位舅舅克制了许多，外婆则会端坐在电视机正前的位置，在众人七嘴八舌地讨论中不耐烦地拨

外婆

动旋钮决定今晚看什么样的电视节目。

母亲早已见过这台邻居眼中的新颖物件，也看过了其中的节目，却是坐在旁侧的马扎上才第一次从众人中体会到了电视机的魔力。一块深嵌在木头里的玻璃像是展示新鲜世界的橱窗，里面的演员在歌唱与舞蹈中吸引了所有人的目光，使他们短暂地忘记了工作的劳累与前一天的积怨，安稳围坐在电视机前盯着聚光灯下舞蹈的人影。那个眯着右眼的人前两周被三哥打断了眉骨，此时虚着眼坐在三哥旁边；前天大哥才被妈妈追打，现在倚靠在电视机旁听着众人的讨论，询问妈妈后再转动旋钮；就连爸爸也少见地与妈妈坐在同一条条凳上。

母亲自此暗自立志要去学跳舞了。白天在初中上学，晚上则在大哥的陪伴下练习舞蹈。凭自己由电视里看来的舞蹈动作在闲暇时间练习，母亲很快在初中的几次文艺表演里拿了奖项。当她拿着奖状找到正在切菜的外婆，提出要去专业的学校里学习舞蹈时，外婆只是不回头地应付道："怎的？要去上海当大明星啊？"

"我……"母亲刚要开口又被外婆喝住"来切菜"。母亲只能听命帮厨，端正把奖状放了灶台旁。

"这你拿的奖啊？"外婆拿起锅铲惊奇地敲了下锅沿，吓得母亲险些握不住刀把。"原来是搞这一出。没用的！在上海见得多了，戏子优伶，没出息的东西。"说完后用锅铲刮动锅底，发出刺耳的铁器声。热油底的蒜瓣已经焦黄，随着肉丝和菜段的加入，油星在煎熬中爆裂。外婆板着脸不管不顾地掀动锅铲，像一堵隔断墙。直到开饭前，母亲才敢从灶台上拿回被油星溅得温热的奖状。奖状上留下了疤痕，在很长一段时间里，拉开抽屉仍能闻见油臭味。

不久，在母亲即将升入高中之际，外婆出于对自己的情报网与眼光的信任，决定让母亲进入体校："小丫头去学柔道，没人和你比。学好打比赛，不好也做个教练。"

母亲后来的确去学了柔道，此时我在好

母亲尚在小学时于朝鲜民族舞蹈中获奖的照片

奇她是否有为此跟外婆闹过。

"闹啊。闹了有什么用呢。闹完之后想一想，我哥哥老是欺负我，学了柔道还可以打过他们，我就去了。"

三

同时期进入体校而修习柔道这类具有强烈对抗性运动的大多是农村姑娘，擅长体力劳动，但在过去的饮食上却远不如母亲。母亲在柔道竞赛中总相较于同重量级的对手有着更好的身体素质，加上已在舞蹈表演中验证的柔韧与敏捷，甚至已能胜过许多师兄师姐。母亲很快在同级生当中崭露头角。

白天她与众人一同训练，晚上则窝缩在家中的角落看书。此时她已经在业余时间帮工厂里的流水线产品进行包装，有了一定的自由支配收入，不再需要从冬天的煤钱当中瞒下一部分给自己买书。她找回了当年被塞在书店角落的那两本《飘》。母亲当年或许也有能力将它买去，只不过她已将《飘》反复看了三五遍，印象颇深。每一年新的体会感触就像掌上叠加的茧子，直到某天会惊然发觉以往熟悉的书本纸页传来熟悉又变化了的质感。因此母亲没有第一时间将它买下，似乎等待着什么的发生。直到19岁那年，对《飘》的旧印象再一次像无形的风穿梭于母亲的发间，带来一阵怪异的酥麻。她从以前常逗留的旧书店里翻出当年藏起的书，又一次为其中的故事情节哭哭啼啼。

母亲的初恋来自海南。1980年代中，随着改革升放的深入，中国的南北似乎产生了巨大的压差，以至于那个年代的风从不停歇地向南吹拂。母亲同乡的许多年轻人已经登上了前往南方的火车，鲜少再听见他们的消息。母亲与他在体校的食堂相识，像他这样逆风向北的人着实罕见。仅17岁时，那少年一人由海南逆风跑到了合肥厂区食堂里做小厨，同时还带来了曾被风吹去南方的事物的消息。那时几个哥哥在厂区上班的工资大约是100元钱每月，大哥作为正式职工也仅有不到200元每月的工资。而海南正因高速的城市化而消费水平大涨，普通劳动者的工资约莫有200元，生活却难以为继。这也是为什么那农村户口的少年逆风逃去了中原地区。

"我还记得。当时在公园的湖上划船，他带的吉他。他说他弹的是《献给爱丽丝》，我那时是第一次听。"我隐约察觉到这与她艺名的关系。"他还跟我装说英文，说爱丽丝写作 iris。后来在海南把英语学好了才知道不是这么写的。"

那时母亲已是省级运动员，在柔道比赛上拿得不少奖项。似乎一切都在沿着外婆的设想发展，那个男孩是阻止外婆贯彻意志的最后阻碍。"现在体校也毕业了，以前我不管你，现在你那小男友该分分了。"

"怎么了？"

"他个农村户口的。"母亲没再说什么，她早揣摩了外婆可能有的看法，怕男友挨揍，也不曾带他见过家人。只是曾试探着提起，便让外婆对母亲找了个农村人大为光火。1990 年初，那男孩从单位收到了家里人的信，匆匆与母亲告别返回海南，承诺年中回来。直到 1990 年 5 月收到了从男友家中寄来的信件，彼此境况云云，说推迟到十月份再去合肥。再几个月后，一月一封的信也不再寄来。

彼时大哥已经到了婚娶的年纪，大哥的女友没有工作，整日游手好闲。隔月某天下午，母亲回到家里寻找大哥。外婆坐在厅前择菜。嫂嫂（从结果来看是嫂嫂）正因为大哥迟迟不出现而在厅里短步走动，见到母亲进来便发出了清晰的咋舌声。

母亲看了她一眼，嫂嫂便回个白眼。母亲不理会，转向外婆问道："大哥去哪了？"

"大哥，大哥！刚回来就找他，你整天缠着他干什么！"嫂嫂突如其来地发火，瞪大了眼睛，母亲仍记得是少见的四白目。外婆与母亲两人都挑起眼看向她。

"我问你缠着他干什么！找你那个农村的土包子去。"

"我找我大哥。关你什么事？"

嫂嫂便抢了一步上来，两人撕扯着头发扭打在一起。母亲即便学习过柔道，却一直不能适应直接的暴力。扭打间节节后退，碰翻了厅里放小物件的架子。外婆把脚一跺："赤佬滚出去打。"

母亲被吼声吓得发愣。嫂嫂单方面撕扯一会儿后被外婆扇了一耳光，捂着脸直瞪着母亲，从厅里大门跑了出去。外婆坐回择菜的马扎上，见母亲仍是气喘如笛，披乱头发僵在原地，便招呼她："丫头！来收拾。"母亲才回过神背对大门蹲下收拾打翻的物件，把零碎玩意一件件重新排回架子上。她绕开菜叶走到架子旁，猛然间看见外婆面朝大门，脸上的横纹强竖起来。母亲第一次见到外婆露出这样的恐惧表情，在训练中磨炼的本能让她压低了身姿。一块黄砖从大门向里裹着令人心惊的风从她背顶划过，而门外的嫂嫂已经趁乱逃走。

自那以后，日子该怎么过仍是怎么过。那女人被外婆接受，默许为大舅的妻子，只因她是个城市户口，在城中有套房子。由于嫂嫂不断从中作梗，母亲与大舅的关系愈发尴尬起来。对于其他的家庭成员，母亲早没有指望。或许某一天二舅三舅和其他年轻人一样结伴去了南方，或许某天外婆打坏了外公，又或者外公终于受不了提出离婚。无论如何，她不在乎。唯独未想过某天会有一个外来者强硬地挤进来，抢走了她对家的唯一念想。

1990 年末，母亲的男友仍未回来，冬天的风雪如期而至，让母亲回忆起曾听说过的海南，有着长年不变的暖风。或许在遥远的那里，她可以忘记家乡的冬天。

母亲试探着向几位舅舅提出要去南方。起初二舅三舅都不同意，但看母亲坚定的样子似乎不是说笑，本也带着对南方的幻想的二人与母亲一起将这计划与大舅说了。大舅自然是极力反对，坚决不松口。两位舅舅只能私下里凑出两百多元路费。临别前一晚，一向沉默寡言的二舅在院子里拦住我的母亲，从口袋底另外拿出两百元钱交给她，早准备好似的嘱咐道："这不是给你花的，是给你回来的车票钱。藏在鞋垫底下，熬不住了就回来。"

"你和三哥哪来这么多钱？"母亲问道。二舅支支吾吾了一会儿，还是开口说道："主要是大哥出的钱，他是正式职工嘛。"

母亲只是将凑来的钱仔细缝在鞋垫底面，在穿上鞋后总是鼓囊囊的，时刻提醒母亲它们的存在。第二天，两兄弟一起到车站为母亲送行。母亲仅带了必要的行李，夹上两本舍不得的《飘》，攀上了前往南方的绿皮火车。一连四天她都在列车不间断的颠簸中反复惊醒，又因书中的故事而流泪，直到哭累了昏沉半睡去。列车像一条在四季中蠕行的长虫，她离开家越远，越觉得气温逐渐暖起来，这反而让母亲回想起下雪的冬天。不知道几个哥哥向外婆隐瞒了她离开的消息后会不会被吊起来打。

她来到了海南，凭借自学的英语幸运地找到了在酒店的前台做招待的工作。多数南下的工人由于种种限制，男性多在建筑工地上出力，女性则在新拓展城区中的洗头房上班。母亲在找到工作后给家里写去了信，也收到了几位舅舅与外婆的问候祝福，亲切不同往日。或许得归功于她刚刚得来的自由让她得以以另一个角度与她的家庭相处。

半个月后，也是 1991 年初，母亲循着发信的地址去找男友的住家，只找到了一片拆迁的废墟，不远处已是新建的楼房。她又在海南耽留了一年，直到某天卷在街道上的人群中漫无目的走动，忽然觉得海南失去了当初的吸引力，才收拾行装准备离开。她不打算回到下雪的冬天里去，为此她不得不在广东地区继续徘徊数十年。

至今家中的书架上仍然放着上半本《飘》。装帧的纸衣已经发泡，像裹糖用的淀粉纸松垮裹住龟裂的封面。上面画的或许是斯嘉丽的模样，头发被风吹起，在朦胧又破碎的色块中花一样绽开。至于下半本已经在母亲之后的辗转中不知去向。

酒气已经散尽。母亲扫了几眼盒子里剩下的东西，不再打算带走它们，原样把盒子盖上放到一边，又开始在橱柜里翻找起来，一件接一件地往垃圾袋里扔。我忽然间见她掏出件看起来挺熟悉的玩意儿，还不等看清楚就被压在了另一沓废纸的下面。

我打开垃圾袋扒拉两下，在一层层废纸的最底下抓到了那个方块。她疑惑地看着我，直到我拿出一个模样像是现在学生常用的小型电子钟的东西。

"Call 机嘛。你小时候不经常抓着玩的吗？"

"这放了多久了？"我朝她尴尬地笑笑，半蹲到她的旁边。

"大概 92 年买的。这么大不玩了吧？"她从我手里接过那台寻呼机，看了两眼又扬扬手像是要把它抛出去。"你要就拿去。现在谁还用这个？"

"我听说现在有人收藏这些旧东西，我在网上见过图鉴。"

"你找来我看看？"她好奇地招呼我。借助手机上的拍照识物，很快就在网络上找到了相应的图片和现在的出手价格。母亲来了兴趣，我俩开始翻找橱柜里的旧物件，一件件看看网络上相关的行情如何。不过许多物件已经不太灵光，没什么收藏价值，母亲也就爽快地把它们扔进了垃圾袋。随着我们在网上找到的旧物图片越来越多，母亲也逐渐回忆起了在广东地区曾用过的东西，以至于来了兴致，开始依照残存的记忆在网上试着搜寻那些东西的图片。

独属于她的物件

摩托罗拉：

传呼机。这是当时的经典款，很快就找到了相应的照片。离开海南之后，即 1992 年，母亲受外婆朋友的推荐，到深圳罗湖的家具厂做财务。同时期罗湖轻工厂林立，吸引了大批南下的工人。家具厂的老板是一个香港人，每月会通过罗湖口岸来到深圳对账。这台传呼机是在那时添置的，像皮带扣一样方方正正，背面的夹子让它可以轻易挂在腰间。

出于母亲出色的工作能力，老板一并将其他的工厂的总账也交给她打理。繁忙的审计工作为母亲积累下了不小的财富，也让她深刻见识了南北间的巨大差异。

佳能 EOS：

这是在 1994 年时添置的物件。那时家具厂已经倒闭。由繁忙的工作中解脱后，母亲涌起了对世界的好奇，开始凭积蓄外出旅游。这是她出发前往新加坡前买下的。母亲未婚时，最喜爱到各种不同的地方旅游，对人文景观与自然景观抱有同样强烈的热情。如今再翻看她拍下的照片只会觉得莫名其妙，但如果问起原因，她或许仍能从照片中不起眼的某个人、某栋楼、某棵树引出一个她所亲身经历过的事。听完后再看才会觉得某人某物格外清晰，几近在照片上凸了出来。

母亲一路到过许多地方。家中一个老旧的陶瓷储钱罐里仍装着她从各国带回来的不同硬币。至今母亲偶尔会拿着它晃晃，侧耳听那些形状不同的硬币相互碰撞的声音。

京华 / 雷登：

随身听在我年幼时还偶尔用来听小学教科书配发的磁带。母亲曾用过的牌子如今在网上只能找到京华或是雷登的照片。那时她常听的是张国荣和黄家驹的带子。

我起初难以想象母亲年轻时也是个追星族。1994 年前后，母亲正在江门的一家酒店做大堂经理时与两个姐妹关系深厚，三人一同将张国荣视作偶像。后来天各一方，追星的狂热也在关系的淡薄中消散了。三人中引发

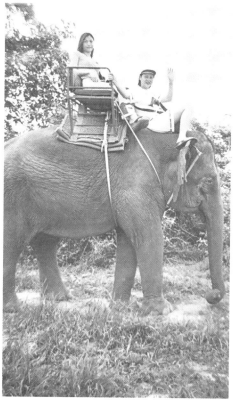

母亲的旅游记录

追星狂热的那人却对张国荣念念不忘。2011 年前后与母亲一起去杭州时见过，已是两个孩子的母亲，严肃老道，像是我的初中语文教师。难以想象她曾如母亲所说，2003 年因张国荣自杀的新闻报道，抱着洗手间里的马桶拖着座机给其他两姐妹打电话哭诉，直到三人皆因共情各自哭晕在自家洗手间里。

三洋 VM–ES88：

一台老旧的录像机，损坏严重。母亲在澳门认识的朋友将这台产自日本的录像机送给了她。上面有着许多现在来说太过复杂的按钮设计，各处都写有细小的日文。母亲原先是在指导下一一了解了大部分按钮的作用，如今已尽数忘记。有趣的是，它的视窗口可以扳起来，能以用显微镜观察的方式进行摄录。这令它能让使用者较为体面地拍出低位视角的录像。母亲常用它在珠海的海边观察浪潮冲上沙滩时的样子。从细长的管中看去，大海像是年幼时万花筒里的蓝色玻璃块，近处的潮尖在细沙的抛磨下散发出海水的苦味。近几年珠海框下了更多近岸海域用以填海，不知再过几年涌上沙滩的海潮是否依旧调皮可爱。

母亲在旅游途经珠海时被这座城市吸引。气候宜人，风景爽目，街上

母亲已把其他物件丢掉，这件我看有趣，母亲逗孩子玩似的把它扔给了我，被一直留到现在。

走动的多是充满活力的年轻人。虽然母亲总抱怨这里的水烧开后仍是苦的，但爱令人不拘小节。珠海对于异乡人的魔力来源于它的历史底蕴——它毫无历史，走遍全城找不见任何古迹，用以凭吊以前那个小渔村的博物馆只有零星几间，天后庙在近代也被拆除许多，与相邻连地名都是为纪念伟人的中山市形成了鲜明对比。任何人都能在这样一处不曾在人们心中留下印象的城市中找到自由，既可以为它添彩，也可以一生庸碌而不必自卑。在多年的寻找后，母亲终于找到了一个能让她忘记过去的城市。

1997 年珠海的房地产产业正在发

展，母亲在 1996 年时投资几位哥哥新办的型钢厂占大头出了 10 万元，恰逢合肥地区资源逐渐枯竭，赶上了转型加工厂的时段。钢厂在 1997 年所盈利已经翻了几番，为母亲带来了更多的财富。于是加入时人购买楼花的热潮当中，在珠海购置了两套现房产。

1998 年，母亲仍拿着相机或是录像机四处留影，在保龄球馆拿着录像机拍摄保龄球的样子吸引了许多好奇者的目光，我的父亲就在其中。

在新世纪（上）

2000 年，母亲与父亲在家族的祠堂前完成了婚礼，不过名字依惯例未被记入族谱当中。结婚照是两人回到珠海后重新拍摄的。同年年末，我成了家族同辈中第一个诞生的男性。祖母担心家族的字辈会过早压垮我的命途，因此在一开始我的名字只是个带姓氏的形容词。父亲早在 1998 年由酒店主厨的位置辞职，选在几个海陆口岸附近开办了几家西餐厅。澳门独特的旅游业为餐厅带来了大量客人。许多赌客凡有赢钱的多半会将意外之财更轻易地花去，赌资从来是翻手即来覆手即去。赌场内免费的饮料或点心远不能填饱肚子，而澳门的消费水平过于惊人，普通的饭菜能令许多赢得小钱的赌客难以下咽。珠海因此成了赌客们首选的消费区，一桥之隔，能用更显潇洒的价格买到可称灿烂的职业笑容。父亲的生意便日渐红火，很快打理不及，将数家店面都承包给了一个澳门人打理。

凭借已积攒的财富，只要经营得当，父母或许能稍显平淡地过完余下的生活。母亲终于在一座与家乡大为不同的城市里重新找到了自己的家庭。她很高兴自己不再是家中最弱势的一员，不再需要整天听见冷言冷语，看到家庭成员间相互打斗。

不过这些笑容一瞬就因非典而消失。受限于 2002 年的媒体发展，非典逐渐在人们的口耳相传中化作了一场天灾，直接摧毁了父亲的餐饮生意，同时也让承包者失去了信心。在提出要提前解除承包合同后还向法庭递交了裁决请求，要求拿取大额的赔偿。父母至今仍对判决结果愤愤不平，然而木已成舟。长期的庭审最终只为两人留下了可怕的债务。

2002 年前后，珠海的人均工资大概是 1 500 元每月。赔偿金加上餐厅的亏损，合计近 200 万元的欠款要让一个人干上两辈子的活才能清偿。父亲主动提出以离婚的方式将债务转移到他自己的身上，以避免两人共同的不良记录。母亲来之不易的家庭又一次以出乎意料的原因即将解体，但这一次看起来还有补救的余地。名下的四套房产被卖去，无数珠宝首饰加上红木盒子也在当铺里急换成现钱，母亲已将自己过去十几年来的劳动成果赌在了新的家庭上，一起与父亲以未婚的状态重新在珠海上班积蓄钱财。

年幼的我与诸多行李被送回祖父母年轻时营生的城市，由两位老人抚养。那是广东最北边的韶关，一个古老得令人感到阴森的城市。直到我开始在幼儿园中察觉到我与其他孩子在家庭组成上的差异时，我揪着祖母的衣角，不断追问那个被多个孩子同样以妈妈相称的不同女人是什么。祖母用了一下午的时间挨个翻找书柜里的书，最后在上半本《飘》中找到了母亲夹在其中的照片。奇怪又熟悉。她的头发披散下来，领口束有丝巾。头顶歪戴着贝雷帽，这让她匀称的脸看起来像是在植物图鉴里看到过的橡果。当然，似乎不曾知道中国在哪有许多橡树，只在后来听说很久以前北欧的人们曾把它崇拜，视之为自然伟力的象征。令我联想到了多子的榕树。家族的祠堂前那棵巨大的榕树散发出潮湿的青苔味，长须低垂，在树冠的阴影下生长为新的根系。粘连难分，从远处看像是融化的油彩。

2006年时，我在记忆中第一次清晰地记住了父母的模样。在积攒了小笔存款后，父亲打算向家族申请援助后辈的储蓄，加上潮州同乡会的支持重新创业。或许是出于羞耻，父亲只要求了部分的援助。依旧是开办餐厅，这次是中式快餐，起步成本低了许多。但在得到家族的进一步援助前，母亲也主动加入父亲的创业中。她每天清晨开着被称为五十铃的小型货车为几家餐厅输送原料，中午帮管餐厅的生意，晚上还要对仓库的储存情况以及营业流水进行统计。过去的生活习惯已被全数抛弃，她不再摄影，不再出去旅游，在年末的家族聚会上总坐在方桌的外沿，来来往往为各桌上菜递酒。繁忙的工作限制了她的活动范围，所有的人际交往只停留于她的家庭以及父亲的家族。

在我的记忆里，母亲那时仍是幸福的。那时的父亲仍是个可爱的人，在空闲时画些水墨画，或是写写书法。喜悦时与母亲分享他的快乐，也偶尔伤心疲惫。生意逐渐稳定之后，母亲多少有了自己的空闲时间。旧日的爱好和天赋又重新显现，虽已错过最优的年岁，不过母亲在短暂的学习后便成为一家小舞场里的肚皮舞教师。

她的家庭还在，尽管物质条件不如以前，但她不在乎。过往最大的伤口才是心上亟待填平的。

在新世纪（中）

父亲适合做执行者，却不擅长创业。优柔寡断，反复无常。直到2011年末，父母过去20年的多数积蓄已经在长期的创业中折损殆尽。母亲在珠海最后剩下的两套房子被抵押给银行用作贷款，生活难以为继。在这最艰难的时日里，意外之喜却突然降临。母亲已上了避孕环，却怀上了第二个孩子。父亲敏锐地由母亲的肚子里感到了希望。母亲当时已有40余岁，医生不建议她再生育。但父亲很快将母亲怀孕的消息告诉了祖母，在家族的共同支持下，母亲似乎找不到拒绝的理由。刚怀上弟弟时，母亲对我说的话我记得清楚不过，至今仍为自己的年少无知感到愧疚。

年末某天她在父亲的陪同下来到我眼前。父亲半搂着她的肩膀，她犹犹豫豫，讲了些七零八碎的事，末了突然很认真地低头向我问道："你想要个弟弟或者妹妹吗？"我当时不知道这事有什么过问孩子的必要，只以为那是一次逗小孩式的询问，把她的古怪表情当作游戏时的鬼脸。

"可以呀。"我朝他们点点头。母亲半弓了背正视我的双眼："他可能会和你抢东西，爸爸妈妈会多照顾他，你别生气哦。"母亲抓了我的肩膀把我晃了两下，父亲一直从旁看着，环抱双臂。气氛有些古怪，为什么呢？父亲喊了母亲一声，母亲不知怎的没再说话，只是更压低了身子，双眼抬高注视低着头的我。这是他俩的事，与我有什么关系呢？

我草率地想从令我不爽的氛围中脱离，连点着头承诺好好照顾弟弟或是妹妹，睁大眼睛扮出一副乖巧的样子。父亲很高兴地摸了摸我的脑袋："长大了，懂事了。"我点点头让他的手滑落，视线在慌张中避开母亲的直视，四处探寻那种古怪气氛的来源。父亲阴沉已久的眉眼，母亲嘴角的愁容，灯管下的蜘蛛网，灰扑扑的纱窗，以及窗外在黑暗中飘荡的榕树须，它们令我不安。

2012年9月，我的弟弟出生。父亲急切地带领家族成员去到育婴室看望家族的新血。母亲仍躺在病床上，裹着止痛带，迷迷糊糊，看起来像是没有睡醒。挥手在空中抓挠几下，见是我，只拍了拍我的脑袋，无力说话。

至今我总会不自觉地将母亲那时的模样与之后祖父将死时进行比对，才发现新生与死亡都是白色。她的肚皮上新添了竖向疤痕，交叉叠在留有淡淡痕迹的黑色横纹上。这个奇怪的十字深深刻在她的肚皮上，就像切腹自杀者试图以此挽留自己的珍视之物。

得益于我的弟弟，父亲找到了名正言顺的理由继续向家族申请援助。在以往数次的申请中，他逐渐发现一年数十万的拨款对于家族长久以来的积蓄似乎不值一提。当初或许不需要找些借口来博得同情，以至于消折了自己的尊严。这一次他没有再开办餐厅，反而是选择了与以往毫不相干的行当，一间中医馆，更方便做账。

我们的家庭变得古怪起来。长久以来我一直在思考，是什么导致变化的发生。是新成员的加入吗？或许是父亲对我弟弟的教育太少，他面相像个女孩，话语也柔和俏皮。他五六岁时常在随口间把我错叫成爸爸，之后才自觉口误。似乎对我的弟弟而言，本应是父亲的那个形象已经混淆，又或者他早凭小孩子的率真感觉到我们的父亲和我们一样，只是一个囚于家族的孩子。

自我 12 岁那年，曾属于我们的家庭变成了家族这棵树上的瘤节。家族的援助从此不再是羞耻，反为父亲带来了更大的光荣。

舞蹈教师的工作不可能继续下去了。肚皮上的疤对于家族可能是一种荣耀，却是母亲在其他肚皮舞教师间的耻辱。母亲倾其所有维持家庭，相信我们能度过这段艰难的时间，之后一切又会重归于好。为此她不断加码，如最终一无所有的赌棍。唯一值得庆幸的是，过往运动员的经历与后来的勤劳造就了她健康的身体，经历第二次生育后，她罕见地充满活力。

父亲成了家族的孝子，他生养了两个男孩，把祖父母照顾得很好。他的行为举止却像是这一切与母亲毫不相干。在奉献了属于自己的一切之后，母亲已成了父亲口中的"废物"。父亲变得越来越像他的父亲，把妻子当成一炷燃烧的香火。我看向他们的结婚照与灵位前的祖父遗像只觉得悲哀又愤怒。对母亲冷酷而带贬低的言语常是我与父亲间直接冲突的引子。父亲从没有打过母亲，然而冷言冷语的嘲讽、口不择言的贬低，以及口沫横飞的怒吼却是常事。这反倒更令人害怕某天他气极时会不会施行他说过的话，到时不善冲突的母亲该如何抵抗。随着我的成长与父亲的衰老，每次推搡间，我退开的距离也在逐渐缩短。在唯一一次见血的争斗中，我挥出的茶杯以所有人都意想不到的速度在父亲的额角切出了一道血痕。屋角的陶瓷碎片，墙面上飞溅的水渍，烛泪样的血滴。母亲突然僵在原地，松开拉架的手，惊慌失措地捂着脸，罕见地哭了起来，像个小女孩似的躲到沙发的角落里。我猛然意识到最终击碎她长久以来竭力粉饰的梦的人竟不是父亲，而是我。又一次仿佛昨日重现。强势的家族不留任何自由，家中充满了争吵，男性在相互殴打中流血，就连追逐兴趣爱好的权利也被剥夺。那个伤心脆弱的女孩仍在那里，一个人抱膝流泪，把双眼口鼻埋进两膝间。

自此之后我再没有与父亲打过架，他冷言冷语，依旧口不择言。

在新世纪（下）

母亲开始如年少时一样，每天待在舞场跳舞消磨时间。数次离婚的提出都一一在家族成员的劝导下不了了之，最终只换来父亲更为冷酷的挖苦与嘲讽。母亲却是冷脸不予理睬，一个简单又坚定的计划在声声谩骂当中逐渐成形。

她再一次凭借天赋与周全的为人处世办法，从大妈跳广场舞的场子一路跳到了专业的舞蹈室。母亲既自己出节目，也适应节目需求靠人脉关系找演员，开办社团，以至于后来参与了省市内大大小小许多公演。艺名取作爱丽丝，也算小有名气。用手机拍下来的照片或视频多得令我心烦。小家伙没有过去的记忆，尚不能理解其中意义非凡，她能炫耀的家里人就只剩下我一个，我也就耐着性子看了，发现当代小女生玩的东西与我妈玩的也大差不差。一样喜欢穿些漂亮衣服，花前月下拍照；一样中意甜食，又在临睡前为体重苦恼。

"我就是做给他看。他还骂我是废物哦，我干什么他都不支持的。"母亲已经收拾完橱柜，我俩坐回到餐桌旁，她仰脖子喝酒，把酒杯轻轻放回台上。"还是得靠自己。他把我当什么？他的好好过日子就是有大家没小家的。"她激动地挥手，我很高兴看到她这次如此坚定。她早意识到自己终究只能和当年一样不顾一切地逃走，但她舍不下她的两个孩子。如今我将要毕业，小家伙也到了能说理的年纪，后续的抚养家族自会出力。时机再好不过。她兴奋地与我聊着，一杯接一杯喝酒，直到夜晚只剩下风声，酒劲也酿成了低烧似的温热。我们之间短暂地出现了无话可说的状况，她似乎思考着什么，一会儿才沉着脸，喃喃自语地说话。

"做人还是要勤劳，不能停下来。以前我说我的家庭那么失败，就想着好好地，像他们说的男主外女主内的。现在你看到他那个鬼样子了，说我废物。人真的不能靠谁，最重要的是能独立，他不要脸靠他的家里人就让他去靠。儿子啊！你听好了。老娘我就重新来过，再下珠海去搏几年，到时候你给我作证，看我跟他哪个是废物！"她说完又哩哩噜噜地讲了一堆家乡的方言，混着粤语的调调，听起来很乐呵。母亲喝酒少见有醉的，今天例外。

酒后由我收拾台面，手脚多少不知轻重。旧筷子的尾巴给我捏得松脱，整个断成两截，就像是某种征兆。两夫妻像是吃饭用的筷子两只一对，在油盐酱醋里长短默契，短了断了也就散了。再看向柜边他俩的结婚照，只觉得五味杂陈。

尾　声

十一月中，恰是我生日的第二天，他俩离婚的消息像一份迟来的礼物终于送达。十二月近末，我写就此文时母亲已经收拾妥当，预备元旦回到珠海，在电话里难捺兴奋的语气。新世纪的故事远未结束，往后再怎样我也说不明白，就像已经丢失了的《飘》的下半本。但母亲已有自己的打算，不执着于过去，从没有一刻是停下了的，总在追逐着更好的明天。对她而言，生活从来是一条有始无终的不归路。

爸爸，春天来了

上海交通大学　牛嘉仪

一、秋之始

印象中父亲是一个五大三粗的伙夫，性格急躁，脾气倔强。然而他一直很重视对我的教育。有一天我在家里偶然发现了他的毕业证书，听他讲起毕业证书背后的故事，我才懂得了他对读书的热情。他对读书的热爱离不开爷爷对他的谆谆教诲。

1975 年，父亲出生在农村家庭，家里本来有五口人，除了爷爷奶奶，父亲还有一个哥哥和一个姐姐。然而大家庭的生活却在父亲 14 岁时发生了转折。由于家境贫困，奶奶离家改嫁，从此再也没有回来。大伯曾患小儿麻痹症，智力受到影响，小学毕业后便外出打工。父亲 15 岁时，大伯不幸溺水而亡。父亲一直自责，如果当时能和大伯一起外出打工，或许悲剧就不会发生。那时，小学二年级就辍学在家的姑姑也出嫁了，她的丈夫因残疾卧床，需要终身照顾。奶奶改嫁、大伯溺亡、姑姑出嫁，亲人一个又一个离家，

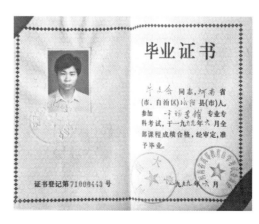

父亲大专毕业证书

父亲（前排中间）一家五口合影

家里只剩下爷爷和父亲了。

爷爷是父亲最感激的人，也是对他影响最深远的人。爷爷从小就给父亲规划了学习成长之路，经常告诉他什么时候上小学、中学、大学，大学毕业后要读博士。爷爷最大的期盼就是看着父亲考上大学。爷爷常常挂在嘴边的一句话是："书中自有黄金屋，书中自有颜如玉。"每当父亲学习上有所懈怠，爷爷就告诫他："咱村南头有一个人每天学习到深夜，困的时候就悬梁刺股。你要向他学习啊。"

父亲自小学就名列前茅。偶尔一次小测验没有发挥好，他就觉得很羞愧。小升初考试中，他以高出分数线二十多分的成绩被中学录取。初二时父亲取得了年级第一，爷爷十分自豪地去学校开家长会。初中毕业会考时，父亲各科成绩几乎满分。

父亲最喜欢学习文言文。20世纪90年代初，电视已经走入普通家庭。父亲常常跑到邻居家里看电视，听古文诗歌的讲解。看着电视里的人物侃侃而谈，原本晦涩难懂的文言文也变得生动有趣。每天放学后，父亲一个人在铁路边背古诗文，直到背会才回家。记得我上中学时，父亲偶尔还会心血来潮，带着我一起读《史记》。听着他用蹩脚的普通话出声诵读，又好笑又有趣。

父亲很争气，顺利考上了当地的一所高中。九月份就要开学了，可是学费要一百多，这对于一个普通家庭而言，无疑是一笔不小的开支。九月是农忙的季节，爷爷正在田地里劳作。那时，爷爷生病了，原本魁梧健壮的身体已经变得十分消瘦。父亲在田间地头找到了爷爷，爷爷听了之后不假思索地说："别担心，哪怕是砸锅卖铁，我也会支持你完成学业！"后来，爷爷四处奔波，凑够了父亲的学费。

父亲永远忘不了，高二那年的冬天，姑姑突然来学校告诉他"爸爸走了"。那天下着大雪，冬日的严寒让父亲的心情更加悲痛。家里唯一的支柱轰然倒塌，从此，17岁的父亲没有了家。

由于失去了唯一的经济来源，父亲只好搬到姑姑家里，在姑姑的资助下继续完成高中的学业。

农村教育资源有限，教学质量也得不到保证。课堂就像菜市场一样混乱，学生们混一个文凭，老师们混口饭吃。高中科目多，难度大，很多题目连老师也束手无策。父亲在课后请教物理老师，却被严厉批评："你们都没有认真看课本！回去再看看书去！"而化学老师甚至不会说普通话，总是把"氯化钠"念成"娄化钠"。父亲是村子里少数参加高考的人，最终离录取线差了3分，与大学无缘。

父亲总觉得没有实现爷爷的遗愿，辜负了他当年的辛勤培育和谆谆教导。

二、夏之艰

我不愿让父亲参加我的家长会，因为他的方言让我感到尴尬；我也不喜欢雨雪天气，因为父亲总是骑着破旧三轮车接送我上下学；我最害怕老师或者同学问父亲是做什么工作的，因为我不愿告诉他们，父亲就是在大街上摆摊卖凉菜的小贩，没有营业执照还面临着被城管驱赶的风险。

没能读大学，父亲只好早早谋生。父亲是一名厨师，与其说父亲主动选择了厨师职业，不如说厨师职业在某种程度上选择了父亲。高中毕业后，父亲先去了爷爷曾经上班的工厂，希望可以找到合适的岗位，可是工厂面临倒闭，不需要那么多工人。父亲只好骑着自行车到市里找工作。他仔细阅读了每一个电线杆和广告板上的招聘启事，但是所有意向的岗位都要大专以上学历。随着手里的积蓄越来越少，工作还是没有着落，最后父亲选择在饭店当学徒，因为饭店提供食宿，可以解决温饱问题。

父亲是很勤奋的人，在当学徒期间打下坚实的基础。1993年9月父亲在洛阳短训班学习烹饪理论课，11月到涧西区外院招待所餐厅实习3个多月。每天都要做粗重的杂活，同时还要学习烹饪的手艺。父亲在其他人都出去玩乐的时候，一个人研读《中国烹饪》杂志。当时饭店很注重摆盘造型，菜肴不仅要口感好，还要有美观性。父亲一得空就在厨房里学习拼盘技巧，如何用各种食材拼出花鸟图案，如何用萝卜雕成各种花的形状。记

父亲在九龙宾馆当凉菜师傅

得小时候我把父亲雕刻的一个萝卜花带到美术课上，出足了风头。

实习结束之后，父亲再次面临找工作的困难。1994 年大年初五，即使是春节期间父亲也不敢休息，每天骑着自行车到城里去找工作。为了节省开支，两个烧饼一壶开水就当一顿饭。后来父亲找到实习时带教的王师傅，王师傅看他吃苦耐劳肯钻研，就让父亲到九龙宾馆做凉菜师傅。

这是父亲当年在九龙宾馆当凉菜师傅时的照片，泛黄的老照片承载着他做厨师时辛劳的回忆。有了来之不易的工作机会，父亲不敢怠慢，勤勤恳恳。厨房就像战场。每天早上五点半，天空刚刚泛白，父亲就要起床准备食材。锅碗瓢盆，柴米油盐，每个人都像旋转的陀螺，不能有一点停歇。夏天时天气炎热，又要站在火炉边上工作，父亲身上的衣服被汗水浸透又被火炉烤干，再湿透，再烤干，最后全身上下都是结晶盐。每次结束一天工作之后，父亲的双腿就像灌了铅似的。

其实父亲心里也看不上厨师这个职业，相比于坐在办公室的白领，厨师在当时是不入流的行当。于是父亲一边上班，一边上夜校自学大专。1995 年父亲开始备考成人大专考试，不仅是为了完成爷爷的遗愿，同时也希望通过提升学历换一份体面的工作。父亲每天下班后挑灯夜读，自学大专教材。凭借着高中时期培养的自学能力，父亲一点一点攻克新的知识。

1999 年父亲两次参加成人自考获得大专学历，实现了爷爷的愿望，可惜他再也看不到了。为了表达对爷爷的感激和怀念，父亲写了一篇散文《爸爸，春天来了》。文章描绘了春风吹拂一望无际的麦苗的情景，爷爷在田野上看着自己亲手种下的小麦苗壮成长。父亲写下散文祭慰亡灵，希望爷爷在天之灵可以看到自己如今稳定而充实的生活。

但是后来父亲大专毕业也没有换工作，一方面是因为随着社会的发展，越来越多的大学生进入就业市场，父亲的大专学历已经没有竞争优势。另一方面，父亲已经在厨师领域积累了丰富的实践经验，如果换工作就要重新开始，所以父亲决定在厨师这个领域深耕下去。

三、冬之苦

我问母亲："既然家境不好为什么还跟着他，直接找一个条件更好的呀。"母亲却说："虽然条件不好，但是他有上进心、能吃苦，是个踏踏实实过日子的人。"

父母是通过家中长辈的介绍而相识的。随着了解的深入，他们逐渐发现彼此是能够相互扶持、共度一生的伴侣。在一场朴素而温馨的婚礼之后，他们携手建立起了自己的家庭。

父亲结婚后，终于又有了家。高中时的父亲就学会了承担责任，每天放学自己做饭、割草、喂猪、喂狗。在面临文理分科和职业规划等人生重大选择时，都是父亲独自一人做的决定。父亲高中毕业走入社会后，再也没有回过老家，春节也都是在饭店的忙碌中度过的。直到遇到了母亲，结婚后盖了新房，才算真正有了自己的家。我的出生让父亲很惊喜，在我满月时，因为家里经济条件有限，没有在饭店里摆酒，父亲亲自下厨在家里摆了宴席。我说："既然家里穷，干脆不办满月酒嘛。"父亲憨厚地笑了笑说："不摆满月酒就表达不出当时高兴的心情。"他决心不让孩子和自己当年一样吃苦。父亲上班的地方在市区，而家在郊区。父亲每天都要骑自行车40多分钟去上班，晚上不管多忙多累都要回家，风雨无阻。

饭店为了更新菜品口味，每隔一段时间就会换一批新的厨师，主要招聘年轻力壮的小伙子。父亲已经到了而立之年，希望能有一个稳定的生活。加之肩负着抚育孩子的责任，家庭经济压力也随之增加。于是父亲辞去原来的工作，决定回家创业。

这张照片是在老家拍摄的，照片里的这个房间是父亲做菜的地方，即使门窗破旧漏风也舍不得换新。北方的冬天是极冷的，风吹在脸上像刀割一样。父

在家创业的父亲

亲每天都要在这个房间里做菜，双手因为长时间浸在冰冷的水里而冻得通红，每一个指关节都红肿着，一按就会失去血色变得发白。每年冬天这双手都会生出冻疮，有时甚至化脓流血。

创业之初是最艰苦的。2006 年 2 月，父亲的小生意正式开业了。可是开业第一天却下起了鹅毛大雪。不论是什么天气，生意还是要做。父亲推着崭新的餐车，从家里一直到摆摊的位置，走了 500 多米的距离，厚厚的棉服都被汗水浸湿了。一切准备就绪，正要开张却碰上城管检查。因为没有正规的营业场所和许可证，父亲被罚款 200 元。从早到晚辛勤劳作一天，父亲只卖出去了 50 块钱。

就这样父亲每天推着满满一车子的凉菜出门，又几乎原封不动地推回来。卖不出去的菜只能一盆一盆倒掉，家里每天都在吃剩菜。连续三个月，父亲几乎一分钱都没有挣到。创业之初的艰难让父亲心情十分焦虑和低落。有一次母亲给父亲帮忙，在慌乱之中却把钱包丢了，为此他们还大吵一架。

无论什么天气，父亲都坚持出摊，全年无休，即使刮风下雨也会坚守在岗位上。有一次狂风大作，把遮雨的伞都吹翻了，伞柄拦腰折断。母亲在一旁给父亲撑伞，父亲招待客人。回忆起曾经艰苦的创业经历，父亲总是不禁感慨。

对于父亲来说，一天最幸福的时刻莫过于收摊盘点的时候。他会掏出来零钱盒里的每一张纸币，连五毛钱的硬币也不放过。把纸币按照面额从大到小排列整齐，夹在左手中指和无名指之间，右手沾上一点唾沫，哗哗地黏开每一张纸币，嘴里念叨着"十、二十、三十……"盘点完他就在本子上记录一天的营业额。随着天气变暖，父亲的生意也变得可观，尤其到了夏天，这是一年当中生意最好的时候。父亲对我说："就靠这几个月给你挣学费了。"

我们家的墙上挂着这样一个相框，装裱的是一张《洛阳晚报》的报纸。父亲把那一版面精心装裱起来挂在墙上，或许是纪念，但他从不愿和人谈起关于这张报纸的故事。后来我鼓励着父亲打开心扉，他才给我讲述了他第二次创业的故事。

2016 年，一个伯伯想拉父亲入伙一起创业开连锁饭店。父亲曾经就有一个开饭店的梦想，不仅有独到的经营理念，对特色菜品也有详尽的构思，但是因为经费有限，这一梦想也被搁浅。这次创业的机会摆在面前，父亲很心动，尽管母亲和其他亲友表示疑虑和反对，他仍然决定放手一搏。

父亲对于新事业倾注了很多心血，就像呵护一个初生的婴儿一般。他利用每一个空闲时间在网络上搜寻资料。父亲负责建立饭店的品牌形象和文化内涵，既保留了他早年的构想，又融入了创新的元素。我经常看到父亲在工作室里，使用电子秤精心调配食材，不断尝试和完善新的食谱与配方。

在父亲团队的共同努力下，饭店受到了广泛好评。无论是饭店的内部装潢、菜品的精心设计，还是周边产

刊登父亲事业的报纸

品的开发和公众号的宣传推广，无一不体现出他们所投入的巨大精力和对细节的追求。为了进一步提升饭店的知名度，父亲主动联系了《洛阳晚报》的记者，希望通过新闻媒体的报道，吸引更多公众的目光。这次媒体宣传非常成功，饭店每天门庭若市，父亲的照片也有幸登上了报纸。

然而好景不长，又过了两年，生意开始走下坡路。父亲一边要做自己的凉菜小生意，另一边还要照顾家庭，已经步入中年的父亲渐渐没有那么多精力投入到饭店运营中。面对日益亏损的局面，父亲决定关门停业，避免损失的进一步扩大。尽管如此，最终还是赔了十几万。

兜兜转转，生活又回到了起点。现在父亲早出晚归，认真经营自己的凉菜小生意。父亲在传统菜品中不断进行改良和创新，开创独一无二的味道。因为拆迁，父亲更换了两次摆摊的地点，但是有的老顾客怀念那一口凉菜，不辞辛苦又找来父亲的店。

四、春之歌

我的相册里一直保存着这样一张照片，这是父亲手写的制作"土豆鸡块"的菜谱。每次看到父亲略显笨拙的字体，心里总是满满的暖意。大二

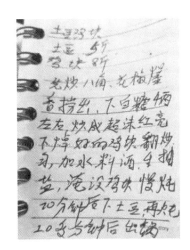

父亲手写的菜谱

的暑假我参加社会实践到内蒙古沙漠铺设沙障，作为大厨，我要负责全队的伙食。这是我第一次出远门独立做饭，在父亲的远程指导下，我做的饭菜受到大家的一致好评，同时我也深切体会到父亲工作的艰辛。

父亲身上坚韧不拔的力量一直在潜移默化中影响着我。中学时我入选学校长跑队，即使是寒冬腊月也必须穿着短裤训练，但是我从未缺席，完成了人生中第一个五公里。高中时学习压力大任务重，我在一次又一次的考试失利中想要放弃，但是一想到父亲辛勤的身影，我就会咬牙坚持下去。

父亲店里最受欢迎的菜品是麻辣熏鱼块，因为工序繁杂，原料上乘，所以价格比其他店里贵一些。有的顾客图便宜去其他地方买过一次，但是最后还是来到父亲这里，感叹说"一分价钱一分货"。每次放假回家，我都会帮父母分担一些工作。我最喜欢和父亲一起站在餐车上招待顾客。顾客的光顾表示父亲的手艺得到认可，这比实际挣了多少钱更让人快乐。

现在我已经长大了，学会用知识来反哺父母。一次电话中我给父亲讲了运动对健康的重要性，没想到他立马付诸行动。两个月后父亲骄傲地把运动记录发给我看。他每天早上五点半起床去跑步，晚上结束工作后还要做力量训练。父亲一直坚持运动从未间断，让我很敬佩。

我还告诉父亲保护听力很重要，工作的时候要戴上降噪耳机。父亲每天都要在嘈杂的厨房里工作，而长时间处于噪声环境下会损伤听力，甚至影响大脑的认知健康。放假回到家后，我看到父亲真的在工作时戴上了降噪耳机，心里十分欣慰。但是我发现父亲买的耳机是物理降噪，而不是主动降噪。父亲却说："我这个耳机都要六七十块呢，戴着也中，你说的那种都要上百呢。"

虽然我们现在过上了小康生活，但是父亲仍然是一个很"小气"的人。他不舍得给自己花钱，一双十几块钱的布鞋就能穿好几年。在他49岁生日时，我想给父亲送一个礼物，他说："啥也不用送，有这份心意就够了。"我还是给父亲买了一个运动手环，他虽然嘴上说着不要，但是一收到货就戴在手腕上，天天不离身。

我问过父亲，他最后悔的事情是什么。我以为他会说当年高考没有发挥好或者是没有找到一份体面的工作。但是他却说："没有挣大钱，给家人一个更好的生活。"

父亲虽然不能给我锦衣玉食的生活，但是他尽最大的努力让我衣食无忧；父亲虽然做着世俗意义上并不体面的工作，但是在我的成长过程中父爱从未缺席；父亲虽然没有读过多少书，但是他坚毅的品质却给我上了最重要的一课。父亲就是这样一个人，吃苦耐劳、任劳任怨，有时还很倔强，认死理。他不擅长口头表达自己的情感，却会用行动默默表达自己的关爱。

我学会了像父亲一样，无论生活如何变换，都以一颗坚韧和感恩的心，去迎接每一个崭新的日子。因为真正的春天，不仅仅是季节的轮回，更是心中那份永不凋零的爱与希望。

你在回忆里，未乘时光去

上海交通大学　李　琪

她站在这片深厚的土地上，风轻轻走过。她用手拂过野麦，摘下一株，抽出它的麦芒，用口水抿了一下，笔直的麦芒慢慢弯下了腰，像是钟表的指针。这个场景在我的脑中不断浮现：那是在哪，在什么时候，我不能确定，但我能确定那个身影是母亲的。

一

20 世纪 70 年代的第二个年头，过年前，村上接连下了好几天的大雪，让这新年的喜悦中多了一点牢骚。在这样的寒冬，要不是为了过除夕，家家户户没人愿意出来。可是有一户人家要更忙碌些，端着一盆盆热水的大人焦急地进出一个房间，看热闹的小孩子被呵斥着赶出去。天色渐暗，昏黄的灯亮了起来，寒风挤入稍有一点温度的房间，让人感到一阵阵刺骨的寒冷。这持续一天多的生产终于结束，嘈杂的人声中出现了一声婴儿的啼叫。

一个女娃在寒冬慢腾腾地出生了，让床上的女人受了不少的罪。这个新生儿的到来一点不讨人喜欢，因为她男人的母亲就是因为生产时孩子胎位不正难产而去世的，这个难产的孩子好像不是一个好兆头。女人十分生气，她不打算要这个孩子，养了几天就把她扔了。确实，在那个物资匮乏的年代，多一个孩子也就是多一份负担，但家中的大儿子心疼这个小妹妹，将这个小姑娘捡了回来。

捡回来后，女人也回心转意，给她喂饱了奶水。这个孩子，也就是我的母亲，开始长大了。

母亲是家里最小的孩子，她有三个哥哥、三个姐姐。母亲出生时，家中大姐23岁，最大的哥哥17岁，他们都疼爱这个小屁孩，逗这个小屁孩玩。最终，外婆也终于屈服于这个小姑娘，常常将她抱在身边，用手轻抚着她的小脑袋，机灵的母亲也总是能将外婆逗笑。在家庭的合照中总能看到母亲粘人地拉着外婆的手臂，看来这个不讨喜的孩子还是可爱的。

二

若要谈到母亲的童年，绕不开一件事，那也是母亲永远的缺憾。1976年是一个会被很多人记住的年份，那是群星坠落的一年，周恩来、朱德、毛泽东等伟人相继离世。但刚刚会走路的母亲也狠狠地记住了这一年，这年端午的那一天，我的外公安静地走了。

贫穷的年代，可怜的人只能卖命地挥洒汗水，才能换来生活的苟且，我们家也不例外。外公去世那天正值初夏，苦难中的人们已经几顿未见粮食了，为解燃眉之急，生产队队长决定不去田里割小麦，而是到麦场中搓还未完全晒好的麦子。麦场上，饿极了的人们，刚搓了一把小麦便吹去麦皮和麦芒送进嘴里，一阵猛嚼后吞咽下去。晚饭过后，外公说自己心难受。外婆说外公可能是因为下午生粮食吃多了，便让他早早上床休息了。在黯淡的黄昏中，卧床的外公喊来当时只有四岁多的母亲，让她把大家喊来，就在大家来了没多久，外公就昏迷了。年轻力壮的儿子们立刻轮流将父亲抬到镇上的医院。母亲只能在家里，依偎在外婆旁边，吃着邻居送来的煮好的面条。深夜，小伙子们带来了不幸的消息，母亲的父亲因为心肌梗死永远地走了。那一夜，外婆哭了很久，年幼的母亲不知道死亡是什么，但是外婆的颤抖也让母亲的心惶惶的、空空的。

从此之后，外公的形象只存在回忆之中，母亲只能从别人口中听说自己的父亲。有一次我打视频电话问起母亲，外公是怎样的人呢？"你的外公是一个琴棋书画样样精通的人，笛子吹得动听，二胡拉得动人。你的外公更是一个种庄稼能手，整个户里，我家的庄稼总是长得最好的那一个。

最重要的是，你外公心地特善良。隔壁有个老寡妇，独自带着两个孩子，每天早上，父亲工作时都会拉长嗓音'起来喽，干活了，可别误了农时。'"母亲一说起外公，语气变得兴奋激动，像是一个小女孩在作文中介绍自己伟大的父亲一样，透过屏幕我也能看到母亲的骄傲和她眼睛里闪的光。

事实上，外公还算得上是一个知识分子，六一年到六四年做过生产队的会计，但后来"四清"时，工作队查出生产队的账上有三十多元的误差。"四清"工作队穷追不放，害得外公差点上吊。后来家里把家门口的老槐树卖了还了生产队，这件事才作罢。舅舅和外婆都说，以外公的性格，他肯定是不会做贪污的事的。我们都相信外公的清白，但事实如何，我们也不愿再深究了。后来，隔壁县的县长邀请外公去做会计，并且承诺给外公一套长袖衣服，外公也不肯接受了。在那时，穷苦人家为了节省布料，衣服一律是短袖的，只有有钱的人家才可能有几件长袖衣服。但是外公也只是用照顾妻子儿女的理由推辞了。最终繁重的农活让体弱的外公因过度劳累而去世。

这些都是我和母亲从长辈那听来的关于外公的故事，母亲真正能记住的，只有劳作回来的外公，将她举得高高，用他特有的胡子来扎母亲嫩嫩的脸庞，用童谣逗笑母亲。这些也许是每一个父亲都会对孩子做的事情，平平淡淡，但却是我的母亲对她父亲仅存的回忆，在未来漫长的岁月中点亮着她的生命。

三

外公走了，家里的担子又重了几分。当时家里穷，甚至没有钱买棺材给外公下葬。家里年仅21岁的大哥和17岁的二哥只能担起这份责任，他们家家户户地拜访，乞求着能够给一些做棺材的木料。外公在村民中的口碑一向很好，但谁又能在贫穷年代如此大方地给出这些呢？最后母亲的大哥和二哥向别人家下跪才换了这做棺材的木料。没有葬礼，一家人挖了个坟，把棺材埋上就算结束了。

没有了父亲，母亲就跟着外婆和哥哥姐姐们长大。其实母亲本来是有八个兄弟姐妹的。我的大姨是最大的姐姐，与新中国同岁，是一个聪明、慈祥的人。外婆去世后，大姨是家族的核心。外婆的第二胎孩子其实一对龙凤胎，但当时因为外婆的弟弟家没有孩子，重男轻女的观念又比较严重，男孩被领走了，剩下一个女孩因为痢疾也在 9 岁时去世了。随后就是我的大舅，1955 年出生。大舅胆子最大、也最机灵，刚刚成人就在村里是出了名的勇猛。当时隔壁村子姓王，是个大姓，人多势众，经常挑事，常常欺负我们村子的人，放牛时到我们村子里悠达。大舅最看不惯这种挑事精，于是，只要有人欺负我们村的人，大舅就把他们打得不吱声。后来，隔壁村的人不管是大人还是小孩都对还是毛头小子的大舅有几分害怕。但大舅对家人十分友善，尤其疼我的母亲，大舅和母亲的生日是同一天，也许这也是一种巧合吧。当时村里开展扫盲

全家福
第一排：母亲、外婆、大舅
第二排：二姨、三姨、大姨
第三排：二舅、三舅

班，大姨和大舅通过扫盲识字，学习了文化知识。哪怕到现在，大姨依旧能准确地背出《毛泽东诗词》里的诗词，还能精确地说出页数。那个年代，只是教育落后，生活苦了点，哪里有傻子呢。

　　大舅下面还有两个弟弟。二舅 1959 年出生，虽然没读过多少书，但是却是最懂理的，家里的事他记得也最清楚。三舅 1962 年出生，最洒脱，但是思想却有点守旧，常常被我母亲批评。二姨、三姨分别比母亲大七岁和四岁，什么时候都是无话不谈的好姐妹。

四

　　再苦的童年都应该是有一点色彩的，母亲也不例外。

　　从母亲的描述来看，她的童年应该是充实的。那时，顽劣的男生会想着用不同的方法捉弄女生，朋友们会在田野上互相追逐、恶作剧、在池塘里游泳。调皮的男孩会将捉来的蛇的心抽掉扔向天空，将女生吓得尖叫连

连；好友们会在田野的沟壑间将两株野草系在一起，形成一个陷阱，要是一不小心就会被绊得人仰马翻。有时甚至会翻到水中，但哪一个农村的孩子的游泳技能不是在水中扑腾中学会的呢？母亲最爱跟着胆大的大孩子去胡闹，偷别人家的瓜，跑远之后将瓜往地上一摔，便可大快朵颐。母亲也会采那些不知名的果子，后来她发现，现在被标上价格、搬上亮堂的水果架的金姑娘居然是以前她经常光顾的野树丛会长的"灯笼泡子"。

母亲总是将童年生活讲得绘声绘色。无论什么时候回到农村，她总是放飞自己的天性，像个调皮鬼，偷偷这家的瓜，采采童年老桑树结的桑葚，一边感叹农村的变化，一边回味着快乐的童趣时光。

抬头是春，低头是秋，时间的旅途慢慢悠悠，母亲不知不觉到了上学的年纪。那时候，农村孩子上学都比较晚，母亲大约是九岁才上的学。家里的大人总在忙着农活，自然不可能接送孩子，于是母亲每天就跟着同村里大一点的孩子一起去上学。不管刮风下雨，母亲都能兴致勃勃地走完那段并不好走的求学路，或许也算不上路，只不过是坑坑洼洼的田埂，一不小心就会人仰马翻。但是好像吸引着母亲的也并不仅仅是书本的知识，玩耍才是第一要务。深厚的大地也总不会让他们失望，春天能翻到各种各样的甘甜的野草，我尝起来感觉总是无味，没有什么奇妙的魔力，母亲却说野草用牙嚼碎，甘甜的汁水就会充盈整个口腔。夏天捞捞池塘里的菱角，或是折断玉米的秆子饱餐一顿，又或是掀起路边无人看管田地里的芋头或是干涸池塘里的马蹄，孩子们总会惊呼那可真叫个甜。冬天当然没有那么丰富，冷冽的寒风会冻伤孩子们的手，所以和许多顽皮的孩子一样，母亲会从家里顺道带上几根火柴，点燃田埂旁的枯草，当熊熊火焰升腾而起，滚滚的热浪也将孩子脸上的寒意全部驱走，母亲便带着这份温暖，继续走完这剩下的求学路。

五

上了中学以后，学校离家更远了，母亲在坑坑洼洼的路上学会了骑自行车。那个年代，大人给孩子们的学习指导思想就是识字，不做睁眼瞎。母亲学得很开心，自然也就不怎么努力。努力也不知道为了啥，不知道什么是大学，更不知道什么是诗和远方。

母亲就这样匆匆忙忙、糊糊涂涂地从初中毕了业。回家放牛、养鸡、喂鸭是比学习更重要的任务。不过，放牛放鸭的这两年却是母亲读书最多的时候。母亲沉迷于《辽宁青年》《读者文摘》这样的文学杂志，也会读中外小说。故事中人物的悲欢离合和人世间的酸甜苦辣，带她领略了许多未知的精彩。母亲最喜欢晴天，但也不能太热，最好是凉爽的秋天。天气尚好的时候，母亲伏在牛背上，书搭在上面，静静地看着书，油墨印染的小字在阳光下不会太刺眼。可以有微风吹过脸庞，但是风不要太大，把纸张吹起来，因为是书大多还是借的，不能弄出褶皱，毕竟"好借好还"嘛。为了节约用电，月光好的时候，母亲还可以借着月光看小说。虽然不及夜白如昼的程度，但清澈洁白的月光可以将书上的文字照亮。母亲对借着月光看的小说的情节至今记忆犹新。不过她说，也不要把这想得太浪漫，放牛的地方可没有绿油油、软乎乎的草地。调皮的大鹅喜欢飞，小孩子总是追不上它们，鸭子会烦人地叫个不停，最烦人的还有野外的小虫子以及母亲最怕的蛇会常常出没。哪怕最稳重的老牛也会有失手的时候，将母亲摔下来。不过老人家说牛还是通人性的，它绝对不会把你摔出个三长两短。

即使这样，母亲还是乐此不疲。母亲清楚地记着自己在看《红楼梦》时眼泪不知流了多少。在看《骆驼祥子》时，一边暗暗为祥子感到不公，一边又为那个黑暗的时代感到愤恨。一些外国小说如《呼啸山庄》又让母亲看到一些不同时代、不同国家的思想。但对母亲影响最深的还是路遥的《平凡的世界》。母亲见过太多在农村里辛劳一生的人了，书中的平凡人劳作、结婚、生子、然后死去，她是那么的熟悉。厄运一次次接踵而至，降临到一个朴实、平凡的人身上，又让她感到陌生，劳动与爱情、挫折与追求、痛苦与快乐，复杂的情绪在母亲的心中交织，让她思考着自己的村子外究竟有个怎样的世界。

书开阔了母亲的眼界，增长了见识，母亲有了自己的梦想，诗和远方的小火苗开始生根发芽。她怕读书会给家里增加负担，就和外婆说自己要去学艺，做一个理发师，但是那时候理发师是被认为很低卑的工作，外婆否决了，却也拿不出一个合适的主意。

当时的大舅在文工团里工作，和外公一样，大舅也是一个乐器好手。大舅虽然文化不多但也见到了许多有知识的人，他和外婆商量，"女孩不需要读那么多书"的思想早已落后，力荐母亲上职校。在外公走后，早已成人的大舅已经有一份重担压在身上了，大舅的话也有了一些力度。一向疼爱母亲的外婆也最终同意了大舅的提议。之后，母亲上了卫校，大舅为此感到由衷的高兴。

六

那时，艰苦不是某个人的写照，而是整个时代的缩影。学业不佳便意味着回归农田，校园生活也颇为拮据。母亲住校时，每次归家总带走满罐咸菜，学校的白馒头因其低廉——几分钱一个，成为餐桌常客，搭配咸菜也别有一番风味，一罐咸菜足以支撑她一周的餐食。相比之下，少数富裕学生还能享受白煮蛋的奢侈，这常让家境贫寒的孩子心生向往。然而，清苦并未削减母亲求知的热情，她紧跟老师步伐，笔记详尽，心爱的笔记本因此日渐厚重。毕业后，母亲如愿成为乡村医生，虽能力有限，但在那个医疗资源匮乏的年代，她作为随叫随到的基层健康守护者，深受农村需要。

90 年代，时代处在改革开放的激流中，年轻人都流行外出打工，老人家自然不希望儿女走得太远。但是母亲还是赶了一下流行风，到了深圳的一个小镇工厂里见火花四溅，激扬青春热情。

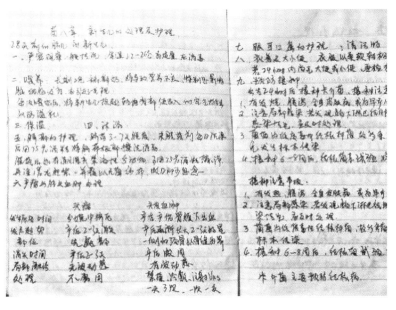

母亲的笔记

1997 年，香港回归的喜庆年，也是母亲与父亲缘分的起始。在家乡的相亲会上，两人邂逅。父亲英俊潇洒，母亲美丽且钟情浪漫，彼此眼中均见特别：母亲欣赏父亲的质朴诚恳，父亲则被母亲不凡的气质所吸引。双方同为青年才俊，且都曾有在深圳奋斗的经历，让两人迅速找到共鸣，虽非一见钟情，却也相谈甚欢，情感渐浓。随着频繁的约会与青涩的情话，两人的关系日益亲密。最终，在 1999 年，他们携手步入婚姻殿堂，以婚书为誓，共许一生承诺。

之后这两个年轻人又再次前往深圳这块充满活力的土地，投入自己的工作中，过着有点忙碌又有点幸福的生活。外婆和姐妹们来深圳看望母亲和一同出来打拼的大表哥、大嫂时，父亲也租来相机，为他们拍了一些珍贵的照片。

家人来深圳看望我的父母

七

每份家庭的温馨背后，常有默默奉献的女性力量。我的父亲虽非世俗眼中的成功典范，但家庭的和睦与小康，实则是母亲辛勤耕耘的结果。当父母在深圳工作前，父亲原在家乡有一份稳定的教职。面对深圳的初步繁荣与自身工作的不尽如人意，加之家中突发变故——奶奶重病、爷爷早逝，父亲作为家族的希望，面临抉择。在家乡与亲情面前，家的归属感超越了事业的引力，母亲坚定支持，两人毅然返乡。奶奶虽罹患癌症，历经磨难，但在全家尤其是父亲的悉心照料下，奇迹般地延续着生命。

时间总是悄悄流走。婚后的小家庭生活虽然很辛苦，入不敷出，但精打细算地过着小日子，平淡而幸福。回老家后，父母在城里租了一套房，把奶奶接来照料，又在楼下租了一个门面，母亲开了一个诊所，给附近的街坊邻居看病，当时母亲接生了很多邻居家的小孩。

母亲的诊所

父亲被迫辞去工作回到家乡后却是处处碰壁。父亲教职所在单位虽为他留有职位，但是工作的地方离家很远，又要照顾老人，上下班都很不方便。父亲申请了调职，但是一直杳无音信，性格软弱的父亲开始打退堂鼓了，倔强的母亲不干，拖着父亲见了当地的局长，详细地说明了情况，最后成功为父亲争取到了一个离家更近的岗位。虽说离家更近，每天早上，父亲还是要赶大巴。这种匆匆忙忙的生活虽然不悠闲，但也让人感到舒心和安稳。

八

没过多久，母亲在2000年末，大约是结婚一周年的日子，生了一个龙宝宝，也就是我的姐姐。因为孩子是在午夜出生，满天星辰，故名为子辰。

姐姐的出生和母亲当年很相似，也是慢腾腾的，而且有一点脐带绕颈的现象，可把医生吓坏了。幸好，最后母女平安。只不过姐姐出生后身体不是很好，许久才恢复。

有了孩子的父母生活更加忙碌了，爸爸每天忙着上班，妈妈则一边看诊一边带孩子。都说父

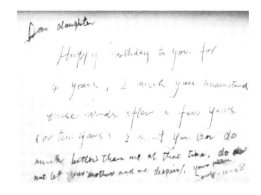

父亲给姐姐的祝福

母养的第一个孩子都是按照教科书养的，但是新手母亲总会犯一些错误。姐姐上了幼儿园，每天接孩子是最难的时候。临近放学时，母亲把店一关就骑着车去接孩子。有一次接完孩子，因为母亲急着赶回诊所，姐姐的脚被自行车车轮绞进去。幸好姐姐穿着鞋子，没有骨折，只是脚后跟出了点血。母亲心疼了好久，至今回想起来也感到无比自责。当时的姐姐似乎也能理解母亲的不易，不哭不闹，乖乖地在床上躺了几天。母亲依然清晰地记得家里有个玩偶抱枕，托着姐姐嫩嫩的小脚，现在母亲想起来那个黄狗狗抱枕也还感到暖暖的。

2004 年，我的外婆离世了，母亲很难过。外婆去世前一直想要子孙满堂，她也希望母亲能多一点孩子，不至于落得太孤单，也不要吃更多的苦了。母亲在外婆去世后的某一天做了一个奇怪的梦，梦醒之后母亲怅然了很久，梦里，离世的外婆在呼唤着一个孩子的名字，似真似幻。或许是因为这个梦，又或许是为了外婆狭隘的想法，母亲决定再要一个孩子，随后就有了我的诞生。我出生后，母亲只想我做一个普通的人，也没有精心地想什么好听典雅的名字，故用梦中外婆唤我的"琪"作为名。

在我出生不久后，最疼爱母亲、最受母亲敬爱的大舅也去世了，后来大舅和外公外婆葬在了一起。大舅走后，母亲还常常惦记着大舅的死。大舅一直有高血压，后来生活条件好了，也不加以节制，最后因为心血管疾病过世。母亲好像自顾自地将这些原因都揽在自己头上，想着自己若能早点提醒大舅，他也不至于早早去世。

我的出生还让家庭面临了经济困难。那段时期，国家执行计划生育政策，提倡一家一个孩子。而家里无力支付高额的超生费，于是，接下来几

我在菜市场旁边的小店

年的家庭生活都是不易的。母亲关了诊所，在菜市场旁边开了便利店。据母亲的描述，在那段时间，她曾彻夜地带着我在离家很远的地方无边际地漫步，不敢回到家，生怕被别人发现家里还有一个孩子。直到2016年二孩政策发布，我们一家才得到放松。当母亲回忆到这些，也只是说："喜悦，幸福，在东躲西藏的日子里从未减少。"

九

喜悦背后的心酸依然历历在目，但人世间的酸甜苦辣总是结伴而行。回忆让这些苦难的故事镀上一层金边，藏匿于旧相册里，历史给它盖了一个章。儿时，精力旺盛的孩子们最爱和母亲出去玩，母亲忙完一天的生意后，拗不过我们的淘气与活力，最爱带我们到水库边玩。母亲牵着我们姐弟俩，穿越在小巷的巷道里——这是去城北水库的捷径，从城南到城北，路边蒸馒头的蒸笼雾气升腾，香甜的味道让我们口水直流。到了城北水库，在长长的堤坝上，我最喜欢和姐姐比赛跑步，母亲总会在后面追着我们让我们慢一点。跑累了的我们会被母亲抱起来，视野逐渐超过围墙，越过围墙，我们看到水库的全貌，浪花拍击着堤岸。小时候的我们没有见过海，常常认为那宽广无垠的水库就是海，母亲用她自己的方式充盈了小小的我们的内心世界。

在这几年，我二孩的身份一直限制着父母的事业发展。父母亲的工作都在乡镇，不能到城里工作，所以我们家也做了些生意来提高收入，从最早在菜市场开小店，到后来经营糖果生意。母亲说糖果能给人带来甜蜜，所以母亲一直热爱这份事业。我也很享受同龄人投过来的羡慕的眼光。我们家最初是在一个小商场上卖糖果，后来有所发展后就搬到另外的店面继续干。糖果店的店面很小，只有一个小卧室那么大，摆上糖果架后，空距只能容一个成年人通过，不过瘦小的我还是喜欢在店里乱窜。店的后面摆放了一个微波炉和一个电饭锅，当时母亲每天中午的菜都是在家做好再带来店里加热一下吃的。

大多数的菜，母亲都是在给我们做完早餐后再做的。倘若家里要加餐，烧一些大菜，母亲就要用心准备了。她往往在前一天晚上，烧老家的老公鸡或是鱼，那滋味叫一个绝。有时候我已经躺到床上，甚至已经熟睡了，若是被这香味吸引到，也会屁颠屁颠地下床，凑到厨房，眼睛眨巴眨巴地瞅着锅里。母亲就会夹上几块放到碗里，热乎乎的，让我品尝。吃完之后，我还要把碗底的汤喝干净。然后美美地上床睡觉，心里惦记着明天中午的大餐。印象中父亲上晚班回家后还要帮着准备第二天的货，往往不会那么早休息，朦朦胧胧中会听到家里老门吱吱的声音。

我还是一年级时，每天中午放学后都会跟着六年级的姐姐一起从学校走回店里，一家人到齐后，便开始一顿美滋滋的午餐。说来搞笑，我们一家在店里吃饭的时候，都不喜欢坐着，旁人一看就知道是一家人。在店里吃饭虽然香，但是也养成一些坏习惯：吃饭特快。尤其是我的父亲，吃饭速度最快，后来我的母亲也常常数落我的父亲："又没有人抢你饭吃，吃快了对身体不好。"这时候，父亲总是象征性地放下碗筷，笑着露出他的丑牙，慢慢地嚼了几下，很快又再拿起碗筷狼吞虎咽。吃完饭，父亲会带着姐姐回家休息，一个准备下午上班，一个准备上学。母亲会在店里展开一个勉强够大的折叠床，和我在小小的床上休息。折叠床很小很硬，睡起来一点不舒服，我要入睡很困难，大多都是要经历一番挣扎的，不过睡着了往往很香。

当时小小的糖果铺承载了我们一家的甜蜜和幸福。每天晚上收摊后，我们一家坐上拉货的小三轮，准备回去，暗黄路灯照亮稀疏的街道，调皮的我最喜欢在机动车电子拍照闪光的瞬间比个大大的耶。那段时间确实是全家人一起受苦的日子。但是，漂泊不定的生活，时而繁忙、时而冷清的生活节奏，并没有让母亲有怨恨，她记忆中更多的是像我"比耶"的快乐的家庭瞬间。

十

糖果生意经营得如日中天，但是母亲却突然喊了停，因为姐姐即将上高中，学业繁忙，家里必须要给予她更多的陪伴。于是糖果生意退居二线，平时只送送货。毫无疑问，母亲的做法是正确的，陪孩子读书可太费心神了，琐碎的大事小事一件接着一件。

我从小就是一个调皮的孩子，惹来的麻烦从来都是一堆又一堆。小时候和同学打架把对方打得还不了手，然后母亲只能去人家家里赔礼道歉。小学和朋友去废墟玩把眼睛划伤，休养了很久。初中有一次，我和同学骑车出去玩，当时和同学飙起速度来了，结果因为没有注意路上凹下去的水井盖子，一瞬间，容不得思考，人车俱翻。毫无疑问，我的手腕骨折了，慌张的小伙伴将我赶紧送到医院。父母赶到之后，去急诊拍片子，检查过后，手腕急需手术。但因为手术部位涉及神经，县里的医院做不了。

到达省立医院后，面对陌生的环境和即将到来的手术，我内心充满了不安。然而，母亲始终陪伴在我身边。手术虽然成功，但术后的恢复过程却异常艰难。由于伤口位置特殊，我的手腕肿胀得厉害，恢复进展缓慢。这时，母亲又自学了按摩消肿的方法，每天不厌其烦地为我进行按摩治疗。在她的悉心照料下，我的手腕逐渐消肿，恢复得比预期还要好。

尽管此事已悄然逝去数载，每当记忆的闸门轻启，那些日子便如昨日重现，尤其是夜深人静时病房里回荡的凄楚哭声、走廊间弥漫不去的消毒水气息，以及母亲温柔轻拍中传递的无尽慰藉，都清晰得仿佛就在眼前，令人难以忘怀。

十一

母亲一直细心地照料我们，带着我们长大，以至于我差点忘了，母亲自己已经病了很久啊。母亲在所有人的印象里都是充满热情与活力的，以前做过最大的手术应该就是点了脸上的痣。后来母亲也因为高血压开始吃药，我们还觉得好像也没什么大不了的。小时候，我和母亲睡觉的时候，就一直好奇为什么母亲总是随叫随醒，无论是自己生病难受时还是睡不着无聊时，喊一声，母亲总能很快回应。后来我才知道母亲一直有腰痛的老毛病，但是我们关心的总是不多。

近几年，母亲的症状又开始加重，加上更年期的激素失调，母亲晚上睡觉总是时冷时热，焦躁烦闷。软床睡不舒服，硬床睡着也难受，母亲采取了很多办法，喝安神补脑液，放助眠音乐，甚至会把我和姐姐小时候的衣服拿出来当枕头好让她睡得安心点，但好像效果都不好。

后来，母亲也去了很多医院，但大多医生都先入为主地认为母亲是腰劳损。母亲在听取了一位老同学的建议后，去做了抗体检测，最后终于确诊是强直性脊柱炎（一种免疫病）。如此说来，母亲这么多年的所有症状都能解释通了：关节痛，咳嗽，腰痛。人们常常将这种病形容为"不死的癌症"，母亲知道自己得病后是怎样的心情呢，她好像也只是说："哈哈，我和杰伦得的是同一个病。"母亲有没有难过呢？难受的时候有没有流泪呢？我好像从没有看见。当年，母亲在生我和姐姐时，或是开糖果店时搬糖果时，又或是那一个个睡在折叠床的夜晚，腰疼的时候，又有没有难过得哭泣呢？

母亲现在病的情况不是特别重，不至于致残，这种病似乎也不会影响寿命，母亲好像依旧爱笑，爱玩。她还是像那个会在田埂上奔跑的可爱姑娘，被小陷阱绊倒了，爬起来拍拍灰，又开始追逐打闹。

十二

儿时，周末，每当我下午玩累了，四五点钟的时候会躺在沙发上睡得很沉，夕阳落山前，整个客厅一片黑，只有从厨房照进来的一点光亮。"妈……妈……"我呼唤着母亲。拖鞋啪嗒啪嗒的声音传过来，母亲的身影出现在眼前，双手沾满了面粉，一手拿着擀面杖："快打电话喊你爸回来吃饭，今天晚上吃香喷喷的饺子。"

这个片段可能我永远忘不了吧，也许和史铁生在《我与地坛》中描述的一样，"一旦有一天我不得不长久地离开它，我会怎样想念它，我会怎样想念它并且梦见它，我会怎样因为不敢想念它而梦也梦不到它。"

但是，人啊，如果想念过去就造一颗星星，才不至于让故乡和亲人隔着遥远的天际，回忆被照亮了几分，感情又近了几分，可爱的孩子，自己就是星星。

当候鸟飞过旷野

浙江传媒学院　张品优

一、荒原

1978 年，改革开放的春风吹遍了大江南北，擦亮了小村屯的眼睛，带着金灿灿的栾花飘来荡去。那些用木椽子盖成的屋顶，一片一片地坐落在无垠的青绿中。

母亲便出生在这旷野间。

"雁"是外婆为母亲取的名字，也是候鸟的名字。大雁春到北方来，秋往南方去，不畏艰险，不惧远行。如此，一只活泼、明媚的小候鸟便诞生了。

母亲有个哥哥，与她只相差两岁。孩子们出生后，身上的衣服都是外婆用缝纫机踩出来的，而外公只有一件穿旧了的青布裤子。母亲慢慢长大，家里的境况却一直不见好。外公干一天的活只能赚几分钱，外婆便出去拉丝棉，在乡镇企业做了纺织女工。母亲在家无人看管，外公便把她带出去干活，放在粪船里干净的地方。

1985 年，大家都挤在黑白电视台前看香港电影。《霍元甲》《上海滩》等粤语歌曲的魅力第一次让母亲感到着迷。家庭聚会的时候，家里的长辈们喜欢逗小孩，母亲便会来一段口齿不清的《霍元甲》。那时，家里人都很宠爱母亲，只有外婆有些重男轻女，对母亲不甚关爱。因此，母亲便在心里暗暗与哥哥较劲，凡事都想压过哥哥一头。每次一得了奖，受到了肯定，母亲心里总特别快乐。由此，母亲便不喜欢在别人的否定里活着。

中考结束，母亲考上了省医药学校，能够离开父母到异地去求学。那时候还没有银行卡，外公便把千把块的学费全部用针缝在母亲腰间。母亲高兴得全然忘记了身后抹眼泪的父母，像只出巢的鸟儿般迫不及待地飞了出去，一下就飞得无影无踪了。

母亲来到了徐州，一个离家很远的地方，读了医药学校的药物制剂专业。自从爷爷奶奶去世后，整

母亲在医药学校

日劳作、沉默寡言的双亲并不擅长表达爱。因此，常被否定的母亲在长期缺少爱与温情的环境中长大。离开家乡后，因为性格外向、成绩优异，母亲成了班里的风云人物，被老师器重、受同学欢迎，在数年来踽踽独行于荒原后找回了一点爱。

快毕业那年，母亲在寒假回了趟家。面对父母的关怀和思念，母亲忽然有些局促不安。那晚，母亲生了病，嘴上嫌弃母亲、与她亲密接触甚少的外婆搂着母亲，一整宿没有合眼。母亲惊于这样突如其来的亲热，就像是走在荒原中蓦然看见一片绿洲，生怕那只是海市蜃楼。童年的记忆使母亲下意识抵触着这个怀抱，最后还是推开了。

1998 年 8 月，一元复始，万象更新。母亲回到了家乡，在一所乡镇医院的制剂室参加了工作。与此同时，在机缘巧合下，母亲和曾经的同班同学恋爱了。曾因为身材和天生的高度近视而自卑的母亲意识到原来这样的自己也值得被爱，在家里一直缺失的那部分自我与存在感被恋人一点点地填满。那时，无论多烈的太阳，都无法阻挡恋人坐上几十个小时的火车，提着大包小包赶来看母亲。因此，即便制剂室的工作很苦很累，平时也总被为难，母亲仍然感到很幸福。找到工作，谈上对象，母亲也自信起来，戴上了隐形眼镜，开始学会时髦打扮的母亲开始变漂亮了，眉眼间也愈发自信、明媚了。

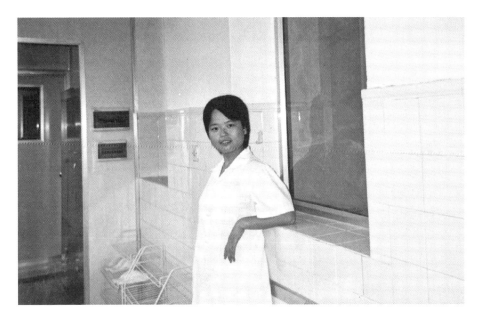

母亲在乡镇医院

1999 年，因为性格不合，母亲与谈了一年多的恋人分手了。被分手的母亲受了很大的刺激，几乎每天夜里都会哭上很久。即使深知恋人的缺点和两人的不合适，母亲仍然很痛苦，害怕面对亲密关系的断裂。与恋人分手后，失去安全感的母亲又变成了一个人，好像重又回到了一片寸草不生的、寂静的荒原，走着走着就没有一个伴儿了，回过头时，再没有一个人陪着自己了。

初恋走到了尽头，而母亲身后的那片荒原，却似乎再也走不到尽头。

二、倦鸟

2000 年的 6 月，母亲经朋友介绍认识了老武，老武有一份律师的工作，人虽然长得瘦小，但相貌清秀，情商也极高，几乎能弥补母亲所有的缺憾。母亲在原生家庭里得不到的那些东西，在他身上全部都能找到。那时的母亲尚未形成完整的自我，急于赶紧建立一段新的亲密关系以求依赖，以求自信，以作生活中的慰藉。因此，两人很快便开始谈婚论嫁。

然而，外婆却坚决不同意这门婚事，顺从了几十年的母亲第一次做出了选择与反抗，明知有飞蛾扑火的可能，却仍想和老武在一起。2001 年，在谈了不到两年后，两人就领了结婚证，很快便办了婚礼。深觉老武脾性的外婆别无他法，只能看着女儿出嫁。

新婚燕尔，琴瑟和鸣。然而不久，母亲逐渐意识到老武的性格极左极右，脾气易怒，容易情绪化。母亲受外公的影响，一直以来对人真诚，容易与人交心，对人不设防。而老武则一向是防人为重，能为一己之利极力争取。母亲那时不懂，只觉得日子尚能过下去。

母亲的婚纱照

婚后不久，母亲便怀孕了。孩子出生的那天，也是母亲的人生中最幸福的那天。母亲早翻了几个月的书，为我拟好了名字。当我发出了第一声啼哭，睁开眼看向产室的夜灯时，母亲以为我在看她，激动地流下泪来。后来知道，我那时根本是看不见的，我只是在看光。

那些日子于我而言都已经太过久远，但母亲却记得许多细小的瞬间。无论是在我两三个月大时，她和老武一同抱着我，唱着《军港之夜》，一家三口快乐地摇着笑着，还是一次老武从超市买了一个游泳圈回来，我的眼睛一亮。这些短暂的瞬间一部分被存进了录像带，一部分成了母亲心里永恒的回忆，只是都再也回不去了。

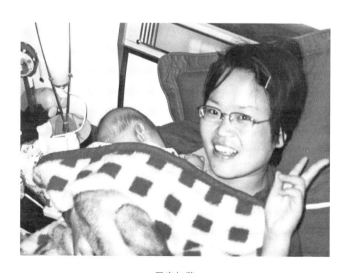

母亲与我

2007 年，母亲逐渐发现老武开公司欠下的债务，那是一笔巨款。为帮他填补债务，母亲不断向亲戚朋友借钱，一步一步地跌入了陷阱，陷入绝望。最终，母亲将老武告上法庭，与之离婚。老武入了狱，但法庭判的赔偿金他却拿不出分毫。那笔巨额欠款，如大山一般压在了母亲身上，压得她喘不过气来。老武把家里所有的房、车全部变卖了出去，母亲带着我，竟找不到一个栖身之所。

2007 年的 12 月 20 日——母亲一直记得那天。与五年前新婚那日不同，那天下着鹅毛大雪，外公外婆决定把母亲接回娘家。外公开着一辆破旧的电动三轮车，那些嫁妆——冰箱、洗衣机、空调都是新婚时买的当时最好的，除了里头原本那两万块钱压箱底，统统都被拿绳子绑了起来。母亲和外婆坐在那堆风光的物件旁边，一个怀里抱着孩子，一个抱着剩下的行囊。倦鸟归巢，扑面而来的细碎雪粒打湿了母亲怀中的棉衣，也打湿了她十几年来在外翱翔的羽翼。

母亲回到娘家后，带着我没有房间住，便和双亲挤一挤住下了，境况并没有见好。母亲发现老武还瞒着自己向嫂子借了一大笔钱，住在娘家的嫂子看见母亲如同看见了丧门星，在言行上处处刁难，一定要赶走这落魄的母女俩，要不然就闹离婚。母亲背负着沉重的债务，在家里还受尽折辱，最终承受不了压力，想把我托付给双亲便了结此生。那时，一向隐忍、寡言的舅舅站了出来，宁可与妻子离婚也要坚决地保护母亲，一辈子都习惯忍气吞声的外公也站了出来，声称母亲受害到如此地步，无论如何都会带着她。外婆则紧紧地抱住母亲，试图抚平她的缺口与伤疤。因为双亲的庇护和理解，母亲与外婆的隔阂在渐渐消融。

出事以后，接连有很多地方起诉母亲，法警天天到母亲工作的医院盯着她，日子寸步难行。那时候，身边的男人看见母亲都唯恐避之不及，生怕与母亲扯上关系，要让帮忙偿还那一大笔欠债。好在母亲为人善良，朋友许多，除了几个出事后不再联系的，几乎所有的朋友都借了不少钱给母亲，以解其燃眉之急。然而，那笔替老武背下的债，还没加上利息，就足以压垮母亲的大半辈子了。

2008 年，母亲为了多赚些外快开始做补品生意，日日夜夜骑着一辆破旧的小电动车去送货。那年夏天暴雨如注，高度近视的母亲骑着电动车，背着货物在雨中前行，时不时还要停下擦拭镜片上的雨水。雨幕重重，尘土往四下疾走，换来惨白而凶猛的惊雷。母亲一边骑着车一边哭，分不清脸上的是雨水还是泪水，仿佛被剪去双翼的倦鸟，为了生存，仍然要挣扎着、挥舞着断翅扑向空中。

三、浮木

2008 年还没过去，母亲就遇到了三哥。三哥是外地来的，经介绍与母亲认识。他人长得憨厚，性格温顺，是个不折不扣的老实人，全然不介意母亲背下的债务，愿意和母亲一同抚养孩子，撑起这个家。母亲自知自己不愿和三哥这样反应迟钝、不善言辞的男人过一辈子，但那时他对于母亲而言就像在水里挣扎时抓住的一根浮木，能让她暂时不至于溺水而亡。

和三哥结婚后，一家三口在外租房住。与此同时，母亲自始至终没好意思开口问他的经济状况究竟如何，后来才得知三哥并没什么钱，但又觉得他对孩子很好，慢慢也就接受了。自此，母亲不再是一个人，生活也渐渐有人分担了。

母亲与三哥

2009年，我进入了家附近的小学，母亲也把我的姓，连同那时翻了几夜书起的名字一起改了。好在上学以来我的成绩一直不错，也算乖巧懂事。母亲深感安慰，似乎找到了深水中的另一根的浮木，虽然没什么重量，却在不断生长。母亲尽心尽力地挣着钱，但因为三哥就像脱离了正常社会的男人，有些傻傻闷闷的，母亲在感情上一直匮乏着。

那年，母亲去了一趟老武所在的监狱。那监狱母亲原本是不想去的，奈何嫂子怕母亲还不上自己的钱，一定要去，想叫老武签了字，方便起诉。即便舅舅深觉这样不妥，叫妻子不要总把人逼上绝路，但母亲还是主动妥协了。于是，母亲便跟着嫂子，和法官一起去了南京。当她在监狱里面看到老武的时候，两人已经好几年没见了。相见的一刹那，母亲心里积累多年的怨恨与悲痛如洪水般喷涌而出。老武当着嫂子的面承认了债务，法官则判母亲以后每个月来还。母亲看着老武想骂，却被眼泪堵住了嗓子，迟迟说不出话来。

回去的路上，母亲并没有再回想多年的苦楚，而是忽然想到和老武在一起的那几年。那时我才几个月，母亲的眼睛很不好，后来才发现得了角膜溃疡。老武做事很果断，即刻带着母亲到上海去治病，挽救了母亲快要失明的眼睛，安抚着她的恐惧与不安。那时的他，何尝不是母亲的浮木。母亲想起这些，想起狱中老武的脸，看着车窗外飞驰而过的街景，不知怎的，心里没那么怨了。

2011年，母亲发现三哥是完全靠不住的。例如信用卡要逾期的时候，他心里也急，但不好意思朝任何一个人开口借钱，也没有任何办法。因此，凡是出了什么事，只有母亲在床上辗转反侧，三哥只是照样玩他的游戏。2015年，是我即将进入初中的那年。因为三哥借了万把块钱给朋友，母亲想为我转学籍时一点也拿不出钱。年近四十的母亲最后只能蹲在学校的马路旁哭，哭孩子的境遇，哭自己这半辈子的苦。

那时，母亲通过补品生意认识了从南京来工作的供货商刘叔。刘叔揣着口袋里的现金来，让母亲不用担心，先拿市场上的钱用，这些都是周转。这笔钱解了母亲的燃眉之急，帮助我成功地转了学籍，我上了市里数一数二的初中。母亲开心地落泪，觉得自己终于填补了从前未能供我上好学校的遗憾。无论母亲碰到什么事，和刘叔一商量，他总说不用急，总能想到点办法。他就像是母亲再次溺水时重又出现的一根浮木，将母亲稳稳地托了起来，使她不至于一次又一次地向下沉去。

自此，我在初中虽不拔尖，但也有突出重围的时候。每当听见哪次我语文得了年级第一，或在乐队和合唱团表现优异，母亲总是最开心的。三哥虽不太靠得住，但家中琐事也都能帮衬上许多，刘叔则总能抚平母亲心头的焦虑。生活渐渐好了起来，母亲身下的深海逐渐化作浅滩，那两三根浮木，也成了支撑母亲生活的希望了。

四、旷野

2017 年前后，母亲的工作与兼职越来越顺利，在偿还债务的同时竟也攒了不少的积蓄。哪天得了个大单子，母亲便又给双亲打电话，又给我发消息，盼望着我从学校回来，一起高兴高兴。母亲的性格就是这样简单，她喜欢将前面的伤痛都忘了，把那些不开心的事也一并淡忘。

2019 年，母亲接到了各类小贷公司连续不断的电话，才知道三哥因为受骗在外欠了很多债，一直是拆东墙补西墙，怎么也还不清了。那时我已经上了高中，决定去走编导艺术生的路，正是需要花钱的时候。母亲心急如焚，带着三哥回他的老家走了一遭，发现那里并没有人能够施以援手。三哥是家里最不受关注的儿子，就连他的父母也掏不出钱来。母亲别无他法，只能骗三哥去离婚，想办法脱离与他法律上的关系。

当母亲哄着三哥去把字签掉时，她想起了自己的两次婚姻。这两次离婚，第一次是被前夫哄着去假离婚的，为的是他能够拿着那本离婚证去找别人，骗人替他偿还债务。第二次是母亲哄着现在的丈夫去离婚，签完字后，债务就与母亲没有关系了。第一次时，母亲曾哭得死去活来。但第二次离婚时，母亲只感到万幸与释然。

和三哥离婚半年后，银行立刻贷给了母亲三十万。母亲拿着那笔钱走在回家的路上，激动得双手直发抖。虽然母亲与三哥离了婚，但一家三口仍生活在一起。

因为被人欺骗欠下的巨额债务，三哥早已经生了病。严重的抑郁症与狂躁症使母亲不得不把他送到医院治疗。后来，母亲和我说，夫妻一场，怎么样也要讲个义气。三哥陪着母亲走过最难的时候，母亲便不会把他抛下。看见他失去意识却仍只记得自己，看见他如孩童般依偎在自己身边，看见他被哄骗着吃下药、又被绑在病床上，母亲好像看见了曾经的自己。

与一切和解后的母亲

陪伴三哥时，母亲常常看向病房外的一片绿地，她多希望那是一片旷野，多希望自己和深爱的人能变成展翅飞翔的鸟儿，穿过风和窗棂飞出去，向着阳光和绿荫飞出去。

2020年，三哥的病尚未好全，刘叔便查出了癌症。刘叔在外地没有家人，医生只能告诉来陪同的母亲，刘叔的生命只剩下三个月。母亲麻木地走出诊室，强撑起笑容安慰面前焦急的男人，骗他病情并不严重，不断地安慰他说一切都会好。实际上，母亲自己也不相信。在这个世界上，只有刘叔能与母亲完全交心，在他面前，母亲就好像一只迷失方向的候鸟，而他则是一阵温和的风，能够托起母亲的所有顾虑与心绪，替她抚平那些眉间的、心里的纹路，将母亲送到希望的旷野中去。

也许是吉人天相，刘叔吃了药，又做了手术，那癌症竟渐渐变成了慢性的乙肝。而母亲也在一次次的打击中重新站起来，一次次去相信自己，直到能完全把控自己的人生。

曾经的母亲一直在为别人而活，为父母、为家庭、为子女、为伴侣。但如今的母亲却越来越看得见自我，越来越积极地去找寻自我、拼凑自我。母亲总说，这一辈子留给她的时间也就那么多，她得好好地做自己。于是，她重拾起儿时喜欢的那些粤语歌，开始学钢琴和吉他，与朋友们飞往天涯海角。与原生家庭的和解、与苦难的和解、与自己的和解使得母亲的人生不再风雨飘摇，能够带着缺憾展翅飞翔。

当候鸟飞过旷野，我们能看见生命的轮廓，也能看见寂静的荒原、永恒的浮木、温和的微风、晶莹的泪滴。母亲也曾茫然自失，也曾不知方向，但她终是候鸟。旅途中的崎岖坎坷，在她眼中皆是景致与风光。生命在母亲身上留下伤痕，也赋予了母亲坚韧与柔情，给了母亲光亮与希望。那只活泼、明媚的小候鸟终将长大，飞进旷野的下一个春天里。

临　仙

西南财经大学　邓寒玥

　　我曾几度想为我的母亲留下关于她的只言片语，却都以失败告终，因为我害怕一旦将朦胧的感觉诉诸笔尖，化为实际的文字，那些当我在提及她时主观为其覆上的悲剧色彩便会随之化为客观事实，永远挥之不去。

　　改变我想法的是一张早期的试卷。

　　我中学时期的作文成绩总是不上不下，然而那一次的作文评分却少有地居于班级前茅，我拿回家向母亲展示，要求她一定要品鉴我那一篇作文写得到底有多么好，尽管我知道我的母亲并不喜欢读文字。

　　但我当时的意图再简单不过，无非是怀着小孩子那种炫耀的心情，想让别人都知道我取得的成就罢了。我甚至已经忘记了作文的具体内容，而我的母亲看或不看，于我也并不重要，所以我很快就将这件事抛之脑后。

　　多年以后高考结束，我清理着家中堆积的试卷习题，于是偶然地，我在床头柜触手可及的第一层再次见到了那一篇几年前的作文，上面的古诗已经没有了熟悉的感觉，字迹也略显青涩陌生。我疑惑这里怎么会藏着一张被折了又折、已经翻了毛边的试卷，直到看见折痕的中央，那一段我用尚且稚嫩的笔触所写下的文字。我几乎是一瞬间就察觉到了它被珍藏于此的原因，也正因如此，我为它以及更多我可能无从知晓的物件的存在感到不可置信——我母亲的执念已经如此之深了吗？思索之下，我的视线无意识地在那一段话上来回扫过，泛黄的折痕和已经难以压平的卷边终于点醒我：我的母亲，经年来就这样看着它，一遍又一遍。

所以我推翻了我曾经的想法，拔除了我内心深处，在见证母亲那隐形的悲剧时，熟视无睹还自命为隐忍的怯懦。我不愿再害怕那所谓的悲剧色彩化为现实，因为事实早已如此。于是我将曾经在大脑中选择性封存的图像一一倾倒出来，重新拼凑成了我记忆中的母亲，我想为我的母亲记录下我参与见证的、她迄今为止的人生，用我的方式为她留痕。

高考是一个人的人生转折点。只有真正经历过高考的人才能深刻领略这句话的意义。然而我觉得，它不仅仅是一个孩子改变未来生活的重要关节，对于很多家庭的其他成员来说，他们也期盼着靠后辈的高考成绩来改变现状、阶级以及岌岌可危的亲属关系。

我自认为我的高考成绩也为我们家庭的生活带来了诸多改变，至少三口人的紧张关系在成绩公布的那一夜就缓和了不少。

我的父亲急于向亲戚朋友传达他眼中的这个好消息，据他后来在饭桌上的屡次提及所说，他兴奋地难以入睡，亲戚朋友们的消遣方式从夸奖我转移成对他进行赞美。与之相反的，我的母亲，从来无意当饭桌上的主角，就算是面对众人的起哄，她也无非是简单回应两句，不会多说什么讨人哄堂大笑的言论。

见她似乎没有什么心情，我故意转头笑着问她："你没有兴奋得睡不着觉吗？"

她安静地回答，"我一直都睡不好觉，"语气平淡，没有刻意卖弄悲惨，"除了那天。"

在我父亲对外人的描述里，我和我的母亲旅游过全国各地。我的母亲当然清楚地知道这一切都是他的杜撰，但她从未在旁人面前反驳过他一句，问起细节她便笑着含混过去。年幼的我不懂母亲隐瞒的意义，只为父亲的谎言感到愤愤不平，并把它视作母亲怯懦的象征，而当我终于不再对这些谎言有被欺骗的感觉，并可以对其一笑置之时，我大抵明白了母亲的缄口不言，有些时候故事本身的虚实并不是那么重要。

不过这一次，我终于为我们都争取来了一次真正旅游的机会。没有出省，也不是自驾游，只是被父亲准备避暑的同事们捎带去了一个凉爽的小山村，但我的母亲暗自期待了好久，出发前夕的话题总是离不开那个目的地。

　　而使我展开这一切故事的源头，那张被我选中的照片，正是这次旅途的唯一留念。

　　我的父亲最初并没有与我们同行，他嫌麻烦，不想去，他甚至想要因此将我和母亲也继续圈在家中，然而我现在有了足够的底气，在发了一通脾气后，旅程得到确定，将如约开启。在此过程中，我的母亲没有一次表明过自己的立场，她被夹在我与父亲之间，确保矛盾没有激化。得到结果后，她继续收拾着衣服，至少在我看来，兴致如前。

　　小山村坐落在连绵的山脉下，夏日里毒辣的阳光浸在青绿的滤镜中显得温和不少，清亮湍急的河水望不到尽头，激荡的流水声洗刷了我们每个人心中的燥热。

　　我的母亲是一位全职太太，没有工作，捎我们来的是父亲的同事及家属，男士们有自己的乐趣，女士们因为丈夫的原因多有联系，平时也会相约去逛街旅游。除了我的母亲，她与她们少了太多的共同话题，她结婚早，怀孕也早，同行的孩子里只有我已经结束了中学生活，她甚至连"带娃"的话题也不大融得进去。

　　所以刚到的时候，我和我的母亲在旅店的房间内安安静静地待了半个下午，自得其乐。

　　第二天，我陪她慢慢走在村子里唯一一条供汽车行驶的水泥路上，顺带欣赏沿途的风景。最大的庙宇被修筑在有些高的山坡上，俯视众生，肃穆而神圣。我们走了大半路程，母亲一直仰着头去望那庙后的高塔，兴致不减。然而对我来说，树木绿得有些千篇一律，鲜少的行人也让风景变得空旷，我很快就产生了厌倦，以至于疲累，所以想就此折返，躺回旅店的床上。

　　我的母亲却执意要爬上山顶。这种稍微带了些任性的要求，她只会对我提出，在父亲看不见的地方。

　　我问："菩萨知道你还去拜其他人吗？"

　　她回答："祂是包容的。"

　　我笑，无视她表现出来的对她信仰的忠诚，我不信这些，认为她说一些好话，那些菩萨佛祖也不见得会庇佑她，毕竟，如果真的存在神灵，我小时候许下了要让妈妈过得开心幸福的愿望，为什么她的生活至今没有改变？

我的母亲坚持走到了路的尽头，她仰望着寺庙后方高高的塔顶，却一步也没有踏进去，寺庙外巨大的转经筒被一位面露沧桑的老妇人推得吱嘎作响，母亲半晌没有说一句话，我看不出她的想法。

"走吧。"

她的声音听起来其实比我更加疲惫。

母亲先我一步往山下走去，而我站在原地，直视那昏暗庙宇里被高高供奉起来的静默神像，不发一语，祂垂眸将山脚下信徒的千姿百态尽收眼底，此时离祂最近的，是我的母亲。我不算，我不信祂。我也顺势看向我母亲的背影，我读不懂她此行的意义，我想神也一样。

背后的转经筒发出沉闷的低吟，直到下山，我也没问出那个问题。

旅店外的停车场多了一辆越野车，从上面下来的是新的同事和我的父亲。对于这次旅途的突然加入，他们给出的理由是工作有空闲。那位同事的想法是什么我未可知，但我的父亲，无非是为了他那敏感多疑的心和尚且还没发展成病态的控制欲。

从我父亲来到这里的那一刻起，就注定是他成为主角，所以我躲了起来，留我的母亲在外。我和母亲房间窗下便是花园，我避无可避地躺在床上听他们高谈阔论，再一句一句否定他们。母亲的声音很少主动出现，大多都是礼貌性的陪笑和对父亲的附和。

入夜，酒精的催化让他们更加口无遮拦，话题扯上了我，谈论的是关于父母教育孩子的方法。演讲者似乎点了一支烟，开始绘声绘色地讲述，而故事真正的主角悄然离场，推开了我的房门。

"怎么，不听了？"我看不惯她永远这样畏缩，每当这时就出言讽刺，而她从不正面回答我的问题，我终究无可奈何。

"我想睡了。"她关上了窗户，还欲盖弥彰地添了一句："晚上有点冷，你睡得晚，别吹感冒了。"

楼下的演讲到了最激励人心的环节，窗户一关，动静小了不少，然而我每天都睡得晚，前一夜是我的母亲强烈要求要留着这一扇窗的，通风、凉快，什么理由都找了个遍，她说她喜欢这里的空气，很轻。

时间在这个地方流逝得似乎并不明显，我们融入当地人，优哉游哉地享受了几天慢生活后，很快就到了要离开的日子。

听旅店的老板介绍，当地有一条栈道很值得一去，只不过因为种种原因，去参观栈道的安排被排到了最后，我们现在才终于有空可以一观。

栈道其实修得简陋，但胜在镶嵌于山中，景观十分不错。母亲和我跟在队尾，她身体不大好，爬不得太急。山其实不高，也并不陡峭，但同行之人来此处的目的想必也并非真的是为观览景色，他们慕名而来，不过是为赴其名。

当我和母亲走到半山的亭子时，他们已点起了香烟，畅谈着天地，没有再继续登临山顶的欲望。

我看着那小小亭子里的烟雾弥漫，只觉比那云海差了太多，我一刻也不想多待，继续朝山顶走去。前面略无人迹，大多游客走到这里也就原路返回，我恐惧未知，但更恐惧被同化的麻木。

其实不算是真正的未知，因为我知道我的母亲会跟上来，我不确定她是否有敢为人之不愿的勇气，但我确信她爱我甚于对未知的恐惧。

后面的路可能真的很久没人再来过，当地人不常走，游客也疲于高登，继我连续两次被蜘蛛网粘到之后，我说什么也不走前面了。明明是我打着勇敢者的旗号要先一步出发，最后却是那自诩跟随的母亲领我向前。

这座山确实不高，亭子之后的路程也并不遥远，就算是到了山顶，它也被周围的山不松不紧地围着。山本身的自然景观与之前并无二致，但最值得一观恐怕不是半山的古亭，而是此刻我们所见，远方的雪山顶。

那是一座伟岸到足以切断所有视线的高山，没有绿树成荫，没有溪水环绕，你难以在它的山体上找出一点生物的痕迹，杂乱的巨石、断裂的悬崖，它正如你所见那般贫瘠。然而它亦是那样巍然，山顶的积雪凭空为其增添了不可名状的禁欲感。它像是真正降世的神灵，让你一时失语，不敢直视，不敢有半分亵渎，然而它雪顶的光辉又是那样圣洁，你几乎是渴求着从它身上汲取神性，尽管呼吸停滞，也做不到移开视线。

我的母亲就站在旁边，被神灵夺去了神智。她一如往常感性，直至落泪。

无言，我和她并排站了很久，后面没有人跟上来。

"你开心吗？"我兀自问。

"开心啊，怎么不开心？"

"我说在这个家。"

"怎么不开心？"她反倒问起我。

寺庙里对整点的报时适时地响起，厚重的钟鸣扬起了层层声浪，盖过了我的回答。其实我只是嘴巴动了动，什么也没说，我不知道该说什么。有时候一个旁观者，并不能认为他所见的就是真的事实，他无法设身处地地理解当事人的感受，自然也没有资格对其人生妄下结论。

我说我母亲的人生是悲剧，但她不承认。

"难道有什么是值得你开心的吗？"我想不出。

"我生了你。"

那一瞬间我突然想起了在抽屉里发现的那张卷子，折痕中央的那一句话是："我与我的母亲脐带相连，她给予了我血肉，赐我在子宫中安眠。"

我无法不承认我清楚地明白它被收藏的意义，这是我对她认可的证明，是她聊以慰藉的物品。我的母亲将她的一切价值都付诸我之身，她将在父权之下被刻意隐瞒的呕心沥血都寄希望于我来为其呈现，她那被贬低的身价，被扭曲的言语行为，被束缚的思维局限，都盼着我来为其正名——好像我就是她留存于世间，唯一的痕迹。

所以短短一句在应试时拼凑的华丽辞藻，在她眼中被浓缩成了我对她的无私付出的回应，我的父辈看不到没关系，她的父辈看不到也没关系，我看到了，她认为，就足够了。

我突然后悔这么多年来我对神灵的无畏之心，我想如果我始终对祂虔诚，我的愿望是否真的会实现，我的母亲，她是否会好过许多……

我没有回应她的那句话，她也没有再开口。

我也不是第一次问她关于这些的话，只是从来没有如此犀利和咄咄逼人过，我把这一切成因都归结为当地神灵与我的相斥——看来我仍然对其不敬。

但家庭，她说，不只是我们三个人的家，还牵扯更多人在其中，忍耐是最简单的付出。我的父辈视她为外姓之人，她的父辈视她如泼出去的水，但这么多人表面上的和谐又不得不靠她来撑，我问她凭什么，她说：
"不凭什么。"

下山时我和她走了另一条路，没去与其他人会合，在山脚的石梯旁，簇拥着盛开了紫白色的花。于是在那时照成了这张相片，她站在四方的空间内，头顶垂落着开得繁密的花，背后倚靠着坚实的山体，天空连同夏日的风延伸得无限远，看不到尽头……然而一切仅止于此了，我的相片中，没有照出她的前路。

站在花下的母亲，2023年7月7日摄于四川理县

山下的居民在吃完饭后出门消食，这里远离都市，民风淳朴，消遣不过是聚在屋前唱歌跳舞，小孩吵闹着从我们身旁跑开，我的母亲也只是一味地笑，如我熟悉般的那样温和。但每每看到她如此母性的笑容时，我就不禁将她与神做比较，如今更是如此，我想，这热闹的凡尘世间，也许与她漠不相关。

她该谪居神界的，不该遇到我。

但她自诩幸福，

那就随她去吧。

后 记

丁晓萍
上海交通大学国家大学生文化素质教育基地副主任

　　从 1999 年到 2024 年，"文治杯"走过整整 25 年，其间经历了从"大学生文学艺术大奖赛"到"大学生文学作品大奖赛"再到"大学生写作大赛"的演变，更经历了从上海交通大学校级赛事到全国大学生写作大赛的升级，借此机会，我先回顾一下它的发展历程。

　　"文治杯"得名于为上海交通大学的发展做出过杰出贡献的唐文治校长。唐文治曾于 1907 年至 1920 年出任交通大学校长，他是中国工学先驱，在交通大学首创工科，为交通大学的建设和发展奠定了基础，他更是一个教育家、国学大师，主长交大期间，在着力于培养"求实学、务实业"的"一等人才"的同时，非常注重学生人文素质的培养，对于国学教育极其重视并有严格要求。1908 年唐文治校长即在交大设立了国文科，不招专业学生，专门为全校学生开设国文课，将国文列入以"实业、实学"为办学目标的交大的主干课程，开创了我国高等工科学校工文结合的先例；他亲自编写《高等学堂国文讲义》，每逢星期天上午亲自给学生上国文课，十四年如一日从不间断；他组织一年一次的国文大会（即作文比赛），全校学生均需参加，亲自参与命题、改卷，并选印历年国文大会的菁华文章，编成《南洋公学新国文》2 编 12 册，成为风行一时的语文课本。国文大会制度一直延续到新中国成立前，成为交大教学上的一大特色。

　　"文治杯"是上海交通大学国家大学生文化素质教育基地的第一个品牌

活动，1999 年 1 月，作为国家首批 32 家试点基地之一，上海交通大学国家大学生文化素质教育基地成立，为了缅怀唐文治老校长，延续其创办的"国文大会"传统，传承其国学教育理念，激发当代大学生文学艺术创作积极性，提升大学生文化素质，1999 年 10 月，我们举办了第一届"文治杯"大学生文学艺术大奖赛，以"秋天"为主题，比赛设作文、书法、摄影、绘画四个项目，参赛对象为交大全体在校生（含本硕博及留学生）。

此后，"文治杯"每年一届（有两年因特殊情况停办）持续举办，每年设不同主题，每年都吸引了包括博士生、硕士生在内的全校同学的踊跃参加，获奖者遍布学校各个院系、各个层次的学生，逐渐成为交大的一项文化品牌活动。从第十届开始，"文治杯"进行了第一次改革，大赛更名为"文治杯"大学生文学作品大奖赛，比赛项目聚焦于文学创作，着力激发学生的写作积极性。从 2021 年第二十届开始，"文治杯"再次改革，更名为"文治杯"大学生写作大赛，升级为全国性大赛，以传记为体裁，面向全国高校大学生（含本硕博及留学生），主办单位先后加入上海交通大学传记中心和中国艺术研究院《传记文学》杂志社。作为全国唯一一个以非虚构的传记写作为体裁的大学生写作大赛，"文治杯"的影响力不断提升，从第二十届到第二十三届，投稿量成倍增长，第二十三届收到了来自 461 所高校的 842 篇作品。

作为一个从设立大赛之初就参与其中的亲历者，我见证了"文治杯" 25 年的发展历程，感慨良多。这样一项费时费力费钱的大赛，能坚持 25 年，并非易事，当然离不开学校的大力支持，但更离不开一批有理想情怀愿奉献的老师。我在这里首先要感谢的是上海交通大学国家大学生文化素质教育基地首任负责人张耀辉老师，他是"文治杯"的首倡者，他对大学生文化素质教育的热情投入，他的踏实严谨的工作作风，一直影响着我们这些后辈。其次，要感谢历年参与"文治杯"组织与评审工作的上海交通大学国家大学生文化素质教育基地和人文学院中文系的老师们，没有他们的支持，大赛无法持续。升级为全国赛后，大赛更是得到了国内多位传记研究专家的大力支持，尤其要感谢上海交通大学传记中心学术委员会主任杨正润老师，不辞辛劳担任大赛终审专家组组长；感谢中国艺术研究院传记研究中心主任、《传记文学》主编斯日老师，在《传记文学》开辟获奖作品专栏，让年轻学子的优秀作品有了发表的机会。

这本集子是三届"文治杯"大学生写作大赛的优秀作品选，也是"文治杯"25 周年的一个纪念和总结。"文治杯"曾经是很多交大学生的大学记忆，希望它能成为更多大学生的大学记忆。

2025 年 1 月 16 日